EDIÇÕES BESTBOLSO

Um oceano nos separa

Robin Pilcher nasceu em Dundee, Escócia, em 1950. Trabalhou em muitas áreas antes de se tornar escritor – foi caubói, fazendeiro, assistente de câmera, relações-públicas, consultor de marketing e técnico de tênis. Atua também como moderador do site Shortbread Stories, uma rede social dedicada a produção e divulgação de contos. É filho da escritora Rosamunde Pilcher. De sua carreira literária, além de *Um oceano nos separa*, que foi seu primeiro romance, destacam-se as obras *Começar de novo*, *Vale a pena arriscar* e *Explosão de estrelas*, que figuraram na lista de best-sellers do *New York Times*.

Robin Pilcher

Um oceano nos separa

Tradução de
A. B. PINHEIRO DE LEMOS

1ª edição

EDIÇÕES
BestBolso

RIO DE JANEIRO – 2015

CIP-BRASIL. CATALOGAÇÃO NA PUBLICAÇÃO
SINDICATO NACIONAL DOS EDITORES DE LIVROS, RJ

Pilcher, Robin, 1950-
P686o Um oceano nos separa / Robin Pilcher; tradução A. B. Pinheiro de Lemos. - 1ª ed. - Rio de Janeiro: BestBolso, 2015.
12x18 cm.

Tradução de: An Ocean Apart
ISBN 978-85-7799-217-1

1. Romance inglês. I. Lemos, A. B. Pinheiro de. II. Título.

14-12900 CDD: 823
CDU: 821.111-3

Um oceano nos separa, de autoria de Robin Pilcher.
Título número 385 das Edições BestBolso.
Primeira edição impressa em dezembro de 2014.
Texto revisado conforme o Acordo Ortográfico da Língua Portuguesa.

Título original inglês:
AN OCEAN APART

www.edicoesbestbolso.com.br

Design de capa: Gabinete de Artes com imagem Getty Images (©Frank P. Wartenberg) intitulada "Happy couple".

Rua Argentina 171 – 20921-380 – Rio de Janeiro, RJ – Tel.: 2585-2000.

Impresso no Brasil

ISBN 978-85-7799-217-1

Para Kirsty,
é claro.

Agradecimentos

Escrever este livro sempre foi um plano distante, não um objetivo concreto. Por ele ter sido conquistado, meus agradecimentos mais profundos à minha esposa, Kirsty, que sempre esteve disponível para ler um capítulo, uma página, uma frase ou mesmo uma palavra; à Ros, que estimulou e tirou seu filho de um abismo literário mais vezes do que posso admitir; à minha irmã Pippa e sua família, que orientaram um escocês perdido por Long Island; a Matthew Gloag, Bill Lumsden e Tony Tucker, por seus infinitos conhecimentos sobre a indústria do uísque; a Miranda Lindsay e Charlie Pank, dois estudantes de Oxford separados por uma ou duas décadas; a David Nichol, que me ajudou a esmiuçar as questões legais; a Alexander Dundee, por me contar tudo sobre a Câmara dos Lordes; à Felicity Bryan, minha agente, por estar sempre ao alcance no momento certo; e finalmente a Tom, meu extraordinário editor, que me encorajou a escrever durante dez anos e deu tudo de si quando o momento chegou.

1

Jane Spiers dirigia com extrema cautela através da chuva forte, os ombros curvados sobre o volante, fazendo o maior esforço para enxergar os contornos na estrada indistinta à frente. Os limpadores de para-brisa do velho Subaru lutavam contra o dilúvio que caía do céu cinzento e frio, e o zumbido fraco do aquecedor era de pouca ajuda para dissipar o nevoeiro de vapor que se formara na parte interna das janelas do carro. A culpa era de Arthur, sentado lá atrás, dentro da caixa de transporte de cachorro, encharcado e ofegante, após o exercício na charneca. Jane abriu um pouco a janela para ver se o ar ajudaria a desembaçar os vidros, mas fechou-os no instante seguinte, quando sentiu o frio implacável do tempo escocês sugar o calor do interior do carro. Em todos os quarenta anos que vivera na Escócia, Jane não conseguia se lembrar de um mês de maio tão horrível e gelado quanto esse.

Saiu da estrada, passando por um portão que exibia uma placa onde se lia ENTRADA PARTICULAR. Subiu pelo longo caminho pavimentado, ladeado por carvalhos altos que ofereciam, finalmente, alguma proteção contra as intempéries. Nesse abrigo provisório, os limpadores de para-brisa passaram a funcionar melhor, e Jane pôde, então, aumentar a velocidade.

Depois de quase 1 quilômetro, o caminho desembocou numa área redonda pavimentada de cascalho em frente a uma enorme mansão vitoriana. Jane pegou uma de suas luvas no banco do passageiro e limpou o para-brisa embaçado, ansiosa em completar os últimos metros do percurso sem esmagar a grama aparada na calçada ou um dos três labradores pretos que costumavam descer em disparada os degraus da entrada.

Dessa vez, porém, não houve nenhum comitê de boas-vindas. No instante em que ela freou o carro com um solavanco na frente da casa,

Arthur empertigou-se e ganiu, levantando as orelhas e comprimindo o focinho contra a tela da caixa, na expectativa de uma corrida desenfreada pelo jardim com seus três amigos. Jane observou sua fisionomia decepcionada pelo espelho retrovisor.

- Bom menino, Arthur... Fique esperando aí. - Ela levantou o capuz de sua jaqueta Barbour e puxou o cordão por baixo do queixo. - Não vou demorar.

Jane abriu a porta do carro e saiu, sem soltá-la por um instante sequer, com receio de que a força do vento a arrancasse por completo das velhas dobradiças. Bateu a porta e correu pelo caminho de cascalho molhado, que fazia barulho sob seus pés. Subiu os degraus até a porta da frente. Com a informalidade de uma visitante assídua, abriu um dos lados da pesada porta de carvalho e entrou na casa.

- Olá! - gritou Jane. - Alguém em casa?

Não houve resposta imediata. Tirou, então, a jaqueta encharcada e pendurou-a num gancho, entre a coleção de grossos sobretudos de *tweed* e casacos impermeáveis. Em seguida, abriu espaço num velho banco de igreja, que funcionava como depósito de equipamentos de pesca, chapéus e ferramentas de jardim. Sentou-se ali para tirar os sapatos molhados.

- Olá! Alguém em casa? - tornou a gritar.

Ela olhou ao redor para ver se alguém atendera ao seu chamado. O hall da Inchelvie House estendia-se por toda a altura da construção e era dominado por uma enorme escada no centro, que se dividia em ângulos retos na metade do caminho, levando a um patamar com uma balaustrada. As paredes com painéis de carvalho escuro exibiam os grandes retratos da família, entremeados por uma fantástica coleção de arcos, espadas e escudos. Acima delas, estendendo-se até o ponto mais alto da casa, estavam penduradas cerca de quarenta cabeças de veado empalhadas, todas bastante antigas e corroídas por traças. Jane riu sozinha ao pensar o mesmo de sempre, que era difícil determinar qual dos três enfeites era o mais horrível.

Ela se levantou e atravessou o hall, só de meias. Ao se aproximar da base da escada, ouviu uma voz masculina vinda da sala de estar. Não a reconheceu. Tinha o tom profundo e sério, característico de um advogado ou contador. No mesmo instante, ela se perguntou se escolhera um momento inoportuno para a visita. Ficou confusa, sem saber se devia se anunciar de novo ou se retirar em silêncio. Foi nesse instante que alguém abriu a porta no outro canto do hall, além da escada. Uma mulher pequena, de cabelos grisalhos, surgiu, carregando precariamente uma bandeja com o chá, alheia à presença de Jane.

– Olá, Effie – disse Jane tão gentilmente quanto possível, a fim de evitar que a surpresa fizesse a governanta cair, levando a bandeja consigo. Mesmo assim, Effie parou de forma abrupta, fazendo com que o conteúdo da bandeja se projetasse para a frente.

– Oh, Sra. Spiers, que susto! – balbuciou Effie, enquanto recuperava o equilíbrio. – Não a ouvi chegar.

Jane contornou o lado da escada.

– Desculpe, Effie. Já havia me anunciado duas vezes, tão alto quanto achei que seria educado. – Ela sorriu para a mulher mais velha, que estava se recompondo aos poucos. – Pensei que os cachorros me ouviriam. Eles não costumam perder uma boa oportunidade para latir. – E lançou um olhar para a sala de estar – É uma hora ruim para uma visita? Tive a impressão de que lady Inchelvie está recebendo alguém.

Effie deu de ombros, exibindo um sorriso tímido.

– Não há ninguém. É apenas a televisão. Lady Inchelvie sempre põe o volume no máximo. Sem dúvida foi por isso que os cachorros não ouviram a sua chegada. – A governanta costumava falar em voz baixa, como se tudo o que dissesse fosse um segredo da maior importância. – Estão transmitindo um torneio de sinuca e não há nada que ela goste mais de assistir.

Com os olhos faiscando, pronta para revelar a melhor parte da história, Effie se adiantou e acrescentou:

– Especialmente se aquele jovem escocês Stephen Hendry está jogando. Acho que ela deve ser a sua maior fã!

O rosto de Effie contraiu-se para outra risadinha abafada, que logo deu lugar a uma expressão de preocupação quando notou que o suéter e a saia de *tweed* de Jane começavam a fumegar no calor do hall.

– Essa não! – exclamou Effie. – Você está toda molhada! Não me diga que foi passear com o cachorro pela charneca num dia como esse!

Jane esfregou os braços, ao perceber, de repente, que estava encharcada.

– Se eu não saísse de casa num tempo como esse, Arthur não passearia durante nove meses ao ano.

– Não pode continuar parada aí, congelando até morrer – falou a governanta, enquanto retomava seus afazeres. – Vou deixá-la sentada junto ao fogo e depois pegarei mais uma xícara de chá. Lady Inchelvie a espera?

– Não, não. Eu apenas queria... – Jane deteve Effie, pondo a mão em seu ombro. – Para ser franca, só estou aqui porque meu marido pediu para dar uma passada e verificar se todos estão bem. Ele não fez uma visita desde que Rachel... Ora, digamos que ele achou melhor que eu viesse, como se estivesse de passagem, em vez de vir pessoalmente... pois seria uma visita do médico da família, por assim dizer.

– Não diga mais nada. – Effie ofereceu um sorriso de compreensão. – Não avisarei a lady Inchelvie que você está aqui por enquanto. Levarei o chá e depois nos encontraremos na cozinha. Teremos uma conversa antes que vá falar com ela. Está bem assim?

– Isso seria ótimo. Obrigada, Effie.

Jane ficou observando Effie se afastar para a sala de estar, bater na porta e entrar. Só então se virou e andou até a porta por onde a governanta tinha aparecido, abrindo-a.

A cozinha era grande e utilitária, diferente da sua, que fora transformada no centro da casa, com muito amor, ao longo dos anos. Aquela era um retrocesso à era de segregação dos funcionários e afazeres domésticos, todas as paredes pintadas de um amarelo nata nauseante, com um brilho fácil de limpar. Não havia poltronas nem ornamentos nas paredes, apenas uma enorme quantidade de panelas e frigideiras, penduradas ao longo das três faixas de lâmpadas fortes por cima da enorme mesa de pinho no centro, a limpeza e austeridade lembrando uma sala de cirurgia vitoriana. Jane foi até o velho fogão creme, no outro lado da cozinha, e apoiou-se em sua superfície impecável, com o intuito de aquecer um pouco seus ossos enregelados.

A porta se abriu atrás dela e Effie atravessou a cozinha.

– Aqui estamos. Vamos pôr uma chaleira com água no fogo. Teremos uma boa conversa enquanto tomamos chá.

Jane foi para o lado do fogão para que Effie pudesse ajeitar a chaleira no fogo.

– Posso fazer algo para ajudar?

– Não, não. Basta sentar à mesa e esperar Sei onde fica tudo por aqui. Agora me diga: como vai o Dr. Spiers?

– Correndo de um lado para o outro. – Jane puxou uma das cadeiras e sentou-se. – Esse tempo horrível está deixando todo mundo gripado. Metade das crianças na escola Dalnachoil não tem ido às aulas. Em vez de esperar as pessoas no consultório, ele passa a maior parte do dia indo de uma casa para outra na aldeia.

Effie movimentava-se pela cozinha familiar como uma máquina, pegando xícaras e pires no armário de pinho, depois o leite na geladeira, e pondo tudo na mesa.

– Temos muita sorte de contar com um homem como o Dr. Spiers por aqui. – Ela tirou a chaleira fumegante do fogão e despejou a água no bule. Em seguida, virou-se para Jane, levantou o avental e limpou as mãos, enquanto arrematava: – Ele foi o salvador desta família nos últimos seis meses.

Jane notou que Effie tinha uma expressão cansada.

– Como vão as coisas por aqui?

Effie levou o bule para a mesa e sentou-se na frente de Jane.

– Temos altos e baixos – disse, colocando chá nas duas xícaras. – Lady Inchelvie teve de trabalhar um bocado no mês passado, arrumando todo o material para as crianças voltarem à escola. Não tinham ido no início do período, que foi apenas algumas semanas após o funeral da mãe. Além disso, tenho a impressão de que o Sr. David não sabia direito se deveria mandá-las de volta à mesma escola. Achava que talvez devessem estudar na escola da aldeia, mais perto dele. – A governanta suspirou e inclinou a cabeça para o lado. – Mas, pelo que pude entender, as crianças é que resolveram voltar e ficar com os amigos. – Effie fez uma pausa. Parecia não estar convencida da sensatez da decisão. – Não sei... Talvez seja um conforto para elas retomar algum tipo de rotina.

Jane tomou um gole do chá.

– Creio que foi a decisão mais acertada, Effie. Um ambiente diferente, mas ao mesmo tempo familiar. Sophie vai se formar neste período, não é?

– Isso mesmo. É uma menina maravilhosa... não tão menina agora, pois já está com quase 16 anos. Sempre muito organizada... como a mãe. – Ao dizer isso, Effie gaguejou. Engoliu em seco. Sua compostura ficara subitamente ameaçada. – Oh, Sra. Spiers, é tão difícil me acostumar a não ter mais a presença da Sra. David!

Jane inclinou-se e afagou a mão da governanta.

– Sei disso. Meu marido volta e meia especula se o câncer não prepara melhor uma família para o inevitável, ao contrário do que acontece, por exemplo, com um infarto ou um acidente de carro. Mas acho que não. A perda, quando ocorre, é sempre terrível.

Effie baixara os olhos e estava mexendo no avental, com o lábio inferior tremendo. Jane recorreu a uma manobra calculada para continuar a conversa.

– E como estão as outras crianças?

Effie respirou fundo. Quase como se quisesse ter alguma coisa para fazer, encheu as duas xícaras mais uma vez, embora a de Jane ainda estivesse pela metade. Ela enfiou a mão no bolso do avental, tirou um lenço e enxugou os olhos.

– Parece que lidaram com o acontecido melhor do que os outros – respondeu Effie, conseguindo exibir um sorriso corajoso, embora a voz ainda falhasse. – Mesmo durante o chá depois do funeral, Charlie ficou insistindo para que o irmão da Sra. David saísse com ele para chutarem uma bola de rúgbi no gramado. E a pequena Harriet, bem, Sophie parecia tê-la tomado como protegida. Tenho a impressão de que a criança ainda não entendeu direito o que aconteceu. É uma bênção que todos os três estudem na mesma escola. – Effie inclinou-se e murmurou com expressão enternecida: – Sophie vai cuidar dela, pode ter certeza.

Jane sorriu e balançou a cabeça.

– Todos têm um papel no processo de cura, Effie, até mesmo você, que é tão parte desta família quanto qualquer um deles. Sei que todos teriam a maior dificuldade para enfrentar a tragédia sem a sua presença.

A mulher mais velha corou, pois não estava acostumada a ouvir elogios tão francos. Levantou-se e começou a tirar a louça da mesa.

– Ora, todos fazemos o que é possível nessas circunstâncias.

Effie abriu a lavadora de pratos e ajeitou a louça nas prateleiras.

Jane pegou o jarro de leite na mesa e levou para a geladeira, ganhando tempo antes de fazer a pergunta seguinte.

– E David? Como ele está?

Depois de fechar a lavadora de pratos, Effie virou-se para Jane. Houve um momento de silêncio, com uma expressão de perplexidade concentrada em seu rosto, enquanto tentava organizar mentalmente uma resposta. Depois, ela se limitou a balançar a cabeça.

– Não sei dizer, Sra. Spiers. Não se pode negar que ele foi maravilhoso, como sempre, com as crianças, jogando tênis, pescando com elas, e tudo o mais. Mas sempre parecia estar faltando alguma coisa, como se seus movimentos fossem mecânicos. Ou como se a mente estivesse longe. – Ela sorriu para Jane, pegou uma toalha no balcão e começou a passar no escorredor, distraída. Parou de repente e balançou a cabeça, devagar. – Agora que penso a respeito, percebo que era o riso que faltava. – Effie tornou a fitar Jane. – Talvez ele tenha achado muito difícil se concentrar em outras pessoas que não a esposa. Sem dúvidas o Dr. Spiers contou que ele cuidou sozinho dela desde dezembro. – Effie se virou de costas e olhou para a janela. Quando voltou a falar, Jane notou que sua voz recomeçara a falhar. – Tenho a impressão de que o Sr. David era tão devotado à esposa que uma parte dele morreu com ela.

Jane se aproximou da pequena governanta e deu-lhe um abraço confortador.

– Acho que tem razão, Effie. E agradeço por ter conversado comigo, pois sei que é muito difícil falar a respeito. – Jane compreendeu que precisava romper a melancolia da conversa. Olhou para o relógio por cima do fogão e disse:

– Ei, já são quatro e meia! Não imaginava que fosse tão tarde.

Effie virou-se e, num reflexo, olhou também para o relógio.

– O que estou fazendo, Sra. Spiers? Não posso continuar a prendê-la aqui. – Encaminhou-se para a porta, enxugando as mãos no avental – Vamos, eu a levarei até lady Inchelvie.

– Não precisa se incomodar, por favor. Eu mesma me apresentarei. Tenho certeza de que já tem muito o que fazer por aqui.

– Bem, se você tem certeza... Vou começar a descascar as batatas para o jantar. Lorde Inchelvie tem uma reunião na vila esta noite, então vamos jantar mais cedo.

– Certamente. Já a mantive fora do trabalho por tempo o suficiente. – Jane foi até a porta da cozinha e virou-se. – Tente se manter animada, Effie. Você é, sem dúvida, um dos esteios desta casa. Procure continuar jovial como sempre.

O VOLUME DA TELEVISÃO envolveu Jane no instante em que ela entrou na sala de estar. O comentarista das partidas de sinuca, que geralmente falava em sussurros, parecia estar usando um megafone.

– *... e, se conseguir acertar a bola rosa num bom ângulo, será a terceira caçapa consecutiva de Hendry.*

Os três labradores pretos, no entanto, ouviram a entrada de Jane, apesar do barulho. Olharam em sua direção e soltaram um latido curto antes de perceberem que era uma figura familiar. Deixaram seu lugar na frente da lareira acesa e avançaram correndo, balançando os rabos alegremente.

– Olá, meninos – murmurou Jane, inclinando-se para afagar suas cabeças.

No outro lado da sala, uma figura mexeu-se na poltrona de espaldar alto na frente da televisão.

– É você, Effie?

Incapaz de chegar mais perto, por causa da calorosa recepção dos cachorros, Jane gritou:

– Não, Alicia. Sou eu... Jane.

Alicia Inchelvie espiou pelo canto da poltrona, inclinando-se um pouco para ver por cima dos óculos de leitura.

– Jane! É maravilhoso vê-la! Que surpresa agradável!

Ela desligou a televisão com o controle remoto e levantou-se, enfiando duas enormes agulhas de tricô num novelo grande de lã vermelha.

– Rapazes, vão deitar e deixem a pobre Jane entrar na sala!

Alicia encaminhou-se para Jane com os passos um tanto rígidos, os óculos, agora pendurados de um cordão em volta do pescoço, balançando de um lado para outro enquanto andava. Era alta e empertigada, e vestia com a elegância habitual a saia de *tweed* e o cardigã de caxemira, com os cabelos grisalhos bem escovados e presos com uma fivela atrás da cabeça. Era a primeira vez que Jane a via desde o funeral, cinco semanas antes e, embora todo o comportamento de Alicia não estivesse de acordo com seus 78 anos, era evidente que aquele curto período cobrara seu tributo. Agora o rosto se mostrava contraído, com uma expressão de intensa fadiga. Jane presumiu que aquilo era provocado pelo conflito interior da amiga, tentando manter sob controle seus pensamentos de perda e angústia, a fim de exibir uma fachada forte e oferecer apoio ao resto da família.

Dois dos cachorros obedeceram à ordem da dona no mesmo instante e voltaram para o lado da lareira. O outro, cinzento, já velho, com os olhos opacos e a audição obviamente deteriorada, continuou a abanar o rabo e a contemplar Jane com uma expressão de adoração, impedindo que ela se adiantasse pela sala. A voz de Alicia soou mais alta:

– HORACE! VÁ SE DEITAR AO LADO DA LAREIRA!

Ela gesticulou como um guarda de trânsito, acenando para o velho cachorro com uma das mãos e apontando com a outra, que ainda segurava as agulhas de tricô, na direção da lareira. Horace olhou de lado para a dona, cuja voz penetrara finalmente em seu cérebro. Sem entender por que ela empunhava aqueles objetos ameaçadores, Horace esgueirou-se, contrafeito, para se juntar aos companheiros mais jovens.

– Desculpe – murmurou Alicia. – Horace está quase que totalmente surdo... quase como eu. Não pode ouvir nada, a menos que seja no volume máximo. Como está, minha cara?

Ela se encontrou com Jane no meio da sala, cumprimentando-a com dois beijinhos.

– Vamos sentar junto ao fogo. Que dia horrível! Aceita um chá? Acabei de tomar, mas posso chamar Effie...

– Não se preocupe – interrompeu Jane. – Tomei um chá com Effie na cozinha.

Alicia ficou surpresa.

– É mesmo? Que coisa extraordinária! Não a ouvi chegar. Há quanto tempo está aqui?

– Cerca de 45 minutos. Para ser franca, eu queria conversar com Effie. – Jane ofereceu um sorriso insinuante à amiga. – Além do mais, não queria interromper a sinuca!

– Ah, então ela contou sobre o meu vício secreto, hein? – Alicia acomodou-se em sua poltrona. – Devo admitir que me sinto absolutamente fascinada. É uma maravilha ver tantos jovens escoceses serem tão bons num esporte. Desperta os sentimentos de patriotismo... embora acredite que ser bom em sinuca seja sinal de uma juventude meio desperdiçada!

– Não concordo – protestou Jane. – Quem precisa de diplomas quando pode ganhar dinheiro encaçapando bolas?

As duas caíram na gargalhada e, no mesmo instante, Jane relaxou. A apreensão sobre a maneira como as atuais circunstâncias sinistras podiam ter afetado sua velha amiga desapareceu de sua mente. Ainda se mantinham em sintonia, capazes de rir juntas.

Alicia pôs os óculos, tirou as agulhas do novelo de lã e recomeçou a tricotar. Ficou em silêncio por um momento, como se os seus pensamentos tivessem subido para um plano diferente. Depois, levantou os olhos e sorriu para Jane.

– É um prazer vê-la de novo, minha querida. Senti muito a sua falta. Como pode imaginar, a vida não tem propiciado muitos pensamentos felizes ultimamente.

– Posso compreender. Eu deveria ter vindo antes, mas não queria incomodar. – Jane observou Alicia concentrada no tricô. – O que está fazendo?

– Apenas uma coisa que Sophie começou nos feriados. Parece que é moda em sua escola usar suéteres enormes, com mangas largas, terminando pelo menos 15 centímetros além das mãos. – Ela fitou Jane por cima dos óculos. – Imagino que a meta seja a aparência de uma criança abandonada. Levei-a a Inverness para ver se conseguíamos encontrar um suéter assim, mas todos eram de um terrível fio sintético. Por isso, compramos um molde e esta lã de cor berrante. – Alicia ergueu o suéter ainda sem forma à distância dos braços e franziu o nariz, como se estivesse incerta sobre o resultado final. – Tenho a impressão de que ficará muito melhor num gorila do que em Sophie.

– Bem, tenho certeza de que, se Sophie não gostar, sempre haverá um beneficiário agradecido no jardim zoológico de Edimburgo.

– Você não deveria concordar comigo, Jane – protestou Alicia, simulando mágoa. – Deveria fazer um comentário do tipo "Está muito bem-feito para isso!" – Ela riu. Depois, abruptamente, juntou as agulhas, o suéter e o novelo de lã numa pilha e jogou tudo no sofá. – Ora, não sei por que continuo a tricotar enquanto você está aqui. Vamos – Alicia levantou-se e passou pelos cachorros prostrados, para pôr mais lenha no fogo –, me conte o que está acontecendo no mundo lá fora. A sensação é a de que não entro em contato com ninguém há muito tempo.

Jane precisou apenas de cinco minutos para deixar Alicia a par dos tópicos mais importantes do noticiário local: como a chuva incessante destruíra parte da estrada entre Dalnachoil e Achnacudden; como a Brigada Territorial do Exército ajudara o departamento de estradas, já sem recursos, na construção de uma ponte temporária sobre o enorme buraco; como a Sra. Mackenzie, a agente postal em Dalnachoil, também fora afetada pelo tempo, com um terrível acesso de artrite que "literalmente inchou meus tornozelos, Sra. Spiers, e tenho de atender os clientes sentada numa cadeira por trás do balcão, de pantufas"; como todos na aldeia vinham perguntando gentilmente pelas pessoas em Inchelvie. E, finalmente, ela contou como o vírus da gripe se abatera sobre a escola local e como Roger resolvera que era melhor visitar as crianças em suas casas em vez de correr o risco de que o vírus se espalhasse ainda mais, tratando-as no consultório.

Alicia mostrou-se preocupada.

– Quer saber de uma coisa, minha cara? Aquele seu marido trabalha demais. Ele não deveria ter se aposentado no ano passado? Talvez seja um absurdo dizer isso, sabendo que o principal motivo para ele continuar foi sua insistência em cuidar de Rachel. Mas agora ele não pode deixar que um dos seus colegas mais jovens faça essas visitas domiciliares? Eles precisam começar a aprender a cuidar de tudo sem ele.

Jane recostou-se na poltrona e suspirou.

– Sei disso... e pode ter certeza de que já discutimos esse assunto mais de uma vez. O que torna tudo ainda mais difícil é que de vez em quando recebo um telefonema de um de seus colegas perguntando se não posso persuadir Roger a tirar uma folga. Fico entre a cruz e a espada. Mas acho que ambas estamos nesse barco, não é mesmo? Temos maridos que já deveriam estar aposentados, mas que continuam trabalhando. – Jane se endireitou e olhou para a amiga.

Alicia sorriu.

– Tem razão. Mas as circunstâncias são mais excepcionais no meu caso.

– Concordo plenamente. Como está George?

– Como todo mundo por aqui... totalmente exausto, embora eu ache que no fundo ele está gostando de voltar à ativa. Mesmo assim, depois de dez anos de aposentadoria, voltar a trabalhar é um choque e tanto para o organismo. Não que ele esteja sobrecarregado. O novo diretor-executivo da Glendurnich, Duncan Caple, vem fazendo um trabalho maravilhoso, ao mesmo tempo dirigindo a companhia e cuidando da divisão de marketing de David. Mas George acha que deve, como presidente do conselho administrativo, principal acionista e pai de David, dar todo o apoio necessário, ainda mais num momento em que o mercado de uísque se encontra em turbilhão. Não sei muita coisa a respeito, mas parece que há uma crescente quantidade de jantares de negócios e lançamentos de marketing a que George deve comparecer, como representante da destilaria.

Alicia fez uma pausa. Apoiou o cotovelo no braço da poltrona e recostou a cabeça na mão.

– Mas quer saber de uma coisa, Jane? O que ambos achamos extenuante é ter de voltar à rotina diária frenética que pensávamos ter deixado para trás há anos! Levantar cedo de manhã, aprontar tudo para as crianças voltarem à escola, tê-las aqui durante todo o tempo, o que quer dizer que precisamos estar sempre à disposição para diverti-las... Pouco antes de voltar à escola, por exemplo, Charlie me pediu que fosse até o gramado para operar a máquina de arremessar pratos de argila para o ar! Pode imaginar? Sou um caso perdido com aparelhos mecânicos, e ele não parava de gritar: "Ora, vovó, você não sabe fazer nada!", enquanto eu lançava um prato atrás do outro na altura de seus joelhos! – Alicia riu e inclinou-se para a frente. – Acho que, parando pra pensar, essa é a primeira vez em que eu sento e me entretenho em um mês!

– Ah, Alicia, me desculpe. E além de tudo eu entro aqui sem ser chamada, interrompendo o seu sossego.

Alicia acenou com a mão, indicando que não havia qualquer problema.

– Não diga bobagens, minha cara. Foi exatamente isso que o médico recomendou. – Ela fitou Jane com um sorriso irônico. – Ou não foi?

Jane reagiu com expressão de surpresa.

– É muito intuitivo de sua parte. – Ela sorriu. – Claro que tem razão. Roger me pediu para passar por aqui, a fim de ver como todos estão. Por isso é que conversei com Effie antes, caso o momento não fosse oportuno. – Jane fez uma pausa, antes de acrescentar – Ela disse que David continua retraído.

– É verdade. – Alicia respondeu, baixo. Um dos labradores mudara de posição ao lado do fogo e agora deitava aos pés dela, a cabeça encostada num sapato. Ela se inclinou e afagou a cabeça preta e lustrosa.

– O mais assustador em toda essa situação é que ele está passando por alguma coisa que nem você nem eu experimentamos. David perdeu a companheira de sua vida. É injusto demais. – O tom de Alicia mudou de repente para raiva e frustração. – Pense nos muitos amigos de nossa idade que perderam maridos ou esposas. De certa forma, isso é esperado. Mas não sabemos como é, porque nunca nos aconteceu. – Ela fez uma pausa e empurrou com os dedos para trás da orelha uma mecha de cabelos grisalhos, os olhos fixados em algum ponto além da cabeça de Jane. – Desculpe. Não gosto de me lamentar. Acho que é a primeira vez que falo isso em voz alta. Mas acontece que me faz sentir... ahn... muito culpada.

– Nada mais natural – murmurou Jane. – A dor de perder uma pessoa muito próxima sempre se manifesta em raiva ou culpa. Mas há um aspecto positivo... e nesse ponto David é extremamente afortunado, pois, por volta dos 43 anos, ainda conta com os pais para lhe proporcionar o apoio de que precisa. Como ele poderia devotar tanto tempo a cuidar de Rachel se você e George não estivessem disponíveis para resolver todos os outros problemas? Os amigos são ótimos, mas os pais são muito melhores. Tenho certeza de que David sabe disso muito bem.

– Tem razão. Mesmo assim, eu me sinto inútil. Gostaria que houvesse alguma coisa mais... ativa que eu pudesse fazer para ajudá-lo. Talvez fosse melhor se ele se permitisse falar a respeito de vez em quando, mas David prefere se calar. Pelo que sei, ele não pronunciou o nome de Rachel desde o funeral. Por fora, é como se ela nunca tivesse existido, mas sei que por dentro ele vive um turbilhão. É uma coisa terrível de se dizer, mas às vezes tenho vontade de segurar o pobre coitado pelos ombros e dar-lhe uma boa sacudida. – Alicia respirou fundo. – E depois um abraço bem apertado.

No momento de silêncio que se seguiu, Jane tomou conhecimento, pela primeira vez, do vento e da chuva investindo contra as quatro grandes janelas da sala de estar. Ela olhou para trás e para cima, observando as nuvens pretas de tempestade que se espalhavam opressivas pelo céu. Achou que a intempérie acentuava, de maneira cruel, a tragédia que se abatera sobre aquela família. O instinto lhe dizia que não devia mais prosseguir naquele tópico. Já fora dito o suficiente no momento, e continuar não serviria a qualquer propósito útil, nem para Alicia, nem para ela. Jane tornou a fitar a amiga e balançou a cabeça.

– Dá para acreditar num tempo assim em maio? – Ela olhou para o relógio de prata no consolo da lareira. – Ainda são apenas cinco e quinze e já está quase escuro. – Jane assumiu de repente uma expressão de surpresa. – Essa não! Alicia, são cinco e quinze! No que eu estava pensando!? – Ela pôs as mãos nos braços da poltrona e deu um impulso para se levantar. – O pobre Arthur passou todo esse tempo sentado no meu carro e prometi que só demoraria um instante! A essa altura ele já deve ter arrebentado a caixa transportadora.

Alicia também se levantou, o corpo meio rígido.

– Deveria tê-lo trazido, minha cara. Os meninos adorariam vê-lo.

– Não, Arthur causaria o caos. Ele não é tão bem-comportado quanto seus cachorros. Além do mais, demos um passeio pela charneca no início da tarde e ele ficou encharcado.

– Arthur tem sorte de contar com uma dona tão dedicada para levá-lo para passear num dia como este. Devo admitir que tenho sido fraca nesse quesito. O passeio dos meninos hoje consistiu de minha ida até a porta da frente, abrindo-a e empurrando-os para fora por dez minutos. Eu nunca sairia num tempo como este. – Alicia foi até uma das janelas e soltou os cordões que seguravam as enormes cortinas estampadas. – E não acredito que o tempo vai melhorar. Não acha que é melhor fechar as cortinas para deixá-lo lá fora? – Ela fechou as cortinas enquanto falava.

Jane foi até a janela do meio para fazer a mesma coisa. Enquanto soltava os cordões, olhou pela janela para a escuridão envolvendo os jardins de Inchelvie. Eram lindos, mesmo num dia como aquele. Protegidos nos lados por enormes faias e carvalhos, os extensos gramados estendiam-se imponentes até as águas escuras do lago, sua regularidade rompida apenas pelos canteiros de azaleias e rododendros, que começavam a desabrochar. Os narcisos, ainda floridos por causa do prolongado inverno, resistiam com bravura, as cabeças amarelas erguidas, pequenas manchas coloridas desafiando todo o cinza ao redor. À direita do gramado, onde dois caminhos paralelos estendiam-se ao longo da sebe junto do muro, Jane notou mudanças distintas na disposição do jardim. O solo escuro e fértil fora revolvido, formando dois novos canteiros, simétricos aos que se encontravam no lado oeste do gramado. Ela já ia se virar e comentar a respeito, quando um movimento no canteiro mais distante atraiu sua atenção. Resolveu aproximar o rosto da janela, erguendo as mãos em torno dos olhos para cortar a luz da sala de estar por trás.

– Alicia, parece que há...

Jane sentiu o braço de Alicia roçar no seu quando a amiga parou ao seu lado. Ela também levantou as mãos para proteger os olhos da claridade e poder ver melhor. Depois, concluiu a frase por Jane:

– ... dois homens expostos ao vento e à chuva, abrindo buracos no jardim e ficando encharcados.

– O que eles estão *fazendo*? – Ela contraiu os olhos, numa tentativa de ajustar melhor a vista à falta de claridade.

Alicia riu.

– Não os reconheceu, minha cara? São David e Jock... o marido de Effie. Passaram o dia inteiro ali, plantando rosas no novo canteiro.

Jane virou-se para Alicia, incrédula.

– Neste tempo? Para quê? Podem acabar pegando uma pneumonia dupla se não tomarem cuidado.

– Posso lhe garantir que nem vale a pena tentar impedi-los. Há cinco meses que o jardim tem sido a maior terapia de David.

– É mesmo? De que jeito? – Jane voltou a olhar para os dois homens trabalhando.

Alicia puxou uma das cortinas.

– Lembra quando David parou de trabalhar na Glendurnich em dezembro passado, deixando The Beeches e mudando-se com Rachel e as crianças para cá, depois do primeiro tratamento de quimioterapia?

– Claro que lembro.

Jane afastou-se da janela e foi puxar a outra cortina, enquanto Alicia continuava.

– Na ocasião, George achou que seria uma boa ideia se David tivesse alguma coisa com que ocupar a mente. Por isso, pediu que ele o ajudasse a cuidar da propriedade. – Alicia afastou-se da janela e foi se apoiar no encosto de um sofá, os braços estendidos para a frente. – David logo chegou à conclusão de que o administrador da fazenda vinha cuidando de tudo muito bem sem sua ajuda. Mas um dia, quando procurava alguns papéis aqui no escritório, encontrou as plantas antigas dos jardins de Inchelvie na ocasião em que a casa foi construída. Ao que parece, alguns dos canteiros originais desapareceram, provavelmente substituídos pelo gramado, mais ou menos na época da Grande Guerra, quando a mão de obra era escassa. Por isso, num súbito impulso, David assumiu o encargo de restaurar o jardim à sua antiga glória. Desde então, é nisso que vem empenhando todos os seus minutos de folga, quase literalmente. Sempre que Rachel ia a Inverness receber o tratamento ou apenas ficava em casa dormindo, David saía para o jardim, desdobrava as plantas antigas e começava a cavar. – Alicia soltou uma risada e afastou-se do encosto da poltrona. – Em algum momento, ele recrutou Jock para ajudá-lo. Não creio que o velhinho jamais tenha trabalhado tanto em toda a vida.

As duas foram até a terceira janela. Estava quase que totalmente escuro lá fora, mas outra vez elas protegeram os olhos para ver melhor. Os dois vultos haviam se aproximado um pouco da casa, vagamente iluminados pela claridade que se projetava da janela. David de cabeça descoberta, com os cabelos grudados na pele por causa da chuva, conversava com Jock, que usava uma enorme capa amarela e espiava de baixo do chapéu impermeável para o papel envolto em plástico que David estendia com a mão direita.

Alicia e Jane afastaram-se da janela, ambas sentindo de forma instintiva que não queriam ser surpreendidas observando os dois homens. Alicia virou-se e sorriu para Jane.

– A raiva que o jardim absorveu nos últimos cinco meses é incomensurável.

Ela fechou as cortinas sobre a última janela, deixando de fora o dia escuro e frio.

2

George Inchelvie fechou a pasta em sua mesa, tampou a caneta-tinteiro e prendeu-a no bolso interno do paletó de *tweed*. Uma rajada de vento e chuva investiu contra a janela da sala, fazendo-o virar na cadeira para contemplar a fileira de bétulas prateadas, ainda novas. Haviam sido plantadas no ano anterior para proporcionar abrigo, no futuro, ao novo estacionamento de carros da destilaria, mas agora os galhos finos balançavam em submissão ao assédio do vento.

Ele olhou para o relógio em seu pulso: eram 16h30. Apertou o botão do interfone e, no mesmo instante, a voz suave de sua secretária ressoou na sala.

– Pois não, lorde Inchelvie?

– Mhairi, vou embora mais cedo hoje. Tenho uma reunião em Dalnachoil esta noite e quero chegar em casa antes do tempo piorar. Algum recado para mim?

– Vou verificar, milorde. – Ele ouviu, pelo interfone, o ruído de páginas sendo viradas. – Não há nenhum.

– Está bem. Confirmou com a Associação do Uísque a minha participação na conferência em Glasgow na próxima semana?

– Confirmei, e também fiz reserva no Devonshire Place para as noites de terça e quarta-feira.

– Bom trabalho. Não se esqueça de pedir uma suíte com duas camas, para o caso de lady Inchelvie resolver ir a Glasgow comigo.

– Certo, milorde.

– Muito obrigado, Mhairi. Até amanhã.

– Boa noite, milorde. E tenha cuidado ao dirigir com esse tempo.

– Terei, Mhairi.

George sorriu para si mesmo pela preocupação maternal da jovem. Desligou o interfone e inclinou-se para pegar a bengala ao lado da mesa. Levantou-se, apoiando-se na bengala e na beira da mesa, e ficou parado por um instante, antecipando a dor intensa que se irradiaria pela perna esquerda assim que começasse a andar.

Nunca dera muita importância ao tiro que recebera quando lutara na Holanda, durante a guerra, apesar de a bala ter se alojado a alguns milímetros de sua coluna. Mas atualmente o frio e a umidade incessantes, associados à idade avançada, pareciam agravar o problema muito mais do que quando ainda era jovem.

Ele virou num ângulo de noventa graus, a fim de ficar de frente para o suporte de casacos. Com os dedos da mão livre, comprimiu a base das costas e deu um passo à frente. Foi como se uma faca lhe rasgasse o lado esquerdo do corpo, mas ele continuou em frente, sabendo que a dor diminuiria a cada passo. Alcançou o suporte de casacos, pegou o velho sobretudo de *tweed* e ajeitou-o nos ombros. Passando a bengala de uma mão para a outra, a fim de manter o equilíbrio, pôs o velho chapéu de feltro na cabeça e abriu a porta de sua sala.

Atravessou devagar o vasto salão em que funcionava o escritório da Glendurnich Distilleries Limited a caminho da enorme porta dupla de vidro na outra extremidade, que levava à área de recepção. Não gostava das novas disposições do escritório, mas achara, mesmo como presidente do conselho administrativo, que qualquer crítica poderia ser considerada antiquada e nostálgica. Durante seus dias mais ativos na destilaria, pouco mudara no interior do prédio desde que seu tetravô Alasdair Corstorphine produzira a primeira garrafa do Glendurnich Malt Whisky, em 1852.

Era, então, um labirinto de pequenas salas revestidas com painéis de carvalho, ligadas por corredores estreitos, oferecendo um acesso direto à destilaria propriamente dita. Por isso, havia sempre um movimento intenso de pessoal da administração, de secretárias e de operários. George sempre achara que essa disposição criara a estrutura autônoma sobre a qual a companhia construíra sua história de sucesso, iniciada em 1882, quando o príncipe de Gales, por acaso, provara o *Finest Malt* da Glendurnich, num dos muitos clubes londrinos que costumava frequentar. Em menos de uma semana o nome do uísque alcançou a população em geral, por meio das colunas de fofocas de todos os jornais nacionais. O futuro rei, ao que se dizia, gostara tanto do produto da Glendurnich que "agora considera que há uma razão válida para visitar sua mãe regularmente, em Balmoral".

Ao final de 1889, a Glendurnich dobrara sua produção para 300 mil litros por ano. No ano seguinte, a companhia recebera um Royal Warrant, como fornecedora de *Scotch Whisky* para a família Real. Em 1906, o filho de Alasdair, Ralph Corstorphine, que encontrara tempo para ser ao mesmo tempo membro do Parlamento e presidente do conselho administrativo, recebera um Pariato Hereditário, por serviços prestados ao governo e à indústria. Escolhera o nome de Inchelvie, pela casa enorme e irregular que construíra em sua propriedade nas charnecas, perto de Grantown-on-Spey.

Esses prêmios e reconhecimentos, no entanto, eram considerados realizações da destilaria, mais do que conquistas individuais. A família Corstorphine nunca perdera isso de vista. A hierarquia na companhia baseava-se mais nos conhecimentos de destilação de uísque do que na posição administrativa. Uma das memórias mais persistentes de George era a de seu pai, presidente do conselho administrativo na ocasião, encostado num radiador, em um dos corredores, pedindo informações sobre um ponto da produção de uísque aos dois jovens irmãos McLachlan, que eram o *stillman* e o *mashman* da companhia; os dois estavam a caminho da cantina dos operários, enquanto ele ia para uma reunião.

Mas agora os corredores, as salas e a história haviam sido arrancados do prédio, por recomendação de um arquiteto de Londres. David mostrara o projeto a George, antes de a reforma ser contratada. O arquiteto declarara, na carta que acompanhava as plantas, que seu projeto criaria "um local de trabalho em harmonia com as exigências da tecnologia moderna, onde os funcionários podem ser flexíveis na utilização do sistema integrado de computação, que por sua vez proporcionará uma rede de informações que irá otimizar a Qualidade Total de Administração e permitir que a Glendurnich alcance novos objetivos no próximo milênio".

George pensara na ocasião que a carta e o projeto não passavam de besteira. E o pior: não havia previsão no projeto para permitir o acesso dos operários da destilaria ao novo prédio. Eles teriam uma nova cantina, mais perto do local de trabalho, a fim de reduzir o tempo consumido na mudança de turno.

George sorriu para si mesmo. Talvez fosse um alívio para os operários não correr mais o risco de encontrar o presidente do conselho administrativo e perder metade de seu intervalo de descanso em conversas com ele. De qualquer forma, depois de voltar a se envolver ativamente com a Glendurnich nos últimos seis meses, George tinha de admitir para si mesmo que o novo prédio, embora impessoal, criara uma eficiência vigorosa e arejada, que não existia nos corredores antigos e salas abafadas. Mais importante ainda, pudera acomodar os vinte ou mais novos cargos de destaque, criados pela contínua expansão da Glendurnich.

Mas isso não significava que ele tinha de gostar. Foi andando em seu ritmo determinado, passando pelos movimentados postos de trabalho, como contabilidade, marketing, distribuição, consciente de que sua figura trôpega devia parecer um total anacronismo aos que trabalhavam no ambiente de alta tecnologia dos novos sistemas da empresa. Mesmo assim, rostos jovens se levantaram de suas mesas ou se desviaram de telas de computador para oferecer um polido "Boa tarde, lorde Inchelvie", enquanto ele passava lentamente. George retribuía a cada cumprimento com um sorriso e um aceno de cabeça, acrescentando o primeiro nome da pessoa, quando conseguia se lembrar.

Já percorrera a maior parte do caminho quando o jovem sentado à mesa mais próxima da porta de vidro levantou-se de um pulo e abriu-a. Ele esperou ali por 15 segundos, com um sorriso radiante, até que George finalmente o alcançou.

– Muito obrigado... ahn... – George fitou-o. – Desculpe, mas não sei o seu nome.

– Archie McLachlan, milorde.

George ergueu as sobrancelhas em surpresa.

– Por acaso é parente dos irmãos McLachlan?

– Sou, sim. George McLachlan era meu avô.

– Que coisa extraordinária! Eu estava pensando em seu avô e tio-avô quando saí da minha sala. Os dois foram lendários nesta destilaria.

Os olhos do jovem iluminaram-se de orgulho.

– Sempre me disseram isso, milorde.

– É maravilhoso saber que a ligação com a família ainda continua. – George lançou um olhar para a mesa do rapaz. – Está na distribuição, não é?

– No momento, senhor. Estou num estágio de um ano. Passei nove meses na destilaria e agora vim para o escritório, pelo resto do período.

– Muito bom, Archie. – George estendeu a mão para o jovem. – Vamos manter mais que uma tradição de família, está bem?

Archie apertou a mão estendida do velho com uma expressão solene, como se estivesse fechando um negócio importante.

– Será uma honra para mim, milorde.

George ofereceu uma alegre piscadela para o rapaz e passou pela porta de vidro. A área de recepção era uma parte do prédio que o arquiteto não tivera permissão para alterar. Quatro velhos sofás de couro marrom estavam encostados nas paredes com painéis de madeira que exibiam fotos antigas, em tons de sépia, da destilaria, na passagem do século. Um velho relógio de pé ornamentado batia de forma tranquilizadora entre duas estantes de mogno com portas de vidro, expondo garrafas de Glendurnich que marcavam ocasiões históricas, como os Victory Malts de 1918 e 1945 e os Coronations Malts, a partir de 1903. Havia fotos ao lado das garrafas: uma visita real; uma apresentação num torneio de golfe; um enorme iate de regata, inclinado num ângulo que desafiava a gravidade, a vela triangular dianteira exibindo o emblema da Glendurnich; e, flanqueando tudo, dois enormes troféus de prata, conquistados pela equipe de *shinty* da destilaria.

Mas provavelmente o patrimônio mais importante e valioso ali era Margaret, a recepcionista. Nunca haveria qualquer necessidade de segurança em Glendurnich enquanto ela estivesse guardando a porta da frente. Uma mulher enorme e formidável, Margaret sempre dera a impressão a George de que falava com a humanidade como se todos sofressem de profunda surdez.

Ela conseguira seu primeiro emprego como datilógrafa, quarenta anos antes, com uma pequena ajuda do pai, que era o principal *brewer* da destilaria. Cinco anos depois, ofereceram-lhe o cargo de recepcionista. A partir daí, a área da recepção tornara-se seu domínio, que ela controlava de trás de sua mesa, com um olho no painel telefônico e outro na porta. Sua aposentadoria fora discutida, certa vez, numa reunião do conselho administrativo, mas a moção por sua permanência fora aprovada mais depressa do que qualquer outra resolução na história da companhia. Desde então, todos consideravam que sua saída seria um mau presságio para a Glendurnich, similar aos corvos abandonando a Torre de Londres. Por acaso, ela também fora o principal motivo para que nenhuma alteração fosse permitida na área da recepção.

Ela levantou os olhos da mesa telefônica, quando George passou pela porta de vidro.

– Já está indo para casa?

– Já sim, Margaret. Tenho uma reunião em Dalnachoil esta noite. Achei que seria melhor sair um pouco mais cedo, por causa desse tempo horrível.

Margaret levantou o corpo volumoso e virou-se para pegar alguma coisa no chão. Por um momento, seu enorme traseiro coberto por tecido xadrez era a única coisa visível por cima da mesa.

– Se o senhor puder esperar um instante...

Ela tornou a se empertigar, um pouco ofegante do esforço, segurando uma enorme capa impermeável bege e um guarda-chuva de golfe multicolorido.

– Vou acompanhá-lo até seu carro. Não posso permitir que fique encharcado.

– É muita gentileza sua, Margaret, mas acho desnecessário...

George não pôde acabar a frase, sua voz foi abafada pela crítica imediata de Margaret.

– Não quero ouvir mais nenhuma palavra, milorde. Espere só até eu pôr a capa e depois enfrentaremos a chuva juntos, está bem?

Margaret pôs o guarda-chuva na mesa e começou a vestir a capa, com evidente dificuldade.

– Pode me dizer como está o Sr. David? – indagou ela, num tom de voz quase normal.

– Ele está bem, Margaret. Ainda precisava resolver algumas coisas, mas tenho certeza de que voltará ao trabalho em breve.

– Espero que sim, milorde, porque todos sentimos muito a sua falta. – Ela abotoou a capa e prendeu o cinto em sua frente ampla. – Se puder dizer que perguntei por ele...

– Claro que direi, Margaret. E obrigado.

Estavam quase na porta giratória, quando o telefone tocou na mesa de Margaret. Ela voltou apressada, pegou o aparelho e gritou:

– Recepção!... Ah, pois não, Sr. Caple... Não, Lorde Inchelvie ainda está aqui, mas já vai para casa, porque tem uma reunião esta noite... Claro, perguntarei a ele... pois não, Sr. Caple. – Ela baixou o telefone e olhou para George. – O Sr. Caple quer saber se pode lhe conceder uns poucos minutos. Diz que virá até aqui imediatamente.

George sorriu.

– É o que acontece quando se tenta escapar do trabalho mais cedo. Sempre se é descoberto. De qualquer forma, Margaret, obrigado. E acho que pode tirar a capa. Sei como podem se prolongar os "poucos minutos" do Sr. Caple.

Enquanto Margaret voltava para sua mesa, a porta de vidro que dava para o escritório foi aberta, e Duncan Caple apareceu. Era um homem alto e magro, com 30 e tantos anos, parecia mais um contador do que o executivo determinado e dinâmico que era. Essas qualidades haviam criado sua reputação e foram o principal motivo pelo qual, um ano antes, David o tirara da companhia de xerez, com sede na Espanha, para assumir o comando executivo da Glendurnich. George, no entanto, embora o reconhecesse como um homem de imensa competência nos negócios, também o via como alguém que carecia de personalidade e charme social.

– George, meu caro, foi muita gentileza sua me esperar – disse Duncan, enquanto se aproximava.

George fitou-o com uma expressão dura, já sentindo alguma irritação, pela informalidade e pela maneira lenta e condescendente com que Duncan sempre lhe tratava, como se ele já estivesse nos estágios iniciais de Alzheimer.

Duncan estendeu a mão ao alcançá-lo, um gesto que George considerou desnecessário, pois já haviam se encontrado em três ocasiões diferentes naquele dia. Mesmo assim, apertou a mão estendida com bastante força, para mostrar a Duncan que seu cérebro confuso ainda era capaz de enviar mensagens aos músculos do braço.

– Não quero demorar muito, Duncan. Tenho uma reunião esta noite.

– Não se preocupe, não vou retardá-lo. Se pudéssemos ir para a sala de reuniões por um momento...

Ele foi até uma porta de madeira na área de recepção, abriu-a e deu um passo para o lado, com o braço estendido, a fim de deixar George passar na sua frente. Virou-se para Margaret.

– Retenha todas as ligações, por favor, até eu terminar a reunião com lorde Inchelvie.

Por pura implicância, George resolveu afirmar sua posição superior desde o início. Seguiu direto para a cadeira grande e toda ornamentada à cabeceira da mesa de reuniões, pendurou a bengala no encosto e se sentou com esforço entre os dois braços de couro. Puxou as abas do sobretudo por baixo do corpo e ajeitou-as ao redor do corpo.

– Sente-se, Duncan – disse ele, indicando a cadeira ao seu lado.

Duncan sentou-se. Depois, empurrou a cadeira para trás, esticou as pernas e cruzou-as nos tornozelos. Cruzou as mãos por trás da cabeça e sorriu, a informalidade de suas ações constituindo uma repreensão silenciosa à atitude de George.

– Como está David? – perguntou ele, abruptamente.

George fitou-os nos olhos, especulando se haveria algum motivo oculto para começar com aquela pergunta, ou se fora feita por uma preocupação sincera. Ele respondeu em voz pausada:

– Vai bem, na medida do possível. Ainda tem vários problemas a resolver, como o espólio de Rachel e tudo o mais, mas logo vai dar um jeito.

Duncan estufou as bochechas.

– Ótimo... ótimo... – murmurou ele, balançando a cabeça. – Fico contente em saber.

Subitamente, Duncan descruzou as pernas e as mãos. Inclinou-se para a frente, os cotovelos apoiados na mesa, o queixo nas mãos.

– Veja bem, temos um problema, George. E não vejo como contorná-lo... do jeito que as coisas estão neste momento.

George ficou momentaneamente aturdido com a franqueza inesperada de Duncan.

– Se eu puder ajudar de alguma forma...

– Acho que pode, George. Entenda, acredito que precisamos trocar o nosso distribuidor nos Estados Unidos.

George mudou de posição na cadeira, com uma expressão dura.

– O quê? Quer sair da Lacey's? Por que faríamos isso? Eles são nossos agentes há cinquenta anos. E Jim Lacey é um grande amigo meu.

Duncan ergueu a mão, como se quisesse interromper o fluxo de palavras.

– Não duvido, George, não duvido, mas o fato é que, durante o último ano, a Lacey's vem perdendo mais e mais as metas de venda projetadas para a Glendurnich. O último relatório da Morgan-Graz chegou na semana passada. E demonstrava de maneira evidente que nossa perda de mercado nos Estados Unidos corresponde diretamente ao aumento de vendas do Glenlivet e do Glenfiddich. Nós realmente não podemos perder nossa fatia no mercado dessa forma.

George manteve-se em silêncio por um momento, esfregando o lado do rosto enrugado com a mão e olhando para a outra extremidade da mesa.

– Você terá de convocar uma reunião do conselho, Duncan. Não pode tomar essa decisão sozinho.

– Sei disso, George. Vou convocar a reunião para depois de amanhã. Temos que tomar uma atitude imediatamente, quero que um novo distribuidor seja escolhido até o final do mês.

– Mas só faltam duas semanas para o mês acabar!

– Sei disso, mas o problema é urgente... e... bem, e foi por isso que perguntei por David.

– O que quer dizer?

– Bem... – Duncan tornou a se inclinar para trás. – Quero que David volte ao trabalho o mais depressa possível.

– De jeito nenhum! – explodiu George. – Nós mesmos podemos cuidar disso. David já tem preocupações demais neste momento... e você mesmo disse que ele poderia se afastar por tanto quanto fosse necessário.

Duncan balançou a cabeça.

– Tem razão, eu disse, mas isso foi antes de o problema surgir. E nós *não temos* condições de resolvê-lo sozinhos. Terei que viajar para Londres e diversas cidades da Europa a partir de meados da próxima semana, enquanto você vai participar da conferência da Associação do Uísque em Glasgow. – Duncan fez uma pausa, alisando os cabelos para trás com as duas mãos. – E David ainda é o diretor de marketing da Glendurnich. É função *dele* a escolha do novo distribuidor.

George apoiou o cotovelo no braço da cadeira, fechou os olhos e começou a massagear a testa em pequenos movimentos circulares. A mente entrou de repente num conflito involuntário entre a instintiva proteção paterna de sua prole e a prosperidade de sua empresa. Teve uma visão mental do filho, que apenas um ano antes era um jovem cheio de vitalidade e dinamismo, com toda uma vida feliz estendendo-se à sua frente. Agora, David passava todas as horas despertas a cavar no jardim de Inchelvie, com a intenção de nunca mais parar, para que o cérebro não fosse dominado por pensamentos e lembranças da esposa morta.

Duncan observava-o atentamente, notando a cor se esvair de seu rosto. Estava prestes a dizer alguma coisa quando George falou, devagar:

– Estou falando sério. Não creio que David tenha condições de assumir qualquer coisa neste momento.

– Eu ia dizer, George, que pode ser justamente o que David precisa – murmurou Duncan, depois de pensar por um momento. – Deixar a Escócia, ir para um lugar diferente. Prometo que o trabalho não será excessivo. David só vai precisar... ora, estar lá.

Lorde Inchelvie suspirou, compreendendo que, pelo menos uma vez, o desgraçado estava demonstrando de fato alguma preocupação.

– Sei disso e agradeço a sua compreensão – murmurou George, a voz soando cansada e velha –, mas não é só isso. Tenho certeza de que David não gostaria de ficar longe das crianças neste momento.

O sorriso desapareceu do rosto de Duncan. Ele fitou George em silêncio por um longo momento, depois levantou e começou a andar de um lado para o outro.

– Entendo a sua posição, mas é preciso ver a situação do meu ponto de vista. Fui convidado para dirigir esta empresa há um ano, a fim de promover seu crescimento. Até agora consegui, mas não posso continuar sem o seu apoio total. Neste momento, preciso desesperadamente de um diretor de marketing. Não posso mais perder a nossa parcela de vendas no mercado externo mais importante. – Ele se virou e fitou George nos olhos. – Eu realmente preciso de um diretor de marketing agora. Lamento dizer isso, George, mas, se David não for capaz de reassumir o cargo, terei de pensar em substituí-lo. – Duncan recomeçara a andar e alcançara a outra extremidade da mesa, onde se virou para encarar George. – Independentemente de quem David é, terei de pedir ao conselho que considere o assunto na reunião.

Duncan olhou para o seu relógio.

– Espero não tê-lo retido aqui por tempo demais. Você ainda chegará à reunião a tempo?

George acenou com a cabeça lentamente.

– Então, boa noite... e dirija com cuidado. As estradas devem estar perigosas, com toda essa chuva.

Duncan foi até a porta, abriu-a e deixou a sala. George continuou sentado ali por mais algum tempo, depois se levantou também, quase se arrastando até o telefone numa mesa ao lado da sala. Tirou-o do gancho e discou.

– Alô, Hamish?... Aqui é George Inchelvie... Infelizmente, não poderei ir à reunião esta noite... Não, sinto muito, mas surgiu um problema inesperado. Pode apresentar meu pedido de desculpas a todos? Obrigado, Hamish. Combinado?... Ótimo... transmita meus cumprimentos à Christine... até a próxima.

3

Jock encostou o forcado no corpo e soprou as mãos, numa vã tentativa de esquentar os dedos dormentes. Enquanto o crepúsculo adensava, a chuva parecia cair mais forte. O som de David revolvendo a terra ao seu lado era abafado pelo barulho da chuva caindo no chapéu impermeável e pelo zunido do vento ártico em seu rosto. Jock estremeceu ao pegar o forcado, a umidade fazendo doer os ombros com artrite. Olhou para David, que, como sempre, continuava a escavar sem descanso, indiferente às condições em que trabalhava.

– Sr. David...

David empertigou-se, cravou seu forcado no chão e olhou ao redor.

– Está ficando meio escuro, Sr. David.

David soltou uma risada pela diplomacia mal-humorada de Jock, sabendo muito bem que aquela era a maneira de o outro dizer que ambos eram completamente doidos por trabalharem no jardim debaixo daquele aguaceiro, com a escuridão aumentando tão depressa que mal podiam ver o que faziam.

Mas Jock era assim. Desde que David o conhecera, o que, pensando a respeito, fora há muito tempo, o homem sempre economizara as palavras. Trabalhava no jardim com uma expressão solene, como se atribuísse ao mundo a responsabilidade total por sua incapacidade de se comunicar. Sob a aparência rude, no entanto, havia um coração generoso. Fora o próprio Jock quem abordara David, no início de sua empreitada para restaurar os antigos canteiros, com uma declaração curta e improvisada para indicar sua disposição de ajudar:

– Não sabe usar um forcado, não é?

Depois disso, passaram a trabalhar juntos constantemente. Todas as manhãs, Jock cumprimentava David com um movimento do queixo para o lado e um som emanando da boca, tão breve e incompreensível quando um ponto de interrogação. Era uma parceria perfeita. Nenhum dos dois desejava falar a respeito de si mesmo ou de seus pensamentos; o exercício físico de cavar e revolver a terra nos novos canteiros e plantar as roseiras, além de observar seus esforços assumirem forma, era suficiente para criar um vínculo de compreensão entre os dois.

David levantou os olhos para o céu escuro e balançou a cabeça.

– Tem razão, Jock. Lamento mantê-lo aqui fora por tanto tempo, mas eu esperava terminar este canteiro ainda hoje. – Ele tirou o forcado da terra e recuou para o gramado, parando por um momento para avaliar as realizações do dia. – Vamos encerrar por hoje, faremos o resto amanhã.

– Sim, se for a vontade de Deus – murmurou Jock, a voz rouca. – Pode me dar seu forcado, Sr. David. Vou levar o material para o galpão.

David entregou o forcado e ficou observando o velho se afastar com uma expressão afetuosa. A capa impermeável rangia a cada passo. Ele enfiou a mão no bolso interno do casaco e tirou o sujo envelope plástico que continha a planta do jardim. Começou a se encaminhar para a casa, devagar, estudando os desenhos enquanto andava. Parou de repente e virou-se a fim de contemplar os novos canteiros. O projeto estava quase concluído. Faltava apenas restaurar os azevinhos de cores diversas para que o jardim de Inchelvie voltasse a ser como antes.

Só que, no fundo, ele não queria que o jardim ficasse pronto. Romperia o encantamento da continuidade que existia desde que iniciara o projeto, os dias de trabalho ligando o presente com o passado, ligando aquele exato momento, parado ali, com a chuva escorrendo da cabeça pelo rosto, a Rachel.

David levou as mãos sujas de terra ao rosto e desceu-as até o queixo, removendo a água e ao mesmo tempo as lágrimas indesejáveis que afloravam em seus olhos.

– Merda!

Bateu no rosto com as duas mãos, para desanuviar a mente. Depois, virou-se e começou a correr pelo gramado. Ao contornar o lado da casa, pôs-se a correr de forma pouco graciosa, com os movimentos dos braços restringidos pelo casco impermeável e as botas folgadas espirrando lama.

Abriu o portão de ferro batido que dava para a área de cascalho na frente da casa, bateu-o com força e ouviu a trinca falhar e o portão abrir novamente. Parou e pôs as mãos nos quadris, enquanto recuperava o fôlego. Ouviu por cima do barulho do vento o som de um carro trocando de marcha no caminho. Esforçou-se para divisar o carro, conseguindo apenas perceber o tênue brilho vermelho das luzes traseiras afastando-se entre as árvores, antes de se perder na escuridão e no vento.

Ele trancou o portão e percorreu a área de cascalho em passos largos, abrindo a porta da frente no momento em que a mãe atravessava o vestíbulo em direção à sala de estar. Ela se virou com um sobressalto.

– David! – exclamou Alicia, levando as mãos ao coração. – Que susto você me deu!

– Perdão.

Ele sorriu, erguendo a mão num gesto de desculpa. Tirou o casaco, jogando-o no banco de igreja, depois passou a descalçar as botas.

– Como está indo, querido? – perguntou Alicia, aproximando-se.

– Indo em quê? – resmungou ele, quase na defensiva, equilibrado sobre um pé, enquanto tirava a meia.

– Com o jardim, querido.

– Ahn... está tudo bem... Vamos terminar aquele canteiro amanhã.

– Bem, acho que isso é maravilhoso, ainda mais considerando o trabalho feito neste tempo horrível. Você e Jock devem estar encharcados. Ele já foi para casa?

– Já, sim, há cerca de dez minutos.

– Ainda bem, porque Effie saiu há meia hora para fazer o chá dele. Íamos jantar cedo mas seu pai acaba de telefonar para avisar que sua reunião foi cancelada por algum motivo. Sendo assim, sete e meia está bom para você, querido?

– Está ótimo.

David juntou as botas e empurrou-as com os pés para baixo do banco. Alicia afastou o casaco molhado para o lado e sentou-se. Tentou ficar abaixo de David, a fim de poder fitá-lo nos olhos. Ele aceitou o contato visual por um instante e ofereceu um sorriso, antes de se encaminhar para a escada. Alicia observou-o por um momento. Depois, soltou um suspiro profundo, levantou-se e seguiu-o através do vestíbulo.

– Vi um carro saindo daqui quando voltei – comentou David sem se virar.

Alicia parou, surpresa pela oportunidade súbita e rara de iniciar uma conversa com o filho.

– Era Jane Spiers. – O tom era jovial, e no mesmo instante ela percebeu como era falso. Limpou a garganta em seguida para encobrir a ansiedade em aproveitar aquela chance mínima e inesperada de comunicação. Foi com a voz mais controlada que acrescentou: – Ela apareceu para tomar um chá. Tinha acabado de levá-la até a porta quando você apareceu. Queria saber como estava tudo aqui... ou melhor, como está.

David virou-se e observou a mãe pelo canto dos olhos. Ela inclinou a cabeça e sorriu.

– Foi muita gentileza dela. – David fez uma pausa e apontou para as escadas. – Bem, eu... ahn... vou subir e tomar um banho.

Alicia assentiu.

– Está bem, querido. Papai e eu esperaremos você aqui embaixo às quinze para as sete.

Enquanto o filho subia devagar a escada, Alicia cruzou os braços e encostou-se na parede. Ficou observando-o até que ele desaparecesse de vista, lá em cima. Depois, fechou os olhos por um instante, balançou a cabeça e murmurou para si mesma:

– Ah, David...

Então voltou até a porta da sala de estar, abriu-a e entrou.

David fechou o jato de água que saía da enorme torneira vitoriana. Inclinou-se para mexer a água um pouco escura de turfa, que saía do tanque, vinda direto da fonte natural na charneca, acima de Inchelvie. Largou o roupão no chão e passou uma perna por cima da banheira, ao mesmo tempo em que tirava o relógio do pulso. Ao pô-lo na cadeira ao lado, notou que o mostrador estava embaçado. Esfregou-o com o polegar. Eram 17h57... a hora do noticiário.

Ele saiu da banheira e atravessou o banheiro enfumaçado até o armário com espelho em cima da pia. Abriu-o e tirou um pequeno rádio da prateleira do topo. Ao fechar a porta, o espelho balançou como uma armadilha para pegar os contornos difusos de seu rosto. Ficou parado ali, contemplando o reflexo com suas feições irreconhecíveis, um rosto que nada dizia: não era bonito nem feio, não exibia humor ou raiva, nem felicidade ou tristeza. Não registrava identidade nem emoção, e David experimentou uma vaga sensação de conforto só de olhá-lo.

Largou o rádio ao lado da pia e ergueu a mão lentamente para limpar o espelho. Lá estava, o rosto que ele conhecia, a magreza agora acentuada pelas manchas de lama deixadas pelos dedos quando removera a água no jardim. Apenas um ano antes, refletiu David, aquele rosto de 40 anos parecia registrar os pensamentos e interesses de um jovem de 25. Agora, dava a impressão de que tinha o dobro da idade. Ele se apressou em erguer a mão e abrir a porta do armário, a fim de romper o encantamento do autor remorso, segurando-a antes que batesse na parede.

– Droga! – exclamou ele. – Pare de pensar em si mesmo o tempo todo!

Pegou o rádio e ligou-o, virando o botão até encontrar o noticiário. O alto-falante deixou escapar uma porção de ruídos, como numa reação de desafio pela manipulação tão brusca. Em alguma emissora, ele ouviu a mera insinuação dos acordes iniciais de uma canção, então parou e voltou à procura do canal. Finalmente, ouviu a voz do locutor:

... e agradecer por estarem conosco esta noite. Aqui é Danny McKay, da Rádio Moray Firth, voltando no tempo com uma linda canção de Smokey Robinson and The Miracles... "Tracks of My Tears".

David suspendeu o rádio à sua frente, enquanto os acordes formavam a canção:

*People say I'm the life of a party, 'cos I tell a joke or two...**

Ele aninhou o rádio nas mãos, como se segurasse um passarinho ferido, que, se ele mexesse demais, pararia de respirar de repente e morreria.

*So take a good look at my face, can't you see the smile, it's out of place.***

David largou o rádio na cadeira ao lado do relógio com o maior cuidado, entrou na banheira e sentou-se devagar, permitindo-se o prazer de deixar a água cobrir seu corpo, enquanto as memórias afloravam na mente.

4

Naquele ano, Oxford resplandecia com o calor inesperado desde a primeira semana de maio, que trouxera um fluxo prematuro de turistas para as ruas, já repletas com a multidão jovem e agitada de estudantes. Os fins de semana eram ainda piores. Naquele sábado em particular, o volume de tráfego a caminho da cidade era intenso desde St. Aldates até a delegacia de polícia. David estava sentado em seu carro parado no engarrafamento, condenando a si mesmo, silenciosamente, ao refletir que ficaria retido ali por muito mais tempo do que teria levado para percorrer a pé a distância entre as quadras de tênis do Christchurch College e o Kings Arms, na Holywell Street.

*"As pessoas dizem que sou a alma da festa, porque conto uma piada ou outra..." (*N. do E.*)
**"Então dê uma boa olhada no meu rosto. Não vê que o sorriso é artificial?" (*N. do E.*)

Tamborilou com os dedos, impaciente, no volante do velho Triumph Vitesse. Esticou a cabeça pela janela para verificar se havia algum sinal de movimento mais à frente. Depois olhou para o relógio e o indicador de temperatura no painel de nogueira. Eram 12h50. Já estava cinco minutos atrasado e podia detectar os primeiros indícios de vapor subindo do radiador do carro. "Droga! Deveria ter ido a pé!"

David inclinou-se para o porta-luvas, pegou um punhado de fitas cassete sem capa e começou a examiná-las, largando as rejeitadas no banco ao lado. Nesse momento, os carros recomeçaram a andar. Ele soltou a embreagem sem pôr as mãos no volante. Escolheu o álbum *Motown Greatest Hits*, inseriu no novo toca-fitas estéreo Philips, um presente recente e muito apreciado dos pais quando fizera 21 anos.

Quando a segunda faixa chegava ao fim, David entrou com o carro numa vaga entre duas fileiras de bicicleta, próximo do Kings Arms. Saltou, trancou o carro e avançou apressado pela calçada até a porta dupla do pub. Empurrou-a com as duas mãos, conseguindo abrir apenas uma fresta, tamanha era a resistência causada pela quantidade de corpos no outro lado. Esgueirando-se pela abertura para o ambiente quente e enfumaçado, David abriu espaço por entre a multidão da hora do almoço, esticando a cabeça no alto de seu 1,88 metro de altura, na tentativa de localizar os amigos. Um grito elevou-se acima do alarido:

Ei, David, estamos aqui!

Ele se virou para avistar Toby de pé numa cadeira e acenando com um descanso de copo por cima da cabeça, o corpo atarracado delineado pela luz do sol empoeirada que atravessava a janela do pub. David seguiu em sua direção. Demorou um pouco, mas alcançou a mesa apinhada que seu amigo ocupava, resplandecendo no uniforme branco de críquete.

– Já pedi um para você. – Toby apontou para uma caneca na mesa, depois olhou para a pessoa sentada à sua frente. – Chegue para o lado, Henry. Há espaço para mais um no banco.

Enquanto David se acomodava no pequeno espaço que Henry abrira, uma jovem de cabelos castanhos, sentada à direita de Toby, no banco perto da janela, levantou os olhos do livro que estava lendo por um instante e afastou os cabelos do rosto com os dedos. Pegou sua caneca e tomou um gole, os olhos castanhos fixando-se em David por cima da borda. Por uma fração de segundo, aqueles olhos se iluminaram num sorriso cativante. Depois, ela largou a caneca na mesa e voltou a se concentrar no livro, os cabelos mais uma vez caindo sobre o rosto.

Toby, que continuava a conversar com Henry, percebeu a troca de olhares e olhou de um para o outro. Inclinou-se através da mesa e disse:

– Se puder me conceder sua atenção por um momento, David, eu gostaria de apresentá-lo a Jane.

Ele se virou para a jovem loura à sua esquerda, que lhe ofereceu um sorriso. David sorriu em resposta e balançou a cabeça num cumprimento. Não podia haver a menor dúvida, pensou ele, de que era mais uma das calouras que Toby tentava conquistar.

– Jane – continuou Toby –, este é David Corstorphine... ah, desculpe, o HONORÁVEL David Corstorphine, segundo-tenente em estágio, devo acrescentar, no regimento Queen's Own Highlanders, e proprietário de uma das poucas destilarias de *malt whisky* existentes em *toda* a Escócia. Por isso mesmo, é sempre um convidado de primeira para qualquer festa...

– Já chega, Toby – interrompeu David, embaraçado pela atitude incorrigível do amigo. – Isso já me descreve bem.

– Ora, deixe-me acabar. Agora é que comecei a me animar.

Jane soltou uma risadinha estridente, oferecendo a Toby um estímulo para continuar em seu monólogo. Ele passou a contar os atributos de David nas pontas dos dedos.

– Campeão de tênis, ex-guitarrista da famosa banda universitária The Tenement Blok e dono do toca-fitas estéreo mais espetacular de toda Oxford. – Toby olhou para o amigo. – Pronto, já acabei. Não foi tão ruim assim, não é?

David sorriu, irônico. Tomou um gole da caneca, ao mesmo tempo em que fazia novamente contato visual com a moça de cabelos castanhos que tornara a levantar os olhos do livro. Ela ergueu as sobrancelhas e balançou a cabeça de maneira quase imperceptível, antes de baixar os olhos de novo.

– Afinal, quem ganhou a partida de tênis? – perguntou Toby.

– Nós ganhamos... por pouco – respondeu David. – Foi por isso que me atrasei. O último set foi até 13-11. Que horas começa a sua partida de críquete?

– Às duas horas. – Toby inspirou, meio trêmulo, e executou um ressoar de tambor nos joelhos com as mãos. – E estou nervoso demais. Alguém, em sua infinita sabedoria, decidiu que devo começar como batedor.

– Sensacional! – David esfregou as mãos, numa exultação maliciosa. – Não vou perder isso por nada neste mundo! – Ele se levantou e acrescentou: – É melhor você beber mais um pouco, para adquirir a coragem dos bêbados. O que vai querer?

– Tem de ser rápido. Apenas meio Flowers. – Ele estendeu os braços por cima da cabeça, depois passou um braço pelos ombros de Jane, num gesto distraído. – E pode aproveitar a viagem para trazer meio *lager* para Jane.

David tirou a carteira do bolso traseiro do short de tênis e encaminhou-se para o balcão, deixando Toby prosseguir em sua tentativa meio desajeitada de seduzir Jane. Ele só dera dois ou três passos quando parou abruptamente e virou-se para a moça de cabelos castanhos no outro lado da mesa.

– Quer beber mais alguma coisa?

Ela continuou concentrada no livro, dando a impressão de que não ouvira a pergunta em meio a tanto barulho. David inclinou-se em sua direção.

– Perguntei se queria beber mais alguma coisa.

A moça levantou os olhos com um sobressalto de surpresa ao se deparar com David à sua frente.

– Como? Ah, sim... é muita gentileza sua. – Ela pegou seu copo, esvaziou-o e o estendeu para David – Um suco de laranja seria ótimo! Obrigada!

Seus olhos faiscaram de novo, antes de se voltarem para o livro.

Foram necessárias duas viagens até o bar para pegar os pedidos de todos à mesa. Ao final, David pôs o copo com suco de laranja na frente da moça de cabelos castanhos. Quando se sentou, ela levantou os olhos e sorriu-lhe em agradecimento. Toby por acaso virou-se nesse instante e testemunhou a nova troca de olhares. Ele pegou sua caneca, esvaziou a cerveja de um só gole e levantou-se de um pulo.

– Muito bem! O momento da verdade está chegando! – Cruzou as mãos sobre o coração, num gesto teatral, e olhou para Jane. – Mas, depois que a batalha for vencida, voltarei para reclamar meu prêmio!

Toby inclinou-se e deu um beijo longo e ruidoso na face da jovem sorridente. Depois, virou-se para David com um sorriso insinuante.

– E acho que darei um beijo também em sua amiga!

Antes que David pudesse dizer qualquer coisa para detê-lo, Toby pôs a mão na cabeça da moça de cabelos castanhos e abaixou-se. Sua intenção era apenas de dar um beijinho em sua testa, mas o contato inesperado fez com que a moça levantasse o rosto abruptamente, a boca entreaberta para emitir alguma exclamação de surpresa ou protesto. Esse movimento e o impulso de Toby foram sincronizados de uma maneira tão perfeita, embora não intencional, que ele se descobriu dando o beijo não no alvo visado, mas nos lábios.

A reação da jovem a essa violação indesejável não poderia ser mais imediata. O livro saiu de suas mãos e voou pelo ar. David se esticou e pegou-o, no instante em que passava por cima de sua cabeça. Ela agitou os braços e as pernas para se livrar do abraço de Toby, fazendo a mesa se balançar bruscamente, antes de voltar à posição anterior. Canecas e copos caíram e rolaram pela mesa, os conteúdos atingindo as pessoas sentadas ao redor. Gritos de advertência ressoaram pelo ar, junto às pessoas se levantando de repente no espaço restrito, tentando evitar as pequenas cascatas, abrindo as pernas por baixo da mesa e comprimindo os joelhos contra os assentos.

Num movimento contínuo, a moça ficou de pé e deu um tapa no rosto de Toby. Ele cambaleou para trás e caiu sentado numa poça de cerveja.

– Desculpe! Desculpe! – exclamou Toby, erguendo as mãos em defesa contra um ataque adicional. – Não tive a intenção de fazer isso!

A moça fitava-o com uma expressão furiosa, os olhos contraídos.

– O que você *pensa* que está fazendo? Como se *atreve*?

Ela começou a se afastar. Mas, tendo uma ideia, virou-se e acertou um chute violento na canela de Toby, por baixo da mesa. Depois, batendo os pés com raiva, encaminhou-se para a porta do pub. A multidão compacta e silenciosa se entreabriu para lhe dar passagem, de bom grado, como o mar Vermelho se abrira para os israelitas.

Assim que a porta bateu, soaram algumas risadas e, depois, todo o pub explodiu em gargalhada, menos a mesa em que ocorrera o incidente. Toby continuou sentado, com uma expressão chocada, esfregando devagar o rosto com uma das mãos e a canela com a outra. Os outros ao redor da mesa tentaram em vão enxugar as roupas com as mãos, lançando olhares desaprovadores para Toby.

– Desculpem pelo que aconteceu – murmurou ele, defensivo. Olhou para David, no outro lado da mesa. – Sua amiga é um pouco imprevisível, não é mesmo?

Ainda com o livro da moça na mão, David balançou a cabeça em incredulidade pelas ações de Toby.

– Ela não é *minha* amiga, seu idiota! Nunca a tinha visto antes em toda a minha vida!

– Ora, eu vi quando você pagou uma bebida para ela!

– E daí? Eu trouxe o suco que ela pediu. Não significa que você tenha o direito de molestar a pobre moça.

– Não tive a intenção de fazer *aquilo*... foi um equívoco. – Ele continuava a esfregar o rosto e a perna. – Puxa, como dói...

David levantou-se.

– Foi uma lição merecida por sua grosseria. – Ele respirou fundo. – Ainda estou com o livro dela. Vou ver se consigo alcançá-la e pedir desculpas... por sua atitude louca.

Enquanto ele se virava e se encaminhava para a porta, Toby perguntou, num tom desapontado:

– Isso significa que você não vai assistir à minha atuação como batedor?

David parou, fitou-o e balançou a cabeça.

– Tentarei, mas não acha que ela é a prioridade neste momento?

Ele se esgueirou para fora do pub e parou na calçada apinhada, piscando depressa, tentando acostumar os olhos à intensa claridade do sol. Não havia sinal da moça. David deslocou-se uns dez passos para a esquerda e avistou-a, avançando pela Broad com um jeito determinado, esquivando-se das pessoas. Ele saiu correndo, com o livro na mão direita, pulando de vez em quando para divisar a massa de cabelos castanhos na confusão de cabeças com chapéu e rostos com óculos escuros. Como era difícil esgueirar-se pelo meio da multidão, ele saiu da calçada e começou a correr junto do meio-fio.

Alcançou-a no instante em que ela passava pelos portões do Balliol College. Passou a andar ao seu lado, no mesmo ritmo.

– Olha, sinto muito pelo que aconteceu.

A moça fitou-o de lado. Sem dizer nada, voltou a olhar para a frente e continuou a andar.

– Eu só queria pedir desculpas...

Ela parou e virou-se para David.

– Vamos esquecer tudo, está bem?

David ergueu as mãos num gesto de apaziguamento, a direita ainda segurando o livro. A moça recomeçou a andar. Seguindo o exemplo de David, deixou a calçada e seguiu pela rua, junto do meio-fio. Ele suspirou e ficou observando-a, resignado, as pernas compridas dentro de calças Levi's desbotadas, indo para longe dele. Seu olhar se deteve no traseiro empinado enquanto ela caminhava. Só quando a viu atravessar a Broad e desaparecer depois da esquina da Cornmarket é que se lembrou.

– Droga! O livro!

David saiu correndo, se desviando dos carros, indo numa linha reta até o ponto em que a perdera de vista. Entrou na Cornmarket e avistou-a no mesmo instante, cerca de vinte metros à frente, ainda caminhando pela rua. Finalmente, alcançou-a de novo.

– Trouxe seu livro – murmurou ele, sem fôlego, estendendo-o para a moça. – Ela parou e virou-se. David sorriu, tentando mostrar que era amigo, não inimigo. – Você o deixou no pub.

A moça pegou o livro. Já ia se afastar de novo, mas mudou de ideia e fitou-o com uma expressão ameaçadora.

– Quer saber? Se há uma coisa que eu não *suporto* de jeito nenhum é o gosto de cerveja... e fica ainda pior quando se é obrigado a sentir esse gosto através da boca de outra pessoa!

Por um momento, David arregalou os olhos em incredulidade, mas depois sentiu um impulso incontrolável de rir. Enfiou as mãos nos bolsos do short de tênis e baixou os olhos para seus pés. Não queria que a moça percebesse sua reação ao comentário. Quando tornou a fitá-la, seu rosto ainda continha uma insinuação de sorriso.

– Fico contente que *você* ache engraçado – disse ela, num tom ríspido antes de recomeçar a andar.

David adiantou-se para ficar na frente dela, erguendo as mãos para deter a sua passagem.

– Por favor, escute! Fique parada só um pouquinho... ahn... – Ele olhou ao redor, tentando desesperadamente imaginar o que deveria fazer em seguida. A loja no ponto em que haviam parado tinha licença para vender bebidas alcoólicas em garrafas. – Espere aqui, *por favor*... só por um instante.

Ele se afastou de lado, na direção da loja, observando-a, cauteloso, no caso de ela se afastar de novo. Entrou na loja e voltou trinta segundos depois, com meia garrafa de champanhe Veuve Clicquot. Deixou escapar um suspiro de alívio quando constatou que a moça continuava ali. Estendeu a garrafa para ela.

– Isto é apenas uma pequena oferenda de paz para dizer que sinto muito pelo que aconteceu no pub. *Foi* imperdoável, mas espero... espero que isso a ajude a se livrar do gosto de cerveja!

Enquanto estavam parados ali, levando esbarrões da multidão que passava, David observou-a atentamente. Ela começara a morder o lábio inferior, e ele sentiu um aperto no coração quando a moça virou-se de lado. Por um momento, pensou que perdera sua última oportunidade de consertar a situação. Mas, quando ela tornou a fitá-lo, seus olhos se contraíam no mesmo sorriso cativante que lhe oferecera no pub. Subitamente, a moça desatou a rir, olhando para a garrafa na mão de David, enquanto enfiava as mãos nos bolsos de trás do jeans.

– Ah, tenho certeza de que é o antisséptico bucal mais caro que já me deram! – Ela fez uma pausa e, tirando as mãos dos bolsos, passou os dedos pelos cabelos e respirou fundo. – O que aconteceu no pub não justifica que você me compre uma garrafa de champanhe. – A moça fez outra pausa e assumiu uma expressão embaraçada. – Acho que minha reação foi um pouco exagerada... e, de qualquer maneira, não é você quem tem que pedir desculpas.

David sorriu.

– Bem, acho que alguém tem que pedir desculpas... – Ele ofereceu a garrafa. – Muito bem, se não é um pedido de desculpa, então vamos chamar de... uma oferta de apresentação.

Depois de mais um momento de hesitação, ela pegou a garrafa e ajeitou-a nos braços, ao lado do livro.

– Neste caso, muito obrigada. É mais do que generoso. – Ela estendeu a mão direita para David. – E já que estamos nos apresentando, sou Rachel Devereaux.

David apertou a mão estendida.

– Oi, Rachel... – murmurou ele, experimentando um alívio imenso porque o incidente parecia ter sido esquecido. – É um prazer conhecê-la. Sou David Corstor...

– Sei quem você é – interrompeu Rachel, com um enorme sorriso. – Campeão de tênis, nobre, tenente no Exército... o que mais? Ah, sim, astro do rock.

David sentiu que corava.

– Claro, claro... a lamentável apresentação de Toby! – Ele sorriu também. – Não acha que ambos estaríamos em melhor situação se esquecêssemos esse pequeno interlúdio?

Rachel sorriu e assentiu.

– Talvez seja melhor assim.

– Ótimo! Para que lado você vai agora?

– De volta pelo caminho por que viemos. – Rachel levantou o braço e deu uma olhada no relógio. – Eu deveria estar no prédio de ciências às duas horas para uma aula especial, mas acho que não conseguirei chegar a tempo.

David pôs a mão no braço de Rachel e virou-a na direção da Broad Street.

– Deixei o carro perto do pub. Mesmo com o transito infernal, acho que teremos mais chance de chegar a tempo de carro do que a pé. De qualquer forma, eu ia mesmo para aquele lado. – Ele a fitou, apreensivo, enquanto andavam. – Talvez eu não devesse dizer isso, mas prometi a Toby que assistiria à partida de críquete esta tarde.

Rachel lançou-lhe um olhar enviesado, com um sorriso pesaroso.

– Tem razão. Seria melhor se não tivesse dito.

Foram andando depressa pela Cornmarket, viraram a esquina para a Broad, às vezes separados e, outras vezes, reunidos pela multidão que vinha em sentido contrário.

- Como funciona isso de estudar em Oxford e ser do Exército ao mesmo tempo?

- Ainda não estou realmente no Exército. Como Toby disse, sou um segundo-tenente em período de experiência. Eu me alistei depois que terminei a escola. O Exército paga a universidade e, se eu for aprovado nos exames finais, passarei seis meses na academia militar de Sandhurst e cinco anos servindo no regimento.

- E quando *serão* os exames finais?

- Eu gostaria que não tivesse perguntado isso. - David fitou-a fingindo roer as unhas da mão direita. - No próximo mês!

- Os meus também.

- É mesmo? Não posso acreditar. Qual é a sua faculdade?

- Hertford. Por que disse que não pode acreditar?

- Ahn... porque... porque pensei que já a conhecera antes. Afinal, Oxford não é tão grande assim.

Rachel virou o rosto para ele e sorriu, mas não disse mais nada até virarem a esquina da Broad e se aproximarem do carro. David tirou as chaves do bolso. Rachel foi para a rua e parou ao lado da porta do passageiro.

- Para ser franca, eu já vi *você* - disse ela, olhando por cima do teto do carro.

David parou no instante em que enfiava a chave na fechadura. Fitou-a com alguma perplexidade.

- É mesmo? Onde?

- Não sei. Por aí.

- Então por que eu não a vi?

Rachel deu de ombros.

- Não sei. Talvez não estivesse olhando na direção certa no momento.

O comentário estava impregnado de tanta insinuação, possivelmente sedutora, que David sentiu um calafrio involuntário de excitação subir pela espinha. No contato visual, ele percebeu a intenção da declaração nos olhos de Rachel.

– É evidente que não – murmurou para si mesmo.

David abriu a porta do carro e entrou. Ajeitou a pilha de fitas cassetes no porta-luvas, depois abriu a porta do passageiro. Rachel jogou o livro no banco traseiro e sentou, prendendo a garrafa de champanhe entre os pés.

– Vamos para o prédio de ciências?

Ela pensou por um instante.

– Não. Acho que não vale a pena. A aula especial já deve ter começado. – Rachel olhou para ele. – E, de qualquer maneira, que se dane! Há semanas que não tiro uma folga dos livros. Talvez seja melhor fazer uma coisa relaxante... como assistir a uma partida de críquete.

David ficou aturdido com a sugestão.

– Tem certeza?

– Por que não? Desde que eu não tenha que fazer contato físico com seu amigo Toby de novo!

David soltou uma curta risada. Ligou o carro e, passando a marcha, fez uma volta em U no cruzamento da Broad com a Holywell, depois voltou pela Parks Road, na direção do campus.

Contou cinco partidas de críquete em andamento, enquanto dirigia pela periferia dos campos, esforçando-se para divisar alguma figura familiar. Passou pelo primeiro jogo e avistou o amigo no segundo, parado diante do lançador, com uma das mãos apoiada no bastão e a outra apoiada firmemente no quadril, com ar de absoluta confiança.

– Lá está ele! – disse David, apontando Toby para Rachel. – Vamos estacionar aqui, perto da *sight-screen*, e torcer para que não haja nenhuma alteração.

– Para que serve a *sight-screen*? – perguntou Rachel, olhando para o enorme painel branco ao lado deles.

– Fica posicionada na mesma linha do batedor e do lançador. Assim, o batedor pode ter uma visão bem nítida da bola se aproximando. – David olhou para o placar. – Mas ele é mesmo incrível! Só precisa completar mais três corridas para fechar o jogo! Não é de se admirar que esteja tão arrogante!

Rachel suspirou.

– Se só faltam mais três corridas para fechar o jogo, por que ele está parado sem fazer nada?

– Ele não está participando da jogada neste momento.

– Nunca compreendi esse jogo estúpido. Quando você entra, fica do lado de fora. E, quando sai, torna a entrar.

Ela se inclinou para a frente, pegou a garrafa de champanhe e tirou o lacre de papel laminado. Abriu a janela e desenrolou o arame até que a rolha se projetou na direção da *sight-screen*. No mesmo instante, Rachel levou a garrafa à boca, para não perder nada do líquido borbulhante. Estendeu-a para David em seguida.

– Já acabou – disse ele, tomando um gole e apontando para o campo.

– Já?

– Não, não o jogo. Acabar significa que é hora de alguém arremessar a bola deste lado. Toby vai se virar para cá.

Rachel balançou a cabeça.

– É um jogo idiota...

Ela pegou a garrafa e tomou outro gole. David observou o novo lançador aproximar-se do carro e se virar a cerca de 25 metros dos aros. Ele atirou a primeira bola, com a velocidade de um trem expresso. Toby tentou uma defesa de frente, mas errou por mais de um palmo. Empertigou-se e, em seguida, aproximou-se dos aros, batendo com o bastão em vários trechos do campo, obviamente julgando que ali se encontrava a causa de ter errado a bola por uma margem tão grande. Voltou à sua posição, desferiu um golpe idêntico ao que acabara de fracassar, flexionou os joelhos e preparou-se para a bola seguinte.

– Puxa, não estou acostumada a tomar champanhe! – exclamou Rachel, recostando-se no banco. – Posso sentir que sobe direto para a cabeça!

Ela balançou a cabeça para a frente e para trás, contra o encosto. Então, alguma coisa no painel atraiu sua atenção. Inclinou-se para a frente e apontou para o toca-fitas.

– Então este é o famoso sistema estéreo de que Toby falou?

David acenou com a cabeça.

– É, é sim.

– Podemos ligar?

– Não vejo por que não... desde que toquemos baixinho.

Ele se inclinou, apertou o botão e empurrou a fita cassete que já estava ali. Enquanto Martha Reeves e as Vandellas concluíam uma canção; David observou Toby conduzir uma bola com o lado do bastão para mais duas corridas.

– Vamos, cara – murmurou ele, baixinho –, mais uma assim e chegará aos cinquenta!

Enquanto Rachel inclinava a cabeça para trás e tomava mais um gole de champanhe, uma suave introdução de guitarra espalhava-se pelo interior do carro. Ela se empertigou abruptamente, o corpo tenso, enquanto esperava pelos acordes seguintes. O solo instrumental deu lugar à harmonia impecável dos vocalistas de apoio.

– Oh, meu Deus! Smokey Robinson and the Miracles! – Rachel inclinou-se para a frente e aumentou o volume ao máximo. – Ah, David, é a canção mais linda e sexy de todos os tempos!

O som da música era ensurdecedor no espaço restrito do interior do carro. Numa reação instintiva, David esticou a mão para baixar o volume, compreendendo que seria ouvido por todos os jogadores nos cinco campos de críquete.

– Acho que está um pouco al...

– Não mexa aí, por favor! – gritou Rachel, estendendo a mão para impedi-lo. – Oh, *David*, é uma música tão fantástica que nem dá para expressar em palavras!

Ela abriu a porta do carro e saiu, deixando-a escancarada.

– O que você está *fazendo*? – perguntou David, rindo.

Mas Rachel não respondeu. Tomou outro gole de champanhe, tirou os sapatos e começou a dançar pelo gramado, afastando-se do carro, em movimentos lentos, mas firmes, na direção da *sight-screen*. David observou-a por um instante, depois voltou a focalizar Toby, que a essa altura se mostrava cada vez mais agitado com a velocidade do jogo. Foi nesse instante que ocorreu a David o que estava prestes a acontecer.

– Droga! – Ele abriu sua porta e saiu do carro. – Rachel, você não pode...

Ele não foi adiante. Subitamente, o impacto visual da partida de críquete tornou-se uma antítese monótona e desinteressante para o espetáculo que agora testemunhava. David engoliu em seco, enquanto observava Rachel se aproximar pouco a pouco da tela de visão, os movimentos fluentes na dança, o corpo captando cada fração sensual da canção. Ele ficou fascinado pela combinação da letra e da música com a beleza e os movimentos de Rachel. Ela se virou, acompanhando a letra da musica, usando a garrafa como um microfone improvisado.

*So take a good look at my face, can't you see the smile, it's out of place.**

No instante seguinte, Rachel voltou a se afastar, avançando cada vez mais pela zona de perigo, balançando os quadris e as mãos, em total harmonia e no compasso da música.

Um grito do campo de críquete rompeu o transe de David. Ele se virou para o jogo de Toby. Todos olhavam espantados para eles, menos Toby, que acenava, gritando alguma coisa.

– O que é? – indagou David.

– Eu disse para tirá-la da maldita *sight-screen*! – berrou Toby. – Ela está desviando a atenção de todo mundo!

– E como – murmurou David, para si mesmo.

Ele ergueu a mão num pedido desculpas e correu para Rachel, que agora dançava bem na frente da placa branca.

– Acho que é melhor sair daqui – murmurou ele. – Você está bem na linha do lançador.

– Não estou, não! Estou a quilômetros de distância!

Rachel continuou a dançar, a voz agora um pouco grogue por causa do champanhe. David empurrou os cabelos para trás e coçou a nuca.

– Acho que isso não vai nos tornar muito populares com Toby...

Rachel não disse nada, apenas exibiu um sorriso malicioso.

– Vai sair daqui andando... ou terei que carregá-la?

---

*Ver segunda nota da pág. 41.

A resposta foi imediata:

– Quero ver se tem coragem.

David balançou a cabeça.

– Droga!

Ele se aproximou dela, estendeu uma das mãos para as costas e outra por trás dos joelhos de Rachel e levantou-a. Enquanto andava depressa para o carro, Rachel passou os braços em torno de seu pescoço.

Todo o episódio teve um efeito dramático sobre Toby. Ele já vinha sentindo alguma dificuldade com o ritmo do novo lançador, mesmo sem a distração de uma súbita explosão de música e o aparecimento de uma mulher dançando diante da *sight-screen*. Ao levantar a mão para indicar ao lançador que ainda não estava pronto, ele reconheceu o carro de David. Compreendeu no mesmo instante que era a moça que o agredira no pub. Para Toby, era um presságio fatídico. Enquanto David carregava a moça de volta ao carro, ele tornou a se posicionar. Mas, quando o árbitro baixou o braço, permitindo que o lançador iniciasse sua corrida, seus olhos se desviaram da linha normal de concentração para observar David e a moça se aproximando do carro. Nem viu a bola. Apenas ouviu a batida seca e o retinido quando a bola subiu e bateu no aro, ao cair na cesta. Os adversários explodiram em gritos e correram para dar os parabéns ao batedor.

Assim que alcançaram o carro, David largou Rachel no chão e se abaixou para desligar o toca-fitas. Quando ele se levantou, Rachel olhava para a partida de críquete.

– Toby parece estar saindo do campo. Isso significa que ele está dentro ou fora?

David olhou para o placar a tempo de ver o número 49 ser tirado do quadro principal e relegado para a posição de "Último Homem". Tornou a se virar para contemplar a figura desolada de Toby voltar para o pavilhão, batendo com o bastão no chão enquanto andava. David olhou para Rachel, que mordia o lábio, constrangida.

– A culpa foi minha? – murmurou ela.

David riu.

– Eu não me preocuparia muito com isso. Além do mais, ele bem que merece, não concorda?

Ao chegar aos degraus do pavilhão, Toby virou-se e lançou-lhes um olhar furioso. David apressou-se em abrir a porta do carro.

– Mesmo assim, acho que o melhor a fazer no momento é dar o fora o mais depressa possível.

Rachel aceitou a sugestão no mesmo instante. Mas, em vez de entrar no carro, inclinou-se para o banco traseiro e pegou o livro. Empertigou-se, parou na frente de David e fitou-o nos olhos.

– Acho que continuarei a pé.

– Não precisa.

– Sei que não preciso, mas tenho que desanuviar a cabeça. O champanhe me deixou com vontade de dormir.

– E por que não dorme?

– Porque tenho um monte de trabalho para fazer no fim de semana e porque o que aconteceu... bem, porque o que aconteceu hoje nem me permitiu começar. – Ela comprimiu o livro com os braços cruzados e baixou os olhos para seus pés. – Mas, de qualquer forma, gostei muito de conhecê-lo... e obrigado pelo champanhe. Estava delicioso.

Rachel inclinou-se de repente e deu um beijo de leve no rosto de David, antes de se afastar na direção da saída dos campos de críquete.

– Quer se encontrar comigo para beber alguma coisa, um dia desses? – gritou ele.

Rachel virou-se e sorriu.

– Não... é melhor não.

– Por que não?

– Porque só falta um mês para meus exames finais e não quero ter nenhuma distração.

– Eu não seria uma distração.

– Acho que seria.

– Ahn... e depois dos exames finais? – David estava desesperado, querendo arrancar de Rachel uma esperança de compromisso, por menor que fosse. Teve uma ideia. – Já sei o que podemos fazer. Christchurch vai dar um uma festa este ano. Não quer ir comigo?

– Quando será?

– No dia 23 de junho.

Rachel pensou um pouco, depois inclinou a cabeça em aceitação.

– Está bem... mas só com uma condição.
– Qual?
– Você tem que usar seu *kilt*.
– Combinado.
Rachel se balançou de um lado para outro.
– E quero também que leve seu carro e Smokey Robinson.
– São duas condições.
Ela sorriu.
– É pegar ou largar.
– Fechado. Parece muito bom para mim.

5

Effie atravessou o vestíbulo e bateu de leve na porta da sala de estar. Esticou a cabeça para dar uma olhada. A sala estava em silêncio, apenas o som do fogo crepitando na lareira e o ronco satisfeito de um dos cachorros deitados na frente dela. Lorde e lady Inchelvie encontravam-se sentados um de frente para o outro na extremidade da sala. Ele, cochilando em sua poltrona enorme e puída, um copo de uísque precariamente equilibrado numa depressão em um dos braços, enquanto ela tricotava sem parar, os olhos fixos na tela da televisão muda.

– Com licença, lady Inchelvie – disse Effie, quase num sussurro.

Alicia virou-se e olhou, por cima dos óculos, para a pequena cabeça grisalha que a fitava da porta, mais ou menos na altura da maçaneta.

– O que é, Effie?

– O jantar está servido.

Alicia juntou o tricô e o colocou na mesa ao lado da poltrona, antes se levantar.

– Obrigada, Effie, mas ainda estamos esperando por David. Não sei o que ele está fazendo. Chamei-o da escada há cerca de quinze minutos, mas é evidente que ele não me ouviu. Acho que é melhor dar um pulo até seu quarto para ver se aconteceu alguma coisa.

– Não precisa se incomodar – disse Effie, aparecendo de corpo inteiro na porta. – Eu ia mesmo subir para aprontar as camas. Posso bater na porta do quarto. – Ela fez uma pausa, olhou para lorde Inchelvie e sorriu. – Assim a senhora terá tempo para acordar lorde Inchelvie.

– Pode mesmo fazer isso, Effie? Fico agradecida. – Alicia lançou um olhar para o marido. – George teve um dia muito cansativo no escritório.

Effie hesitou por um instante, mas acabou perguntando:

– Está tudo bem, não é, lady Inchelvie?

– Claro que está. Por que pergunta?

– Pensei que lorde Inchelvie não estivesse passando bem, já que não vai à reunião esta noite.

– Não há nada com que se preocupar, Effie. Apenas surgiu um problema importante que ele precisa discutir com David durante o jantar.

– Fico contente que seja só isso. – Effie lançou um sorriso rápido na direção de lorde Inchelvie, depois sacudiu o dedo indicador no ar, como se fosse um sinal com a batuta para voltar à ação. – E agora vou subir para ver como está o Sr. David.

Effie fechou a porta da sala e se dirigiu para a escada. Com uma das mãos no corrimão e a outra no joelho esquerdo para obter um impulso extra, começou a subir, cantarolando baixinho. Parou no meio da escada por tempo suficiente para recuperar o fôlego e fazer a anotação mental de remover uma teia de aranha que flutuava por cima do retrato escuro que havia ali, depois continuou.

A porta do banheiro estava escancarada e a luz apagada, mas o vapor que saía lá de dentro ainda tinha a fragrância do sabonete e da loção pós-barba. Ela hesitou, especulando se não seria um pouco prematuro bater na porta de David. Mas, ao levantar o punho, a porta se abriu e David saiu, sem ter a menor ideia da presença de Effie ali. Ambos deram um passo para trás em surpresa.

– Oh, desculpe incomodá-lo, Sr. David – murmurou Effie, ofegante. – Mas seu pai e sua mãe já foram para a sala de jantar, e queriam saber se estava tudo bem com o senhor.

David, vestindo um jeans limpo, uma camisa aberta no pescoço e chinelos, sorriu para a governanta.

– Sinto muito, Effie, mas cochilei no banho. Estou descendo agora.

– Isso é ótimo. – Ela continuou parada ali, indecisa, as mãos cruzadas na frente do avental. – Bem, vou aprontar as camas.

David fechou a porta do quarto, enquanto Effie se afastava pela balaustrada. No alto da escada, parou. Olhou para o outro lado da balaustrada, onde Effie estava prestes a entrar no quarto de seus pais.

– Sinto muito, mas hoje obriguei Jock a trabalhar em péssimas condições. Ele não está sofrendo nenhuma consequência, não é?

Effie virou-se, o rosto exibindo uma breve surpresa pela preocupação de David com seu marido, antes de se desmanchar num sorriso.

– Ele está bem, Sr. David. Sempre reclama um pouco quando trabalha na chuva, mas faz o mesmo quando o sol brilha. Jock nunca foi de sentir muito prazer com qualquer tempo. – Ela soltou um suspiro afetuoso. – De qualquer forma, seria muito difícil mantê-lo longe do jardim!

David não disse nada, apenas acenou com a cabeça e sorriu. Virou-se e desceu a escada de dois em dois degraus, os pés com chinelos criando estalidos que ressoavam pelo vestíbulo. Foi direto para a sala de jantar. Os pais já haviam sentado na extremidade da enorme mesa envernizada e levantaram os olhos quando ele entrou.

– Desculpem o atraso – murmurou David, acenando com a cabeça num cumprimento silencioso para o pai. – Cochilei no banho.

– O que não é de surpreender – comentou Alicia, levantando e indo até o aparador. Ela começou a servir um ensopado de cheiro apetitoso. – Deve estar exausto, depois de trabalhar no jardim com este tempo horrível.

George largou o garfo e a faca no prato e recostou-se na cadeira, mastigando. Apontou para um canto do aparador.

– Trouxe o uísque para você. Se quiser, pode se servir.

– Obrigado. Farei isso.

David serviu uma dose considerável de uísque e acrescentou uma quantidade igual de água, antes de sentar à mesa. Enquanto ele se acomodava, a mãe pairava ao seu lado. Em seguida, ela pôs o prato com a comida fumegante na sua frente.

– Pronto, isso deve restaurar as suas forças.

– Obrigado – murmurou David, tirando o guardanapo da argola e estendendo-o no colo.

Alicia voltou à cadeira, e à comida. Durante os últimos meses, ela passara a temer as refeições que faziam juntos, pois o clima de todas as noites era determinado pela presença sombria e silenciosa de David. Antes, aquele era o momento que ela e George mais apreciavam, quando sentavam juntos sem qualquer interrupção, falando sobre seus respectivos dias e fazendo planos para o futuro. Agora, se ainda havia alguma conversa, era quase toda entre Alicia e George. Inevitavelmente, porém, era um diálogo que soava vazio e com uma falsa felicidade. Ela sabia que George também se sentia assim, então passaram a preferir um silêncio contrafeito às frases alegres artificiais, os três parecendo cumprir um voto monacal de se manterem calados. O teto em abóbada da sala de jantar ampliava o som irritante dos talheres batendo contra os pratos.

Mas Alicia sabia que aquela noite seria diferente. Na sala de estar, George relatara sua conversa com Duncan Caple. Em algum momento do jantar, seria abordado o assunto da viagem para os Estados Unidos. Por isso, ela teve um pequeno tremor involuntário de apreensão quando viu George largar o copo de uísque na mesa e olhar para David.

– Como está o seu trabalho no jardim?

A súbita interrupção do silêncio pegou David de surpresa. Ele tomou um gole do uísque e limpou a boca com o guardanapo.

– Falta pouco – respondeu ele, a voz soando rouca pela falta de uso. – Acho que acabaremos tudo na próxima semana.

– Está ficando sensacional. Você e Jock vêm fazendo um excelente trabalho. Nunca pensei que veria o dia em que nosso jardim seria restaurado à sua antiga glória.

George levou o garfo à boca. O silêncio voltou, os três continuando a comer sem se olharem. Mas logo David largou o garfo e virou-se para o pai.

– Pensei em trabalhar naquele terreno ao lado do lago em seguida. Farei um projeto para a área.

Lorde Inchelvie parou de mastigar e olhou para a esposa. Alicia foi surpreendida com o garfo na boca, os olhos se deslocando, com ansiedade, entre o marido e o filho. David percebeu a troca de olhares.

– Algum problema?

O pai soltou um suspiro profundo e recostou-se. Apoiou os cotovelos nos braços esculpidos da cadeira, os dedos entrelaçados no colo. Tinha a testa mais vincada do que o habitual, a pele solta no pescoço grosso criando uma papada, enquanto baixava os olhos para as mãos. Começou a passar a unha de um polegar pela outra.

– Para ser franco, filho, há, sim.

Uma expressão preocupada estampou-se no rosto de David.

– O que aconteceu?

George Inchelvie olhou para a esposa, que acenou de forma quase imperceptível, incentivando. Ele continuou devagar, tentando escolher as palavras com cuidado.

– Temos um pequeno problema no departamento de marketing da destilaria.

David hesitou por um instante, fitando os pais.

– Duncan deve ser capaz de resolvê-lo, não é mesmo? Ele foi contratado para isso.

– O problema é um pouco mais complicado do que o normal – continuou o pai. – Há um limite para o que Duncan pode fazer. Além disso, ele enfrenta uma deficiência de recursos humanos no momento. – George olhou para o filho e percebeu que era melhor explicar logo o problema. – Sei que é difícil para você pensar em trabalho agora, David. – George fez uma pausa. – Mas o fato é que temos um problema e acho que não vamos conseguir resolvê-lo... bem, não sem a sua participação. – Ele observou o filho suspirar e começar a coçar a nuca com as duas mãos. – Duncan me informou hoje que as nossas vendas nos Estados Unidos sofreram uma queda considerável. Quer convocar uma reunião extraordinária do conselho, nos próximos dias, para que possamos designar um novo distribuidor o mais depressa possível.

George olhou para a esposa, que lhe ofereceu um sorriso tranquilizador.

– Tenho de ir a Glasgow na semana que vem para a reunião da Associação do Uísque. Duncan tem viagem marcada pela Europa na mesma ocasião. Por isso... – Ele começou a mexer no lóbulo da orelha com o polegar e o indicador da mão direita. – O problema é apenas determinar quem pode ir aos Estados Unidos.

George tornou a pegar o copo de uísque e tomou outro gole, como pretexto para se manter calado enquanto o filho absorvia o que acabara de ser dito.

David recostou-se na cadeira e cruzou os braços.

– E Robert McLeod? – disse, suavemente. – O que ele está fazendo neste momento?

O pai soltou uma risada breve.

– Você conhece Robert melhor do que qualquer outro. Ele pode ser o nosso diretor financeiro, mas quase nunca deixa o país, muito menos para os Estados Unidos. Acabaria no Alabama ou em algum outro lugar remoto e teríamos de mandar uma expedição de busca à sua procura. – George sorriu, mas logo voltou a ficar sério, ao constatar que o filho não reagira ao comentário jovial. – Além do mais, como todos os outros na diretoria da Glendurnich, Robert anda ocupado demais para lidar com um problema assim.

David fechou os olhos e assentiu, balançando a cabeça lentamente.

– O que está tentando dizer, em suma, é que Duncan quer que eu vá.

Alicia, que permanecera calada enquanto o marido explicava a situação, interveio neste momento:

– Querido, a última coisa que queremos no mundo é que você vá para lá, ainda mais quando não se sente em condições. Nós, entre todas as pessoas, compreendemos isso, David. Mas você também deve perceber a difícil situação em que seu pai se encontra.

David esfregou a testa com os dedos da mão direita.

– Não é que eu não me sinta em condições. Apenas não quero ficar longe das crianças neste momento.

George deixou passar um longo momento, antes de se inclinar e pôr a mão no braço do filho.

– Eu entendo, filho, e até mencionei essa questão para Duncan. Mas ele disse que não haveria qualquer dificuldade. Você só precisa passar dois ou três dias lá, para tomar as providências necessárias e fechar o acordo com o novo distribuidor. Será uma operação muito simples e você voltará quase que imediatamente.

Ele fez outra pausa, fitou a esposa em busca de um apoio silencioso, depois continuou, a voz calma e firme:

– Sua mãe e eu também achamos que poderá ser bom para você se afastar daqui por uns dias. Sei que no momento você pode achar isso errado, mas tenho o pressentimento de que isso lhe será benéfico.

David pegou o guardanapo no colo e jogou-o na mesa. Empurrou a cadeira para trás e começou a se levantar.

– Está certo... pensarei a respeito.

Alicia estendeu a mão e deteve-o no meio do movimento.

– David, por favor... sente-se mais um pouco. – Ela ordenou seus pensamentos, enquanto o filho se acomodava. – David, seu pai e eu estamos tentando fazer tudo para ajudá-lo neste momento... e é muito difícil... porque você vem se fechando cada vez mais. Nós o observamos se tornar mais introvertido a cada dia e... e a verdade, filho, é que isso está se tornando uma tensão muito grande para nós, velhos, suportarmos. – Ela olhou para o marido, que permanecia calado, o rosto pálido, temendo ultrapassar o tênue nível de tolerância de David. – Sabe, a vida tem que continuar... não apenas para nós, mas também para você... e, o mais importante de tudo, para as crianças. Temos de tentar restaurar um pouco da normalidade. Todos na família estão fazendo um tremendo esforço para isso, embora o passado recente tenha sido um golpe terrível. – Alicia parou e limpou a garganta. A voz começava a tremer de emoção. – Não quero ser dura, David, mas você precisa encontrar uma maneira de nos ajudar... e começar a conversar conosco. Caso contrário, acho que seu pai e eu não conseguiremos suportar a situação por muito mais tempo.

David observou os pais. Notou a expressão de imensa tristeza no rosto da mãe. O pai soltou uma tosse seca para encobrir as emoções, depois tirou um lenço do bolso superior do paletó e assoou o nariz. Em algum lugar, no fundo do turbilhão de seu cérebro, a visão do desespero óbvio dos pais avivou um sentimento que ele conseguira até então manter anestesiado. David mastigou lentamente o lábio inferior por um momento, antes de falar:

– Eu partilhei 18 anos da minha vida... – Ele fez uma pausa para arrancar a palavra do cérebro, como alguém que acabara de sofrer um derrame e passava pela agonia de reaprender a falar. – ... com Rachel.

Ele correu os olhos pela sala. Por isso, não percebeu o movimento mínimo da mãe para pegar a mão do marido por baixo da mesa. David continuou, a voz saindo aos arrancos:

– Nós... éramos... um só. Pensávamos as mesmas coisas... ríamos das mesmas coisas... vivíamos da mesma forma... *éramos* iguais... e... – ele fez uma pausa, quase sufocado – ... agora que ela não está mais aqui... eu me sinto perdido... e vazio... e não tenho mais sentimentos. Acho difícil demonstrar gratidão porque... minha capacidade de notar qualquer gentileza... parece ter sido expurgada do meu corpo. – David enxugou as lágrimas com o dorso da mão, em movimentos bruscos. – Sinto agora... esse imenso vazio em minha vida... não tenho mais sentimentos... as emoções acabaram... minha autoconfiança desapareceu... tudo sumiu.

Ele lançou um breve olhar para os pais.

– Mas, embora eu não possa sentir qualquer coisa, *sei* que vocês... foram maravilhosos nos últimos seis meses... e também *sei* que não tenho demonstrado o devido reconhecimento por tudo o que fizeram... mas eu... estou muito agradecido.

– Querido, não precisa...

– Não, por favor. Deixe-me terminar.

Ele se levantou, enfiou as mãos nos bolsos do jeans, ordenou os pensamentos e continuou, de maneira lenta e metódica:

– Acho que excluí tudo no mundo... porque meu próprio mundo não tem mais sentido. Durante a maior parte do tempo, continuo a existir como se nada tivesse mudado na minha vida... nunca... e de repente lá está a realidade, terrível, bem na minha frente. – A voz de David saía agora num crescendo, furiosa, as palavras passando por seus dentes semicerrados. – E no momento em que penso "tem de ser agora, seu idiota", que chegou a hora de enfrentar a situação... – David fez outra pausa, recostou-se na cadeira e depois concluiu, a voz quase inaudível: – ... a válvula de desligamento corta tudo de novo.

A mãe fitava-o do outro lado da mesa, com profunda ternura.

– Querido, sei que pode parecer um clichê, mas acredito com toda a sinceridade que é esse o curso natural do luto. Imagino que é um pouco como perder um braço ou uma perna. No começo, a mente entorpece os sentimentos. Mais cedo ou mais tarde, no entanto, a realidade, a dor, acaba por envolvê-lo. É o que vai acontecer com você, David, e você conseguirá enfrentá-la... você vai superar isso... e começará a reconstruir sua vida... *tenho certeza.*

George e Alicia observaram o filho levantar e se encaminhar para a outra extremidade da sala. Ali, David virou-se para fitá-los.

– É bem provável que vocês estejam certos. Talvez eu deva mesmo ir embora, porque não quero estar aqui quando a realidade me alcançar. – Ele começou a passar os dedos pelos padrões da cortina estampada. – Porque não importa quanto eu tente, não consigo... fisicamente... dar um passo por aqui sem pensar em Rachel. Tudo e todos me lembram de Rachel... e fico magoado... e acabo me sentindo... triste e deprimido... até amargurado contra os que estão perto de mim... como vocês dois... e Effie... e às vezes até Jock!

David soltou uma risada fria e enfiou as mãos nos bolsos traseiros do jeans.

– Juro que pensei que me manter à distância de nossa casa tornaria tudo mais fácil. Mas de nada adiantou. Rachel está presente em toda parte. – Ele se virou e voltou para junto dos pais, tentando oferecer um sorriso tranquilizador. Respirou fundo. – Um caso perdido, não é? Não há mais qualquer esperança!

George inclinou-se por cima da mesa, pegou o copo de uísque vazio de David. Levantou-se devagar e pegou a bengala que estava no encosto da cadeira. Com seu copo e o do filho nos dedos da mão livre, foi até o aparador.

– Acho que precisamos de outra dose, não concorda, meu rapaz? – murmurou ele, com uma jovialidade forçada. – Ele serviu duas doses grandes de uísque e acrescentou um pouco de água. Pôs um copo na mesa, depois se encaminhou para David, apoiado na bengala. – Há uma boa coisa, eu suponho... tem muito mais uísque de onde veio esse!

David fitou-o, sorriu e pegou o copo da mesa. O pai sentou pesadamente na cadeira.

– Nunca haverá uma boa ocasião para você fazer essa viagem, David – ele disse, lentamente –, mas receio que terá de ir de qualquer maneira. Se pudesse suportar, creio que seria uma boa ideia ir comigo para a destilaria amanhã, a fim de conversar com Duncan. Assim que estiver a par da situação, poderá trazer o carro para casa... e eu pegarei uma carona quando tiver de voltar.

George elevou o tom de voz, na tentativa de introduzir um pouco de descontração na conversa, até então opressiva.

– Eu acabava de contar à sua mãe que conheci um rapaz muito simpático na destilaria hoje... Archie McLachlan. É o neto de Gregor McLachlan.

David sorriu e acenou com a cabeça.

– Conheço Archie. Fui eu quem o contratou para um período de experiência, pouco antes de me afastar.

– Parece que se trata de um rapaz muito esforçado. Tenho certeza de que ele não vai se importar de me dar uma carona. – George fez uma pausa, olhou para o filho. – Fique tranquilo, David. Enquanto estiver viajando, sua mãe e eu daremos todo o apoio necessário... às crianças e ao que mais for preciso. Só vai se ausentar por um breve período. Quando voltar, recomeçaremos de onde parou. E, se precisar de mais algum tempo, poderá fazer o jardim na beira do lago. Está bom assim para você?

David não respondeu de imediato. Inclinou-se para a frente e pegou o copo de uísque, antes de dizer:

– Independente dos planos de Duncan, não quero viajar sem ver as crianças.

– Claro. Compreendo perfeitamente.

David balançou a cabeça devagar.

– Muito bem. – Ele ergueu o copo de uísque para os pais. – Se não se importam, acho que levarei isto para o meu quarto.

Ele começou a atravessar a sala. Depois, como uma lembrança súbita, voltou até a mãe. Passou o braço por seu pescoço e beijou-a nas faces.

– Boa noite.

– Boa noite, querido, meu rapaz – disseram o pai e a mãe ao mesmo tempo.

Os dois ficaram observando-o ir até o outro lado da sala de jantar, abrir a porta e sair. Continuaram assim por um longo momento, absortos em seus pensamentos particulares, antes que o movimento de um rompesse o transe do outro.

– Bom trabalho, garota – murmurou George, sorrindo para a esposa. – Pelo menos, fez com que ele começasse a falar.

Alicia demorou um pouco a responder, mexendo numa colher em cima da mesa.

– Ele está numa encruzilhada neste momento, Geordie. Pode ir para qualquer lado.

Ele se inclinou e apertou a mão da esposa.

– Sei disso. E também sei do que ele está falando, aquela história de se sentir despojado de todo e qualquer sentimento. Lembro que fiquei assim durante a guerra, vendo amigos e companheiros morrerem em batalha, mas tendo de continuar. – George tomou outro gole do uísque. – Tinha realmente me esquecido, até que David começou a falar a respeito.

– Ele vai se recuperar, não é?

– Tenho certeza de que sim... mas ainda terá de sentir aquele choque frio e duro.

– Você não contou tudo, não é?

– Sobre o quê? O ultimato de Duncan? – George balançou a cabeça. – Não podia falar. Acho que é melhor deixar como está para ver o que acontece. – Com bastante esforço, ele se levantou, pegou a bengala, contornou a mesa e pôs a mão no ombro da esposa. – Vamos embora, minha cara. Acho que estamos emocionalmente esgotados. Devemos nos deitar também.

Alicia levantou-se e deu o braço ao marido. Seguiram juntos para a porta. Enquanto George a abria, ela apertou a campainha, para avisar a Effie que o jantar terminara.

6

Por um longo momento, David permaneceu imóvel em seu quarto, os olhos fechados, deixando que o silêncio tranquilizante o envolvesse, a fim de atenuar o clamor em sua mente. Largando o copo de uísque na cômoda, ele foi até a cama e se sentou, apoiando os cotovelos nos joelhos e esfregando o rosto com as mãos.

– Ah, seu *idiota!* – murmurou para si mesmo.

David estendeu-se na cama e ficou olhando para o teto. Desejou haver uma maneira fácil de recusar o pedido do pai. Mas não havia. Muita coisa fora dita durante o jantar. Era preciso considerar tudo. David estendeu as pernas pelo lado da cama e tornou a se sentar. Os pais tinham razão. Precisava repor alguma perspectiva em sua vida.

Embora a ideia de voar para os Estados Unidos e tratar de negócios outra vez com pessoas que não conhecia o enchesse de apreensão, compreendia agora que encerrar sua vida isolada e protegida em Inchelvie era inevitável... e que se forçar a fazer contato com outras pessoas acarretaria, a longo prazo, na cura.

Mas isso o apavorava. Ele se levantou, foi até a cômoda e tomou um gole do uísque. Ao servir, o pai fora muito generoso com o uísque e pouco com a água. David tossiu, numa reação involuntária, ao sentir o uísque descer ardendo para o estômago. Já ia voltar para a cama quando parou, os olhos atraídos pela foto no fundo da cômoda, encostada na parede. Ele andou até ela e a pegou. Ele mesmo a tirara dois anos antes. Mostrava Sophie, Charlie e Harriet num barco no lago, a suave claridade do final da tarde refletindo-se na superfície lisa como um espelho e acentuando os sorrisos radiantes das crianças. Sophie puxava os remos, o rosto risonho voltado para o céu, enquanto se esforçava ao máximo para fazer a pesada embarcação se deslocar. Harriet sentava na popa, olhando com a boca entreaberta pelo lado do barco, na certeza de que em breve pegaria um peixe com a ajuda de sua vara de bambu e barbante. Charlie se equilibrava de forma um tanto precária, apenas sobre um pé, no banco da proa, os braços estendidos como as asas de um jato fazendo uma curva, enquanto resistia ao desejo compulsivo de se jogar na água.

David sorriu para si mesmo. Abriu a gaveta de cima da cômoda, tirou uma meia e limpou o vidro empoeirado do porta-retrato, antes de ajeitá-lo no lugar. Deu um passo para trás e ficou olhando, por um momento, para a foto. Depois, seus olhos se desviaram para outra, que fora escondida na gaveta. Ele hesitou, mas acabou tirando-a. Sem olhar, levou-a para a cama. Estendeu-se no edredom amarelo e ficou olhando para o teto, com o porta-retrato virado para baixo em seu peito. Ergueu-o depois de uma longa meditação.

Era uma foto de seu casamento, as cores quase desbotadas por terem passado muito tempo expostas ao sol. Ele e Rachel estavam ladeados por um bando indisciplinado de damas de honra e pajens, que davam a impressão de querer estar em qualquer outro lugar que não ali. À esquerda de David, usando um traje preto para a manhã, parecendo um tanto deslocado em meio à profusão de *kilts,* destacava-se seu padrinho, Toby, que se inclinava para a frente, na linha de Rachel, com um sorriso de total satisfação. A foto não fora selecionada pelo escrupuloso fotógrafo que trabalhara no casamento. Ele alegara, categórico, que "não atendia aos seus padrões". David, no entanto, resolvera separá-la das fotos que seriam eliminadas.

Era a foto do casamento que mais apreciava, por causa da expressão solene de advertência com que ele olhava para Toby, enquanto Rachel fitava a câmera, o rosto transbordando de riso. Ela acabara de soltar às escondidas a *sporran* de David, a bolsa que se usa na frente do *kilt.* A lente apenas captara uma mancha indefinida, que era a bolsa caindo no chão.

David largou a foto em seu peito e fechou os olhos, subitamente envolvido pelo prazer da divertida nostalgia. Lembrou então que na ocasião guardara a foto porque mostrava todas as facetas do caráter de Rachel. Um rosto franco, divertido, de beleza excepcional. Ele sentiu seu rosto se desmanchar num sorriso. Cruzou as mãos sobre a foto, comprimindo-a contra o peito, a dor pouco a pouco saindo de foco.

– PODE ME EXPLICAR de novo por que Frank era chamado de Frankie Mete-Mete?

– Como?

– Frankie Mete-Mete. Tenho certeza de que se lembra... seu amigo em Oxford. Por que ele era chamado assim?

– Por que se lembrou disso?

– Sempre penso nessas coisas. São memórias preciosas.

David olhou para a esposa no banco a seu lado. Estendeu a mão e puxou a manta em torno do pescoço dela. Embora estivessem no calor relativo do pavilhão de verão, ele sabia que Rachel não deveria ter saído de seu quarto... não com todo aquele frio.

– Isso é uma loucura. Você deveria estar na cama.

– Ora, não se preocupe. Estou bem. Olhei pela janela, vi você trabalhando e tive vontade de ficar ao seu lado.

Ele deu de ombros, resignado. Levantou-se e foi até o canto da sala revestida de pinho escuro. Pegou um velho fogareiro de parafina e sacudiu-o para verificar se ainda tinha combustível.

– Deve ser suficiente.

David removeu o exaustor e tateou os bolsos à procura de uma caixa de fósforos. Acendeu o pavio e observou a chama amarela avançar pelos lados e se encontrar na outra extremidade. Repôs o exaustor e ajustou a chama, até deixá-la com um brilho azul. No instante seguinte, o pavilhão ficou impregnado do cheiro inebriante e confortador.

Enquanto ele sentava, Rachel tirou as mãos da manta e ajeitou a touca de lã sobre as orelhas.

– E então?

David franziu o rosto por um instante, antes de se lembrar da pergunta.

– Ah, sim, Frankie Mete-Mete...

Ele passou o braço pelos ombros da esposa e puxou-a gentilmente contra seu corpo, sempre consciente da dor constante que ela estava sentindo.

– Foi uma situação um tanto indecorosa. Ele apareceu no apartamento uma noite com uma garota que por acaso era... ahn... um tanto clamorosa no ato de amor. E todos nós a ouvimos gritar "Mete, Frank, mete!", provavelmente num momento importante. Na manhã seguinte, por acaso chamei-o de Frankie Mete-Mete, apenas como um comentário. Ele ficou tão chateado que cuspiu na mesa o cereal que tinha na boca. Depois disso, o apelido pegou... e, diga-se de passagem, era o orgulho e a alegria dele.

O rosto de Rachel se desmanchou num sorriso.

– Sempre adorei essa história.

– Quer dizer que já a conhecia?

Ela se virou para David.

– Já, sim, mas adoro ouvi-la. – Rachel acomodou-se no banco e soltou um profundo suspiro. – Parece que foi há tanto tempo...

– Vinte e um anos, para ser preciso.

– Sei disso. Nunca esquecerei.

Os dois permaneceram em silêncio por algum tempo, olhando para o lago parcialmente congelado, os raios fracos do sol de fevereiro faiscando na superfície da água gelada. Estava tudo tão quieto que, mesmo com as portas do pavilhão fechadas e o zunido do fogareiro, podia-se ouvir, em algum lugar na parte inferior das colinas de neve, o grito característico e atormentado de um galo silvestre em pânico. Rachel aconchegou-se na manta e estremeceu, apesar do aroma de pinheiro que se espalhava pelo interior enfumaçado do pavilhão.

– Lembra como fazia calor naquela manhã depois do Commem Ball?

– O verão inteiro foi sufocante.

– Foi mesmo, não é? Arriamos a capota do carro... e tentamos tomar o café da manhã com o duque de Marlborough no Palácio de Blenheim.

David riu.

– Não houve muito empenho na tentativa... e acho que ele não ficaria nada feliz em ser acordado às cinco horas da manhã.

– Talvez não... mas, se o *tivéssemos* acordado, nunca teríamos ido parar naquele campo de feno perto de Woodstock, não é mesmo? – Rachel se aconchegou, para aproveitar o calor do corpo de David. – Lembro com toda nitidez o cheiro do feno... e o silêncio. Parecia com agora. E de repente uma raposa apareceu ao lado do carro... e ficou olhando para nós. – Ela soltou um suspiro trêmulo, antes de acrescentar: – Foi mesmo uma manhã mágica.

David beijou-a de leve no lado do gorro de lã.

– Tem razão. Mas houve outra coisa, não é?

Rachel virou a cabeça para fitá-lo.

– Está falando de Smokey Robinson?

– Isso mesmo.

Ela sorriu e acenou com a cabeça.

– Lembra-se de quantas vezes você gravou essa música para mim?

– Não.

– Vinte vezes. Dez em cada lado da fita. Tocamos várias vezes naquela manhã... e dançamos... você de *kilt*, eu de vestido de baile.

Rachel engoliu em seco. David sentiu-a tensa com o esforço.

– E Smokey continuou a cantar. – Ela soltou uma breve risada. – Aquele foi o ano da minha vida em que mantive um diário. Esse foi o único registro de toda a semana... "E Smokey continuou a cantar." Escrevi em diagonal por toda a página, em letras pretas e grandes. Dizia tudo.

David podia sentir agora as vibrações do tremor de Rachel contra seu corpo.

– Acho que é melhor você entrar agora.

Ele passou os braços em torno de Rachel, a fim de ajudá-la a levantar-se. Ela afastou suas mãos, balançando a cabeça.

– Ainda não. Estou adorando... sair de casa outra vez. É tão... *tão* bonito...

David ergueu as mãos, resignado. Sentou-se, aconchegou-a contra seu corpo de novo. Naquele momento, ambos ouviram um novo som, uma tênue reverberação contra o vidro da janela. Uma borboleta, que adormecera em alguma fenda poeirenta do pavilhão, fora iludida a despertar pelo calor do fogareiro. Tentava agora sair pela barreira invisível para o ar livre. Rachel tirou a mão de baixo da manta e a fechou ao redor da borboleta. Por um instante, David ainda ouviu o ruído das asas esvoaçando contra a palma de Rachel. Mas a borboleta logo parou, contente em descansar na escuridão daquele novo abrigo.

– Pobre coitada... – murmurou Rachel, espiando entre os dedos a coloração laranja e marrom. – Não tem muita chance, não é mesmo? Ou fica aqui dentro e morre de fome, ou a deixamos sair e morre congelada.

David puxou a mão da mulher e contemplou a pequena prisioneira.

– Tem razão, tudo está contra ela.

Rachel levantou-se, foi até a porta e puxou-a. Abriu a mão lentamente, mas a borboleta parecia relutante em se mexer. Ela levou a mão à boca e soprou gentilmente as asas, encorajando-a a voar. Depois de um momento, a borboleta alçou voo pelo ar frio. Rachel fechou a porta e observou-a pela janela, até desaparecer.

– Pelo menos ela vai sentir o cheiro e o gosto do mundo, mesmo que seja por um curto período. – A voz era quase inaudível. Rachel voltou ao banco. – Melhor do que ficar prisioneira pelo resto de seus dias.

David olhava fixamente para a frente, sem querer fitá-la. Compreendia a comparação que ela fazia e sentia-se assustado. A mão de Rachel apertou seu joelho.

– Não conversamos a respeito, não é?

– Sobre o quê?

– Ora, querido, você sabe... o inevitável.

David respirou fundo, meio trêmulo.

– Querida, não...

Rachel virou-se para ele.

– É preciso, David. Porque quero lhe dizer que ficarei bem. Quero que diga a Sophie, Charlie e Harriet que eu ficarei bem... que estarei segura... e que acompanharei vocês onde quer que vão. – Ela estendeu a mão e acariciou o rosto do marido. – Você era, sem dúvida, o estudante mais bonito de Oxford. – Ela soltou uma risada fraca, antes de acrescentar: – Não pude acreditar que você também era tão simpático... e que tivesse me escolhido.

David encostou o rosto no gorro de lã da esposa, usando-o para remover suas lágrimas, secretamente.

– Eu gostaria muito de voltar a Oxford, querido.

Ele limpou a garganta antes de responder.

– É mesmo?

– Em breve, muito em breve... – Ela se afastou. – Mas neste momento estou congelando. Vamos voltar para casa.

Não precisando de estímulo adicional, David levantou-se de um pulo e apagou o fogareiro. Depois, ajudou-a a levantar-se e foi abrir a porta, o braço em torno da cintura de Rachel, amparando-a. Enquanto atravessavam o gramado congelado, a caminho de casa, a perna de David esbarrou num objeto duro no bolso do casaco de Rachel, fazendo-a estremecer de dor. Ele parou.

– Você está bem?

Rachel sorriu, corajosa.

– Claro que estou.

– O que tem aqui? – perguntou ele, tateando o bolso do casaco.

Rachel enfiou a mão no bolso e tirou um *walkman*.

– É a minha música.

– Como assim?

Foi a vez de Rachel parar.

– Ouça. – Ela pôs um fone no ouvido de David, o outro em seu próprio ouvido, e depois apertou o botão. – É a fita.

A canção começou no mesmo instante, as palavras povoando a cabeça de David:

*So take a good look at my face, you'll see the smi-ile, it's out of place.**

Ele olhou para Rachel e sorriu, balançando a cabeça, incrédulo.

– Ainda tem a fita?

– Claro. Todas as vinte gravações.

David passou o braço pelos ombros da mulher. Enquanto caminhavam pelo gramado, contornavam o lado da casa e subiam os degraus para a porta da frente, Smokey ainda cantava.

Mas eles nunca voltaram a Oxford.

---

*Ver segunda nota da pág. 41.

O PORTA-RETRATO CAIU no chão, com um estrépito. Embora estivesse num sono profundo, David sentou na cama no mesmo instante, estendeu as pernas para o lado e abaixou-se para pegá-lo. Verificou o vidro. Não quebrara. Ele o pôs na cama ao seu lado. Inclinou-se para a frente, abraçando os joelhos, e esfregou os olhos. Olhou para o relógio. Eram 1h40 da manhã.

David virou-se, pegou a foto, e ficou olhando-a.

Nunca fora diferente... desde o momento em que se conheceram ao momento em que casaram e até no momento em que ela morrera. Amaram e riram através da vida e da reprodução da vida. Os filhos amavam e riam junto com eles. Ele era ela, ela era ele, o vínculo verdadeiro forjado não durante a cerimônia do casamento, mas três anos antes, naquele vasto campo de feno em Oxfordshire, sob um imenso céu azul, com o testemunho apenas dos passarinhos, da raposa, do Triumph Vitesse... e de Smokey Robinson and The Miracles.

David levantou-se, foi até a cômoda e colocou a foto ao lado da foto das crianças, com cuidado. Depois, tirou a camisa, desafivelou o cinto, tirou o jeans e caiu na cama, para mergulhar no sono mais profundo que teve desde a noite em que Rachel morrera.

7

David acordou cedo na manhã seguinte e imediatamente teve consciência de uma intensa ansiedade a corroer o estômago, uma sensação diferente e mais assustadora do que a fria compreensão da solidão, que costumava pesar como chumbo em seu coração. Ele se apressou em levantar, como se a ação rápida pudesse ajudá-lo a se livrar daquele sentimento indesejável, e atravessou o patamar para o banheiro. Abriu todo o chuveiro e entrou no boxe antes que a água tivesse tempo de esquentar direito. Inclinou a cabeça para trás, a fim de que o rosto recebesse todo o impacto do fluxo revigorante.

O pensamento, no entanto, persistia. Hoje ele não voltaria ao jardim para trabalhar ao lado de Jock. Hoje, sem opção, teria de retornar a um modo de vida para o qual sabia que ainda se encontrava física e mentalmente despreparado.

Ele se abaixou para pegar o sabonete que escapulira de sua mão e girava a esmo sobre a correnteza produzida pelo chuveiro. Começou a esfregar com força cada parte do corpo, na tentativa de eliminar a covardia de sua existência e revitalizar o impulso que sabia estar encerrado em alguma parte. Em sua mente, voltou à conversa que tivera com os pais na noite anterior. Compreendera pela primeira vez os sentimentos de angústia e vulnerabilidade deles, sentimentos que se mantinham logo abaixo da demonstração exterior de força e apoio.

David fechou a água e saiu do boxe, a pele formigando e a mente mais lúcida. Ainda com o mesmo senso de urgência, fez a barba depressa e voltou para o quarto. Pôs uma cueca limpa. Depois, sem pensar, vestiu o jeans de trabalho e começou a abotoá-lo. Parou no meio da ação e murmurou para si mesmo:

– Ora, vamos lá, componha-se!

Ele deixou o jeans cair no chão e jogou-o com o pé de volta à cadeira. Foi até o guarda-roupa, tirou o terno azul-marinho do cabide e estendeu-o na cama. Recuou para contemplá-lo, aturdido.

Por algum motivo, não fora capaz de usar um *kilt* no funeral. Era um elo ostensivo demais com Rachel. De um jeito irracional, queria se distanciar, o máximo possível, dela naquele dia, na esperança de que assim pudesse absorver com mais facilidade tudo o que acontecera. Por isso, vestira o terno... e não o usara de novo desde então. David balançou a cabeça, a mente num súbito turbilhão, com um senso opressivo de rejeição, tanto a usar o terno quanto à sua nova rotina. Num movimento rápido, pegou-o e jogou-o em cima da cadeira, junto ao jeans. Passou os dedos pelos cabelos e olhou para a cadeira. O terno se destacava, bem passado e impecável, em contraste com a honesta simplicidade do jeans sujo de terra.

– Ainda não estou pronto para isso – murmurou ele.

Voltou ao guarda-roupa e tirou uma calça cáqui e um blazer azul-marinho, como um meio-termo entre a formalidade e seus sentimentos. Vestiu a calça, escolheu uma camisa azul-clara e um colete de caxemira. Calçou as meias antes de enfiar os pés num par de mocassins marrons. Depois, respirando fundo, foi até a porta, abriu-a e saiu para o patamar.

Deixaram a casa às 8h30, David ao volante do Audi Estate, com o pai em seu paletó de *tweed*, ao lado. Embora fosse o carro da empresa destinado a David, era o pai quem o vinha usando. David se acostumara a dirigir o pequeno trator do jardim e, de vez em quando, o Renault da mãe. Por isso, descobriu-se derrapando no cascalho ao partir, pois esquecera a potência do motor.

George fitou-o.

– Como se sente esta manhã?

David balançou a cabeça.

– Bem.

O pai inclinou-se e deu um tapinha firme e tranquilizador em sua perna.

– Tudo vai dar certo, meu rapaz. Não se preocupe.

O velho ligou o rádio. Acostumara-se a ouvi-lo todas as manhãs, a caminho do trabalho, e achou agora que seria melhor para David ter uma distração durante o percurso, e não a obrigação de conversar. Era a hora do programa de notícias *Bom Dia, Escócia*. George ajustou o volume, recostou-se e ficou ouvindo um comentarista esportivo discutir a situação e a estratégia do time com o técnico do Glasgow Rangers Football Club.

Assim que David passou pelos portões de Inchelvie e entrou na estrada, seguindo para Dalnachoil, as nuvens se abriram pela primeira vez em cerca de um mês, permitindo que um azul-pálido fosse visto lá em cima. Foi seguido quase que imediatamente pelos raios fracos de sol, que se refletiram por um instante no para-brisa do carro. Quando o Audi chegou ao topo da rua principal de Dalnachoil, a mancha azul já se expandira, e o sol aparecia com mais frequência através das nuvens, iluminando as casas da aldeia e projetando sombras fugidias nas encostas dos morros ao redor. Enquanto percorriam a rua principal, George levantava a mão a todo instante, acenando para conhecidos na calçada. David observou pelo espelho retrovisor os rostos inquisitivos que os acompanhavam, pois os aldeões não estavam acostumados a ver pai e filho juntos no carro.

Assim que deixaram para trás o limite de velocidade de Dalnachoil, David experimentou um inesperado fluxo de excitação passar pelas barricadas de torpor em sua mente. Era quase como se conseguisse finalmente romper os limites de seu pequeno e triste mundo. Nunca se aventurara além da aldeia durante o último mês; e suas visitas haviam sido rápidas e causadas por uma necessidade inevitável, sempre permeadas pelo receio de ser atraído para conversas compreensivas e confortadoras com os moradores.

Mas agora, dirigindo o próprio carro pela conhecida estrada, ele quase que experimentava uma sensação de bem-estar. Seguiam para o sul através do vale, flanqueados por campos verdes ensolarados, estendendo-se até o encontro com as urzes marrons da charneca, que seguiam pelas encostas abaixo. Ele lançou um olhar para o pai. Pela primeira vez em muito tempo foi capaz de sentir um arroubo de amor intenso pelo velho sentado ao seu lado, de olhos fechados, a mão em concha no ouvido para ajudá-lo a ouvir melhor o rádio que soava baixinho. David estendeu a mão e aumentou o volume. O pai virou a cabeça para fitá-lo e sorriu.

– Obrigado... assim é melhor. – George baixou a mão para o colo. – Esqueci de pôr o aparelho auditivo esta manhã.

Na extremidade do vale, David virou no cruzamento em T que levava na direção de Aberlour. Acelerou tanto que podia sentir a potência do motor comprimindo as costas contra o banco. A estrada estreita acompanhava os contornos do rio Spey, agora mais cheio e turvo, depois das chuvas da primavera. Embora em alta velocidade, David dirigia com cautela, sendo obrigado a reduzir de vez em quando, para evitar batidas em uma série de obstáculos: primeiro, um velho trator Massey-Ferguson, subindo pela estrada em sua direção, com fumaça preta saindo do cano de descarga cheio de buracos e um enorme fardo de feno na caçamba na frente, bloqueando a visão do motorista; depois, duas ovelhas de cara preta que estavam deitadas no meio da estrada, absorvendo o calor da pavimentação, as cabeças se viraram quando eles passaram, como uma dupla de velhinhas a se queixarem com desdém daquela interrupção imprevista de sua paz; e por fim um veículo novo e vistoso, com tração nas quatro rodas, estacionado sem o menor cuidado no meio da estrada, com um suporte vazio de varas de pesca na capota indicando que o motorista se encontrava em algum ponto da margem do rio à procura de salmão.

Três quilômetros antes de Aberlour, David virou à direita e cruzou o rio por uma ponte de ferro. Virou à esquerda no outro lado, passando pela placa marrom que exibia em letras douradas o nome GLENDURNICH DISTILLERIES LIMITED. A estrada outrora descia até a beira do rio numa sucessão de curvas fechadas e perigosas, mas fora reformada para facilitar o acesso dos enormes caminhões de três eixos que traziam o malte de Inverness e levavam os barris de uísque amadurecido para a fábrica de engarrafamento, perto de Glasgow. Agora fazendo uma curva interminável, a estrada fora projetada para deixar a destilaria completamente oculta por trás de uma barreira de abetos. Só dava para ver as duas chaminés em formato de estupa, o emblema característico de todas as destilarias de malte escocesas, projetando-se por cima dos fornos antigos e aparecendo por cima da cobertura vegetal.

Ao terminar a curva, David saiu do abrigo das árvores e no mesmo instante pôde avistar a destilaria. Ficava num platô de 15 acres, seis ou sete metros acima do rio, cercada por caminhos pavimentados que, por sua vez, eram delimitados por gramados e canteiros de flores muito bem cuidados. Como a estrada descia pela encosta, David começou no mesmo nível dos telhados cinza-escuro dos quatro depósitos de maturação idênticos e dirigiu até alcançar as instalações originais, a *still-house* e a *mash-house,* construídas com pedras, com pequenas janelas brancas e irregulares. Ele passou também pelos novos silos de malte, antes de alcançar o novo prédio da administração, no outro lado do complexo.

Entrou com o Audi no estacionamento, procurando uma vaga tão próxima quanto possível da porta da área de recepção. Desligou o carro, silenciando o motor e o rádio ao mesmo tempo. Soltando o cinto de segurança, abriu a porta e saiu. Parou por um momento, olhando para o escritório. Descobriu-se esticando os braços por cima da cabeça, a fim de neutralizar um sentimento de nervosismo quase pueril. Balançou a cabeça por essa idiotice e contornou o carro. O pai já estava descendo, com a ajuda da bengala. Com a mão por baixo do braço do velho, David ajudou-o gentilmente a se levantar. George permaneceu parado por um longo momento, preparando-se para o primeiro passo. Olhou para David e perguntou:

– Está pronto?

David sorriu e assentiu.

– Certo. Vamos fazer uma entrada em grande estilo.

Margaret levantou os olhos de sua mesa ao perceber o movimento da porta giratória. Um enorme sorriso espalhou-se por seu rosto ao ver David entrar, acompanhando o pai.

– Oh, meu Deus! – exclamou ela, levantando o enorme corpo da cadeira. – É você, Sr. David!

Ela se adiantou apressada e agarrou a mão de David, antes mesmo, que tivesse tempo de estendê-la.

– Mas isso é maravilhoso! Não imagina como é bom tornar a vê-lo aqui! – Margaret fitou-o de alto a baixo, ainda segurando sua mão. – Devo dizer que está parecendo um pouco mais magro... – ela parou para refletir, e continuou – mas ouso afirmar que continua tão bonito quanto antes!

Ela inclinou a cabeça para trás e soltou uma risada estridente que, sem dúvida, pôde ser ouvida em todo o prédio.

– Muito bem, Margaret, muito bem – interrompeu George –, mas David só vai ficar pouco tempo aqui hoje.

– Claro! Claro... – Margaret sentia-se de repente constrangida por sua exuberância. – Compreendo perfeitamente. Mas mesmo assim é um prazer vê-lo tão bem-disposto, Sr. David.

David sorriu.

– Obrigado, Margaret.

– O Sr. Caple informou a que horas será a reunião esta manhã? – perguntou George.

– Ele deixou um aviso.

Margaret voltou à sua mesa, pegou os óculos e um pedaço de papel. Ajeitou os óculos no nariz, estendeu o papel à sua frente e informou:

– Diz aqui para se encontrarem na sala de reuniões às dez horas.

– Muito obrigado, Margaret. Pode avisá-lo que estaremos lá na hora marcada.

George pegou o braço do filho, afastando-o de Margaret. Olhou para o relógio de pé.

– São nove e vinte agora. Sugiro que você desapareça do escritório até a hora da reunião. Caso contrário, vão querer lhe empurrar algum trabalho. Dê uma volta pela destilaria. Voltaremos a nos encontrar às dez horas.

David sorriu.

– Certo. Boa ideia.

George deu um empurrão gentil nas costas do filho. Ele ficou observando David passar apressado pela porta giratória, numa ansiedade evidente para deixar o escritório.

Ao chegar em sua sala, George ficou um pouco irritado ao se deparar com Robert McLeod ali, de pé, com as mãos cruzadas nas costas, olhando pela janela. Ele se virou quando George entrou na sala.

– Ah, George... – murmurou ele, com seu sotaque de Edimburgo. – Espero que não tenha se importado de eu ficar esperando aqui. Mhairi me disse que tinha meia hora livre agora, e eu precisava lhe falar com certa urgência.

George foi pendurar seu sobretudo.

– Não tem problema, Robert. É só você me dar um instante, enquanto me organizo.

Ao pendurar o sobretudo, George lançou um olhar de lado para a figura pequena do diretor financeiro da Glendurnich. Descobriu-se sorrindo da sugestão desesperada de David na noite anterior, de que aquele homem poderia ir aos Estados Unidos e resolver tudo por lá. George foi para sua mesa e sentou pesadamente na cadeira. Enquanto ajeitava a bengala no chão, junto da mesa, ele perguntou:

– Alguma vez já esteve nos Estados Unidos, Robert?

– Não. Não, nunca estive.

– Foi o que imaginei.

Com um sorriso largo, George abriu a gaveta de cima da mesa e tirou um bloco de papel e pegou uma caneta no bolso interno do paletó. Enquanto isso, Robert puxou uma cadeira para a frente da mesa e sentou, levantando a calça para preservar o vinco.

– Pensando bem, – ele começou a dizer, buscando as memórias – houve uma ocasião em que minha esposa e eu quase levamos as meninas à Disneylândia... acho que elas tinham 14 e 15 anos então.

Ele olhou pensativo por cima da cabeça de George, passando o dedo indicador pelo meio do bigode bem-aparado, como se afagasse um camundongo, antes de acrescentar:

– Isso deve ter acontecido há dez anos. Cancelei a viagem porque houve uma queda brusca na taxa de câmbio. – Robert saiu de seu devaneio e tornou a fitar George. – Seja como for, preferimos o sudoeste da Inglaterra para as nossas férias. Há maravilhosos campos de golfe ali.

– Tem toda razão.

George contemplou aquele homenzinho pedante, que não podia ser outra coisa senão um contador, sem problemas em cancelar os planos de uma maravilhosa viagem em família porque as oscilações no mercado financeiro internacional significavam que perderia alguns centavos de suas preciosas libras.

Apesar disso, Robert era um excelente diretor financeiro. Ingressara na Glendurnich há cerca de vinte anos, vindo de uma pequena firma de contabilidade de Edimburgo. Desde então, cuidara das contas da empresa de forma hábil e meticulosa. Era rigoroso com a pontualidade, jamais alterando seu horário de trabalho. Era sempre o primeiro a sair do escritório, às 17h30 em ponto... o que significava, pelo menos no verão, a ida direta para o campo de golfe.

Há algum tempo, no entanto, George desconfiava que o interesse de Robert pela empresa diminuíra bastante. Atribuíra isso ao fato de que ele poderia estar ressentido com a reconhecida competência financeira de Duncan Caple. Apesar de tudo, ele achou que valia à pena fazer uma anotação para perguntar ao homem, no final da reunião, sobre a preocupação de Duncan com as vendas do Glendurnich nos Estados Unidos.

– Sobre o que deseja falar, Robert? – indagou ele, largando a caneta e começando a verificar a correspondência que Mhairi marcara para sua atenção.

Robert recostou-se na cadeira e tossiu sobre a mão fechada para limpar a garganta.

– Acho que este é o momento apropriado para conversar sobre minha aposentadoria, George.

– Aposentadoria? – George levantou o rosto, surpreso. – Por quê?

Robert cruzou as pernas e espanou um pouco de poeira da calça com o dorso da mão.

– Porque – falou devagar – acho que estou ficando um pouco velho para este trabalho. A diretoria atual é muito mais jovem do que eu. Além disso, começo a pensar que a indústria do uísque tornou-se implacável e brutal.

George encarou o homem, esperando que ele continuasse.

– Mais alguma coisa?

– Ahn... para ser franco, sim. – Robert hesitou um pouco. – Ofereceram-me o cargo de secretário do Drumshiel Golf Club. É uma oportunidade tão maravilhosa que não posso recusar.

George recostou-se na cadeira e virou para olhar pela janela. Deixou passar um longo momento antes de perguntar, com a voz mais fina do que o habitual:

– Quando pretende sair?

– Em um mês – respondeu Robert, jovial, aliviado por ter dado a notícia sem receber uma crítica imediata ou ouvir comentários sobre as repercussões para a empresa. – Deve ser tempo suficiente para finalizar as contas do ano passado. O novo diretor financeiro poderá, assim, começar sem qualquer preocupação com as minhas idiossincrasias.

George continuou a olhar pela janela. Depois, fechando os olhos, começou a balançar a cabeça de um lado para o outro, de maneira quase imperceptível, como se um sentimento de raiva explodisse em sua mente. "Obrigado, Robert", pensou ele, "é exatamente isso o que preciso neste momento! Não apenas tenho que aturar Duncan me pressionando sobre o futuro de David na empresa, mas também preciso lidar com o próprio David. Ele não se encontra em condições de cuidar de si mesmo, muito menos de viajar para os Estados Unidos... e agora você entra em minha sala para avisar que temos de procurar um novo diretor financeiro. Acha então que está na hora de se aposentar, hein? Parabéns pra você, porque eu deveria estar aposentado nos últimos dez anos, mas tive de voltar para resolver os problemas de todo mundo".

Robert observava-o atentamente enquanto ele se virava, desviando os olhos da janela. Notou que o rubor habitual desaparecera do rosto de George, fazendo com que ele de repente parecesse muito velho. Preocupado, Robert inclinou-se para a frente. Já ia perguntar se o outro estava se sentindo bem quando George bateu com as mãos nos braços da cadeira, num gesto determinado.

– Muito bem, acho que temos de começar a procurar seu substituto, Robert. Será difícil encontrar alguém como você.

– Obrigado por dizer isso, George – murmurou Robert, tornando a se recostar –, mas não creio que será tão difícil assim. Acho que Duncan já está de olho no atual diretor financeiro da companhia de malte de Elgin.

– É mesmo? Há quanto tempo ele sabe dos seus planos?

– Falei com ele na semana passada – respondeu Robert, um pouco intimidado com a veemência da reação de George. – Ele se mostrou triste com a minha saída, mas achou que era uma boa mudança para mim.

George apoiou os cotovelos nos braços da cadeira e cruzou as mãos, mastigando o canto da boca pensativamente.

– Quais são as atribuições dele? – perguntou George abruptamente.

– Como assim?

Com um olhar furioso para Robert, George reformulou a pergunta:

– Duncan tem autorização para contratar e despedir funcionários da Glendurnich Distilleries Limited sem consultar o conselho?

Robert assentiu, balançando a cabeça lentamente.

– Tem, sim. Foi uma das condições com que concordamos quando ele ingressou na empresa.

George apoiou os cotovelos em cima da mesa e começou a massagear a testa com os dedos. Compreendia de repente que Duncan podia não apenas escolher quem quisesse para diretor financeiro mas também podia, se levasse suas atribuições ao extremo, afetar o futuro de David no conselho administrativo.

– Por que concordamos com isso?

– Acho que estávamos todos ansiosos demais em trazer Duncan para o cargo de diretor-executivo – respondeu Robert, timidamente, consciente da crescente irritação de George.

George voltou a se recostar na cadeira.

– Tem razão. – Ele fez uma pausa, olhando pela janela. – Robert, Duncan não, ahn... Duncan não pediu para você sair, não é?

Robert balançou a cabeça vigorosamente.

– Claro que não! Nada parecido aconteceu. Foi tudo ideia minha. E acho que Duncan jamais teria coragem para fazer isso.

– Concordo, Robert. – George sorriu. – Desculpe ter perguntado, mas eu queria ter certeza de que nada estava acontecendo pelas minhas costas.

Robert levantou-se, aproveitando o recuo de George como uma oportunidade favorável para encerrar a reunião. Pôs a cadeira de volta no lugar, enquanto falava:

– Não houve nada, George. Duncan pode ser um tanto... egocêntrico às vezes, mas é um bom executivo. E, a julgar pelos primeiros cálculos dos resultados do ano passado, eu diria que ele está sendo ótimo para a empresa.

George fitou-o nos olhos e balançou a cabeça.

– Tenho certeza disso, Robert... e obrigado. Prezo muito pela sua opinião.

– E eu me sinto feliz em oferecê-la, George. Agora, se me dá licença, preciso voltar a trabalhar nas contas. – Ele sorriu, um pouco nervoso. – Agora que o tempo se tornou essencial, por assim dizer.

– Claro, Robert... e quero lhe agradecer por tudo o que fez ao longo dos anos. Você foi um dos pilares da empresa.

Com um sorriso fugaz, Robert virou-se e deixou a sala. George ficou olhando para a porta fechada, por um momento, depois apertou o botão do interfone, chamando a secretária.

Dez segundos mais tarde ouviram-se duas batidinhas na porta. Sem esperar pela autorização, Mhairi entrou na sala, trazendo um bloco e uma caneta. A jovem secretária atravessou a sala e parou na frente da mesa. George levantou os olhos e sorriu.

– Obrigado. E pode confirmar com o Devonshire Place que lady Inchelvie e eu passaremos lá a noite de terça-feira, Mhairi?

A moça começou a tomar nota.

– Posso presumir que lady Inchelvie não irá à conferência?

George sacudiu a cabeça.

– Pode, sim. Ela não irá. Apenas aproveitará a carona para visitar os netos na escola, em Perth.

– Certo. – A moça fez uma anotação. – Mais alguma coisa, milorde?

– Pode telefonar para a British Airways e reservar uma passagem de Glasgow para Nova York na manhã de terça-feira?

– A próxima terça-feira, milorde?

– Isso mesmo. – Ele fez uma pausa. – E deixe o voo de volta em aberto, Mhairi.

Ela esperou, a caneta suspensa sobre o bloco. Como George não disse mais nada, a secretária perguntou:

– A passagem deve ser em nome de quem?

George levantou a mão, num gesto de desculpa.

– Ah, sim... É para o Sr. David.

A secretária escreveu a anotação.

– Isso é tudo, Mhairi. Agradeceria se me confirmasse.

– Pois não, milorde. – ela se virou e saiu, caminhando com rapidez.

Enquanto ela deixava a sala, George virou a cadeira para a janela. Pegou a caneta e começou a virá-la entre os dedos, cada vez batendo com mais força na superfície da mesa. Depois de algum tempo, destampou a caneta e fez dois traços firmes sob a anotação do memorando para Robert. Largou a caneta na mesa e recostou-se, com uma expressão exausta.

– Espero que não esteja tramando coisa alguma, Duncan, meu rapaz – murmurou ele. – Espero que não esteja tramando coisa alguma...

AO ABRIR A PORTA da *still-house,* David foi envolvido no mesmo instante pelo cheiro quente e inebriante da destilação de uísque em andamento. Ele subiu os quatro degraus de pedra gastos pelo uso e avançou pelo chão de tela de aço que se estendia por todo o prédio, 5 metros acima da base dos tachos do alambique. A *still-house* sibilava como uma panela de pressão, encobrindo a ressonância de seus passos no chão de metal enquanto seguia para o outro lado da sala, passando pelos quatro enormes alambiques de cobre polido. Ele subiu a escada de metal e foi andando pela estreita passarela no nível mais alto dos alambiques. Parou no meio do caminho, bem diante de uma porta recém-pintada de verde-claro em que se lia a palavra CANTINA. Hesitou por um instante, depois abriu a porta e entrou.

Apesar do cheiro sufocante de fumaça de cigarro, a nova cantina dos operários era grande e arejada. A instalação fora feita em um antigo sótão com claraboia, adaptado para a nova função quando a cantina antiga fora destruída na reforma das instalações. De um lado, um portão de carga fora substituído por uma janela grande. Assim, David podia ver, do ponto em que se encontrava, o rio lá embaixo. No outro lado, uma moderna unidade de fórmica continha uma pia de aço inoxidável, uma geladeira e um forno de micro-ondas. Uma cafeteira nova, ainda na caixa, estava em cima do balcão, uma indicação clara de que a força de trabalho preferia suas garrafas térmicas com chá quente e adocicado.

O lugar poderia parecer uma cozinha elegante e bem-aparelhada não fosse pelo fato de que os homens, numa rebelião ilógica mas ostensiva contra o despejo da cantina antiga, decidiram trazer para cá os móveis que usavam lá. Por isso, no meio da sala havia uma grande variedade de cadeiras, algumas bambas, outras com encostos quebrados, espalhadas ao longo de uma mesa comprida, de madeira, com os círculos de canecas de cerveja e os buracos escuros de marcas de cigarro. Por cima da mesa ficava o único adorno nas paredes: um calendário grande, ainda no mês de março, mostrando uma bela jovem, loura, fingindo girar a porca de um motor, sem a proteção de qualquer roupa.

Três homens estavam sentados à mesa, todos vestindo camisas e macacões, tomando canecas de chá fumegantes e lendo os jornais espalhados à frente. Olharam para David e levantaram devagar, murmurando cumprimentos, ao mesmo tempo em que lançavam olhares constrangidos uns para os outros e para o relógio por cima da pia.

– Não precisam se levantar, por favor! – David também sentia-se constrangido pela reação dos homens à sua entrada. – Como vai, Dougie?

Dougie Masson puxou um cinzeiro cheio por cima da mesa e apagou a ponta do cigarro que ele mesmo enrolara. Encaminhou-se para David, limpando a mão na parte de trás do macacão. Sua largura era igual à altura, era um homem quadrado, de 50 e poucos anos, com os lados da cabeça raspados até a barba grisalha por fazer, no maior contraste com a careca lustrosa. Servira no Exército durante 25 anos, primeiro no Seaforths e depois encerrando uma carreira orgulhosa e impecável como sargento no Queen's Own Highlanders, no mesmo pelotão que David.

Durante esse período, David, um jovem e inexperiente segundo-tenente, passara a confiar no experiente e respeitado homenzinho e a depender dele. Quando deram baixa, na mesma ocasião, David sentira-se estranhamente honrado quando Dougie perguntara se não poderia usar de sua influência com o pai para lhe conseguir um emprego na destilaria. Um mês depois, ele fora recrutado como aprendiz na *still-house*. Desde então, o relacionamento entre os dois se desenvolvera, não como uma sólida amizade, mas sim em uma aliança baseada no respeito mútuo e na capacidade de falarem com franqueza um com o outro. Dougie pegou a mão do homem e apertou-a com força.

– É um prazer vê-lo de volta, Sr. David – disse ele, com uma voz profunda e áspera. – Está tudo bem?

– Sim, acho que sim.

– Fico contente por isso. – Dougie deu um passo para trás e coçou o músculo grande e tatuado do antebraço. – Os homens... lamentamos muito por sua esposa. Foi uma coisa terrível, senhor.

David cruzou os braços e olhou para o chão. Empurrou uma ponta de cigarro para baixo da mesa com a ponta do pé.

– Foi mesmo.

Dougie olhou para ele, depois para seus companheiros, que haviam retomado a leitura de seus jornais. Aproximou-se de David, piscou um olho e acenou com a cabeça na direção da porta.

– Eu já ia voltar ao trabalho, senhor.

David compreendeu o recado e virou-se para segui-lo. Mas antes ergueu a mão numa despedida silenciosa para os outros dois homens. Eles levantaram os olhos por um instante, responderam ao gesto com um breve aceno de cabeça e voltaram à leitura.

– Como vão as coisas aqui? – perguntou David, apoiando os cotovelos na grade, ao lado de Dougie, que olhava, com o rosto franzido em concentração, para o chão da *still-house*.

– Nada mal. Podiam estar piores. Tivemos um problemão com o número 3, ali. – Ele apontou o dedo grosso para o lugar em que uma solda de acetileno se encontrava entre outras ferramentas. – Só conseguimos resolver agora. Por isso é que atrasamos um pouco o intervalo para o chá.

– O que aconteceu? – perguntou David, olhando para o alambique.

– Apareceu um vazamento na tarde de ontem. – Ele riu. – Ainda bem que Jimmy tem um nariz grande. Foi ele quem sentiu no condensado que ia para a caldeira. Tivemos de esvaziar da noite para o dia, a fim de isolar a válvula de vapor. Terminamos de soldar a abertura há cerca de uma hora. Devemos conseguir retomar o funcionamento esta tarde.

– Bom trabalho.

Dougie virou-se e sorriu para David, sabendo muito bem que defeito na parte mecânica da destilaria era um problema sobre o qual ele não tinha muitos conhecimentos. Mas, quando notou que os olhos de David fixavam-se no chão da *still-house,* o sorriso desapareceu e ele começou a balançar a cabeça.

– Puxa, Davie, você anda meio distraído, não é?

David fitou-o e acenou com a cabeça.

– Pode-se dizer que sim. – Ele soltou um suspirou profundo. Virou-se e recostou-se na grade.

– O que fez durante todo esse tempo? – murmurou Dougie.

– Passava a maior parte do tempo trabalhando no jardim.

Dougie esfregou com força o lado da cabeça.

– Serve para manter a cabeça ocupada. – Ele se empertigou para alcançar a mesma altura de David. – O que o trouxe aqui hoje?

David estendeu a mão e segurou o cabo de uma vassoura que estava encostada no outro lado. Pôs o pé na outra extremidade, fazendo as cerdas se espalharem pelo chão.

– Tenho de ir a Nova York para resolver alguns problemas da empresa... e, como pode imaginar, é a última coisa que tenho vontade de fazer neste momento.

Dougie cruzou os braços e olhou para suas botas, com uma expressão sombria.

– Posso compreender... – Ele também suspirou, e começou a mexer num calo no dedo. – Vai aproveitar para ver o tenente Eggar quando estiver lá?

David parou de mexer no cabo de vassoura e olhou inquisitivo para Dougie.

– Como assim?

– O tenente Eggar, ele não era seu amigo?

– Claro que era, mas por que acha que eu deveria procurá-lo?

– Ora, ele está em Nova York... ou em algum lugar nas proximidades. Acabei de ler sobre ele na revista do regimento. Espere um instante... – Dougie afastou-se da grade. – Deixei no meu armário. – Ele entrou na cantina e voltou, um momento depois, com a revista na mão. – Recebi ontem pelo correio. Guardei na minha mochila de noite, pensando em dar uma olhada na hora do chá. – Dougie passou a língua no polegar bastante sujo e começou a folhear meio sem jeito as páginas de papel lustroso. – Onde será... ah, aqui está!

Ele estendeu a revista aberta na penúltima página para David. Era um pequeno parágrafo, da coluna *Outras Notícias.*

> Richard Eggar (2º tenente, QOH, 1973-1976) organizou recentemente uma reunião dos Queen's Own Highlanders, que também se fixaram nos Estados Unidos da América. Atualmente vice-presidente do Dammell's Bank, em Nova York, o tenente Eggar disse que ficou muito satisfeito com o compa-

> recimento de 14 companheiros, ainda mais porque 3 fizeram o esforço de vir de avião da Costa Oeste especialmente para a ocasião. O tenente Eggar, que é casado e mora em Long Island, disse que terá o maior prazer em receber qualquer QOH que visite Nova York no futuro. Pode-se fazer contato com ele pelo telefone 001 516 357 4298.

David franziu as sobrancelhas e virou-se para Dougie.

– Importa-se de me emprestar esta revista?

– Claro que não. Só me devolva.

– Vai tê-la de volta na hora do almoço. – David encostou a vassoura na parede e enrolou a revista. – Só quero anotar o número do telefone. – Ele olhou para o relógio. – Cinco para as dez. É melhor eu ir agora. Tenho uma reunião em cinco minutos.

Enquanto andavam pela passarela, Dougie virou a cabeça e sorriu.

– Espero ter animado um pouco o seu dia, por menos que seja.

– Claro que animou... e peço desculpas se pareço um pouco distante.

Dougie deu um tapinha nas costas de David.

– Não se preocupe com isso. Acho que nos conhecemos bastante bem para saber que não tem importância. Só quero que se cuide... e não faça nada que eu não faria.

David soltou uma risada.

– Isso me deixa uma ampla margem. – Ele desceu a escada, segurando a revista. – Pode deixar que a mandarei de volta.

– Não se preocupe. Estarei aqui ou nas proximidades.

NO RELÓGIO DE PÉ na área de recepção havia acabado de bater as 10 horas quando David entrou apressado e seguiu para a sala de reuniões. Margaret, que falava alto ao telefone, virou-se com uma expressão ameaçadora. Ao ver David de rosto franzido, no entanto, abriu um sorriso largo e limitou-se a acenar, efusiva, sem interromper a ligação.

O pai se encontrava sozinho ali, sentado na cadeira de encosto alto na extremidade da mesa, com a cabeça inclinada para tomar o primeiro gole de uma xícara quase transbordando de café. Levantou os olhos quando David entrou.

– Não sei como ela consegue fazer isso! – resmungou ele, numa voz quase rabugenta.

David riu.

– Quem é ela e o que consegue fazer?

Ele atravessou a sala, puxou a cadeira ao lado do pai e largou a revista de Dougie em cima da mesa.

– Margaret! Você pede um café, ela traz com a velocidade de um raio e põe na sua frente sem derramar uma só gota... e olhe só para isto! – George gesticulou para a xícara fumegante. – Está a ponto de transbordar!

Ele se inclinou e tomou um gole ruidoso. Depois, tirou o lenço de *paisley* do bolsinho do paletó, recostou-se na cadeira e limpou a boca.

– Você esteve na destilaria?

– Estive. Encontrei Dougie Masson.

– Ah, sim. Não o vejo há algum tempo. Como ele está?

– Parece muito bem. – David inclinou-se para frente e pegou a revista. – Ele me mostrou esta notícia sobre um amigo meu no Exército. – Ele abriu a página e estendeu a revista para o pai, acrescentando: – Parece que agora trabalha em Nova York e mora em Long Island. Pensei em lhe telefonar e perguntar se não tem um quarto extra por duas noites. É melhor do que ficar sozinho num hotel.

George ergueu as sobrancelhas enquanto pegava a revista, não tanto em interesse pela notícia, mas sim de prazer pela aparente disposição do filho em tentar tirar o máximo proveito da viagem a Nova York. Ele deu uma olhada rápida na notícia antes de colocar a revista de volta por cima da mesa.

– É uma ótima ideia. Ligue para ele assim que acabarmos...

A porta da sala de reuniões foi aberta nesse instante e Duncan Caple entrou carregando várias pastas e andando de costas, enquanto continuava a falar com alguém lá fora.

– Está bem. Avise que ligarei dentro de meia hora. – Duncan virou-se e fechou a porta com o pé. – Desculpem o atraso. Surgiu um problema.

Ele atravessou a sala, largou as pastas em cima da mesa com um estrépito e sentou-se na cadeira em frente a David.

– Tem problema se a reunião for breve? Estou esperando uma ligação importante do Japão a qualquer momento. – Ele olhou para David e indagou, o tom um pouco condescendente: – Desculpe, David. Como você *vai?* Lamento tê-lo convocado para esta viagem, mas não havia alternativa. De qualquer maneira, como eu disse a seu pai, provavelmente vai lhe fazer bem se afastar por algum tempo.

George começou a mastigar rapidamente o lado da boca, furioso com a grosseria do último comentário de Duncan. Encarou o jovem diretor-executivo com uma expressão dura.

– Acho melhor acabarmos a reunião o mais depressa possível, Duncan. David ainda tem muita coisa para fazer em casa.

A censura passou por cima da cabeça de Duncan. Ele olhou para David.

– Vai direto para casa depois da reunião? Pensei que poderia contar com você para dar alguns telefonemas, já que está aqui...

– Não, Duncan – interveio George, incisivo. – David irá embora assim que acabar a reunião.

Duncan não disse nada por um momento. Começava a se cansar de arcar com a carga de trabalho de David, além da sua. Também não suportava mais a maneira como a família Corstorphine parecia erguer barreiras sempre que tentava fazer alguma coisa pela empresa. Ele balançou a cabeça, assumindo um ar de truculenta resignação.

– Ora, está bem, se é o que vocês combinaram. Vamos começar logo a reunião.

Ele pegou uma das pastas e abriu-a.

– Não entrarei em muitos detalhes, David. Tenho certeza de que seu pai já o informou do motivo pelo qual julgo necessário um novo distribuidor nos Estados Unidos. Basta dizer que é essencial que aumentemos ou pelo menos consigamos manter nossas vendas nos Estados Unidos no mesmo nível. Isso não vem acontecendo com a Lacey's. Providenciei relatórios sobre quatro distribuidoras diferentes. Dessas, selecionei uma que será submetida à reunião do conselho na terça-feira.

George inclinou-se para a frente.

– Não estarei aqui na terça-feira, Duncan. Irei a Glasgow para a conferência da Associação do Uísque.

O diretor-executivo recostou-se, os cotovelos apoiados nos braços da cadeira, as palmas das mãos viradas para cima.

– É apenas uma formalidade, George, como conversamos ontem. Tem de ser feito. – Ele se virou para David. – Por isso, marquei uma reunião sua com o novo distribuidor americano para a manhã de quarta-feira, às dez horas.

A falta de reação de David fez George observá-lo com mais atenção. Notou no mesmo instante que o filho, depois da breve centelha de excitação pela notícia no jornal, retornara à sua introversão habitual, contemplando a palma da mão como se estivesse hipnotizado, esfregando-a lentamente com o polegar oposto.

Era demais para Duncan. "Ora, meu caro", pensou ele, "você pode estar lamentando sua esposa, mas isso não significa que tem de demonstrar um desinteresse tão ostensivo pelo que está acontecendo".

– Com licença, David – disse ele, o tom brusco. – Você pode não pensar assim, mas o que estou dizendo é de fato muito importante.

David levantou bruscamente a cabeça para fitá-lo, a fúria faiscando em seus olhos. George percebeu e apressou-se em levantar as mãos.

– Vamos nos acalmar, está bem? Duncan, você tem todas as informações por escrito. Basta entregar a David. Ele não precisa de mais nada.

Duncan deixou escapar um suspiro resignado.

– Como quiserem. – Ele estendeu o documento para David. – O nome da companhia é Deakin Distribution. É relativamente nova, mas obteve excelentes resultados na promoção de vendas de algumas marcas de gim inglesas nos últimos dois anos. A sede é na Madison Avenue, não me lembro exatamente onde, mas o endereço está na pasta.

Ele bateu com as mãos na mesa e levantou-se.

– Acho que não há muito mais a se dizer. – Ele olhou para George. – E o voo?

– Mhairi está providenciando.

– Ótimo. – Duncan pegou as pastas restantes e começou a se encaminhar para a porta. Parou ao passar por David. – Só mais uma coisa. Pensei ontem que seria uma boa ideia se você visitasse a Lacey's, a fim de encerrarmos o relacionamento comercial em bons termos. Mas mudei de ideia. Não precisa se incomodar. Cuidarei de tudo daqui.

Duncan se adiantou e pôs a mão no ombro de David, mas retirou-a, no instante seguinte, ao sentir que ele se encolhia ao toque. Por um instante, a mão ficou suspensa em pleno ar. Depois, ele acenou com a cabeça para George, virou-se e saiu.

Um silêncio opressivo dominou a sala, até que George empurrou sua cadeira para trás, pegou a bengala e começou a fazer esforço para ficar de pé.

– Ele pode ser um bom executivo, mas às vezes se torna um almofadinha insuportável.

David levantou-se de um pulo para ajudar o pai.

– Foi por um triz que não lhe dei um soco.

George deu risada.

– Deu para perceber. – Ele estremeceu com a dor ao dar o primeiro passo, depois foi se arrastando para a porta. – Escute, meu rapaz, fiz uma reserva num voo que parte de Glasgow na manhã de terça-feira. Pedi a Mhairi que deixasse em aberto a passagem de volta. É que pensei que poderia ser... ahn... benéfico para você mais algum tempo por lá. Viaje um pouco, procure se divertir. A decisão é sua.

David balançou a cabeça.

– Não quero. Pretendo voltar direto. As crianças vão querer me ver... e, de qualquer maneira, preciso começar a pensar em voltar ao trabalho. Não posso deixar que você continue a me substituir para sempre. – Ele sorriu para o pai. – Já é tempo de retomar a sua aposentadoria.

– Ora, não se preocupe comigo. Estou muito bem. E posso lhe garantir que estou até gostando.

David riu.

– Posso ver... – Ele fez uma pausa. – É muita generosidade... e talvez até eu considere a possibilidade. Mas primeiro preciso conversar com as crianças. Irei visitá-las no sábado para explicar a situação.

– Boa ideia. – George parou de repente, voltou à mesa e pegou o telefone. – Antes de você ir embora, deixe-me verificar se terei uma carona até em casa.

Ele discou um número e esperou um instante.

– Margaret, pode fazer o favor de pedir ao jovem Archie McLachlan para dar um pulo à sala de reuniões? Não, ele trabalha agora na distribuição... esse mesmo... Obrigado, Margaret.

George desligou e olhou para o filho.

– Eu não me preocuparia muito com Duncan, meu rapaz. Ele está exagerando o problema porque é assim que a mente dele funciona. Cuide dos assuntos dessa viagem à sua maneira e em seu ritmo. Providenciarei para que você tenha todo o apoio necessário daqui, sem precisar fazer qualquer contato com Duncan. Combinado?

David acenou com a cabeça.

– Provavelmente será melhor assim, devido às circunstâncias.

Houve uma batida discreta na porta.

– Entre, Archie.

Archie McLachlan abriu a porta devagar e estendeu a cabeça, os olhos arregalados em incerteza.

– Queria falar comigo, milorde?

– Queria, sim, Archie. Pode entrar. Já conhece o Sr. David, não é?

Archie adiantou-se e apertou a mão de David.

– Olá, senhor. É um prazer vê-lo novamente.

– Archie – continuou George – o Sr. David vai voltar para Inchelvie agora, o que me deixará sem carro. Seria muito incômodo para você se me desse uma carona no final da tarde?

– Absolutamente nenhum, milorde. – A voz de Archie vibrava com a importância da missão. Ele hesitou. – O único problema é que meu carro é um velho Ford Fiesta.

George não pôde deixar de rir.

– Não importa qual é o carro, Archie, contanto que tenha quatro rodas e ande.

O alívio espalhou-se pelo rosto do rapaz.

– Neste caso, senhor, não há problema. – Ele começou a recuar para a porta. – Só precisa me avisar quando quiser partir e trarei o carro até a porta.

George ergueu a mão.

– Espere um instante. Gostaria que você fizesse mais uma coisa.

Archie parou no mesmo instante, olhando para Lorde Inchelvie.

– O Sr. David vai viajar para os Estados Unidos na próxima terça-feira, Archie, a fim de contratar o nosso novo distribuidor. Eu estarei em Glasgow nesse dia e no dia seguinte, enquanto o Sr. Caple viajará para Londres e a Europa Continental da quarta-feira em diante.

– Certo, milorde – murmurou Archie, o rosto franzido em concentração.

– Quero que você seja o contato do Sr. David aqui durante a ausência dele. Se ele quiser alguma coisa, você deverá providenciar. Não precisa pedir autorização a ninguém mais na companhia. Entendido?

– Entendido, milorde.

– Então, estamos acertados. Todas as manhãs, Archie, você deve verificar com Margaret se chegou algum fax do Sr. David durante a noite. Avisarei a ela que só você deve recebê-los. E tudo isso deve ser confidencial. Certo?

– Certo, milorde.

– E agora pode ir. Pedirei a Margaret para avisá-lo quando estiver pronto para partir.

Archie inclinou a cabeça, ofereceu um sorriso a David e deixou a sala. David olhou para o pai.

– Você falava como M dando as ordens a James Bond. O que está acontecendo?

George franziu o rosto.

– Não sei ainda. Apenas tenho uma suspeita insidiosa de que as coisas não são exatamente o que parecem. – Ele balançou a cabeça e sorriu. – Talvez a idade esteja me deixando um pouco paranoico... Não sei.

Depois de olhar para o relógio, George acrescentou:

– Pode ir agora. Isso lhe dará tempo de trabalhar no jardim com Jock esta tarde.

David folheou o relatório de Duncan em sua mão.

– Não. Acho melhor dar uma olhada nisto. Terei de começar a estudar o assunto em algum momento.

– Tem razão, não há outro jeito – murmurou George, pondo a mão no ombro do filho.

8

Ao passar pelos portões de Inchelvie, David avistou Jock se aproximando no trator do jardim, manobrando com cuidado entre as árvores, enquanto cortava a grama na beira do caminho. Com uma súbita pontada de inveja do velho e do seu trabalho duro, mas simples, o impulso imediato de David foi parar o carro e avisá-lo de que continuariam a trabalhar no canteiro. Mas ele se controlou e apenas ergueu a mão em cumprimento ao passar. Nada disso, pensou David. Precisava começar, mais cedo ou mais tarde.

Ele parou o carro na frente da casa, subiu os degraus de pedra, abriu a porta e entrou. Atravessou o vestíbulo para a sala de estar, sentou à escrivaninha do pai, abriu a pasta e encontrou, preso na primeira página, o papel em que anotara o telefone de Richard Eggar. Olhou para seu relógio. Era meio-dia e meia, ou seja, 1h30 da manhã em Nova York. Talvez conseguisse fazer contato antes de Richard sair para o trabalho.

Ele pegou o telefone do aparelho de fax em cima da mesa e fez a ligação. A linha crepitou e assoviou, enquanto a conexão era feita. Segundos depois, David ouviu a campainha retumbante do sistema telefônico americano. Tocou quatro vezes, antes que alguém atendesse.

– Alô?

Era uma voz de homem, as cordas vocais ajustando-se enquanto ele falava, o que fez com que as duas sílabas da palavra fossem do baixo ao falsete. David pensou no mesmo instante que o homem estava com uma gripe muito forte ou acabara de acordar.

– Alô, é Richard quem está falando?

David ouviu o homem tossir e limpar a garganta.

– É sim. – A voz era inglesa, mas revelando uma forte influência americana.

– Richard, aqui é David Corstorphine. Servimos juntos no Queen's Own...

– David! – A voz, em sua sonolência, elevou-se um tom. – Espere um instante. – David ouviu o som de movimentos no outro lado da linha. – Mas que coisa... David Corstorphine! De onde você está ligando?

– Da Escócia.

– Escócia? Dá para acreditar? David! Como descobriu meu telefone?

– Saiu na revista mensal do regimento. Uma notícia sobre uma reunião que você promoveu.

– Ah, sei...

David ouviu um bocejo reprimido no outro lado da linha.

– Por acaso o acordei, Richard?

– Não, não... isto é, acordou, mas eu já deveria ter me levantado. Estava apenas me permitindo um pouco de preguiça. Estivemos em Montauk ontem à noite e só voltamos para casa às três da madrugada. Mas do que estou falando? Isto é incrível! Recebo um telefonema às sete e meia da manhã de um homem que não vejo há anos. Pode me dar um minuto, David? Vou pegar o telefone sem fio para poder sair do quarto.

A linha ficou muda. David continuou sentado, enroscando o fio do telefone no dedo.

– Ainda está aí? – perguntou Richard, a voz soando através da interferência do telefone sem fio.

– Estou sim.

– Vim para a cozinha. E peço que espere mais um pouco, enquanto ponho água no fogo. Estou louco por um café. – Houve um chiado de interferência enquanto o homem se movimentava. – Pronto. E agora, David, conte-me como você tem passado. Fico feliz em ouvi-lo. Qual o motivo da ligação?

– Eu gostaria de saber se...

– Não, espere um pouco. Deixe-me terminar primeiro. Como vai a maravilhosa Rachel?

David sentiu a boca ressequida. Tentou falar, mas nada saiu. Por alguma razão, estava totalmente despreparado para essa indagação. Só pensara em perguntar a Richard se poderia se hospedar em sua casa.

– Ei, David, continua na linha?

– Ahn... continuo... desculpe, Richard... desculpe, ainda estou aqui. Pode esperar um instante?

Sem aguardar a resposta, David tapou o bocal e apertou os olhos com toda força, o rosto se contraindo em dor. Esquecera por completo que Richard conhecera Rachel. E não podia deixar de conhecer, já que haviam se casado um ano antes de sua baixa. Agora, pensando a respeito, ele lembrou que Richard os acompanhara naquela louca viagem de esqui a Verbier. Sempre podia "desligar" o telefone para tornar a ligar mais tarde. Mas de que adiantaria?

– Desculpe a demora, Richard. É que... ahn... alguém entrou na sala.

– Não tem problema. Como ela está?

– Rachel... – David limpou a garganta. –... morreu no mês passado, Richard.

Por um longo momento, David ouviu apenas a estática na linha, seguida pelo som de uma xícara sendo derrubada no balcão da cozinha ou caindo no chão. Quando Richard tornou a falar, sua voz soou distante e fraca.

– Droga, David... o que... o que aconteceu?

– Câncer.

– Oh, Deus... Sinto muito. Há quanto tempo foi?

– O diagnóstico foi feito em outubro... e em dezembro..

– Mas que coisa *terrível*... Pobre Rachel!

– Foi mesmo um choque.

– E como *você* está, meu amigo?

– Não... não particularmente bem.

– Não sei o que dizer, David... Como... está lidando?

– Não... particularmente bem. No momento, estou na casa dos meus pais.

– Certo... E vocês tinham filhos, não é?

– Três crianças. Acabaram de voltar à escola.

– Sinto muito, David, por todos vocês. Isto é... Fico contente que você tenha me ligado.

David respirou fundo. Depois, limpou a garganta, compreendendo que Richard acabara de lhe oferecer uma oportunidade para mudar de assunto.

– Veja, Richard, não foi bem por isso que liguei. Tenho de passar dois ou três dias em Nova York a negócios e pensei se...

Richard interrompeu-o:

– Ótimo! Quer ficar em minha casa?

– Não criaria problemas para você?

– De jeito nenhum! A única coisa é que Angie vai passar duas semanas em Boston, visitando os pais... mas isso não é problema. Apenas teremos de nos virar sozinhos. Quando você vem?

– Na terça-feira. Ainda não estou com a passagem, mas é o voo da manhã de Glasgow. Chega a Kennedy por volta de meio-dia e meia, se não estou enganado.

– E quais são os seus planos para o dia? Tem alguma reunião marcada?

– Não. A reunião será na quarta-feira, às dez da manhã.

– E já sabe onde será essa reunião?

– Em algum lugar da Madison Avenue.

– Certo. Espere um instante enquanto pego minha agenda. Deixei na sala de estar. – David ouviu-o atravessar a casa, depois o barulho frenético de papéis revirados. – Já sei o que vamos fazer. Tenho uma conta com a Star Limos aqui em Leesport. Mandarei buscá-lo no Kennedy. É apenas uma hora de carro até aqui. Assim, você terá toda a tarde e a noite de terça-feira para relaxar. Meu escritório também é na Madison, posso apostar que não fica a mais de três ou quatro quarteirões do local de sua reunião.

– Tem certeza? Não quero incomodar...

– Nem vai! Não diga bobagem! Estou trabalhando no horário de verão neste momento, ou seja, fico em casa de sexta a segunda, e depois passo o resto da semana na cidade. Mas, enquanto você estiver aqui, voltarei para casa todas as noites. Não é nenhum problema. De qualquer forma, tenho um monte de documentos para despachar... e o escritório pode me mandar por e-mail qualquer coisa urgente.

– Se tem certeza de que não serei um estorvo, Richard, será ótimo para mim. Não pode imaginar o peso que tira de minha mente. Tornará minha viagem muito mais fácil.

– Será um prazer para mim. Até terça, está bem? E outra coisa, David... sinto *muito* por Rachel, mas muito mesmo.

– Eu sei. É uma dessas coisas que acontecem.

– Não, não é. Sei o que isso significa para você. Se quiser falar a respeito quando chegar aqui, tenho bons ouvidos. Mas chega de conversa por enquanto. Tenha um bom voo, meu amigo... e cuide-se.

David desligou e continuou sentado, esfregando as mãos para cima e para baixo nas pernas da calça. Percebeu que as mãos tremiam do esforço intenso de falar sobre Rachel. Respirou fundo e pegou a pasta, mas, no mesmo instante, largou-a em cima da mesa, sem abrir.

– Ora, que se dane!

Ele se levantou de um pulo, atravessou o vestíbulo e subiu para vestir o macacão de trabalhar no jardim.

9

— Agora deveria ser verão! – exclamou Sophie, aconchegando-se no blazer e enfiando as mãos sob as axilas. – E o verão deveria ser quente!

O barulho da bola de críquete contra o bastão veio do meio do campo, trazido pela brisa fria. Houve aplausos da audiência corajosa e esparsa ao redor do campo. Os meninos que jogavam a partida haviam puxado as mangas dos suéteres para proteger as mãos e não paravam de pular para se esquentar.

– Está assim em Inchelvie?

Apoiado num cotovelo, David arrancava, distraído, as pequenas margaridas espalhadas pelo gramado à beira do campo.

– Não. Para ser franco, está pior. O sol apareceu pela primeira vez na última quinta-feira... mas não tinha muito calor.

– Eu gostaria que houvesse um botão que a gente pudesse apertar para ligar logo o verão – comentou Harriet, balançando-se para a frente e para trás empoleirada no quadril do pai. – E então o clima e todas as coisas seriam de verão!

– Ei, Harry, não faça isso! Dói um bocado!

Harriet soltou uma risadinha e parou por um instante. Depois, com um sorriso determinado e malicioso, recomeçou a balançar, aos arrancos, testando a resistência do pai.

– Ora, sua diabinha! – David estendeu o braço e empurrou-a para o gramado. – Está declarada a guerra!

Ele começou a fazer cócegas na filha, que desatou a gritar, num riso histérico.

– Pare, papai! – suplicou Sophie, num sussurro constrangido. – O Sr. Hunter está nos observando do campo de críquete!

David sentou, fazendo careta pela reprimenda de Sophie. Mas continuou a manter a filha caçula a distância, estendendo a mão cada vez que ela tentava avançar.

– Acho que não precisamos assistir a *toda* a partida, não é? – murmurou Sophie, levantando os joelhos para o queixo.

– Provavelmente não. – David olhou para o placar. – De qualquer forma, é o último batedor do time deles. Portanto, vai acabar daqui a pouco. Mas acho que devemos continuar a assistir, porque Charlie *pode* ter uma oportunidade de entrar.

Sophie suspirou.

– O críquete é um jogo muito chato.

Ela estendeu as mãos para trás e ajeitou o elástico que prendia o rabo de cavalo. David estudou seu rosto, com discrição. Pequenas linhas de sorriso, vincando a pele azeitonada nos cantos da boca e dos olhos, eram agora a única indicação de que a expressão dura e desprovida de emoção, adotada por Sophie desde a morte da mãe, era estranha a seu caráter. Ela a usava como uma máscara, como se rir, ou mesmo sorrir, pudesse ser interpretado como uma forma de deslealdade à memória da mãe. No lábio superior havia dois pequenos pontos vermelhos, máculas que no passado lhe causariam tanta ansiedade quanto uma erupção de varíola, mas que agora eram ignoradas. Era como contemplar um quadro abstrato incompreensível: texturas de infelicidade, anseio e bravura, tudo misturado numa tela de beleza incipiente.

– É exatamente o que mamãe pensava – comentou David, depois de um tempo. – Ela também não perdia tempo com críquete.

Harriet sentou, à menção da mãe, e inclinou-se sobre o corpo do pai.

– De que jogos ela *gostava*?

David pensou por um momento.

– Você sabe que ela gostava de tênis... e... era muito boa na pescaria. O que mais?

– Já sei! – Harriet pulou sobre as pernas do pai e sentou entre elas. – Mamãe gostava de cozinhar!

Sophie fez uma careta.

– Isso não é um jogo, Harry.

– Mas podia ser, não é mesmo, papai?

Ela virou o rosto para David, comprimindo os cabelos pretos contra seu braço, uma expressão suplicante, querendo seu apoio na discussão.

– Ahn... acho que podia.

Sophie balançou a cabeça em desdém.

– Você diz isso, papai, só para concordar com a pirralha.

Harriet chutou a perna da irmã.

– *Não* me chame de pirralha, Sophie!

– Fiquem quietas, vocês duas.

David segurou o pé de Harriet no momento em que a menina começava a desferir outro golpe. Sophie virou-se, encostou o rosto no joelho, sorriu para a irmã.

– Pirralha! – zombou ela, numa voz estridente.

– Já chega, Sophie! – exclamou David, rindo. – Deixe em paz sua irmã mais nova... e muito madura. – Ele olhou para o jogo de críquete e descobriu, aliviado, que Charlie finalmente entrara em campo. – Ei, Charlie entrou no jogo! Vamos assistir!

No campo distante, Charlie corria tão depressa quanto suas pernas finas podiam levá-lo. Com um movimento um tanto complicado, ele enviou uma bola enviesada para o batedor. Recebeu uma rebatida sólida, tristemente merecida. Enquanto o jovem batedor saía em disparada, Charlie ficou parado, com as mãos nos quadris e a ponta do pé chutando a terra, em evidente desapontamento. Harriet, tomando isso como um sinal para congratulações, começou a bater palmas, na maior animação. David segurou suas mãos antes que os aplausos inoportunos pudessem ser ouvidos pelo irmão.

Ela inclinou a cabeça para trás e fitou o pai.

– Não foi uma boa jogada?

– Não, não foi.

Sophie deixou escapar um longo suspiro.

– Se ele continuar a jogar assim, passaremos o dia inteiro aqui.

A bola seguinte de Charlie foi igual à primeira, só que desta vez o batedor, levado a um falso sentimento de segurança pelo ritmo lento do avanço, balançou o bastão diante dos aros para desferir outro golpe vigoroso na bola... e errou. O pequeno guardião dos aros pegou a bola com as luvas enormes e derrubou os pinos. Houve um grito de vitória. O árbitro ergueu o dedo para indicar a saída do batedor. Os jogadores cercaram Charlie e o guardião num frenesi.

– Graças a Deus! – Exclamou Sophie, levantando-se. – Vamos voltar à escola.

– Espere um pouco. – David riu, levantando também e limpando a calça. – Vamos esperar Charlie. Ele já está vindo.

Ficaram observando Charlie se aproximar correndo, o suéter pendurado no ombro, a camisa solta esvoaçando por trás. Ao chegar, contraiu o rosto sardento em um sorriso. Ele soprou os cabelos castanhos avermelhados que caíam na frente dos olhos.

– Viu o que eu fiz, papai? – perguntou ele.

– Claro.

– Nada mau para uma segunda bola!

David adiantou-se e passou a mão pelos cabelos do filho.

– Foi sensacional.

– Podemos entrar agora? – insistiu Sophie.

Charlie ignorou a irmã mais velha.

– Papai, não serei batedor antes do número dez, e eles vão tomar um chá primeiro. Por isso, o Sr. Hunter disse que podíamos nos afastar um pouco.

– Para onde quer ir?

– Ao McDonald's em Perth! Por favor, papai! Estou morrendo de fome!

A sugestão foi recebida com um imediato grito de aprovação de Harriet. David olhou para Sophie.

– Está bom para você?

Ela deu de ombros, numa atitude neutra.

– Não me importa, desde que possamos ir para algum lugar quente.

Quinze minutos depois, na estrada de contorno de Perth, eles sentaram no estacionamento do McDonald's, com o cheiro forte de fast-food impregnando o interior do Audi.

– Tem certeza de que não vai querer mais nada? – perguntou David a Sophie, que estava sentada ao seu lado, comendo a menor porção de batatas fritas que conseguira comprar.

Sophie balançou a cabeça, em negativa.

– Não estou com fome.

– Papai! – exclamou Charlie do banco traseiro, no intervalo entre as sugadas ruidosas no canudo de seu milk-shake. – Harriet acaba de deixar cair um pedaço de pepino no chão!

– Não gosto de pepino – explicou Harriet.

– Mas isso não significa que você deve jogar...

– Chega! – interrompeu David. – Não tem importância.

Ele se virou para trás, pegou o pedaço de pepino ofensivo e o jogou pela janela. As crianças ficaram caladas, mastigando ruidosas. David respirou fundo.

– Escutem... ahn... tenho uma coisa para lhes dizer. Preciso ir aos Estados Unidos a trabalho na próxima semana.

Sophie virou a cabeça para fitá-lo, com uma batata frita na metade do caminho para a boca.

– Por quanto tempo?

– Não deve ser mais do que dois ou três dias. Mas depende de vários fatores.

Charlie inclinou-se entre os bancos da frente, lambendo ketchup dos dedos.

– Isso significa que não virá no próximo fim de semana?

– Não sei, Charlie. Como eu disse, depende de uma porção de coisas.

Charlie soltou um gemido de desapontamento.

– Mas vamos jogar em Clevely Hall no sábado!

– Sei disso. Mas, se eu não voltar a tempo, tenho certeza de que vovó virá assistir.

– Vovó não entende de críquete – resmungou Charlie. – Ela passa o tempo todo conversando com as pessoas, sem olhar a partida.

– Pare de se lamentar, Charlie – interveio Sophie, ríspida. – É muita bondade da vovó *vir* a seu jogo. Além do mais, é bem provável que papai já esteja de volta no próximo fim de semana.

Ela virou o rosto para fitar o pai, com um brilho de incerteza nos olhos.

– Não é?

David sorriu, tranquilizador.

– Depende, mas farei de tudo para voltar a tempo.

Ele estendeu a mão e tirou uma batata frita do saco de Sophie. Mastigando-a, olhou pelo espelho retrovisor para os rostos sombrios de Charlie e Harriet.

– Sei que já conversamos sobre isso antes. Mas, agora que voltaram à escola, eu gostaria de saber se não mudaram de ideia sobre ficar longe de casa. Falei com o Sr. Hunter esta manhã e ele disse que compreenderia se vocês quisessem voltar para Dalnachoil.

Sophie balançava a cabeça, antes mesmo de David terminar a última frase.

– Acho que não seria uma boa ideia.

– Posso perguntar por quê?

Sophie soltou um suspiro.

– Porque já conversamos sobre isso, papai, não apenas com você; mas também entre nós. Concordamos que não queremos deixar nossos amigos... e desde que voltamos o Sr. e a Sra. Hunter têm sido muito gentis. Vamos conversar com eles todas as noites.

– Não jogam críquete *nem* rúgbi em Dalnachoil – murmurou Charlie.

– Estamos bem aqui, papai, de verdade – continuou Sophie. – A menos...

Ela parou, fitando o pai nos olhos.

– A menos o quê?

– A menos que você queira que voltemos para casa.

David passou a mão pela cabeça da filha.

– Não, por favor. Quero o que vocês quiserem. Apenas... apenas pensei que valia a pena fazer a pergunta de novo.

– *Eu* quero ir para casa.

A voz soava tão distante e tão baixa que todos se viraram para Harriet. Ela mastigava contente seu hambúrguer, olhando pela janela para uma criança que gritava por ter derramado seu milk-shake de chocolate no estacionamento. Ao perceber que todos a fitavam, Harriet sorriu e preparou-se para outra mordida no sanduíche.

– Mas não agora... nas férias.

Todos deixaram escapar um gemido de alívio e depois desataram a rir. David estendeu a mão para virar a chave na ignição, mas parou ao sentir a mão de Sophie em seu braço.

– Papai...

Ela assumira uma expressão solene.

– O que é?

– *Você* está bem?

David hesitou por um instante, depois sorriu e acenou com a cabeça lentamente.

– Claro que estou.

– Que bom. – Sophie recostou-se no banco. – Então todos estamos bem.

David contemplou cada um dos filhos.

– Isso mesmo, estamos bem, não é? – Ele ligou o carro. – E agora vamos voltar à escola, antes que o nosso batedor magistral perca seu grande momento!

10

Apesar de sair de Inchelvie às 6 horas, a viagem até o aeroporto de Glasgow, na manhã de terça-feira, demorou uma hora além do previsto, por causa da sucessão interminável de semáforos temporários para as obras na estrada entre Perth e Stirling. Por isso, quando David parou o carro na frente do terminal, teve tempo apenas para uma rápida despedida dos pais, antes de pegar a bagagem na mala do carro e entrar correndo no prédio. No balcão de check-in, a moça de rosto esticado olhou para a passagem e depois informou, com uma satisfação ácida estampada no rosto com excesso de maquiagem, que o voo partiria dentro de uma hora, e por isso só agora aceitavam passageiros da classe executiva. Silenciosamente praguejando por ficar com o último lugar vago no avião, que por acaso era na classe econômica, David teve de usar toda a sua astúcia e charme para persuadir a moça a deixá-lo embarcar.

– Então vá para o Portão 2, senhor... e o mais depressa que puder – disse ela, sem o menor vestígio de um sorriso, ao devolver os documentos. – Os outros passageiros já embarcaram.

David retribuiu à falta de animação da jovem com um sorriso exuberante, depois passou apressado pelo controle de passaporte e correu em disparada por todos os 400 metros até o Portão 2 e causou um alvoroço ao atravessar a ponte para entrar no avião... no mesmo instante, tornou-se a grande atração, O Homem Que Ousou Chegar Atrasado. Todos os lugares estavam ocupados, os olhares acompanhando-o enquanto avançava pelo corredor entre as fileiras de passageiros irritados.

O bilhete de embarque informava que sua poltrona era a 21F, mas ao encontrá-la ele descobriu que os três lugares na fila estavam ocupados. Uma jovem mulher num *tailleur* púrpura berrante sentava ao lado do corredor, segurando o punho rechonchudo de uma menina pequena na poltrona do meio, enquanto um menino hiperativo de 5 anos, usando uma camisa do time de futebol Celtic, com um calção de náilon de atleta, pulava com extremo vigor na terceira poltrona, brincando de esconde-esconde com um casal idoso na fileira de trás. David enfiou os dedos no bolso do blazer para tirar o canhoto do bilhete no momento em que a comissária de bordo se aproximava.

– Ainda não encontrou seu lugar, senhor?

– Ainda não.

David entregou o canhoto. A comissária examinou-o por um momento, antes de se virar para a mulher.

– Quantos lugares reservou, senhora?

– Apenas dois – respondeu a mulher, com um forte sotaque de Glasgow. – A menina ia viajar no meu colo, mas eu estava torcendo para que ninguém ocupasse esta poltrona.

A comissária de bordo sorriu para ela.

– Lamento, mas isso não aconteceu. A poltrona está reservada para este cavalheiro.

David esperava que a mulher deixasse escapar um profundo suspiro pela inconveniência no último minuto, mas ela sorriu.

– Tudo bem. Valeu a tentativa. – A mulher soltou o cinto de segurança, levantou a menina e passou para a outra poltrona. – Você vai viajar no meu colo, Tracy querida. E você, Darren, sente quieto e pare de incomodar os outros!

Sorrindo para a mulher, agradecido, David se sentou. Com o cinto de segurança afivelado, apoiou a cabeça no encosto duro e soltou um longo suspiro de alívio.

Tudo correra bem até agora. Não houvera problemas nas últimas 12 horas. Não se preparara para a viagem nos dois dias anteriores, preferindo terminar o trabalho no jardim, com Jock, e deixando para organizar tudo e fazer as malas na noite de segunda-feira. Mas na tarde de segunda colhera alguns narcisos do jardim em Inchelvie e levara para o cemitério em Dalnachoil, a fim de pôr na sepultura de Rachel. Ali chegando, não quis mais sair. Passou horas sentado ao lado da sepultura, conversando com Rachel, até que o sol desapareceu por trás das colinas.

Os motores aceleraram, e o avião começou a se afastar lentamente do terminal. David virou a cabeça para olhar pela janela, enquanto o avião taxiava pela pista. Permaneceu nessa posição até subirem muito acima do rio Clyde e começarem a passar pelas nuvens baixas. Só quando não dava mais para avistar qualquer coisa lá embaixo é que ele se virou, descobrindo que era observado com incerteza pelos três companheiros de viagem. Ofereceu um sorriso... e de repente descobriu que segurava a mão de Darren.

– Oh, desculpem! – murmurou ele, largando a mão do menino no mesmo instante e olhando para a mãe. – Lamento, mas é uma reação natural. Sempre pego a mão de um dos meus filhos durante a decolagem.

A expressão séria no rosto da mulher se desmanchou em um sorriso.

– Quantos *você* tem?

– Três.

– Puxa... dois já é demais para mim. Você deve ser masoquista.

Ela soltou uma risada gutural, que terminou num acesso de tosse áspera. No mesmo instante, David especulou como ela sobreviveria às longas horas proibida de fumar, com a visão tentadora do pacote de dez maços de cigarro livre de impostos projetando-se da cesta aos seus pés.

Durante todo esse tempo, Darren não desviara os olhos de David.

– Mamãe está nos levando para a Disneylândia – anunciou ele, a voz monótona, sem qualquer animação.

– É mesmo? – murmurou David. – Mas que menino sortudo!

– Gosta do Mickey Mouse?

– Claro. Acho que é sensacional. É o seu predileto?

– Não. Acho ele nojento.

– Darren! – interveio a mãe, com uma expressão de horror e constrangimento no rosto pálido. – Não seja insolente com o moço!

– Não é insolência, mamãe. Você também acha que ele é nojento.

– Já chega, Darren!

David contemplou o trio com um sorriso fixo. Como uma manobra evasiva, a fim de voltar para a sua própria companhia, ele abriu a pasta e tirou o relatório da Glendurnich.

– Mamãe, preciso ir ao trono – anunciou Darren.

A mãe inclinou-se para ele e sussurrou, irritada:

– Quantas vezes tenho de lhe dizer que a palavra correta é banheiro?

– Mas você mesma chama de...

– Darren!

Ela soltou o cinto de segurança e levantou-se, sem notar que o aviso de APERTE O CINTO continuava aceso. Uma jovem comissária de bordo aproximou-se, apressada, pelo corredor.

– Lamento, senhora, mas terá de ficar sentada, até o comandante desligar o aviso de APERTE O CINTO – informou ela, apontando para o pequeno painel iluminado acima da poltrona.

– Meu filho precisa desesperadamente ir ao banheiro. Não posso levá-lo?

A jovem comissária, sem saber o que fazer, olhou pelo corredor, à procura de uma orientação de sua chefe imediata, que estava na cozinha no fundo do avião. Houve uma troca de gestos, antes que ela se virasse para a passageira.

– Está certo. Eu a acompanharei com o menino. Mas minha chefe indicou que será mais seguro se não levar a menina.

A mulher começava a ficar atordoada, olhando preocupada para a criança em seu colo.

– Não posso deixar minha filha sozinha aqui. Não quer levar Darren para mim?

Parecia que a solução fora encontrada, até que a comissária estendeu a mão para Darren. Decidido, ele botou as duas mãos atrás das costas e se lamuriou em voz alta:

– Quero ir com você, mamãe.

– Por favor, Darren – suplicou a mulher, exasperada com o filho. – Acompanhe a moça até o banheiro.

David observava a cena, especulando como a situação seria resolvida. Não queria se envolver, mas compreendeu que se não houvesse uma intervenção drástica o pequeno Darren acabaria inundando o avião.

– Com licença – murmurou ele, inclinando-se para a frente.

Todos o fitaram.

– Eu teria o maior prazer em ficar com a menina até a sua volta, se quiser.

A mulher sorriu.

– Obrigada, senhor, mas não precisa se preocupar.

– Não vai me incomodar. Como eu já disse, tenho três filhos. Sou um perito.

– Não vai mesmo se incomodar, senhor? Ela pode ser uma menina difícil.

– Não se preocupe.

David enfiou o relatório na bolsa no encosto da poltrona da frente e estendeu as mãos para receber a menina.

A mulher entregou-a a David.

– Fique quietinha com o moço simpático, Tracy. Obrigada, senhor. É muito gentil da sua parte. Não vou demorar mais que um minuto.

Enquanto a expedição ao banheiro se afastava pelo corredor, Tracy se acomodou no colo de David, fitando-o com o maior espanto, os olhos castanhos tão redondos quanto a chupeta em sua boca, que por sorte cumpria sua função de evitar qualquer explosão de protesto. David ofereceu um sorriso tranquilizador à menina. Depois, achando que era melhor que ela não precisasse sofrer um lembrete tão berrante de que fora abandonada com um completo estranho, virou-a para que a parte de trás da cabeça encostasse em seu peito. Inclinou sua cabeça para fitá-la por cima. Refletiu que, apesar da vulgaridade dos traços da mãe, Tracy tinha uma beleza refinada. Os pés mínimos estavam metidos num par de sapatos de lona baratos. Fitas amarelas passavam pela renda no alto das meias brancas, a cor combinando com o pequeno vestido de fibra sintética. Os cabelos macios e ralos estavam presos por um elástico branco, parecendo se projetar do topo da cabeça como um pequeno esguicho. David inclinou-se para pegar o relatório na bolsa e aspirou o cheiro doce e agradável de bebê. Um coquetel viciante e de ingredientes indescritíveis, exceto pela quantidade generosa de talco Johnson's. Era um cheiro que ele conhecera muito bem no passado, um cheiro tão intenso que o levara a pensar, em determinado momento, que nunca poderia viver sem um bebê em casa.

David deixou o documento onde estava. Puxou Tracy para aconchegá-la contra seu peito. O suave movimento do corpo da menina contra sua mão pareceu acalmar sua mente e remover as teias de aranha de lembranças antigas de seus próprios filhos.

Foi surpreendente que, durante os três primeiros meses de trabalho na Glendurnich, ele não fosse despedido por dormir no emprego. Afinal, parecia ser o momento em que podia ter o descanso de que tanto necessitava. Tudo isso por causa de uma pequena e vulnerável massa de humanidade chamada Sophie Rosemary Alicia Corstorphine, um anjo durante o dia, que se metamorfoseava numa criatura de fúria inconsolável, a berrar e protestar, de madrugada. As horas acordadas durante a noite logo se equiparavam às do dia. E, embora isso resultasse com frequência em irritação e olhos pesados, tanto para ele quanto para Rachel, ela nunca perdia a paciência com a criança. Levava-a para a cama de madrugada, ajeitava os travesseiros nas suas costas e sentava de pernas cruzadas, ninando a filha até que os violentos soluços se convertiam em arrulhos de contentamento, enquanto a menina sugava o mamilo. David era obrigado a ficar sem travesseiro, espremido num espaço de 20 centímetros da cama, com um pé apoiado no chão, para não cair.

– Tentem cantar para ela – sugeriu o Dr. Spiers, prestativo, sem compreender que tudo aquilo ocorria às 2 horas da manhã. – Ou dar uma volta com ela no carrinho de bebê, para acalmá-la.

Eles tentaram um conselho, depois o outro, apenas para descobrir que Sophie só reagia a uma combinação dos dois. Em consequência, as luzes de The Beeches muitas vezes permaneciam acesas durante a madrugada, enquanto David andava de um lado para outro do corredor, como algum indigente que desfila pelas ruas cantando, com os olhos injetados e a barba por fazer, entoando cantigas para sua primeira filha.

E quatro anos depois, quando Sophie se transformara numa criança adorável, sempre feliz, mais do que compensando seu começo infame, Charlie aparecera, ativo e esperneando, com todos os clichês habituais sobre ser um futuro astro de futebol. Eles se prepararam para as emergências, deixando o carrinho à espera no corredor, o violão de prontidão. Mas era como se Charlie tivesse sido concebido por uma fórmula diferente (ou, mais provável, que ele e Rachel haviam superado toda a inexperiência com Sophie), porque dormia durante toda a noite e sorria ao longo do dia. E, quando Harriet nascera, já havia bastante *know-how* de cuidados infantis na família para que Rachel pudesse se dar ao luxo de ficar em segundo plano enquanto a filha mais velha, que acabara de completar 7 anos, assumia o controle com uma dedicação que superava de longe os esforços de qualquer babá apática e desinteressada que havia sido contratada, no passado, para cuidar dela e de Charlie.

E, à medida que cresciam, eles se tornaram uma unidade autônoma, cada vez mais independentes e contentes com a companhia um do outro nas brincadeiras com que se divertiam: Sophie era a organizadora, Charlie o encarregado das proezas físicas, e Harriet a cozinheira, a lavadora de garrafas, a alienígena de um planeta diferente... e, em última análise, um bebê. O relacionamento entre os três, no entanto, não tinha uma perfeição doce e harmoniosa. A força da personalidade de cada um era muitas vezes a causa de intensas discórdias. Mais de uma vez, as brincadeiras culminavam em brigas violentas entre os dois irmãos mais velhos. Enquanto eles corriam para a mãe, em busca de conforto e mediação, Harriet os contemplava com uma expressão de perplexidade por um momento, antes de retornar feliz à brincadeira agora abandonada... lavando as xícaras de chá ou pilotando sua espaçonave para o hiperespaço.

– DESCULPE TERMOS demorado tanto, senhor.

David desviou os olhos da janela, a mão apertando a barriga de Tracy numa reação instintiva ao pensamento de que ele poderia, de forma inconsciente, ter soltado a menina. A mulher espremia-se para voltar à poltrona, empurrando à sua frente um Darren muito aliviado.

– Darren precisava de mais do que fazer pipi. Ei, olhe só para Tracy! Ela caiu num sono profundo!

David olhou para Tracy. Ela tinha o rosto virado, a face corada se comprimindo contra sua camisa, as pálpebras adejando, a chupeta pendendo frouxa da boca.

– Puxa, como ela está quente! Espero que não tenha pegado um resfriado. Mais uma vez, senhor, obrigada por sua ajuda.

A mulher estendeu as mãos e pegou a filha. No mesmo instante, David sentiu o frio do ar-condicionado atingir a área quente que Tracy ocupara.

– De nada. O prazer foi meu.

Ele sorriu para a mulher. Depois, ajeitando o blazer, pegou o relatório da Glendurnich do bolso da cadeira e se acomodou para lê-lo.

ALICIA AJEITOU OS ÓCULOS na ponta do nariz e estudou a mais recente foto da escola, pendurada na parede da antessala do diretor, tentando identificar os três netos entre os mais de duzentos rostos. Do outro lado da sala, a pequena e nervosa secretária do diretor bateu de leve na porta, pela segunda vez.

– Entre! – gritou uma voz abafada.

A secretária lançou um sorriso corajoso para Alicia, antes de abrir a porta lentamente e estender a cabeça.

– Sr. Hunter, lady Inchelvie está aqui.

Sem esperar por uma resposta, ela recuou apressada. Um segundo depois, a porta foi escancarada, como se atingida por um vendaval, e apareceu um homem alto e magro, de trinta e poucos anos, cabelos abundantes, óculos de meia-lua, uma combinação que faria com que sua idade fosse indeterminada, se Alicia não tivesse passado a conhecê-lo muito bem durante os últimos seis meses.

– Lady Inchelvie! – Ele estendeu a mão comprida e ossuda. – Desculpe, mas não sabia que estava aqui. Tive de transferir uma partida de críquete dos meninos para outro local, porque as meninas vão usar a pista de atletismo ao redor do campo... – O diretor fez uma pausa, acenando com a mão na direção da frente da escola, antes de continuar: – ... e quero evitar que sejam atingidas por um dos grandes batedores de nosso time. – Ele sorriu. – De qualquer forma, peço desculpas por não tê-la recebido imediatamente.

– Não tem importância, Sr. Hunter. – Alicia sorriu para o jovem desgrenhado. – Na verdade, eu é que deveria pedir desculpas por insistir em visitar as crianças durante a semana. Meu marido teve de vir a Glasgow para uma reunião e resolvi aproveitar a oportunidade de uma carona.

O jovem diretor ergueu a mão.

– Claro que pode fazer uma visita sempre que quiser. Por favor, nunca pense que não será bem-vinda. Não é nenhuma intromissão. – Ele se virou para ficar de pé ao lado da porta de sua sala. – Vamos sentar em minha sala. Deseja um chá ou um café?

– Nenhum dos dois, obrigada – respondeu Alicia, enquanto passava por ele. – No trem que me trouxe de Glasgow tomei uma xícara de chá muito interessante. O gosto parecia ser uma combinação de café, chá e chocolate quente. Por isso, acho que já esgotei a minha quota dos três por hoje.

O Sr. Hunter soltou uma risada breve, que soou quase maníaca. Esperou que Alicia sentasse no sofá, depois se jogou numa poltrona fazendo um barulho de molas soltas e desapareceu quase que por completo. Alicia reprimiu um sorriso, refletindo que ele tinha a mesma compleição de uma girafa... era todo pernas, a parte superior do corpo quase inexistente. O diretor apoiou os cotovelos nos braços da poltrona, bem próximo do nível do queixo.

– Soube que o Sr. Corstorphine viajou hoje para os Estados Unidos.

– Parece que o senhor está a par de tudo, então.

O Sr. Hunter sorriu.

– Sophie nos contou na noite de sábado. Disse que não sabia se o pai voltaria até o próximo fim de semana, mas que com certeza estaria aqui para os feriados. Ela se mostrou muito excitada quando falou a respeito.

Alicia hesitou, assumindo uma expressão preocupada.

– Sr. Hunter, como acha que eles estão? Parecem estar lidando bem com a situação?

O diretor inclinou-se para a frente, esticou o braço comprido como um tentáculo e tocou, brevemente, no cotovelo de Alicia.

– Em primeiro lugar, lady Inchelvie, devo lhe dizer que as crianças não ficam sem supervisão, nem por um instante sequer. Todos os meus funcionários se mantêm atentos às três, com ordens expressas para avisar a mim ou à minha esposa se surgirem problemas. Em segundo lugar, em termos individuais, elas vêm se comportando de maneira admirável. Todas reagiram de formas diferentes, é claro. Acho que Charlie procurou apagar tudo de sua mente, o que significa que pode haver uma recaída num estágio posterior, mas vamos transpor essa ponte quando chegarmos nela. Ele continua tão animado quanto antes, um dos melhores jogadores do time de críquete juvenil. Quanto às meninas, não posso deixar de expressar minha admiração pela maneira como Sophie cuida de Harriet. Para alguém tão jovem, toda a sua atitude e distinção têm sido exemplares. Devo dizer que ela é uma das meninas mais inteligentes, responsáveis e, sem qualquer dúvida, corajosas que já tive a honra de conhecer... mas...

Ele fez uma pausa. Ao continuar, passou a escolher as palavras com um cuidado evidente:

– ... Sei que a convulsão emocional dentro dela deve ser imensa, não apenas por causa da mãe, mas também porque se encontra no estágio de crisálida. Tenho bastante experiência como diretor de uma escola mista, lady Inchelvie, para saber que ela está num momento de extrema vulnerabilidade. – O Sr. Hunter fez outra pausa para mudar de assunto. Notou o ligeiro tremor no lábio inferior de Alicia, apesar de sua pose firme distinta. – Harriet está muito bem. Sei disso porque ela confia totalmente na irmã no papel de mãe. É claro que sabemos que a menina nunca será um bom substituto para o amor materno, mas ainda há ordem e sentido na vida de Harriet. Infelizmente, creio que Sophie compreende a situação, o que aumenta ainda mais o fardo em seus ombros. Ao lhe dizer isso, não quero lhe alarmar, quero apenas explicar que entendo o que está acontecendo... e posso lhe assegurar que mantenho tudo sob controle.

Alicia sorriu para o diretor, sentindo um impulso de se levantar e abraçá-lo por sua bondade e pela compreensão intuitiva das circunstâncias e dos sentimentos que as dominavam. O Sr. Hunter levantou-se, esticando as pernas como um par de varinhas mágicas elásticas.

– Agora, vou buscar as crianças. Se quiser esperar aqui, vou chamá-las em suas salas. Pretende levá-las para almoçar fora?

– Não posso vir visitá-las sem fazer alguma coisa especial.

– Como quiser. – O diretor encaminhou-se para a porta, mas parou de repente e virou-se, batendo com a mão na testa, de leve. – Ah, já ia me esquecendo. Preciso de Charlie aqui às duas e meia da tarde. Teremos uma partida interna de críquete e receio que seu time ficaria consternado com a sua ausência. Algum problema?

– Claro que não. Parece muito mais divertido do que um almoço com uma avó enfadonha.

O diretor ergueu as sobrancelhas.

– Como diriam os meninos, lady Inchelvie, *não dá pra crer!*

Ele se virou e saiu da sala. Alicia continuou sentada, mexendo distraída num botão do cardigã. Depois, levantou-se também, foi até a janela e olhou para fora. O Sr. Hunter era gentil e compreensivo, da maneira mais persuasiva. Mas ela ainda se preocupava. Com as crianças, com David e, cada vez mais, com seu marido. George estava trabalhando demais, suportando coisas demais, se desgastando demais. Ela sabia, é claro, que o marido achava que não havia alternativa no momento. Se lhe dissesse que ele tinha que parar de ir ao escritório todos os dias e reduzir as reuniões de negócio, George responderia que não havia com o que se preocupar. Mas Alicia podia notar que ele se tornava mais pálido e cansado, à medida que as semanas passavam, o que a preocupava mais do que qualquer outra coisa.

Ela balançou a cabeça, contemplando o enorme campo de críquete que se estendia pelo terreno na frente da casa. Perto do centro, dois meninos, separados por quase 20 metros, brincavam com uma bola de críquete, cada um tentando fazer com que o outro não alcançasse suas batidas. Uma voz de homem soou de repente, em algum lugar abaixo da janela:

– Vamos, seus malandros, voltem para a aula!

– Desculpe, senhor – disseram os meninos ao mesmo tempo.

Eles correram na direção da voz que os repreendera, rindo e gritando. A porta da sala foi aberta por trás de Alicia e, antes que ela pudesse se virar, uma voz de menina berrou:

– Vovó!

Sophie adiantou-se apressada, contornou a mesa do diretor e enlaçou Alicia pelo pescoço. Abraçou-a com toda força, quase fazendo a avó perder o equilíbrio.

– Olá, querida. Como você está?

– Estou bem. – A voz de Sophie saiu abafada, o rosto ainda comprimido contra o pescoço da avó. Depois de um momento, ela largou Alicia e deu um passo para trás, a fim de contemplá-la. – Não sabia que viria nos visitar hoje. Papai disse apenas que você poderia aparecer no fim de semana. Como veio parar aqui?

Alicia estudou o rosto da neta, constatando que o sorriso não era suficiente para encobrir a expressão de cansaço e tristeza em seus olhos.

– Acabo de desembarcar do trem de Glasgow. Vovô e eu deixamos seu pai no aeroporto no início desta manhã e depois ele me levou até a estação. Vovô tem uma reunião hoje e amanhã em Glasgow. Pensei em passar a noite com ele mas, como estou no caminho para casa, achei que poderia muito bem pegar o trem Perth para Cambridge ao final da tarde. – Lady Inchelvie fez uma pausa. – Como estão as coisas por aqui?

Sophie empoleirou-se na beira da mesa do Sr. Hunter e balançou as pernas.

– Acho que vai tudo bem. Harry anda ótima. Procuro ficar com ela o máximo possível. Mas Charlie é um chato durante quase todo o tempo. De vez em quando vou falar com ele, na hora do almoço e ele age de forma abobalhada e constrangida na frente dos amigos. – Sophie deixou escapar um longo suspiro, antes de olhar pela janela – Vovó, acha que papai está bem?

Alicia foi segurar a mão da neta.

– Acho que sim, querida. Não foi essa a impressão que você teve no sábado?

– Ahn... foi, sim. Mas ele parece... diferente... meio distante. Acho que ele sente muita saudade da mamãe.

Alicia pôs as mãos nos ombros de Sophie.

– Claro que ele sente saudade... assim como você. Todos nós sentimos. Perder alguém que se ama é a coisa mais terrível e dolorosa que existe, para todo mundo. Só podemos imaginar como deve ser para pessoas tão unidas como seus pais. Mas você não deve se afligir com isso também. Tem que pensar em *você,* Sophie. Precisa levar a sua própria vida. Vai fazer provas na escola e outras coisas muito em breve. Por isso, não se angustie, *por favor.* Juro que seu pai vai se recuperar. Talvez demore um pouco, mas ele vai ficar bem. – Alicia pegou o rosto da neta entre as mãos e ergueu-o para fitá-la nos olhos. – Vamos fazer um acordo, querida. O Sr. Hunter me disse que você tem sido maravilhosa com Harriet. Continue a cuidar dela, e darei um jeito para que seu pai se recupere. Combinado?

Alicia ergueu a mão, a palma virada para a frente. Sophie sorriu e bateu nela com a sua palma.

– Combinado.

Nesse instante a porta foi aberta, e Harriet e Charlie entraram correndo. Alicia virou-se, tendo tempo apenas para abrir os braços, antes que a menina saltasse de uma distância de metro, os braços e pernas envolvendo a avó.

– Tome cuidado com as costas da vovó, Harry! – protestou Sophie.

– Não se preocupe, querida.

Alicia beijou o topo da cabeça da neta menor. Olhou para Charlie, que parara ao lado de Sophie e corria com um carrinho de brinquedo sobre a mesa do Sr. Hunter, enquanto tentava furtivamente ler uma das muitas cartas espalhadas ali.

– Como tem passado, Charlie?

– Bem. – A princípio, ele não queria desviar sua atenção das cartas. Mas acabou se virando para fitar a avó. – Vovó?

Sua expressão era tão solene e inquisitiva que Alicia pensou que ele estava prestes a pedir sua opinião pessoal sobre "o significado da vida".

– O que é?

– Tem doce?

– Charlie! – exclamou Sophie, atônita com a tática mercenária do irmão. – Você é mesmo insuportável!

O rosto de Charlie se contraiu num largo sorriso e todos caíram na gargalhada. Alicia pôs Harriet no chão e foi até o sofá, onde deixara a bolsa, e Charlie e Harriet seguiram-na. Ela tirou três barras de chocolate Cadbury's das profundezas da bolsa. No mesmo instante, Charlie e Harriet desembrulharam o doce. Alicia estendeu a terceira barra para Sophie.

– Também quer, querida?

– Não, obrigada, vovó. Não estou com vontade.

Alicia pôs o chocolate no bolso do vestido de Sophie.

– Pois então guarde para mais tarde. Divida com suas amigas ou qualquer outra coisa. E agora... – Ela olhou para os netos ao mesmo tempo em que consultava o relógio. – O Sr. Hunter diz que posso levá-los para almoçar fora.

Os olhos de Charlie se arregalaram de satisfação.

– Podemos ir ao Mcdonald's? Fomos com papai no sábado. É muito bom, vovó!

– Isso mesmo! – gritou Harriet, em aprovação. – *Por favor,* vovó!

– Lamento muito, mas acho que não podemos fazer isso. Para começar, estou sem carro. Além disso! Charlie, o Sr. Hunter me pediu para trazê-lo de volta até duas e meia, pois você tem uma partida de críquete.

Houve gemidos de desapontamento das duas crianças menores.

– Podemos ir ao pub da aldeia – sugeriu Sophie. – Fui até lá com uma amiga e os pais. Fica a apenas 300 metros da escola, e eles têm uma batata frita muito gostosa.

Alicia sorriu para Sophie, aliviada, e lançou um olhar de agradecimento em sua direção.

– Boa ideia. Vamos ao pub.

Charlie deu um soco no ar.

– Grande! – exclamou ele, correndo para a porta. – Ao pub!

– Espere um instante! – chamou-o Alicia, enquanto pegava a bolsa no sofá. – Vamos sair juntos, em ordem, para não perturbar as aulas.

Ela pegou a mão de Harriet e encaminhou-se para a porta. Enquanto Charlie a abria, Harriet fitou Alicia.

– Vovó...

– O que é, querida?

– Acho que papai foi embora, como mamãe.

A procissão a caminho da porta parou abruptamente. Alicia sentiu o rosto formigar no choque da declaração inesperada. Abaixou-se e passou o braço pelos ombros da neta menor.

– Não, querida, não foi isso que aconteceu. Ele apenas foi aos Estados Unidos a trabalho. Mas voltará em breve. Ele não disse que estaria aqui a tempo de pegar vocês no feriado?

– Não é isso, vovó – insistiu Harriet, em tom firme. – Papai parece que não está mais em seu corpo. Como se tivesse ido para outro lugar.

Alicia olhou para os outros dois. Sophie fitava a irmã, mordendo o lábio inferior com força, enquanto Charlie fechava a porta com um suspiro, os olhos fixados na maçaneta, enquanto a virava de um lado para o outro.

– Vamos nos sentar um pouco, está bem?

Alicia levou Harriet para o sofá. Sophie foi sentar no braço e Charlie permaneceu onde estava, brincando com a maçaneta.

– Agora, explique o que exatamente está querendo dizer – murmurou Alicia, enquanto se acomodava ao lado da neta.

– É o contrário da mamãe.

– Como assim, querida?

– O espírito da mamãe está ao nosso redor, mas o corpo não. É o que Sophie diz. E o corpo do papai está ao nosso redor, mas seu espírito não. Portanto, é o contrário da mamãe.

Alicia ficou calada por um longo momento, acariciando a cabeça de Harriet, enquanto tentava decidir o que dizer.

– Escute, querida, sei que seu pai anda um pouco distraído nos últimos meses. Deve ser muito difícil para você compreender por que ele está se comportando assim. Mas seu pai continua conosco, com toda certeza, e sei que pensa muito em vocês e ama vocês demais. Estou convencida de que essa viagem aos Estados Unidos lhe fará muito bem e que, quando ele voltar, estará como sempre o conhecemos. – Ela fitou a neta nos olhos. – Está bem?

Harriet acenou com a cabeça, satisfeita com a explicação.

– Podemos ir agora? – perguntou Charlie, abrindo a porta.

– Boa ideia! – exclamou Alicia, com toda a jovialidade de que era capaz no momento. – Ao pub! – Ela deu um apertão final em Harriet, antes de se levantar e acrescentar: – Não comi nada de manhã e por isso estou ansiosa por uma enorme travessa de batata frita!

Harriet correu para a porta e saiu atrás de Charlie. Mas Sophie deteve a avó, pondo a mão em seu cotovelo.

– Vovó... – Quando Alicia virou-se, ela murmurou: – Tenho o pressentimento de que papai não vai voltar.

– Claro que ele voltará. E muito em breve será outra vez como antes.

– Não, o que eu quis dizer é que acho que você tem razão, vovó, ao dizer que ele precisa sair de Inchelvie e precisa de tempo para se recuperar. E também acho que ele não *deveria* voltar por algum tempo.

Alicia afagou a mão delgada que segurava seu cotovelo.

– Veremos, querida. Mas lembre-se do nosso acordo. Você cuida de Harriet, e eu providenciarei para que seu pai volte a ser o homem que todos nós conhecemos. Combinado?

Sophie inclinou a cabeça em concordância. Alicia apertou sua mão e beijou-a no rosto.

– Vou lhe contar um segredo, Sophie. O Sr. Hunter disse que você é uma das moças mais especiais que ele já conheceu. É claro que ele não precisava me dizer isso, pois eu já sabia. Mas é sempre bom para mim e para você compreender que temos um aliado de verdade aqui. E posso lhe dizer outra coisa, minha querida... está se transformando numa mocinha muito bonita, de quem sinto o maior orgulho. – Ela puxou a neta mais velha e abraçou-a, antes de se virar para a porta. – E agora vamos alcançar aqueles dois, antes que perturbem todo mundo na escola.

11

Enquanto o avião parava junto do terminal no aeroporto Kennedy, David observou com interesse sua vizinha levantar-se de um pulo, antes mesmo de ser desligado o aviso para apertar os cintos. Ela se pôs a arrumar as crianças, pegando malas e agasalhos no bagageiro, ansiosa em deixar o avião e começar as férias. Outros seguiram seu exemplo no mesmo instante. Mas, depois de dez minutos de queixas sobre a lentidão para abrirem as portas e de pescoços esticados para tentar descobrir por que os passageiros na classe executiva não faziam nenhuma tentativa óbvia de desembarque, a maioria voltou a se sentar com a bagagem no colo, balançando a cabeça e erguendo as sobrancelhas para os que haviam demonstrado uma impaciência similar.

Dois minutos mais tarde, houve sinais de movimento lá na frente. A pequena família de Glasgow partiu no mesmo instante, com Darren abrindo caminho, determinado, enquanto a mãe o seguia com a menina no colo e carregando a bagagem.

David esperou até que a fila no fundo do avião começasse a avançar mais depressa para a porta. Só então pegou sua pasta e levantou-se. Foi andando pelo corredor, alongando os braços e pernas, rígidos depois de tanto tempo espremidos num espaço mínimo. Saiu do avião e desfrutou por um momento o fluxo de ar quente que se infiltrava entre a fuselagem e a ponte fechada, antes de ser envolvido pelo frio do ar-condicionado que vinha do terminal.

Ao sair da ponte, ele se juntou ao rebanho de passageiros que vinham de outros portões de chegada e se encaminhavam devagar, pelo corredor envidraçado, para a Imigração. Enquanto andava, David começou a experimentar uma sensação de alívio, refletindo que no meio daquela multidão ele era apenas um dado estatístico, anônimo, totalmente sem história. Não era interessante para ninguém, cada pessoa estava encasulada nos próprios pensamentos e preocupações, diferente da sufocante nuvem de tristeza que pairava sobre tudo e sobre todos em Inchelvie.

Ele optou por não usar a esteira rolante, mantendo-se no lado menos apinhado. No meio do caminho, seus olhos foram atraídos por um brilho de verde céltico adiante. Virou a cabeça e avistou, horrorizado, a cabeça de Darren balançando, um sorriso largo estampado no rosto. O menino se deliciava na brincadeira de correr em sentido contrário pela esteira, provocando a maior confusão entre as pessoas que seguiam por ali. A visão foi logo seguida pela pronúncia indecifrável do nome do menino, a voz se elevando acima do barulho de passos e conversas. David divisou a mãe do garoto na outra extremidade da esteira, com Tracy apoiada no quadril, a bagagem espalhada ao redor dos pés.

Assim que entrou na sala da Imigração, ele foi para a fila que serpenteava entre barreiras de corda até as cabines de luz fluorescente. As pessoas seguravam seus passaportes e os formulários de imigração, oferecendo sorrisos nervosos umas às outras, como se pressentissem que logo seriam submetidas a um interrogatório intensivo, antes de receberem permissão para entrar no país. A fila foi se arrastando devagar, até que chegou a vez de David. Ele entrou na cabine e entregou os documentos ao jovem agente da Imigração.

– O senhor está viajando a passeio ou a trabalho?

– Trabalho.

– E por quanto tempo pretende permanecer aqui?

– Não sei direito. Provavelmente não mais que uma semana.

O jovem balançou a cabeça lentamente.

– Posso perguntar qual é o seu trabalho, senhor?

– Trabalho na indústria de uísque.

O jovem agente franziu as sobrancelhas, com uma expressão de interesse, enquanto carimbava o formulário de imigração, metia-o dentro do passaporte e o estendia para David.

– Espero que continue a mandar para cá! – exclamou ele, soltando uma risada.

– Deixe comigo. – David sorriu. Ele já ia deixar a cabine, para entrar oficialmente nos Estados Unidos, quando o rapaz voltou a falar:

– Antes de se retirar, eu gostaria que me explicasse uma coisa.

Por um momento, David ficou imóvel, sem responder, com o rosto franzido de preocupação, enquanto tentava descobrir qual poderia ser o problema.

– Claro – murmurou ele, voltando até a mesa. – Se eu puder.

O jovem notou sua apreensão e sorriu, tranquilizador.

– Não há nada de errado. Eu apenas gostaria de saber o que significa o "Hon." antes do seu nome. Sou novo neste cargo. Já vi isso antes, mas não sei o que significa.

– Não é nada demais, para dizer a verdade. Significa "honorável". É apenas um título de cortesia.

– E o que fez para merecê-lo?

– Bom... – David chegou mais perto da mesa, não querendo que mais ninguém ouvisse a conversa, o que o deixaria embaraçado. – Acontece que meu pai é um lorde.

O jovem arregalou os olhos.

– É mesmo? Isso significa que tem um parentesco com a realeza?

– Longe disso! – David soltou uma risada. – Como eu disse, é apenas um título de cortesia.

O agente inclinou a cabeça para o lado.

– É isso aí. Vivendo e aprendendo. Obrigado pela lição, Sr. Corstorphine.

Ele se virou e chamou a próxima pessoa. David pegou sua mala, passou pela alfândega e saiu para o salão de chegada. Deparou-se com um mar de pessoas ansiosas. Algumas se mostraram imediatamente desoladas ao descobrir que seu rosto não era o que esperavam. Já outras, estendendo cartazes com nomes à sua frente, sorriam esperançosas para ele. David encontrou seu motorista, um homem pequeno e de aparência rude, usando uma camisa branca de mangas curtas, gravata preta e impenetráveis óculos escuros Rayban, com um cartaz em que se lia STAR LIMOS e tinha seu nome escrito em baixo. David abordou-o.

– Bom dia.

– É o Sr. Costawfin? – perguntou o motorista, mastigando o chiclete de boca aberta.

– Isso mesmo.

– Sou Dan, senhor. – Com movimentos rápidos, ele pegou a mala e apertou a mão de David com firmeza. – O carro está lá fora. Se não se importa, acho melhor andarmos depressa, antes que reboquem.

Eles saíram para a ofuscante claridade do sol. Dan apontou o controle do alarme para um Lincoln Town preto. Colocou a bagagem na mala do carro e, assim que David se acomodou no banco traseiro, Dan se sentou ao volante e partiu a toda velocidade, os pneus rangendo no asfalto quente.

Quinze minutos depois, seguiam para leste pela Southern State Parkway, os campos ao redor mudando a cada quilômetro que se afastavam da cidade de Nova York. Em vez de uma interminável paisagem de comunidades suburbanas, como David sonhara, a estrada era margeada por árvores diversas, altas e copadas. Logo foram substituídas por pinheiros delgados, formando uma barreira nos dois lados, estendendo-se pela distância. Dan informou que aquela era a barreira de pinheiros de Long Island, um refúgio de mosquitos e "um risco infernal de incêndio".

Exatamente cinquenta minutos depois de deixar o aeroporto Kennedy, Dan pegou uma saída ao lado de uma enorme placa que dizia LEESPORT OUTLET CENTER. No alto da rampa, ele virou à direita e seguiu pela estrada para o sul. Passaram por trilhos de uma ferrovia e por uma placa que dava as boas-vindas aos visitantes de Leesport.

David olhou para as casas pela janela, algumas com cercas de estacas brancas delimitando os jardins bem cuidados, com canteiros simétricos de flores de cores diversas, os *sprinklers* regando os gramados viçosos e aparados. Faias e pinheiros nativos se espalhavam por toda parte, os galhos estendidos em torno de cada casa, protetores, proporcionando um certo isolamento dos vizinhos.

Não havia duas casas iguais. Algumas tinham as paredes cobertas por ripas brancas, em outras as ripas eram de cedro marrom, e algumas exibiam uma mistura das duas. Telhados largos como sobrancelhas inclinadas estendiam-se sobre janelas fechadas, enquanto em outras casas o telhado tinha quatro triângulos, numa simetria perfeita. A cada 100 metros, hidrantes amarelos postavam-se como sentinelas à beira da relva bem cuidada, que se estendia entre a calçada e a pista da estrada. As posições eram estratégicas para proteger as casas de madeira, que podiam pegar fogo com facilidade.

Ao final da estrada, Dan conseguiu passar pelo semáforo uma fração de segundo antes de ficar vermelho e virou à esquerda. Olhou para David e informou:

– Estamos em Leesport Village, senhor.

A rua estava impecavelmente limpa, com vagas de estacionamento largas, marcadas por linhas brancas, na frente de uma sucessão de pequenas lojas, com vitrines de caixilhos e jardineiras junto da porta, transbordando de amores-perfeitos, calêndulas e petúnias. Havia muitas pessoas nas calçadas, casais idosos andando de braços dados, jovens mães carregando bebês nos quadris, todos vestindo trajes de verão, num ritmo descontraído, sem pressa. Enquanto Dan acelerava pela rua, David olhava pela janela, lendo alguns nomes nas placas pequenas e multicoloridas penduradas por cima das lojas: The Leesport Deli, Danby Real Estate, Helping Hands, Leesport Liquors, Jo-Ann's Fitness Center e, no final da rua, a loja de material esportivo local, a Lar Sport.

Duzentos metros adiante, Dan virou com o Lincoln à esquerda, seguiu por uma rua estreita, com árvores frondosas nos dois lados, passou por uma placa verde e branca, com as palavras NORTH HARLENS, e parou ao lado de uma caixa de correio com o número 52 escrito em letras pretas.

A casa de dois andares era recuada, ao final de um curto caminho de concreto, margeado por faixas largas de grama *zoysia,* com um deque de madeira ao longo da fachada, com uma mesa e cadeiras dispostas de forma organizada. Um par de remos descascados fora pregado na parede, como espadas cruzadas. À esquerda do deque, além de uma tela de arbustos, David divisou o azul tremeluzente de uma piscina.

Não havia nada para distinguir a casa das outras que ele vira em Leesport até agora, exceto pela rede de andaimes que se projetava no outro lado e pela lona grossa, balançando à brisa, que cobria um terço do telhado. Dan desligou o motor e apertou o botão para abrir a mala.

– Aqui estamos. A casa dos Eggar.

Os dois saíram do carro. Enquanto Dan pegava a bagagem, uma voz trovejante veio da casa:

– David, meu velho amigo!

Um homem alto, louro e magro aproximou-se, apressado, pelo caminho de concreto, com os braços estendidos. Sem diminuir as passadas, ele se encontrou com David, numa colisão de peitos, com um abraço apertado e um tapa nas costas capaz de desmontar qualquer um.

– É um prazer enorme vê-lo de novo, David!

– E eu digo o mesmo, Richard.

Richard recuou e fitou David de alto a baixo.

– Puxa, você não mudou muito! – Ele se aproximou e bagunçou os cabelos de David. – Apenas uns fios brancos aparecendo aqui e ali!

Ele contornou David e aliviou o motorista de sua carga.

– Conseguiu encontrar o escocês maluco, hein, Dan?

– Sim, sem problemas, Sr. Eggar. – Dan olhou para David. – Tenha uma estadia agradável, senhor. E, se quiser voltar ao aeroporto Kennedy, basta pedir ao Sr. Eggar para ligar para o nosso escritório.

David sorriu e estendeu uma nota de vinte.

– Farei isso. Obrigado, Dan.

Os dois ficaram calados, observando o carro se afastar. Depois, David soltou um longo suspiro aliviado e olhou para um lado e outro da rua.

– Parece que você encontrou um bom lugar para morar. É tudo tão... – Ele fez uma pausa, tentando encontrar uma palavra adequada para descrever o que vira de Leesport até aquele momento. – ... puro!

– Virginal, meu caro – disse Richard, com um falso sotaque *cockney*, enquanto subia pelo caminho carregando a bagagem de David. – É assim que eu descrevo... virginal e vibrante! E agora vamos abrir algumas garrafas de cerveja.

Richard foi na frente, subiu os degraus para o deque e abriu uma porta de tela com o ombro. David seguiu-o para uma cozinha grande e arejada, o centro dominado por uma mesa de pinho comprida e lixada, sobre a qual estavam espalhados os papéis com que Richard vinha trabalhando. Toda a cozinha parecia brilhar com os reflexos de luz das portas de vidro abertas, balançando à brisa.

– Espero que não se importe com alguns pequenos problemas, meu caro – disse Richard. – Você veio num momento um pouco difícil: estamos no meio de uma grande reforma. Por isso, infelizmente, não há telhado nos dois quartos de hóspede.

Ele abriu a porta e David seguiu-o para o corredor sem carpete, os pés deixando marcas na poeira de obra, que formava uma camada densa. Richard começou a subir a escada.

– Devo dizer que é típico de Angie. Ela começa uma coisa e depois se manda! – Richard atravessou o corredor estreito do segundo andar e abriu uma porta com a mala. – Espero que você não se importe de dormir aqui. É o meu escritório. Não muito salubre, infelizmente.

A sala era pequena, o tamanho reduzido ainda mais pelas estantes largas em duas das paredes, as prateleiras ocupadas por livros e pastas de arquivo. Num canto, entre camas de gato feitas com arames de cores diferentes, estavam o laptop de Richard, a impressora, o aparelho de fax e o telefone. Uma cama de solteiro fora espremida por trás da porta, a metade se projetando sob uma prateleira. Não havia armário, mas o retinido de metal quando a porta abriu indicava que devia haver cabides pendurados ali. Qualquer luz do dia que pudesse entrar pelas duas janelas pequenas era barrada pelas persianas, que aumentavam ainda mais a impressão de que se estava numa cela. Tudo ali tinha a tonalidade marrom-clara da poeira.

Richard largou a bagagem no chão e olhou ao redor, com as mãos nos quadris.

– Espero que não se importe.

– Não tem problema – disse David, tentando parecer animado, apesar da perspectiva de dormir no que parecia ser um armário de vassouras. – Está ótimo. Tudo que preciso é de um lugar para recostar a cabeça.

– Ainda bem. O banheiro fica ao lado, se quiser. – Richard virou-se para sair, mas acrescentou: – Tenho mais alguns telefonemas a dar. Arrume suas coisas e depois desça para bebermos alguma coisa.

Ele se retirou. David permaneceu imóvel por um momento, contemplando a sala sufocante. Talvez não tivesse sido uma boa ideia, no final das contas. Ficaria melhor em algum hotel. Ele sentiu um tremor involuntário percorrer o corpo. Pôs a pasta numa prateleira, começou a esfregar as pernas com vigor, para tentar aliviar a dor repentina. Levou a mão à testa e removeu uma gota de suor. Essa não, seria terrível se tivesse pegado um vírus daquela criança no voo! Era tudo que precisava agora. Ele arriou na cama e olhou para o teto, a depressão e a apreensão envolvendo-o. Pela primeira vez desde que deixara a Escócia, David sentiu a familiar dor da solidão voltar a seu corpo. Só que desta vez era pior. A realidade da situação começou a comprimir e entorpecer sua mente atordoada e febril... sabendo que agora, naquele ambiente desconhecido e indefinido, estava de fato sozinho – um oceano o separava dos filhos, um oceano o separava de Rachel.

12

Na hora do jantar, David já não tinha mais qualquer dúvida de que pegara um vírus de ação rápida da criança no avião. Todo o corpo doía e a cabeça latejava, quando sentou com Richard à mesa da cozinha, comendo um macarrão duro e pouco cozido e tomando vinho demais, ansioso em pedir licença e ir se deitar o mais depressa possível. Richard, no entanto, mal respirava enquanto recordava histórias intermináveis do tempo que haviam passado juntos no Exército. David, sentindo-se na obrigação de bancar o hóspede polido, ouvia com um sorriso fixo no rosto suado.

Ao final do jantar, Richard enfiou a louça na máquina de lavar. Depois, sem oferecer qualquer alternativa a David, abriu um armário da cozinha e tirou dois copos e uma garrafa de uísque. Serviu uma dose generosa em cada copo, sentou e, depois de um momento de hesitação, abordou o assunto de Rachel. David, sem o menor ânimo para entrar em detalhes, fez apenas um relato geral do que acontecera.

Enquanto falavam, porém, notou que o interesse de Richard pelo assunto logo se desvanecia. De uma forma quase imperceptível o tema da conversa desviou-se de Rachel para Angie. Não demorou muito para que David se descobrisse no papel de ouvinte simpático, enquanto Richard, tomando dois goles de uísque para cada um seu, lançava-se num interminável monólogo de voz enrolada sobre os problemas que haviam enfrentado nos sete anos de casamento... como ela não podia ter filhos e tratava de compensar gastando dinheiro como se este crescesse em árvore. Agora, a gota final fora aquela reforma, que Angie iniciara sem consultá-lo.

David ficou sentado, escutando, até meia-noite, o rosto ardendo em febre, os olhos pesados da falta de sono e do cansaço da viagem. Ao final, incapaz de se controlar por mais tempo, ele soltou um enorme bocejo e levantou-se, uma ação que causou uma brusca interrupção no fluxo de confissões de Richard. Ele também se levantou, meio trôpego, murmurando desculpas por afligir David com seus problemas e impedi-lo de ir se deitar. Subiram a escada juntos.

Sentindo-se aliviado, David fechou a porta do quarto e sentou na cama estreita. Apoiou os cotovelos nos joelhos e esfregou os olhos que ardiam muito. Olhou o seu relógio. Meia-noite e meia. O que significava que não dormia havia quase 24 horas. Soltou um suspiro de exaustão, levantou-se e foi para o banheiro.

Escovou os dentes com um vigor revitalizante. Molhou o rosto com água fria, numa tentativa de aliviar a ardência dos olhos e o torpor no cérebro, causados tanto pela gripe quanto pelo consumo excessivo de vinho e uísque. Depois, voltou ao quarto, despiu-se e deitou, puxando as cobertas até o queixo, tentando conter o tremor incontrolável.

Fechou os olhos, mas os pensamentos pareciam decolar em direções diferentes, girando em círculos sobre a conversa interminável de Richard. Ao mesmo tempo, a cabeça virava de um lado para outro no travesseiro, sem conseguir encontrar uma posição adequada, talvez uma decorrência do tanto que bebera. Precisava de alguma coisa para fixar a mente, mesmo que fosse apenas por um momento.

Virou-se na cama e esquadrinhou o quarto, à procura de uma revista ou livro para ler. Mas na prateleira ao alcance de sua mão havia apenas pastas com projetos financeiros, apoiados numa enorme enciclopédia jurídica. Tinha a impressão de que trouxera um jornal do avião. Por isso, levantou-se e foi abrir sua pasta: não teve sorte, encontrou apenas o relatório sobre o distribuidor da Glendurnich nos Estados Unidos. *Melhor do que nada*, pensou. Ele tirou o relatório, fechou a pasta e voltou para a cama.

Foi despertado abruptamente, na manhã seguinte, pelo barulho dos cabides, no momento em que a porta era aberta com um empurrão. Levantou os olhos para se deparar com Richard, com os olhos injetados e o rosto pálido.

– O que aconteceu, Richard? – perguntou ele, aturdido.

Richard passou os dedos pelos cabelos.

– Sinto muito, David, mas acho que dormimos demais. Temos de andar depressa. Vou ligar para a Star Limos, pedindo um carro. Não me sinto em condições de dirigir.

Ele se retirou apressado. Por um momento, David continuou deitado, a cabeça latejando, a dor nas pernas começando a se registrar no cérebro. Olhou para o relógio. Eram 8h30.

– Essa não!

David jogou as cobertas para o lado e levantou-se. O movimento brusco aumentou ainda mais a sensação desesperadora de náusea. Ele ficou imóvel por um momento, num esforço para se controlar, o corpo trêmulo se arrepiando todo.

– É demais! Por que tinha de acontecer logo agora?

Pegou sua bolsa de toalete e foi para o banheiro. Não havia tempo para uma chuveirada, apenas para se limpar depressa e fazer a barba.

De volta ao quarto, David vasculhou a mala, à procura de cueca, camisa e meias limpas.

– Dan estará aqui em três minutos! – avisou Richard lá de cima.

David sentiu de novo o ataque de náusea. Os dedos começaram a tremer, enquanto dava o nó na gravata. *É tudo o que preciso*, pensou ele, *atrasado para a reunião e ainda por cima com uma gripe terrível.*

Vestiu a calça e enfiou os pés nos sapatos. Pegou o paletó e a pasta e desceu apressado. Richard estava na cozinha, correndo de um lado para outro, pegando papéis aqui e ali para guardar em sua pasta.

– Sinto muito, David. Tome um café. Está quente, na cafeteira. Infelizmente, é o que sobrou da noite passada, mas pelo menos está bem forte. – Uma buzina de carro soou lá fora. – Não há mais tempo! Dan chegou! Vamos embora!

Ele conduziu David para o deque, trancou a porta e desceu apressado pelos degraus, acompanhado por seu hóspede. Dan esperava de pé, na calçada, com a porta traseira da limusine aberta. Richard se jogou no banco, reclinando a cabeça no encosto.

– Eu me sinto horrível! E você?

– Não estou me sentindo nada bem. Acho que peguei uma gripe, além da ressaca.

– É demais. Deveria ter me falado. – Richard pensou por um instante. – Voltarei para casa esta noite, mas é bem provável que você termine muito antes de mim. Sugiro que vá até a Penn Station e tome um trem para Patchogue. Pegue um táxi ali.

Ele enfiou a mão no bolso do paletó, ao mesmo tempo em que usava a outra para abrir a pasta.

– Aqui está a chave da casa. – Richard tirou o celular da pasta. – Tome aqui. Acho melhor ligar para avisar que chegará com meia hora de atraso. – Richard balançou a cabeça e olhou contrafeito para David. – Sinto muito por isso.

O resto da viagem transcorreu em completo silêncio. Richard roncava alto, com o rosto esverdeado em consequência da terrível ressaca, a boca entreaberta e os olhos fechados. David tentava se aconchegar no paletó, procurando conter seu tremor incontrolável. Dan guiava tão depressa quanto o limite de velocidade e o tráfego permitiam. Porém, quando entraram na fila do pedágio, no túnel

Midtown, o atraso projetado de meia hora era cinco minutos maior. Dan olhou para trás.

– Sabe qual é o lugar da Madison em que vai ficar, Sr. Costawfin?

– Sei, sim. Entre as ruas 45 e 46.

Dan acenou com a cabeça.

– Certo. É muito fácil. Vou subir pela 42 e pegar a Madison. Se não se importa, Sr. Eggar, deixaremos o Sr. Costawfin primeiro.

– Claro, Dan – concordou Richard. – Não tem problema.

O tráfego barulhento de Manhattan era mais intenso do que Dan previra. Por isso, ele levou mais de dez minutos para alcançar o quarteirão da rua 45 com a Madison Avenue. Com uma despedida apressada para Richard, David saiu do carro. Levou mais dez minutos de busca frenética para localizar o prédio em que ficava o escritório da Deakin Distribution. Ao sair do elevador que rangia muito, no 15º andar, o relógio na parede em frente marcava 11h05. David olhou de um lado para o outro do corredor. Avistou na extremidade, ao lado de uma porta dupla de vidro, uma placa de latão pregada na parede com o nome da empresa. Partiu apressado e entrou na área de recepção com tanta afobação que a jovem recepcionista loura, a boca entreaberta de medo, empurrou sua cadeira para trás, como se achasse que o escritório estava sendo invadido por um bando armado.

David virou-se para segurar a porta de vidro, que balançava depois de sua entrada intempestiva.

– Desculpe o jeito brusco – murmurou ele, a voz quase inaudível, tentando acalmar a situação com uma fala suave.

A jovem não desviava os olhos dele, mas puxou a cadeira para junto da mesa, ainda cautelosa.

– Em que posso ajudá-lo? – indagou ela, com um ligeiro tom de irritação.

David tentava recuperar o fôlego, depois da correria dos últimos 15 minutos.

– Eu deveria ter chegado aqui às dez horas, mas tive problemas e me atrasei. Sou da Glendurnich Distilleries Limitada.

– E seu nome é... – A jovem passou o dedo pela agenda na mesa, antes de tornar a fitar David, com uma súbita expressão de felicidade. – ... Sr. Corstorphine?

– Isso mesmo.

– Se quiser me acompanhar, senhor, os diretores estão à sua espera na sala de reuniões.

David seguiu-a pelo corredor estreito, com um carpete novo. Ela usava sapatos de salto alto e fino, que faziam a bunda comprimida por uma saia curta balançar de um lado para outro à frente de David. A jovem parou diante de uma porta, bateu de leve e, sem esperar por uma resposta, abriu-a. Depois, deu um passo para o lado, a fim de deixar David entrar.

Cinco ou seis homens sentavam relaxados em torno de uma mesa de reuniões comprida, alguns com as mãos cruzadas atrás da cabeça. Quando ele entrou, todos se empertigaram, viraram a cabeça para fitá-lo e depois se levantaram ao mesmo tempo. Um homem de cabelo prateado, sentado na extremidade da mesa, avançou pelo lado para cumprimentá-lo.

– David... – disse ele, com a mão estendida, um sorriso radiante. – Charles Deakin, diretor-executivo da Deakin Distribution.

David segurou a mão estendida. Deakin a apertou com força, sacudindo-a com tanto vigor que quase deslocou seu ombro. Depois, ele bateu palmas, como se quisesse iniciar a reunião imediatamente.

– Então finalmente nos encontrou! – acrescentou ele, enquanto puxava uma cadeira vazia para David e voltava a seu lugar na cabeceira. – Devo pedir desculpas por não mandar uma orientação. Mas pensei que já conhecia Nova York e sabia como era nosso trânsito matinal.

Charles Deakin alcançou a cabeceira da mesa ao terminar a frase. Virou-se para David com um sorriso irônico e foi acompanhado, em seu momento de divertimento, por murmúrios do resto da diretoria. David sorriu, constrangido. Com exceção do diretor-executivo, todos os outros eram pelo menos dez anos mais jovens do que ele. Vestiam-se como se seguissem um rigoroso código da companhia: camisas engomadas, gravatas de seda em tons suaves e suspensórios de cores brilhantes e metais dourados. David não pôde deixar de pensar que seu terno cinza-escuro de estambre parecia velho e insosso, não apenas se destacando em intenso contraste com a vibração dos trajes dos outros, mas também refletindo como ele se sentia.

Quando Deakin se sentou, todos seguiram seu exemplo. David foi apressado para a sua cadeira, compreendendo que corria o risco de ficar em descompasso na reunião. "O que estou fazendo aqui?", pensou. "Deveria estar na cama. De qualquer forma, a reunião estava fadada a ser um lamentável equívoco. Nunca deveria ter concordado." Sua cabeça latejava sem parar, o suor encharcava as costas da camisa e as bochechas tremiam de maneira incontrolável. Inclinou-se para a frente na cadeira, pensando que deveria dar alguma explicação pelo atraso, mas Deakin se pôs a falar no instante em que ele abriu a boca.

– Lamento, David, mas teremos de nos apressar, já que outros aqui têm reuniões marcadas para o meio-dia. Alex... – apontou com a mão para o jovem ao seu lado, que se levantou no mesmo instante e foi até o cavalete no canto da sala. – ... fará a apresentação. Dirá quem é cada um dos meus companheiros, explicando sua participação na estratégia de marketing e distribuição que definimos para a Glendurnich. – Ele abriu a pasta de apresentação na mesa, à sua frente. – Então, senhores, se todos abrirem na página um, passarei a palavra a Alex.

Deakin virou sua cadeira para fitar David. Ouviu-se um barulho de papel enquanto os outros homens abriam suas pastas. David, tentando manter o ritmo da reunião, inclinou-se pelo lado da cadeira, pegou sua pasta, pôs em cima da mesa e abriu-a. O documento não estava em cima. Devia ter deixado por baixo dos outros papéis. Também não se encontrava ali. Ele folheou a pilha de papéis com o polegar. Nada. Puxou as abas da tampa da pasta e enfiou as mãos no compartimento ali. Vazio. A compreensão fria e terrível envolveu-o, enquanto clareava as lembranças vagas da noite anterior, o rosto franzido em concentração. Lembrou que levara o documento para a cama quando se deitara. Essa não! Não o guardara de volta na pasta! Deixara-o na cama!

Alex, que já iniciara a apresentação, parou ao notar que David ainda mexia dentro da pasta. Ficou olhando para David, batendo com o indicador preto na palma da mão, impaciente. Charles Deakin, acompanhando a linha visual de seu jovem colega, se virou na cadeira e olhou para David. O silêncio era total. David levantou os olhos para descobrir que todos o observavam.

– Você está bem, David? – perguntou Charles Deakin.

David passou os dedos pelos cabelos e coçou a parte posterior da cabeça.

– Ahn... lamento... mas não... não trouxe o relatório. Creio que o deixei em casa.

– Espero que não seja na Escócia!

Charles Deakin soltou uma risada, sendo mais uma vez acompanhado pelos companheiros submissos.

– Claro que não! – David falou um pouco mais alto do que gostaria, pensando que precisava defender a pouca credibilidade que ainda podia ter ali. – Deixei em meu quarto, na casa em que estou hospedado.

Charles Deakin balançou a cabeça e sorriu.

– Não há problema. – Ele falava devagar, como se explicasse uma questão a uma turma de crianças do curso primário. – Se você quiser, Jack pode lhe emprestar sua cópia. E você, Jack, acompanhe a apresentação pela cópia de Curtis.

Jack estendeu seu relatório por cima da mesa. David ofereceu-lhe um sorriso constrangido, em agradecimento. Deakin voltou a se virar para Alex.

– Muito bem, vamos continuar.

Tudo, daquele momento em diante, tornou-se indistinto. A voz de Alex parecia sair de um toca-fitas em velocidade lenta, tocado de trás para a frente. Ele apresentou todos os homens. Um a um, eles se levantaram e sorriram para David, depois voltaram a se sentar. Os movimentos eram lentos e fluidos, como os gestos de astronautas na ausência de gravidade, sem que David registrasse seus nomes ou os papéis que desempenhariam no futuro marketing do Glendurnich nos Estados Unidos. Sua mente vagava, com uma insólita continuidade na sucessão de pensamentos.

Começou pelo pai, em como o envergonhava por se comportar tão mal naquela reunião; depois pensou na conversa com o pai na sala de reuniões na Glendurnich, em como ele ficara satisfeito ao saber que o filho se hospedaria na casa de Richard; e em Richard, seu amigo, no turbilhão do descontentamento com Angie, sua mulher; e sua própria esposa, Rachel... O tumulto na mente de David se desvaneceu de repente, enquanto voltava à Escócia com ela, revivendo as longas noites de verão à beira do lago, Rachel deitada na margem, às gargalhadas, no momento em que ele, o jeans enrolado até os joelhos, entrava na água para fotografar as brincadeiras extravagantes e descoordenadas das crianças no barco.

O último homem ao redor da mesa tornara a se sentar. A súbita interrupção da atividade penetrou nos sentidos de David, o suficiente para que ele percebesse que Charles Deakin lhe falava. Ele contraiu os olhos para desanuviar a cabeça.

– Como?

Deakin repetiu a pergunta:

– Você é casado, David?

– Sou.

– Isso é ótimo, porque achamos que seria oportuno se sua esposa o acompanhasse nas viagens de relações públicas. Nós, americanos, prezamos as tradições de família...

– NÃO! – gritou David.

Todos se recostaram, aturdidos com aquela súbita explosão.

David levou a mão à boca.

– Não estou entendendo – respondeu Deakin.

– Não – murmurou David; a voz sufocada. Ele nunca o dissera antes. E ninguém jamais lhe fizera aquela pergunta. Todos sabiam. – Desculpe, mas queria dizer que não... não sou casado.

Houve movimentos nas cadeiras, enquanto os diretores trocavam olhares de perplexidade.

– Você... não é... casado – disse Deakin, falando bem devagar.

David fitou-o do outro lado da mesa, sentindo uma lágrima escorrer pelo rosto e cair em sua mão. Balançou a cabeça na direção de todos empurrou a cadeira para trás, levantou-se de um pulo. Fechou sua pasta e encaminhou-se para a porta, murmurando:

– Peço licença a todos. Sinto muito, mas terão que me desculpar.

Ele abriu a porta e atravessou, apressado, a área de recepção. A recepcionista sorriu quando ele se aproximou, mas ficou impassível ao perceber a expressão de David. Ele passou pela jovem sem dizer nada, abriu a porta de vidro e deixou o escritório da Deakin Distribution.

Houve um silêncio aturdido na sala de reuniões, por trinta segundos, depois da partida abrupta de David. O silêncio foi rompido quando Charles Deakin se levantou e limpou a garganta.

– Não entendo bem o que aconteceu, senhores.

Ele se virou e foi até a janela, acompanhado pelos olhares de seus executivos. Apoiou as mãos na parte de trás do cós da calça e olhou para Manhattan. Depois de um momento, voltou a seu lugar, os papéis e bateu com eles na mesa.

– Creio que o melhor curso de ação seja entrar imediatamente em contato com Duncan Caple, na Glendurnich. Depois, enviarei um memorando para os senhores, explicando a situação. – Deakin foi até a porta, onde parou e virou-se. – Obrigado a todos por terem comparecido.

Ele abriu a porta e se retirou, deixando um crescendo de conversa em seu caminho.

As lágrimas saltavam dos olhos de David enquanto apertava o botão do elevador com a palma da mão. Os painéis exibiam luzes acesas no 4º e 23º andares, mas nenhum dos dois elevadores parecia estar se movendo. Ele ficou parado junto à porta fechada, com a cabeça baixa, torcendo para que um dos elevadores chegasse ao 15º andar antes que alguém saísse do escritório da Deakin Distribution para interrogá-lo sobre seu comportamento.

Ele ouviu um toque de campainha e a porta do outro elevador se abriu. Deu uma olhada: estava vazio, graças a Deus. Entrou naquele refúgio de solidão, apertou o botão do térreo e recostou-se na parede de aço. Quando as portas se fecharam, teve certeza de que estava sozinho. Largou a pasta no chão, cobriu o rosto com as mãos e desatou a chorar com soluços convulsivos, ao mesmo tempo em que escorregava pela parede do elevador até ficar agachado.

Nunca antes se sentira tão exposto à realidade de perder Rachel. Nunca antes se sentira tão incapaz de controlar suas emoções. Mas parecia que o destino, durante as últimas 24 horas, desencadeara um plano sistemático para destruir suas defesas, investindo contra sua resistência, suas emoções, sua autoconfiança, antes de desferir o golpe de misericórdia na sala de reuniões. Dera certo. Ele não sentia qualquer ilusão de respeito por si mesmo, nenhuma impressão de competência. Agora, não tinha a menor disposição para reprimir a única coisa com que queria preencher seus pensamentos, dia e noite: a lembrança de Rachel. Puxou os joelhos contra o queixo e ficou olhando fixamente para a frente, deixando o nome de Rachel flutuar em sua mente como uma agulha de vitrola saltando num disco rachado.

As portas do elevador abriram no terceiro andar. Uma jovem segurou uma porta com uma das mãos enquanto usava a outra para manobrar um carrinho de correspondência. Ela olhou para David e inclinou-se para apertar o botão do térreo no painel. Enquanto as portas fechavam e o elevador continuava a descer, a jovem espremeu-se por trás do carrinho. Tirou uma embalagem de chiclete do bolso, puxou um com os dentes, removeu o papel e meteu na boca. Voltou a olhar para David.

– Dia difícil, hein?

David continuou a olhar para a frente, os olhos vazios, a mente concentrada em seus pensamentos. A moça deu de ombros.

– Não importa, amigo – murmurou ela, enquanto olhava para o painel, um momento antes de a luz do térreo acender. – Pela sua aparência, acho que as coisas não poderiam ficar muito piores.

As portas se abriram. Com um puxão vigoroso, ela tirou o carrinho do elevador. David permaneceu onde estava, sem fazer o menor esforço para se mover, sem se importar com o que pudesse lhe acontecer, sem o menor desejo de ir para qualquer lugar. Ele observou quando as portas começaram a fechar de novo sobre a sua solidão. Mas, antes que isso acontecesse, foram empurradas. A moça inclinou-se para dentro do elevador, com o braço estendido.

– Vamos, levante-se. De nada adiantará se ficar subindo e descendo no elevador durante o dia inteiro. Só vai servir para deixá-lo enjoado. Além do mais, posso voltar aqui e me sentiria muito deprimida se o encontrasse no elevador.

David fitou o rosto radiante da moça. Num movimento lento, pegou a mão estendida. Sem qualquer esforço, ela o puxou para que se levantasse.

– Vamos, meu amigo – murmurou a moça, tirando-o do elevador. – Vai se sentir melhor quando respirar um pouco de ar fresco. – Ela saiu do prédio com David. Pararam na calçada. – Você está bem? – perguntou, com uma expressão preocupada.

David fitou-a nos olhos e acenou com a cabeça, forçando um sorriso. Ergueu a mão em agradecimento e começou a se afastar pela calçada, descendo a Madison Avenue para o sul. Não havia qualquer bom motivo para seguir nessa direção, a não ser o fato de que estava virado para lá. A moça observou-o por um momento, depois balançou a cabeça e entrou no prédio.

Ele foi andando devagar, concentrando a mente atordoada em estender um pé na frente do outro. Tinha a sensação de que as pernas estavam cheias de uma mistura de cimento e gelatina, o efeito combinado fazendo-o cambalear, como um bêbado, de um lado para o outro. Começou a atravessar a rua 45 sem olhar para o sinal. Um táxi freou, os pneus rangendo, parando a poucos centímetros à direita de seu quadril. O motorista tocou a buzina e gritou alguma coisa pela janela. David correu pelo resto da distância até a calçada e descobriu que até mesmo aquele esforço mínimo o deixara exausto. Foi se encostar no tronco fino de uma árvore, os galhos balançando à brisa forte que soprava pelas ruas ensombreadas.

Apesar do calor, David sentia muito frio. Com uma só mão, abotoou o paletó. Inclinou a cabeça para trás, para verificar em que ponto os edifícios deixavam de projetar sua sombra nas ruas abaixo. Continuou a elevar os olhos até contemplar o calor direto do profundo céu azul. Coisas pequenas, pensou David, coisas pequenas agradam mentes pequenas.

Ele se afastou da árvore e continuou a andar a esmo pela Madison Avenue, em curso de colisão com as massas em sentido contrário, que só se desviavam no último instante. Quinze minutos depois, ele alcançara o quarteirão entre as ruas 31 e 32. Parou diante da porta aberta de um bar, a janela de vidro exibindo o nome FLANAGAN'S em letras douradas. Olhou para o balcão comprido, estendendo-se por uns 10 metros pelas profundezas do prédio, cada lugar ocupado pelos fregueses do almoço. Depois de um momento, David entrou no bar e foi andando de lado, meio espremido, para a outra extremidade do balcão. Um jovem barman, de camisa branca e gravata-borboleta, avistou-o e se aproximou apressado, passando um pano pelo balcão enquanto andava.

– Em que posso ajudá-lo, senhor? – perguntou, com um forte sotaque irlandês.

David olhou ao redor para saber o que os outros estavam bebendo. O rapaz de terno ao seu lado tomava uma Budweiser de garrafa.

– Uma Budweiser.

– Quer uma garrafa ou um chope?

– Um chope... e pode trazer também um *malt whisky*.

O barman estendeu um copo para a torneira de chope.

– Tem preferência por alguma marca?

– Por acaso tem Glendurnich? – perguntou ele, quase sarcástico.

O barman olhou para uma prateleira espelhada mais ou menos no meio do balcão. Deixou a torneira aberta e foi dar uma olhada em seu estoque. Calculou bem o tempo, porque voltou no instante em que o chope ia transbordar do copo. Fechou a torneira e disse:

– Lamento mas não temos. Só Glenlivet e Glenmorangie.

David soltou um grunhido desdenhoso para si mesmo. Uma pergunta idiota. Ali estava o motivo de sua viagem. Fora por isso que viera para os Estados Unidos, a fim de pôr o Glendurnich nas prateleiras ao lado dos concorrentes.

– Vai querer um dos dois, senhor?

David deixou escapar um longo suspiro.

– Um de cada.

Enquanto o barman se afastava para servir o uísque, o jovem de terno ao lado de David desocupou o banco. Ele tomou um gole do chope, puxou o banco com o pé e sentou, pronto para entorpecer sua angústia com álcool.

Duas horas depois, saiu cambaleando, do bar. Parou no meio da calçada, indeciso, o cérebro atordoado tentando decifrar as instruções truncadas do barman sobre como chegar à Penn Station. Mais por sorte do que por melhor julgamento, encontrava-se a apenas três quarteirões a leste de seu destino. Mesmo assim, em seu estado de embriaguez, precisou de meia hora de esforço para encontrar a estação.

O lugar estava repleto de pessoas apressadas, embora fossem apenas 14h15. David, mantendo-se junto da parede, com medo de esbarrar em alguém e perder o equilíbrio por completo, deu a volta pelo terminal até alcançar os guichês de passagem. Foi para um guichê vazio e inclinou-se para a frente. Apoiou os braços na prateleira, a cabeça a poucos centímetros da divisória de vidro.

– Uma passagem de ida para Patchogue.

O bilheteiro apertou um botão na máquina. Um bilhete foi lançado num vão de aço na frente de David.

– São 8,50 dólares.

David apoiou-se no guichê, tirou a carteira do bolso, pegou uma nota de dez dólares e estendeu-a pelo vão.

– Pode me dizer, por favor, quando parte o próximo trem? – perguntou ele, tentando evitar que a voz saísse enrolada.

O bilheteiro consultou a tabela.

– Às 2h27 para Babylon, Plataforma 17. Transferência na estação Jamaica para Patchogue.

– Obrigado – disse David, ouvindo agora sua voz soar como se tivesse um enorme defeito de fala.

Quando ele chegou à Plataforma 17, o trem já estava esperando. Entrou no primeiro vagão e sentou na frente de um albino pequeno e encarquilhado, usando óculos azuis, os cabelos brancos espetados através da rede de plástico de um boné de beisebol vermelho e azul. Ele parecia fazer duas palavras cruzadas ao mesmo tempo, obviamente fotocopiadas de jornais para um único papel. David piscou pelo encontro quase surrealista, pensando que sua imaginação fora distorcida pela bebida. Mas o homenzinho sem dúvidas estava ali, verificando as indicações das palavras cruzadas e escrevendo as respostas, sem parar uma única vez para ponderar.

O trem partiu com um solavanco e deixou a plataforma, ganhando velocidade enquanto entrava num túnel escuro. David fechou os olhos e tentou se concentrar em sincronizar o balanço natural do seu corpo com o movimento do trem, mas isso o deixou nauseado. Recostou a cabeça no banco e fitou um cartaz da AIDS-Helpline, pregado numa das janelas. Àquela altura, o trem saiu do túnel e entrou no Queens. Subitamente, o sol brilhou com tanta intensidade pelas janelas do vagão que David teve de levantar a mão para proteger os olhos. Fechou-os de novo, mas outra vez foi dominado pela náusea. Inclinou-se para a frente, apoiou os cotovelos nos joelhos, comprimiu as mãos contra o rosto, procurando encontrar um meio-termo suportável... ser capaz de barrar a claridade ofuscante, ao mesmo tempo em que mantinha o equilíbrio olhando através das aberturas entre os dedos para o anão de rosto de giz à sua frente. Permaneceu nessa posição, até que a voz do condutor avisou pelo sistema de alto-falante:

– Jamaica. Transferência para Patchogue.

Enquanto o trem parava na estação, cerca de metade dos passageiros se levantou. David pegou sua pasta e desembarcou também. Na plataforma, porém, compreendeu que não tinha a menor ideia da direção que deveria seguir. Por isso, acompanhou o grupo maior, que passou pela passarela por cima da estação.

Foi a decisão certa. O trem para Patchogue parou no instante em que ele descia a escada. As portas se abriram e uns poucos passageiros saltaram antes que a multidão procedente da Penn começasse a embarcar. David foi se sentar num canto e, por um momento, especulou por que os outros preferiam se espremer à distância do lugar em que ele estava. A indagação foi respondida quase que no mesmo instante pelo barulho de uma descarga de banheiro na porta em frente, acompanhado pelo cheiro azedo e intenso de urina. David levantou a mão e cobriu o nariz e a boca para não vomitar. Virou-se a tempo de ver a porta do banheiro balançar nas dobradiças folgadas, enquanto alguém sacudia a maçaneta por dentro. A porta logo se abriu, e apareceu um homem magro, de meia-idade, vestindo um macacão, com uma bolsa de plástico numa das mãos e uma lata de cerveja na outra. Foi se sentar na frente de David.

– A porcaria da tranca está quebrada – resmungou ele, acenando com a cabeça na direção do banheiro, enquanto tomava um gole de cerveja da lata.

David assentiu, sem dizer nada. Olhou ao redor, na esperança de ser poupado de revelações adicionais sobre a visita ao banheiro se evitasse o contato visual com seu companheiro de viagem.

David compreendeu que não avaliara direito como o trem anterior era limpo em comparação com aquele. Os bancos, com um estofamento de imitação de couro, outrora tiveram duas cores, que agora estavam indistinguíveis de tão desbotadas, com anos de manchas de gordura. As janelas estavam tão sujas que mal dava para ver qualquer coisa do lado de fora. Ele baixou os olhos para o chão e notou um filete de líquido suspeito vindo da porta do banheiro. Serpenteava pelo corredor entre os bancos, o curso influenciado pelo constante balanço do trem.

O homem de meia-idade inclinou a cabeça para trás, a fim de tomar os últimos goles de cerveja da lata, que depois pôs no chão, junto a seus pés. Enfiou a mão na bolsa de plástico e tirou uma segunda lata, abriu-a e tomou outro gole. David pensou em mudar de lugar, mas limitou-se a fechar os olhos e encostou a cabeça na beira dura do peitoril da janela de alumínio. Sentiu que a náusea aumentava de novo, desta vez ainda mais intensa por causa do cheiro que vinha do banheiro. Por que deveria mudar de lugar? Era exatamente ali que tinha de ficar, espremido no canto daquele trem velho e imundo, com um companheiro de viagem que não parava de beber, dois babacas juntos, a cena perfeita para a sua total degradação.

David cerrou os dentes e contraiu os olhos com força, numa tentativa de evitar sua queda pelo abismo emocional. Mas, desta vez, não havia nada para segurá-lo. Todos os pontos de apoio de orgulho e autoestima, em que se segurara tantas vezes no passado, haviam sido removidos pelos acontecimentos do dia. Ele sentiu o primeiro fluxo de lágrimas forçar a passagem pelos olhos e escorrer em linhas paralelas pelas faces antes de caírem, cumprido o trabalho insidioso e desabonador, nas lapelas do paletó.

Algum tempo passou antes que ele notasse que o homem bebendo cerveja afastara-se em silêncio para o outro lado do vagão.

13

Apenas simulando que trabalhava durante a manhã, por causa da ressaca incessante, Richard acabou concluindo que ele não seria mais de qualquer proveito para o Dammell's Bank naquele dia e deixou discretamente o escritório às 14h30. Sabia que precisaria recorrer a toda a sua força para suportar a tediosa viagem de trem de volta a Long Island. Duas horas depois, empurrou a porta destrancada da cozinha – uma indicação de que David já estava em casa – e foi até a pia para encher a chaleira de água, depois de largar a pasta na mesa. Enquanto acendia o fogo, um movimento no sofá no canto da cozinha atraiu sua atenção.

– David? Mas que susto você me deu! – Ele foi até o sofá. – O que você...?

Richard percebeu no mesmo instante que havia alguma coisa errada. David estava deitado de costas para ele, sem fazer qualquer movimento para reconhecer sua chegada. Apertava uma almofada entre os braços, as pernas levantadas contra a barriga. Richard inclinou-se para dar uma olhada no rosto pálido. Os olhos de David, inchados de tanto chorar, fixavam-se vazios no encosto do sofá.

– David, meu amigo, o que aconteceu? Você parece perdido.

David virou as pernas, sentou-se no sofá e esfregou os olhos com os dedos.

– Desculpe, Richard. Sinto muito.

– Pelo quê?

David balançou a cabeça.

– Não sei. Pelo simples fato de estar aqui. Não deveria ter vindo.

Richard sentou ao seu lado.

– Claro que deveria. O que está querendo dizer com isso? – Ele mordeu o lábio com força, sem entender direito o que acontecera. – O que foi David? É... Rachel?

David olhava pela janela. Assentiu com a cabeça, lentamente.

Richard pôs a mão no ombro do amigo.

– Ah, David, lamento muito... – Ele correu os olhos pela cozinha, como se procurasse uma resposta para o problema de David. – Gostaria de tomar um uísque ou outra coisa?

David balançou a cabeça.

– Não. Já bebi demais. – Ele se levantou. – Se não se importa, Richard, eu gostaria de me deitar agora. Não estou me sentindo bem.

Richard levantou-se de um pulo.

– Claro. Quer que eu chame um médico?

David voltou a balançar a cabeça.

– Não. Preciso apenas dormir. – Ele foi até a porta e virou-se. – Sinto muito, Richard.

– Não precisa se desculpar, meu amigo. Apenas vá se deitar e durma por tanto tempo quanto quiser. Sairei de casa amanhã de manhã bem cedo, mas... ahn... já sei o que podemos fazer. A irmã de Angie, Carrie, também mora em Leesport. Sempre aparece por aqui. Pedirei a ela que providencie alguma coisa para você comer.

– Não precisa se incomodar... juro.

– Não é incômodo nenhum. Carrie não vai se importar nem um pouco. E agora vá para a cama... e durma. – Richard hesitou por um instante. – Angie tem pílulas para dormir muito eficientes. Quer uma?

– Não preciso. Vou pegar logo no sono.

– Como quiser. – Richard adiantou-se e apertou o ombro do amigo. – Mas tente clarear sua mente, David.

David sorriu e deixou escapar um suspiro trêmulo.

– Duvido muito de que isso algum dia aconteça, Richard.

– Sei disso.

Richard esperou até ouvir a porta do quarto de David se fechar. Só então deu um longo suspiro de alívio. Foi pegar a chaleira com água quente, fez um café e encostou-se no balcão, tentando decidir o que deveria fazer.

Carrie... Ligaria primeiro para ela. Não, talvez não. Ele foi até a mesa, abriu a pasta e tirou o caderninho de telefones. Encontrou a página correta, pegou o telefone, fez a ligação e ficou coçando o rosto enquanto esperava que atendessem.

COM UMA BOLSA de água quente debaixo do braço, Effie estava no meio da escada quando ouviu o som de um carro parando no cascalho lá fora. Ela parou também, com uma expressão de surpresa, depois se virou e desceu a escada. Foi até a porta da sala de estar, bateu de leve e entrou. Alicia Inchelvie levantou os olhos do livro que tinha nas mãos, virou o rosto para o relógio em cima da lareira.

– Effie? Ainda não foi para casa? Já são nove e meia!

– Eu ia pôr uma bolsa de água quente em sua cama, antes de ir embora, mas... Gostaria de saber se está esperando alguém. Tenho certeza de que ouvi um carro chegando.

– Não posso imaginar quem viria até aqui a esta hora. – Alicia largou o livro na mesinha ao lado da poltrona e levantou-se. – Vamos ver quem é.

Enquanto ela atravessava a sala de estar, o som da porta da frente se abrindo fez com que os três cachorros se levantassem, de um pulo, de seu lugar ao lado do fogo. Com latidos furiosos, passaram por Alicia e saíram para o vestíbulo, as unhas arranhando o assoalho encerado, à medida que aumentavam a velocidade, na ansiedade de descobrirem quem entrara na casa. Alicia lançou um olhar inquisitivo para Effie. Juntas, as duas seguiram os cachorros para o vestíbulo.

Cercado pelos cachorros pulando e ofegando, George Inchelvie tirou lentamente a echarpe do pescoço e pendurou-a em um dos ganchos para casacos.

– Bons meninos. Mas agora já chega.

Ele olhou para a esposa e a pequena governanta que saíam da sala de estar.

– George! – exclamou Alicia, com uma expressão preocupada. – O que está fazendo em casa? Pensei que passaria outra noite em Glasgow.

George tirou o casaco e pendurou-o no banco.

– E deveria mesmo. – Ele se apoiou na bengala, antes de se encaminhar para as duas. – Duncan Caple me telefonou por volta das cinco e meia. Disse que estava prestes a partir em excursão pela Europa, quando recebeu um telefonema de seu distribuidor em Nova York. Tivemos uma conversa muito séria. Depois, decidi que não tinha a menor vontade de passar outra noite longe de casa... e voltei.

Alicia observava-o atentamente. Se a economia das palavras não fosse suficiente para revelar sua exaustão, o tom pálido do rosto e as linhas de expressão escuras, acentuadas pela claridade difusa do vestíbulo, seriam a indicação mais forte de que seu marido consumira quase todas as suas reservas de energia.

– O que aconteceu, George?

Ele hesitou antes de responder. Effie, compreendendo que sua presença não era mais necessária, afastou-se para a escada.

– Eu já ia embora, depois de pôr a bolsa de água quente em sua cama, lady Inchelvie. – Ela parou depois de dois ou três passos e se virou. – Gostaria que eu arrumasse alguma coisa para o senhor comer, milorde? Ainda há um pouco de ensopado na geladeira. Posso esquentá-lo. Ou prefere um sanduíche de queijo?

George balançou a cabeça.

– É muita gentileza sua, Effie, mas não preciso de nada. – Um sorriso se insinuou no rosto cansado. – Mas acho que vou tomar um uísque.

Alicia adiantou-se e pegou seu braço.

– Vamos nos sentar na sala de estar.

Em silêncio, os dois atravessaram o vestíbulo e entraram na sala. George sentou pesadamente numa das poltronas, com uma careta de dor.

– Minhas costas estão doendo um bocado – murmurou ele, a voz rouca. – Passei tempo demais dirigindo.

– Você tem feito tudo demais, Geordie. – Alicia contemplou o marido, balançando a cabeça. – Agora vou servir o uísque e depois quero saber o que aconteceu.

Ela foi até o armário do canto e pegou um copo e uma garrafa de Glendurnich.

– David telefonou? – perguntou George.

– Não. – Alicia despejou uma dose dupla e depois tampou a garrafa. – Esperava uma ligação dele?

George contemplou a esposa em silêncio por um momento, enquanto organizava os pensamentos.

– Lamento dizer que a reunião de David em Nova York não correu muito bem.

Alicia entregou o copo com uísque, e sentou-se na beira de sua poltrona, com os cotovelos apoiados nos joelhos, fitando atentamente o marido.

– O que aconteceu?

– Ainda não sei direito. Ao que parece, David saiu da sala no meio da reunião, para a surpresa de todos. Ou pelo menos foi isso o que Duncan me contou. – George tomou um gole do uísque. – Mas é apenas a metade do problema.

Alicia não disse nada. Preferiu esperar que o marido continuasse. Ele mastigou, pensativo, o lado da boca, antes de acrescentar:

– Duncan acha que o misterioso comportamento de David na reunião é prova suficiente de que ele precisa ser afastado de seu cargo. Diz que não pode dirigir a Glendurnich sem um diretor de marketing. Quer designar outra pessoa o mais depressa possível.

Alicia recostou-se na cadeira e fechou os olhos. Estava consumado. O pior acontecera. Nunca pensara que chegaria a esse ponto.

– O que disse a ele?

– O que eu *podia* dizer? – respondeu George, quase na defensiva. – Embora a empresa pertença à família, não posso exercer minha autoridade nepotista se David não cumprir seu papel. Sei que não é culpa dele, mas tenho de compreender a posição de Duncan também.

Ele esvaziou o copo e respirou fundo, para se controlar.

– Seja como for, negociei tudo por telefone. Ficou acertado que Duncan vai designar um novo diretor de marketing, mas consegui limitar o contrato a um ano. Espero que até lá David tenha conseguido se recuperar. Se não houver qualquer mudança da situação ao fim de um ano, o contrato será prolongado a critério de Duncan.

Houve um silêncio total na sala, exceto pelo som de um cachorro coçando o pescoço com a pata traseira e o tique-taque do relógio na lareira.

– O que está acontecendo com as nossas vidas, Geordie? – murmurou Alicia, depois de um momento. – Tudo parece ter desandado. Nunca tivemos tantas preocupações quanto agora... e você está trabalhando mais do que nunca. – Ela fez uma pausa, recostou-se na poltrona e começou a passar os dedos pelos cabelos por cima da orelha. – Esperava que essa viagem pudesse ser o momento da virada para David. – Alicia fitou o marido. – Eu não suportaria se tivéssemos de voltar ao ponto de partida com ele, porque não sei como poderíamos aguentar.

George balançou a cabeça devagar, como se em submissão ao que a esposa dissera.

– Tem toda a razão. A situação não é nada boa. Eu bem que gostaria de saber onde ele se encontra neste...

O telefone tocou ruidosamente. Alicia levantou-se e atravessou a sala para atender.

– Alô?... Inchelvie... claro, claro... Como vai, Richard?... O que houve?... Oh, não... É uma coisa que sempre receei que pudesse acontecer... E gripado ainda por cima!... Oh, não! ... Sinto muito, Richard... Está bem, mas você pode cuidar disso?... Acha mesmo que Carrie terá tempo?... Certo... Fico agradecida por sua gentileza, Richard... Acho que tem razão. Quanto mais cedo ele voltar para cá, melhor... no voo de segunda-feira à noite?... Seria ótimo. Providenciarei para que alguém esteja à sua espera no aeroporto de Glasgow na manhã de terça-feira... Claro, Richard... e muito obrigada por me avisar. Adeus.

Ela desligou. Manteve a mão sobre o telefone por um momento, antes de se virar para responder à pergunta inacabada do marido.

COMO SABIA QUE a recepção do telefone do carro era melhor na A9, Duncan Caple esperou até se encontrar ao sul de Aviemore, antes de apertar os três botões que efetuavam a ligação automática para John Davenport, presidente da Kirkpatrick Holdings Plc. O alto-falante crepitou quando a ligação foi atendida, depois de três toques da campainha.

– Alô? – disse uma voz de mulher.

– Posso falar com John, por favor?

– Espere um instante.

Duncan ouviu o telefone sendo largado na mesa, seguido pela voz da mulher gritando o nome de John. Houve o som de passos e logo uma voz de homem disse:

– Alô?

– John, aqui é Duncan Caple.

– Onde você está, Duncan?

– No carro. Peço desculpas por ligar para sua casa, mas achei que seria melhor se ambos estivéssemos fora de nossos escritórios.

– Boa ideia. Como se saiu? Conseguiu obter aquela informação?

– Claro. É exatamente como você pensou, a Glendurnich instituiu um plano de compra de ações pelos empregados da destilaria há cerca de 25 anos. Creio que foi uma iniciativa do próprio Inchelvie. Uma ideia avançada do velho, mas ele sempre foi de promover a lealdade da força de trabalho. É bem simples: se um empregado quer exercer sua opção de compra de ações, contribui com 50 por cento do valor, enquanto a companhia paga o resto. Mas, para evitar que as ações saíssem da companhia, foi registrado no plano original que, se qualquer empregado fosse embora e quisesse vender suas ações da Glendurnich, teria de oferecê-las a um sistema de *pool*, a fim de permitir que os outros empregados da companhia tivessem a oportunidade de comprá-las. Também descobri outra coisa muito interessante: nos últimos 25 anos, a força de trabalho da Glendurnich expandiu-se em trinta pessoas, a maior parte no escritório, mas surpreendentemente apenas oito foram embora.

– E o que isso significa?

– Significa que, no momento, a participação acionária da família na Glendurnich está bastante diminuída.

– Em quanto, Duncan?

– É muito difícil descobrir qualquer coisa sem despertar suspeitas. Por algum motivo, Robert McLeod, o diretor financeiro, nunca registrou em suas contas. Mas, pelo que pude deduzir, tenho quase certeza de que 31 por cento das ações da Glendurnich se encontram neste momento nas mãos da força de trabalho.

– Excelente! Não é uma maioria acionária, mas dá para exercer uma boa pressão, que é o que nos interessa. E você acha que a família não sabe disso?

– Deve saber, mas não creio que faça a menor ideia das possíveis implicações. De qualquer forma, eles estão meio perdidos neste momento. Minha ideia de mandar David para os Estados Unidos parece ter matado dois coelhos com uma só cajadada. Falei com Charles Deakin em Nova York no início da tarde. Não apenas conseguimos que sua empresa se tornasse a nova distribuidora, mas David também teve um colapso nervoso durante a reunião e saiu do prédio, completamente atordoado.

– Não é o tipo de comportamento que se poderia esperar do diretor de marketing de uma prestigiosa fábrica de uísque.

– Exatamente. Liguei no mesmo instante para o velho Inchelvie, em Glasgow, para dar a notícia. Disse que precisamos de um novo diretor de marketing imediatamente. Até fiquei com pena do velhote.

– O que foi decidido?

– Ele concordou com um contrato de um ano. Pode avisar a Giles Barker para me procurar o mais depressa possível. Ele tem um novo emprego.

– Bom trabalho, Duncan. O que temos até agora? Deakin nos Estados Unidos, Giles assumindo o marketing. E o que me diz de Robert não sei o que, o diretor financeiro?

– Isso também está resolvido. Robert McLeod vai sair para dirigir um clube de golfe no fim do mês. Keith Archibald, da Northern Maltsters, será o novo diretor financeiro.

– Brilhante! Portanto, estamos prestes a iniciar a campanha. Quando acha que teremos condições de jogar a isca para os empregados?

– Ainda não dá, John. Primeiro, precisamos fazer um trabalho preparativo com o velho. Ele é muito protetor do filho. A julgar pela descrição de Charles Deakin sobre o comportamento de David na reunião em Nova York, tenho certeza de que, quando ele voltar ao país, Inchelvie terá de aceitar o fato de que nenhum dos dois tem capacidade de dirigir a Glendurnich. A essa altura, creio que ele se mostrará disposto a negociar conosco, ainda mais se a força de trabalho estiver do nosso lado. É assim que vejo a situação.

– Qual é o seu plano de ação?

– Vamos preparar uma proposta de venda, com a ajuda de Giles e Keith, aqui, e de Charles Deakin, nos Estados Unidos. Assim que eu sentir que chegou o momento apropriado de abordar Inchelvie, farei com que os empregados acionistas tenham conhecimento da proposta. Será um ataque em duas frentes, mas é fundamental que Inchelvie e os empregados cheguem à decisão exatamente no mesmo momento. É essa a situação. O momento certo é essencial na operação.

– Se acha isso, tenho de concordar. Mas não deixe passar muito tempo. Sabe como é importante para a Kirkpatrick se apoderar da Glendurnich o mais depressa possível. É o elo que falta.

– Sei disso.

– Ah, antes que eu me esqueça... tive uma reunião com o conselho diretor da Kirkpatrick. Todos concordaram com seus honorários de meio milhão de libras, mas isso obviamente depende do sucesso da operação. Mas você pode me falar se precisar de um adiantamento ou se quiser que uma parte seja paga em ações da Glendurnich.

– Está certo.

– Continue a pressionar ao máximo possível. Voltarei a entrar em contato com você dentro de uma semana para saber como está a situação.

– Não faça isso. Deixe que eu o procuro. A velha megera na recepção da Glendurnich é muito leal aos Inchelvies e não tenho certeza se as ligações são mesmo confidenciais quando passam por ela.

– Não deveria providenciar alguém para substituí-la, Duncan?

– Talvez. No momento certo. Confie em mim, farei tudo certo. Há muita coisa em jogo aqui.

Duncan apertou o botão para encerrar a ligação. Recostou-se no banco de couro do BMW com um sorriso de satisfação. Então, com um grito de exultação, apertou o volante com as duas mãos e comprimiu o acelerador. Deixou o motor desenvolver toda a sua potência na estrada vazia, só diminuindo depois que o velocímetro indicava o dobro de velocidade máxima permitida, de 100 quilômetros por hora.

14

Embora a gripe tivesse desaparecido por completo em 24 horas, David não sentiu o menor desejo de deixar o refúgio que era seu quarto durante os dias seguintes. O tempo tornou-se uma coisa sem importância em sua existência. As horas só eram registradas pelos sons de Carrie, que, a seu pedido, deixava uma bandeja com comida ou uma xícara de chá na porta do quarto, sem se arriscar a entrar. Através da janela, a luz dava lugar à escuridão e depois voltava, mas ele nunca tentava conciliar qualquer forma de padrão de vida com o fato. Procurava dormir o máximo possível, ansioso em romper com o ciclo de pensamentos que constantemente corroía sua mente. Na maior parte do tempo, porém, descobria-se acordado estendido na cama, ou andando de um lado para o outro durante a madrugada.

Desde quarta-feira, só saía do quarto para usar o banheiro, andando apressado, a fim de evitar qualquer contato com Carrie ou Richard. Todo o orgulho pela aparência pessoal se tornara tão desnecessário quanto qualquer forma de rotina diária. Agora ele coçava o rosto a todo instante, que comichava com a barba de dois dias. Mas isso satisfazia seu estado de espírito, acentuando a penitência autoimposta, em harmonia com sua profunda carência de autorrespeito. Auto isso, auto aquilo. Era tudo o que havia agora. Autorrespeito, autorrepulsa. No passado, pensar sempre em Rachel era aceitável para ele. De alguma forma, porém, tudo se tornara distorcido. Agora, só pensava em si mesmo... não, provavelmente *para* si mesmo, a mente a revirar numa ladainha incessante de palavras que ajudavam a provar como se tornara um ser humano miserável e desesperançado.

Naquela noite, como fizera incontáveis vezes antes, ele se levantou devagar da cama desarrumada, foi até uma prateleira e apoiou as mãos na superfície áspera. A cabeça, parecendo um peso de chumbo, pendeu tanto que o queixo encostou no peito.

Mas o que era aquilo? O que estava acontecendo? Sentia-se bem quando viera da Escócia, mas de repente alguma coisa dera errado. Por quê? Tinha de encontrar uma explicação. Pôs-se a andar de lado para o outro. Parou abruptamente na janela, imóvel, olhando para o crepúsculo. Foi nesse instante que um pensamento conseguiu romper o torpor do cérebro latejando.

"Era isso. Você se sentia bem quando veio da Escócia. Sentia-se absolutamente seguro por ser apenas um na multidão do aeroporto porque ninguém o conhecia, ninguém se importava com você, ninguém tinha a menor ideia de seu passado, presente ou futuro. Era uma não entidade despreocupada. Mas tudo isso mudara no instante em que entrara naquela casa, porque Richard sabia. O problema não é apenas ter estragado tudo por aqui. Está com medo, não é? Apavorado com a sua própria identidade, apavorado com a perspectiva de voltar à Escócia, apavorado com o simples pensamento de retornar àquele ambiente tenso e claustrofóbico em que todos o conhecem, todos se importam com você, todos olham para você com um ar triste e falam a seu respeito em sussurros."

David foi até a cama e deitou ali, olhando para o teto. "Continue a pensar – é importante, continue a pensar. O que você quer fazer agora, David?"

– Quero... ficar *sozinho*! – exclamou ele. – Onde ninguém me conheça! Não quero mais ser a porra do David Corstorphine.

Ele virou de lado e comprimiu os joelhos contra o peito. Livre de qualquer responsabilidade, livre de sua identidade. Parecia uma canção de marcha de protesto. Ele soltou uma risada fraca e balançou a cabeça, a ação amplificando em seus ouvidos o som da barba roçando no travesseiro. Era uma impossibilidade, ele sabia, mas pelo menos era uma coisa em que podia se concentrar, algo sobre o que teria prazer em expandir seus pensamentos. Fechou os olhos... e pela primeira vez em dois dias a pressão na cabeça diminuiu um pouco.

Foi acordado, na manhã seguinte, por uma explosão de luz do sol entrando pela janela e incidindo em seu rosto. Piscando, virou a cabeça para a porta, a fim de evitar a claridade. Em seu estado de sonolência, tornou-se subitamente consciente de um cheiro muito forte. Abriu os olhos e descobriu que deitava com as mãos cruzadas por cima da cabeça, o nariz a alguns centímetros da axila.

– Merda!

Levantou-se depressa demais. Teve de ficar parado por um momento, meio tonto, enquanto a vertigem passava. Tirou a camisa de malha e jogou-a para longe, derrubando um pequeno espelho. Paralisado por um instante, olhou para o objeto, especulando se acabara de se condenar a mais sete anos de azar. Bem devagar, abaixou-se e pegou o espelho. Não estava quebrado. Com um suspiro de alívio, ele o repôs na prateleira, com todo cuidado... e teve um vislumbre de sua nova personalidade. Levou o espelho para o rosto. Os cabelos sujos projetavam-se, desgrenhados, para todos os lados; o rosto, sob a barba crescida, estava pálido e contraído; e as olheiras escuras faziam com que os olhos dessem a impressão de afundar nas profundezas do crânio. Como ele parecia? Qual era a única palavra que podia descrever de forma mais apropriada aquela aparição repulsiva?

Um verme.

Isso mesmo. Era um verme... escondendo-se por baixo de sua pedra estúpida.

A ira intensa que se acumulara dentro dele devia ter desencadeado um mecanismo de defesa em seu cérebro. Fora isso... nada mais. Ele olhou para o relógio: 7h30. Muito bem, seu idiota, está na hora de agir.

David pegou uma toalha e a bolsa com os artigos de higiene pessoal e saiu para o corredor. Parou ali por um momento. A porta do quarto de Richard continuava fechada e dava para ouvir seus roncos. David coçou a cabeça. Mas que dia era hoje? Ou Richard ia trabalhar em casa, ou era sábado. De qualquer forma, ele não queria que o amigo o visse naquele estado. Foi para o banheiro na ponta dos pés e abriu o chuveiro.

A princípio, a água saiu muito fria, mas até que lhe convinha, melhorando seu humor, enquanto esfregava vigorosamente o corpo com o sabonete perfumado. Depois, à medida que a água esquentava, ele despejou o xampu na mão e aplicou na cabeça o mesmo tratamento vigoroso. Repetiu as duas operações antes de fechar o chuveiro e sair do boxe, limpo e renovado de corpo e mente.

Cinco minutos e uma lâmina descartável e meia depois, ele se livrara da barba. Molhou o rosto com a loção, sentindo-o arder. Para concluir, disparou longos jatos de desodorante nas axilas, antes de recolher seus pertences e atravessar o corredor.

O quarto fedia tanto que ele tratou de abrir a janela o máximo possível. No mesmo instante sentiu o calor do sol do início da manhã em seu peito nu. Tirou uma muda de roupas limpas da mala, jeans, cueca e camisa. Depois de se vestir, sentou na cama e olhou ao redor. Não aguentava mais continuar ali. O ambiente se tornara opressivo demais, reminiscente da depressão. Queria escapar daquilo. Mais do que isso, queria escapar da casa, de todo e qualquer lugar em que fosse conhecido.

Levantou-se de um pulo, impulsionado a entrar em ação pelo pensamento. Pegou a carteira na prateleira, calçou um par de sapatos de lona, abriu a porta, desceu sem fazer barulho e entrou na cozinha. Abriu as portas de vidro e saiu para o deque, fechando-as com cuidado em seguida.

Parou ali, aspirando fundo o ar fresco e quente, antes de descer os degraus de madeira e se afastar pelo caminho. Parou no portão, olhou de um lado para outro da rua e, com um movimento de cabeça decidido, virou à direita, na direção da rua principal.

O verme escapara.

Ainda era muito cedo para que qualquer uma das lojas estivesse aberta. Por isso, foi andando pela calçada, vendo os artigos expostos nas vitrines. Já havia diversas pessoas na rua, passeando com cachorros, andando com o jornal debaixo do braço. Muitas sorriram ao passar por David e disseram bom-dia, ao que ele retribuía, sentindo que o espírito se recuperava mais um pouco a cada vez.

No meio do caminho, deparou-se com uma grande concentração de pessoas, na frente da Leesport Deli. Homens vestindo shorts e camisetas se encostavam em picapes e furgões estacionados, conversando sobre o trabalho do dia que começava enquanto comiam sanduíches e tomavam um café fumegante em enormes copos de plástico. A vista e o cheiro deixaram David com uma fome súbita e intensa. Ele entrou na fila, esperando sua vez, ocupando-se em examinar o cardápio no quadro por cima do balcão. Havia uma incessante troca de zombarias entre as pessoas na fila e os três rapazes de avental que atendiam no outro lado do balcão.

– Quem é o próximo? – indagou um dos rapazes, esfregando as mãos no avental.

Já esperando por seu pedido, as pessoas na frente de David recuaram para que ele pudesse chegar ao balcão.

– O que deseja? – perguntou o rapaz, sorrindo para David.

David olhou para a lista por cima de sua cabeça.

– Pode me fazer um sanduíche de ovo com bacon?

– Claro. Sai num instante.

O rapaz virou-se e esbarrou num dos seus colegas.

– Você precisa emagrecer, Joe! – Ele soltou uma gargalhada e abaixou-se, enquanto Joe desferia um soco de brincadeira na direção de sua cabeça. Voltou a se virar para David. – Como prefere o ovo?

– Ahn... frito, por favor.

As risadas ressoaram pela loja. O rapaz sorriu para David e explicou:

– Todos são fritos, senhor, é só como sabemos servir ovo. Quer que seja com gema mole ou todo frito?

David sorriu, constrangido.

– Ahn... com a gema mole.

O rapaz afastou-se, assoviando, mexeu numa frigideira por trás do freezer, fora de vista, antes de voltar ao balcão.

– Mais alguma coisa?

– Um café puro grande.

O jovem agiu como um barmen de festa, fazendo malabarismos com o copo de isopor antes de enchê-lo com café. Ele encaixou a tampa e, abrindo uma sacola de papel marrom, colocou o copo dentro, com cuidado, ao mesmo tempo em que um rapaz sardento saiu de trás do display do freezer trazendo o sanduíche embrulhado em papel absorvente.

– Sanduíche de ovo com bacon?

– Manda pra cá – o rapaz do balcão arrebatou o sanduíche da mão do outro e meteu-o no saco, junto com o café.

– Aqui está. São 3,80 dólares.

David pegou a carteira no bolso de trás e tirou uma nota de cinco dólares. O rapaz foi abrir a caixa registradora e entregou-lhe o troco.

– O troco é de 1,20. Bom apetite e tenha um bom dia.

– Obrigado – murmurou David sorrindo pelo típico clichê americano. – Acho que farei isso.

– O próximo? – gritou o rapaz.

David afastou-se do balcão, enquanto o freguês seguinte se adiantava para ocupar seu lugar. Parou de repente e tornou a se virar para o rapaz do balcão.

– Pode me explicar como chegar ao porto?

– Está falando da marina?

– Isso mesmo, desculpe, a marina.

– Vire à direita ao sair daqui, pegue a primeira rua à direita... é a Pearl Street... e siga em frente. Se andar uns 350 metros, vai molhar os pés. Por isso, é melhor parar em 300.

– Obrigado – disse David, sorrindo para o jovem comediante

– Não há de quê. – Ele se virou para o velho que tomara o lugar de David. – Oi, vovô! O que vai ser hoje?

David saiu da loja para o sol com um sorriso no rosto, animado pela conversa. Decidiu não se satisfazer com o conteúdo do saco de papel pardo até chegar à marina. Por isso, andou em passos apressados, seguindo as instruções do rapaz.

A Pearl Street era como qualquer outra rua de Leesport que ele já vira, larga, com casas recuadas e isoladas no meio de terrenos grandes, separadas da calçada por cercas. Ruas menores cruzavam a Pearl Street, também exibindo fileiras de casas no mesmo estilo. Enquanto andava, David percebeu que ainda havia bastante espaço na aldeia, pois de vez em quando deparava com uma área gramada na qual poderiam ser construídas pelo menos mais três casas.

A rua terminava numa ampla calçada que dava acesso à marina. David aproximou-se da pequena guarita na entrada. O velho postado ali lançou-lhe apenas um olhar rápido e superficial antes de se virar para o outro lado. Como não havia mais ninguém por perto, além de estar encorajado pela cordialidade franca das pessoas na Deli, David decidiu quebrar o gelo e puxar conversa com o velho.

– Bom dia. – Ele parou de propósito ao lado da janela em que o velho estava. Com o saco de papel pardo numa das mãos, levantou a outra, protegendo os olhos do sol, enquanto contemplava a marina. – E é sem dúvida um dia adorável.

O homem ergueu os olhos e inclinou a cabeça para o lado.

– É verdade.

Em seguida, ele se inclinou para a frente, a fim de aumentar o volume da televisão escondida por baixo do peitoril largo da janela.

David sentiu seu rosto arder de vergonha por aquela repulsa ostensiva, mas foi dominado pelo impulso malicioso de insistir na conversa, uma reação que foi uma surpresa para si mesmo e um aborrecimento para o velho.

– É o Atlântico que está ali? – perguntou ele, com uma inocência jovial, olhando além da marina. – Parece muito calmo.

O velho levantou-se de má vontade, compreendendo que teria de responder para que o intruso o deixasse em paz. Inclinou-se para fora da pequena janela e estendeu um dedo na direção da água.

– Aquilo não é o Atlântico... é a Grande South Bay. – A ação mudou para indicar acima e além. – O Atlântico fica mais adiante, depois da Fire Island.

David olhou para a longa faixa de terra que se estendia pela baía por cerca de 6 quilômetros.

– Como se vai até lá?

– Uma barca sai da marina a cada meia hora.

O velho, achando que já falara demais, tornou a se sentar na frente da televisão, encerrando a conversa. David fez uma careta para a nuca do velho, em resposta à grosseria, e se afastou. Foi andando em paralelo à marina, ao longo de um pequeno jardim público, separado da rua por uma sebe de roseiras silvestres que caíam à vontade por cima de uma cerca com dois travessões, simples e rústica como uma música de crianças. Vinte metros adiante, a sebe formava uma arcada sobre um portão de ferro, em cima do qual estava pendurada uma pequena placa de latão com a inscrição JARDIM MEMORIAL DOS RESIDENTES DE LEESPORT. Ele abriu o portão e entrou.

Os gramados e canteiros de flores do pequeno jardim eram muito bem cuidados, dispostos em círculos, ao redor de um pedestal de concreto, sobre o qual assentava um antigo canhão naval, cinzento, o cano apontando para a baía. Ao lado, a bandeira americana tremulava à brisa, no alto de um mastro branco. David contornou o outro lado do jardim. Parou ali, contemplando por um momento águas salobras da baía, investindo indolentes contra as estacas de madeira que protegiam o jardim da erosão.

Ele recuou e olhou ao redor, à procura de algum lugar para sentar-se. Avistou um velho banco de madeira por baixo do cano do canhão. Tirou o sanduíche e o café do saco de papel e sentou-se ali para desfrutar a refeição e a vista da marina. Tudo estava tranquilo naquela manhã, exceto pelos gritos estridentes das gaivotas em voo e o som dos cabos de âncora retinindo como sinetas nos iates atracados ao longo dos passadiços de madeira que dividiam os ancoradouros.

Um lugar perfeito, pensou David. Mais do que perfeito.

Não queria sair do jardim, mas olhou para o relógio e descobriu, surpreso, que já se encontrava ali há mais de uma hora e meia. Refletiu que deveria voltar para casa a fim de conversar com Richard. Levantou-se, jogando o saco de papel com o lixo na cesta ao lado do banco. Foi até o portão e saiu para a rua, acenando jovial, ao passar, para seu amigo mal-humorado na guarita, antes de pegar de novo a Pearl Street.

A rua principal de Leesport estava agora repleta de carros e bicicletas, as calçadas ocupadas por pessoas fazendo compras. Enquanto se esgueirava pela multidão, David refletiu que deveria comprar um presente simbólico para Carrie, em agradecimento por sua gentileza em alimentar "o homem invisível" durante os últimos dias. Avistou uma loja de flores no outro lado da rua e dirigiu-se para lá.

Saiu meio minuto depois, com um enorme ramo de cravos nos braços, ao mesmo tempo em que tentava guardar o troco na carteira. Deu dois ou três passos, e meia dúzia de moedas caíram na calçada, rolando em direções diferentes. Resmungando baixinho, ele se abaixou para recolhê-las.

A última moeda recolhida foi uma de 25 centavos que rolara para o lado da calçada, parando junto de uma jardineira cheia de flores, encostada na parede da loja seguinte. Depois de pegá-la, David ergueu-se para se deparar com um quadro na vitrine coberto por pequenos cartões brancos. Ele levantou os olhos para ver o nome da loja. Era Helping Hands, a pequena agência de empregos que observara ao chegar a Leesport.

Enquanto se virava para ir embora, seus olhos percorreram as ofertas de emprego no quadro. Ele parou de repente: alguma coisa chamara sua atenção. Deu um passo para trás e abaixou-se para ver o cartão no canto inferior esquerdo:

PRECISA-SE DE JARDINEIRO TEMPORÁRIO
PARA FAZER TUDO EM JARDIM.
PREFERÍVEL EXPERIÊNCIA, MAS NÃO INDISPENSÁVEL.
TRATAR NA LOJA.

Ele se ergueu devagar, com os olhos fixos no cartão, e recuou um passo, sua mente se agitando com pensamentos e ideias. Mas a razão logo prevaleceu, e David balançou a cabeça, desdenhando o pensamento tão inviável. Começou a se afastar, mas parou um instante depois. Uma moça que empurrava um carrinho de bebê pela calçada esbarrou em suas pernas.

– Oh, desculpe! – exclamou ela, levantando uma das mãos num pedido de desculpas.

David pulou para o lado, a fim de deixá-la passar.

– Eu é que deveria pedir desculpas – disse ele, sorrindo. – Tive um momento de indecisão.

A jovem mãe soltou uma risada.

– Também acabei de ter um no supermercado, mas atribuí à síndrome pós-natal.

David ergueu as sobrancelhas.

– Infelizmente, não posso usar a mesma desculpa.

A jovem contraiu os cantos dos lábios e fitou-o de lado, cogitando, zombeteira, a sugestão.

– Não... talvez não. No meu caso, pensei que era um lindo dia e que devia ir em frente... talvez você devesse fazer o mesmo!

Com um sorriso radiante, ela empurrou o carrinho de bebê e continuou seu caminho. Por um momento, David permaneceu onde estava, observando-a. A moça tinha razão, pensou ele. E virou-se bruscamente, voltou até a loja, abriu a porta e entrou.

Embora o escritório fosse pouco mobiliado, contendo apenas um sofá, uma mesinha baixa, duas escrivaninhas e um arquivo, David ficou surpreso, no mesmo instante, com a maneira pela qual fora decorado, o rosa suave das paredes combinando com as estampas do sofá e o padrão em ziguezague do carpete.

Uma das escrivaninhas era ocupada por uma moça, com enormes óculos redondos equilibrados de maneira precária na ponta do nariz arrebitado. Seus dedos deslocavam-se como um raio sobre o teclado do computador. À outra escrivaninha sentava um homem de rosto liso, por volta dos 60 anos, usando uma camisa larga de cores berrantes, com a gola levantada para proteger o pescoço de duas pesadas correntes de ouro, uma das mãos segurando uma caneta e a outra, um par de óculos. Os cabelos grisalhos, abundantes, eram penteados para trás e fixados no lugar por uma generosa quantidade de laquê. Quando David entrou, os dois olharam para ele. O homem levantou-se e contornou a mesa para cumprimentá-lo.

– Sou Clive Hanley – disse ele, estendendo a mão. – Em que posso ajudá-lo?

David apertou a mão.

– Ahn... é mais uma pergunta... sobre um dos cartões no quadro.

Clive sorriu.

– Claro. Em qual está interessado?

– O jardineiro.

– Muito bem... então precisa de um jardineiro, não é?

– Não... pensei em me candidatar ao emprego.

Clive hesitou, o rosto franzido, avaliou David de alto a baixo.

– Entendo...

– Talvez eu deva dar uma explicação – disse David, compreendendo que o homem ficara espantado com o seu pedido. – Acontece que acabo de chegar da Escócia...

– Escócia! – interrompeu Clive, com um floreio. – *Adoro* a Escócia! É tão... *árida*!

David esperou que o homem continuasse o elogio, mas aparentemente aquilo era tudo o que ele tinha a dizer sobre a Escócia.

– Como eu dizia – acrescentou David –, estou hospedado na casa de amigos e... o problema é que fico lá sem fazer nada, atrapalhando todo mundo. Saí para dar uma volta e por acaso vi o cartão em sua vitrine. Tenho alguma experiência... e o anúncio diz que é temporário.

– Muito bem. – Clive balançou a cabeça. – Vamos conversar a respeito. Por quanto tempo espera ficar aqui? Preciso de um compromisso de no mínimo um mês antes de registrá-lo em meus livros. Caso contrário, não seria justo com meus clientes.

David mordeu o lábio por um instante, antes de responder, tomando uma decisão sobre seu futuro imediato:

– Não será problema.

Clive bateu palmas, de forma conclusiva.

– Muito bem, vamos acertar alguns detalhes. Sente-se no sofá enquanto pego um formulário em minha mesa. Aceita um café?

– Não, obrigado – respondeu David. – Acabei de tomar um.

Clive foi até sua mesa e David sentou-se no sofá. Mais uma vez, correu os olhos pelo escritório. Clive percebeu, ao se aproximar com o formulário na mão, e também se sentou no sofá, acompanhando David na avaliação da decoração.

– Não é o que se poderia esperar numa agência de empregos, não é mesmo? Eu me sentia satisfeito com as paredes amarelas e o linóleo verde que encontrei aqui, mas meu amigo insistiu em mudar tudo. Disse que eu não conseguiria trabalhar num lugar que não me inspirasse. Claro que acho que ele fez um trabalho maravilhoso, mas às vezes me pergunto se não é parecido demais com um salão de beleza.

Com uma risada, ele sentou na beira do sofá e pôs o formulário na mesinha baixa. Ajeitou os óculos na ponta do nariz e tirou a caneta do tubo pendurado em seu pescoço.

– Vamos começar. Qual é o seu, nome?

– David Corstorphine. C-o-r-s-t-o-r-p-h-i-n-e.

– E seu endereço?

David pensou por um momento.

– Neste momento, é North Harlens, 52... mas acho que vou procurar outro lugar.

Clive manteve a caneta suspensa sobre o papel, enquanto pensava a respeito.

– Não há problema. – Ele voltou a escrever. – Usarei esse endereço para os contatos. Quando se mudar, me avise.

– Está certo. Obrigado.

– A próxima pergunta... Aqui está. É casado?

David respirou fundo.

– Não... não sou casado.

Ele soltou um suspiro de alívio. Conseguira falar. O momento passara.

– O que mais? – continuou Clive. – Ah, sim... hobbies.

– Como?

– Hobbies. Tem algum hobby?

Ao perceber que David se espantara com a pergunta, Clive largou a caneta na mesa e recostou-se no sofá.

– Sei que pode parecer um pouco esquisito fazer uma pergunta assim, mas uma das minhas pequenas regras excêntricas é tentar descobrir o máximo possível sobre um empregado potencial. Acho que saber dos hobbies de uma pessoa oferece uma maravilhosa indicação sobre seu caráter. – Ele fez uma careta e encostou as mãos no num gesto teatral. – Afinal, pode imaginar como seria horrível se eu contratasse um assassino em série?

David sorriu, começando a apreciar os caprichos de Clive.

– Está bem. Hobbies... Jogo tênis e um pouco de golfe... e gosto de atirar.

Clive, que recomeçara a escrever, parou de novo, virou o rosto para David, aturdido.

– Não, desculpe... – David balançou a cabeça, compreendendo que Clive pensara que seu pior pesadelo se consumara. – Esqueça isso. Foi um comentário estúpido. O que mais eu faço? Ah, toco violão bem mal.

– Clássico ou popular?

– Como?

– Desculpe. Foi minha vez de ser tolo. – Clive soltou uma risada curta, espremeu as mãos, constrangido, entre os joelhos cerrados. – Acontece que eu também gostava de tocar, embora esteja longe de ser contemporâneo. Gosto muito de Peter, Paul e Mary, porque eles usam mudanças de acordes fáceis.

Houve um momento de silêncio, enquanto ele esperava por um comentário de David. Como não houve um, Clive continuou, jovial, tornando a se inclinar para o formulário na mesinha:

– Vamos continuar... Acho que não tem mais nada

Ele fez uma verificação final, guardou a caneta e levantou-se.

– Encerramos as formalidades. Agora vamos saber o que Dotti pode encontrar em sua tela da sabedoria.

David também se levantou e seguiu Clive até a mesa da moça com o computador.

– Muito bem, Dotti – disse Clive, inclinando-se sobre o ombro da jovem. – Como você agora já sabe, este é David.

Ela olhou para David, empurrando os óculos pelo nariz com o dedo indicador e oferecendo um sorriso tímido, antes de voltar a se concentrar no computador. Clive pôs o formulário na sua frente.

– Pode registrar as informações mais tarde. Agora, queremos arrumar um emprego de jardineiro para David. Vamos ver o que temos.

Dotti deslocou o mouse em cima da mesa, clicando com vigor. À medida que as informações surgiam, Clive esquadrinhava a tela.

– Precisamos encontrar alguma coisa nas proximidades... Pare aqui, Dotti! Mas é isso mesmo! Newman! – Ele se virou para David. – São clientes novos, David. Ainda não lhes encaminhei nenhum empregado. Onde é a casa, Dotti?

– Barker Lane.

– Um ótimo lugar. A julgar pelo endereço, a casa deve ficar de frente para o mar, perto da marina. Quer tentar, David?

– Claro!

– Ótimo. Imprima o endereço, Dotti.

Dotti acionou a impressora e o papel com o endereço da família Newman logo apareceu. Clive pegou-o, e estendendo-o a David.

– Aqui está. Ligarei para a Sra. Newman e avisarei que você estará lá na segunda-feira de manhã. Combinado?

David acenou com a cabeça.

– Precisa saber onde fica a rua. – Clive virou-se para sua mesa. – Tenho um mapa em algum lugar...

– Não precisa se incomodar – disse David, detendo-o. – Não tenho nada para fazer nos próximos dois dias e posso muito bem aproveitar para procurar a rua.

– Se não se importa...

Clive pegou o braço de David e levou-o para a porta. Ao passarem pelo sofá, David abaixou-se e pegou o ramo de flores.

– Clive...

A voz de Dotti era melosa. Ele se virou para sua assistente.

– O que é, Dotti?

– Não mencionou o salário para David.

Clive levou as mãos ao rosto, com uma expressão de espanto.

– Oh, não! O que você não deve estar pensando, David? Nem posso imaginar!

Ele começou a voltar para a mesa, mas David ergueu a mão para detê-lo.

– Espere... ahn... sei que parece um pouco estranho... mas estou muito satisfeito em conseguir o emprego... não estou preocupado com o salário...

Clive fitou-o, sem entender o que ele dizia.

– Acontece que tenho apenas um visto de turista – acrescentou David. – Não tenho permissão para trabalhar aqui. Mas quero muito o emprego, mesmo sem receber um salário... Não quero criar dificuldades para você.

Clive coçou o rosto e assentiu, devagar.

– Mas aí eu recebo um pagamento e você não? Não me parece justo. – Ele se virou para a assistente. – O que você acha, Dotti? Tem alguma ideia brilhante?

Ela se virou na cadeira, o nariz torcido para ajudar a segurar os óculos, a testa franzida em concentração.

– Hum... Se David conseguir encontrar um lugar para morar, poderemos cobrir as despesas de aluguel e alimentação.

Clive olhou para David com uma expressão mais animada.

– O que acha?

– Por mim está ótimo. Não preciso de muita coisa.

David sentia-se aliviado porque o obstáculo fora superado.

Clive olhou para Dotti, que exibia um enorme sorriso por seu plano ter sido aceito.

– Você nunca para de me surpreender, Dotti – declarou ele, orgulhoso. – Sempre tem grandes ideias. – Clive conduziu David até a porta, e acrescentou: – Fale comigo ao final da tarde de segunda-feira para contar como foi... e, se por acaso já tiver o novo endereço até lá, avise-me.

David acenou com a cabeça e apertou a mão de Clive.

– Farei isso... e obrigado de novo.

Enquanto ele se afastava pela calçada, Clive ficou observando-o através da vitrine.

– Um homem muito simpático – comentou Dotti, com um sorriso na voz.

– Também achei – murmurou Clive, lentamente. – Mas um tanto misterioso.

Dotti levantou-se e foi se postar ao seu lado. Juntos, ficaram olhando para David.

– Como assim?

– Não sei explicar... – Clive voltou para sua mesa. – Ele poderia muito bem ser tomado por um banqueiro ou um executivo de alta classe, mas não sei se você notou suas mãos, Dotti. São calejadas, duras como couro. É um homem que trabalha com as mãos.

Ele se sentou, soltando um longo suspiro.

– Espero termos tomado a decisão adequada, Dotti. Acha que vai dar certo?

– Tenho certeza de que sim. Achei-o maravilhoso. – Dotti também voltou para sua mesa. – Mas não creio que ele seja escocês, Clive. Ele lhe pareceu escocês?

15

David não se apressou ao voltar a pé para North Harlens, tentando decidir se sua recente ação fora impelida por uma inspiração profunda ou se não passara de uma estupidez irracional. Chegou a parar em diversas ocasiões, pensou em voltar e cancelar o pedido de emprego, a mente fervilhando em considerações sobre deveres e responsabilidades que tinha para com os pais e os filhos. Por outro lado, se aceitasse o emprego, teria de comunicar seus planos a Richard, o que se tornara muito difícil pelo fato de que seu comportamento nos últimos dias não o qualificara para o prêmio de Hóspede Perfeito. Ele acabou decidindo que seria melhor não contar nada a ninguém, pelo menos por enquanto. Compareceria ao local do emprego na segunda-feira. Se não desse certo, poderia arrumar as malas e voltar para a Escócia no meio da semana, sem que ninguém soubesse de coisa alguma.

Mas a verdade é que não queria voltar. Pelo menos por enquanto... Não, isso não era verdade. Claro que queria voltar... queria ver as crianças mais do que qualquer outra coisa. Sabia que não podia contar com o pai preenchendo seu lugar na Glendurnich para sempre. Apesar de tudo isso, porém, um retorno a Inchelvie naquele momento, com todas as conotações inerentes a Rachel, seria dar um passo atrás na sua recuperação. Mesmo agora, enquanto caminhava pela calçada, podia sentir o estômago se contrair em apreensão ante a essa perspectiva. Ainda não se sentia preparado. No fundo, tinha certeza de que poderia se recuperar ali em Leesport, com seu ambiente tranquilo e ensolarado, o suave ritmo de vida, os habitantes cordiais que o aceitariam pelo que era, sem outras considerações sobre a maneira como o tratavam.

Isto é, todos, menos Richard. Embora o amigo não pudesse se mostrar mais gentil e compreensivo, sabia demais a seu respeito; por isso, sempre representaria um vínculo com o passado e uma ameaça a seu anonimato no futuro. Se ele queria permanecer em Leesport, precisava escapar por completo, encontrar uma casa ou até mesmo um quarto para alugar, para contar com o espaço e o tempo de que sua mente precisava para voltar a funcionar direito.

Depois de alguns desvios desnecessários, buscando ganhar tempo para organizar seus pensamentos, David chegou na casa. Encontrou um velho fusca conversível estacionado de qualquer maneira no caminho. A capota desbotada estava arriada até onde as armações enferrujadas permitiam, deixando à mostra o interior atulhado de tubos de tinta e pincéis, folhetos de ofertas, invólucros de barras de chocolate e latas vazias de Coca-Cola. O volante e a alavanca da mudança tinham sulcos profundos e irregulares, dando a impressão de que haviam sido submetidos a diversos ataques de uma cascavel enlouquecida.

Ao contornar o carro, observando os diversos amassados e arranhões que ornamentavam a carroceria laranja, David ouviu o barulho de alguma coisa caindo na água, na piscina de Richard, acompanhado pelos latidos frenéticos de um cachorro pequeno. Ele subiu os degraus para o deque, foi até a grade lateral e olhou para a piscina. Uma jovem de maiô amarelo-fluorescente nadava ali, um *crawl* de braçadas longas e rápidas, os cabelos louros compridos flutuando em sua esteira. As braçadas vigorosas criavam ondas que batiam na beira da piscina, encharcando um poodle marrom-alaranjado em miniatura que latia sem parar, acompanhando a nadadora.

Quando ela fez a volta na parte rasa, o cachorro compreendeu que seu esforço era inútil. Sentou-se, ofegante, continuando a observar sua dona através dos olhos cheios de pelos, enquanto ela nadava para a parte funda. David virou-se para entrar na casa, mas seu movimento foi percebido pelo cachorro, que contornou a beira da piscina em disparada e foi para a base dos degraus, latindo furioso. Ao ouvir a comoção, a jovem, que àquela altura já voltara para a parte rasa, parou de nadar e levantou-se, tirando a água do rosto com as mãos.

– Dodie! Pelo amor de Deus, fique quieta!

Ela piscou duas ou três vezes para aliviar a ardência do cloro nos olhos, protegeu-os com a mão contra o sol e fitou o homem parado no caminho.

– Oi. Você deve ser David. Finalmente nos encontramos. Sou Carrie.

– Oi.

David ergueu a mão para responder ao cumprimento, um sinal que o cachorro no mesmo instante considerou um gesto ameaçador para a sua dona, retomando os latidos estridentes.

– DODIE!

O cachorro virou-se e saltou para uma das espreguiçadeiras. Sentou-se com um bocejo ruidoso coçando os pelos emaranhados, que há muito não eram aparados.

– Desculpe por ela – disse Carrie, afundando na água e lentamente afastando a água do corpo com braçadas. – É muito protetora. Não que possa fazer muita coisa, porque só tem dois dentes. Como está se sentindo agora?

– Muito melhor, obrigado. – David estendeu o ramo de flores. – Trouxe isto para você, em agradecimento por ter me alimentado durante os últimos dias... e aproveito para pedir desculpas por ter sido tão antissocial.

Carrie sacudiu as mãos.

– É muita *gentileza* da sua parte, mas não precisava se incomodar. E devo dizer que sinto muito... você sabe... pelo que aconteceu com a sua esposa. Foi uma coisa terrível.

David balançou a cabeça e olhou para os pés por um momento, antes de se virar para a casa.

– Vou pôr as flores na água. Richard está?

– Acho que sim. Ainda não entrei. Cheguei pouco antes de você e vim direto para a piscina. Por isso, não tenho certeza. Só vou nadar mais um pouco e entrarei logo em seguida.

– Por favor, não precisa se apressar por minha causa.

– Está certo.

Carrie fez um floreio com a mão, mergulhou e recomeçou a nadar. Dodie, obviamente sentindo-se recuperada depois do breve interlúdio na espreguiçadeira, soltou outra série de latidos estridentes e foi retomar sua posição à beira da piscina.

David acabara de pôr as flores num jarro com água, na pia da cozinha, quando ouviu os passos de Richard no segundo andar.

– David? – chamou ele, enquanto descia.

– O que é?

Richard entrou na cozinha.

– Por onde você andou? Eu já ia organizar uma expedição de busca.

– Desculpe. Eu deveria ter deixado um bilhete. Decidi num impulso sair para uma volta... conhecer um pouco de Leesport.

Richard sorriu.

– Isso é ótimo para você. E então... como se sente agora?

– Muito melhor, obrigado. Pelo menos estou livre da gripe.

– Ainda bem. E como se sente... em relação ao resto?

– Estou bem... eu acho.

– Fico feliz.

Os dois ficaram imóveis, num silêncio inquieto, a reserva das emoções masculinas tornando difícil para ambos saber como reagir ao outro. O impasse foi rompido por Carrie, que entrou na cozinha pelas portas de vidro, enxugando os cabelos com uma enorme toalha de banho azul.

– Oi, Richard! – disse ela, com uma voz monótona. – Você tem um amigo muito simpático. Veja o que ele me trouxe! – Ela foi até o vaso com os cravos e aspirou fundo, antes de se virar para David. – Foi mesmo uma lembrança muito *simpática*!

Carrie usava um vestido rosa de algodão por cima do maiô molhado. O tecido aderia aos contornos do corpo com ligeiro excesso de peso. Não era uma jovem com uma beleza clássica, pensou David, pois tinha o nariz pontudo demais e os dentes um pouco salientes. Não obstante, tinha uma aura inexplicavelmente atraente. A pele era clara e lisa, em contradição com a idade, que David calculou ser próxima da sua. A boca estava fixada num sorriso permanente, enquanto os olhos faiscavam expressivos.

Toda essa beleza etérea, no entanto, era mais do que contrabalançada pela aparência de sua constante companheira, Dodie. Vista de perto, a cadela dava a impressão de que alguém, sob a influência de uma substância alucinógena, frisara seus pelos, deixando-a parecida com uma velha esponja desbotada de pó de arroz, não com um poodle. Só que ela não cheirava como uma esponja. Pulara no sofá e agora sentava ali, ofegante, olhando para a dona, enquanto um odor canino espalhava-se pela cozinha. Carrie parecia ser a única que não sentia o cheiro.

– Puxa, Carrie – disse Richard, torcendo o nariz em repulsa. – Precisa ficar com Dodie aqui dentro? Não pode deixá-la no carro?

– Não, não posso. – Carrie inclinou-se para a cadela. – Você gostaria, Dodie? Na última vez em que fui cruel assim, você roeu o volante, não é mesmo, queridinha?

A cadela respondeu passando a língua pelo rosto de Carrie.

– Isso é *repugnante*, Carrie! Ela tem um bafo fedorento!

– Você acaba se acostumando – comentou Carrie, jovial, enquanto se empertigava. – Estou com muita sede depois de nadar. Alguma chance de uma cerveja?

Richard olhou para o relógio na parede.

– Fala sério? Ainda são onze horas da manhã.

– Mas hoje é sábado, não há nada para se fazer, está um lindo dia... e quero conhecer seu amigo.

Richard pensou a respeito por um momento, antes de dar de ombros e olhar para David.

– Ela tem razão, é claro. Sempre tem. – Ele foi até a geladeira. – Três cervejas saindo!

Os três passaram o resto do dia à beira da piscina, falando apenas quando tinham vontade, entrando na casa a intervalos irregulares para buscar comida e mais cerveja. Durante as conversas intermitentes, David descobriu que Carrie era uma artista plástica, cujo estilo de vida itinerante tivera como resultado, em suas próprias palavras, ser "mais bem-sucedida em capturar cenas na tela do que homens no matrimônio". Mas não havia um pingo de amargura ou autocompaixão na maneira como disse isso. Ela e Dodie eram espíritos livres, vivendo sozinhas numa pequena casa perto da marina.

Naquela noite, Carrie preparou uma refeição que foi a antítese total da comida intragável que David tivera de suportar em sua primeira noite naquela casa. Jantaram no deque, a luz do sol poente envolvendo-os com um brilho vermelho e aconchegante que parecia combinar com o espírito da ocasião. Carrie conseguiu reduzir os dois homens a lágrimas de riso com histórias de seus dias de hippie em São Francisco e seu breve envolvimento com o movimento Hare Krishna.

– Acabei sendo expulsa! Pensava que era o *máximo*, até o dia em que estava na rua, e ninguém, absolutamente *ninguém*, demonstrou o menor interesse pelo que eu tinha a dizer sobre os níveis superiores da vida pura. Eu usava aquelas enormes botas de Doc Marten. Acabei me irritando e acertei um chute num cara que passava... bem entre as pernas. Por engano, eu juro! Não tinha a intenção... ou pelo menos não muita.

Com a noite se fechando em torno deles, David recostou-se na cadeira, com um sorriso, bastante feliz por deixar que o clima divertido e descontraído o contagiasse. Carrie continuou a dominar a conversa, seus monólogos cômicos e desconexos agora concentrados nos relatos de suas viagens como pintora no exterior, cada uma lhe proporcionando uma "autêntica realização".

– Por falar em viagem – disse ela, lançando um olhar para Richard, com súbita apreensão –, tem alguma ideia de quando Angie voltará?

– Falei com ela ontem à noite na casa da sua mãe. Ela acha que quarta-feira estará aqui. Espero que sim, porque quero que a droga dessa reforma acabe de uma vez. – Ele soltou um suspiro profundo. – Em sua infinita sabedoria, Angie decidiu suspender todo o trabalho até voltar.

– Aham... – murmurou Carrie, distraída.

– Por que pergunta?

– Viajarei para Florença por dois ou três meses, pois quero pintar lá. Angie *disse* que não se importaria em tomar conta de Dodie.

Richard soltou um gemido.

– Lembro agora que ela mencionou isso. Bem que achei que a vida estava parecendo boa demais. Quando você viaja?

– O voo está marcado para amanhã à noite.

– Essa não! O que pretende fazer com a cadela até quarta-feira?

Carrie mordeu o lábio para reprimir uma risada.

– Pensei que ela poderia ficar...

– Não aqui, Carrie!

– Por que não?

– Porque ela vai empestear a casa inteira! Além do mais, passarei o dia inteiro no banco, não haverá ninguém para deixá-la sair. Ela vai mijar e fazer cocô por toda parte.

– Não vai, não. Já a deixei trancada em casa durante um dia inteiro. Ela se limita a dormir. Juro que Dodie tem a constituição de um camelo, Richard..., ou será de uma galinha? Por favor, Richard. É só deixá-la sair para o jardim pela manhã e quando voltar à noite. – Ela fez uma pausa, fitando Richard com uma expressão suplicante. – Será apenas por dois dias e meio.

Richard lançou um olhar de sofrimento para David, depois tomou um gole de vinho.

– Mas que droga! Muito bem, eu concordo, mas com uma condição.

– Qual?

– Que você me dê permissão para atacá-la de vez em quando com um vidro de xampu e um tubo de pasta de dente!

– Psiu! – Carrie levou o dedo indicador à boca e olhou pela porta de tela para o lugar em que Dodie estava deitada, no sofá da cozinha. – Não fale alto demais, pois ela pode ouvir. Muito bem, Richard, está autorizado a tentar... mas devo dizer que nunca faz muita diferença.

– Mas tentarei de qualquer maneira. – Ele inclinou a cabeça na direção da cadela. – NÃO É MESMO, DODIE?

A cadela levantou a cabeça e esticou as orelhas no mesmo instante, depois latiu uma única vez e voltou a deitar no sofá.

– Richard! – exclamou Carrie, horrorizada. – Isso é crueldade demais. Quero que prometa que não vai causar um colapso nervoso nela, durante a minha ausência.

– Ela já não é nervosa demais? – Richard riu. Depois, ao constatar que a cunhada estava prestes a engolir a isca, inclinou-se e afagou seu braço, num gesto zombeteiro e tranquilizador. – Não se preocupe, cuidarei dela como se fosse minha.

– Posso apostar! – Carrie assumiu uma expressão desconfiada, que no mesmo instante conseguiu converter num ar de doce sedução. – Pode ficar de olho na minha casa também? Apenas quando passar por lá, é claro.

– Está bem – murmurou Richard, resignado, inclinando-se para a frente e servindo mais vinho nos três copos.

– Obrigada... e outra coisa...

O rosto de Richard se desmanchou num sorriso pela persistência dos pedidos.

– O que é agora, Carrie?

– Não haveria a menor possibilidade... – Ela falava devagar, como se já esperasse uma resposta negativa. – ... de pedir à Star Limos para me levar ao aeroporto?

– Na minha conta, eu suponho! – Ele riu. – A que horas amanhã?

– Por volta de quatro e quinze.

– Darei um jeito. – Richard recostou-se na cadeira. – Uma pena que não seja na segunda-feira. Poderia partilhar um carro com David.

– Vai voltar para a Escócia na segunda-feira, David?

A voz de Carrie ressoou alta e clara pela noite, enquanto um profundo silêncio dominava a mesa. Os dois homens se fitaram, os sorrisos sumiram. Richard acabou limpando a garganta e esfregando o rosto, nervoso.

– Espero que esteja tudo bem, David. Falei com sua mãe na quarta-feira, apenas para dizer que você não se sentia bem. Achei que provavelmente ia querer voltar para a Escócia o mais cedo possível. Calculei que o voo da noite de segunda-feira seria o melhor. Sua mãe disse que haveria alguém para esperá-lo no aeroporto de Giasgow na terça...

Ele parou a explicação, antes de terminar, ao perceber que David não prestava a menor atenção. Inclinou-se para a frente, apoiou os cotovelos nos joelhos, cruzou as mãos à sua rrente e acrescentou, a voz suave e insinuante:

– Eu detestaria se pensasse que agi pelas suas costas, meu amigo. Acontece que fiquei muito preocupado com você, sem saber o que deveria fazer.

David sorriu e sacudiu a cabeça.

– Eu é que devo pedir desculpas... não você. Os dois foram maravilhosos nos últimos dias e sei que não demonstrei meu agradecimento, como deveria, por tudo que fizeram. – Ele mudou de posição na cadeira, enfiando as mãos por baixo das pernas. – Só que... – Ele tirou uma das mãos de baixo da perna e coçou a cabeça. – Bem, tenho uma coisa para contar que, sem dúvida, será uma surpresa para você. Mas estive numa pequena agência de emprego em Leesport esta manhã e arrumei um emprego de jardineiro. Vou começar na segunda-feira.

Houve um silêncio total. David levantou os olhos para descobrir que Richard e Carrie o fitavam com a mais profunda incredulidade.

– Mas não quer voltar para casa? – perguntou Richard, um tempo depois. – Não pretende ir para a Escócia?

David suspirou.

– Para ser franco, Richard, eu... acho que não... que não poderia suportar o retorno à Escócia por enquanto. Dei uma volta por Leesport hoje. Não sei direito o que foi, talvez atmosfera do lugar, mas pela primeira vez desde a morte de Rachel comecei a pôr tudo em sua devida perspectiva. Compreendi que voltar para casa neste momento só serviria para provocar uma recaída. *Sei* que tenho compromissos, mas estou convencido de que cheguei ao fundo do poço nos últimos dias e daqui por diante a tendência é melhorar. Não quero desperdiçar essa oportunidade... e não apenas por mim, mas também por meus filhos e meus pais.

Ele respirou fundo, antes de continuar:

– O que você provavelmente não sabe é que não tenho trabalhado desde que Rachel ficou doente. Tirei uma licença para cuidar dela. Depois, como escapismo, eu suponho, comecei a restaurar os jardins da casa dos meus pais. É o que tenho feito desde então... e adorei. Vim até aqui a negócios, porque não havia mais ninguém na companhia em condições de fazer a viagem no momento, mas... Ora, você conhece o resto da história. Foi um golpe de sorte ter visto o anúncio hoje... e, como eu disse, começo na segunda-feira.

David fitou Richard e Carrie, que permaneceram calados, observando-o. Ele soltou uma risada, tentando romper o clima sombrio que criara.

– De qualquer forma, acho que não será por muito tempo – acrescentou ele, jovial – Mas vai me deixar ordenar meus pensamentos. Seja como for, Richard, não serei um fardo para você ou Angie com a minha presença. Arrumarei um lugar para ficar o mais depressa possível.

– Ei! – exclamou Carrie de repente, fazendo David e Richard fitarem-na, surpresos.

Uma pausa e ela acrescentou, sacudindo as mãos, como se tentasse dizer alguma coisa, mas não soubesse como se expressar:

– Ei! Ei! Ei!

– Qual é o problema, Carrie? – indagou Richard, amarrando a cara para a cunhada por se mostrar tão entusiasmada, num momento em que uma reação alegre parecia inadequada.

– É óbvio! – Ela se levantou de um pulo e começou a dançar pelo deque, excitada. – David pode ficar na minha casa! É isso! Pode ficar na minha casa e tomar conta dela. Pode também usar o meu carro e... – Ela fez uma pausa e sorriu para os dois homens. – Não é uma grande ideia?

Richard franziu as sobrancelhas e inclinou a cabeça.

– É uma ideia. O que você acha, David?

O amigo inclinou-se para a frente, num súbito excitamento.

– Tem certeza de que não vai se incomodar, Carrie?

– *Claro* que tenho! – Ela recomeçou a dançar pelo deque. – Não é uma ideia maravilhosa? Estaria prestando um favor a todos nós, porque assim Richard não precisaria se preocupar em dar uma olhada na casa. E também evitaria que a bateria do carro ficasse descarregada. É tudo perfeito! Não imaginam como estou feliz comigo mesma!

Eles desataram a rir pela comemoração efusiva. Richard pegou a garrafa e serviu mais vinho para todos.

– Foi uma grande ideia, Carrie. – Ele levantou seu copo. – Acho que devemos fazer um brinde ao mais novo residente de Leesport Village!

Carrie se sentou e pegou seu copo. Os três bateram com os copos ao mesmo tempo, no centro da mesa, antes de tomarem o vinho.

Depois, quase como se uma nuvem negra tivesse sido removida da pequena reunião, todos se recostaram e suspiraram aliviados.

– Ficou tudo acertado para você, David – comentou Richard. – Mas Angie e eu ainda teremos de tomar conta da terrível Dodie!

– Richard! – Carrie inclinou-se e bateu no braço dele. – Você disse que não a trataria mal. Ela não é a terrível Dodie, é a maravilhosa Dodie.

– Está bem, a maravilhosa Dodie – resmungou Richard. – Mas ainda acho que levamos a pior.

– Se quiserem – interveio David, pensativo –, posso cuidar da cadela, sem qualquer problema. Para ser franco, quanto mais penso a respeito, mais sentido faz. Provavelmente ela ficaria muito mais feliz em sua própria casa e poderia me acompanhar no trabalho como jardineiro. Não seria um problema para mim. Gosto de cachorros, já tive vários.

Ele olhou para os outros, esperando que sua proposta fosse aceita incondicionalmente. Mas foi confrontado por dois rostos surpresos. Por um instante, especulou se não teria feito uma sugestão errada.

– Não está falando sério, não é, David? – murmurou Carrie.

– Claro que estou. Ficaria muito feliz em cuidar de Dodie... pelo menos durante o tempo em que permanecer aqui. E ela estaria me prestando um favor, me fazendo companhia.

Carrie deixou escapar um grito não muito diferente do latido de Dodie. Levantou-se abruptamente, envolveu a cabeça de David em um abraço.

– Ah, acho que você é o melhor homem do mundo! – exclamou ela, beijando-o várias vezes no topo da cabeça. – Ah, como aprecio o dia em que você entrou em nossas vidas!

O tumulto subsequente foi alto o bastante para atrair a atenção de Dodie. Ela soltou um de seus latidos estridentes, pulou do sofá, passou pela porta de tela e foi cravar seus dois dentes na perna do jeans de David. Com grunhidos ferozes, balançou a cabeça de um lado para o outro, como se estivesse determinada a acabar com a vida da Levi's.

– Vamos, Carrie, dê uma chance ao nosso amigo! – Richard riu sentindo-se subitamente excluído. – Ele apenas disse que vai cuidar de Dodie!

Ele fez uma pausa, contemplando com algum sentimento de afeição a pequena cadela, que continuava a puxar com força a sua presa. Depois, levantou-se devagar e acrescentou:

– Mas agora que penso bem a respeito, acho que você tem razão. Ele é mesmo um herói.

Com isso, Richard adiantou-se para se juntar a Carrie em sua adulação ao "salvador do dia". Apertou os dois entre seus braços, com toda força, como se estivesse participando de uma partida de rúgbi. Houve um estalo alto quando seu peso foi acrescentado à cadeira de David, cujas pernas começaram lentamente a se abrir. Com um crescendo de gritos, os três caíram para trás, esparramados no deque. Isso permitiu que Dodie, entre protestos altos e risadas incontroláveis, tivesse o seu grande momento, lambendo à vontade os rostos das vítimas indefesas.

16

Houve dor de cabeça em excesso na casa dos Eggar no dia seguinte, com as comemorações da noite anterior tendo se prolongado pela madrugada de domingo. Por isso, o plano para transferir David e seus pertences para a casa de Carrie foi adiado até a tarde, quando Richard achou que poderia ter coragem suficiente para se aventurar pela luz do sol.

David, no entanto, preferiu desanuviar a cabeça, saindo para uma caminhada no meio da manhã. De qualquer forma, queria descobrir onde trabalharia no dia seguinte. Foi até Leesport, parando na Deli para uma xícara de café preto, mais do que necessária. Perguntou onde ficava a Barker Lane e seguiu na direção oposta à que pegara no dia anterior.

A Barker Lane era a última curva à esquerda, antes do Leesport Country Club, que ficava logo depois do fim da aldeia. Ele percorreu toda a sua extensão. Encontrou a casa, no final, no outro lado do ponto em que a rua fazia uma curva e seguia paralela à baía, levando à marina, a menos de 1 quilômetro de distância. A propriedade ficava completamente oculta da rua, o caminho de carro fazendo uma curva através de uma cortina de bétulas altas e frondosas e de loureiros enormes.

Por um momento, David parou na entrada da casa, girando o copo plástico vazio com o dedo, enquanto considerava a possibilidade de examiná-la mais de perto. A esta altura, porém, um carro virou a esquina, vindo da direção da marina. Sem querer dar a impressão de que espreitava com intenções escusas, ele decidiu voltar para North Harlens pelo caminho que viera, deixando a avaliação da casa para o dia seguinte.

Richard conseguiu finalmente se recuperar por volta das 16 horas. Os escassos pertences de David foram arrumados no banco traseiro de seu carro e percorreram os 400 metros até a casa de Carrie, que por acaso ficava logo depois do lugar em que ele comera seu sanduíche na manhã anterior, no Jardim Memorial de Leesport. Carrie e Dodie esperavam para cumprimentá-los no portão. Carrie segurava firme a extremidade de uma mangueira, pois decidira molhar as plantas pela última vez antes de partir. Abriu o portão e depois correu para o lado da casa, para fechar a água. David tirou as duas malas do carro e seguiu Richard para o jardim através da abertura na sebe alta e bem-aparada.

Se alguém quisesse examinar a propriedade, o único ponto de observação sem obstáculos seria de um barco na Great South Bay. O terreno era protegido a leste por uma barreira alta de relva dos pampas, balançando e sussurrando à brisa quente da tarde, enquanto a sebe de roseiras silvestres que delimitava a periferia do Jardim Memorial projetava-se a oeste, espalhando seu peso sobre a cerca de estacas. Rododendros e azaleias floridas, a fragrância acentuada pela rega recente, margeavam o gramado, que se estendia até as estacas de madeira, avançando pelas águas da baía. Ainda carregando as malas, David atravessou o gramado até o ponto em que terminava, num declive íngreme. Degraus de madeira no solo arenoso permitiam o acesso a um pequeno cais, também de madeira, onde se encontrava um velho bote com a tinta azul-escura descascando na proa, balançando gentilmente contra o poste de atracação, onde havia um pneu.

Richard e Carrie pareciam ter desaparecido àquela altura. Por isso, David voltou para procurá-los. A casa não passava de um pequeno chalé revestido de madeira marrom-escura, no canto mais distante do terreno, ao lado da sebe de roseiras silvestres. Só que era bem cuidada. As janelas e calhas haviam sido pintadas de branco há pouco, a madeira exalava um forte cheiro de creosoto, de aplicação recente. A entrada principal era do lado, enquanto na frente uma varanda fechada estendia-se das portas de vidro. Os únicos móveis ali eram duas espreguiçadeiras desbotadas, viradas para as águas da Great South Bay.

Ouviu-se um grito no interior da casa e Carrie apareceu na porta, carregando uma enorme mala e um cavalete dobrável acompanhada de perto por Richard; ainda sofrendo dos excessos da noite anterior e tentando, sem muito empenho, aliviar um pouco a carga da cunhada.

– Oh, David! – exclamou Carrie, largando a mala no pé de Richard, quando ele tentou tirá-la de sua mão. – Acabo de verificar que horas são! O carro da Star Limos deve ter chegado agora em North Harlens, por isso terei de deixá-lo se virar sozinho.

Ela enfiou a mão no bolso do macacão de brim e tirou um chaveiro, acrescentando:

– Todas as chaves de que você precisa estão aqui. Da caixa de sal, do carro e a pequena, do motor de popa que está no jardim de inverno. Antes que eu me esqueça, tenho um telefone com fax que poderá usar quando quiser.

David largou suas malas no chão e pegou o chaveiro estendido por Carrie com uma expressão de perplexidade.

– Certo... e onde está essa tal caixa de sal... e para que serve?

Carrie sorriu e apontou para a casa.

– Você está nela, David! Esta é uma caixa de sal, embora pequena. E não me pergunte por que esse tipo de casa é chamado assim, porque não tenho a menor ideia. – Ela sorriu e deu de ombros. – Nunca pensei em perguntar.

Carrie virou-se e seguiu apressada para o portão, onde Richard se agachara, massageando o pé dolorido.

– Oh, não! – exclamou ela de repente, tornando a se virar para David. – Não me despedi! – Ela voltou, enlaçou-o pelo pescoço e deu-lhe um beijo em cada face. – Cuide-se bem, David, e... bem, comece tudo de novo... faça com que este seja o início de uma nova vida.

David passou os braços pela cintura dela e deu-lhe um abraço longo e apertado.

– Obrigado, Carrie. Acho que farei isso.

Ela se desvencilhou e sorriu, o rosto corado.

– Puxa! – murmurou ela, numa voz de Mae West. – Continue a me apertar assim e acho que vou ficar.

– Vamos logo, Carrie! – chamou Richard.

– Já estou indo!

Ela se virou e passou pelo portão. Richard apoiou o peso do corpo no pé dolorido, com extrema cautela, e olhou para David.

– Telefone para a sua mãe, está bem? Sinto-me um pouco culpado por me intrometer na sua vida.

– Não precisa ficar... e prometo que ligarei para ela e explicarei o que aconteceu.

Richard sorriu.

– Está mesmo bem, meu amigo?

– Não poderia estar melhor.

– Se precisar de alguma coisa ou apenas quiser tomar um banho de piscina, pode nos telefonar... ou simplesmente aparecer.

– Farei isso... e obrigado por tudo, Richard.

Richard sacudiu a mão, descartando o agradecimento. Depois, ergueu as duas mãos, ao estilo de Al Jolson, e entoou:

– É para isso que os amigos servem!

Ouviram um grito no outro lado do portão e Carrie voltou correndo ao jardim.

– Qual é o problema agora? – indagou Richard, exasperado.

– Não me despedi de Dodie! Você a deixou trancada na casa!

Richard suspirou, impaciente.

– Vamos logo, Carrie, ou Dan vai se cansar de esperar.

Carrie abriu a porta e Dodie apareceu, pulando excitada. Ela pegou a cadela no colo e deu um beijo em sua cabeça.

– Adeus, minha querida. Seja boazinha e cuide bem de David.

Ela entregou Dodie a David e saiu correndo para o carro, onde Richard a esperava. David passou pelo portão e ficou acenando, enquanto o carro dava a volta, com um ranger dos pneus, e se afastava pela rua. Assim que sumiu de vista, Dodie soltou um latido e tentou escapar dos braços de David, para seguir sua dona.

– Calma, menina – disse ele, segurando-a com firmeza. – Pode me mostrar a sua casa agora.

Dodie lançou-lhe um olhar aturdido e começou a ofegar vigorosamente, o que levou David a voltar apressado para o jardim, fechar o portão e soltá-la ali.

O fato de Carrie tratar seu carro como se fosse uma lata de lixo não tinha qualquer relação com a maneira pela qual organizava sua casa. David parou na porta e correu os olhos pela pequena residência, decorada de uma maneira adorável, aquecida pelo sol que entrava através das janelas, cada uma com cortinas vermelhas de riscado. No centro da sala havia uma mesa de mogno redonda, envernizada, com pilhas de revista em cima, entre duas poltronas com capas coloridas de frente para uma estufa de lenha, cuja chaminé enegrecida passava pelo telhado.

À esquerda, num dos lados das portas de vidro, havia uma estante feita com tijolos e tábuas subindo até o teto. Cada prateleira estava repleta de livros de arte e romances, com um espaço para um velho toca-discos estereofônico e uma considerável coleção de discos. No outro lado das portas havia uma escrivaninha de tampo corrediço, os compartimentos cheios de papéis, a superfície de couro para escrever ocupada pelo telefone e fax.

À direita, alinhada na parede dos fundos da casa, ficava a cozinha. O espaço para preparar uma refeição era mínimo, mas ainda dava para um pequeno fogão, uma pia e uma geladeira. Por cima, equilibrados de maneira precária sobre pregos enormes, cravados na parede, havia quatro armários de madeira, o conteúdo oculto por cortinas iguais às das janelas.

David largou as malas no chão e foi até a cortina de damasco na outra extremidade da sala. Do outro lado havia uma cama de casal pequena, que Carrie arrumara com roupas limpas, um canto dobrado num gesto de boas-vindas por cima da colcha de retalhos. Os únicos outros móveis no quarto eram uma arca de gavetas de pinho, uma mesinha de cabeceira com um abajur e um caixote grande virado ao contrário, servindo para pendurar as roupas. No fundo da cama, uma porta dava para um pequeno banheiro, onde havia um chuveiro, uma pia e um vaso sanitário. A proximidade entre os dois últimos itens levou David a especular se o aposento não teria sido projetado para um pequeno contorcionista.

Ele abriu toda a cortina, prendendo-a na parede com uma corda de sisal. Sentou na beira da cama e avaliou o cenário em sua totalidade. Notou pela primeira vez que cada espaço vago de parede se encontrava ocupado por pinturas a óleo vibrantes: cenas de praia, rostos e corpos, ruas e castelos exóticos... tudo pintado com o mesmo estilo. Ele olhou para o quadro acima da cama e viu que tinha a assinatura CL, no canto inferior direito. Eram todos de Carrie.

David sorriu para si mesmo. Estendeu-se na cama e ficou olhando para o teto, balançando a cabeça, em puro contentamento. É perfeito, pensou ele, simplesmente perfeito. Soltou uma risada alegre. Só que era uma pena o cheiro. O sorriso desapareceu. Ei, a cadela! Onde ela se metera? David levantou-se de um pulo e correu para a porta, passando por cima de suas malas no chão. Abriu a porta e já preparava para assoviar alto, quando Dodie passou entre seus pés, sentou em uma das poltronas e virou a cabeça de lado para observá-lo.

– Boa menina – murmurou David, com um suspiro de alívio. Ele fechou a porta e pegou suas malas. – Muito bem, vamos desfazer as malas.

Quando os últimos raios do sol se desvaneciam, ele já tinha tudo arrumado, seus pertences guardados e as malas vazias debaixo da cama. Sem saber se Dodie fora alimentada, pegou uma lata de comida de cachorro meio cheia na geladeira, ao mesmo tempo em que tirava dois ovos para si mesmo. Despejou a ração num prato de plástico que encontrou debaixo de uma das poltronas. Pela rapidez com que devorou tudo, Dodie não parecia sofrer muito de carência de poder dentário. Depois, enquanto os ovos eram cozidos no fogão, David examinou a coleção de discos de Carrie.

Eram mágicos, todos eles de sua época: Jefferson Airplane, The Beatles, Bob Dylan, Joni Mitchell, The Velvet Underground, The Roling Stones. Ele escolheu o *Nashville Skyline* de Dylan, deixou na mesa e, dobrando as mangas, arrumou os outros nas prateleiras. Nesse momento, o álbum que estava no fundo escorregou e caiu no chão, com um barulho sinistro. Com uma careta e um grunhido ao pensar que poderia ter quebrado, David pegou o disco e tirou-o da capa. Continuava intacto. Com um suspiro de alívio, já ia guardá-lo de volta na pilha, quando a capa atraiu sua atenção. *Motown Greatest Hits*. Ele hesitou, com a capa entre as mãos. Depois, lentamente, como se tentasse a providência, virou-a. Lá estava. Smokey Robinson and The Miracles. David não olhou por mais de três segundos. Rápido e decidido, repôs o disco na prateleira, o mais baixo possível na pilha. *Começar de novo*, recomendara Carrie.

Aos acordes de Bob Dylan, ele comeu os ovos cozidos, sentado numa das espreguiçadeiras na varanda, com Dodie empoleirada na outra, suplicando com um olhar ansioso para que partilhasse sua comida. Ele tirou a casca de metade de um ovo e jogou para Dodie, que errou ao tentar abocanhar, mas depois comeu com a maior voracidade, ao descobrir onde caíra. Mais tarde, David lavou a louça e a deixou para secar no escorredor. Enxugou as mãos no jeans, enquanto se encaminhava para a escrivaninha e acendia a pequena luminária. Empurrou o aparelho de fax para o canto o máximo possível. Abriu sua pasta, tirou um papel e uma caneta, e começou a escrever um longo fax para seus pais, tentando explicar tudo.

17

— Saiam da frente, meninos! – gritou Alicia, quase tropeçando nos cachorros, a caminho da mesa do café da manhã, carregando duas xícaras quase transbordando.

Ela não se encontrava no melhor dos humores naquela manhã... sabia disso, e era tão excepcional se sentir assim que parecia piorar seu ânimo ainda mais. O telefone tocando de madrugada não ajudara. Embora a ligação tivesse sido interrompida quase que imediatamente, sem nem sequer lhe dar tempo de tirar o telefone do gancho, fora o suficiente para acordar George. Em consequência, ela passara o resto da noite sem muita chance de dormir, enquanto o marido se revirava irrequieto na cama, tentando encontrar uma posição que aliviasse a dor persistente nas costas.

Alicia tinha certeza de que a dor estava piorando. E não era só isso: George agora se queixava... não, queixar era o verbo errado, comentava outras dores que pareciam não ter qualquer ligação com seu ferimento da guerra. Alicia andava preocupada... preocupada com aquilo e com as crescentes demandas impostas a George pelas mudanças na Glendurnich. Ele passara todo o fim de semana no escritório com Duncan Caple. Agora, na segunda-feira, não tinha tempo sequer para tomar o café da manhã direito. Ela pôs as xícaras na mesa, foi até a porta e abriu-a.

– Geordie!

A voz ressoou pelo vestíbulo.

– O que é?

A resposta distante do marido parecia vir da sala de estar.

– O que está fazendo? Não deixe o café esfriar.

– Já vou!

Alicia foi para a outra extremidade da mesa e desabou em sua cadeira. Pegou uma torrada na cesta e começou a passar manteiga, mas acabou quebrando-a em vários pedaços. Respirando fundo, ela pôs os óculos e pegou o jornal. Sacudiu-o, irritada, e começou a ler as manchetes, no instante em que George entrava na sala.

– O que estava fazendo? – perguntou Alicia, fitando-o por trás dos óculos. Ela dobrou o jornal, levantou-se e foi até o aparador. – Suas salsichas ficaram um pouco queimadas.

– Desculpe, querida.

George também foi até o aparador. Alicia entregou-lhe o prato, enquanto ele estendia um fax comprido, manuscrito.

– Isto chegou ontem à noite. Deve ter sido por isso que o telefone tocou. É de David.

– Que bom! – exclamou Alicia, num tom mais jovial, voltando à mesa e sentando-se. – Deve informar a hora de sua chegada em Glasgow.

– Ahn... não é isso. Leia o fax.

Ele sentou-se ao lado da esposa. Para evitar o contato visual, enquanto ela lia o fax, George pegou o jornal e fingiu que lia, ao mesmo tempo em que comia as salsichas um pouco queimadas. Alicia observou-o, cautelosa, compreendendo muito bem cada uma de suas ações. Soube, assim, que a notícia provavelmente não lhe agradaria. Começou a ler.

George tinha a faca e o garfo suspensos sobre o prato quando ela dobrou o fax e largou-o na mesa. Depois, tirou os óculos e recostou-se na cadeira, sem dizer nada. O marido continuou a observá-la, à espera de sua reação.

– E então? – murmurou ele.

– Então... – Alicia balançou a cabeça devagar. – Não sei o que dizer. Por um lado... posso entender o desejo que David tem de escapar... e, se ele voltar a ser como era antes, terá sido uma boa ideia. Mas ele fala que será por um mês... e eu diria que no mínimo! Portanto, para começar, ele não estará aqui quando as crianças saírem da escola, como prometeu. E não podemos esquecer todas as mudanças na Glendurnich. – Ela fez uma pausa. – Claro que estou contente porque ele parece se sentir melhor, mas... não posso deixar de pensar que, se David está mesmo melhor, então deve voltar para casa e começar a aliviar um pouco da pressão que você vem sofrendo. – Alicia pegou o fax, desdobrou-o e recomeçou a ler. – Não acha que ele parece realmente estar melhor?

George pegou uma torrada e começou a passar manteiga, mas teve o mesmo sucesso da esposa, um pedaço deslizando pelo prato e caindo no chão. Ele se abaixou com alguma dificuldade para recolhê-lo.

– Acho que ele não deve voltar por enquanto – murmurou George, a voz tensa pelo esforço.

– Como assim? Geordie, deixe a torrada no chão. Effie virá limpar tudo depois.

– Ou pelo menos um cachorro cuidará disso – murmurou ele, empertigando-se.

– Tenho de discordar de você, Geordie, porque não posso permitir que continue a trabalhar nesse ritmo por muito mais tempo. Não tinha problemas no início, quando você apenas substituía David. Mas agora está acontecendo tanta coisa, que acho que o trabalho está lhe prejudicando. Ele precisa voltar para ajudar.

George tomou um gole do café e fitou a esposa.

– Não, Alicia. Quero que ele continue por lá. Eu ia sugerir antes da viagem, de qualquer maneira, que David passasse algum tempo com os Richardson, em Massachusetts, ou com os Penworth, na Virgínia. Por isso é que comprei uma passagem com a volta em aberto. Mas fico muito feliz por David ter arrumado esse emprego. – Ele fez uma breve pausa. – Acho que se ele voltar agora, minha querida, é bem possível que sua recuperação dure pouco. Admito que David parece estar melhor, mas lembre-se de que faz apenas três dias que seu prognóstico era o oposto. Eu diria que o processo de recuperação apenas começou. Quero ter certeza absoluta de que David, ao voltar, estará tão parecido com o que era antes quanto possível, a fim de retomar sua posição como diretor de marketing. Para ser franco, o futuro da participação da família na Glendurnich depende de David.

Ao notar que a mulher franzia o rosto em preocupação, George pôs a mão sobre a dela, num gesto tranquilizador.

– Não se preocupe comigo, minha querida. Juro que estou bem. Além do mais, hoje teremos um novo diretor de marketing, vindo de Londres. Embora não seja a situação ideal, pelo menos ele vai remover um pouco da carga de trabalho dos meus ombros e dos de Duncan. Preciso ser sincero e dizer que me sinto um pouco culpado pelas palavras ásperas que andei falando ultimamente sobre Duncan. Ele também manifestou preocupação com o meu bem-estar no final de semana. Mostrou-se tão insistente quanto você em querer que eu reduzisse minha carga de trabalho, comparecendo menos ao escritório assim que o novo diretor de marketing entrar em ação. Em relação às crianças, vamos trazê-las para cá durante o feriado. E lembre-se, minha querida, de que todas essas providências são apenas temporárias.

Depois de tomar o resto do café, ele se levantou, foi para trás de Alicia e pôs as mãos em seus ombros.

– David nos deu o número de seu fax. Sugiro escrevermos uma mensagem positiva para ele, dizendo que o apoiamos totalmente e que deve prosseguir em seus planos. Concorda?

Alicia olhou para trás, pôs a mão sobre a do marido e assentiu, exibindo um sorriso corajoso.

– Está bem, concordo. Desde que você comece a trabalhar um pouco menos, Geordie. Não quero que nada lhe aconteça.

George inclinou-se e deu um beijo no topo da cabeça da mulher.

– Nada vai me acontecer. – Ele soltou uma risada e encaminhou-se para a porta. – Ainda não estou preparado para bater as botas!

Ele se virou e piscou para Alicia, ao mesmo tempo em que se apoiava na bengala e batia com o calcanhar no chão, alegre e animado.

18

David foi acordado na manhã seguinte, de forma súbita e prematura, por Dodie, que se aventurara em sua cama em algum momento durante a noite. Às 6 horas da manhã, a cadela sentiu que era mais do que apropriado lhe oferecer uma lavagem no rosto, imprevista e indesejável. Com um sobressalto, David empurrou-a da cama. Continuou deitado por algum tempo, meio atordoado, adaptando-se ao novo ambiente, ouvindo os passarinhos cantarem ruidosos seu coro matutino no jardim do lado de fora.

A cadela soltou um ganido no outro lado da sala. Ele virou a cabeça no travesseiro para avistá-la, de pé, junto da porta, esperançosa. Jogou as cobertas para o lado, levantou-se e foi abrir a porta. Com dois latidos breves, Dodie esgueirou-se pela abertura estreita e disparou para o jardim.

Depois de preparar uma xícara de café solúvel, David já ia se encaminhar para o banheiro quando parou de repente, estalando os dedos. Olhou para o relógio e calculou que horas seriam na Escócia. Exatamente 11h05 da manhã. Ele sentou-se à escrivaninha, pegou o telefone e discou.

Tomava um gole de café quando uma voz de mulher atendeu:

– Bom dia, Escola Hatching.

– Ahn... bom dia. – David largou a xícara de café no chão, ao lado da cadeira. – Eu poderia falar com Sophie Corstorphine?

– Quem deseja falar?

– É o pai dela... ligando dos Estados Unidos.

– Pois não, Sr. Corstorphine. Se eu for rápida, talvez consiga encontrá-la antes do final do intervalo. Espere um momento enquanto a localizo, por favor.

– Está bem.

Um arranhão na porta anunciou o retorno de Dodie. David apertou o botão de viva voz no aparelho e foi abrir a porta no instante em que a voz de Sophie saía pelo alto-falante:

– Papai? Alô? Alô?

David correu para pegar o telefone e desligar o viva voz.

– Sophie?

– Oi, papai!

– Foi muito rápido. Não esperava que a encontrassem tão depressa.

– É que eu passava pelo corredor, a caminho de uma aula, quando a Srta. Jenkins apareceu. Ela disse que você ainda está nos Estados Unidos.

– É verdade.

– Que horas são aí?

– Hum... – David olhou para o relógio. – Exatamente seis horas e sete minutos.

Sophie riu.

– Isso é demais! Já tivemos aulas de francês, biologia e matemática hoje, e você acaba de se levantar!

– Parece um pouco injusto, não é? Espere um instante. – Ele parou de falar pelo tempo suficiente para jogar uma almofada na cadela, que chegara à conclusão de que a cama era um lugar apropriado para sua higiene matinal. – Como vai tudo por aí? Sua avó apareceu no sábado?

– Apareceu... e pôde me assistir jogando tênis, já que a partida de críquete de Charlie foi cancelada. Parece que Clevely Hall pegou catapora ou algo parecido.

– Você venceu o jogo?

– Não. O Sr. Hunter acha que é porque Rosie Braithwaite e eu conversamos demais na quadra.

– E conversaram mesmo?

– É muito difícil evitar, papai. Se pensamos em alguma coisa importante para dizer à outra, temos de falar no mesmo instante. Caso contrário, acabaremos esquecendo.

– E o que era tão importante para dizer no sábado?

– Ahn... – Sophie soltou uma risadinha. – Para ser franca, estávamos especulando que tipo de xampu deveríamos recomendar a uma de nossas adversárias. Ela tinha um cabelo muito sebento!

David riu também.

– Parece *de fato* muito importante, Sophie. Valia a pena entregar a partida por isso!

– Não entregamos a partida! Apenas ficamos tão histéricas que não conseguíamos acertar uma bola sequer! Mas agora tenho de voltar à aula, papai.

– Só mais um instante. Quero lhe perguntar uma coisa.

– O que é?

– Ahn... o que você pensaria, com toda sinceridade, se eu dissesse que vou passar algum tempo aqui?

– Nos Estados Unidos?

– Isso mesmo.

– Por quê?

– Quero tirar umas férias pequenas.

Sophie permaneceu em silêncio por um momento.

– E quanto tempo essas férias vão durar?

– Não sei... Talvez um mês.

David ouviu-a soltar uma exclamação impaciente.

– Mas isso não são férias *pequenas*, papai!

– Tem razão. Mas acontece que... arrumei um emprego temporário, e um mês é o mínimo que tenho de ficar. Mas não preciso fazer isso, Sophie, se você quiser muito que eu volte para casa.

Sophie deixou escapar um longo suspiro.

– Não se preocupe, papai. Acho que é uma boa ideia. Até falei para vovó, na semana passada, que você deveria passar algum tempo longe. De qualquer maneira, passarei os feriados estudando para as provas.

– Disse mesmo isso à sua avó?

– Claro que sim! Acho que você precisa de uma mudança de ares.

David sentiu um súbito aperto na garganta ao ouvir sua filha dizer aquelas palavras tão sensatas, de compreensão.

– Mas vai escrever, não é?

– Claro!

– E voltará antes de as férias começarem?

– Prometo.

– Então não tenho objeções. Quer que eu conte a Charlie e Harriet?

– Não sei... Talvez seja melhor eu falar com eles pessoalmente.

– Não precisa. Basta escrever uma carta e eu falarei com os dois. É bem provável que, no caso do Charlie, entre por um ouvido e saia pelo outro. Já Harriet se sente tão feliz que não terei nenhum problema quando conversar com ela. É melhor eu desligar agora, papai. Escreva *logo*... e o que quer que faça, não esqueça meu aniversário de 16 anos, se não tiver voltado até lá, está bem? Adeus. Eu amo você, papai.

David desligou e ficou imóvel por um momento, olhando a parede, a mente dividida entre o alívio pela aceitação de seu plano pela filha e o sentimento de culpa pela impulsividade de sua decisão. Levantou-se devagar. O esquema podia ser um desastre total no fim das contas e, neste caso, voltaria para casa sem pensar duas vezes, como já decidira antes. Ele pegou a toalha no pé da cama e entrou no banheiro. Seguir os instintos era o melhor a fazer.

Não precisava ir de carro para o trabalho naquele dia. A casa dos Newmans ficava próxima o bastante para ir a pé; e, graças a Dodie, ele tinha tempo mais do que o suficiente. Mas queria passar pela Deli para comer alguma coisa e levar um lanche para a hora do almoço. Depois do trabalho, planejava passar pelo Hunter's SuperSaver, antes de visitar a Helping Hands para comunicar a Clive seu novo endereço.

Ele saiu de casa às 8h20, para um dia que prometia ser tão quente e claro quanto o anterior, o céu de um azul intenso, com o sol da manhã parecendo ser um globo ardente por cima da relva dos pampas, ondulando. Pensou em arriar a capota do fusca, mas não sabia como Dodie se comportaria no carro, e por isso achou melhor não fazê-lo. Abriu a porta do carro e a cadela entrou, espremendo-se entre os dois bancos da frente para se sentar atrás, ofegando de excitação. David sentou-se ao volante, enfiou a chave na ignição e virou para ligar o carro. No mesmo instante, ficou evidente a considerável falta de interesse de Carrie por automóveis, pois demorou pelo menos um minuto de tentativas inúteis antes de o motor pegar, hesitante, e David poder sair para a rua aos solavancos.

Às 8h45 ele estava parado na frente da casa dos Newmans, tomando café e comendo o proverbial sanduíche de ovo frito. Sorriu irônico para si mesmo ao especular o que os trabalhadores na Deli deviam ter pensado dele, com seu carro de hippie e um poodle no banco de trás. Tomou o resto do café, meteu o copo de isopor no saco de papel pardo, mais uma vez recorreu a toda persuasão para fazer o motor pegar e entrou no caminho da casa.

Era a maior e mais opulenta propriedade que ele já vira em Leesport até então. O caminho de cascalho, que levava aos fundos da casa, era flanqueado por uma vasta extensão de gramado bem cuidado, com carvalhos e faias se alternando em cada lado dos 100 metros de extensão.

A casa era comprida, em estilo colonial. As ripas de cedro, que revestiam as paredes no primeiro e segundo andares, eram rematadas com tintas diferentes, o que proporcionava um efeito de dois tons. A oeste da casa, uma enorme estufa de vidro, encimada por uma varanda de balaústres brancos, estendia-se para captar a claridade do final da tarde, enquanto a leste um caminho coberto se fundia com a paisagem ao redor e desembocava no antigo estábulo, junto do bloco principal da casa. Uma trepadeira explodindo em flores cor-de-rosa subia pela varanda na frente da casa e continuava, cobrindo parcialmente uma das janelas do último andar. Canteiros com azaleias e rododendros desabrochavam por toda a extensão da casa.

David subiu devagar pelo caminho, tentando fazer com que sua chegada fosse tão discreta quanto possível. Parou o fusca ao lado de um BMW 318 azul-metálico, estacionado na frente da casa. No instante seguinte, refletindo que isso poderia parecer muita presunção de um mero jardineiro, deu marcha a ré e foi parar sob as árvores, perto de um galpão de madeira cujos lados e telhado eram cobertos por trombeteiras. Desligou o carro. Dodie, ansiosa em iniciar a nova aventura, pulou para o banco do passageiro, fitando David com olhos esperançosos.

– Tem de ficar aqui por enquanto, Dodie – disse ele, levantando a janela, mas deixando alguns centímetros para a passagem do ar. – Voltarei para buscá-la daqui a pouco.

Ele saiu do carro e contemplou a casa, tentando determinar para onde deveria ir. Havia duas latas de lixo ao lado dos degraus na porta do estábulo. David presumiu que era a entrada da cozinha e se encaminhou para lá. Subiu os degraus e bateu na porta. Enquanto esperava, um latido abafado saiu do fusca. Ele se virou para avistar Dodie, espiando ansiosa pela janela lateral.

– Fique quieta! – disse ele, no sussurro mais alto possível. – Já chega!

Mas a advertência pareceu encorajar ainda mais a cadela, que agora dava sequência à abertura abafada com a apresentação principal, inclinando a cabeça para trás e soltando um uivo longo e queixoso. David lançou um olhar rápido para a porta dos fundos da casa. Como ainda não aparecera ninguém em resposta à sua batida, ele desceu apressado os degraus e se encaminhou para o carro, acenando com a mão, num movimento para fazer a cadela se abaixar.

– Dodie! – disse ele, muito mais alto. – Deite e fique quieta!

Dodie fitou-o com uma expressão aturdida, como se não estivesse acostumada a ser tratada com aquele tom áspero. As patas escorregaram pela janela e ela sumiu de vista. David retornou à cozinha, apenas para descobrir que todo o incidente tivera uma testemunha.

– Oh, desculpe!

Ele olhou para a mulher negra parada no alto dos degraus, com um sorriso iluminando o rosto.

– Está com algum problema? – perguntou ela, rindo.

David sorriu e lançou um olhar para o carro.

– Mas ou menos. Tem uma cadela no carro que pensa que pode me dar ordens.

– Ainda bem que é uma fêmea – comentou a mulher, balançado a cabeça. – Obviamente, sabe quem deve mandar.

Era uma mulher grande, com uma aparência feliz, usando uma calça de algodão clara, uma camiseta e um par de tênis Reebok. David pensou a princípio que ela devia ter cinquenta e poucos anos, por causa dos fios brancos que começavam a aparecer nos cabelos crespos. Mas depois, ao examiná-la melhor, compreendeu que era quase impossível determinar sua idade, já que o rosto era liso, sem qualquer vinco, como acre polido.

– Meu nome é David Corstorphine e...

– Já sei – interrompeu a mulher, a voz se alteando ao reconhecer o nome. – Veio da Helping Hands para cuidar do jardim.

– Isso mesmo. É a Sra. Newman?

A mulher inclinou a cabeça para trás e soltou uma risada vigorosa.

– Claro que não! – Ela estendeu a mão. – Sou Jasmine, a governanta da Sra. Newman.

David apertou a mão dela.

– Olá, Jasmine. Prazer em conhecê-la.

– O prazer é meu, David. Entre.

Ela ficou de lado para deixar David entrar na casa e fechou a porta em seguida. Ele acertara, era mesmo a cozinha: comprida e arejada, com vigas abertas das quais pendia uma sequência de pontos de luz. O chão era de ladrilhos pretos e brancos. David observou os armários de pinho feitos sob medida, harmonizando com perfeição aos aparelhos mais modernos, ao fogão de aço inoxidável, ao freezer, à geladeira e ao forno de micro-ondas, que estavam no nível dos olhos. No meio da cozinha havia uma mesa de cavaletes compridos, com cadeiras redondas de madeira. Jornais abertos, pacotes de cereais e pratos espalhavam-se por cima, um cacto florido destacando-se no centro. Um toque de surrealismo era dado por um pedal de bicicleta, com a haste cromada fincada na terra do vaso.

Além da mesa, havia dois sofás ladeando um aparelho de televisão, o espaço entre eles ocupado por dois pufes enormes em forma de saco, moles, para se acomodarem ao corpo da pessoa. Toda a área era banhada pela claridade que entrava através de portas de vidro do chão ao teto. Elas estavam abertas, deixando passar a brisa quente que soprava do leste pelo jardim.

– De onde você é? – perguntou Jasmine, indo até o balcão e ligando a chaleira elétrica. – Adorei o sotaque.

– Escócia.

– É mesmo? – Ela se encostou no balcão e cruzou os braços. – Não parece com nenhum escocês que já tenha ouvido falar.

David sorriu.

– Depende do lugar da Escócia de onde a pessoa veio.

– Tem razão. – Jasmine foi pegar duas canecas num armário. – Quer um café?

– Se não se importa... – David enfiou as mãos nos bolsos do jeans. – Não quero atrapalhar seu serviço.

– Não está atrapalhando. – Ela pegou o bule de café. – Como prefere?

– Preto, por favor.

Enquanto Jasmine despejava o café nas canecas, David ouviu o barulho de sapatos de saltos altos ressoando pelo chão, vindo da parte principal da casa.

– Jasmine!

– Estou aqui! – gritou ela, passando pela porta, na direção da voz.

David pegou a caneca, tomou um gole cauteloso do café muito quente e se encaminhou para as portas de vidro, a fim de dar uma olhada no jardim da frente.

– Tem um carro velho lá fora com um cachorro frenético. Sabe a quem pertence?

David parou e praguejou baixinho.

– Não se preocupe. É de David, o novo jardineiro, enviado pela Helping Hands.

Ele se virou e voltou apressado para a porta dos fundos. Esticou a cabeça para a janela, para olhar o carro.

– Ei, eu tinha esquecido que ele começava hoje! Escute, Jasmine, estou atrasada e ainda tenho que levar Benji à escola. Talvez você possa dizer a ele o que fazer.

– Bem, ele está na cozinha.

Houve um breve momento de silêncio, antes que os passos voltassem a soar. David afastou-se da porta e enfiou as mãos nos bolsos de trás, com uma inexplicável ansiedade no fundo do estômago, ante à perspectiva de conhecer sua nova patroa. Jasmine voltou à cozinha acompanhada por uma mulher alta e muito atraente, de 30 e poucos anos. Ela vestia um *tailleur* de linho castanho-claro, com uma blusa de seda creme, a gola aberta para revelar todo o pescoço esguio. Os cabelos cor de mel estavam penteados para trás do rosto um pouco sardento, presos na parte posterior da cabeça por uma fivela de ouro. Ela não usava maquiagem, exceto por um leve toque de batom claro nos lábios; e as únicas joias eram os brincos de diamante. Tinha na mão uma pasta, além da bolsa de pele de crocodilo pendurada do ombro.

– Este é David – disse Jasmine, sorrindo para ele. – É escocês.

– Escocês, hein? – A mulher permaneceu no lugar onde parara, ao lado de Jasmine. – E os escoceses sabem mais do que os australianos sobre jardinagem?

David franziu o rosto, sem entender a pergunta.

– Como assim?

– Nosso último jardineiro era australiano. Na verdade, não era jardineiro, mas açougueiro. Podia cortar a grama, mas tratava tudo nos canteiros como se fosse mato. Você conhece a diferença?

– Acho que sim... isto é, claro que conheço.

David se criticou por dentro, pela indecisão na resposta.

– Ótimo. – A mulher lançou um rápido olhar para Jasmine, como se procurasse a confirmação de já ter conversado o suficiente com o novo jardineiro. Olhou para David e acrescentou: – Jasmine vai lhe mostrar onde está tudo, então você pode começar.

Ela fez uma pausa e olhou para o relógio na parede da cozinha.

– Essa não, Jasmine! Olhe só para a hora! Onde Benji se meteu? Pode encontrá-lo e dizer que o encontrarei no carro?

– Está bem.

Jasmine afastou-se pelo interior da casa.

– Ei, Jasmine! – chamou a mulher.

– O que é?

– Fale com Germaine para não deixar de ir buscá-lo na hora certa. Benji disse que teve de esperar pelo menos meia hora na quarta-feira.

– Pode deixar.

A mulher virou-se e encaminhou-se para a porta dos fundos. David, ainda parado ali, deu um passo para o lado e abriu-a. Ela o fitou na passagem, um breve sorriso como o único agradecimento pelo gesto. Desceu apressada os degraus de madeira e afastou-se pelo caminho. David inclinou-se pela porta para observá-la. Ao se aproximar do BMW, ela se pôs a falar em tom de urgência com um menino que saíra pela frente da casa e agora avançava sem qualquer pressa para a porta do passageiro. Ele a abriu, jogou a mala da escola no banco de trás e embarcou. A mulher ligou o carro, fez uma curva em ré, as rodas espalhando o cascalho, depois partiu pelo caminho.

David virou-se para o interior da cozinha no momento em Jasmine passava pela outra porta.

– Que confusão! – Ela pegou sua caneca no balcão e tomou gole. – As manhãs de segunda-feira são sempre assim. – Jasmine fez uma careta para o café já morno, despejou o resto na pia e foi até a mesa. – Me dê um minuto enquanto arrumo aqui e depois lhe mostrarei onde está tudo.

– Suponho que aquela era a Sra. Newman? – perguntou David.

Jasmine virou-se para ele, com uma expressão de espanto.

– Essa não! Esqueci de apresentá-lo! – Ela pegou uma pilha de pratos e levou para a lavadora. – Era mesmo a Sra. Newman. Ou melhor, Jennifer, pois ela não gosta de ser tratada como Sra. Newman. Sempre parece um furacão e, por isso, as formalidades às vezes são esquecidas.

– É óbvio que ela trabalha fora, então.

– E muito. É o que chamam de executiva de contabilidade, numa agência de propaganda de Manhattan. Passa a maior parte da semana fora, em geral de segunda a quarta ou quinta-feira. Ela e o marido têm um apartamento no West Village.

– Hum...

David hesitou por um instante, especulando se era preferível permanecer calado ou continuar a fazer perguntas, o que poderia ser considerado como uma curiosidade indevida. O silêncio pareceu ser a opção errada.

– E o que o Sr. Newman faz?

– Ele tem algum cargo importante numa empresa de computadores. Esteve aqui no fim de semana, mas partiu bem cedo esta manhã. Está quase sempre ausente. – Jasmine guardou os pacotes de cereais num armário, depois soltou um suspiro de preocupação. – É difícil para os dois, eu acho. Quase não conseguem se encontrar, só nos fins de semana, às vezes nem isso. – Ela pôs detergente na lavadora de louça, fechou a porta e ligou a máquina. – Mas é ainda mais difícil para Benji.

– O que acontece com ele?

– Benji fica aqui comigo. – Jasmine pegou um pano, molhou na torneira, começou a limpar a mesa. – Nesta época, são apenas três ou quatro noites por semana, dependendo de quando Jennifer volta. Mas durante o inverno passo a semana inteira sozinha com ele.

– Hum...

Ela terminou de limpar a mesa com um floreio e pendurou o pano num gancho ao lado do fogão.

– Muito bem, já acabei aqui. Agora vou mostrar o jardim.

Ela se encaminhou para as portas de vidro.

– Ei, Jasmine, você se incomodaria se saíssemos pela porta dos fundos? Quero soltar a cadela.

Ela o fitou com uma expressão cautelosa.

– Não me dou muito bem com cachorros. É algum cão de guarda?

David soltou uma risada.

– Não. É uma poodle.

– Uma poodle? – Jasmine arregalou os olhos, surpresa. – O que você faz com uma poodle?

– Não é minha. Só estou tomando conta para uma pessoa.

Jasmine deu de ombros e foi para a porta dos fundos.

– Creio que posso lidar com uma poodle.

Dodie ficou muito feliz ao vê-los, pulando no banco da frente do carro enquanto se aproximavam. David soltou-a e, no mesmo instante, perdoou-a por ter roído de novo o plástico do volante, pois Dodie ofereceu uma recepção extasiada a Jasmine. Depois, conquistou suas boas graças ainda mais ao pegar um pedaço de pau com o dobro do seu peso e arrastá-lo em círculos ao redor dos dois.

Jasmine abriu a porta do galpão de madeira ao lado do carro e mostrou onde encontrar tudo. Depois, deram a volta até a frente da casa. O jardim era muito maior do que David imaginara, as árvores nos lados do gramado estendendo-se até a beira da baía. À direita, protegida do vento por uma sebe de folhagem permanente, ficava a piscina, a água azul-cintilante visível através do portão de ripas brancas. Mais além, David divisou a tela alta, projetando-se muito acima da sebe, de uma quadra de tênis. A uniformidade da disposição era contrabalançada de maneira brilhante pelo posicionamento quase casual dos canteiros multicoloridos. A escassez de vegetação em alguns pontos era prova suficiente do tratamento brutal que receberam do último jardineiro.

– Muito bonito, não acha? – murmurou Jasmine, correndo os olhos pelo jardim.

– É lindo. E tão... pacífico.

– Tem razão. Às vezes até pacífico demais. – Jasmine respirou fundo. – Agora, vou deixá-lo trabalhar. Se precisar de alguma coisa, estarei na casa.

Ela sorriu e começou a voltar para a cozinha, mas logo se virou de novo.

– Trouxe alguma coisa para almoçar?

– Trouxe. Parei na Deli antes de vir para cá.

– Mas entre e almoce comigo... e, no futuro, não precisa se preocupar com a Deli. Eu providenciarei seu almoço.

– É muita gentileza sua. Tem certeza de que não vou incomodar?

Jasmine soltou uma risada e balançou a cabeça.

– Claro que tenho. Por acaso demonstro *incerteza* em qualquer coisa?

Ela se afastou, passou pelas portas de vidro e entrou na casa. David olhou para Dodie, sentada a seus pés observando-o, com a cabeça inclinada para o lado, com um graveto se projetando agora do lado da boca, como se fosse um charuto fino torcido.

– Muito bem, Dodie, vamos começar.

Ele tirou o cortador de grama motorizado, com um lugar para sentar, do galpão. No momento em que o acionou, experimentou uma maravilhosa sensação de liberdade. Era como voltar para casa de uma viagem a uma região selvagem. As linhas de comunicação e pensamento que ele mantinha com Rachel no jardim em Inchelvie, interrompidas desde a sua partida, foram restabelecidas. David sorriu para si mesmo, apreciando o cheiro da grama recém-cortada, compreendendo naquele momento que era justamente disso que precisava desde que deixara a Escócia. Todo o seu espírito se elevou ainda mais e foi revitalizado pelo calor do sol em seu corpo, enquanto trabalhava.

Precisou de toda a manhã e do início da tarde para aparar todos os gramados. Dodie correu ao seu lado durante a primeira meia hora. Depois, no entanto, sofrendo com o calor e o súbito aumento de sua carga de exercícios, preferiu se retirar para uma sombra. Deitou sob o toldo azul por cima da porta da cozinha e ficou observando-o. David juntou-se a ela e à Jasmine para o almoço, às 13 horas. Os três se acomodaram na área pavimentada junto da cozinha.

O início da conversa foi sobre Dodie, com David explicando como assumira o encargo de cuidar dela, com uma casa e um carro adicionais. Seu relato terminou em Carrie. Preferiu não mencionar Richard e Angie. Para Jasmine, a história não foi muito convincente, deixando várias dúvidas, mas ela achou que seria melhor não fazer perguntas. Gostava de David. Gostava de sua atitude polida e despretensiosa, de sua capacidade genuína de demonstrar interesse por ela.

Jasmine falou com a maior descontração sobre seu trabalho com os Newmans, como começara sete anos antes, como uma simples empregada, para depois se tornar a governanta, quando Jennifer decidira voltar a trabalhar na agência de propaganda. O almoço foi muito mais prolongado do que deveria ser. Às 14h30, com exclamações de susto pela hora, os dois se levantaram abruptamente. David voltou ao cortador de grama, enquanto Jasmine entrava na casa para continuar seu trabalho no segundo andar.

Depois de passar duas horas fazendo uma limpeza muito necessária no quarto de Benji, Jasmine já ia descer com o aspirador quando ouviu o som de um carro parando no caminho de cascalho, acompanhado pelo barulho da porta de trás sendo batida. Ela guardou o aspirador no armário por baixo da escada e foi para a cozinha. Encontrou Benji tirando da geladeira uma caixa de leite com chocolate.

– Oi, querido! Como foi a escola hoje?

– Horrível.

– Germaine chegou na hora?

– Atrasou cinco minutos.

Benji despejou leite demais no copo. Transbordou para o balcão. Jasmine pegou o pano ao lado da pia e começou a limpar a sujeira. Benji pegou o copo e deliberadamente passou a mão pelo leite derramado, jogando um pouco no chão.

– Benji! – exclamou Jasmine. – Por que fez isso?

– Por que fez isso? – repetiu Benji, imitando a voz dela, a boca contraída nos cantos.

Ele foi para a área da televisão, pôs o copo no chão e sentou em um dos pufes. Ligou a televisão com o controle remoto.

Jasmine terminou de limpar a sujeira e enxaguou o pano. Depois, recostou-se na pia, cruzou os braços e ficou observando Benji em silêncio. O menino mudara muito durante o último ano. Sempre fora divertido, cheio de ideias absurdas e travessas. Mas agora, desde que terminara o curso primário, tornara-se mal-humorado e pouco comunicativo. Era um comportamento que ela podia compreender num garoto em plena adolescência, mas não num menino de 11 anos.

Como era de esperar, não ajudara muito ter perdido um ano no curso primário. Todos os seus amigos estavam adiantados, e Benji dizia que não queriam ser vistos em sua companhia, porque ele era de uma turma abaixo. E o fato de que engordara bastante nos últimos seis meses só servia para piorar a situação. Não que ele fosse gordo demais, e, como era alto para sua idade, não parecia desproporcional. Mas, sem dúvida, parecia estar fora de forma, o que fora suficiente para ser excluído das equipes esportivas da escola. Mas Jasmine não podia entender como ele engordara, pois não comia muito em casa. A única explicação possível era que Benji ia à confeitaria de Leesport no intervalo do almoço na escola, contra todas as recomendações da mãe.

Mas, por outro lado, ela não sentia a menor disposição para interrogá-lo a respeito. Jasmine adiantou-se, apertou o ombro do menino e perguntou:

– Não quer tomar um banho de piscina?

– Estou bem aqui – disse ele, sem desviar os olhos da televisão.

– Como quiser.

Jasmine suspirou em derrota. Virou-se e começava a se afastar quando ouviu os latidos de Dodie no jardim. Benji também ouviu. Virou a cabeça e olhou pelas portas de vidro, esticando-se para descobrir de onde vinha o barulho.

– O que é isso?

– É Dodie. Uma poodle. Pertence a David, o novo jardineiro. Ele é da Escócia.

Benji levantou-se, foi até as portas de vidro e olhou para o lugar em que David trabalhava, perto da piscina. Jasmine seguiu-o e parou atrás dele. Ficaram observando Dodie correr pelo gramado com uma velha bola de tênis, tentando desesperadamente fazer com que David a jogasse para ela ir buscá-la. Ele se desviou do seu trabalho num canteiro e chutou a esfera através do gramado. Dodie disparou em seu encalço, tão depressa quanto suas pernas podiam levá-la. Depois de pegar a bola, voltou para David, com a maior dificuldade, o objeto escapulindo de sua boca a todo instante. Largou a bola junto dos pés de David e recomeçou a latir. Depois de um momento, ele a chutou de novo, reiniciando o processo.

Benji encostou-se numa porta de vidro, as mãos enfiadas nos bolsos do short comprido e largo, balançando para a frente e para trás, enquanto a cena se repetia três ou quatro vezes.

– Ele não está usando uma saia – comentou o menino, sombrio.

– Uma saia? – murmurou Jasmine, perplexa com a declaração. – Como assim?

– Os escoceses usam saias, Jasmine – respondeu o menino, com um suspiro de impaciência por tanta ignorância.

– Dessa vez, Benji, você está enganado, porque sei que são chamadas de *kilts*.

– Saias, *kilts*, qual é a diferença? Tudo parece coisa de mulher. E ainda por cima ele tem uma cadela.

Jasmine balançou a cabeça em desespero pelo ânimo de Benji. Afastou-se da janela.

– O que vai querer para o jantar?

– Para mim é indiferente.

– Está certo. Então farei torradas com moscas.

– Jasmine...

– O que é?

– Acha que aquele homem, não lembro seu nome, sabe alguma coisa sobre bicicletas?

Jasmine se virou para o menino. Ele continuava encostado na porta, olhando para o jardim.

– David? Não sei, Benji. Por quê?

– Será que ele poderia pôr o pedal de volta na minha bicicleta?

Jasmine sorriu.

– É bem provável que sim. Isto é, se você falar com ele com educação e lembrar seu nome direito.

Benji permaneceu onde estava. Jasmine, pensando que um pouco de encorajamento seria conveniente, foi tirar o pedal do vaso na mesa e se adiantou.

– Já sei o que podemos fazer. Se você vestir o calção, pegar sua bicicleta e pedir a ele para pôr o pedal, pode dar um mergulho enquanto espera. Combinado? Mas é melhor se apressar, porque acho que ele vai embora daqui a pouco.

– Está bem!

Com uma súbita animação, o menino pegou o pedal, atravessou a cozinha correndo e passou pela porta para o interior da casa. Jasmine observou-o, inclinando a cabeça para o lado diante daquela surpreendente insinuação de esperança. Depois, foi preparar o jantar.

Foi Dodie quem alertou David para a aproximação do menino, disparando de repente pelo gramado, latindo alto. David desviou a atenção do canteiro para descobrir a causa da comoção. Reconheceu o menino que vira de manhã no BMW. Ele vestia um calção de surfista e empurrava lentamente uma bicicleta pelo gramado. Quando Dodie o alcançou, o menino virou as pernas para a bicicleta, numa tentativa de protegê-las das unhas da cadela, que pulava para cumprimentá-lo.

– Dodie! – gritou David. – Venha para cá!

Finalmente, a cadela obedeceu, voltando em disparada para montar guarda sobre a bola de tênis. O menino, observando-a a cada passo, cauteloso, continuou a se aproximar. David largou a enxada e saiu do canteiro, limpando as mãos no jeans. O garoto parou na frente dele.

– Oi! Como você vai? Sou David.

Ele se adiantou e estendeu a mão. O menino tentou desesperadamente livrar a mão direita para o aperto, passando o pedal para a outra mão e, no processo, largando a bicicleta. David segurou o guidom, antes que a bicicleta caísse, e colocou-a no chão com cuidado. O menino sorriu.

– A quem tenho o prazer de conhecer?

– Benji.

– Oi, Benji. – Ele estendeu a mão de novo, e Benji apertou-a. – O que aconteceu com a sua bicicleta?

– O pedal se soltou.

– Certo... e você ia consertar, não é mesmo?

Benji coçou a testa, embaraçado.

– Eu pensei... isto é, Jasmine e eu pensamos que você talvez pudesse dar uma olhada, porque já tentei consertar, mas o pedal sempre sai do lugar.

Ele se agachou ao lado da bicicleta e fez uma tentativa meio desanimada de pôr o pedal no lugar.

– Claro... se você e Jasmine querem que eu faça, então é melhor começar, não é mesmo? Mas preciso voltar ao galpão para pegar uma chave inglesa. Pode me esperar aqui?

Benji virou o rosto para fitá-lo, contraindo os olhos ao sol.

– Uma chave inglesa?

David tirou o pedal da mão de Benji.

– Já vai ver o que é. Voltarei num instante. – Ele começou a se afastar pelo gramado, acrescentando: – Talvez você possa manter Dodie ocupada jogando a bola para ela.

Ao entrar no galpão naquela manhã, David percebeu no mesmo instante que o último jardineiro podia carecer de habilidades de horticultura, mas sem a menor dúvida sabia organizar uma oficina. Tudo tinha seu lugar, as ferramentas do jardim penduradas em tarugos de madeira na viga lateral, as outras em armações de metal por cima da bancada de trabalho, o contorno de cada uma traçado na madeira por trás, tanto para a fácil reposição quanto para o reconhecimento do que faltava.

Ele pôs o pedal na bancada e pegou uma chave inglesa de 13 milímetros que se ajustou com perfeição à porca, mais por sorte do que por prática. David deixou o galpão com o pedal e a chave inglesa. Enquanto atravessava o gramado, ouviu o barulho de alguma coisa caindo na piscina. Não pôde deixar de rir. Um típico menino, logo se cansava de qualquer coisa.

David levou menos de um minuto para voltar ao lugar em que a bicicleta ficara. Também não havia sinal de Dodie. Ele se abaixou para começar a consertar o pedal. Foi nesse instante que ouviu um latido na beira da piscina. Ergueu-se e foi até um ponto em que podia olhar através do portão, para descobrir por que ela latia. Algo estranho acontecera: não se via nenhuma ondulação na superfície, mas ele tinha certeza de que ouvira barulho de água. Dodie latiu de novo. Ele passou apressado pelo portão para descobrir o que estava acontecendo.

Dodie sentara, com uma expressão espantada, olhando para a superfície lisa da piscina, sem qualquer ondulação. Benji não se encontrava à vista. David virou-se para ir embora. Ao fazê-lo, seus olhos por acaso acompanharam a linha de visão de Dodie. Um fluxo de adrenalina e alarme percorreu seu corpo ao divisar os contornos escuros de uma pessoa, distorcidos pela refração da água, na parte mais funda da piscina.

– OH, NÃO! – David saiu correndo pela beira da piscina, tirando os sapatos. – OH, DEUS, POR FAVOR, NÃO! JASMINE!

Ele mergulhou, foi até o fundo e pegou o corpo inerte do menino pelas axilas. Puxou com força, pensando em arrastar o peso morto para cima. Mas subitamente o menino adquiriu vida, batendo os pés. Os dois afloraram à superfície ao mesmo tempo. Benji tirou cabelos dos olhos e fitou David, cuspindo água.

– Qual é o problema? – perguntou ele, de forma inocente.

David nadou para a beira da piscina e apoiou-se na borda, enquanto recuperava o fôlego. Virou-se para o menino, que agora nadava tranquilamente ao longo da piscina.

– O que você pensou que estava fazendo? – berrou ele.

Benji subiu os degraus na parte rasa e teve uma recepção extasiada de Dodie. Olhou para David, aturdido.

– Como assim?

David saiu da piscina. Sentou na beira, olhando para Benji e balançando a cabeça em incredulidade.

– O que você pensou que estava fazendo? Pensei que tinha se afogado. Nunca vi uma brincadeira tão estúpida e idiota em toda a minha vida!

– Eu prendi a respiração. – O lábio inferior do menino começou a tremer. – Consigo fazer isso por um minuto e meio.

– É uma estupidez. Não me importo com o que você vai fazer quando estiver com outras pessoas, mas nunca mais faça isso comigo. Entendido?

Nesse momento, Jasmine passou correndo pelo portão.

– O que aconteceu? – indagou ela, ofegante, olhando para os dois.

Benji começou a se afastar, com uma expressão furiosa e reprimida.

– Ele é muito estúpido! Não passa de um... – O menino olhou para David, a raiva e as lágrimas ardendo em seus olhos. – JARDINEIRO IDIOTA!

Benji partiu correndo para a casa. No silêncio que se seguiu, David pôde ouvir seus soluços enquanto corria pelo gramado. Jasmine ergueu os braços para o céu e olhou para David.

– Pode fazer o *favor* de me explicar o que aconteceu?

David balançou a cabeça e bateu com os pés na água.

– Fui ao galpão para pegar uma ferramenta para consertar a bicicleta. Ao voltar, encontrei-o caído na parte funda da piscina. Pensei que ele havia se afogado.

Jasmine fechou os olhos e bateu com a mão no topo da cabeça.

– Oh, David! – Ela contornou a piscina em sua direção. – Sinto muito. É uma brincadeira idiota de Benji. Ele não deveria fazer isso. Eu e a mãe dele já chamamos sua atenção muitas vezes. Ah, lamento muito!

David balançou a cabeça.

– A culpa foi minha. É evidente que tive uma reação exagerada. Mas fiquei apavorado.

Jasmine agachou-se ao lado de David, pôs a mão em seu ombro.

– O que não é de surpreender.

Eles permaneceram nessa posição por mais de um minuto, até que David virou-se e levantou.

– Desculpe, Jasmine. Eu não devia ter gritado com ele daquele jeito.

– Não precisa se desculpar, David. Acho que a sua reação foi maravilhosa. Afinal, ele poderia estar mesmo se afogando, e nesse caso você teria salvado a vida dele.

David fitou-a.

– Eu não deveria pedir desculpas a Benji?

Jasmine balançou a cabeça.

– Não. Conversarei com ele. De qualquer forma, acho que devemos deixá-lo remoer o incidente. Será uma boa lição. – Ela pegou o braço de David. – Vamos embora. Arrumarei roupas secas e depois pode voltar para casa. – Jasmine sorriu e piscou o olho para ele. – Creio que você já fez o suficiente por um dia.

CLIVE E DOTTI OLHARAM incrédulos quando ele entrou no escritório da Helping Hands, antes de caírem na gargalhada. David revirou os olhos, sem querer aderir à diversão. Mas sabia que sua presença era mesmo cômica, com uma cachorrinha na coleira, vestindo uma espalhafatosa camisa havaiana de mangas curtas e uma calça cáqui que terminava oito ou nove centímetros acima dos seus tornozelos.

– Já recebi alguns olhares esquisitos no Hunter's SuperSaver.

Clive contornou sua mesa, limpando num gesto teatral as lágrimas inexistentes de riso dos olhos. Parou e fitou David de alto a baixo.

– Mas isso é maravilhoso, David! Então... a Sra. Newman insiste que você use uma libré, não é?

Ele se lançou em outro acesso de riso. David sorriu e balançou a cabeça pela zombaria.

– Ah, tenho de parar! É cruel demais! – Clive bateu com a mão no peito para recuperar o controle, depois se abaixou, com as mãos nos joelhos, olhou para Dodie. – Posso perguntar o que é isto?

– Ahn... seu nome é Dodie – respondeu David, cauteloso, esperando por outro comentário jocoso. – Tive de trazê-la, caso contrário ela acabaria roendo todo o interior do carro.

– Ah, você não é uma linda criatura? – arrulhou Clive. Dodie adiantou-se para lamber suas mãos. Ele se empertigou no instante em que o bafo horrível atingiu suas narinas. – Essa não! Ela tem um pequeno problema, não é?

– Não é tão pequeno assim.

Ele conteve Dodie, enquanto Clive se aproximava.

– Pílulas de alho – sussurrou Clive em seu ouvido.

– Como?

– Pílulas de alho. São maravilhosas para a halitose canina.

– Obrigado pelo aviso. Vou comprar.

– Como foi o dia hoje? E de quem *são* essas roupas?

David relatou as experiências do dia, arrancando uma reação muito espantada de Clive, ao explicar por que usava aqueles trajes bizarros.

– Jasmine avisou que o Sr. Newman era um pouco mais baixo do que eu, mas era isso ou nada. O que me lembra de uma coisa.

Ele enfiou a mão no bolso e tirou o papel molhado com o endereço que pegara naquela manhã, na escrivaninha de Carrie. Abriu-o com cuidado e estendeu-o para Clive.

– Consegui salvar isto do meu jeans. Foi o que me trouxe até aqui. É o meu novo endereço.

– Maravilhoso! Quer dizer que já encontrou um lugar?

– Encontrei. E veio com uma cadela e um carro anexados.

– Shore Road? – murmurou Clive, lendo o endereço. – Não é um tanto elegante?

– Não. Estou numa das pequenas caixas de sal.

– Ah, perfeito! Agora... – Ele começou a apalpar os bolsos. – O que eu fiz com o envelope?

– Está aqui, Clive – interveio Dotti, desviando-se da tela do computador com um envelope na mão. – Você me deu para guardar.

Clive soltou um grunhido de desdém por si mesmo.

– Daqui a pouco estarei esquecendo a minha cabeça. – Ele foi pegar o envelope. Aproveitou para entregar o endereço de David. – Registre isto no seu computador, Dotti, por favor.

Ele voltou para junto de David e deu-lhe o envelope.

– Pensei que você ia precisar de dinheiro para as despesas iniciais. Por isso, providenciei o adiantamento do salário de uma semana.

David balançou a cabeça e fez menção de devolver o envelope.

– Clive, não...

Clive recuou, erguendo as duas mãos em recusa.

– Eu insisto. Juro. – Ele riu. – Se torna mais fácil para você aceitar, devo dizer que faço isso com todos os meus empregados... apenas um pequeno estratagema para comprar sua lealdade! E, no futuro, só precisa aparecer no final da semana para acertarmos as contas. Combinado?

David guardou o envelope no bolso traseiro da calça.

– Claro... e, mais uma vez, obrigado.

– Não foi nada. – Clive passou o braço pelos ombros de David e levou-o até a porta. – Por favor, não comece a salvar crianças de piscinas todos os dias. Não quero ter de lhe pagar também um adicional por risco de vida!

CARREGANDO AS BOLSAS com as compras, David enfiou a chave na fechadura, virou-a e abriu a porta com o ombro. Assoviou para que Dodie entrasse também e fechou a porta com o pé. Largou as bolsas no balcão da cozinha, pegou uma lata de cerveja e se encaminhou para a varanda, tomando um gole. Foi nesse instante que notou uma mensagem de fax. Aproximou-se da escrivaninha. Reconheceu a letra da mãe no mesmo instante. Pegou a folha e saiu para a varanda. Acomodou-se numa das espreguiçadeiras.

Querido David:

Papai e eu ficamos felizes com seu fax e por saber que você se sente muito melhor. Sempre achei que afastar-se por completo de Inchelvie seria a melhor coisa para você. Conversamos sobre o seu plano esta manhã, durante o desjejum. Ambos concordamos que é uma excelente ideia, por algum tempo. Tenho certeza de que lhe permitirá voltar à Escócia renovado e revigorado.

O que pode ser um golpe para você (mas, de certa forma, foi uma espécie de bênção para nós) é o fato de que Duncan Caple julgou necessário designar um diretor de marketing temporário para o seu lugar. Claro que não é a solução ideal. Mas, agora que conhecemos seus planos, proporciona a você uma margem para respirar, ao mesmo tempo em que alivia um pouco a pressão de trabalho de seu pai. O novo diretor começa hoje. Duncan insistiu que seu pai deve passar a trabalhar menos, daqui por diante. Vamos torcer para que assim seja!

Não tenho a menor dúvida de que você já conversou com Sophie, ou mesmo com todas as crianças, a respeito de seu plano. Claro que estamos muito felizes porque elas virão para cá nos feriados. Antes que eu me esqueça, quando visitei as crianças, no dia de sua partida, Sophie disse que tinha certeza de que você não voltaria tão cedo. Ela está se transformando numa mocinha intuitiva! Conhece o pai muito melhor do que a mãe dele!

Mantenha contato. Os faxes são maravilhosos... desde que as pessoas no outro lado do mundo se lembrem de enviá-los durante o dia! (Uma pequena insinuação!)

Com todo o meu amor,

Mamãe.

David dobrou o fax e largou-o no chão, ao seu lado. Estendeu-se na cadeira e fechou os olhos. No mesmo instante, foi dominado mais uma vez pelos sentimentos opressivos de culpa e autocensura por ter aceitado o emprego. Fora uma decisão abrupta, é verdade, mas nunca a tomaria se não pudesse contar com os pais para ocupar seu lugar.

Talvez devesse arrumar as malas e voltar para casa. Mas, outra vez, qual o sentido? O novo diretor de marketing estava começando. Portanto, havia alguém para fazer seu trabalho, embora numa base temporária. Com toda certeza, isso aliviaria a carga do pai, permitindo-lhe retomar a aposentadoria. Mas o que *ele* devia fazer? Não queria voltar a trabalhar no jardim. Ou, pelo menos, não no jardim de Inchelvie. Seria dar um passo atrás e já conseguira superar essa parte. Mas, por outro lado, não tinha nada com que ocupar sua mente e se exporia ao perigo de recair na situação em que estava antes.

E as crianças? Não se encontravam agora privadas não apenas da mãe, mas também do pai? De certa forma, isso era apenas um pensamento negativo. No final das contas, as crianças, embora não tivessem raciocinado sobre sua decisão, haviam reagido a seus instintos, escapando de Inchelvie para retornar ao ambiente feliz, mas diferente, da escola.

David levantou-se e saiu para o jardim. Parou e ficou olhando para a baía. No fundo, *cada um* tomara a decisão correta, e suas respectivas mudanças ajudariam a iniciar o longo processo de cura. E o final do período seria o momento em que todos voltariam a se encontrar, renovados e revigorados.

Ele se virou e voltou, determinado, para dentro da casa, um plano começando a se delinear em sua mente. Muito bem, voltaria para a Escócia no final de junho, uma semana antes de as crianças deixarem a escola para as férias de verão. Trataria de levá-las para algum lugar diferente e excitante, um lugar em que poderiam todos começar de novo, mais uma vez como uma família.

David foi se sentar à escrivaninha e escreveu meia dúzia de linhas para a mãe. Deixou a mensagem em cima do aparelho de fax, para enviar na manhã seguinte. Depois, pegou uma folha de papel timbrado num dos compartimentos da escrivaninha de Carrie e começou a escrever uma longa carta para sua querida, doce e intuitiva Sophie.

19

Benji estava sentado no banco, na frente da escola, ouvindo os gritos dos outros estudantes se desvanecerem na distância, enquanto se afastavam para a rua principal. Levantou-se, chutou a mochila na calçada e olhou para o relógio. "Vamos logo, Germaine!" Já eram 16h20. Ele era o último *outra vez*.

Ouviu a porta principal da escola ser fechada. Ele se virou para avistar dois meninos correndo em sua direção. Reconheceu um deles, era Sean Dalaglio, seu melhor amigo no curso primário. Benji adiantou-se para cumprimentá-lo.

– Oi, Sean. Como vai?

Sean passou sem olhar para ele, reconhecendo seu cumprimento apenas com um grunhido mal-humorado. Benji observou os dois garotos soltarem risadinhas conspiratórias, para depois caírem na gargalhada, tentando empurrar um ao outro para fora da calçada.

Ele voltou ao banco, arrastando os pés na calçada, com a sensação horrível e incontrolável de lágrimas iminentes. Detestava a escola. Detestava todos na escola, porque sabia que o odiavam. Desabou no banco, abriu o compartimento lateral da mochila e tirou uma barra de chocolate. Por que sua mãe tinha de obrigá-lo a esperar todos os dias por uma carona da idiota da Germaine? Todos iam e voltavam a pé da escola, nunca havia qualquer problema. Era apenas porque ela achava que não era seguro. Benji precisava até pagar a um dos meninos para ir comprar o que ele queria nas lojas, no intervalo do almoço. Custava o dobro do que deveria pagar por uma barra de chocolate e, como sua mesada não cobria os custos, tinha de se esgueirar até o quarto dos pais, quando Jasmine estava ocupada lá embaixo, e vasculhar as gavetas do pai, à procura de moedas. Sentia-se culpado cada vez que fazia isso... mas também era culpa *deles*. Se lhe concedessem um pouco mais de liberdade, não teria de fazer uma coisa tão desonesta.

Benji olhou para o seu relógio. Já eram mais de 16h30. "Onde você *está*, Germaine?"

Os adultos eram tão... egoístas. Só faziam o que queriam, o que lhes convinha. Por que seu pai *e* sua mãe tinham de trabalhar? Sabia que o pai ganhava muito dinheiro, porque tinha carros enormes e muitas vezes alguém para guiá-los por ele; e sua casa era uma das maiores de Leesport. Vivera ali durante toda a sua vida. Portanto, devia ter sido comprada quando a mãe não trabalhava fora, ficando em casa para cuidar do filho. Era estupidez demais. Se ela passasse todo o tempo em casa, agora, talvez compreendesse que era bastante seguro para ele ir à escola a pé.

"Ora, Germaine, vamos logo! Onde você se meteu?"

Tudo se resumia, no final das contas, ao fato de que ele só tinha uma pessoa que era sua amiga de verdade: Jasmine. Ela podia ser mandona às vezes, mas sempre se mostrava disposta a brincar, se ele queria. Mas não era a mesma coisa da época em que Sean costumava ir à sua casa. Além do mais, era bem provável que ela se tornasse grande amiga daquele jardineiro escocês idiota. Fora uma estupidez pensar que ele podia estar se afogando; e depois ainda gritar com ele.

Como aquele homem podia pensar que conseguiria escapar impune a uma coisa assim? Mal começara a trabalhar para seus pais. Era um homem estúpido e grosseiro... mas também, devia ser por isso que era apenas um jardineiro. Não era inteligente como seu pai, que tinha capacidade suficiente para dirigir uma enorme firma de computadores. Mas Jasmine não tinha um namorado. Ei, ele não *suportaria* se os dois começassem a namorar!

Benji olhou para o relógio mais uma vez e deu outro chute vigoroso na mochila da escola. Levantou-se e começou a andar de um lado para o outro da calçada.

Se ao menos pudesse fazer alguma coisa na escola que mostrasse a todos que era um cara legal, se ao menos conseguisse provar do que era capaz... Mas como? Esforçara-se ao máximo no futebol americano, mas era muito mais lento do que os outros do time e não tinha condições de acompanhar as jogadas. Tentara também o beisebol, mas sempre errava as rebatidas ou deixava a bola cair. Pensara em participar da competição de talento em poesia e música que os professores estavam promovendo, mas cada novo candidato era anunciado todas as manhãs pelo sistema de alto-falantes da escola, e Benji *tinha certeza* de que todos ririam se fizesse alguma coisa. Não havia a menor esperança!

Ele voltou a olhar para o relógio. 16h50. Benji voltou ao banco e pegou sua mochila. *Não ia* mais esperar pela idiota da Germaine. Se voltasse a pé para casa, ela teria de ir até lá procurá-lo. Seria uma lição bem merecida. E talvez Jasmine a repreendesse pelo atraso. Ele pendurou a mochila no ombro, olhou para a rua, para ter certeza de que o carro de Germaine não se encontrava à vista, e depois partiu.

Apreciou cada minuto de sua liberdade ilícita. Demorou-se a espiar as vitrines das lojas na rua principal. Comprou um leite com chocolate e um bolinho de mirtilo na Deli. Foi comendo até chegar à Barker Lane. Pensou em dar um pulo no clube para ver as pessoas jogando tênis mas mudou de ideia, pois sabia que Jasmine ficaria preocupada. Além do mais, era bem possível que alguns de seus colegas estivessem ali, tendo aulas, e ele não queria vê-los. Virou na Barker Lane e seguiu para casa, em passos lentos, indo de um lado para o outro da rua.

Já percorrera o suficiente do caminho de cascalho de sua casa para perceber que o fusca do jardineiro ainda se encontrava estacionado ao lado do galpão, quando ouviu um outro carro se aproximando. Benji virou-se e ficou observando o jipe verde de Germaine avançar pelo caminho, parando abruptamente ao seu lado. Sem desligar o motor, ela saltou, com uma expressão furiosa no rosto de fuinha.

– Onde você *se meteu*? Fiquei esperando mais de 15 minutos na frente da escola! E posso lhe garantir que tenho um milhão de coisas melhores para fazer do que esperar por *você*!

– Mas você se atrasou muito, Germaine – murmurou Benji.

– Não importa se eu me atrasar. Sua mãe me paga para ir buscá-lo e você tem de esperar até eu chegar. Entendeu?

– Está bem.

Benji baixou os olhos para os sapatos. Ouviu a porta da cozinha ser fechada e virou a cabeça para ver Jasmine correndo.

– Portanto, *nunca mais* saia de lá antes de mim. Fui bem clara?

– Qual é a confusão? – perguntou Jasmine, ao alcançá-los.

– Este garoto idiota voltou a pé para casa hoje – respondeu Germaine, rangendo os dentes em fúria. – Fiquei 15 minutos, *no mínimo*, diante da porcaria da escola esperando que ele saísse, só para descobrir que fora embora a pé, contra a vontade *expressa* da mãe. Acho que merece um bom castigo.

– É mesmo? – Jasmine cruzou os braços. – E a que horas você chegou na escola para buscá-lo, Germaine?

Germaine mordeu o lábio.

– *Isso* é irrelevante! Ele deve sempre esperar até o momento em que eu decidir chegar!

– E a que horas você *decidiu* chegar hoje, Germaine? – insistiu Jasmine, a voz suave.

Germaine franziu o rosto ainda mais, enquanto sua irritação aumentava.

– Cheguei lá com tempo suficiente para pegá-lo...

– Se não consigo ter uma resposta direta sua, terei de perguntar a Benji. – Jasmine pôs a mão no ombro do menino. – A que horas foi, Benji?

– Saí da escola às 16h50, Jasmine, porque pensei que...

– Às 16h50? – Jasmine tornou a se virar para Germaine, com uma expressão ameaçadora. – Mas são 35 minutos de atraso! Sabe que deve chegar na escola às 16h15!

– Como *ousa* falar comigo desse jeito? Quem você pensa que é, sua negra...

– Já chega!

A voz veio de um ângulo em que ninguém o vira se aproximar. Todos se viraram para avistar David avançando pelo gramado, com um ancinho na mão e Dodie pulando em seus calcanhares. Germaine contraiu o rosto numa ironia desdenhosa.

– E quem é *você*?

– Não importa quem eu sou – respondeu ele, a voz baixa e controlada. – Mas acho que você já falou demais. Assim, a melhor coisa que pode fazer neste momento é voltar para seu carro e ir embora.

Germaine olhou de um lado para o outro. Virou-se com um grito de raiva, voltou para o carro e bateu a porta. Baixou a janela.

– Podem ter certeza de que Jennifer saberá o que aconteceu aqui. Vou telefonar para o seu escritório.

– Pode ligar – murmurou Jasmine.

Germaine soltou outro grito de frustração. Depois de fazer a volta, em três movimentos, levantou o dedo do meio como um gesto de despedida e partiu ruidosa, as rodas jogando cascalho no gramado.

Depois de observar em silêncio até o carro desaparecer na curva, Jasmine virou-se para Benji, pôs a mão em seu ombro e perguntou:

– Você está bem?

– Aham.

– Comportou-se como um garoto crescido, estou muito orgulhosa de você. E não fez nada de errado, pelo que sei, não é mesmo?

Benji sorriu em confirmação.

– Agora, por que não vai pegar um leite com chocolate na geladeira? Irei daqui a pouco, depois de trocar uma palavrinha com David.

Benji murchou visivelmente. Lançou um olhar irritado para David e afastou-se. Os dois ficaram observando-o em silêncio, até que ele passou pela porta da cozinha.

– Mas que *droga*! – exclamou Jasmine, batendo com a mão na coxa. – Isso foi a gota d'água!

– Mas quem era aquela mulher, afinal de contas?

– Era Germaine. Ela leva e traz Benji da escola todos os dias... ou melhor, trazia. Sempre chega atrasada... e hoje demorou tanto tempo que ele voltou a pé para casa. Era a causa dos gritos. Aquela mulher é insuportável. Mas o que vamos fazer agora?

– Se você quiser, pode pegar meu carro emprestado e levá-lo – sugeriu David.

Jasmine balançou a cabeça.

– É muita gentileza sua, David. Seria uma grande ideia, se eu soubesse dirigir.

– Hum... Neste caso, a alternativa é eu levá-lo e ir buscá-lo... isto é, se você concordar. Afinal, estou sempre aqui... faria sentido, não concorda?

Jasmine olhou para o caminho de cascalho por um instante, avaliando a proposta. Logo voltou a fitar David, sorrindo.

– Você se importaria de fazer isso?

– Claro que não. Teria o maior prazer.

– Teríamos de falar primeiro com Jennifer.

– Claro. – David fez uma pausa. – Pensando bem, Jasmine, não seria melhor falar primeiro com Benji? Afinal, ele ainda está furioso comigo.

– Grande ideia! – Jasmine sorriu. – Eu gostaria de ter pensado nisso antes. Vamos entrar e conversar com ele.

David continuou onde estava.

– Jasmine...

– O que é?

– Eu preferia falar sozinho com Benji. Quero esclarecer o mal-entendido que tivemos ontem.

Jasmine acenou com a cabeça e se encaminhou para a casa.

– Está bem. Vamos lá.

Eles voltaram pelo caminho e subiram os degraus para a porta da cozinha. Jasmine abriu-a, hesitou por um instante, virou-se para David e disse:

– Obrigada pelo que fez.

– *Och*, não foi nada. Ela não passa de uma imbecil.

– Significou muito para mim e acho que para Benji também. Assim, agradeço por nós dois.

Ela começou a entrar na cozinha, mas parou de repente e tornou a se virar para David.

– *Och*!

– Como?

– Você disse *Och*! Agora tenho certeza de que *é mesmo* escocês!

Jasmine soltou uma risada e entrou na cozinha, deixando a porta aberta para David fechar. Embora houvesse sinais denunciadores da passagem de Benji, como a caixa de leite com chocolate ainda na mesa, era evidente que ele pensara em outra coisa para fazer que não assistir à televisão. Jasmine foi até as portas de vidro e esquadrinhou o jardim. Como não avistou Benji, virou-se e fez sinal para que David a seguisse para o interior da casa. Foram para o vestíbulo. Jasmine chamou o menino da base da escada. A voz abafada de Benji respondeu de algum lugar lá de cima.

– Ele está no quarto – murmurou ela. – Suba a escada e vire à esquerda no patamar. É o último quarto do lado direito. Conte-me como foi quando acabar, para que eu possa falar com Jennifer. Boa sorte.

David assentiu levantando o polegar e subiu. Hesitou por um instante na porta de Benji, pensando na melhor maneira de agir, antes de bater.

– O que é? – indagou Benji.

– Benji, sou eu, David... Você se importa se eu entrar por um momento?

Houve silêncio.

– Benji?

– Se não há outro jeito...

David fez uma careta para a reação não muito esperançosa e entrou no quarto. O menino estava deitado de barriga para baixo na cama, brincando com um Game Boy. Não levantou os olhos para reconhecer a entrada de David por um instante sequer.

Parado dentro do quarto, com as mãos nos bolsos de trás do jeans, David correu os olhos ao redor, tentando descobrir algum ponto de conversa que permitisse quebrar o gelo. Era revestido de um papel de parede com imagens do Super-Homem realizando façanhas que desafiavam a gravidade, com várias mulheres lindas debaixo do braço. A claridade entrava pela janela enorme. David foi até lá e admirou a vista desimpedida da Great South Bay, com a Fire Island mais além. À esquerda da janela havia prateleiras com uma enorme coleção de brinquedos tecnológicos e modelos em plástico de grotescos heróis de quadrinhos. Por baixo, cobrindo toda a escrivaninha de Benji, havia um computador que parecia bastante complexo e potente para lançar um foguete pelo espaço, o protetor de tela jogando imagens repetitivas que flutuavam pela superfície antes de desaparecer.

– É de fato impressionante – comentou David, inclinando a cabeça para o computador.

Ele se virou para verificar se arrancara alguma reação de Benji. Mas o menino continuava absorvido no Game Boy, manipulando com força os controles que emitiam acordes musicais para registrar seus índices de sucesso e fracasso. David decidiu perseverar, recorrendo a seus conhecimentos de jogos eletrônicos.

– Estou surpreso que ainda brinque com um Game Boy, quando tem um CD-ROM aqui.

Ele foi até a mesa e pegou alguns dos jogos em CD ao lado do computador. Benji suspirou fundo pela intromissão indesejável de David e apertou os controles com mais força ainda.

Ao compreender que assim não chegaria a lugar nenhum, David concluiu que a única opção que ainda lhe restava era uma abordagem direta. Já ia se virar para falar com Benji quando sua atenção foi atraída por um pequeno ukulele, na prateleira de cima, com a inscrição ALOHA, DO HAVAÍ! Ele o pegou e dedilhou as cordas. Estava completamente desafinado. Pôs-se a mexer nas cavilhas de afinamento, vibrando as cordas. Depois de conseguir um afinamento razoável, tocou alguns acordes, antes de erguer o ukulele para repô-lo na prateleira.

– Como você faz isso?

David virou-se para descobrir que Benji o observava, com a boca entreaberta e o Game Boy em suas mãos agora silencioso e esquecido.

– Faço o quê?

– Pensei que fosse apenas um brinquedo, mas você tocou uma música.

David olhou para o ukulele.

– Tenho a impressão de que não foi mesmo feito para se tocar. – Ele pegou o ukulele. – Provavelmente é apenas um souvenir, mas tem todas as cordas e parece funcionar direito.

Ele tocou alguns acordes rápidos, dedilhando o instrumento com vigor. Terminou com um floreio, abriu os braços, como se esperasse por aplausos, e fez uma reverência para Benji.

– Onde você aprendeu *isso*? – perguntou o menino, com os olhos arregalados.

Ele saiu da cama, largou o Game Boy na mesinha de cabeceira e atravessou o quarto.

– Tive um tio um tanto excêntrico que costumava passar algum tempo em nossa casa quando eu era pequeno. Sempre levava seu ukelele e inventava as canções mais engraçadas para mim. Foi quem me ensinou a afinar. – David dedilhou cada corda, entoando uma palavra em inglês para cada nota: – *My... Dog... Has... Fleas.* Meu cachorro tem pulgas.

O garoto riu e pegou o ukulele. Meio desajeitado, dedilhou as cordas, entoando a cantiga de afinamento.

– Pronto! – exclamou David. – Você acaba de aprender a primeira lição.

Os olhos de Benji brilharam de satisfação pela habilidade que acabara de descobrir.

– E, depois que conhecer os rudimentos, pode começar a tocar violão.

O menino arregalou os olhos ainda mais.

– Uau! *Você* toca violão?

– Não toco há algum tempo, mas acho que é como andar de bicicleta. Depois que você aprende, não esquece nunca mais. – David fez uma pausa, refletindo que aquela era a ocasião perfeita para seu pedido de desculpa. – Por falar nisso, Benji, o incidente que aconteceu ontem, quando eu consertava sua bicicleta... Lamento muito ter gritado com você por causa daquele engano na piscina. Não sabia que você era um perito em prender a respiração.

O menino sorriu e deu de ombros.

– Não foi nada. Alguma vez tocou numa banda ou alguma coisa parecida?

David riu e balançou a cabeça pela rapidez com que o menino mudava de ânimo.

– Toquei, sim... quando estava na universidade.

– Uau! E também compunha canções?

– Claro. Não eram grande coisa, mas, se a banda tocasse alto o bastante, dava para disfarçar.

– Uau! Isso é incrível! Pensei que era apenas um jardineiro!

David tornou a rir.

– Tenho alguns talentos ocultos.

Benji olhou para o ukulele.

– Que idade você tinha quando começou a tocar isso?

– Por volta de 8 anos.

– Oito? Já estou com 11!

– Neste caso, não acha que é tempo de aprender a tocar?

– Está querendo dizer que vai me *ensinar*?

– Se você quiser.

– Uau! E me ensinaria a fazer canções, essas coisas? Escrevo poesia. Isso ajuda?

– Já é meio caminho andado. Se escreve poesias, pode fazer canções.

O garoto esqueceu-se de dizer o "Uau!", desta vez. Apenas deixou escapar um suspiro estridente, que parecia ser de absoluta satisfação. Fitou David com uma expressão suplicante.

– Pode começar a me ensinar agora?

David olhou pela janela e balançou a cabeça.

– Não, agora não. Acho que o fim de tarde está bonito demais para ficar sentado dentro de casa ensinando você a tocar o ukulele.

O rosto dele murchou em desapontamento.

– Por isso, pensei que poderíamos jogar uma partida de tênis.

Benji ficou aturdido.

– Como?

– Eu gostaria de jogar tênis. Algum problema nisso?

– Você sabe jogar tênis *também*?

– Claro. Por que não?

– *Vamos lá*!

Mas Benji hesitou no instante seguinte, o excitamento se desvanecendo. Ele pegou o ukulele e começou a mexer nas cordas.

– Qual é o problema? – perguntou David. – Não quer jogar?

– Quero e muito! Mas...

– Mas o quê?

– Não posso correr muito depressa porque sou um pouco... ahn... um pouco gordo.

O menino começou a girar as cavilhas do ukulele de um lado para outro. David inclinou a cabeça para o lado e encenou estudar seu físico.

– Hum... Não acho que você seja gordo. Eu diria que é mais... corpulento.

Benji fitou-o com uma enorme esperança.

– Fala sério?

– Claro que sim. Daqui a quatro anos eu não gostaria de me encontrar com você numa briga.

– Como assim?

– Provavelmente me daria uma surra.

O outro se desmanchou num largo sorriso.

– De jeito nenhum! Eu poderia bater num inimigo, jamais num amigo!

Ele largou o ukulele na cama, com todo cuidado, depois se virou e correu para a porta, acrescentando:

– Vamos jogar tênis!

– Benji...

David permaneceu onde estava, os olhos fixados no ukulele. O garoto virou-se para ver David chamando-o com o dedo.

– O que foi?

Ele olhou para o instrumento, tentando compreender o que fizera de errado.

– Você deixou o ukulele desafinado.

– Oh, desculpe! – murmurou o menino, humilde, voltando até a cama para pegar o ukulele.

– Não tem problema. Mas quero que afine para mim, amanhã, está bem?

Benji sorriu.

– Combinado! – Ele largou o ukulele e correu para a porta. – Vamos jogar tênis, agora?

– Só mais uma coisa.

Benji se virou de novo, desta vez deixando escapar um grunhido de impaciência. David sorriu.

– Como, sem dúvida, já imaginou, Germaine não vai mais levá-lo para a escola... e Jasmine e eu especulamos se você se importaria se eu o levasse.

– No fusca?

– Se você não se importar.

– Uau! Seria o máximo! Podemos arriar a capota?

– Claro. Mas por que prefere a capota arriada?

– Porque é o máximo e...

– E o quê?

– Eu estava brincando ontem com Dodie, quando me abaixei para pegar a bola e ela lambeu meu rosto. Seu bafo é horrível. Foi por isso que parei de brincar com ela.

David riu.

– Está certo. Negócio fechado. – Ele se adiantou, ergueu a mão e sacramentaram o acordo com um bater das palmas. – Bem, *agora* vamos jogar tênis.

Benji abriu a porta e correu para o patamar. David chegou ao topo da escada, a tempo de vê-lo descer em quatro saltos, gritando por Jasmine. Ela veio da cozinha.

– Jasmine! David vai me ensinar a jogar tênis e depois vai me ensinar também a tocar o uku... uku...

Ele olhou para David, na escada.

– Ukulele.

– Isso mesmo! Ele vai me ensinar a tocar o... *ukulelelê*! Já me ensinou a afinar!

Enquanto ele saía em disparada pela cozinha, David desceu o resto da escada. Jasmine esperava-o com uma expressão de incredulidade.

– Afinal, o que você *fez*?

– Tivemos uma pequena conversa de homem para homem... e ele acha que é o *máximo* eu levá-lo para escola. Portanto, creio que é seguro fazer aquela ligação agora.

David soprou as unhas e balançou os dedos para indicar sua excelência. Depois, piscou para Jasmine e foi atrás de Benji.

20

Sam Culpepper empurrou o relatório por cima da mesa de reuniões para depois se recostar em sua cadeira de couro de encosto alto. Fitou seus dois principais diretores de atendimento, que se mantiveram em silêncio.

– Não é uma grande conta, mas quero muito ganhar esse contrato. – Ele se inclinou para a frente, pegou o charuto que fumegava no cinzeiro e aspirou a fumaça. – Por quê? Porque há rumores de que a Bates e a Young & Rubicam também estão interessadas. – Ele bateu com a mão no documento e continuou: – E seria uma grande vitória se conseguíssemos. Podem ter certeza de que eu faria com que *Media Week* soubesse imediatamente!

Sam soltou uma gargalhada, seguida no instante seguinte por uma tosse seca.

Russ Hogan foi o primeiro a se manifestar:

– Para ser franco, Sam, acho que não temos a menor chance. Nunca tivemos uma conta de bebida destilada antes, muito menos uma fabricada no Reino Unido. Teremos de fazer muita pesquisa para entrar nessa conta. Eu me pergunto se vale a pena.

Sam balançou a cabeça lentamente. Teria sido capaz de apostar cem dólares que Russ faria aquele comentário. Não restava a menor dúvida de que ele era um bom diretor de atendimento e se destacava na conquista das boas graças de um cliente, mas, com bastante frequência, descartava um assunto sem pensar muito no que ouvia... aquele era um exemplo perfeito.

Sam levantou-se e foi até a janela, levando o charuto, e olhou para tráfego engarrafado na Quinta Avenida. Então virou-se para Russ.

– Acho que você está enganado, Russ. É uma conta que vale a pena o esforço. – Ele voltou à mesa, bateu a cinza num cinzeiro, apoiou-se no encosto de sua cadeira e começou a balançar de um lado para o outro. – Levamos mais de vinte anos para desenvolver a Culpepper Rowan até o tamanho que tem agora, mas acho que alcançamos o topo. Agora, pela primeira vez, estou preocupado com a força por trás da agência... ou deveria dizer a falta de força. Posso estar enganado, mas tenho a impressão de que nos tornamos complacentes demais com o trabalho em andamento. Nossas contas podem ser numerosas, mas quase todas são pequenas. Não temos nenhum peixe grande.

– Não está tentando nos dizer que considera que o Tarvy's Gin é uma grande conta, não é? – interveio Russ, irritado com a insinuação de Sam e insensível demais para compreender que seria mais diplomático deixar seu superior concluir o argumento. – Afinal, você acabou de ler os dados de vendas no Reino Unido, e eu não diria que são expressivos. Admito, é claro, que provavelmente são indicativos do fato de ser um produto mais ou menos recente por lá. Por outro lado, Sam, será novo aqui, e teremos de enfrentar os similares da Gordon's e Beefeater.

Sam abriu os braços, exasperado.

– Mas será que não percebe, Russ? O que mais eu pensei?

Russ apoiou-se num braço da cadeira e roeu uma unha, sem entender onde seu superior queria chegar. Sam fitou os dois executivos de atendimento nos olhos.

– Nenhum dos dois sabe o que eu estou querendo?

Houve um momento de silêncio, rompido pelo som da caneta de Jennifer Newman no papel do bloco, enquanto ela se inclinava sobre a mesa.

– O que está querendo dizer... eu acho, Sam... é que a conta do Tarvy' s Gin não é importante apenas por si mesma, mas também pelo fato de que a nova destilaria é da Gladwin Vintners, que também produz o Glentochry Blend Whisky e o Valischka Vodka. Essas duas marcas têm parcelas consideráveis do mercado no Reino Unido, embora não sejam produtos de prestígio. O gim é um produto relativamente novo para eles. Por isso, vão nos dar a oportunidade de promovê-lo, com um baixo orçamento. Se der resultado, podem nos oferecer as contas do uísque e da vodca aqui, ou seja, quem ganhar o contrato do Tarvy's pode acabar com todos os produtos da Gladwin Vintners.

Sam estalou os dedos e apontou para Jennifer.

– Exatamente! E é isso que as principais agências de Manhattan estão pensando, o que todas querem. – Sam sorriu para a sua executiva. – Obrigado, Jennifer.

Russ mastigou ruidosamente seu chiclete. Lançou um olhar desdenhoso para Jennifer, por ter sido suplantado, antes de se virar de novo para Sam.

– Ora, não há nada para apoiar essa teoria. É pura suposição.

– Tem razão, é mesmo. Mas acho que chegou o momento de assumirmos alguns riscos, gastando mais tempo e dinheiro na conquista de novas contas. Caso contrário, podemos ser derrubados, com a maior facilidade, por nossa complacência. Precisamos de alguma coisa para nos agitar, e acho que essa conta é uma boa maneira de conseguir isso... e, como eu disse antes, a publicidade seria espetacular!

Russ deu de ombros, em resignação.

– Muito bem, vamos tentar. Quem vai cuidar da conta?

Sam apontou um dedo.

– Quero que seja você, Jennifer.

Ela franziu as sobrancelhas.

– Certo. Qual é o prazo?

– Um mês, para ser preciso.

Ele observou as reações de Jennifer. Os olhos dela se arregalaram quando começou a compreender todas as implicações da decisão de Sam.

– Está querendo dizer que a proposta tem que ser preparada em apenas *um mês*?

– Isso mesmo. Este relatório começou a ser distribuído há cerca de três semanas, mas só agora o recebi. – Ele abriu a primeira página do documento e começou a ler. – As propostas devem ser apresentadas até sábado, 4 de julho, o mais tardar. A Gladwin anunciará a agência escolhida no dia 7. Portanto, infelizmente, não teremos folga no feriado de Quatro de Julho.

Jennifer assoviou baixinho. Sam levantou os olhos do documento para Russ.

– Muito bem, pode ser uma chance mínima, mas vamos todos nos empenhar para conquistar essa conta!

Meia hora depois, Jennifer deixou a sala de reuniões, levando o documento e o bloco cheio de anotações sobre providências a serem tomadas. Atravessou o corredor e já ia entrar em sua sala quando a secretária veio da sala oposta.

– Jennifer, Jasmine está querendo falar com você, na linha dois.

– Obrigada, Mandy. Tome aqui... – Ela estendeu o bloco. – Pode bater minhas anotações o mais depressa possível?

– Claro.

– Obrigada.

Ela entrou em sua sala, largou o relatório na mesa, pegou o telefone e apertou o botão que piscava.

– Jasmine?

– Oi, Jennifer.

– Algum problema?

– Não... não é realmente um problema.

– Como assim? – Passando o fio do telefone por cima da lâmpada na mesa, ela deu a volta para sentar. – Há ou não há um problema?

– Não aconteceu nada de errado com Benji... e acho que é isso que a preocupa. Mas Germaine se atrasou tanto para buscá-lo... trinta e cinco minutos... que ele fez o que era certo, voltando a pé para casa.

– Essa não, Jasmine!

– Não comece a se irritar, Jennifer. Ele fez o que era certo. Não podia continuar esperando. Não sabia se Germaine ia ou não aparecer.

– Mas o que aconteceu depois?

– Germaine veio até aqui, no momento em que Benji chegava, e começou a brigar com ele. Acabei me irritando com ela, Jennifer. Ela foi embora, dizendo que entraria em contato com você. Mas é evidente que isso ainda não aconteceu.

Jennifer correu os olhos pela mesa, à procura de algum recado.

– Acho que não. Mas, como passei a última meia hora numa reunião, não posso ter certeza. De qualquer forma, é bem provável que ela não ligue, pois sabe que está errada.

– Pode ter certeza de que ela saiu da linha. – Jasmine fez uma pausa. – O problema, Jennifer, é que ela não vai mais fazer a condução.

– Oh, Deus... – Jennifer suspirou, passando a mão pela cabeça. – O que vamos fazer agora, Jasmine? *Não* vou permitir, de jeito nenhum, que Benji vá a pé para a escola.

– Foi o que eu imaginei que você diria. Neste caso, talvez eu tenha uma alternativa.

– E qual é?

– David se ofereceu para levá-lo.

– David? Quem é David?

– O jardineiro, Jennifer.

– Você não pode estar falando sério, Jasmine. Não sabemos quem ele é. Pode ser um molestador de crianças... ou coisa pior!

– Ele *não é* um molestador de crianças. Para ser franca, acho que jamais conheci alguém com menos probabilidade de ser um. É um homem decente.

– É mesmo? E como você pode saber, se ele está aí há apenas dois dias?

Houve uma pausa no outro lado da linha.

– Porque Germaine chamou Benji de idiota e começou a me lançar um insulto racista quando ele atravessou o gramado, interrompeu-a e mandou que ela se retirasse!

– Ahn... – Jennifer se censurou silenciosamente por não ter pensado naquilo. – Sinto muito, Jasmine. Eu não sabia. Que desgraçada! Como ela *ousou*?

– Não tem mais importância. Seja como for, posso garantir a honestidade de David. Neste momento, ele se encontra na quadra com Benji, ensinando-o a jogar tênis.

– Isso é uma piada?

– Não é, não. E ele também vai ensiná-lo a tocar violão.

– Não temos um violão, Jasmine.

– Mas tem aquela outra coisa, uque... não sei o resto.

– O ukulele?

– Isso mesmo. O que está no quarto de Benji.

Jennifer recostou-se na cadeira.

– Incrível! E ele está feliz com tudo isso que está acontecendo por aí?

– Há muito tempo que não vejo o menino tão feliz.

A porta da sala foi aberta. Jennifer virou-se e viu Sam e Russ entrarem.

– Espere um instante.

Ela tapou o telefone, mas Sam acenou para indicar que ela deveria continuar a conversa. Jennifer sorriu e retirou a mão do telefone.

– Jasmine? Está certo, se você acha que não haverá problema. Isto é, parece que tudo vai correr bem. Pode deixar David levar Benji para a escola.

– Maravilhoso! Para ser sincera, acho que David pode ser a solução para os problemas do seu filho.

– Também não vamos exagerar.

Jasmine soltou uma risada.

– Está bem, mas espere só para ver. Vou falar com eles agora.

– Mande um grande beijo para Benji.

Jennifer desligou e olhou para Sam e Russ, que a essa altura haviam sentado nas cadeiras no outro lado da mesa.

– Tudo bem em casa? – perguntou Sam, com uma expressão preocupada.

– Acho que sim. Temos um novo jardineiro, que parece ser uma espécie de Super-Homem. Está ensinando Benji a jogar tênis neste momento.

– Sensacional! E, por falar nisso, precisamos jogar um dia desses. Ainda não entrei numa quadra nesta temporada.

– Boa ideia. – Jennifer abriu a agenda em cima da mesa. – Talvez não neste fim de semana, porque quero começar a trabalhar em nossa proposta. Mas que tal no seguinte?

Sam tirou sua agenda do bolso e estudou-a.

– Não tenho nada marcado. Molly e eu adoraríamos.

– Então está marcado!

– Alex estará em casa? – indagou Russ, também tirando sua agenda do bolso.

Jennifer sorriu.

– Posso tentar localizá-lo e perguntar. Quer lhe aplicar sua surra anual?

– Ele é o único adversário à minha altura.

Jennifer e Sam trocaram olhares sugestivos. Russ notou e ergueu as mãos com um ar de inocência.

– Juro que é verdade!

– Está bem. Falarei com ele. – Jennifer escreveu uma anotação no bloco, depois largou a caneta. – Agora, podem explicar por que sou honrada com a visita dos dois?

Sam levantou-se, ergueu as mãos por cima da cabeça.

– Não há nenhum motivo especial. Apenas vamos sair para tomar um drinque e pensamos que você poderia gostar de nos acompanhar. Provavelmente será a última oportunidade que todos nós teremos durante algum tempo.

Jennifer sorriu para os dois, depois balançou a cabeça.

– É muita gentileza dos dois, mas prefiro não ir. – Ela pegou o documento na mesa e folheou-o. – Quero começar a trabalhar nisso.

O rosto de Sam desmanchou-se num largo sorriso.

– Não imagina como fico contente por ouvir isso! – Ele deu um passo na direção de Russ, que exibia uma expressão contrariada, e estendeu a mão. – É o que eu chamo de empenho. Não concorda, Russ?

Russ olhou ao redor. Depois de um longo momento, fez um floreio ao tirar uma nota de dez dólares do bolsinho do paletó e pôr na mão estendida de Sam. Jennifer olhava espantada para os dois, na maior incredulidade.

– Mas vocês dois são demais! Apostaram que eu os acompanharia, não é?

– Entenda bem, Jennifer. Russ apostou que você iria, enquanto eu, como sempre, tinha confiança absoluta em sua dedicação. E também... – Sam dobrou a nota, enfiou-a no bolsinho do paletó, bateu de leve em cima. – ... no resultado da aposta!

– Vocês, homens, comportam-se como *crianças*!

Jennifer levantou-se de um pulo, pegou a caneta na mesa, fez menção de jogar nos dois.

– Ei! – gritou Russ.

Ele pulou da cadeira, apressando-se em seguir Sam, que batia em retirada pela porta, às gargalhadas. Os dois se afastaram pelo corredor, empurrando um ao outro. Mas Russ decidiu voltar, esticou a cabeça pela porta e disse:

– Não se esqueça de falar com Alex.

A caneta bateu na porta, mais de um palmo à direita de seu nariz. Surpreso, ele olhou para o ponto de impacto, depois mostrou a língua, antes de fechar a porta às pressas, para evitar qualquer retaliação.

– Parecem até crianças! – murmurou Jennifer, sorrindo.

Ela foi pegar a caneta. Voltou à mesa, sentou e se inclinou para pegar o telefone. Apertou um botão para um dos números arquivados e abriu o relatório à sua frente. Fechou-o no instante em que a ligação foi atendida.

– Alô?

– Oi, querido! Sou eu!

– Oi, Jennifer. Espere um instante, que faz muito barulho aqui. Mas continue falando.

– Onde você está?

– No aeroporto de São Francisco. Prestes a embarcar num voo para Houston. Está melhor assim?

– Muito melhor.

– Como vão as coisas por aí?

– Muito bem. Sam acaba de me dar um novo projeto. Pode ser muito importante para a agência.

– Fico contente por saber disso. Pode falar depressa? Tenho de partir daqui a pouco.

– Ah... está bem. Pode verificar em sua agenda se estará em Leesport no outro fim de semana? Convidei Sam e Molly para jogar tênis. Russ quer ir também para enfrentá-lo.

– Tenho mesmo de jogar contra ele? É um festival de ego, para Russ. Ele sempre me vence.

– Eu sei, querido. Mas pode fazer isso... por mim?

– Não estou com a minha agenda à mão, mas farei tudo o que puder para ficar livre nesse fim de semana. Está bom assim?

– Claro.

– Agora tenho de desligar.

– Tenha um bom voo.

– Obrigado. Até mais.

– Até mais.

Jennifer desligou e ficou olhando para o aparelho, experimentando uma súbita depressão pela falta de espontaneidade na conversa.

– Eu amo você – murmurou ela, para si mesma.

Houve uma batida na porta. Mandy entrou na sala e foi até a mesa.

– Aqui estão suas anotações.

– Obrigada, Mandy. Vai para casa agora?

– Vou, sim, se não tiver mais nada para mim.

Jennifer levantou os olhos para ela e sorriu.

– Não tenho, não. Até amanhã.

Enquanto a porta era fechada, ela voltou a olhar para o telefone, especulando se deveria tentar ligar para Alex de novo. Não, ele dissera que estava com pressa... provavelmente só iria atrapalhá-lo. Ela balançou a cabeça para apoiar sua decisão e depois puxou o relatório para começar a estudá-lo.

21

Houvera uma melhoria geral na casa dos Newmans quando chegou a ocasião do festival de tênis. Em primeiro lugar, o jogo de Benji melhorara bastante. Chegara a um estágio em que ele podia agora manter um prolongado *rally* com David. É verdade que David tinha de mandar a bola para o *forehand* de Benji. Caso contrário, haveria o risco de ter de buscá-la na piscina. O menino também estava muito melhor no ukulele. Só largava o instrumento quando jogava tênis ou ia à escola, pois ainda não tinha confiança suficiente para mostrar suas novas proezas aos colegas.

Apesar disso, ele decidira ingressar com uma canção sua no concurso de novos talentos da escola. A motivação era o fato de David ter escrito alguns versos cômicos sobre Dodie para Benji tocar nos três acordes que já aprendera. Em seu primeiro recital, no entanto, Benji criticara várias vezes a canção, pela falta de precisão e pela deficiência na rima.

– Os acordes são simples sol, dó e ré maior... assim. Entendido?

– Claro. Posso tocar agora?

– Ei, espere um pouco! Você ainda nem sabe como vai ser!

– Saberei na próxima vez.

– Certo. Está prestando atenção?

– Estou.

A vida é cheia de coisas boas
Como cerveja e apfelstrudel...

– O que é *apfelstrudel*?

– É uma torta de maçã alemã.

– Sempre se come com cerveja?

– Acho que não.

– Então por que cerveja e *apfelstrudel*?

– Porque rima, Benji.

– Com o quê?

– Ei, vamos com calma! Ainda não chegamos lá.

Mas tudo logo se esquece
Quando de carro se desce
Com Dodie, a alegre poodle ...

– Mas isso é ridículo! Não pode pensar em nenhuma outra coisa para rimar com poodle?

– Ei, calma aí! Levei apenas uma hora para escrever isto!

– Uma hora? Mas só tem cinco linhas!

– Trate de esperar, Sir Tim Rice. Ainda não acabei.

– Quem é Sir Tim Rice?

– Vai querer que eu continue ou não?

– Pode continuar.

Viajamos por toda a cidade
Sem capota e sem caridade,
Porque em Leesport congela...

– Nada disso!

– Como?

– Nunca congela em Leesport. Ou pelo menos não no verão. No inverno às vezes a temperatura fica abaixo de zero ...

– Benji!

– Está bem, está bem. Imagino que só usou a palavra para rimar...

– Escute aqui, vai querer ou não que eu continue?

– Desculpe.

E quando em fedor o ar puro virou
Você pensa que Dodie vomitou
Mas é apenas a respiração dela.

– Ei, gostei disso!

– Ainda bem que causei uma boa impressão no final.

– Só que é muito forçado rimar congela e dela.

– Ora, esqueça então!

– Não, David, por favor. Toque de novo.

– Não quero me chatear. Além do mais, ainda não acabei a canção.

– *Por favor,* David, cante tudo! Prometo que não vou interromper mais.

– Promete mesmo?

– Prometo. Como começa?

A vida é cheia de coisas boas
Como cerveja e apfelstrudel,
Mas tudo logo se esquece
Quando de carro se desce
Com Dodie, a alegre poodle.

Viajamos por toda a cidade
Sem capota e sem caridade,
Porque em Leesport congela...

– Embora não congele!

– Você disse que não ia...

– Desculpe.

E quando em fedor o ar virou
Você pensa que Dodie vomitou,
Mas é apenas a respiração dela!

– Ei, ficou ótimo! Cante tudo junto agora!

A vida é cheia de coisas boas
Como cerveja e apfelstrudel.
Mas tudo logo se esquece
Quando de carro se desce
Com Dodie, a alegre poodle.

Ela senta no banco fundo
E late para todo mundo
Menos o garoto e o trabalhador.

– O garoto sou eu?

– Isso mesmo.

– Grande! David...

– O que é?

– Quem é o trabalhador?

– Sou eu.
– Ahn...
– Posso continuar?
– Pode.

Mas embora fofa demais
De tanto pelo é capaz
De limpar até o mijador!

– Mijador?
– Mictório.
– Soa como um *palavrão*.
– Letras de música podem ser assim.
– Acho que ficou bárbara! Mas aposto que posso fazer igual.
– Pois então faça.
– Farei mesmo. Mas posso cantar esta por enquanto?

LOGO SE TORNOU o hino dos dois, cantado bem alto quando passavam por Leesport na ida e na volta da escola, com Dodie sempre presente no banco traseiro, latindo a cada momento de glória.

JUNHO TAMBÉM trouxe uma abundância de novas cores no jardim, o que contribuiu para criar uma vibração nova e emocionante no cenário já perfeito da casa. Rosas de todas as tonalidades desabrochavam imponentes, enquanto íris japonesas, estimuladas pelo calor, esticavam as hastes compridas e finas por cima das hortênsias e dos gerânios perfumados, espalhando suas cores diversas contra o azul da baía ao fundo. As trombeteiras na frente da casa, subindo para o segundo andar, desabrocharam em flores vermelhas incontáveis, parecendo pequenas chamas a lamberem as grades de madeira e a parede.

Tudo isso fez com que David aumentasse ainda mais o ímpeto em seu trabalho. Ele descobriu uma pequena chácara que vendia plantas, a 8 quilômetros de Leesport, na Montauk Highway. Comprava pequenos arbustos e plantas rasteiras para cobrir as falhas deixadas pelo jardineiro anterior. Sua aparência excêntrica ao fazer as compras, empurrando o carrinho de mão, com uma poodle presa no cabo pela coleira, logo atraiu a atenção do jovem casal que era dono da chácara. Na terceira visita, eles se apresentaram e convidaram David para café e bolo no escritório. Depois disso, as visitas se tornaram cada vez mais prolongadas. Embora fossem bons amigos, David teve de fazer compras maiores para formar um estoque, a fim de reduzir tanto o tempo que gastava longe do jardim quanto o consumo de cafeína.

Apesar disso, eram seus amigos, feitos durante a curta estada em Leesport. Ajudavam-no a provar para si mesmo que o processo de cura continuava. Não desejava mais voltar para casa todas as noites e ficar sentado sozinho. Procurava ativamente por companhia. Quando não jantava com Jasmine e Benji, ia ao Leesport Bar para tomar uma cerveja e conversar com os frequentadores, ou aceitava um convite para jantar com seus novos conhecidos. Numa dessas ocasiões foi à casa de Clive e seu amigo, Peter. Com David sentado à mesa da cozinha, os dois homens acompanharam os preparativos para o jantar, com uma paródia hilariante e obviamente bem ensaiada, cada um dançando e cantando ao redor do outro, com uma panela e uma tigela na mão, aos acordes de uma antiga gravação de *My Fair Lady*.

Mas o relacionamento mais íntimo de David era proporcionado pelo contato diário com Jasmine e Benji, o vínculo que ele criara com o menino ajudando a fazer com que pensamentos de seus próprios filhos aflorassem a todo instante. A cada duas noites ele sentava-se para escrever uma carta, sempre iniciando com a contagem dos dias que faltavam para o término do ano letivo, seguida pelas palavras "E Depois as Férias!!!", sublinhadas. Tinha muita saudade das crianças. Embora se sentisse apreensivo com seu eventual retorno à Escócia, havia também uma profunda animação com a perspectiva de revê-las.

No momento, porém, era o ambiente da casa dos Newmans que lhe oferecia a indicação mais forte de que começava a voltar à normalidade. Tanto a simplicidade de sua existência quanto a química inocente e sem qualquer complicação projetada por seus dois amigos ajudavam a reduzir a confusão de arame farpado emaranhado em seu cérebro em uma linha reta e suave de pensamento lúcido.

Em consequência, a vida para ele girava agora em torno de seu trabalho no jardim: as partidas de tênis com Benji a que Jasmim tinha de assistir, por insistência do menino, sentada no alto de uma escada ao lado da rede, gritando a contagem errada, mas aumentando a autenticidade e importância da ocasião; as viagens de barca a Fire Island com Benji, que muitas vezes obtinha permissão para demonstrar suas habilidades náuticas, assumindo o timão; o final da tarde na cozinha ou no terraço, tomando vinho com Jasmine, enquanto Benji interrompia a todo instante para apresentar a canção de Dodie ou mais um verso do seu grande "sucesso"; e também as aulas de direção de Jasmine que não passaram de uma e meia, já que ela desistira, furiosa, na metade da segunda, deixando os passageiros em gargalhadas incontroláveis por sua total incapacidade de manejar a alavanca de câmbio.

Apesar da amizade cada vez maior, David nunca mencionava qualquer coisa sobre seu passado, ainda sem condições de revelar os pensamentos mais íntimos. Não era por falta de confiança ou de oportunidade para fazer confidências a Jasmine, mas sim porque se sentia assustado com a reação que ele próprio poderia ter à revelação. Sabia que poderia, com a maior facilidade, reabrir ferimentos que começavam a curar, permitindo que a infecção do pesar indesejável voltasse a penetrar em sua mente.

A sexta-feira foi um dia lindo, a brisa marinha soprando apenas o suficiente para dissipar a umidade pegajosa que persistia desde o fim de semana anterior. David pegou Benji na escola e, com a permissão de Jasmine, foram direto para a marina a fim de pegar a barca para Fire Island. Passaram ali o final da tarde e início da noite, jogando futebol americano na areia e nadando no mar. Voltaram a pé pelo calçadão de madeira, a tempo de pegar a última barca de volta. Como era tarde demais para concluir o trabalho que determinara para si mesmo naquele dia, David decidiu voltar no sábado para concluir suas tarefas.

Ele chegou na casa no horário habitual, 8h15 da manhã. Foi recebido por Benji, que saiu correndo da cozinha, ainda de pijama. O menino ofereceu uma explicação meio truncada sobre o motivo pelo qual não poderia lhe fazer companhia até mais tarde. O pai estava em casa, e Benji queria cantar sua nova canção para ele. David disse que não havia problema, secretamente aliviado porque poderia terminar de aparar os gramados, sem nenhuma interrupção.

Por volta de meio-dia, o cortador de grama já fora guardado no galpão. David foi para o canteiro no outro lado da quadra de tênis, a fim de plantar os arbustos que comprara na chácara, dois dias antes. Abria um buraco para o novo rododendro-anão, quando ouviu vozes no outro lado da sebe. Virou-se para ver cinco pessoas em uniformes de tênis brancos, contornando sem pressa o pavilhão no outro lado da quadra. Dodie soltou um latido breve para adverti-lo da presença de estranhos em seu jardim.

- Quieta, Dodie!

Ele olhou por tempo suficiente para ver Benji contornar o canto da casa em sua bicicleta. Depois, voltou a se concentrar no trabalho.

- Cuidado, Benji! Você quase bateu em Sam!

- Desculpe, Sam! Desculpe, papai! Oi, DAVID!

David virou a cabeça e ofereceu um breve aceno. Ouviu uma voz de mulher perguntar em seguida:

- Quem é aquele, Jennifer?

- É David, o novo jardineiro. É melhor eu ir falar com ele. Não conversamos desde o seu primeiro dia de trabalho. Alex, querido, por que não joga com Molly... não, não seria justo... Russ, você joga com Molly, enquanto Alex joga com Sam.

- Ora, Jennifer, *ainda* acho que está quente demais para jogar, o sol está a pino.

- Pare de se lamentar. Passou a semana inteira sentado num avião. Será bom para você... e ajudará a queimar esses quilos extras que o sedentarismo acrescentou à sua cintura.

Houve uma explosão de gargalhadas.

- Obrigado!

- Posso apresentar papai a David, mamãe? - perguntou Benji.

- Isso mesmo. Por que não posso conhecer o Super-Homem?

- Fale baixo, Alex! Ele pode ouvir. Vá logo jogar tênis.

Houve murmúrios e o som de raquetes sendo retiradas de capas. David ouviu o estalido do trinco do portão da quadra, e no instante seguinte uma voz ao seu lado disse:

– Oi.

Ele se virou, agachado, para contemplar primeiro um par de pernas bronzeadas e compridas, os olhos subindo para a franja da saia branca e curta de tenista. Apressou-se em se levantar, não querendo dar a impressão de que perdurava por tempo demais na vista, e deparou-se com Jennifer parada ali. Só a vira de passagem uma única vez desde o primeiro encontro. Fora no sábado anterior, quando viera especialmente para dar uma aula de tênis a Benji. Ela saíra para a varanda por cima da estufa para vê-los jogar, por cinco minutos, antes de entrar na casa. Benji comentara que a mãe andava muito ocupada, trabalhando num novo contrato.

– Olá. Espero que não se importe de eu ter vindo trabalhar hoje. Mas acontece...

– Claro que não me importo. – Ela olhou para o rododendro que David acabara de plantar. – Está pondo novas plantas?

David também olhou para o rododendro.

– Estou, sim. O último jardineiro deixou muitos buracos. Achei melhor preenchê-los. – Ele a fitou. – Espero que não se incomode.

– Claro que não me incomodo. Onde conseguiu as plantas?

– Descobri uma pequena chácara na Montauk Highway. Eles têm ótimas plantas.

– Quanto gastou?

– Ahn... não se preocupe – murmurou David, concluindo que ela podia pensar que era uma conta enorme. – Apenas achei que uma ou outra planta aqui e ali podiam ajudar.

– Mas como está pagando?

– Não é nada demais. Pensei que ficaria melhor assim.

– Mas deve me dar a conta. Não posso esperar que pague pelas plantas.

– Ahn... eu...

Foram interrompidos por uma bola que passou por cima da tela e caiu no gramado, a 10 metros de David. Ele foi pegá-la e jogou-a de volta, por cima da tela.

– Tem que me dizer quanto estou lhe devendo, David.

Ele sorriu constrangido, esfregando as mãos para se livrar da terra. Era a primeira vez que ela usava seu nome.

– Está bem.

– E, no futuro, se precisar comprar mais plantas, abra uma conta em meu nome.

– Certo.

Ela sorriu e correu os olhos pelo jardim.

– Ficou maravilhoso.

– Está melhorando.

– É mais do que isso. Já está maravilhoso. Falo sério. Você sabe mesmo cuidar de um jardim, não é?

David coçou a cabeça.

– Tenho alguma experiência.

Os dois se fitaram em silêncio por um momento. David, inquieto com o prolongado contato visual, pegou a pá e fez menção de recomeçar a cavar.

– David...

Ele se empertigou.

– Eu... eu só queria agradecer pelo que tem feito por Benji. Ele adora jogar tênis com você, tocar ukulele e... ahn... fico feliz em lhe pagar um extra por tudo o que vem fazendo, especialmente levá-lo à escola.

– Oh, não, por favor! – protestou David, com uma veemência quase exagerada. Ele sorriu para atenuar o tom. – Não quero ser pago por isso. É um prazer, posso lhe assegurar. Ele é um ótimo menino.

O comentário teve um efeito surpreendente em Jennifer, revelando de repente toda a beleza natural de seu rosto. A boca se desmanchou num sorriso largo, as faces se contraindo com as linhas do sorriso, antes imperceptíveis, os lábios repuxados para deixar à mostra a perfeição dos dentes brancos e reluzentes. David sentiu-se tão confuso com sua própria reação que baixou os olhos e pôs-se a chutar a ponta da pá, com um evidente nervosismo.

– Obrigada por isso. – Ela soltou um suspiro resignado. – Mas quero que prometa pelo menos que abrirá uma conta em meu nome na chácara.

Ele levantou os olhos e sorriu.

– Farei isso.

– Jennifer! – chamou Alex, da quadra.

– O que é?

– Você está bem?

– Claro!

– O que faz aí? Gerry chegou! Venha falar com ele!

Jennifer e David olharam para o outro lado da quadra, onde um jovem alto e magro estava sentado no banco, na frente do pavilhão. Ele vestia o uniforme branco de tenista, os cabelos lisos grudados na cabeça, presos para trás num rabo de cavalo.

– Já estou indo! – Ela se virou e ofereceu um sorriso a David. – Volto a falar com você mais tarde.

– Certo.

David observou-a por um momento, enquanto ela voltava para a quadra, antes de voltar a se concentrar no canteiro.

Os jogadores haviam iniciado o segundo set, quando Jasmine saiu da casa e informou que havia uma ligação para Alex. David olhou pelo canto dos olhos e viu-o deixar a quadra no mesmo instante, pedindo ao jovem de rabo de cavalo para tomar seu lugar. Enquanto ele seguia apressado para a casa, Jennifer, que jogava bola no gramado com Benji, observava-o atentamente. Depois de uma breve discussão sobre a contagem, a partida continuou, com o homem mais velho, Sam, disputando contra o atlético e competitivo Russ, que tinha como parceira a pequena e atarracada esposa de Sam, Molly, postada perto do lugar em que David trabalhava.

Assim que o novo set começou, Russ correu para Molly a fim de sussurrar palavras de encorajamento e sugerir novas táticas. O efeito no jogo de Molly foi imediato. Nas duas bolas seguintes lançadas em sua direção, ela errou uma por completo, enquanto a outra bateu na rede. Russ virou-se para fitá-la, uma das mãos no quadril, a raquete no ombro, a cabeça inclinada para o lado.

– O que aconteceu com você, Moll? Estava jogando muito melhor antes!

– Desculpe – murmurou Molly.

Ela foi para o seu lado da quadra, tentando dar ao parceiro a impressão de que se esforçava de fato, meio agachada, com um ar de concentração, pronta para a próxima bola disparada em sua direção. Foi Sam quem arremessou uma bola para o *backhand* de Molly. Então ela fez um contato perfeito, mas bateu com tanta força que a bola passou por cima da tela no fundo da quadra e foi cair no gramado, aos pés de Benji.

– Essa não! – exclamou ela, consternada. – Desculpe, Russ.

– O jogo é assim! – gritou Sam, do outro lado da quadra.

Ele passou a jogar todas as bolas em cima de Molly. Várias acabaram junto da tela, perto de David.

– O saque é seu agora, Moll – disse Russ, irritado com a derrota inevitável. – Tente pelo menos jogar por cima da rede.

Molly foi pegar duas bolas no fundo da quadra, falando para si mesma.

– Mas, afinal, o que será que estou fazendo de errado?

David inclinou um pouco a cabeça em sua direção, sem interromper o trabalho no canteiro.

– Nada – disse ele, em voz baixa.

Molly, inclinada para pegar uma bola, fitou-o.

– Como?

– Não está fazendo nada errado. Mas jogue para o *backhand* de seu marido. É muito fraco.

– Mas não consigo nem jogar a bola por cima da rede!

– Isso acontece porque eles estão jogando para o seu *backhand*. Corra para o lado e jogue de *forehand*. Você bate muito bem na bola.

Russ gritou de perto da rede.

– Ei, Molly, por que está demorando tanto?

– Já vou!

Ela olhou para David e sorriu. Ele não observou o ponto seguinte, mas ouviu o barulho da bola sendo batida com firmeza e passando por cima da rede. O *rally* terminou com um brado de frustração de Sam e um grito de alegria de Russ.

– Grande jogada, Molly! Foi sensacional!

David sorriu para si mesmo em satisfação, enquanto enfiava os dedos na terra para soltar as raízes de uma labaça mais resistente. Ouviu um barulho de tênis se aproximando. Molly abaixou-se para pegar outra bola, murmurou:

– Muito obrigada.

Ele se virou para vê-la de cabeça para baixo, sorrindo. Deu uma piscadela no instante em que conseguia arrancar a labaça.

JASMINE ESPERAVA por Alex na porta do vestíbulo. Observou-o subir os degraus no lado do terraço.

– É o telefone no escritório – informou ela, ficando de lado para deixá-lo entrar na casa primeiro.

– Obrigado.

Ele atravessou o vestíbulo e entrou no escritório, fechando a porta. Jasmine voltou à cozinha para terminar de pôr as garrafas de cerveja e chá gelado na caixa térmica. Estava fechando a porta da geladeira com o quadril, uma tigela de salada numa das mãos e um prato com sanduíches de atum na outra, quando Benji entrou correndo na cozinha.

– Viu papai?

– Ele está no escritório, querido.

– Vou falar com ele – disse Benji, voltando pelo caminho por qual viera. – Quero apresentá-lo a David.

Jasmine ainda o chamou:

– Deixe-o em paz, querido! Ele está falando ao telefone...

– Papai, venha conhecer David!

A voz de Benji ressoou pela casa.

Jasmine sorriu e balançou a cabeça. Transferiu o prato para a mesma mão da tigela, pegou a caixa térmica com a outra. Começou a atravessar o vestíbulo.

A porta do escritório estava entreaberta. Era óbvio que Benji não a fechara direito, antes de voltar correndo para o jardim. Jasmine largou a caixa térmica e foi até lá. Já ia estender a mão para fechar a porta quando ouviu a risada baixa de Alex.

– Isso é maldade! – disse ele, em voz abafada. – Não deveria falar essas coisas pelo telefone. Tem certeza de que não há ninguém aí que possa ouvir?

Jasmine retirou a mão, especulando se deveria fechar a porta ou deixar como estava.

– Não sei se poderei ir. Prometi a Jennifer que passaria o final de semana aqui. – Ele riu de novo. – Sei que está. Também estou com o maior tesão. Mas teremos de esperar até a próxima semana.

Jasmine levou a mão à boca e afastou-se devagar, sentindo um súbito fluxo de pânico arder em suas faces.

– Quando você vai viajar?... *Na segunda-feira*?... Não me disse que era tão cedo... também quero um encontro... Essa não!... Darei um jeito hoje mesmo... não, não, apenas direi que fui chamado para tratar de um negócio urgente... Pode deixar comigo. Temos de nos encontrar de qualquer maneira antes de sua partida... Está certo, em seu apartamento, dentro de poucas horas...

Jasmine ouvira tudo o que queria. Voltou na ponta dos pés ao lugar em que deixara a caixa térmica, pegou-a e saiu apressada para o jardim.

Alex largou o telefone e continuou sentado por mais algum tempo, tamborilando com os dedos sobre a mesa. Virou-se para olhar pela janela e avistou Jennifer e Benji jogando uma bola de tênis um para o outro no gramado. Empurrou a cadeira para trás e foi até a janela, onde parou e ficou observando, enquanto eles contavam o número de rebatidas no *rally*. Terminou com Jennifer jogando uma bola muito acima da cabeça de Benji. Ele jogou a raquete para o alto, numa tentativa desesperada de interceptá-la. Depois, foi pegar a raquete e a bola, gritando alguma coisa para o novo jardineiro, que se encontrava no outro lado da quadra. Jennifer olhou e riu do comentário, enquanto o homem se empertigava do trabalho no canteiro e sorria, acenando em resposta. Ao observar a cena, Alex sentiu uma inesperada pontada de ciúme, tão repentina e poderosa quanto um choque elétrico. Ele sacudiu a cabeça e deixou a janela. A caminho da porta, deu um chute em sua cadeira.

– *Merda*! – murmurou ele, enquanto batia a porta. – Que cagada você fez!

Jasmine voltava para a casa quando se cruzaram no terraço. Alex sorriu, mas ela manteve os olhos baixos e passou apressada. Ele se virou para observá-la entrar na casa. Depois, fazendo uma careta por seu comportamento hostil, desceu os degraus do terraço e contornou a sebe. Chegou ao pavilhão no momento em que os jogadores deixavam a quadra. Jennifer e Benji também haviam parado de jogar e agora atravessavam o gramado para encontrá-los.

– Ei, Alex! – gritou Russ, enquanto ele se aproximava. – Deveria ter visto o que aconteceu! Molly jogou como uma mulher possuída e venceu a partida sozinha!

Ele se virou para sua parceira corada e deu-lhe um beijo no rosto. Alex sorriu e enfiou as mãos nos bolsos do short.

– Eu bem que gostaria de ter visto – disse ele, numa voz desanimada.

Jennifer exibiu no mesmo instante uma expressão preocupada.

– Algum problema, querido?

– Tenho, sim. – Ele baixou os olhos para os pés, esfregou as pontas dos tênis uma na outra. – Lamento, Jennifer, mas é uma má notícia. Preciso me ausentar.

Ela largou a raquete, atordoada. Benji correu para o pai e pegou sua mão.

– Não pode ir, papai. Ainda não conheceu David... e quero que veja como estou jogando tênis bem... Por favor, papai!

– Sei que é chato, Benji. Eu também gostaria de vê-lo jogar tênis, além de conhecer David, mas é uma emergência.

– Emergência de que nível? – perguntou Jennifer.

– Ainda não sei. Era Harry ao telefone. Surgiu um problema com o contrato de Dallas. Tenho de encontrá-lo no escritório dentro de duas horas. Ele diz que não dá para esperar até segunda-feira.

Jennifer pegou a raquete.

– Será que não podem passar sem você pelo menos por uma vez?

– Parece que não. Talvez eu tenha que voar até Dallas.

Jennifer virou-se para o resto do grupo e abriu os braços, resignada.

– Lamento, pessoal.

Alex balançou a cabeça.

– Eu também lamento muito. Mas, infelizmente, é a natureza do meu trabalho.

Ele foi até a esposa, pegou-a pelo braço. Contornaram a sebe, a caminho dos degraus do terraço.

– Não imagina como fico *contrariado* por ter que sair agora.

Jennifer sorriu e deu de ombros.

– Não é culpa sua. É só que eu gostaria de que às vezes tivéssemos um fim de semana como uma família normal... se não por nós, então por Benji.

– Eu compreendo. – Alex fez uma pausa. – Ainda não sei se irei a Dallas, mas com certeza voltarei para São Francisco na noite de quarta-feira. Não poderíamos jantar juntos antes da minha viagem?

Por um momento, Jennifer hesitou, pensando no trabalho que ainda tinha para fazer na proposta do Tarvy's. Mas depois inclinou a cabeça em concordância.

– Está certo. Onde?

– Podemos experimentar o novo restaurante de frutos do mar na rua 48, entre Lex e Park. Chama-se Ocean Floor, se não me engano. Dizem que é ótimo.

– A que horas?

– Tem que ser cedo. Pode ser às sete horas?

– Combinado.

– E agora é melhor eu partir. Peça desculpas a Russ por eu não jogar uma partida com ele.

– Acho que ele vai sobreviver a isso. – Jennifer suspirou. – Todos nós vamos.

Alex sorriu, evitando seus olhos.

– Até quarta-feira.

Ele se virou e começou a subir os degraus.

– Alex...

Ele parou e olhou para trás.

– O que é?

– Pode me dar um beijo?

Alex tornou a descer os degraus e deu um beijo em seu rosto.

– Até quarta.

Ele subiu os degraus de dois em dois, atravessou o terraço sem olhar para trás e entrou na casa. Jennifer continuou parada ali, os braços cruzados, olhando para o terraço vazio. Depois, balançou a cabeça e voltou para junto dos outros, ao lado da quadra de tênis.

– É uma pena – comentou Russ, tomando um gole de cerveja da garrafa. – Não terei mais a minha partida.

– E não fique pensando que eu estaria disposto a enfrentá-lo! – Sam riu, recostou-se na espreguiçadeira e levou o charuto à boca. – Não vou correr o risco de estragar uma tarde agradável com um infarto.

– Não precisa jogar tênis para isso, Sammy – interveio Molly, num tom maternal. – Fuma charutos demais para o seu próprio bem.

– Ora, Moll, não comece! Ei, Gerry... – Ele se virou para o homem de rabo de cavalo. – Por que não joga uma partida com Russ?

Gerry balançou a cabeça.

– Para mim, o tênis não é um esporte competitivo – disse ele, com um suave sotaque irlandês. – É apenas a oportunidade para fazer um pouco de exercício.

– Mamãe...

Benji sentara no chão, de pernas cruzadas, arrancando punhados de grama.

– O que é, querido?

– Posso dizer uma coisa em segredo para você?

Todos olharam para Jennifer, intrigados.

– Pode.

Benji levantou-se e foi até a cadeira da mãe e passou os braços em torno de seu pescoço, enquanto sussurrava alguma coisa em seu ouvido.

– Acho que não daria certo, Benji.

– Por que não? É uma grande ideia.

– Eu sei, querido, mas ele está ocupado neste momento.

– Não podemos perguntar a ele? Ou pelo menos falar com Russ?

– Ah, isso me envolve? – indagou Russ, avançando para Benji com as mãos estendidas, como se tencionasse estrangulá-lo.

Benji soltou um grito e procurou refúgio por trás da mãe.

– Depressa, mamãe, fale logo, antes que ele me pegue!

Jennifer riu.

– Está bem. Russ, Benji sugeriu que você jogasse com David.

Russ parou e fitou-a, inquisitivo.

– David? Quem é? Ouvi o nome mais cedo...

Jennifer inclinou-se de lado e apontou para o lugar em que David trabalhava.

– O jardineiro. – Ela observou enquanto David calcava com as mãos a terra ao redor de um arbusto que acabara de plantar. – Acho que ele não vai gostar de ser incomodado, Benji. Está muito ocupado.

Russ virou-se e olhou para o outro lado da quadra.

– Ele sabe jogar?

– Pode apostar que sim! – Benji foi se postar ao lado de Russ, tentando persuadi-lo a aceitar. – Ele é muito bom, Russ. Está me ensinando a jogar e bate na bola com a maior força.

– Acho que é uma boa ideia – interveio Molly.

Todos se viraram para fitá-la.

– Por que diz isso, Moll? – indagou Sam, surpreso.

Molly sorriu.

– Digamos que ele teve uma participação na mudança de meu jogo durante o último set.

Russ virou-se para Jennifer.

– E então?

Ela balançou a cabeça.

– Muito bem, Benji, você venceu. Vá falar com ele.

Com um grito de alegria, Benji saiu correndo. Dodie, que farejava entre os pinheiros perto da baía, soltou um latido curto quando viu Benji se aproximar e correu para recebê-lo. David levantou os olhos do canteiro.

– Oi. Como vai?

– Muito bem. David...

– Onde está seu pai? Você não me disse que ia apresentá-lo?

– Disse, sim – murmurou Benji, com um ar desolado. – Mas ele teve de voltar ao trabalho.

– Sinto muito. Talvez eu possa conhecê-lo na próxima vez.

– Claro. Mas, David...

– O que é?

– Russ costuma jogar tênis com papai, mas agora papai teve de ir embora.

– É uma pena.

– Também acho... mas Russ... ahn... David, você não gostaria de jogar com Russ?

David ficou de joelhos, depois se levantou. Virou-se para o outro lado da quadra, onde todos olhavam em sua direção.

– Acho que não, Benji.

– Por que não?

– Hum... para começar, não estou com a roupa certa.

– Mas pode jogar com essa roupa, não é?

– E não tenho tênis adequados.

– Não pode jogar com esses?

– Talvez, mas... Acho que não deveria, Benji. Tenho trabalho a fazer.

– Mamãe disse que não tinha problema. Por favor, David! Acho que ela quer que você jogue. Caso contrário, terá que escutar Russ resmungando durante a tarde inteira.

David sorriu, pensou por um momento, e depois acenou com a cabeça lentamente.

– Por que não?

O rosto de Benji se iluminou.

– Quer dizer que vai jogar?

– Vou, se sua mãe não se importa.

Benji soltou outro grito de alegria.

– Ele vai jogar com você, Russ! Ele disse que vai jogar com você!

Benji pegou a mão de David e começou a puxá-lo tão depressa quanto podia pelo lado da quadra. Jennifer levantou-se e adiantou-se para recebê-los.

– Sinto muito, David. Espero que não se importe. Foi ideia de Benji.

– Foi o que imaginei. Infelizmente, não estou com tênis apropriados.

– Eu disse que ele podia jogar com os dele, mamãe – interveio Benji, ainda segurando a mão de David. – Os de papai ficariam pequenos demais nele.

– Também acho. – Jennifer olhou para os velhos tênis de David. – Mas esses servem.

Ela se virou e começou a voltar para junto dos outros, acrescentando:

– Vamos indo. É melhor você conhecer o adversário.

Jennifer apresentou David a Russ e aos outros. Molly ofereceu-lhe um sorriso radiante quando ele apertou sua mão. Gerry levantou-se de um pulo, virou a raquete e estendeu-a para David, o cabo na frente.

– Vai precisar de uma arma.

David abaixou-se e limpou as mãos, esfregando-as na grama com vigor. Depois, pegou a raquete, sorrindo.

– Obrigado. – Ele se virou e olhou para a quadra, onde Russ já treinava seu saque, arremessando bolas perfeitas no outro lado da rede. – É melhor eu ir começar logo a batalha.

Depois de um breve aquecimento, durante o qual Russ jogou a bola em diversas direções, fazendo David correr de um lado para o outro da quadra, a fim de avaliar as fraquezas do adversário, o primeiro sentiu-se bastante confiante.

– Não vamos nem tirar a sorte. Pode ficar com o primeiro serviço.

Ele foi para o lado da quadra. Ofereceu um sorriso e uma piscadela para Jennifer, antes de se aprontar para a primeira bola da partida.

Nem fez contato com a bola. Ou pelo menos não com a raquete. A bola passou por cima da rede como uma bala, descrevendo uma curva direto para cima de seu corpo. Russ teve de inclinar a cabeça para o lado, a fim de não ser atingido no olho. A bola acertou-o pouco acima do malar esquerdo, com um *baque* retumbante. Houve gritos de espanto dos espectadores, acompanhados por um grunhido de satisfação abafado de Sam e um brado de alegria muito menos sutil de Benji.

– *Merda*! – exclamou Russ, ficando completamente imóvel e olhando para David.

– Desculpe – murmurou David.

Russ foi para o outro lado, esfregando a face dolorida. Girou a raquete na mão uma vez e preparou-se para o saque seguinte.

Dessa vez a bola bateu no lado do *backhand*, sem qualquer vestígio da curva que descrevera da primeira vez. Como esperara que a bola virasse para cima de seu corpo, Russ viu-se tendo de se esticar para o lado a fim de tentar alcançá-la. O movimento foi tão forte que ele não conseguiu interrompê-lo, continuando até a tela lateral. Largou a raquete e estendeu as mãos, tentando evitar que o rosto se chocasse com o arame.

Enquanto ele se virava para pegar a raquete, havia silêncio na audiência. Russ olhou para Jennifer, ao voltar para o novo serviço do adversário, e sussurrou pelo canto da boca:

– De onde esse cara veio?

– Da Escócia – respondeu Jennifer.

– Ei, eu nem sabia que *se jogava* tênis por lá!

Ele bateu nas solas dos tênis com a raquete, mais para descarregar a raiva do que por algum propósito construtivo. Mais uma vez, preparou-se para enfrentar tanto a potência do saque de David quanto a infâmia de sua tarefa.

Depois de quatro jogos, Russ compreendeu que não estava à altura de seu adversário, não conseguindo prever nem uma única vez o que ele ia fazer. Se dava um saque com toda força, David conseguia tirar a velocidade da bola, lançando-a para o outro lado da rede num ângulo tal que Russ jamais conseguia alcançá-la. Se confiava em seu serviço de efeito, mais lento, David se adiantava como um trem expresso para acertá-la com a maior violência. A bola batia na tela do fundo antes que Russ tivesse tempo para se deslocar. Praguejando de frustração por ser derrotado em quatro jogos e evitando os olhares dos espectadores silenciosos, ele jogava as bolas para o lado de David, preparando-se para o golpe de misericórdia.

A essa altura, as coisas começaram a sair erradas no jogo de David. Os serviços caíam alguns centímetros além da linha ou batiam na fita branca da rede, enquanto suas devoluções saíam muito altas ou batiam no lado do raquete, espirrando para fora da quadra. Russ, encorajado por essa súbita mudança da sorte, começou a jogar mais uma vez para a audiência, piscando quando conseguia marcar um ponto ou soltando um grito exultante a cada falta dupla de David. Ele lançou um serviço no lado do *backhand*. David, deslocando-se para o lado errado, perdeu a bola por completo. Russ jogou sua raquete para o alto e correu até a rede. Parou ali, com a mão estendida, feliz por encerrar a partida com aquele ponto. David aproximou-se e apertou sua mão.

– Bom jogo, Russ. Foi muito divertido.

– Um grande jogo. Tive sorte de começar a perceber seu jogo direito. Você me deixou confuso por um momento.

Os dois deixaram a quadra sob aplausos e muitos comentários elogiosos sobre a partida. Benji, no entanto, aproximou-se de David com uma cara de desapontamento.

– Pensamos que você ia vencê-lo, David, mas de repente passou a jogar como eu!

David riu.

– É o que acontece no tênis, Benji. Tudo dá certo por algum tempo, até que de repente... o jogo vira, tudo sai errado.

Russ largou sua raquete no chão, foi até a caixa térmica e tirou uma cerveja.

– Quer uma também, David?

– Não, obrigado. Agradeço a gentileza, mas, se não se importa, quero acabar o que estava fazendo.

– Não vai remoer a derrota, né? – disse Russ, abrindo a garrafa e tomando um gole. – Foi uma partida de igual para igual.

– Pode deixar que não vou me ressentir.

Jennifer levantou os olhos de sua cadeira.

– Não precisa voltar ao trabalho, David.

– Preciso sim. Tenho de plantar o resto dos arbustos até o anoitecer. Caso contrário, há uma possibilidade de não resistirem.

– Está bem... e, outra vez, obrigada por jogar com Russ.

David acenou com a cabeça, depois contornou a quadra para voltar a trabalhar no canteiro.

Por volta das 17 horas, o último arbusto já fora plantado. Ele regou tudo, recolheu as ferramentas e começou a contornar a quadra, assoviando para chamar Dodie. Não havia mais ninguém no pavilhão. Quando virou o canto da sebe, Jennifer apareceu, acompanhada por Gerry. Os dois pararam quando David se aproximou.

– Tudo pronto? – perguntou Jennifer.

– Tudo.

Ela sorriu.

– David, creio que você ainda não foi apresentado direito a este irlandês maluco, Gerry Reilly.

David adiantou-se, transferiu todas as ferramentas para uma das mãos, estendeu a outra.

– Prazer em conhecê-lo, Gerry.

– David – continuou Jennifer –, Gerry tem um estúdio de gravação aqui em Leesport e acaba de receber... como é mesmo o nome?

– Uma nova mesa de mixagem.

– Isso mesmo... e ele não consegue levá-la para o estúdio sozinho. Por isso, queria saber se você poderia ajudá-lo. Isto é, se não tiver outros planos.

– Seria o maior prazer. Não tenho nada marcado para esta noite.

– Maravilhoso, David! – Gerry esfregou as mãos satisfeito. – Tenho de preparar tudo para uma banda que virá amanhã. Tentei arrumar sozinho, mas não consegui. Vou pegar minhas coisas na casa e nos encontraremos lá atrás. Está de carro?

– Estou.

– Pois então pode me seguir. Tem certeza de que não é uma intromissão indevida?

– Absoluta. Como eu disse antes, não tenho mais nada para fazer.

– Ótimo... vamos nos encontrar lá atrás!

Gerry voltou ao terraço e desapareceu dentro da casa. Jennifer fez menção de segui-lo, mas parou de repente e se virou para David.

– Poderia vencê-lo, não é?

– Como?

– Ora, entendeu muito bem o que eu disse. Poderia ter derrotado Russ, não é mesmo?

David sorriu e começou a balançar a cabeça de um lado para o outro.

– Hum... talvez.

– E por que não o fez?

– Pensei que poderia não ser... ahn...

– Diplomático?

– Por aí.

Jennifer chutou um pouco de grama com a ponta do tênis.

– É uma atitude totalmente antiamericana, mas mesmo assim muito gentil. Minha vida seria um inferno na manhã de segunda-feira se Russ perdesse.

– Imaginei que ele não ficaria de bom humor.

Jennifer soltou uma risada.

– Imaginou certo. – Ela cruzou os braços e baixou os olhos para o chão. – Bom... acho que só nos veremos de novo na próxima semana.

– Isso mesmo.

Ela se afastou. David observou-a subir os degraus para o terraço de dois em dois, sem o menor esforço. Depois, assoviando para Dodie, ele atravessou o gramado para guardar as ferramentas no galpão.

22

Ficou claro, desde o início, que a descrição que Jennifer fizera de Gerry Reilly, chamando-o de "irlandês maluco", não poderia ser mais apropriada. Com David sentado no fusca, seguindo a velha Maserati de Gerry no alto da Barker Lane, o irlandês entrou abruptamente numa brecha inexistente no tráfego, fazendo com que uma picape Chevrolet derrapasse, o motorista tocando a buzina, furioso. Depois, Gerry acelerou tanto que até saiu fumaça dos pneus rangendo. Quando David conseguiu entrar na Barker Lane, a Maserati já era apenas um ponto vermelho na outra extremidade da rua principal de Leesport. Em consequência, David teve de guiar o fusca mais depressa do que o carro jamais devia ter andado, na vã tentativa de alcançá-lo.

Três quilômetros a leste de Leesport, David já renunciara por completo a toda e qualquer esperança de ver Gerry ou a Maserati de novo. Ao fazer uma curva fechada para a direita, no entanto, se deparou com o carro estacionado no lado da estrada. Calculou que devia ter sido apenas por sorte que Gerry olhara pelo espelho retrovisor e descobrira que não havia o menor sinal do fusca. Quando ele diminuiu a velocidade, Gerry partiu, desta vez num ritmo mais suave. Cem metros adiante, ele ligou a seta para a direita e saiu da estrada. David seguiu-o por um caminho esburacado e invadido pelo mato, até pararem diante de um estábulo enorme, castigado pelo tempo. Gerry saltou de seu carro e deu a volta para abrir a porta de David.

– É um grande favor que está me prestando, David. Tentei ajeitar o painel ontem à noite, sozinho, mas descobri que ou arrebentava as costas ou arrebentava a droga do equipamento!

David saiu do carro e abaixou a capota, sem prendê-la, a fim de impedir Dodie de saltar. Depois, seguiu Gerry até a porta dupla do estábulo.

– Mas nós dois juntos podemos dar um jeito. É apenas uma questão de encaixar o equipamento e fazer a ligação.

Ele abriu a porta pequena que ficava no meio de uma das portas grandes e deixou David entrar na frente.

A parte da frente do estábulo fora convertida numa enorme sala, o centro ocupado por um grupo de velhos sofás e cadeiras ao redor de uma mesa de carvalho grande e tosca. Num lado, uma cozinha estendia-se ao longo da parede, separada da área da sala de estar por um balcão comprido. A área de jantar ficava no fundo da sala, por baixo de um segundo andar cercado com grades, no qual David pôde divisar uma enorme cama de casal. Todo o lugar recendia a cerveja e fumaça de cigarro antiga, como se tivesse sido o cenário de uma festa desvairada na noite anterior.

Gerry foi até a geladeira e pegou duas garrafas de cerveja. Arrancou as tampas com o cabo de uma colher e estendeu uma garrafa para David.

– Não há sentido em se esquentar e se irritar com o trabalho, não acha?

Ele tomou um gole e gesticulou com a mão para que David seguisse seu exemplo. Foi até uma porta por trás da mesa de jantar e puxou-a. Depois, empurrou outra porta e ligou uma porção de interruptores, inundando de luz um estúdio de gravação. Tinha apenas a metade da altura e três quartos da largura da área residencial. A parte da frente era separada da parte posterior menor por uma parede à prova de som, no centro da qual havia uma janela de observação, de vidro duplo. A sala em que os dois entraram estava cheia de instrumentos musicais: dois teclados, uma bateria e diversas guitarras espalhadas sobre suportes de metal, cada um ligado a uma enorme caixa de *input*, por baixo da janela de observação, através de um emaranhado de fios.

Duas enormes luminárias Anglepoise projetavam uma tênue claridade sobre o buraco aberto no meio da mesa de controle.

– Desculpe pela bagunça – disse Gerry, enquanto se esgueirava entre os instrumentos. – Os rapazes vieram ensaiar ontem à noite e só saíram às três da manhã. E não são o que se costuma chamar de organizados.

David seguiu o caminho de Gerry entre os instrumentos.

– Que tipo de gravação você faz?

Gerry soltou uma risada.

– Qualquer coisa que dê algum dinheiro. Bandas em geral, mas também gravamos jingles para emissoras de rádio e coisas parecidas, para preencher as horas ociosas. – Ele abriu as portas para a sala de controle. – Foi assim que conheci Jennifer. Fiz algumas coisas para a agência dela durante o último ano.

Gerry foi até um canto da sala e puxou um lençol com todo cuidado, revelando o novo painel de mixagem.

– Aqui está. – Ele recuou para admirar. – Não é uma beleza?

David acenou com a cabeça, sem ter certeza se era ou não uma beleza, mas calculando que, se a aparência dependesse do número de botões, interruptores e telas de LCD, então aquele aparelho devia valer alguns assovios de admiração.

– Vamos começar, David – disse Gerry, espremendo-se por trás do painel e afastando-o da parede. – Se você conseguir enfiar as mãos por baixo, vamos levantá-lo e levá-lo para o lugar certo.

David largou a garrafa de cerveja, abaixou-se e levantou o painel. Com umas poucas manobras, conseguiram encaixar o painel na posição correta.

– Perfeito! Muito obrigado, David. – Ele foi para trás da mesa e pegou um punhado de fios. – Agora, tudo que preciso fazer é enfiar estes fios nos buracos corretos.

David pegou sua cerveja, encostou-se na beira da janela e ficou observando Gerry meter os plugues nas aberturas correspondentes.

– Quer dizer que você produz os mais diferentes tipos de música?

– Acho que sim. Tenho bastante sorte de trabalhar nisso há algum tempo. Assim, várias bandas me pedem para produzi-las. Foi por isso que me mudei para Leesport. – Ele sorriu para David. – Para me elogiar um pouco, sou conhecido no ofício como Flautista de Hamelin, já que atraio para cá as bandas que antes gravavam em Nova York.

– Parece uma boa fama. Onde você funcionava antes?

– Tinha um pequeno estúdio no Village, mas era caro demais. Por isso, comprei esta propriedade, há cerca de um ano. Pensei a princípio que podia ser um elefante branco, porque descobri em seguida que nenhuma seguradora queria me dar cobertura, já que todos os meus equipamentos ficariam num prédio de madeira.

Gerry fez uma pausa, gesticulando para a sala.

– Foi por isso que tive de fazer paredes de tijolo por toda parte. Ficou menor do que a outra parte do estábulo... e também por causa do revestimento à prova de som. Posso lhe assegurar que custou uma nota preta.

– E obviamente as bandas sentem-se felizes em fazer a viagem até aqui?

– Foi um risco, admito, mas parece que todos estão adorando. Ficam numa pensão em Leesport, com direito a café da manhã. Como a maior parte do trabalho é realizada à noite, passam o dia na praia. Os mais esportivos vão jogar tênis ou golfe no country club. – Ele ergueu as sobrancelhas para David. – É muito engraçado. O clube tem normas rigorosas sobre os trajes que as pessoas devem usar... e pode imaginar como esses caras se apresentam para jogar.

David riu.

– E eles dão um jeito de se safarem?

– Nunca testemunhei o que acontece. Acho que é melhor se não souberem quem é o culpado por trazer essa gente para cá. Mas em geral há sempre alguém que conhece a banda, ou cujos filhos conhecem, e as regras são um pouco alteradas. Acho que tentam afastá-los dos campos de golfe e das quadras de tênis, antes que os velhos chatos apareçam e comecem a reclamar.

Gerry balançou um punhado de plugues, sacudindo a cabeça de um lado para o outro, enquanto fazia cálculos silenciosos sobre os lugares em que deveriam ser inseridos.

– Importa-se de segurar isto aqui por um instante?

David levantou-se e foi pegar os plugues, enquanto Gerry ia para o outro lado da mesa e agachava-se para estudar a confusão de *inputs*.

– Quer dizer que a maioria das bandas que você produz aqui é famosa?

– Pode-se dizer que sim. A banda que veio gravar agora é bem popular no circuito rock/folk. Chama-se Dublin Up. Já ouviu falar?

– Não posso dizer que sim. Lamento informar que desisti da minha carreira musical há algum tempo.

Gerry fitou-o com o maior interesse.

– Quer dizer que você era músico?

David balançou a cabeça.

– Mais ou menos. Tinha uma banda na universidade, mas quase não toquei desde então.

– Que instrumento?

– Guitarra.

– Grande!

Gerry trocou dois *inputs* e ergueu-se na frente da mesa. Mexeu em alguns controles no painel e o feedback saiu pelos dois enormes alto-falantes por trás de David. Gerry girou dois botões no mesmo instante e o barulho se desvaneceu em um zumbido alto. Ele indicou a porta do estúdio de gravação.

– Aquela é uma Gibson. Não gostaria de experimentar?

David olhou pela janela para a guitarra azul-brilhante no meio do estúdio.

– Você se importaria?

– Nem um pouco. É só me dar mais um instante que irei também.

David largou o punhado de plugues, abriu a porta e foi pegar a guitarra na estante. Pendurou-a no pescoço e tirou a palheta presa entre as cordas, criando assim uma vibração diferente que ressoou pelos alto-falantes. Tocou alguns acordes para ter certeza de que o instrumento estava afinado. Depois, ensaiou uma música, para deixar que seus dedos se acostumassem à guitarra. Foi nesse momento que Gerry abriu a porta e entrou.

– Bert Jansch, não é?

David sorriu.

– Não devo ser tão ruim assim, se você reconheceu.

– Ruim? Posso lhe garantir que há muitos guitarristas hoje em dia que não são capazes de tocar melhor! – Gerry pegou uma Ovation semiacústica numa das estantes e sentou num banco cromado, com assento de couro. – Você é um homem e tanto para um jardineiro, hein? Primeiro o tênis, depois a guitarra. O que mais você faz?

David balançou a cabeça.

– Isso é tudo, infelizmente. Por acaso você testemunhou a soma total dos meus talentos num só dia.

– Graças a Deus por isso! – Gerry dedilhou as cordas de sua guitarra, ajustando os controles. – É mais do que suficiente. Qualquer outra coisa e me deixaria com o mais profundo sentimento de humildade.

Ele tocou três acordes rápidos, antes de acrescentar:

– É isso aí, David! Como dizem, a noite é uma criança... então vamos aproveitar.

23

Duncan Caple atravessou o estacionamento vazio da Glendurnich, virando o chaveiro em sua mão para encontrar a chave que abria a porta da frente do escritório. Eram 7 horas da manhã de segunda-feira. Embora a destilaria vibrasse de atividade, já que se mantinha em operação durante o fim de semana, o escritório estava completamente deserto. Ele enfiou a chave na fechadura e abriu a porta, seguindo apressado para a sua sala.

Pôs a pasta na mesa, tirou o paletó e pendurou-o no encosto da cadeira, ao mesmo tempo em que apertava um dos botões de discagem automática no telefone. Enquanto esperava que a ligação fosse efetuada, abriu sua pasta e tirou um volumoso documento datilografado. Sentou e começou a folheá-lo. O som distorcido da chamada saía pelo alto-falante do aparelho.

Depois do décimo toque, ele se inclinou para a frente, com um grunhido de contrariedade, e ia desligar quando alguém atendeu.

– Alô?

Duncan pegou o telefone no mesmo instante.

– John? Aqui é Duncan.

– Duncan? Você me pegou no último minuto. Eu já estava saindo. Como vai tudo por aí? Ia ligar para você hoje, mas nunca sei quando é a melhor hora.

– Lamento não ter mantido contato, mas queria providenciar o documento antes de falar com você.

– E conseguiu?

– Consegui... e devo dizer que parece muito bom. Giles fez um trabalho maravilhoso de venda da ideia e Keith jogou com os números de uma maneira extraordinária. Tudo ficou muito convincente embora seja bastante simples. Mas também, os argumentos tinham de ser apresentados de maneira que todos os trabalhadores da destilaria compreendessem. Depois de analisar tudo, eu diria que temos mais do que uma boa chance de consumar o plano.

– Maravilhoso, Duncan! Bom trabalho. Vai me mandar uma cópia?

– Claro. Enviarei pelo correio ainda hoje.

– Ótimo. Já tem alguma ideia de quando poderá passar ao próximo estágio?

– Que dia é hoje? – Duncan puxou a agenda em cima da mesa e virou as páginas até o mês seguinte. – Estamos no dia 15 de junho... Com uma margem de segurança, John, eu gostaria de ter um mês para aprontar tudo. Quero ter o máximo de certeza possível de que o plano dará certo, e acho que não posso pressionar mais do que o necessário. Portanto... vamos ver... que tal dia 17 de julho, uma sexta-feira?

– Não pode ser antes?

– Não. Se esperarmos até lá, isso me proporcionará uma possibilidade quase total de fazer tudo, sem qualquer contratempo.

– E sente-se muito confiante de que não haverá problema?

– Já estou aqui há um ano, John, sei como a destilaria funciona. Os Inchelvies orgulham-se de ter desenvolvido Glendurnich com base nas relações trabalhistas, a um ponto quase extremo. Embora os empregados possuam apenas 31 por cento das ações, se apoiarem nossas propostas, os Inchelvies irão acompanhá-los. Quase posso garantir isso. E, assim que examinar o documento, você vai constatar que as condições oferecidas são mais do que atraentes para a família.

– Certo. Já teve alguma notícia de Corstorphine?

– Absolutamente nenhuma. Até onde eu sei, ele se escondeu em algum lugar dos Estados Unidos. Chafurdando na tristeza, sem a menor dúvida. Não creio que tenhamos de nos preocupar com ele.

– Muito bem, você sabe o que fazer. Anotarei o dia 17 de julho, sexta-feira, em minha agenda. Vou precisar que faça uma coisa por mim, Duncan.

– O que é?

– Preciso manter contato com você durante o próximo mês numa base mais regular. Assim, quero que mantenha abertas todas as linhas de comunicação entre a Kirkpatrick e a Glendurnich. Isso significa telefone, fax e e-mail. Não posso me manter a par do que acontece apenas por esses telefonemas eventuais.

– É justo.

– Mas, como sabe, isto é impossível enquanto a velha megera controlar a mesa telefônica.

Duncan acenou com a cabeça lentamente.

– Tem razão.

– Precisa se livrar dela. É importante. Como você mesmo diz, há necessidade de tempo para aprontar tudo, e não podemos correr o risco de qualquer vazamento antes da data marcada. Como é mesmo que ela se chama?

– Margaret.

– Acha que será muito difícil afastá-la?

– Não posso dar uma resposta objetiva a respeito. Há muito que ela passou da idade da aposentadoria, mas ainda tem muita influência entre o pessoal do escritório e com o velho Inchelvie.

– Não pode deixar de afastá-la, Duncan. Mantenha Inchelvie longe por um mês, procurando-o em sua casa para informá-lo de tudo. Visite-o se for necessário, mas dê um jeito para que ele pense que sabe de tudo e não sinta necessidade de visitar o escritório. Certo? Quanto a Margaret, ofereça-lhe uma quantia substancial, mais do que tudo a que ela teria direito. Se precisar, comunique a todo mundo que ela recebeu uma gratificação generosa. Não perca o sono por causa disso. Apenas faça de uma vez. Certo?

– Claro, John.

– Ficarei esperando o documento... e dê meus parabéns aos outros pelo excelente trabalho.

Duncan desligou e virou a cadeira para olhar pela janela. Esfregou o rosto, enquanto pensava no memorando para Margaret. Depois, com um sorriso contraindo os cantos dos lábios, se virou para a mesa, tirou a caneta do bolso interno do paletó, pegou um bloco e começou a escrever a ordem de aposentadoria da recepcionista.

24

Ao entrar correndo na cozinha, ofegante, Benji largou a raquete de tênis em cima da mesa e virou-se triunfante para David, que passava pelas portas de vidro.

– Ganhei!

– Teve uma vantagem.

– Mas você é mais rápido do que eu.

– Nem tanto. Acho que seria mais justo se você me desse uma vantagem.

– Essa não!

Benji foi até a geladeira e tirou duas latas de Coca-Cola.

– Pegue!

Ele jogou a lata sem calcular a distância para David, que se adiantou afobado para segurá-la. Mas a condensação na superfície fez com que escorregasse de sua mão. Bateu na quina da mesa e caiu no chão, furada, espirrando refrigerante em todas as direções. Jasmine, que se encontrava no processo de tirar uma assadeira de vidro do forno, virou-se para testemunhar o líquido pegajoso se espalhando por seu chão imaculado.

– Pelo amor de Deus, Benji! O que pensa que está fazendo?

Ela largou a assadeira no balcão, tirou as luvas, pegou um pano na pia e foi até a mesa.

– Vá guardar sua raquete no lugar... agora!

Benji, aturdido com a inesperada reação de Jasmine, olhou cauteloso para David, que inclinou a cabeça para o lado, indicando que ele deveria fazer o que fora ordenado. David abaixou-se e pegou a lata. Tampou o buraco com o dedo, foi para a pia e despejou o resto do conteúdo.

– Sinto muito. Foi mais culpa minha do que dele.

– Você deveria ter segurado a lata, não é? – resmungou Jasmine, ríspida, enquanto se abaixava para limpar a sujeira.

David arregalou os olhos pelo humor de Jasmine, tão surpreso quanto Benji por sua explosão. Foi se agachar ao lado dela.

– Pode deixar que eu limpo tudo.

Ela afastou o braço da mão estendida de David.

– Não! Sou perfeitamente capaz de limpar tudo sozinha!

David ergueu-se e ficou observando, enquanto ela esfregava com vigor a sujeira no chão.

– Jasmine...

– O que é agora?

– Algum problema?

Ela parou de esfregar por um instante, depois continuou, com mais força ainda.

– Não há nada de errado *comigo*.

Jasmine parou de novo, soltou uma fungada alta, limpou os olhos com o dorso da mão. David se abaixou e pôs a mão em seu ombro.

– Sei que há alguma coisa errada. O que aconteceu?

Ela se virou para fitá-lo, com lágrimas nos olhos.

– Não é nada muito importante. Apenas ouvi uma coisa no sábado, durante a partida de tênis... talvez eu possa aproveitar seu conselho. – Ela olhou por cima do ombro esquerdo de David. – Mas não agora.

Ele seguiu a direção do olhar de Jasmine e se deparou com Benji, que voltara à cozinha e se aproximava.

– Desculpe – murmurou o menino. – Não fiz de propósito.

Jasmine riu, enquanto limpava uma das pernas da mesa.

– Sei que não fez... e também não tive intenção de gritar com você. Apenas tive uma explosão de mau humor. E, como David disse, foi tanto culpa dele quanto sua.

Benji jogou-se nas costas de Jasmine, beijando-a no alto da cabeça várias vezes. Ela teve de abrir os braços para não perder o equilíbrio e ser achatada contra o chão pelo peso extra.

– Já chega, Benji! Saia daí. Aceito as suas desculpas.

– Ótimo! – O menino se empertigou. – Podemos subir agora, David?

– Daqui a um minuto. Suba na frente e pratique um pouco. Quero trocar uma palavrinha com Jasmine.

– Está bem.

Benji virou-se e subiu correndo a escada. Jasmine ergueu-se também e examinou o chão, para se certificar de que não deixara escapar nenhum vestígio da Coca-Cola.

– O que vocês dois estão tramando agora?

– É a canção dele. A escola comunicou hoje que ele tem de aprontá-la para amanhã de manhã. É o Dia D! Benji tem uma vaga no sistema de alto-falantes às quinze para as nove.

Jasmine sorriu, foi até a pia e começou a enxaguar o pano.

– Então... sobre o que deseja o meu conselho?

Ela balançou a cabeça.

– Nada que não possa esperar. – Jasmine pendurou o pano na torneira e virou-se para fitá-lo. – Teremos uma oportunidade de conversar quando Benji não estiver por perto. Não quero correr o risco de que ele escute o que tenho a dizer.

Jasmine pegou a assadeira e pôs de volta no forno, depois girou dois botões no painel de controle.

– De qualquer maneira, acho que você tem uma coisa mais importante para fazer agora do que ficar me ouvindo.

David deu de ombros, virou-se, atravessou o corredor e subiu a escada para o quarto de Benji. Quando ele entrou, Benji levantou os olhos do lugar em que estava sentado, tocando o ukulele, o papel com a letra da canção aberto em seus joelhos.

– Isto é sentimental demais, uma idiotice!

Ele largou o ukulele, amassou o papel e jogou-o no chão, depois se jogou na cama. David foi pegar a bola de papel.

– *Não* tem nada de idiota – disse ele, abrindo o papel com cuidado e passando a mão para alisá-lo. – Acho que é uma canção sensacional. Do que você não gosta nela?

– É toda sobre *amor.*

– E daí? Todas as boas canções falam de amor. Sobre o que você preferia escrever? Jogar tênis?

Benji fitou-o com uma cara irritada.

– Não diga besteira. Quem ouviria uma canção sobre tênis?

– Exatamente. A letra é sensacional... e um pouco diferente ainda por cima. Tem um ótimo ritmo na primeira parte... *Eu amo você, mas você parte o meu coração, parte em dois o meu coração...* Acho que é ótimo. Chama a atenção.

– Mas todos vão rir de mim quando sair pelos alto-falantes!

– Por quê? Você conhece a música, toca muito bem e canta ainda melhor. Então por que os outros ririam de você?

– Porque vão dizer que falar de *amor* é coisa de bicha!

David sentou na cama. Encostou-se na parede, com os braços cruzados.

– Quanto vale?

– Quanto vale o quê?

– Digamos que sou o seu produtor de disco e declaro: "Muito bem, Benji Superstar, eu lhe darei dez dólares se rirem de você e vinte se não rirem." Teríamos uma aposta?

Benji fitou-o nos olhos, a testa franzida em concentração.

– Não é uma boa aposta. Você perde nas duas opções.

– Talvez eu simplesmente saiba que não vão rir de você. Terei que lhe pagar vinte dólares, é verdade, mas também tenho a certeza de estar com um sucesso nas mãos. Caso contrário, não faria a proposta.

Benji permaneceu em silêncio por um longo tempo.

– Acha mesmo que é boa?

David acenou com a cabeça.

– Acho

– Puxa!

Os olhos de Benji fitaram o vazio, contemplando a fama iminente.

– Negócio fechado? – insistiu David.

– Pode apostar que sim!

Benji se levantou, pegou o ukulele e começou a tocar os primeiros acordes da canção.

– O que fazemos agora?

David também se levantou.

– Temos de achar um gravador.

Benji pensou por um momento. Depois, largando o ukulele na cama, foi para um armário no outro lado do quarto. Abriu-o e procurou algo lá dentro, tirando brinquedos que há muito não eram usados de suas profundezas, até encontrar um velho gravador.

– Que tal este?

David pegou o gravador. Depois de uma avaliação rápida, largou-o em cima da cama, desdenhoso. Os ombros de Benji murcharam visivelmente.

– Não serve, hein? – murmurou ele, com um profundo desapontamento.

– Infelizmente, não. Se queremos ter um sucesso de verdade, precisamos recorrer aos profissionais.

Benji engoliu em seco.

– Como assim?

– Venha comigo. Vou lhe mostrar.

Vinte minutos depois, Benji se encontrava meio escondido por trás de David, no meio do estúdio de gravação de Gerry, o ukulele nas costas e a boca entreaberta em espanto, enquanto ouviam a música estrondosa que era tocada pelos quatro roqueiros presentes. David sentiu o menino puxar sua camisa. Virou-se e abaixou para conseguir ouvi-lo.

– David, acho que esses caras são o Dublin Up. Eles são *realmente* famosos.

David balançou a cabeça e ofereceu uma piscadela. Benji ficou ainda mais boquiaberto. Dentro da sala de controle, Gerry levantou os olhos do painel e avistou-os. Levantou-se e passou pela porta dupla, depois acionou um interruptor na parede, que cortou no mesmo instante todo o som dos instrumentos.

– Mas que po...

Gerry ergueu a mão para o guitarrista de cabelos compridos.

– Cuidado, pessoal. Há crianças presentes.

Ele se aproximou da banda, lançando um olhar furtivo para Benji, que tentava se comprimir ao máximo possível contra as costas de David.

– E, então, Benji? Ouvi dizer que você tem uma canção para gravar.

Benji não respondeu. Limitou-se a sacudir a cabeça e lançar um olhar angustiado para David. Gerry piscou para David.

– Um pouco nervoso, hein? Não se preocupe. Todo mundo fica assim. – Ele se virou para a banda que àquela altura já largara os instrumentos e se refestelava em espreguiçadeiras, acendendo cigarros. – Patrick, como você se sentiu na primeira vez em que entrou num estúdio de gravação?

– Foi uma me... – Patrick fez uma careta. – Fiquei apavorado.

Gerry deu de ombros e tornou a olhar para Benji.

– Aí está. Até mesmo o vocalista do Dublin Up ficou apavorado. Você acreditaria se alguém lhe dissesse isso?

Pondo a mão no ombro de Benji, ele o levou até o microfone na frente da janela de observação e puxou um banco alto.

– Sente-se aqui e ajustarei o microfone para você.

Benji obedeceu. Ainda tentava manter seu instrumento modesto fora da vista do grupo. Um deles, um jovem magro, com um corte de cabelo de moicano e uma argola de prata na sobrancelha, notou isso e subitamente soltou um grito de reconhecimento.

– Ei, você tem um ukulele! – Ele se adiantou para pegar o instrumento. – São sensacionais. Aprendi a tocar num deste.

O jovem ajeitou-o debaixo do braço e tocou alguns acordes. Benji sorriu ao perceber que ele tocava apenas sol, dó e ré maior.

– Também conheço esses acordes – declarou ele, orgulhoso.

– Neste caso, sabe tanto quanto eu sobre o ukulele. – O músico sorriu e devolveu o instrumento a Benji. – Agora vamos ouvir o que você pode fazer com isto.

Depois de ajeitar um par de fones enormes nos ouvidos de Benji, Gerry foi para a sala de controle, acompanhado por David. Ele ligou dois controles no painel.

– Pode me ouvir, Benji?

O menino confirmou com um aceno de cabeça.

– Ótimo. Assim que estiver pronto, cante dois ou três versos para que eu possa ajustar os controles.

Benji lançou um olhar de absoluto terror para David, que se inclinou para o microfone de Gerry e disse:

– Apenas respire fundo e comece, Benji. Não tem importância se cometer um erro. Gerry pode gravar quantas vezes forem necessárias.

E, com um bravo sorriso, Benji começou. Na primeira vez, conseguiu chegar ao final da primeira parte sem qualquer erro. Mas, ao iniciar a segunda parte, tocou um acorde errado, o que o fez se dobrar em embaraço. Gerry ligou seu microfone.

– Não se preocupe, Benji. Saiu ótimo. Vamos fazer de novo. Só que desta vez deve ficar de olho em mim, porque vou indicar o ritmo com a mão. Tive a impressão de que acelerou um pouco no final.

A voz de Benji saiu pelo alto-falante:

– Vai me confundir.

Gerry sorriu.

– Não vou, não. Apenas observe minha mão pelo canto do olho. Está pronto?

Benji acenou com a cabeça.

– Muito bem, vamos recomeçar.

Desta vez Benji foi até o final da canção sem qualquer falha. Quando ele terminou, Gerry levou um dedo aos lábios para indicar que todos deviam ficar quietos. Depois de alguns segundos, ele desligou os controles e fez o sinal de polegar para cima. No instante seguinte, o som abafado de palmas atravessou a parede divisória à prova de som. Gerry e David observaram os integrantes da banda cercarem o menino sorridente, dando tapinhas de parabéns em suas costas. Os dois foram para o estúdio de gravação.

– Bom trabalho, Benji! – exclamou Gerry, dando um cascudo leve em sua cabeça. – E conseguiu em duas tentativas! Não são muitos cantores profissionais que conseguem isso... não é Patrick?

O cantor soltou uma risada.

– Espero que não esteja insinuando coisa alguma com esse comentário!

– Posso ouvir agora? – perguntou Benji, excitado.

– Claro que pode.

Gerry voltou à sala de controle e tocou a canção pelos alto-falantes do estúdio. Benji ouviu até o fim, com uma expressão de incredulidade. Ao final, o grupo mais uma vez aplaudiu. Gerry saiu da sala de controle.

– Muito bem, Benji, você pode levar como está ou, se quiser, posso acrescentar algumas coisas.

Benji manteve-se em silêncio por um momento.

– Que tipo de coisas?

– Podemos acrescentar uma bateria, talvez um contrabaixo.

Benji mordeu o lábio, indeciso. Gerry sorriu, tranquilizador.

– A canção é sua, Benji. Foi você quem a compôs e a tocou. Sou apenas o mecânico... mas posso providenciar uns retoques, se você quiser.

– Não vai ficar horrível?

Gerry riu.

– Se ficar, terei de encerrar o que faço e arrumar outro emprego.

Benji sorriu e saiu do banco.

– Está bem. Vai fazer isso agora?

– Não, não agora. – Gerry ergueu as mãos e inclinou para a banda. – Tenho de cuidar deste pessoal primeiro. Mas, se David voltar ao final da tarde, eu lhe darei a fita pronta. Assim, você a terá de manhã cedo. Dá para esperar?

Benji acenou com a cabeça.

– Ótimo! – Gerry bateu de leve no ombro do menino. – Fez um bom trabalho, tem um futuro brilhante pela frente.

Assim que saíram do estúdio, a animação de Benji diminuiu. Ele se encaminhou devagar para o carro, olhando para o chão, pensativo. David observou-o, girando a argola com as chaves em torno de um dedo.

– Qual é o problema?

– David... – Benji hesitou. – Não vou parecer um idiota, não é?

David balançou a cabeça.

– Benji, prometo que amanhã, a esta hora, você será um superastro na escola... – Ele sentou ao volante e ligou o carro – ... e com vinte dólares a mais no bolso!

Ele chegou na casa 15 minutos antes do habitual, na manhã seguinte, a fim de que Benji tivesse bastante tempo para entregar a fita na secretaria da escola. Tocou a buzina duas vezes, repetiu um minuto depois, e nenhum sinal do menino. A porta da cozinha se abriu, mas foi Jasmine quem apareceu, fazendo gestos frenéticos para que ele entrasse.

David saiu do carro e correu para os degraus da frente, que subiu em dois pulos. Jasmine o esperava na cozinha, com uma expressão divertida. Apontou para Benji, estendido de rosto para baixo numa das poltronas macias.

– O que houve? – indagou David, em voz baixa.

– Pavor do palco – sussurrou Jasmine.

David ergueu as sobrancelhas e se adiantou.

– Está pronto, Benji?

O menino soltou um grunhido e levantou-se.

– Tenho a sensação de que vou ser executado.

David ainda tentou reprimir o riso, mas ouvir a risadinha abafada de Jasmine frustrou todo o seu esforço.

– Desculpe, Benji. Eu não queria rir. – Ele pôs a mão no ombro do menino e conduziu-o para a porta. – Vamos embora. Tudo dará certo.

Benji foi se arrastando. Ao passar por Jasmine, ela se inclinou e deu um beijo no alto de sua cabeça.

– Vá em frente, maestro. Mostre a eles tudo de que é capaz.

– É mais provável que eles me mostrem tudo de que são capazes.

Enquanto ele se afastava, Jasmine pegou a mochila e a entregou a David.

– Vai dar certo?

– Espero que sim.

E, com os dedos cruzados, ele saiu apressado para se encontrar com Benji no fusca.

Embora ainda faltasse meia hora para as aulas começarem, já havia inúmeros estudantes passando pela porta principal quando eles chegaram na escola. David parou na frente, abriu o porta-luvas, tirou a fita e entregou-a a Benji.

– Aqui está, pronta para você. Há um papel na caixa. Não deixe de dizer a quem ficar com a fita para ler o que está escrito antes de tocar a canção. Certo?

Benji inclinou a cabeça numa concordância silenciosa e saiu do carro. Deu a volta para a porta do motorista. David entregou-lhe a mochila.

– Vai esperar?

– Claro. Ficarei aqui até 9h50.

Respirando fundo, Benji virou-se e subiu pelo caminho para a porta principal. Já ia entrar no prédio quando um menino, perseguido por outro, esbarrou nele, fazendo com que a fita escapulisse de sua mão. Como se fosse em câmera lenta, Benji observou a fita pairar no ar por um instante, depois avançou para pegá-la. Mas havia corpos demais ao seu redor para que chegasse a tempo. Ele soltou um grito desesperado. Mas, no instante em que a fita ia bater no concreto de um degrau, alguém estendeu a mão e pegou-a.

Sean Dalaglio empertigou-se, com um sorriso radiante, e deu a fita para Benji, que deixou escapar um suspiro de alívio.

– Obrigado, Sean.

– É a canção que você fez?

Benji engoliu em seco.

– Como soube?

– Já foi anunciado pelos alto-falantes. Foi você mesmo quem compôs?

Benji acenou com a cabeça.

– É boa?

Benji não sabia como responder. Virou-se para olhar o fusca. O carro continuava ali, mas David não. Avistou-o um pouco adiante, passeando pela calçada com Dodie. Ele se virou para Sean, que insistiu:

– E então?

– Eu... não sei.

Benji passou por Sean, entrando na escola. Correu até a secretaria e bateu na porta. A Srta. Trimble, a secretária da escola, abriu-a.

– Olá, Benji.

Ele estendeu a fita.

– Ah, deve ser a sua canção. – Ela olhou para o relógio na parede. – Vai tocar dentro de cinco minutos. Vamos pôr agora o poema de Chester Todd, "Gaivota sobre a Baía", e depois será a sua vez.

Benji murmurou um agradecimento e virou-se para ir embora, mas lembrou o aviso de David.

– Srta. Trimble...

Ela já começara a fechar a porta. Deixou uma fresta aberta.

- O que é, Benji?

- Há um papel na caixa da fita. Deve ser lido, antes de a fita tocar.

A Srta. Trimble sorriu-lhe.

- Está bem. Como farei os anúncios hoje, pode ficar tranquilo que lerei antes.

- Obrigado.

A Srta. Trimble fechou a porta. Benji ficou olhando para o vidro fosco por algum tempo. Depois, com um suspiro de resignação, afastou-se pelo corredor, a caminho de seu armário. Enquanto girava a chave na fechadura, o sistema de alto-falantes crepitou por um instante e a Srta. Trimble disse:

- Bom dia para todos. A primeira apresentação hoje de nosso concurso de talentos é de Chester Todd. Trata-se de um lindo poema, intitulado "Gaivota sobre a Baía".

Houve um estalido quando o gravador foi ligado. Logo em seguida, a voz de Chester começou a ler o poema:

Sobre a baía a gaivota voa
E no mastro ela senta à toa
O problema é encontrar um toco
Quando quer fazer seu cocô
E quando estica as asas...

A fita foi interrompida abruptamente, enquanto todos no corredor caíam numa gargalhada incontrolável. Os meninos se encostaram em seus armários e escorregaram até o chão, segurando os joelhos para comprimir a dor na barriga, enquanto as meninas se reuniam em grupos, soltando risadinhas com a mão na boca. A voz da Srta. Trimble saiu pelos alto-falantes, um pouco trêmula:

- Acho que já chega. Chester Todd, por favor, apresente-se imediatamente no gabinete do diretor. Agora, sem mais conversa, vamos à próxima apresentação. Trata-se de uma canção de Benji Newman, intitulada "Eu amo você".

Os meninos no corredor começaram a gritar, correram para Benji, assoviando *fiu-fiu*, rebolando e jogando beijos para ele.

Era o fim! Ele se desmoralizara de vez. Por que dera ouvidos a David? Nunca deveria ter feito aquilo. Benji bateu a porta do seu armário e saiu correndo para o banheiro. Oh, não, havia um alto-falante ali também! Ele entrou numa cabine vazia, trancou a porta, sentou no vaso, tapou os ouvidos e fechou os olhos com força. Mas, mesmo no mundo silenciado, ainda podia ouvir a voz abafada da Srta. Trimble. Sobre o que ela falava tanto? Devia ser o tal bilhete na caixa da fita. Ele fez uma bola de papel higiênico e meteu nos ouvidos. Depois, contraindo o rosto, eliminou os sons, ainda remanescentes, com os dedos.

Sentado ali, os cotovelos apoiados nos joelhos, ele sentiu de repente uma reverberação poderosa e ritmada subindo por seus pés. Levantou os olhos para a porta do cubículo e viu que tremia contra a fechadura na parede divisória. Parecia que era alguém tentando abri-la.

– Vá embora! – berrou Benji, desbloqueando os ouvidos por um momento.

Não havia ninguém ali. A reverberação não era produzida por uma pessoa, vinha do alto-falante na parede, no canto do banheiro, transmitindo a introdução de uma canção *funky*, de ritmo acelerado. Benji levantou-se e tirou os papéis dos ouvidos, no momento em que a parte vocal começava: "Eu amo você, mas está partindo meu coração, partindo em dois meu coração..." Ele abriu aporta do cubículo e saiu. Ficou parado por um momento, ouvindo *sua* canção.

Era fantástico! Parecia... real! Havia bateria, um contrabaixo vibrante, um instrumento de sopro que parecia um trompete tocando de vez em quando. Fora isso, era tudo *ele*... ele e seu ukulele! Tinha de sair para falar com David... encontrá-lo lá fora o mais depressa possível! Ele começou a roer uma unha, apreensivo. Mas como? Teria de passar por todos aqueles garotos de novo. Benji foi até a porta do banheiro. Depois de um momento de hesitação, abriu-a e deu um passo para trás. A primeira coisa que viu foi um garoto negro, da turma acima da sua, entrar no banheiro ao ritmo da música. Ele se adiantou e deu uma espiada. Ao longo do corredor, os alunos dançavam no compasso da música. Benji foi se esgueirando para a porta principal, junto da parede, tentando passar despercebido.

Sean Dalaglio foi o primeiro a avistá-lo.

– Ei, Benji! – gritou ele, correndo em sua direção. – É uma canção sensacional! Como conseguiu que o Dublin Up gravasse com você? É a minha banda predileta! Pode conseguir os autógrafos deles para mim?

Benji arregalou os olhos.

– Quer dizer que o Dublin Up está... – Ele engoliu em seco. – Tenho que ir agora, Sean.

Continuou andando rápido, e cada vez que era visto pelos colegas que se encontravam dentro de salas de aula, ouvia incontáveis vozes gritando: "Grande música, Benji!" e "Você vai ganhar com *essa* aí, cara!"

Benji saiu correndo. Avistou David no outro lado do caminho, encostado no lado do fusca com um sorriso largo, segurando vinte dólares entre os dedos.

Benji seguiu em sua direção, mas David ergueu a mão subitamente, detendo-o, ao mesmo tempo em que guardava o dinheiro no bolso da camisa. Benji parou e fitou-o, aturdido. David gesticulou, indicando que ele deveria voltar à escola. Benji ainda continuou parado ali por um instante, com um profundo desapontamento. Ao se virar, se deparou com vários colegas, parados em silêncio nos degraus da entrada principal. Sean Dalaglio se postava à frente de todos. Benji olhou ao redor e ofereceu um sorriso exultante a David, antes de voltar à escola para receber os parabéns de todos.

25

Enquanto o táxi avançava devagar pelo tráfego intenso na Park Avenue, Jennifer olhou para o relógio. Já eram 18h55 e ainda faltavam 12 quarteirões para o restaurante. Não havia a menor possibilidade de conseguir chegar lá nos próximos cinco minutos. Ela se inclinou para o lado, sentindo a blusa molhada se soltar do plástico sujo do banco, por causa da intensa umidade de fora e da falta de ar-condicionado de dentro. Olhou além do motorista para ver o engarrafamento se estender pelo menos até a Grand Central. Bateu na divisória de vidro. O motorista estendeu a mão para trás e abriu-a um pouco.

– O que é, dona? – perguntou ele, num sotaque que deixou Jennifer com pouca confiança em sua capacidade de encontrar o Empire State Building, muito menos o restaurante Ocean Floor.

– Não pode passar para a Lexington ou a Terceira e tentar subir por lá? Aqui não tem jeito.

O motorista sorriu e balançou a cabeça em concordância, ao mesmo tempo em que levantava as mãos e batia na capa de acrílico laranja do volante.

– Tem razão, não tem jeito! – exclamou ele, permanecendo onde estava.

Jennifer ficou olhando para a sua cabeça, na expectativa de que ele desse uma guinada no volante tentando cortar para a direita. Mas o motorista parecia feliz em se sentar ali e esperar que o tráfego voltasse a andar. Balançava a cabeça de um lado para outro à voz esganada de um cantor do Oriente Médio que saía do estéreo.

Ela olhou ao redor, tentando verificar se havia algum táxi livre nas proximidades. Mas todos tinham a luz apagada. De qualquer modo, provavelmente daria no mesmo. Jennifer afastou os cabelos da testa, sentindo a umidade pegajosa em sua mão. Pegou a bolsa, tirou o telefone e ligou para Alex. A linha estava ocupada. Desligou, largou o aparelho na bolsa e inclinou-se para a frente, dirigindo-se outra vez à divisória de vidro.

Não pode pelo menos ligar o ar-condicionado? – indagou ela, irritada.

Eram 19 horas. Alex já devia ter chegado. Ele nunca se atrasava. Jennifer sabia disso. Fora o motivo pelo qual deixara o escritório com tanta antecedência, querendo ser a primeira no restaurante. Mas já estava naquele táxi havia 25 minutos. Baixou a janela, apenas para ser premiada com uma lufada de ar quente que parecia sair de um secador de cabelos, o que aumentou ainda mais sua fúria. Fechou a janela e esperou.

Não via Alex desde sábado. Ele deixara um recado na secretária eletrônica do apartamento, dizendo que tinha mesmo de ir a Dallas.

"Inevitável" fora a palavra que ele usara. Qual a novidade? Era sempre inevitável no caso de Alex. Não que isso pudesse fazer muita diferença, já que ela estava trabalhando em todos os momentos possíveis no contrato do Tarvy's. Portanto, era mais do que provável que não teriam tempo para se encontrarem. Jennifer balançou a cabeça. O contrato... Nada do que produzira até agora lhe deixava confiante de que garantiria a conquista da conta. Talvez Russ tivesse razão, talvez estivessem tentando morder mais do que podiam mastigar.

Sem qualquer razão aparente, o trânsito voltou a andar. O motorista virou-se e sorriu, obviamente pensando que tinham uma sólida amizade depois daquele breve diálogo em que não conseguiram se entender.

– Ei, dona, estamos andando de novo!

Ele balançou a cabeça satisfeito, enquanto o carro subia devagar pela Park. Já eram quase 19h20 quando chegaram ao Ocean Floor. Depois de pagar a corrida, Jennifer saltou do táxi e atravessou, apressada, a calçada.

O restaurante estava meio vazio. Em consequência, Jennifer foi recebida por três garçons de avental branco, obviamente ansiosos em conquistar clientes. Avistou Alex sentado numa mesa no canto, rindo, enquanto falava ao telefone. Passou pelo meio do comitê de recepção, deixando os três com o rosto franzido, num desapontamento resignado.

Ao vê-la se aproximando, Alex desligou o celular e guardou-o no bolso interno do paletó.

– Desculpe o atraso, querido. – murmurou Jennifer, pendurando a bolsa no encosto da cadeira. – O trânsito estava horrível.

Alex levantou-se, inclinou-se por cima da mesa e beijou-a de leve no rosto.

– Parecia muito feliz no telefone – comentou Jennifer, puxando sua cadeira e sentando-se. – Posso presumir que tudo correu bem em Dallas?

– Nem tanto. Era um telefonema social para... ahn... – ele hesitou por um segundo. – ... para John. – Alex pegou o cardápio e pôs-se a estudá-lo, enquanto acrescentava: – Eu não sabia quando você ia chegar. Por isso, pedi um espadarte com mexilhões para você. Prefere outra coisa?

– Está ótimo.

Jennifer inclinou-se para a frente, tentando pegar o guardanapo, mas o garçom foi mais rápido, arrancando-o de sua mão estendida, abrindo-o e estendendo-o para ela.

– Bom apetite! – disse ele, num inglês estropiado, oferecendo um sorriso largo.

Ela o observou se afastar por um momento.

– Será que ninguém mais fala inglês nesta cidade?

– O que foi? – indagou Alex.

– Nada, nada... – Jennifer suspirou. Inclinou-se sobre a mesa e apoiou o queixo nas mãos cruzadas. – Quer dizer que Dallas não foi um sucesso?

– Não como eu gostaria. – Ele pegou a garrafa de vinho e encheu o copo de Jennifer. – Acho que tudo dará certo a longo prazo, mas a empresa parece muito apreensiva com o novo sistema. É apenas uma questão de conquistar a confiança.

Jennifer balançou a cabeça devagar, compreendendo as implicações.

– O que significa que terá de mimá-los por algum tempo.

Foi a vez de Alex soltar um profundo suspiro.

– Infelizmente. Irei direto para lá, depois de São Francisco. – Ele correu os olhos pelo restaurante à procura de algum sinal do pedido. Levantou a manga da camisa e olhou para o relógio. – Espero que se apressem. Não posso ficar por muito mais tempo. Como vai o novo cliente, Jennifer?

Ela se recostou na cadeira.

– Ainda não ganhamos a conta, Alex. Estou apenas preparando a proposta. O problema é que se trata de um território novo para mim. Não tenho certeza se estou no caminho certo até agora, mas...

Jennifer não continuou, porque percebeu que Alex não prestava atenção às suas palavras. Ele olhou outra vez para o relógio e virou-se para verificar se já estavam trazendo a comida. Nesse instante, um garçom saiu da cozinha e veio para a mesa, segurando, dois pratos.

– Mexilhões?

Jennifer inclinou a cabeça e o garçom pôs a tigela fumegante na sua frente.

– Já vou trazer a lavanda, madame... e para o senhor, salada de frutos do mar.

– Obrigado. – Alex levantou os olhos para o garçom. – Pode providenciar para que o segundo prato saia o mais depressa possível? Tenho um avião para pegar.

Depois de um sorriso e uma mesura, o garçom voltou apressado para a cozinha.

– Parece ótimo. – Alex pegou o garfo e a faca. Olhou para Jennifer, que não fez qualquer movimento para começar a comer. – Qual é o problema? Não era o que você queria?

Ela balançou a cabeça lentamente.

– Há quanto tempo somos casados, Alex?

Alex enchera o garfo de salada. Parou a caminho da boca quando ouviu a pergunta.

– Por que pergunta?

Jennifer não respondeu. Deixou que o cérebro de Alex absorvesse a indagação. Pegou um mexilhão e inclinou a concha para a boca.

– Onde está querendo chegar?

– Somos casados há 13 anos, caso você tenha esquecido. Mas eu seria capaz de apostar que qualquer desconhecido que observasse nosso comportamento um com o outro pensaria que mal nos conhecemos. Agimos como totais estranhos. Sobre o que conversamos até agora? Seu trabalho e o meu. – Ela se inclinou sobre a mesa. – Temos uma vida em comum, Alex... 13 anos de vida em comum!

Ele deixou a faca e o garfo caírem no prato com um estrépito e levantou os olhos para o teto, antes de sussurrar:

– Pare com isso, Jennifer. Não comece a fazer uma cena aqui. As pessoas vão ouvir.

– Não... estou... fazendo... uma cena! – sibilou ela, entre os dentes semicerrados. Fez uma pausa para se controlar. – Acontece que parecemos mais distantes a cada vez que nos encontramos. Minha impressão é de que não temos mais nada em comum... ou será que temos? O que está errado? Nós tínhamos... não, é o tempo errado do verbo... nós *temos* uma boa vida juntos, Alex. Você é meu melhor amigo. É meu amante, embora não pareça assim ultimamente. E por acaso também é meu marido, pai do meu filho. Mas agora nosso relacionamento parece que não passa... de um relacionamento profissional.

Alex inclinou a cabeça e continuou a comer.

– Bem, foi você quem optou por voltar a trabalhar. Não tive nada a ver com isso.

– Não estou tentando lhe atribuir a culpa por nada, Alex. Eu só queria que nós fôssemos...

Jennifer foi interrompida pelo garçom, que pôs a lavanda na sua frente.

– O prato principal já está pronto? – indagou Alex.

– Já, sim, senhor. Só mais um instante.

Enquanto o garçom se afastava, Jennifer acrescentou:

– Eu só queria que passássemos mais tempo juntos, mesmo que fosse apenas nos fins de semana.

– Você sempre pode desistir do seu emprego. Não precisa trabalhar. Eu tenho bastante sucesso.

– E como se mede o sucesso, Alex?

Ela falou um pouco mais alto do que pretendia. Alex correu os olhos pelo restaurante, verificando se alguém os observava, enquanto Jennifer continuava:

– É pelo número de zeros no cheque que recebe ao final do mês? Ou é pelo quanto se diverte com seu filho, por sua participação na criação dele? Isso conta alguma coisa? Neste momento, Jasmine e David parecem muito mais envolvidos com Benji, David em particular, que...

Alex tirou o guardanapo do colo e jogou na mesa.

– Jennifer, está comparando minha contribuição para a criação de Benji com a de algum... vagabundo desmotivado que surgiu de ninguém sabe onde? Porque, se é isso, devo dizer que fico muito magoado! Reconheço que Jasmine faz muita coisa por Benji, e é para isso que ela é paga, mas não comece a me dizer besteira sobre esse tal de David. De qualquer forma, Jasmine trabalha para que *nós* possamos trabalhar fora. Portanto... ora, gostaria de que me dissesse quanto tempo *você* passa com Benji, ó senhora mãe perfeita? Tudo o que disse se aplica aos dois. Sabe disso, não é?

Jennifer terminou de comer os mexilhões, molhou os dedos na lavanda e enxugou-os no guardanapo, antes de soltar um suspiro longo e resignado.

– Tem razão... aplica-se aos dois. A diferença é que mantenho o problema em mente durante todo o tempo. E você?

Alex não respondeu, sabendo que qualquer coisa que falasse seria considerada pelo ângulo errado. A pausa foi bastante longa para que Jennifer refletisse que a conversa que planejara como um diálogo racional se transformara numa discussão acalorada. Ela se inclinou e estendeu a mão sobre a de Alex.

– Desculpe, querido. Eu não queria que isso acontecesse. Mas... eu gostaria que passássemos mais tempo juntos... como uma família. Sei que pode parecer um clichê, mas parece que não há a menor esperança neste momento.

O garçom voltou e pôs os pratos principais na frente dos dois. Alex olhou para o seu relógio.

– Ei, já são oito horas! Não tenho tempo para comer mais nada, preciso partir agora ou perderei o avião.

Jennifer balançou a cabeça e murmurou:

– Está bem.

– Não se incomoda de comer sozinha ou prefere ir embora?

– Creio que já comi o suficiente. E não sei se o restaurante é bom mesmo. Os mexilhões tinham um gosto um pouco esquisito.

Alex sorriu para ela e chamou o garçom.

– Infelizmente, temos que ir embora agora. Estamos atrasados.

– Mas pediram a comida!

– Sei disso, só que não temos tempo para comer.

– Mas terão que pagar!

– Não há problema! – disse Alex, um tanto ríspido. – Basta trazer a conta.

O garçom assumiu uma expressão sombria e se afastou, furioso. Alex e Jennifer trocaram um olhar, antes de caírem num acesso de riso meio contido.

– Entende agora o que eu disse? – murmurou Jennifer. – É contagiante!

Ele pegou sua pasta no chão. Fez uma pausa e olhou para Jennifer antes de se levantar:

– Daremos um jeito, querida. Prometo. Mas pode demorar um pouco. Está bem assim?

Jennifer acenou com a cabeça.

– Está.

Alex empurrou sua cadeira para trás.

– Vamos embora. Chamarei dois táxis.

O tráfego era bem menos movimentado agora e Alex não teve qualquer dificuldade para conseguir dois táxis vazios. Aproximou-se de Jennifer para lhe dar um beijo no rosto, mas ela inclinou a cabeça, e os lábios se encontraram.

– Eu amo você, Alex – sussurrou ela.

Ele sorriu.

– Sei disso. Eu lhe telefonarei assim que voltar, combinado?

– Claro. Boa viagem.

Alex virou-se, foi para seu táxi e embarcou. O motorista arrancou, antes mesmo que ele tivesse tempo de fechar a porta. Jennifer continuou parada na calçada, observando, até que o táxi passou pelo sinal da Park Avenue. "Oh, Alex, você bem que podia ter dito que também me amava!" Ela levou a mão à testa, sentindo as primeiras pontadas de uma dor de cabeça iminente. Devia ser a umidade... ou talvez apenas o efeito colateral da discussão estúpida. Porque fora exatamente isso, pura estupidez, da parte de ambos. Ela fechou os olhos e apertou-os com força, tentando aliviar a pressão que se acumulava em sua cabeça. Apesar do calor, sentiu um frio súbito, com um tremor involuntário, ao compreender isso.

– Vai embarcar ou não, dona? – gritou o motorista de táxi.

Jennifer passou os braços ao redor do corpo e foi se sentar no banco traseiro.

– Para onde?

– Barrymore Street, por favor.

– West Village?

– Isso mesmo.

O motorista partiu, acelerando depressa. Passou pelo cruzamento da Park Avenue com o semáforo amarelo. Quando ele precisou parar na Quinta Avenida, Jennifer tremia de maneira incontrolável. A cabeça parecia ressoar com as batidas ritmadas de uma marreta. Ela bateu na divisória de vidro. O motorista abriu.

- O que é?

- Pode desligar o ar-condicionado, por favor?

- Está fervendo lá fora, dona!

- Sei disso, mas não estou me sentindo bem.

O motorista deu de ombros, inclinou-se para a frente e virou um botão no painel. O semáforo mudou para verde nesse instante, e ele entrou à toda na Quinta Avenida, jogando Jennifer para o lado do banco. Ela levou a mão à boca, sentindo a bílis subir do estômago e uma sensação de sufocamento no fundo da garganta. Tornou a se inclinar para a frente e bateu no vidro.

- Pare, por favor... agora!

O táxi parou junto ao meio-fio e Jennifer abriu a porta, antes mesmo que ele parasse por completo. Estendeu a cabeça para fora e vomitou. A cena foi testemunhada por alguns transeuntes, que recuaram, numa reação instintiva, para o outro lado da calçada, com resmungos abafados de repugnância. Ela fechou a porta e arriou no banco. O motorista virou-se para fitá-la.

- Andou bebendo, dona?

Jennifer balançou a cabeça, sem muita força.

- Porque, se andou bebendo, não vai andar no meu táxi.

- Não bebi. Acho que foi uma comida estragada.

- Pelo amor de Deus, não vomite no meu táxi!

O motorista pisou fundo no acelerador, ansioso para largá-la em casa antes que ela pudesse sujar o carro.

Ao chegarem no semáforo da rua 43, Jennifer já tivera de vomitar mais duas vezes, cada uma mais violenta do que a anterior. Tinha agora a sensação de que a cabeça ia explodir. Precisava se inclinar para a frente a fim de aliviar a dor insuportável no estômago. Oh, Deus, como passava mal... devia ter sido... nesse momento ela sentiu outra pressão nos intestinos... oh, Deus, por favor, não isso também!

Agachada como estava, ela estendeu a mão e bateu no vidro. O motorista, balançando a cabeça, tornou a encostar no meio-fio.

- Não, por favor, não pare. Eu só quero saber onde estamos.

– Subindo pela rua 42, dona.

– Pode virar à esquerda, por favor?

– À esquerda? Mas pensei que queria ir para o West Village.

– Vire à esquerda, por favor. Quero ir para Leesport.

O motorista virou-se para trás.

– Leesport? Está se referindo a Leesport em Long Island? Não posso ir até lá. Este é o período de maior movimento para mim.

– Por favor. Tem que me levar. É a minha casa. Estou passando mal. Por favor. Prometo que pagarei o dobro da corrida. Apenas me leve para Leesport.

Ela desabou no banco. O motorista continuou parado por mais um momento, observando a passageira de rosto pálido pelo espelho retrovisor. Depois deu a partida, virando à esquerda na 42, a caminho do Túnel Midtown.

JASMINE PÔS A XÍCARA na mesa, na frente de David, e sentou do outro lado. Ele olhou para o café fumegante e, lentamente, levantou o rosto para fitá-la.

– Compreende agora por que eu não podia falar na frente do Benji? – murmurou ela.

David deixou escapar um longo suspiro.

– Claro que compreendo. E também entendo porque ele vai passar a noite na casa de Sean.

– Exatamente. De qualquer forma, acho que será muito bom para ele voltar a ser amigo de Sean. Você fez um pequeno milagre, não é mesmo? – Jasmine tomou um gole do café. – O que devo fazer em toda essa confusão?

David balançou a cabeça.

– Não sei, Jasmine. Com toda sinceridade, não sei. Acho que não devemos... ou melhor, que você não deveria se envolver em algo que não é da sua conta.

– Mas *é* da minha conta, porque não quero que Benji saia magoado.

– Compreendo sua posição, mas... afinal, Jennifer e Alex são adultos. Devem resolver o problema por si mesmos. Sabe se Jennifer desconfia de alguma coisa?

– Até onde eu sei, ela pensa que tudo vai muito bem... não que eu costume conversar com ela sobre esses assuntos.

– O problema é esse, Jasmine. Você acertou na mosca. Não conversa com ela sobre esse tipo de coisa porque não é da sua conta. Não, não é bem assim. – David fez uma pausa. – Você é provavelmente a amiga mais leal que ela tem, mas essa situação está numa esfera de relacionamento muito pessoal para Jennifer.

Ele afastou a cadeira da mesa.

– Não sei direito. Talvez eu esteja vendo a situação pelo ângulo errado. Mas, independente do quanto conheço uma pessoa, jamais iria querer que me dessem conselhos sobre uma coisa que envolvesse apenas a mim e...

A voz de David definhou, quando ele compreendeu subitamente o que ia dizer. Seu rosto corou no mesmo instante, enquanto lançava um rápido olhar para Jasmine.

– E o que, David? – perguntou Jasmine, em voz baixa, a xícara parando a caminho da boca.

David fitou-a com um rosto impassível, fazendo um esforço desesperado para tentar encontrar uma maneira de desviar a conversa da armadilha que Jasmine lhe preparara, mesmo sem saber. Nesse exato momento, a campainha da porta tocou três vezes, em rápida sucessão. Os dois se viraram ao mesmo tempo para o relógio na parede. Jasmine franziu o rosto.

– Quem poderia aparecer aqui às quinze para as dez?

Ela se levantou apressada para atender. David continuou sentado, soltando um longo suspiro de alívio quando ela deixou a cozinha. Quase que estragara tudo daquela vez. Era o passado se intrometendo inconscientemente nas circunstâncias atuais. Quase que ele fora apanhado desprevenido.

– DAVID! VENHA DEPRESSA!

A urgência na voz de Jasmine fez com que ele se levantasse de um pulo, derrubando a cadeira. Correu até o vestíbulo e encontrou Jasmine e um homem gordo, de rosto vermelho, sentando Jennifer no degrau da escada com todo cuidado e encostando seu corpo na balaustrada. Ela tinha o rosto pálido, a blusa clara salpicada com um líquido amarelo, que fazia a roupa grudar na pele. Um cheiro nauseante impregnava toda a área ao redor.

– O que aconteceu? – perguntou David, olhando de um para outro.

O homem virou-se e começou a voltar para a porta.

– A dona está passando mal, senhor. Foi isso que aconteceu. E ela fez a maior sujeira no meu táxi. Eu não queria fazer a corrida, mas ela prometeu que me pagaria em dobro. Agora tenho de limpar tudo por dentro...

– Espere um pouco. – David ergueu a mão. – Vamos acertar uma coisa de cada vez. Primeiro, conte-nos o que aconteceu.

O taxista olhou para o lugar na escada em que Jennifer estava deitada, com os braços comprimindo a barriga e uma expressão quase que de delírio nos olhos. Jasmine sentara ao seu lado, apavorada, e passara os braços ao redor dos ombros de Jennifer.

– Peguei-a num restaurante em frente ao Intercontinental. É novo, eu acho, por isso não consigo lembrar o nome. Ela disse primeiro que queria ir para o West Village, mas começou a vomitar, o que aconteceu três vezes, e me pediu para trazê-la até aqui. Disse que comeu alguma coisa que lhe fez mal.

David olhou para Jasmine.

– Parece intoxicação alimentar. É melhor chamar o médico logo, Jasmine.

– Não posso deixá-la sentada aqui, David. Tenho de leva-la até a cama.

– E eu preciso voltar à cidade – interveio o motorista. – E limpar a sujeira no banco de trás, o que vai ocupar a maior parte da noite.

– Quanto é a corrida? – perguntou David, tirando a carteira do bolso de trás do jeans.

– Cem dólares... e isso cobre apenas a corrida. Como eu tenho que...

Jennifer soltou um gemido, inclinou-se para a frente e vomitou um líquido amarelo num jato tão forte que cobriu sua saia e 1 metro do chão à sua frente. Jasmine teve que pular para o lado para não ser atingida.

David teve um tremor de reconhecimento vendo Jennifer, toda a cena faiscando como um *déjà-vu*, como se uma janela em seu cérebro, até então fechada com firmeza, se abrisse de repente.

Você deve estar preparado para o pior com a quimioterapia, David, dissera o Dr. Spiers. *Pode ter efeitos colaterais muito desagradáveis. Ela ficará deprimida, assustada e muito nauseada. Mas você deve sempre lhe dar seu apoio, David, todo apoio, amor e gentileza que puder.*

Era tudo muito familiar... e ainda bem que ele tinha experiência o bastante para saber exatamente como agir. Era como se apertassem um botão em seu cérebro, e ele se adiantou para assumir o comando da situação, funcionando no piloto automático. Entregou sua carteira a Jasmine.

– Pague a ele duzentos dólares. Depois chame o médico o mais depressa que puder.

Jasmine levantou-se.

– E Jennifer, David? Preciso levá-la para a cama.

– Pode deixar que eu farei isso.

Jasmine fitou-o com uma expressão cautelosa.

– Não se preocupe – acrescentou ele, pondo a mão em seu braço, num gesto tranquilizador. – Sei exatamente o que fazer.

David virou-se para o motorista de táxi.

– Obrigado por trazê-la. Ficamos muito gratos.

O taxista deu um grunhido, em aceitação sombria ao agradecimento de David, e se encaminhou para a porta da frente, seguido por Jasmine, que ainda exibia uma expressão de incerteza. David contornou o líquido no chão e se agachou ao lado de Jennifer.

– Vou levá-la para o seu quarto, agora – murmurou ele. – Acha que pode aguentar?

Jennifer ergueu a cabeça para fitá-lo, os olhos mal conseguindo focalizar seu rosto. Ele pôs a mão sob sua axila e levantou-a gentilmente, mas as pernas de Jennifer pareciam fracas demais para sustentar o peso do corpo. Ela tombou para a frente, contra o peito de David. Torcendo o nariz pelo cheiro nas roupas, ele afastou o corpo inerte da mulher, passou um braço por suas costas e o outro pelos joelhos, levantou-a num movimento rápido e carregou-a pela escada o mais depressa que pôde. Ao chegar no patamar lá em cima, se deu conta de que não sabia onde era o quarto de Jennifer. Gritou para Jasmine lá embaixo:

– Qual é o quarto?

– Vire à direita, o segundo à esquerda. Tem certeza de que pode fazer isso, David?

– Claro.

Ele seguiu pelo corredor, abriu a porta e acionou o interruptor de luz com o cotovelo. Levou Jennifer para a cama e estendeu-a ali.

– Deitada, não – balbuciou ela, tentando sentar. – Fico enjoada.

David ajudou-a a sentar. Sentiu uma ânsia de vômito percorrer seu corpo, causada pelo cheiro fétido.

– Tente permanecer assim por um momento, enquanto eu preparo um banho. Depois, vamos tirar essas roupas. – Ele olhou para uma porta no quarto. – O banheiro é ali?

Jennifer apenas acenou com a cabeça, fraca demais para protestar. Seguiu-o com os olhos, enquanto ele atravessava o quarto.

Depois de abrir as torneiras, David pegou uma toalha e voltou ao quarto. Encontrou Jennifer segurando firme a frente da blusa, com uma expressão de total desamparo. David inclinou-se para ela, pôs as mãos em seus joelhos.

– Jennifer, terá de confiar em mim. Prometo que só a levarei até o banho. Jasmine pode cuidar de tudo depois. Mas ela não pode assumir sozinha o trabalho de carregá-la.

A gentileza na voz de David era demais para Jennifer. O rosto se contraiu de repente, as lágrimas afloraram. Ela se inclinou para a frente lentamente, até que o rosto se apoiou nos braços de David.

– Isto é tão... degradante – balbuciou ela, entre soluços.

– Não é não, Jennifer. – David levantou o rosto dela, com a mão sob seu queixo, para que ela olhasse diretamente para ele. – Não precisa se preocupar com nada.

– Não é isso. – Ela afastou o rosto da mão de David, baixou os olhos para seu colo. – Acho que talvez não seja apenas o vômito.

David abaixou-se na frente dela para poder olhá-la nos olhos.

– Prometo que não vou me importar. Já vi coisas muito piores do que tudo que pode me mostrar. – Ele fez uma pausa. – Não me importo, Jennifer, se você não se importar.

Ela fungou e balançou a cabeça.

– Então vamos tirar logo essas roupas.

Jennifer baixou as mãos para os lados do corpo. David desabotoou-a calmamente. Tirou a blusa pelos ombros, largou-a no chão. Depois, abriu o fecho e baixou o zíper no lado da saia. Ergueu-a o suficiente para poder tirar a saia.

A essa altura, ouviu a voz de Jasmine, enquanto subia a escada e se aproximava pelo corredor.

– Já chamei o médico, David. Graças a Deus que ele mora na mesma rua. Deve chegar num instante...

Ela entrou no quarto para encontrar Jennifer sentada na cama, de calcinha e sutiã, com David de pé à sua frente.

– David! O que está fazendo? Você não pode...

David olhou para trás, ergueu a mão e disse, em voz calma e controlada:

– Jasmine, pode ir até o banheiro e fechar a água? A banheira já deve estar quase transbordando. Vou levar Jennifer para lá, então você pode assumir.

Jasmine olhou para Jennifer, que se virou apenas o suficiente para dar um aceno de cabeça. Depois, entrou no banheiro e fechou as torneiras. Girou a água com a mão, para verificar a temperatura. Afastou-se da banheira até encontrar uma posição de onde podia ver o que acontecia no quarto ao lado.

– Agora, vou estender uma toalha em torno do seu corpo e tirar o resto das roupas, está bem?

David passou a toalha aberta pelos ombros de Jennifer. Estendeu as mãos para suas costas, abriu o sutiã e tirou-o, largando-o no chão, ao lado da blusa. Inclinou Jennifer para a frente, a fim de passar a toalha por baixo de suas nádegas, e tirou também a calcinha. Enrolou tudo na saia e empurrou para longe, pelo chão do quarto. Depois, ajeitou a toalha ao redor do corpo de Jennifer, levantou-a e levou-a para o banheiro.

Quando David entrou no banheiro, Jasmine deu um passo para o lado, aturdida com o que acabara de testemunhar. Fora uma cena de tanta gentileza e dedicação que ela se sentiu, no mesmo instante, envergonhada por sequer considerar que poderia haver qualquer outra motivação por trás das ações de David. Cada movimento dava a impressão de que fora ensaiado muitas vezes... pela maneira como ele sabia de que forma transferir o peso do corpo de Jennifer de um lado para outro, com pouco ou nenhum esforço, como envolvê-lo com a toalha e acomodá-lo em suas dobras.

– Já fez isso antes, não é mesmo, David? – murmurou ela para si mesma, enquanto o observava baixar o corpo de Jennifer até a água. – Isso mesmo, já o fez antes, com toda certeza.

– A temperatura da água está boa?

Jennifer acenou com a cabeça. Ele se virou para Jasmine, ainda com um braço na cintura de Jennifer.

– Pode cuidar de tudo daqui por diante?

– Acho que sim.

Jasmine adiantou-se e amparou o peso de Jennifer em seu braço.

– Então vou descer e limpar a sujeira lá embaixo. Avise-me quando acabar e subirei para carregá-la até a cama.

Jasmine observou-o deixar o quarto. Depois, virou-se para Jennifer, removeu a toalha e baixou o corpo dela todo para banheira.

A CAMPAINHA DA PORTA tocou 15 minutos depois, quando David descia a escada, após ajudar Jennifer a voltar para a cama. Ele atravessou o vestíbulo e abriu a porta, deixando entrar um jovem de aparência desgrenhada, o que indicava que obviamente já tivera mais do que sua quota normal de trabalho naquele dia.

– Desculpe não ter vindo antes, já estava saindo para uma visita quando me ligaram. Onde está a paciente?

David apontou para a escada.

– Lá em cima. É a segunda porta à esquerda.

O jovem começou a subir, mas parou no meio da escada e virou-se para David.

– Ela vomitou depois que me chamaram?

– Pelo menos uma vez. Mas Jasmine deve saber melhor, ela está lá em cima com a Sra. Newman.

– É melhor eu examiná-la logo.

O médico continuou a subir. David ficou parado no vestíbulo até ouvir a porta do quarto se abrir e fechar. Depois, com as mãos nos bolsos de trás do jeans, foi para a cozinha e pôs uma chaleira com água no fogo. Então, sacudiu a cabeça: precisava de mais do que um café. Uma dose grande de uísque seria melhor. Ele pegou uma lata de cerveja na geladeira, foi até a mesa, pegou a cadeira que derrubara e sentou-se. Abriu a lata e tomou um gole.

Um fluxo de emoções dominou sua mente. Nenhuma outra coisa que fizera nos últimos meses acarretara em memórias tão intensas de Rachel. Não, isso não era certo. Ela tinha uma presença constante na superfície de seus pensamentos, mas até aquele instante as lembranças que tomavam sua mente haviam sido felizes e despreocupadas, nunca angustiantes. Então, ele começou a recordar as incontáveis ocasiões em que confortara sua esposa, afagando os cabelos eriçados em sua cabeça, os poucos que restavam de sua linda e lustrosa cabeleira castanha, enquanto ela se contorcia de dor sobre a bacia ao lado da cama. Depois que Rachel acabava, ele a ajeitava na cama, com o maior cuidado, e limpava seu rosto com uma toalha úmida. A mão de Rachel procurava a sua e ele a apertava, tomando cuidado para não machucá-la, pois havia apenas uma tênue cobertura de carne. Ela abria os olhos para fitá-lo, eles faiscavam com intensidade, da mesma maneira como ocorrera ao se conhecerem em Oxford, tantos anos antes. E nunca haviam perdido seu brilho. Nunca mesmo, até o dia em que...

Ele ouviu a porta da cozinha se abrir. Esfregou os olhos, limpou a garganta, tentando se livrar do aperto que se criara ali, e virou-se para se deparar com Jasmine. Ela sorriu e foi até a chaleira.

– Acaba de ferver – avisou David, com a voz ainda baixa.

Jasmine fitou-o, balançou a cabeça e foi pegar uma xícara no armário, onde pôs o café solúvel.

– Como ela está agora? – perguntou David.

– Vai ficar boa. O médico deu um remédio para fazê-la dormir. Acha que ela terá de se livrar de toda a intoxicação por si mesma, e não sabe quanto tempo vai demorar. Talvez se prolongue por mais de um dia.

Jasmine despejou a água quente na xícara com o café, foi até a mesa, puxou uma cadeira e sentou na frente de David.

– Você está bem?

Ele assentiu.

– Parece que viu um fantasma.

– Estou bem.

– Acho que não posso falar com ela sobre o que conversamos, agora.

David recostou-se na cadeira e balançou a cabeça.

– Tem razão.

Jasmine permaneceu em silêncio por um momento, fazendo círculos na mesa com a xícara.

– Posso lhe pergunta uma coisa?

– O quê? – murmurou David pegando sua lata de cerveja.

– Você é médico, enfermeiro ou algo parecido?

David parou e fitou-a, a lata de cerveja comprimida contra seus lábios.

– Como assim?

Jasmine inclinou-se para ele, com uma expressão determinada.

– David, você sabia o que fazia lá em cima. Foi o que você disse. E eu testemunhei tudo. Já tinha feito aquilo antes... muitas vezes, eu diria. Como?

David continuou a fitá-la em silêncio.

– Você é casado, David?

Ele não respondeu.

– Porque você estava prestes a falar alguma coisa sobre si mesmo e outra pessoa, quando conversávamos, pouco antes de Jennifer voltar. As duas coisas são relacionadas, David? É por isso que está com essa cara agora?

Ele se virou e olhou pela janela para a escuridão.

– Quer conversar a respeito?

Ele tornou a fitá-la, depois começou a falar, com a voz trêmula:

– É verdade, já fui casado. Durante 18 anos, para ser mais preciso. Até abril. Rachel... – Ele fez uma pausa, respirou fundo e limpou os olhos com o dorso da mão – ... teve câncer nos ovários. Só foi descoberto quando era tarde demais. O tratamento prolongou-se por seis meses. Eu cuidava dela durante todo o tempo... ninguém mais... e foi assim que adquiri a habilidade que você observou. Mas ela morreu em abril.

David se virou para olhar pela janela.

– Foi isso que aconteceu. Agora você conhece toda a história de David Corstorphine.

Jasmine levou as mãos à boca.

– Oh, David, eu não sabia... sinto muito... não deveria...

Ele sacudiu a cabeça.

– Você não fez nada de errado. Eu ia mesmo lhe contar um dia, mas ainda não me sentia preparado. Ainda não exorcizei os fantasmas do passado. Foi por isso que aceitei este emprego... para poder escapar de tudo. Não queria pensar, muito menos falar a respeito.

– E aqui estou eu, me metendo onde não deveria. Sinto muito. Não tinha a intenção de me intrometer.

David sorriu.

– Sabe, Jasmine, você tem me ajudado mais do que qualquer outra pessoa. É a pura verdade. Você e Benji. Aceitou-me pelo que sou, não perguntou uma única vez de onde eu vinha ou o que já fizera. Falo sério, Jasmine. Você não poderia ser melhor para mim. Quanto a Benji... sua simples companhia me fez compreender quanto sinto saudade dos meus filhos.

Jasmine deixou as mãos caírem sobre a mesa e fitou-o, boquiaberta.

– Filhos? – repetiu ela, incrédula. – Você tem filhos?

David confirmou com um aceno de cabeça.

– Três. Sophie, Charlie e Harriet.

– Mas onde eles *estão*?

– No colégio.

– Isso eu sei. Mas quem toma conta das crianças à noite?

– É um colégio interno.

– Quer dizer que eles vivem no colégio?

David acenou com a cabeça.

– A mãe morreu em abril e você deixou as crianças no colégio interno? – insistiu Jasmine, balançando a cabeça em incredulidade e começando a se levantar, lentamente.

– Isso mesmo, mas...

– Isto é... – ela fez uma pausa, tentando encontrar a palavra certa – ... imperdoável, David! Como pôde fazer isso? Que idade tem a caçula?

– Nove anos.

– *Nove anos*? Mas é menor do que Benji, David! *Nove anos*?

– Pode ser difícil para você compreender, Jasmine, mas as crianças já estavam no colégio interno antes de a mãe ficar doente. Quando chegou o momento de escolher entre continuar na escola atual ou encontrar uma nova, mais perto de casa, foram as próprias crianças que optaram por voltar. Todos os seus amigos estão lá, e eles se sentem felizes e seguros... o que para mim é essencial. *Eu* queria que ficassem mais perto de casa, mas não podia contrariá-los, porque *isso* seria ao mesmo tempo uma crueldade e uma indulgência descabida.

Jasmine ficou de pé, fitando-o, com os braços cruzados e a cabeça inclinada para o lado.

– É bem possível, mas não consigo entender como você é capaz... de se divertir por aqui com Benji, quando seus próprios filhos estão... estão trancafiados num colégio interno.

O comentário atingiu um ponto sensível e doloroso. David levantou-se de um pulo, batendo com o punho na mesa.

– Isso não é justo nem verdade, Jasmine! Amo meus filhos mais do que você pode sequer imaginar! Mantenho contato constante desde que vim para cá. E, se é da sua conta, voltarei para a Escócia no início do próximo mês, quando viajaremos juntos em férias. Eu só pretendia passar dois ou três dias nos Estados Unidos, mas depois compreendi que não podia voltar, porque...

Ele tornou a sentar na cadeira, a raiva se infiltrando até o fundo da mente e investindo contra suas defesas, que até então haviam resistido com força à dor e ao pesar.

– ... porque descobri que não podia aguentar a vida sem minha esposa!

Com um esforço enorme para controlar suas emoções, David esfregou a testa com as pontas dos dedos. Comprimiu-a com força, tentando causar dor suficiente para servir como uma distração. Respirou fundo.

– Desculpe, Jasmine. Eu não queria gritar com você.

Ele não a ouvira contornar a mesa para ficar ao seu lado, mas de repente sentiu a mão de Jasmine em seu ombro.

– Não é você quem deve pedir desculpas, mas eu. Sou estúpida demais para compreender tudo o que aconteceu em sua vida. Não cabe a mim julgar o que você faz ou deixa de fazer. Você conhece e compreende seus filhos muito melhor do que eu. *Tenho certeza* de que os ama mais do que eu jamais serei capaz de imaginar. Sinto muito. Nunca deveria ter aberto minha boca grande.

David tornou a respirar fundo.

– Sua reação era justificada, Jasmine. Parece mesmo uma coisa terrível quando se ouve sem conhecer toda a história. E serve para demonstrar claramente as diferenças em nossa cultura. O que os americanos costumavam dizer sobre os britânicos? Que mantêm os animais em casa e mandam as crianças para os canis? – Ele soltou uma risada breve. – Não tenho desculpas a dar, Jasmine, mas creio que você já me conhece bastante bem para achar que tenho razão quando digo que *era* a melhor coisa para as crianças, nas circunstâncias.

Ela suspirou e ergueu as sobrancelhas, antes de se sentar.

– Acho que sim. – Jasmine hesitou. – É uma pena que não possamos conhecer seus filhos. Que idade eles têm?

– Sophie vai fazer 16, Charlie tem 12, e Harriet... ora, você já sabe qual é a idade dela.

Jasmine balançou a cabeça, devagar.

– Charlie tem 12 anos. O que acha disso? É uma pena que ele e Benji não possam se conhecer.

– Tenho certeza de que eles se dariam muito bem. Ambos são entusiastas natos. O problema é que Charlie brinca com o perigo em tudo o que faz. Foi por isso que tive uma reação tão exagerada quando encontrei Benji no fundo da piscina. Na verdade, foi Charlie quem eu vi ali.

– Puxa, você deve ter ficado apavorado.

– E como!

Ela sorriu.

– Para onde vai levá-los nas férias?

– Ainda não sei. Acertarei tudo quando voltar.

Os olhos de Jasmine faiscaram de repente.

– Ei, tenho uma ideia! Por que não os traz para cá?

David ficou aturdido.

– Como?

– Trazer para os Estados Unidos, para Leesport! Por que levá-los para outro lugar? Já conhece tudo aqui. Pode contar conosco e com os outros amigos que fez em Leesport. Tem o sol e o mar, a piscina e a quadra de tênis daqui. Seria muito divertido para as crianças, David.

Ele sorriu, mas balançou a cabeça.

– Não, Jasmine, não é possível.

– Por que não? Pode me dar *um* só motivo para não concordar?

– Porque...

– Já sei o que vai dizer. Porque ninguém o conhece aqui, ninguém sabe o que aconteceu com você, e você quer continuar a manter a privacidade. É isso?

– Em resumo, sim.

– Neste caso, não há mais o que discutir, porque eu já sei de tudo. Tem alguma outra desculpa?

David deu de ombros e coçou a cabeça.

– Não sei, Jasmine... Talvez seja melhor eu encerrar tudo aqui e voltar para começar de novo.

– Não, não seria.

O tom era tão ríspido que fez David se empertigar na cadeira. Ela pegou um lápis, que por acaso estava em cima da mesa, e começou a rolá-lo entre os dedos.

– Vou lhe dizer uma coisa, David. Esta casa nunca tinha visto tanta felicidade e riso, antes de você começar a trabalhar aqui. Queremos muito que continue pelo máximo de tempo possível. – Jasmine fez uma pausa. – E não falo apenas por Benji e por mim.

Ele a fitou com uma expressão inquisitiva.

– Como assim?

– Fiquei com Jennifer depois que o médico foi embora. Dei-lhe a pílula para dormir, mas ela insistia em sentar na cama. Seu estado era delirante, mas não parava de perguntar: "Onde ele está? Onde ele está?" Eu disse que não sabia, pensando que ela se referia a Alex. Mas ela fez que não com a cabeça e perguntou: "Onde está David?" Respondi que ela podia sossegar, que você estava aqui embaixo. Jennifer então encostou a cabeça no travesseiro e dormiu... na maior tranquilidade, com um sorriso enorme espalhado pelo rosto.

Jasmine deixou o lápis cair na mesa.

– A pílula, com toda certeza, não poderia ter um efeito tão rápido!

David permaneceu em silêncio, fitando-a nos olhos.

– Você tem razão em duas coisas, David. Primeiro, não podemos contar a Jennifer sobre Alex. Não é da nossa conta. E a outra coisa é que sou... isso mesmo, *sou* sua maior amiga. Conheço-a como a uma irmã caçula... e até a *trato* assim! E tenho certeza de que eu não seria capaz de enfrentar esse problema com Alex, se descobrissem... nem ela poderia, muito menos agora, que caiu doente. Quer você goste ou não, a verdade é que passou a fazer parte das nossas vidas. Você se tornou nosso porto seguro, nosso... como é mesmo que Jennifer o chamou?... ah, sim, nosso Super-Homem. Você faz com que aconteçam coisas que nunca antes haviam ocorrido nesta casa. E se você for embora agora... e Alex decidir que também vai se afastar em seguida... então acho que o navio todo afundará.

David balançou a cabeça devagar.

– Não posso continuar aqui para sempre, Jasmine.

– Não peço que fique para sempre. Sei que tem uma vida na Escócia, com seus filhos e tudo o mais. Mas, se trouxer as crianças para cá, pelo menos continuaria por mais uma ou duas semanas. Talvez até lá o problema entre Jennifer e Alex tenha se resolvido... ou talvez não. – Ela se inclinou para pôr as mãos nos joelhos de David. – Por favor, David, pense a respeito... e pense em toda a diversão que as crianças teriam juntas.

Ele sorriu.

– Minha casa não é muito grande.

Jasmine também sorriu, compreendendo que a discussão virava a seu favor.

– Não tem importância. As crianças adoram dormir em camas improvisadas. Além do mais, podem ficar aqui. Jennifer não se im portaria...

– Não!

– Por que não?

– Porque não quero que ninguém mais saiba do meu passado.

– Por quê?

– Porque... ahn... mudaria tudo. Significaria... que as pessoas saberiam tudo a meu respeito... e foi isso que não pude suportar na Escócia. Sinto-me feliz com a identidade de ser apenas David, o jardineiro. Não quero ser conhecido como David cuja esposa acabou de morrer. Pode compreender?

Jasmine ergueu as sobrancelhas.

– Sei que parece tudo muito furtivo, Jasmine, mas qual seria a diferença? Prometo que contarei a Jennifer quando as crianças chegarem, e depois a todos os outros, no momento oportuno. – David sorriu. – Eu ia mesmo contar a você primeiro. Só que descobriu mais cedo do que eu planejara.

Jasmine balançou a cabeça, pensativa.

– Quando você acha que as crianças poderiam vir?

– Em duas semanas.

A animação ressurgiu nos olhos de Jasmine.

– Ei, isso é maravilhoso! Posso ajudá-lo a arrumar as camas em sua casa. Estou ansiosa para conhecê-las. E pensar em toda a diversão que teremos com Benji e com Dodie... – Jasmine se empertigou abruptamente. – E, por falar nisso, onde ela está?

Batendo em sua testa num gesto de punição por ter se esquecido, David saltou da cadeira e olhou ao redor da cozinha, mas seu movimento súbito perturbou a cadela, que estivera deitada fora do campo de visão, afundando nos pufes perto da televisão. Ela ergueu a cabeça para o teto e soltou um bocejo alto.

– Ela nunca está muito longe – ele riu. Enfiou as mãos nos bolsos do jeans e esticou as costas, sentindo-se muito cansado. – Acho que vou para casa agora, Jasmine. – Ele andou até ela e colocou a mão em seus ombros. – Obrigado por ter sido uma grande amiga, além da conversa e da ideia. Estou realmente agradecido.

Jasmine levou a própria mão até o ombro e apertou a dele.

– Digo o mesmo, David, também me sinto dessa forma.

Ele assoviou para Dodie e Jasmine se virou para observá-los atravessar a cozinha até a porta dos fundos.

– Chegará na mesma hora, amanhã?

– É claro – respondeu ele, acenando, e saiu com Dodie para a noite lá fora.

26

Já que Benji passara a noite na casa de Sean, o que lhe permitiria realizar o sonho de ir a pé para a escola, David não precisava sair tão cedo na manhã seguinte. Por isso, decidiu aproveitar o tempo extra para tomar as providências iniciais para a visita das crianças. Depois de ligar para a empresa aérea em Glasgow e fazer as reservas, ele decidiu que fora um pouco precipitado ao tomar essa iniciativa sem consultar as crianças. Por isso, ligou imediatamente para a escola.

O Sr. Hunter mostrou-se bastante satisfeito com a ideia. Comentou que uma viagem aos Estados Unidos seria uma experiência maravilhosa, e um descanso bem merecido para os três, especialmente Sophie, que vinha estudando com muita determinação e energia, o que o deixava bastante confiante no resultado de seus exames. David ouviu-o falar com a secretária, pedindo que chamasse as crianças a seu gabinete. Enquanto ela cumpria a incumbência, o diretor falou sobre os três com entusiasmo, sobre como vinham se saindo muito bem e como sentia-se orgulhoso não apenas deles, mas também de seus amigos, que haviam lhes proporcionado todo o apoio necessário. Ele descrevia as últimas proezas de Charlie no críquete quando David ouviu a porta da sala se abrir ao fundo e o som de vozes se aproximando do telefone.

– Estão todos aqui, Sr. Corstorphine. Vou ligar o viva voz para que possam ouvi-lo.

Houve um estalido e depois David ouviu os sons de suas respirações pela linha.

– Estão todos aí?

– Oi, papai!

David sorriu pelo entusiasmo familiar nas vozes dos filhos.

– Oi, vocês todos! Como vão as coisas por aí?

– Muito bem! – responderam Charlie e Harriet ao mesmo tempo.

– Está tudo bem com você, papai? – perguntou Sophie, com uma preocupação evidente.

– Está, sim, querida. Não poderia estar melhor. Resolvi ligar agora porque tive uma ideia e que quero consultar vocês. Lembram que eu disse nas cartas que viajaríamos em férias assim que eu voltasse para casa?

– Claro! – responderam as três ao mesmo tempo.

– Pensei que seria divertido se vocês viessem para cá.

– Para os Estados Unidos? – balbuciou Charlie, aturdido.

– Isso mesmo.

– Uau! Seria *sensacional*! Existem caubóis e essas coisas aí onde você está?

David não pôde deixar de rir.

– Não aqui, Charlie, infelizmente. Estou na Costa Leste, perto de Nova York. É um lugar chamado Long Island. Se perguntarem à professora de geografia, tenho certeza de que ela mostrará no mapa onde fica. – Ele fez uma pausa. – O que vocês acham?

– Ficaria conosco, papai? – indagou Sophie, indecisa. – Não passaria o tempo todo trabalhando?

– De jeito nenhum. Seriam *nossas* férias... e posso adiantar que há muita coisa para fazer por aqui. Natação, tênis, windsurfe.

– Não estou com meu maiô aqui – murmurou Harriet, desapontada.

– Não se preocupe com isso, querida. Telefonarei para vovó, pedindo que mande tudo para a escola.

– Ótimo! – exclamaram Charlie e Harriet.

– E o que você acha, Sophie?

– É uma boa ideia – respondeu Sophie, a animação também se insinuando em sua voz. – Seria ótimo irmos para aí.

– Neste caso, posso dizer agora que já reservei os lugares no avião. Pedirei ao Sr. Hunter que providencie um carro para levá-los ao aeroporto. Ficarei esperando em Nova York. Será maravilhoso. Mal posso esperar para ver todos de novo. E agora é melhor voltarem ao que faziam, está bem?

– Certo, papai! Até os Estados Unidos!

Houve um momento de pausa, enquanto as crianças deixavam a sala, seguido por um estalido quando o Sr. Hunter pegou o fone.

– Não poderia desejar uma reação melhor!

– Tem razão. Mas Sophie pareceu um pouco indecisa no início.

– Ela está ótima, Sr. Corstorphine, pode ter certeza. Talvez sua garantia fosse tudo do que ela precisava, porque deixou a sala com um sorriso radiante.

– Ainda bem. Agora, Sr. Hunter, eu ficaria muito agradecido se pudesse providenciar o carro. Reservei lugares num voo no dia 1º de julho... ora, mandarei todos os detalhes por fax. Será mais simples.

– Combinado. Pode ficar tranquilo que farei tudo o que for necessário. Espero que tenham as melhores férias do mundo, é disso que as crianças precisam neste momento.

– É do que *todos* nós precisamos, Sr. Hunter. Mais uma vez, muito obrigado.

David apertou o botão para desligar e discou para a mãe, em seguida. Foi ela mesma quem atendeu. No instante em que ouviu sua voz, David percebeu uma felicidade que sumira nos últimos meses. Sua reação à ideia foi tão entusiasmada quanto a das crianças – "exultante" foi o termo que ele usou – e continuou dizendo que tudo parecia melhorar. O pai não precisava ir à destilaria há duas semanas, graças a Duncan, que vinha se comportando muito melhor do que se poderia esperar. Mantinha George a par de tudo o que acontecia, muitas vezes até encontrando tempo para vir conversar com ele em casa.

Ela perguntou a David quando achava que poderia voltar. Ele respondeu que deixaria em aberto, mas calculava que retornariam no início de agosto. Depois do pedido para que a mãe fosse buscar os passaportes das crianças em The Beeches e os mandasse para a escola, junto com algumas roupas para o verão, a conversa foi encerrada com um comentário jocoso de Alicia, de que ele começava a falar como um americano.

David seguiu para Barker Lane, naquela manhã, animado e exultante, não apenas por pensar que reveria as crianças em breve e em como a mãe parecera positiva durante a conversa, mas também aliviado por saber que seu segredo fora descoberto, que Jasmine sabia de tudo a seu respeito. Era como se um peso tivesse sido removido de sua mente... não havia mais razão para fingir, não precisava mais se manter em guarda na sua presença.

Ele entrou na cozinha para encontrar Jasmine preparando a bandeja com o café da manhã para Jennifer.

– Está tudo acertado! – anunciou ele, quase triunfante, servindo-se de café. – As crianças pegarão o avião para os Estados Unidos no dia 1º de julho.

Jasmine respirou fundo, soltou um grito de alegria e correu para abraçá-lo, apertando-o com força.

– Oh, David, isso é maravilhoso! – Ela juntou as mãos, já pensando no planejamento iminente. – Assim que tudo voltar ao normal por aqui, eu o ajudarei a encontrar camas dobráveis e sacos de dormir. Tenho certeza de que há alguns guardados lá em cima, no sótão.

David sorriu pela animação de Jasmine.

– Seria ótimo. – Ele se encostou no balcão e tomou um gole do café. – Como está a paciente esta manhã?

– Muito melhor. Dormi no quarto ao lado, porque ela poderia precisar de mim. Eu a ouvi se levantar uma vez. Fora isso, porém, tenho certeza de que dormiu a noite inteira. Neste momento está sentada na cama, querendo se levantar. Eu disse que se a visse aqui embaixo trataria de expulsá-la de volta ao quarto tão depressa que seus pés mal tocariam o chão.

Jasmine soltou uma risada, virou-se e pegou a bandeja, que tinha uma xícara com o pires, um bule de chá, torradas e geleia de frutas cítricas.

– Eu ia levar agora. Mas, como você está aqui e ela já pediu para vê-lo, acho que podemos resolver dois problemas ao mesmo tempo, não concorda... enfermeiro?

Ela piscou para David, que balançou a cabeça por sua zombaria, antes de se encaminhar para a escada com a bandeja.

Ele bateu na porta do quarto, equilibrando a bandeja numa mão só. Recebeu um murmúrio como resposta. Entrou a tempo de ver Jennifer meter alguma coisa por baixo das cobertas, fitando-o em seguida, com algum rubor de culpa. Ela vestia uma camisola branca de algodão, com mangas curtas, os cabelos escorridos caíam em torno do rosto sem maquiagem. Toda a cena deu a David a impressão de que acabara de surpreender uma criança travessa fazendo alguma coisa que era contra as regras. Jennifer soltou um suspiro de alívio.

– Graças a Deus que é você! – Ela tirou um documento com uma capa de plástico de baixo das cobertas. – Pensei que era Jasmine. Ela ficaria furiosa se me surpreendesse com isto.

David riu e levou a bandeja até a cama.

– Onde quer que eu ponha?

– Espere um instante. Vou guardar isto na pasta. – Jennifer empurrou as cobertas para o lado, avançou pela cama, de quatro e levantou a cabeça, sorrindo. – Levantei bem cedo esta manhã e desci, antes que Jasmine acordasse para pegar minha pasta. Por isso, tive de esconder debaixo da cama. Terrível, não acha?

Ela sentou na cama, e David ajeitou a bandeja em seus joelhos.

– Como se sente esta manhã?

– Bem melhor. Ainda um pouco tonta e enjoada, mas a dor de cabeça desapareceu e não vomitei outra vez, graças a Deus.

Jennifer pegou uma torrada e mastigou.

– Fico contente em saber. – David respirou fundo e virou-se para sair. – Acho melhor eu ir trabalhar agora.

– Espere! – exclamou Jennifer, a boca cheia de torrada seca. Ela engoliu. – Não pode ficar e conversar um pouco?

Ele ficou imóvel por um momento, indeciso, coçando a cabeça.

– Se é o que você quer

Jennifer inclinou-se para a frente, até onde a bandeja permitia, apalpando a cama. Por hábito, David bateu as mãos no jeans antes de se sentar. Ela colocou o chá em sua xícara e largou o bule. Por um instante, ficou olhando para a bandeja, perdida em seus pensamentos.

– David... eu... ahn... – Jennifer ainda olhava para a bandeja. Soltou uma risada embaraçada. – Para ser franca, não sei o que dizer... isto é... sei, sim. Apenas queria dizer que... o que você fez ontem à noite... foi uma das coisas mais gentis que já fizeram por mim, em toda a minha vida.

Ela levantou os olhos, um sorriso se espalhando pelo rosto, antes de olhar outra vez para a bandeja.

– Por isso, devo dizer muito obrigada. – Jennifer respirou fundo, um pouco trêmula. – Sei que é inadequado, mas...

– Não foi nada – interrompeu David, com um aceno de mão. – Ficamos preocupados. E acho que Jasmine tem razão. Você deveria descansar um pouco por um ou dois dias.

Jennifer assentiu.

– Farei isso. – Ela tomou um gole do chá, depois levou a mão à boca e engoliu com alguma dificuldade. – Já sei sobre o que queria falar com você. A canção de Benji. Jasmine diz que é linda.

– Como soube tão depressa?

– Passei pelo quarto de Benji depois de pegar minha pasta lá embaixo. Não o encontrei. Por isso, foi a minha primeira pergunta para Jasmine esta manhã. Ela informou que ele passara a noite na casa de Sean. Indaguei como era possível, se os dois não eram mais amigos. Ela me contou então a história da canção. Como conseguiu isso?

– Não fui eu. Na verdade, não fiz nada. Benji compôs e apresentou a canção, Gerry acrescentou um pequeno arranjo... com alguma ajuda daquela banda de irlandeses malucos chamada Dublin Up. Eu só fiquei olhando.

– Ora, não diga bobagens! É igualzinho ao tênis. Essa modéstia escocesa me irrita. Vou explicar exatamente o que você conseguiu, David, embora nem precise, porque tenho certeza de que já sabe muito bem. Benji foi aceito de novo pelos amigos, e foi você quem organizou tudo.

David revirou os olhos.

– Ainda não se recuperou e acho que não deve se excitar demais...

– Ora, vá se danar com toda a sua condescendência! – Com uma risada estridente, Jennifer tirou um travesseiro das costas e bateu com ele no lado da cabeça de David. – Não tente mudar de assunto! Vamos, DIGA LOGO!

Ela o atacou com o travesseiro mais uma vez.

– Está bem! Está bem! – exclamou David, cobrindo a cabeça com as mãos, protegendo-se contra os golpes fracos que eram desferidos em rápida sucessão. – Eu desisto! Admito tudo!

– Ainda bem... – Jennifer recostou-se, ofegante do exercício, o travesseiro ainda preparado para um golpe. – Não foi tão difícil assim, não é?

Ela rangeu os dentes subitamente, preparando-se para outro golpe.

– Mas acho que você merece mais um, apenas como castigo.

No instante mesmo em que o travesseiro acertava David no lado do rosto, a porta foi aberta e Jasmine apareceu.

– Mas o que está acontecendo a...? O que vocês dois pensam que estão fazendo?

Jennifer meteu-se debaixo das cobertas. Jasmine aproximou-se da cama, dando um cascudo de leve na cabeça de David ao passar por ele.

– Não é possível! – Ela ajeitou a colcha sobre Jennifer, alisando-a com a mão. – Basta eu me afastar por um minuto para você começar a fazer o que não deve. Quanto a você, David, sabe como ela passou mal. Não deveria encorajá-la a se comportar desse jeito.

Jasmine se empertigou para contemplar dois rostos sorridentes.

– Desculpe, dona – disse David, a voz estridente.

Foi o suficiente para Jennifer começar a rir. David olhou para Jasmine, fazendo um esforço desesperado para evitar ser contagiado pela gargalhada mas, para seu alívio, um enorme sorriso espalhou-se pelo rosto de Jasmine. Os três desataram a rir.

– Já chega! Já chega! – exclamou Jasmine, depois de algum tempo. Ela limpou uma lágrima com a mão. Foi até o outro lado da cama e pôs a mão no ombro de David. – Você... fora daqui!

Ela o empurrou até a porta para o corredor. Parou ali e olhou para Jennifer.

– Agora, descanse um pouco, entendeu? E não saia da cama!

David estendeu a cabeça pela porta e acrescentou:

– E nada de jogos por baixo das cobertas!

Jennifer soltou outra gargalhada. Jasmine apressou-se em fechar a porta.

– O que isso significa? – perguntou ela, perplexa.

– Um dia, Jasmine – murmurou David, passando o braço pelos ombros dela e conduzindo-a para o corredor –, tudo será revelado.

Jasmine desvencilhou-se e deu um soco, com força, no braço de David.

– Mas que coisa! Não sei mais se ainda gosto de você. Está se comportando como um homem feliz demais.

27

Foram precisos apenas três dias de mimada convalescença para que Jasmine considerasse que Jennifer já estava bem o bastante para descer, apesar de ter tido uma recaída na tarde do primeiro dia. Jasmine a princípio culpou as brincadeiras da manhã. Mais tarde, porém, enquanto a outra tomava banho, ela encontrou a pasta escondida, ao fazer a cama. Apesar dos muitos protestos e lamúrias da patroa, reclamando que estava sendo tratada como uma criança de 10 anos, Jasmine levou a pasta para guardar num lugar seguro na cozinha.

David também foi alvo das tendências ditatoriais de Jasmine, o que achou muito engraçado. Ela o proibiu de visitar Jennifer sem a sua presença. Não por achar que ele prejudicaria sua recuperação, mas por suspeitar que David entrara em conluio com Jennifer para contrabandear sua pasta para o quarto.

Apesar de tudo, no sábado o toque de recolher foi suspenso. Numa curta cerimônia de entrega, na cozinha, Jennifer retomou a posse de sua pasta e recebeu permissão da "chefona" para continuar seu trabalho no escritório. Mas uma combinação da intoxicação, da pausa no trabalho e da presença de Benji em casa fez com que Jennifer ficasse indiferente ao trabalho. Não queria se concentrar no Tarvy's agora. Por isso, decidiu adiar todo o trabalho até segunda-feira, quando voltaria ao escritório.

Assim, pôde devotar todo o fim de semana a Benji. Saiu com ele para passear no bote, acompanhou, da praia, as tentativas do filho, cada vez melhores, de praticar o windsurfe na baía... e, como não podia deixar de ser, ouviu "a canção" muitas e muitas vezes. A cada execução, Benji fazia um comentário sobre tudo o que foi acrescentado na mixagem final.

Mas, acima de tudo, ela apreciou os momentos em que David estava presente. A princípio, não pôde explicar sequer para si mesma. Mas depois, na tarde de sábado, sentada no alto da escada de árbitro, na quadra de tênis, oferecendo julgamentos estrondosos e distorcidos em favor do filho, morrendo de rir quando David se aproximava e reclamava de cada bola fora ao melhor estilo de McEnroe, ela compreendeu que aquilo era tudo o que esperava ter com Alex. Uma família. Felicidade. Por um momento, ela desejou que Alex estivesse ali, participando da alegria. Mas depois, quase com um sentimento de culpa, refletiu que a presença do marido seria como um balde de água fria. Com toda certeza, David consideraria sua própria presença uma intromissão; e, se ela insistisse, poderia, com facilidade, despertar o ressentimento de Alex.

Ao final da tarde, depois de convencer Jasmine, ela marcou um churrasco para o dia seguinte, primeiro como um agradecimento a Gerry Reilly, pela ajuda na produção da canção de Benji. Como o pessoal de Dublin Up ainda continuava gravando o álbum, o convite foi estendido a eles, para profunda satisfação de Benji, que considerou ser um meio de aumentar ainda mais a sua já imensa reputação, convidando metade da turma para a festa.

Foi uma tarde de tumultuada diversão, aumentada pelo fato de que Jennifer finalmente descobrira uma coisa em que David era inútil. Suas tentativas na churrasqueira foram um desastre. Benji e seus amigos passaram a maior parte da hora do almoço correndo pelo gramado com hambúrgueres queimados, que jogavam na baía, como se fossem Frisbees. Mas a relutância de David em renunciar seu posto – "Vai sair direito na próxima vez", ele insistia em dizer – era tanta que Jennifer acabou tendo que expulsá-lo, armada até os dentes com um espeto e uma espátula. Depois, as mulheres da casa assumiram, Jasmine preparando tudo com perfeição, contando com a competente ajuda de Jennifer, que usava o esguicho de água não apenas para manter as chamas abafadas, mas também para se defender dos esforços furtivos de David para retomar seu posto e tentar outra vez.

A festa prolongou-se pela tarde e início da noite, com disputadas partidas de duplas na quadra de tênis, brincadeiras extravagantes na piscina e um jogo de futebol entusiasmado, tudo alternado com períodos de descanso indolente, nos quais as pessoas deitavam no gramado ou nas espreguiçadeiras à beira da piscina. A idade tornou-se irrelevante, adultos faziam dupla com crianças, crianças vencendo adultos e uma intensiva rivalidade se desenvolvendo entre as equipes, fomentada pelos adultos competitivos.

Houve apenas uma ocasião durante toda a reunião em que Jennifer teve motivo para ficar momentaneamente preocupada. Foi por causa de uma jovem colega de Benji, que exibia uma paixão ostensiva pelo guitarrista da Dublin Up. Depois de se instalar sobre os joelhos dele, quando o músico deitava numa espreguiçadeira, ao lado de Jennifer, a garota perguntou por que seu cigarro tinha um formato tão diferente e um cheiro tão estranho. Para alívio de Jennifer, no entanto, e antes que precisasse exercer sua responsabilidade de anfitriã, o rapaz apagou o cigarro suspeito, com o polegar e o indicador, ajeitando o que restou atrás da orelha. Depois, a fim de evitar que a jovem pretendente fizesse mais perguntas insidiosas, ele se levantou, pegou-a nos braços e lançou-a, com uma precisão calculada, no meio da piscina.

Enquanto ouvia Benji se despedir do último de seus amigos na frente da casa e o som do carro se afastando pelo caminho, Jennifer se encaminhou devagar para o fundo do jardim, para pegar uma roupa que fora esquecida no gramado. Depois, continuou até a praia e subiu no cais de madeira. Parou ali, comprimindo a camisa contra o peito, ouvindo a cacofonia dos grilos rompendo o sossego do ar noturno, contemplando os últimos raios do sol poente tremeluzirem rosados sobre as águas ondulantes.

"O final perfeito para um dia perfeito", pensou ela. Não, não fora apenas aquele dia. Todo o fim de semana fora o mais descontraído, feliz e... ela interrompeu conscientemente a sucessão de pensamentos, especulando se ousaria admitir até para si mesma... ora, por que não?... o mais *íntimo* que experimentara em anos. Jennifer estremeceu subitamente, apesar do calor. Fechou os olhos, aspirou a fragrância inebriante dos pinheiros, misturada com a maresia. Depois, ignorando os mosquitos que atacavam seus tornozelos com ferocidade, ela voltou lentamente pelo gramado, os pés descalços se movimentando no ritmo da canção de Lou Reed que ressoava em sua mente:

Oh it's a perfect day
I'm glad I spent it with you
*Just a perfect day**

QUANDO DAVID CHEGOU na casa, no dia seguinte, Jennifer já partira para o trabalho. Jasmine comentou, com um brilho de satisfação nos olhos, que fora quase que a primeira vez, ao que podia recordar, em que ela fora embora com relutância. Mas enquanto ela se exasperava por ter de iniciar uma nova semana de trabalho, havia uma excitação intensa na casa dos Newmans, com David e Jasmine começando a fazer os planos para a chegada das crianças.

Benji, como era de esperar, logo se mostrou irritado com as conversas clandestinas. Por isso, David decidiu incluí-lo no planejamento. Sentados à mesa da cozinha naquela tarde, depois das aulas, ele contou desde o início sobre Rachel e as crianças, e anunciou a visita iminente.

A princípio, o menino teve sentimentos contraditórios. Não podia acreditar que David tinha filhos e não contara a ninguém. Ao mesmo tempo, experimentava um certo ressentimento ao pensar que David, com seus filhos nos Estados Unidos, passaria o tempo todo com eles, não mais lhe fazendo companhia. Também era difícil compreender por que David não queria contar de imediato à sua mãe, porque *sabia* que ela ficaria espantada e emocionada ao saber.

David explicou com toda a concisão possível que contaria a Jennifer, é claro, mas queria ter a oportunidade de explicar tudo por completo, como fizera com Benji. O menino mostrou-se um pouco decepcionado por não poder dar a notícia pessoalmente. Mas, quando Jasmine mencionou de passagem a idade de Charlie, seu rosto se iluminou em fascínio.

---

*"Ah, é um dia perfeito/ Me sinto contente por passá-lo com você/ Apenas um dia perfeito." *(N. do E.)*

– Ele tem 12 anos?

– Isso mesmo.

– Mais ou menos a mesma idade que eu?

– Ele é um pouco mais velho.

– Acha que podemos ser amigos, David?

– Conto com isso.

– Uau! Quando ele chega?

– Na quinta-feira da próxima semana.

– *Fan-tás-tico*!

Benji fora conquistado. Aderiu, com o mesmo entusiasmo de David e Jasmine, à busca por sacos de dormir no sótão. Também ajudou a procurar, na garagem, por camas dobráveis e uma barraca, esta última uma ideia de Jasmine, como uma precaução para o caso de as paredes da casa de David não suportarem a súbita expansão do número de moradores.

David compreendeu, logo no início da organização dos eventos, que não podia contar com o apoio total de Jasmine, ainda mais quando Jennifer e Alex estivessem presentes. Também queria que seus filhos circulassem à vontade por Leesport; e, se falasse com alguns de seus amigos, eles sempre seriam um ponto de apoio para um passeio das crianças... ou como um refúgio, se surgisse algum problema. Por isso, falou com Gerry Reilly, embora ele morasse um pouco fora de Leesport, e com Billy, o jovem brincalhão da Deli. Depois do trabalho, naquela tarde, ele subiu pela rua principal para falar com Clive e Dotti. Embora julgasse que era necessário revelar apenas os fatos mais gerais para Gerry e Billy, David sentiu-se à vontade para contar toda a história a Clive, que se mostrou emocionado e comovido, a ponto de enxugar os olhos de vez em quando com um enorme lenço de seda num padrão de *paisley*.

NA NOITE ANTERIOR à chegada dos filhos, David sentiu como se ele próprio estivesse se aproximando do final de um período. Acordou várias vezes durante a noite para dar uma olhada no despertador e fazer cálculos mentais sobre quanto tempo ainda restava até se levantar, além de determinar em que ponto do percurso as crianças se encontravam naquele instante. Às 6 horas concluiu que não conseguiria mais voltar a dormir. Saiu da cama, tomou uma chuveirada, vestiu-se depressa e saiu com Dodie para um passeio pela marina. Passou algum tempo ali, parado no cais mais distante, contemplando o sol nascer do horizonte, além da Fire Island. Combinou consigo mesmo que só se viraria quando a extremidade inferior do sol subisse além das dunas distantes.

Depois de partilhar um café da manhã de três porções de farelo de trigo com Dodie, ele fez a verificação final nos armários, para ter certeza de que não esquecera nenhum dos alimentos prediletos das crianças. Lançou um último olhar pela casa, constatando que todas as camas estavam armadas e arrumadas, duas na varanda fechada e a outra na sala, ao lado da escrivaninha. Trancou a casa, pegou o Volkswagen e foi encher o tanque.

Benji e Jasmine o esperavam na porta da frente da casa dos Newmans, segurando as extremidades de um velho lençol esticado, em que fora escrito, com letras pretas borradas: SEJAM BEM-VINDOS, SOPHIE, CHARLIE E HARRIT. Havia um sinal de inserção para acrescentar o E omitido do nome de Harriet.

– Vamos pendurar na frente da sua casa, para que eles possam ver quando chegarem – anunciou Benji, orgulhoso, esticando a cabeça pelo lado da faixa para admirar seu trabalho. – O que acha?

– É uma obra de arte, Benji! – exclamou David, inclinando a cabeça para examinar a faixa, como se estivesse admirando um quadro de Van Gogh. – Acho que será o melhor começo para as férias.

– Vamos guardar antes que comece a pegar sujeira, Benji. – Jasmine virou-se para David, enquanto dobrava o lençol. – Não quer tomar um café antes de partir?

– Não, obrigado. Quero ter bastante tempo para chegar ao aeroporto Kennedy. Posso tomar um café ali, se chegar mais cedo. Nunca se pode ter certeza sobre os horários desses voos transatlânticos. Às vezes, chegam uma hora antes do previsto.

– Quando deve chegar? Só para eu saber a que horas devo ir para sua casa.

– Meio-dia e dez. Mas eles vão passar pela Imigração e pegar a bagagem. Por isso, não creio que possamos sair do aeroporto antes de uma e quinze. Não deve haver muito trânsito na estrada a esta hora, então, calculo que estaremos aqui às quinze para as três.

– Iremos para sua casa às duas e meia. – Jasmine sorriu. – Sente-se animado?

– E como!

– Neste caso, acho que é melhor ir logo. Até mais tarde... e boa sorte com as crianças. Estou muito ansiosa.

– Somos dois!

David se encaminhou para o carro, rindo. Pelo que aconteceu em seguida, ele fez muito bem ao querer ter bastante tempo para chegar ao aeroporto. Ocorrera um acidente na Belt Parkway, causando um engarrafamento que se estendeu até a Southern State, em Malverne. Durante uma hora, ele permaneceu quase parado, tamborilando com os dedos no volante, impaciente, enquanto Dodie se divertia dando latidos incessantes para um caminhoneiro barbudo que avançava lentamente ao lado.

Já eram 11h15 quando David encontrou a vaga com mais sombra, no estacionamento mais próximo do terminal. Abriu 3 ou 4 centímetros das janelas da frente, baixou a capota de lona do Volkswagen e prendeu-a. Deixou Dodie lá dentro, banqueteando-se com o plástico da alavanca de mudança, e correu para o terminal. Esgueirou-se pela multidão, que formava filas em zigue-zague a caminho dos balcões de check-in. Olhou para o quadro de informações, apenas para descobrir que se encontrava no andar de Embarque. Olhou ao redor, à procura de um aviso de "Desembarque". Acabou avistando uma placa, na base de uma escada, a 20 metros de distância. Avançando tão depressa quanto a massa de pessoas permitia, David foi até a escada e subiu de dois em dois degraus para o andar superior.

Estava muito menos apinhado do que a área de baixo, mas mesmo assim já havia muitas pessoas aguardando ansiosas junto da grade cromada na porta da Alfândega, observando e esperando que ela abrisse. O quadro de informações indicava que o avião acabara de pousar, meia hora antes do previsto. Por isso, ele foi até a extremidade da barreira. Depois, compreendendo que as crianças ainda precisariam passar pela Imigração e Alfândega, foi procurar um bar.

Pediu um café puro e um bolinho, puxou um banco junto do balcão e sentou. Virou-se e ficou olhando para a porta, à espera da saída dos primeiros passageiros procedentes de Glasgow.

Vinte e cinco minutos depois, as portas se abriram e os primeiros gritos estridentes de boas-vindas ressoaram pelo salão. Uma criança pequena foi empurrada por baixo da grade cromada pelos pais excitados e se adiantou apreensiva para receber um casal idoso, que fazia um tremendo esforço para coordenar a reação que se esperava deles com a manutenção do carrinho de bagagem supercarregado no curso correto.

Depois disso, o fluxo de passageiros se tornou mais intenso. Alguns eram recebidos por amigos e parentes, sendo levados para os carros que estavam à espera. Outros lançavam olhares perdidos pelo terminal, dando passos a esmo em diversas direções, como ovelhas sentindo a necessidade desesperada de que um cão-pastor impusesse ordem e rumo em suas vidas.

Charlie e Harriet passaram primeiro pela porta, ambos saindo de costas. Charlie carregava uma mochila e gritou para Sophie se apressar. David deixou o bar e se encaminhou devagar para a barreira, contente em permanecer a distância, saciando a privação que experimentara no último mês ao saborear aqueles poucos segundos em que os filhos ainda não tinham percebido a sua presença. Eles se viraram, subitamente inibidos, esquadrinhando os rostos sorridentes no outro lado da barreira. Charlie foi o primeiro a avistá-lo e gritou "Papai!" e se abaixou para passar sob a grade. A mochila ficou presa por um instante, mas logo ele se desvencilhou e correu para David, que continuou parado, observando o filho se aproximar, estranhamente esguio em comparação com Benji, o jeans apertado e a camisa de algodão listrado fazendo com que parecesse muito britânico. Charlie atingiu-o em alta velocidade, passando os braços por sua cintura.

– Papai! Não imagina como nos divertimos no avião! Eles me deixaram entrar na cabine de comando para ver o piloto manejar os controles! Mas não podia tocar em nada!

– Ainda bem que se divertiu.

David soltou uma risada. Apertou o filho com força e se abaixou para dar um beijo no alto de sua cabeça, sentido o cheiro de seus cabelos. Charlie desvencilhou-se no instante seguinte e voltou para buscar Harriet, que continuava parada no mesmo lugar, fascinada por uma menina pequena, estendida no chão do terminal, esperneando em um acesso de raiva junto do carrinho de bagagem dos pais, que tentavam acalmá-la em vão.

– Harriet, venha depressa! Papai está aqui!

No mesmo instante Harriet saiu do seu mundo de sonho, com uma expressão de anseio e nervosismo estampada no rosto, enquanto olhava ao redor, à procura do pai. Ao vê-lo, desatou a correr, contornando a barreira. Quando chegou perto, David se abaixou para recebê-la, sentindo os pequenos braços e pernas envolverem seu corpo, como se fossem os tentáculos irresistíveis de um polvo.

– Oi, querida! – Ele comprimiu o rosto contra os cachos pretos e beijou o pescoço macio da filha. – Como você está?

Harriet afastou a cabeça de seu ombro e fitou-o, o rosto separado por poucos centímetros.

– Papai...

– O que é?

Ela olhou para trás.

– Aquela menina está se comportando de uma maneira horrível.

David riu.

– Tem razão. Espero que você tenha se comportado melhor no avião.

Harriet virou-se para o pai, sorrindo.

– *Claro* que me comportei! – O sorriso desapareceu e ela franziu o rosto. – Mas senti bastante medo.

– Por quê?

– Porque Charlie não parava de dizer que o avião ia explodir!

David começou a se encaminhar com ela para a porta de desembarque.

– É mesmo? Parece típico do seu irmão.

Ele parou ao lado do filho, que se inclinava para a barreira, soprando o cromado para deixá-lo embaçado e depois esfregando com força.

– Onde Sophie se meteu, Charlie?

– Ela vai sair com a comissária. Tínhamos alguém com a gente por toda parte a que íamos, porque disseram que éramos pequenos demais para ficarmos sozinhos. Foi muito embaraçoso, porque puseram crachás na gente, com o nosso nome. Tirei o meu e o de Harriet, assim que desembarcamos.

– E eu queria ficar com o meu! – lamentou Harriet.

– Não queria, não! Achou também que era horrível. Ei, lá vem ela! Sophie, papai está aqui!

David deslocou-se para o lado, tentando vê-la se aproximar. Desde o momento em que a avistou, conversando com a comissária de bordo, enquanto empurravam o carrinho de bagagem, ele sentiu um sorriso se alargar em seu rosto e o coração inflar com um orgulho inacreditável. Sophie mudara muito, não crescera apenas para cima, mas também... ora, por toda parte! Os cabelos compridos, castanho-avermelhados, estavam penteados para trás, presos com uma presilha, parecendo acentuar os contornos do rosto. Passara-se apenas um mês desde que ela a vira pela última vez, mas era suficiente para que David percebesse a metamorfose que ocorrera. Sophie não era mais uma adolescente desajeitada e constrangida, mas uma jovem que adquirira depressa todos os requisitos da feminilidade.

David largou Harriet no chão sem desviar os olhos da filha mais velha, observando-a contornar a barreira, junto com a comissária, e se aproximar. Pelo canto dos olhos, ele notou que um rapaz, parado na barreira junto com os pais, também acompanhava o progresso de Sophie com interesse.

Sophie, deixando a comissária empurrar o carrinho sozinha pelos últimos metros, adiantou-se apressada para o pai. Ao alcançá-lo, o rosto se desmanchou num sorriso radiante e os olhos faiscaram. Nesse instante breve e desconcertante, David compreendeu que era como se Rachel tivesse reencarnado.

– Oi, papai – murmurou ela.

Por um momento, David ficou imóvel, fascinado, balançando a cabeça lentamente por aquela aparição inacreditável, depois deu um passo à frente e abraçou-a.

– Mas você está maravilhosa! – Ele a beijou no lado da cabeça. – Deslumbrante! Nem tenho palavras para dizer como está linda!

David ouviu um grunhido ao seu lado. Virou a cabeça para ver Charlie olhando para a comissária de bordo e arrastando os pés.

– Pare com isso, papai. É muito constrangedor. Não podemos ir agora?

– Está bem. – David deu um último beijo no rosto de Sophie. – Vamos pegar nossos cavalos e sair de Dodge City.

Depois de agradecer à comissária pela ajuda, David assumiu o comando do carrinho de bagagem e se encaminhou para a porta do terminal, com as filhas dos lados e Charlie seguindo na frente.

– Já estamos nos Estados Unidos, papai? – perguntou Harriet, correndo ao lado de David para acompanhar seus passos rápidos.

– Já, sim, querida, a terra do hot-dog, do hambúrguer e... ahn... não consigo pensar em mais nada que comece com h.

– E *heat*! – acrescentou Sophie, usando a palavra em inglês para calor, no momento em que deixavam o prédio com ar-condicionado para o calor escaldante da metade do dia.

Atravessaram o estacionamento a caminho do fusca. David já o descrevera em detalhes nas cartas. Por isso, Charlie e Harriet o reconheceram ao mesmo tempo e saíram correndo na frente. Mas recuaram no instante em que o alcançaram, pois Dodie começou a saltar no banco, com latidos furiosos.

– Essa é Dodie? – perguntou Charlie, com uma risada indecisa.

– É, sim.

– Ela combina com o carro.

– Por que diz isso?

– Porque ambos parecem... ahn... meio amassados.

– Não deixe que ela o ouça dizer isso. Dodie é muito sensível em relação à sua aparência. Sugeri uma ocasião que considerasse a possibilidade de uma permanente no pelo... e ela passou uma semana sem falar comigo!

– É mesmo? – murmurou Harriet, olhando espantada para Dodie através da janela.

– Claro que não, sua burra! – interveio Charlie. – Papai está apenas brincando!

David abriu o carro, despachou Dodie para o banco traseiro e inclinou-se para puxar a alavanca da mala.

– Podemos viajar com a capota arriada, papai? – perguntou Charlie, pegando uma mala e levando para a frente do carro.

– Acho que teremos mesmo que fazer isso. Caso contrário, não haverá espaço suficiente para tudo.

– Ótimo!

David espremeu a mochila de Harriet no último espaço restante na mala do carro e fechou-a com todo cuidado. Depois, soltando a capota, empurrou-a para trás, liberando as maravilhas aromáticas de Dodie para o mundo.

– Essa não! – exclamou Sophie, torcendo o nariz. – Que cheiro horrível! Ainda bem que não preciso levá-la no colo!

David sorriu.

– Infelizmente, ela tem esse pequeno problema. Alguém sugeriu que eu lhe desse pílulas de alho, mas tenho a impressão de que Dodie desenvolveu imunidade a elas.

– Eu a levarei! – Charlie inclinou-se pelo lado do carro e afagou Dodie, para depois lançar um olhar sugestivo para a irmã mais velha. – Mas se puder ir no banco da frente.

O acordo foi fechado. Assim que o restante da bagagem foi arrumado no pequeno espaço por trás do banco traseiro, eles partiram para Leesport.

O tráfego diminuiu bastante, depois que entraram na Southern State Parkway. Enquanto seguiam, aos solavancos, para leste, David decidiu que aquele era o momento oportuno para ensinar a letra de "Dodie, a poodle que adora se divertir". Depois de três tentativas, Charlie e Harriet conseguiram gravar tudo, e desataram a cantar e balançar de um lado para outro no ritmo da melodia. Sophie, no entanto, parecia relutante em participar. Enquanto cantava os versos junto com os dois filhos menores, David a observava pelo espelho retrovisor. Sophie apoiava o cotovelo na janela e olhava distraída para a paisagem.

Chegaram à rua principal de Leesport às 14h30 em ponto. Pensando que Jasmine e Benji ainda não deviam ter estendido a faixa de recepção, David resolveu parar na frente da Helping Hands, dando dois toques rápidos da buzina. Observou através da janela quando Clive e Dotti olharam. Ao reconhecerem o carro, eles se levantaram de um pulo.

– Por que paramos aqui? – perguntou Charlie.

– Quero que conheçam dois amigos meus.

A porta da loja foi aberta nesse instante, e Clive atravessou a calçada correndo, seguido de perto por Dotti.

– Pelo amor de Deus! – Ele levou a mão ao rosto, contemplando as crianças, aturdidas. – Oh, David, seus filhos são simplesmente maravilhosos! Todos lindos!

Clive sorriu, depois estendeu a mão para as crianças, uma de cada vez.

– Oi. Meu nome é Clive. Você é... Sophie! Charlie... Harriet... Não tenho palavras para dizer como é fantástico conhecê-los. Ah, antes que eu me esqueça... – ele se virou e passou o braço pelos ombros de sua assistente, que deu um sorriso tímido enquanto ajeitava os óculos no nariz – ... esta é Dotti.

Ele suspirou, olhando para as crianças com uma expressão de prazer total.

– Para onde estão indo agora? Direto para a praia, eu imagino!

David observou as crianças, que ainda não haviam desviado os olhos de Clive, fascinadas com seu entusiasmo esfuziante.

– Iremos para casa primeiro, vamos arrumar as coisas, mas depois um mergulho pode ser uma boa ideia.

– Boa? É uma ideia sensacional! – Clive inclinou-se para a frente, com as mãos no lado do carro. – A qualquer momento que quiserem aparecer na loja, crianças, serão mais do que bem-vindas. Dotti já pôs algumas latas de Coca-Cola na geladeira. Portanto, apareçam logo, está bem?

As crianças sorriram, murmurando um agradecimento. David virou a chave na ignição para ligar o motor.

– Temos de ir agora, Clive. Vamos nos encontrar com Jasmine e Benji em casa. Por isso, é melhor não nos atrasarmos.

– Claro! – Clive afastou-se do carro. – Não se esqueçam, crianças, teremos o maior prazer em recebê-las, sempre que quiserem aparecer!

A ponta branca da faixa de recepção era visível, ondulando por cima da sebe, quando David entrou com o carro na Shore Street. Ele parou fora da casa. No mesmo instante, todos ouviram a voz excitada de Benji gritar no jardim:

– Jasmine, eles chegaram!

O portão foi aberto e Benji saiu correndo para a calçada. Parou a alguma distância do carro, sorrindo, meio inibido, transferindo o peso do corpo de um pé para o outro, enquanto examinava os recém-chegados. David saiu do carro e deu a volta para a calçada.

– Muito bem! Apresentações! – Ele apontou para cada um de seus filhos. – Sophie... Charlie... Harriet. Este é Benji.

Houve alguns murmúrios indecisos, enquanto eles reconheciam a existência mútua. David observou a cena, divertindo-se, enquanto se inclinava para puxar a alavanca da mala do carro.

– Saiam todos e vamos levar a bagagem para dentro. Onde está Jasmine, Benji?

– Estou aqui! – gritou uma voz do outro lado da sebe.

Ela passou pelo portão, com um martelo debaixo do braço, limpando a testa suada com o dorso da mão.

– Puxa, você quase nos pegaram tirando uma soneca! – Ela olhou para as crianças e se desmanchou num imenso sorriso. – Oi, todo mundo! Sou Jasmine. Ouvi você ser apresentado, Benji. Agora, pode me dizer quem é quem.

Enquanto as crianças saíam do carro, Benji disse o nome de cada uma, sem erro. Jasmine adiantou-se para apertar suas mãos.

– Quero ver todo mundo carregando alguma coisa! – disse David, tirando a bagagem e pondo-a na calçada.

Charlie e Benji pegaram as duas malas maiores, num teste de força individual, e passaram pelo portão com evidente dificuldade.

– Ei, Sophie, Harriet! – gritou Charlie do jardim. – Venham depressa! Deem uma olhada *nisto*!

As duas meninas pegaram suas mochilas e passaram pelo portão, para encontrar Charlie parado no meio do jardim, olhando ao redor, espantado.

– Não é espetacular? Estamos bem na praia! E olhem só para a faixa na casa! Benji diz que foi ele mesmo quem fez!

– Esqueceu o E do meu nome! – resmungou Harriet, desapontada.

– Harry, não seja tão grossa! – censurou Sophie.

– Peço desculpas por isso – murmurou Benji, enfiando as mãos nos bolsos do short. – Fiquei meio confuso, sem saber como se escrevia... mas acrescentei o E depois.

Sophie sorriu para ele.

– Acho que ficou ótimo, Benji. Foi um bom trabalho.

Benji baixou os olhos para seus pés, o rosto vermelho de vergonha.

– Eu também acho! – exclamou Charlie, segurando o braço de Benji. – Vamos fazer uma exploração!

Os dois meninos se viraram, querendo correr até o cais, no instante em que David entrava no jardim, carregando o resto da bagagem.

– Esperem um instante, vocês dois! Onde pensam que vão?

– Vamos explorar, papai!

– Ainda não. Primeiro, temos de levar a bagagem para a casa. Quero lhes mostrar onde vão dormir.

– Isso! – gritou Charlie, no maior excitamento, atravessando o gramado para a casa, sempre acompanhado por Benji.

Jasmine não apenas instalara a faixa, mas também entrara na casa para arrumar as almofadas no sofá e guardar a louça que David deixara secando no escorredor. Harriet e Charlie ficaram maravilhados com seu quarto na varanda fechada. Ambos se jogaram em suas camas e olharam ao redor para descobrir o que podiam ver, deitados. Sophie, porém, não demonstrou muita emoção pelo que a casa tinha a oferecer. Levou a mala para a sua cama na sala e começou a arrumar as roupas, com uma eficiência tranquila e metódica.

– Muito bem! – disse David, batendo palmas para reunir todo mundo na sala. – Vamos deixar tudo como está por enquanto. O que você acha, Jasmine? A barca para Fire Island?

Houve um grito de alegria de Benji, imediatamente repetido por Charlie e Harriet. Eles não tinham a menor ideia do que era Fire Island, mas se Benji achava que era uma boa ideia... e se tinham de pegar uma barca para chegar lá... então valia a pena concordar.

– Parece que você teve uma ideia bem popular – comentou Jasmine, rindo.

– Então vamos! Tirem das malas as roupas de banho e partiremos agora mesmo!

Charlie correu para a varanda, acompanhado por Benji, e revirou sua mochila. Jasmine ajudou Harriet a encontrar seu maiô. David foi pegar um calção em cima de sua arca de gavetas. Ao voltar, descobriu que Sophie não fizera qualquer movimento para descobrir seu maiô.

– Não sabe onde está o seu maiô, querida?

Sophie fitou-o, a boca se contraindo num pequeno sorriso.

– Se não se importa, papai, prefiro ficar aqui.

– Ora, querida, venha também – murmurou David, desapontado. – Garanto que vai se divertir. A praia é linda e...

– Papai, eu não queria ir! – Ela pegou uma blusa na mala e estendeu-a na cama. – Será que se importa tanto assim?

Por um momento, David fitou a filha em silêncio, aturdido com seu tom incisivo. Já ia responder quando sentiu uma mão em seu braço. Virou-se para se deparar com Jasmine e as outras crianças paradas ali. Ela se encaminhou para a porta da frente, gesticulando com a cabeça para que David a seguisse.

– Venham todos! – disse David, acenando com a mão para as outras crianças. – Vamos sair para o jardim por um instante.

Assim que todos saíram, Benji, Charlie e Harriet foram correndo para o cais com gritos de entusiasmo.

– Quer ficar um pouco aqui? – indagou Jasmine, em voz baixa.

– Acho que é melhor. Importa-se de levar as crianças para dar uma volta?

– Claro que não. E já sei o que podemos fazer. Levarei as crianças para tomarem um banho de piscina lá em casa. Vocês dois poderão ir para lá mais tarde.

– Boa ideia, Jasmine.

Eles foram até a beira do jardim, onde Harriet parara, observando Benji e Charlie empenhados numa competição de jogar seixos na baía do cais.

– Vocês todos! Houve uma pequena mudança nos planos. Irão agora para a casa de Benji tomar banho de piscina.

Com mais gritos de alegria, os dois meninos voltaram correndo e seguiram direto para o portão. A viagem de volta de Harriet foi mais lenta e difícil, pois precisava levantar os joelhos bem alto para subir os degraus.

Ela parou ao lado de David.

– Você e Sophie não vão, papai?

– Vamos, sim, querida, mas não agora. – David inclinou-se para a frente, com as mãos nos joelhos. – Mas, se você for na frente com Jasmine, Sophie e eu iremos daqui a pouco. Combinado?

Harriet acenou com a cabeça. Sem a menor timidez, deu a mão a Jasmine.

– Agora, Harriet – disse Jasmine, o rosto se iluminando em alegria e piscando para David –, vamos alcançar os meninos para nos divertimos um pouco!

As duas atravessaram o gramado e saíram pelo portão. Ao se encaminhar para a porta da casa, David podia ouvir suas vozes no outro lado da sebe, absorvidas em conversa, diminuindo à medida que se afastavam pela rua.

Ele abriu a porta e entrou na casa. Sophie ainda estava de pé ao lado da cama, arrumando suas coisas. David pegou a chaleira e encheu-a com água da torneira.

– Vou tomar um chá. Você também quer?

Sophie balançou a cabeça, sem se virar.

– Não?

Ela se virou e ofereceu um pequeno sorriso.

– Não. Obrigada.

David encostou-se na pia, cruzou os braços.

– Quando falei com o Sr. Hunter, ele disse que você ia se sair muito bem nos exames. Foi o que aconteceu?

– Acho que sim.

Perplexo com as respostas bruscas às suas perguntas. David aproximou-se de Sophie e pôs a mão em seu ombro.

– Sente-se bem, querida?

Ela se virou para fitá-lo.

– Não muito, papai. Sinto uma dor na barriga.

– Oh, querida, deveria ter dito logo! Acha que foi alguma coisa que comeu no avião?

Ela fez uma careta ao perceber que o pai não entendia.

– Não, papai, não é uma dor desse tipo. Apenas... é a minha época do mês.

– Oh, Sophie, desculpe! Eu deveria ter compreendido. Não é de admirar que esteja se sentindo mal. Ahn... tem tudo de que precisa?

Ela sorriu, enquanto continuava a desfazer a mala.

– Tenho, sim, obrigada. – Sophie parou de repente, enquanto ajeitava uma calça numa gaveta. – Acontece apenas que... Ora, não importa.

– Não, querida, continue... por favor.

– O problema é que ainda não me sinto muito segura para lidar com isso. Às vezes entro em pânico, acho que será difícil fazer algumas coisas... como nadar. – Ela mordeu o lábio inferior, fitando o pai, depois soltou uma risada trêmula. – Não creio que seja o tipo de coisa que uma garota costume discutir com o pai. Mas como não tenho mais mamãe...

Era o máximo que ela já tinha falado. Naquele breve momento, a vulnerabilidade acarretada pela natureza e o longo voo, afetando seu relógio biológico, prevaleceram sobre sua firme determinação, permitindo que as emoções aflorassem à superfície.

– Oh, papai, sinto tanta saudade da mamãe!

Sophie correu para David e abraçou-o. O corpo tremia todo com os soluços convulsivos, enquanto ela começava a se livrar da dor que reprimira lá no fundo por tanto tempo. David abraçou-a em silêncio por um longo momento, beijando-a muitas vezes no alto da cabeça, sentindo as lágrimas passarem por sua camisa e molharem a pele por baixo.

– Sei que sente, querida, sei que sente... – murmurou ele, depois de algum tempo, as lágrimas também aflorando em seus olhos, enquanto a balançava gentilmente. – Eu também sinto... tanto que até dói. Acho que isso nunca mais vai desaparecer. Não há um segundo do dia em que eu não pense nela.

David afastou-a devagar, pôs a mão sob o queixo da filha, levantou o rosto.

– Mas agora, querida, estou aqui para ajudá-la... para ajudar todos vocês. A situação era diferente para mim na Escócia, mas mudou. E vai continuar a mudar... para melhor, eu prometo. Infelizmente, não teremos mamãe de volta, por mais que desejemos e rezemos. O mais importante, no entanto, é que temos uns aos outros, como uma família. Era isso que a mamãe queria... que continuássemos com nossas vidas e que tivéssemos outros momentos felizes, que ríssemos e brincássemos como costumávamos fazer antes.

Ele fez uma pausa e olhou ao redor.

– Quer saber de uma coisa? Ela está aqui neste momento. Tenho certeza. Aqui nesta casa, dizendo para nós: "É isso mesmo! Sigam em frente, façam isso por mim! Estou aplaudindo. Continuem a rir e a brincar, sejam felizes, porque se ficarem tristes e desanimados não serão mais como eu, e quero deixar para vocês meu espírito, humor, amor pela vida... e beleza."

O rosto de Sophie se contraiu lentamente num sorriso triste. Ela o afastou da mão do pai e também olhou ao redor.

– Acha mesmo que ela está dizendo isso, papai?

David sorriu.

– Ou alguma coisa parecida... só que provavelmente ela é muito mais convincente na maneira como fala.

Sophie soltou uma risada, acompanhada por uma fungada forte. David foi até a pia e pegou toalha de papel. Entregou-a para a filha.

– Tome aqui... e trate de se arrumar, como diria Effie.

Sophie riu de novo. Respirou fundo, assoou o nariz e enxugou as lágrimas dos olhos.

– Tudo bem agora? – indagou David, passando o braço pelos ombros da filha e dando-lhe um apertão.

Sophie acenou com a cabeça e lhe devolveu uma massa de papel molhado. Ele se virou e a jogou na lata de lixo.

– Pensei uma coisa no outro dia... Já que eu não estava em casa para os seus 16 anos, devemos fazer uma festa de aniversário aqui. – Ele piscou para a filha. – Afinal, é um aniversário importante... os "doces dezesseis" e todo o resto. Devemos comemorar com classe.

Sophie deixou escapar um longo suspiro.

– Não sei, papai.

– Por que não? Será divertido. Podemos convidar Jasmine e Benji...

– Papai, sei que está sendo muito gentil, mas eu me sinto um pouco velha para ter uma festa de aniversário. – Ela voltou até a cama, a fim de continuar a arrumar suas coisas. – O que faríamos? Brincadeiras e coisas assim?

David balançou a cabeça, pensativo.

– Já entendi o que está querendo dizer. Mas que tipo de festa você gostaria? Uma espécie de... discoteca ou algo parecido?

– Acho que sim – respondeu Sophie, dando de ombros, sem querer se comprometer.

– Hum... Quer ouvir a minha ideia? Primeiro, teremos uma pequena reunião aqui... nada muito formal e certamente não infantil. Convidaremos alguns dos meus novos amigos, que adorariam conhecê-la. E, quando voltarmos à Escócia, daremos uma grande festa, em The Beeches ou Inchelvie, dependendo da quantidade de amigos que você quiser convidar. E faremos com que seja o acontecimento do ano... não, do século! O que acha disso?

Os olhos de Sophie se iluminaram.

– Acha mesmo que poderíamos?

– Claro que sim!

– E posso convidar meus amigos da escola?

– Todos os amigos que quiser... e eles podem ficar na casa depois da festa por tanto tempo quanto quiserem!

Sophie se adiantou para enlaçar o pai pelo pescoço.

– Oh, papai, seria maravilhoso! – Ela se ergueu na ponta dos pés para beijá-lo no rosto. – Quando poderia ser?

– Acho que seria melhor se começarmos a planejar depois que voltarmos para casa... mas prometo que terá uma grande festa! – Ele a abraçou e deu um beijo em seu pescoço. – Mas enquanto isso vamos escolher um dia para a nossa festa aqui nos Estados Unidos.

David desvencilhou-se dos braços de Sophie e continuou:

– Não pode ser neste final de semana porque será o Quatro de Julho e haverá muitas festas por aqui. Mas o que me diz da próxima terça-feira? Teremos tempo suficiente para organizar tudo.

– Está bem... mas que tipo de festa seria?

– Que tal um churrasco? Sou péssimo para fazer churrasco, mas você e Jasmine podem me ajudar. Depois, pegaremos a barca para Fire Island e passaremos o resto da tarde na praia. – David fez uma pausa. – Para ser franco, acho que é melhor você e Jasmine organizarem as compras e todo o resto, enquanto eu me encarrego de fazer os convites. O que acha disso?

– É uma boa ideia. – Sophie ainda parecia hesitante. – Mas prefiro que seja uma festa para *todos* nós, papai. Não quero que se dê destaque aos meus 16 anos, porque não haverá muitos outros da minha idade, não é mesmo?

– Mensagem entendida. Combinado?

Sophie sorriu para o pai.

– Combinado!

Ela cuspiu na mão e estendeu-a. Por um momento, David ficou aturdido, depois lembrou que era exatamente assim que ele e Rachel costumavam selar seus acordos. Lentamente, ele levou sua mão à boca, cuspiu nela, e depois a encostou na mão de Sophie.

– Agora, que tal irmos nos encontrar com os outros? Acabaremos de arrumar tudo quando voltarmos.

Eles se encaminharam para a porta, abraçados. Quando David abriu a porta, Sophie parou e olhou para trás.

– Acha que mamãe também vai? – perguntou ela, fitando-o.

David sorriu e virou-se para contemplar a casa vazia.

– Claro que sim. Ela sempre está conosco.

28

Jennifer empurrou para o lado o espelho retrovisor do BMW, tentando evitar que o clarão do sol poente se refletisse em seu rosto. Depois, ligou o rádio para ouvir as notícias sobre o trânsito, buscando alguma orientação, se deveria continuar na Long Island Expressway ou entrar na Grand Central Parkway, pegar a Van Wyck Expressway ou seguir para Leesport pelo sul.

A julgar pelo movimento que via no Queens, no entanto, era bem provável que não fosse fazer a menor diferença. Fora uma ideia estúpida, não havia a menor dúvida, tentar sair de Manhattan na véspera do fim de semana do Quatro de Julho. Todo mundo e mais alguém pareciam estar na estrada. Só que ela não tivera opção. Sam Culpepper pedira expressamente que ela fosse à agência, no sábado, a fim de efetuarem uma última revisão na proposta do Tarvy's, antes de ser despachada para Londres. Seu plano inicial fora seguir para Leesport assim que terminasse. Mas depois, quando Russ lhe pedira que comparecesse a uma reunião com novos clientes na manhã de segunda-feira, ela achara que seria melhor passar todo o fim de semana no apartamento no West Village, em vez de enfrentar o tráfego pesado no início da semana.

Mas detestara a ideia de não poder passar o fim de semana do feriado com Benji. Por isso, num impulso, decidira ir para Leesport, para passar pelo menos umas poucas horas com o filho, antes de voltar para Manhattan, no início da manhã seguinte.

Sentada ali, ela olhou para a proposta impressa, no banco do passageiro. Estendeu a mão e pegou-a, folheando com o polegar, do princípio ao fim, como se estivesse revisando o texto de alguma forma sobre-humana. Ela balançou a cabeça e largou a proposta no banco. Apertou o acelerador de leve, a fim de conduzir o BMW por uns poucos metros.

Torcia para que obtivessem o contrato. Sam se empenhara muito. Ainda assim, não podia deixar de se sentir um pouco apreensiva com o conteúdo final. Os poucos dias em que ficara sem trabalhar na semana anterior não haviam ajudado. O fluxo de trabalho fora rompido por completo. Por isso, durante os últimos quatro dias, ela trabalhara pela noite adentro, a fim de concluir a proposta. É verdade que ainda não ficara toda pronta. Havia algumas estatísticas que queria incluir, mas já contava com todas as informações. Podia acrescentá-las no laptop, em casa, e levar ao escritório para imprimir no dia seguinte.

Jennifer largou o volante e cruzou as mãos atrás da cabeça, esticando as costas doloridas.

Mas a verdade é que aqueles poucos dias de folga haviam valido a pena, embora o motivo por trás disso fosse desagradável e depois tivesse de trabalhar à noite para compensar. Ao passar um período tão longo e ininterrupto com Benji, ela compreendera o quanto o filho mudara, não apenas no comportamento, mas também no próprio corpo. Naquelas manhãs em que ele ia sentar-se na sua cama antes de sair para a escola, Jennifer o abraçava e não mais sentia a flacidez de um corpo gorducho, mas sim os primórdios de um corpo jovem, firme e atlético.

Só que ela não podia assumir o crédito por essa mudança. Era tudo obra de David, que criara uma renovada confiança e uma vibração quase tangível de energia e entusiasmo em seu filho. David... Ela repetiu o nome, mentalmente, sentindo um excitamento imprevisto espalhar-se por seu corpo, os sentidos tão agitados que um tremor intenso lhe percorreu a espinha. Jennifer sorriu e balançou a cabeça. Não, não era *esse* tipo de sentimento. Ou talvez fosse, quem sabe? Não podia dizer com certeza. Não havia como negar que a companhia de David fazia com que se sentisse feliz e relaxada, quase tranquila, sem que ele fizesse qualquer coisa especial. Mas era bem provável ser isso o que o tornava tão especial. Não havia nenhuma farsa com David. Jennifer se sentia confiante quando estava com ele. Era um homem gentil, espontâneo, divertido, digno de confiança e... ora, Jennifer, admita logo de uma vez... muito atraente, sem a menor dúvida, um dos motivos principais pelos quais ela fazia aquela absurda viagem de volta a Leesport.

O motorista do carro de trás tocou a buzina. Jennifer teve um sobressalto e voltou a se concentrar em questões imediatas. Uma brecha de 30 metros se abrira à frente do BMW, sendo ocupada naquele momento por motoristas que mudavam de faixa, na vã esperança de apressarem a viagem. Jennifer olhou para a direita e viu a placa para a Grand Central Parkway. Ligou a seta e virou o rosto para oferecer um sorriso radiante ao motorista no carro ao lado, apontando para a saída. Um minuto depois, ela usara seu charme para passar por três faixas, deixara a LIE e seguia para o sul, a uma velocidade constante de oitenta quilômetros por hora.

Eram quase 21 horas quando chegou em casa. Parou o carro junto da porta da frente, pegou os papéis e o laptop, saltou e entrou em casa.

– Oi, todo mundo! – gritou ela.

Seguiu direto para o escritório. Largou tudo na escrivaninha. Virou-se e voltou para o vestíbulo, no instante em que Jasmine vinha da cozinha.

– Oi, Jasmine! – disse ela, jovial.

– Pensei que não passaria este fim de semana em casa.

– E não deveria mesmo vir, mas não suportei a ideia de passar o fim de semana todo sem ver Benji. Nunca passamos o Quatro de Julho separados. Ele está em casa?

– Não. Saiu com David. Mas devem chegar a qualquer momento.

– Como vão as coisas por aqui?

– Não podiam estar melhores. E como você se sente?

Jennifer sorriu.

– Um pouco cansada, mas vou relaxar depois que a proposta ficar pronta.

Jasmine balançou a cabeça.

– Quer comer alguma coisa?

– Seria uma maravilha, Jasmine! Basta um sanduíche ou algo parecido. Como preciso terminar um trabalho, leve para o escritório.

Jasmine já voltava para a cozinha.

– O sanduíche vai sair num instante.

Jennifer foi para o escritório. Acabara de abrir a proposta do Tarvy's na tela do laptop quando Jasmine entrou, trazendo um prato com sanduíches de presunto e um copo de cerveja.

– Aqui está – disse ela, pondo na mesinha ao lado da escrivaninha.

A porta da frente foi aberta nesse instante, e a voz excitada de Benji ressoou pela casa:

– Mamãe?

– Estou aqui, Benji!

Ele entrou no escritório, correu para a mãe e enlaçou-a pelo pescoço.

– Oi, querido! Onde esteve até agora?

– Passamos a tarde *inteira* na praia! Pegamos a última barca de volta, depois fomos a Leesport para ver os preparativos para o espetáculo de fogos de artifício amanhã de noite. Dispararam alguns só para terem certeza de que tudo funcionava. Não ouviu? David disse que poderíamos...

Ele parou de falar quando ouviu a porta do escritório ser aberta. David entrou na sala. Benji desvencilhou-se da mãe e correu para ele.

– David, posso contar à mamãe agora?

David desmanchou os cabelos do menino.

– Você se importa se eu contar, Benji?

O menino soltou um gemido desapontado. Mas, antes que pudesse protestar mais. Jasmine adiantou-se e passou o braço por seus ombros.

– Vamos embora, Benji. Não acha que é melhor deixarmos sua mãe e David conversarem a sós?

– Está bem. Mas você tem que contar tudo a ela, David!

Benji saiu correndo da sala, acompanhado por Jasmine. Jennifer observou-os por um momento antes de se virar para David, sorrindo.

– Oi.

– Oi. – Ele enfiou as mãos nos bolsos enquanto ia até ela. – Desculpe não ter trazido Benji antes, mas não sabia que você viria para casa neste fim de semana.

Jennifer recostou-se na cadeira.

– E não vinha mesmo. Preciso enviar esta proposta amanhã. Mas eu queria ver Benji, então decidi passar a noite em casa. – Ela suspirou. – É verdade que não será uma noite das mais longas. Vou partir às cinco e meia.

– É uma pena. Como está se sentindo?

– Muito bem. Só que provavelmente desfiz tudo de bom que resultou do descanso que Jasmine me obrigou a tirar na semana passada. Tive que trabalhar pela noite afora nesta proposta, apenas para recuperar o tempo perdido.

– E como ficou?

Jennifer olhou para a tela do computador.

– Não sei direito. O problema é que não tenho como avaliá-la. *Espero* que esteja boa, porque Sam conta comigo para conquistar a conta. Seria um grande salto para a agência se conseguíssemos.

– Para quem é a proposta?

– Uma destilaria de gim em Londres. Tarvy's. Já ouviu falar?

– Claro. Eu os conheço muito bem. – David fez uma pausa. – Isto é, conheço o gim.

– Graças a Deus! – Jennifer soltou uma risada. – Pelo menos *você* já ouviu falar.

Ela se inclinou para pegar o relatório da pesquisa de mercado, antes de acrescentar:

– O nome Tarvy's não aparece nem aqui, mas pelo menos me dá uma ideia do volume de vendas que devemos tentar alcançar... e posso lhe garantir que não será fácil.

Jennifer largou o relatório na mesa e suspirou.

– De qualquer forma, não há muito mais que eu possa fazer. Se não conseguirmos a conta, tudo bem... mas, por Sam, espero termos alguma chance, por menor que seja. – Ela sorriu para David. – Quer uma cerveja ou qualquer outra coisa?

– Não precisa se incomodar. Não quero interrompê-la.

– Não está me interrompendo. – Jennifer levantou e se encaminhou para a porta. – Vou buscar uma cerveja para você.

Ela parou na porta e virou-se.

– Além do mais, quero saber qual é o grande segredo.

Enquanto os passos se afastavam pelo vestíbulo, a caminho da cozinha, David pegou o relatório da pesquisa de mercado de Morgan Graz. Há séculos que não olhava para um! No passado, lia aqueles relatórios com a mesma frequência com que lia o jornal. Ele balançou a cabeça e foi virando as páginas. Parou abruptamente quando o nome familiar da Glendurnich atraiu sua atenção. Deu uma olhada no alto da página. Era a lista dos dez *malt whisky* mais vendidos no mundo. Ele verificou os dados, a testa se franzindo em perplexidade.

Aquilo não estava certo. O Glendurnich fora relacionado como o número quatro, exatamente a mesma posição que ocupara no ano anterior. David olhou no fundo da página, para verificar a data. Era o número de junho. Aqueles dados, é claro, referiam-se às vendas no mundo inteiro, não eram específicos dos Estados Unidos. Mas o país era o maior cliente deles; portanto, os dados deviam refletir as vendas ali. Ele coçou a cabeça, tentando encontrar uma explicação alternativa. Talvez estivesse enganado. Talvez o Glendurnich *tivesse* alcançado uma posição superior durante sua ausência da companhia. Neste caso, se as vendas estivessem em queda, Duncan teria toda razão para expressar sua preocupação. Mas, por outro lado, ele não podia ter certeza.

David franziu as sobrancelhas pela anomalia, enquanto continuava a folhear as páginas restantes da revista. Já ia fechá-la quando outro nome se destacou na última página, fazendo-o estremecer, só de lê-lo. Deakin Distribution. Por um momento, sua mente voltou involuntariamente àquele dia terrível em Manhattan, quando todos os eventos ocorridos e todas as ações pareciam orquestrados para acelerar a sua queda. Ele resfolegou, nervoso, ao recordar o dia fatídico, antes de voltar a se concentrar na notícia. Era pequena, no canto inferior direito da página, na coluna de *Administração e Contratos.*

> A terceira maior empresa de bebidas do Reino Unido, a Kirkpatrick Holdings Plc., anunciou a recente aquisição de uma distribuidora, com sede em Nova York, a Deakin Distribution Inc.
>
> O presidente do conselho de administração da Kirkpatrick, John Davenport, disse que fazia o anúncio com satisfação. Declarou que a Deakin possuía comprovada capacidade de realizar uma nova e agressiva campanha de vendas nos Estados Unidos, promovendo as marcas cada vez mais numerosas sob o controle da Kirkpatrick.

David soltou um grunhido desdenhoso para si mesmo, especulando se a Deakin Distribution sabia em que estava se metendo. *Agressiva* era uma palavra insuficiente para descrever o tipo de atuação da Kirkpatrick, ainda mais sob o comando daquele tubarão implacável que era John Davenport. Ele mordeu o lábio com força, ao lhe ocorrer subitamente que a Deakin, em decorrência de sua reunião malograda, podia agora ser a nova distribuidora do Glendurnich. Não, devia estar tudo certo... pelo menos por enquanto. Ele sabia com certeza que a Kirkpatrick não tinha nenhum *malt whisky* em sua lista de produtos. Não deveria haver qualquer conflito de interesses. Mesmo assim, não lhe agradava pensar que a Glendurnich pudesse estar entregando qualquer coisa a uma empresa daquele tipo.

No momento em que fazia uma anotação mental para verificar toda aquela história assim que retornasse à Escócia, ouviu os passos de Jennifer voltando. Apressou-se em fechar o relatório e largou-o na mesa. Virou-se, no instante em que ela passava pela porta.

– Desculpe ter demorado tanto – disse ela, ao entregar o copo de cerveja. – Dá para acreditar que uma mulher vendendo cosméticos bateu na porta... não apenas às nove e meia da noite, mas também na véspera de um feriado nacional?

David alteou as sobrancelhas e tomou um gole da cerveja, enquanto Jennifer sentava à escrivaninha.

– Quando espera ter uma resposta sobre o contrato do Tarvy's?

– Na terça-feira. Um absurdo, não acha? Não sei como eles vão conseguir estudar todas as propostas nesse prazo tão curto. Mas é o que querem.

David olhou para o relógio, a mente ainda distraída pelo que lera no relatório de pesquisa de mercado, e lembrando que deixara as crianças sozinhas na casa de Carrie. Tomou o restante da cerveja e pôs o copo na mesa.

– Preciso ir agora.

Jennifer ficou surpresa.

– Espere um instante. Qual era o segredo que ia me contar?

David coçou a cabeça.

– Estará de volta aqui na próxima quinta-feira?

– Acho que sim. Esperava que Alex também viesse, mas ele telefonou ontem à noite para avisar que passará as próximas duas semanas em Dallas.

David balançou a cabeça.

– Importa-se de deixar a conversa para a próxima semana? É muito importante e preciso de tempo para explicar tudo.

Jennifer deu de ombros, resignada.

– Está bem. Aguardarei a grande revelação ansiosamente.

David sorriu e encaminhou-se para a porta. Virou-se depois que a abriu.

– Boa sorte com a conta. A julgar pelo trabalho que você teve, acho que vai consegui-la com facilidade.

– Obrigada. – Ela hesitou, com um sorriso pesaroso. – Imagino que não pode dar um jeito nisso também, não é?

– Como assim?

– Não se preocupe. Eu estava apenas brincando. Pensei que poderia lançar uma mágica sobre isso também.

Jennifer acenou com a mão, depois se virou para a escrivaninha, a fim de retomar o trabalho.

UM ESTRANHO SILÊNCIO parecia se irradiar da pequena casa quando ele voltou à Shore Street. David pensou no mesmo instante que só podia ser porque acontecera alguma coisa errada. Ele atravessou o jardim, apressado, e abriu a porta. Suspirou aliviado quando se deparou com as crianças sentadas no chão, de pernas cruzadas, em torno de um tabuleiro de Banco Imobiliário.

– Ah, quanta harmonia! – exclamou ele, rindo.

Charlie levantou os olhos, contrariado.

– Não tem televisão e cansamos de esperar por você. Onde esteve? Pensamos que voltaria em cinco minutos.

– Desculpe. A mãe de Benji...

– Ei, Harriet! – gritou Charlie de repente. – Não pode fazer isso! Você está na prisão!

– Ela não sabia, Charlie! – Sophie inclinou-se sobre o tabuleiro e fez o pino de Harriet voltar um quadro. – Terá que esperar até sua próxima vez, Harry.

– Essa não! – protestou Harriet, por ser apanhada.

Ela deitou de costas e sacudiu as pernas nuas no ar, espalhando a areia que grudara nelas durante o dia na Fire Island. Virou a cabeça para David.

– Quer jogar também, papai? Você pode ser o pino branco.

– Agora não, querida.

Ele contemplou os filhos com carinho, notando, sob a luz difusa, que já adquiriam um saudável bronzeado, depois de apenas dois dias de praia. Aproximou-se de Harriet e gentilmente pôs o pé em sua barriga, fazendo-a soltar um gritinho.

– Antes preciso dar um telefonema rápido.

David espremeu-se pelo lado da cama de Sophie para chegar à escrivaninha e pegou seu caderninho de telefones na pasta. Sentou na beira da cama, abriu na página correta, procurou até encontrar a Gladwin Vintners. Tinha certeza de que anotara ali o telefone da casa de William Lawrence. Ah, lá estava...

Ele pegou o telefone e fez a ligação. Virou-se para observar o jogo das finanças em andamento, enquanto esperava.

– Alô? – disse uma voz de homem.

– Will, aqui é David Corstorphine.

– David! Qual é a emergência para me ligar às duas horas da manhã?

David olhou para o relógio e bateu com a mão na cabeça.

– Oh, Will, mil desculpas! Estou nos Estados Unidos. Esqueci a diferença de fusos horários. Sinto muito. Voltarei a ligar pela manhã.

Will soltou uma risada.

– Não se preocupe. Acabamos de chegar de um jantar, que foi uma espécie de maratona. Como vai você? Está aí a negócios?

– Mais ou menos. Mas tem certeza de que quer conversar agora? Eu posso...

– Juro que não faz diferença. Ainda nem tirei as roupas. Portanto, pode continuar. O que posso fazer por você nesta hora ingrata?

– Pode parecer uma pergunta absurda nas circunstâncias, mas você ainda cuida das vendas internacionais do Glentochry?

– Claro.

– E por acaso tem alguma coisa a ver com o Tarvy's Gin?

– Por mais estranho que possa parecer, tem, sim. Mais à revelia do que por qualquer outra coisa. A Gladwin criou um comitê de marketing para o produto, expressamente para atingir os Estados Unidos. Fui chamado para participar, por meus supostos conhecimentos do mercado americano. Por que pergunta?

– É que acabei de ouvir o rumor de que vocês estão procurando uma agência de propaganda aqui.

– Como soube disso? Só fui informado esta semana.

– Como se diz, tinha os ouvidos bem abertos e por acaso escutei um comentário a respeito numa reunião de vendas.

– É verdade. A Gladwin está ansiosa em lançar o Tarvy's no mercado americano. Por isso, quer contratar uma agência o mais depressa possível. Para ser franco, passarei os dois primeiros dias da próxima semana examinando as propostas. – Ele fez uma pausa. – Qual é o seu interesse no Tarvy's?

– Nenhum, eu juro. Apenas... conheço uma das agências que apresentaram propostas. Posso lhe garantir que vem adquirindo uma reputação de ser criativa e competente.

– Qual é a agência?

– Culpepper Rowan.

– Lembro o nome. Você tem algum interesse na agência?

– Absolutamente nenhum. Apenas conheço alguns diretores muito bem. Pelo que sei, é muito bem-sucedida, mas precisa de um grande cliente internacional para entrar no circuito das grandes contas. Creio que, se fosse escolhida, faria de tudo para que a Gladwin tivesse o Tarvy's como um dos produtos de destaque.

Houve um momento de silêncio no outro lado da linha.

– Não posso prometer nada, David.

– Sei disso, Will. Mas ficarei agradecido se puder dispensar à proposta deles um pouco mais do que uma breve consideração.

Will soltou uma risada.

– Você não é fácil, companheiro. Está certo, farei isso.

– Obrigado, Will.

– E por falar em rumores, David, já sabia que andam dizendo que a Glendurnich poderá ser atacada a qualquer momento?

David franziu o rosto.

– Como assim?

– É óbvio que não sabe de nada. Almocei outro dia com Fraser Campbell, da Dunmorran Malt. Ele comentou que uma empresa tem feito perguntas sobre vocês.

– Ah, isso era tudo de que precisávamos! Que empresa?

– A Kirkpatrick.

David sentiu a boca ressecar no mesmo instante.

– Você disse Kirkpatrick?

– Isso mesmo. O rumor é o de que eles estão querendo conquistar um *malt whisky* para a carteira. Mas, se você não soube de nada, então deve estar bastante seguro.

David não disse nada. Ficou olhando para o quadro de Carrie acima da mesa. Ouviu Will bocejar no outro lado da linha.

– Escute, companheiro, estou exausto. Há mais alguma informação que queira de mim... ou posso ir me deitar?

David balançou a cabeça para interromper sua linha de pensamento.

– Não... desculpe, Will. E, mais uma vez, mil perdões por telefonar a esta hora absurda.

– Sem problemas... e pode deixar que me lembrarei da Culpepper Rowan.

David desligou, recostou-se na cama e passou os dedos pelos cabelos. A Kirkpatrick não podia estar atrás da Glendurnich, não é mesmo? Ele já teria sido informado. O pai ou Duncan teriam lhe falado a respeito.

– Você está bem, papai? – perguntou Sophie.

Ele se virou para se deparar com os três filhos observando-o, preocupados.

– Você ficou muito pálido de repente – acrescentou Sophie.

David sorriu e levantou-se.

– Claro que estou bem. – Ele bateu palmas. – Charlie e Harriet, está mais do que na hora de vocês se deitarem.

Ignorando os grunhidos sincronizados de protesto, David inclinou-se, pegou a filha mais nova no colo e levou-a para a varanda. Largou-a na cama, fazendo cócegas em sua barriga. Entre gritos divertidos pela tortura simulada, Harriet levantou as pernas sobre o peito para se proteger.

– Papai...

– O que é?

– Pode jogar Banco Imobiliário comigo amanhã?

– Claro que sim.

– Posso ficar com o pino preto de novo?

– Pode. E agora trate de dormir.

David beijou-a na testa e depois voltou para a sala, batendo de leve na cabeça de Charlie ao passar. Puxou a cama de Sophie para o meio da sala e sentou-se à escrivaninha. Pegou um papel na pasta, para tentar montar o quebra-cabeça de eventos, que se agitava desconexo em sua mente.

Não havia nenhuma base para continuar, qualquer padrão que desenvolvia se baseava apenas em suposições e hipóteses. A única ligação concreta era a recomendação de Duncan para que a Deakin assumisse a distribuição da Glendurnich nos Estados Unidos, e o fato de que a Deakin fora adquirida pela Kirkpatrick. Mas não se podia esquecer de que a insistência de Duncan para designar uma nova distribuidora era decorrente da queda das vendas nos Estados Unidos, e David não tinha informações objetivas para provar se isso acontecera ou não.

Ele fechou os olhos e coçou a cabeça com vigor, usando as duas mãos. *Tudo indica que você está vendo fantasmas*, disse a si mesmo. A falta de uso do cérebro nos últimos oito meses deixara-o paranoico. De qualquer forma, a Kirkpatrick não podia se apossar da Glendurnich, que era uma empresa de capital fechado, as ações em seu poder e do pai. Ei, espere um pouco... Agora havia também algumas ações nas mãos dos empregados, em decorrência do plano de participação que seu pai instituíra. Mas não representavam muita coisa. A Glendurnich, com toda certeza, estava a salvo de qualquer ataque predador.

Mas, por outro lado, como ele podia ter certeza de que nada mudara na empresa? Com quem podia entrar em contato? Não com Duncan, é claro. Afinal, se havia alguma coisa para ligar a Kirkpatrick com a Glendurnich, sem dúvida passava por ele. Também não podia falar com seu pai, não havia razão para preocupá-lo desnecessariamente com algo que talvez não passasse de pura especulação.

Margaret era a pessoa óbvia, por ser alguém em cuja lealdade podia confiar, sem a menor sombra de dúvida. Mas David não tinha certeza se a natureza exuberante de Margaret seria a mais apropriada para um trabalho de detetive. Mesmo assim, ele podia usá-la para enviar um fax a mãos seguras. Mas quem? Subitamente, ele estalou os dedos, várias vezes. E o rapaz que seu pai chamara à sala de reuniões logo depois do seu último encontro ali? Ele bateu com a mão na cabeça, tentando lembrar o nome do rapaz. Qual era mesmo? O avô dele trabalhara na destilaria. Mc... Mc alguma coisa... Mc... McLachlan! Era isso! Archie McLachlan!

– Papai?

David virou-se para encontrar Sophie de pé ao seu lado, vestindo um pijama.

– O que é, querida?

– Vai demorar muito? Estou exausta e gostaria de dormir agora.

Ele olhou para a cama da filha que empurrara para o meio da sala.

– Oh, desculpe! Prometo que só vou demorar mais cinco minutos. Quero apenas mandar um fax para o escritório. Você se importaria de usar minha cama até eu acabar? Depois, arrumarei a sua. Se Dodie estiver deitada lá, basta empurrá-la para o chão.

Sophie deu de ombros, virou-se e abriu a cortina da área que servia como quarto. Houve um rosnado imediato de Dodie, seguido por um baque seco, quando ela foi empurrada da cama para o chão. David pegou uma caneta e começou a escrever.

Fax para: Archie McLachlan (VIA MARGARET)
Glendurnich Distilleries Limited

De: David Corstorphine

Prezado Archie:

Eu gostaria de que você fizesse um pequeno trabalho de investigação para mim. Acabo de saber, por intermédio de um amigo de Londres, que uma empresa chamada Kirkpatrick Holdings Plc. quer adquirir uma destilaria de malt whisky. *Sei que provavelmente não há motivos para me preocupar com a Glendurnich, mas seria possível que você trocasse algumas palavras discretas com alguns de seus companheiros, para saber se eles ouviram algo a respeito?*

Eu também agradeceria se pudesse manter o assunto entre nós. Por favor, não fale sobre isso com ninguém da diretoria. Se descobrir qualquer coisa, mande um fax para mim, o mais depressa possível, no número da confirmação. Se não tiver notícias suas, vou presumir que tudo corre bem.

Cordialmente,
David Corstorphine

David inseriu o papel no aparelho e discou o número de fax da Glendurnich. Depois, enquanto começava a transmissão, ele empurrou a cama de Sophie para o lugar com o pé.

– Sophie?

– O que é? – respondeu uma voz sonolenta do outro lado da cortina.

– Sua cama a aguarda.

29

Desde que começara a trabalhar na Glendurnich Distilleries, Doreen McWhirter chegava todas as manhãs ao escritório às 8h30 em ponto, embora seu expediente só começasse às 9 horas, junto com o restante do pessoal do escritório. Contudo, para assegurar o controle que julgava apropriado a seu novo posto como recepcionista, Doreen achava que já devia estar na empresa para cumprimentar os diretores quando eles passassem pela porta. Também queria se mostrar como um exemplo de dedicação e responsabilidade para os colegas, quando apareciam às 9 horas.

Por isso, ela ficou um tanto surpresa e contrariada naquela manhã de segunda-feira ao descobrir que não fora a primeira a chegar. A porta principal balançou de leve quando enfiou a chave na fechadura. Ela atravessou a área de recepção até sua mesa e verificou as luzes no painel telefônico.

O Sr. Caple já chegara ao escritório, a luz vermelha correspondente ao telefone em sua sala sendo a única acesa no painel. Doreen sorriu timidamente para si mesma. Pegou a bolsa, contornou a mesa e seguiu em passos rápidos para o banheiro. Pôs a bolsa na prateleira na frente do espelho, tirou o estojo de maquiagem e o batom. Removeu os óculos e começou a dar alguns retoques em seu rosto.

Gostara muito do Sr. Caple, desde que o conhecera na entrevista. Era sempre agradável encontrar um homem tão organizado e exigente na maneira como queria que as coisas fossem feitas. Doreen tinha certeza de que obtivera o emprego porque ele reconhecera atributos similares nela.

Ela fechou o estojo e guardou tudo na bolsa. Depois de ajeitar com os dedos os cabelos grisalhos e curtos nos lados da cabeça, voltou à área de recepção e foi para sua mesa. Abriu uma das enormes gavetas de baixo e guardou a bolsa ali, com cuidado. Fechou a gaveta devagar, para evitar qualquer pressão sobre o couro macio. Empertigou-se e bateu palmas uma vez, para mostrar a si mesma que era hora de começar a trabalhar.

Iniciou a rotina indo até a porta da frente para pegar os jornais que haviam sido empurrados pela caixa de correspondência. Ajeitou-os, pela ordem do tamanho, na mesinha baixa que ficava entre os dois sofás de couro.

Depois de afastar-se da mesa, para ter certeza de que os jornais pareciam simétricos, Doreen foi até o aparelho de fax para verificar se alguma mensagem fora enviada durante o fim de semana. Só havia uma. Ela a pegou e voltou para sua mesa, lendo. A princípio, seu rosto registrou incompreensão. Mas, depois de ler outra vez, levantou os olhos, pensativa, os lábios lustrosos se contraindo em desaprovação.

Doreen olhou para o painel telefônico e constatou que a luz do Sr. Caple estava agora apagada. Atravessou a área de recepção, subiu a escada e percorreu o corredor até a sala dele. Bateu e inclinou a cabeça, esperando uma resposta.

– Pois não?

Ela abriu a porta e estendeu a cabeça pela abertura.

– Ah, Doreen! Como vai esta manhã? Entre!

A recepcionista sorriu pela cordialidade do diretor e entrou na sala.

– Acordou com os passarinhos esta manhã, Sr. Caple – disse ela, jovial, sentindo um calor se espalhar pelas faces.

– Tenho trabalho a fazer, Doreen. Nada deve impedir um homem de trabalhar.

– Nunca, mas nunca mesmo! – Ela soltou uma risadinha feliz. – Concordo plenamente!

– Mas o que a trouxe até aqui?

Doreen encaminhou-se para a mesa, com o fax comprimido contra o peito.

– Espero que concorde comigo que estou fazendo a coisa certa. Acontece que encontrei este fax agora... e na minha opinião seu conteúdo não atende aos melhores interesses da empresa.

O sorriso de Duncan foi substituído por uma expressão inquisitiva, enquanto estendia a mão para o fax.

– Então é melhor eu dar uma olhada, Doreen.

Ela entregou, depois cruzou as mãos contra o peito e esperou, apreensiva, pela reação. Enquanto lia, Duncan sentiu o estômago se contrair. Precisou fazer um esforço para não dizer um palavrão. Levantou os olhos e forçou-se a sorrir para a recepcionista, antes de ler o fax de novo.

– Certo! – exclamou ele, ao final, largando o fax na mesa. – Você fez o que devia.

Virou sua cadeira para o lado e olhou pensativo pela janela.

– Acho que é quase um ato criminoso, Sr. Caple! – disse Doreen, em tom ríspido, satisfeita porque ele concordara, e pensando que aquele era o momento apropriado para se manifestar sobre o assunto. – Imagine tentar passar por cima das cabeças dos diretores! E quem esse homem...

Ela se inclinou para a frente, virou o fax na mesa, para poder ler o nome, antes de continuar:

– ... esse Sr. Corstorphine pensa que é...

– Vou lhe dizer o que faremos – interrompeu Duncan, virando-se na cadeira para fitá-la. – Até eu fazer algumas perguntas sobre isso, devemos manter o assunto entre nós dois. Não conte a ninguém, especialmente a esse... esse tal de Archie McLachlan.

Depois de conferir o nome na mensagem, ele olhou para Doreen, inquisitivo.

– Eu o conheço?

– Ele trabalha na distribuição. Até onde eu sei, participa de um estágio de treinamento na companhia. Por isso, não tem expediente integral.

– Ahn... – murmurou Duncan, balançando a cabeça devagar. – Como eu disse, Doreen, vamos manter isso entre nós. Agora, poderia fazer uma coisa por mim?

– Claro.

– Pode descobrir quanto tempo falta para o jovem McLachlan completar seu estágio de treinamento?

– Pode deixar comigo. – Doreen ofereceu um sorriso sugestivo para Duncan. – Uma iniciativa muito hábil, se me permite dizer.

– Obrigado por trazer o assunto à minha atenção. Tenho a impressão de que pode ser uma informação das mais valiosas.

– Espero que sim, com toda sinceridade.

Com um ar presunçoso, ela se virou e deixou a sala. Duncan esperou até ouvir os passos descendo a escada. Só então levantou-se, de um pulo, empurrando a cadeira para trás. Virou-se depressa e segurou-a, antes que batesse na parede.

– *Droga!* – exclamou ele, baixinho.

Pegou o fax e pôs-se a andar de um lado para o outro, enquanto o lia uma vez mais. Parou e bateu com a mão na cabeça.

– *Droga! Droga! Droga!*

Ele amassou o papel numa bola, foi ate a janela e ficou olhando, sem prestar atenção, para os pinheiros altos além do estacionamento.

Como David descobrira sobre a Kirkpatrick? Ninguém mais sabia de nada! E há quanto tempo ele mantinha aquele contato clandestino com o tal de Archie? Talvez mais faxes tivessem sido enviados para o escritório, sem que ele tivesse tomado conhecimento, no tempo em que a velha Margaret ainda trabalhava ali. Subestimara David. Pensara que ele se manteria à distância dos negócios por um prazo muito maior. Duncan voltou para a mesa, desdobrando o fax. Puxou a cadeira e sentou-se, lendo o fax mais uma vez.

David não tinha certeza de nada, não é mesmo? "Provavelmente não há motivos para me preocupar com a Glendurnich", ele escrevera. Mas, por outro lado, devia pensar que *alguma coisa* estava acontecendo. Caso contrário, não pediria expressamente ao tal de McLachlan para não falar com os diretores.

Duncan balançou a cabeça e apertou o código de discagem automática no telefone, deixando-o no sistema de viva voz. Recostou-se na cadeira, ainda tentando determinar as conotações do fax, enquanto o telefone tocava. A voz anasalada de uma telefonista saiu pelo alto-falante:

– Kirkpatrick Holdings, bom dia!

– O gabinete do Sr. Davenport, por favor.

– Posso saber quem deseja falar?

– Duncan Caple, da Glendurnich.

Houve um estalido no telefone, seguido por dez segundos de uma música de Mozart, antes que John Davenport atendesse.

– Olá, Duncan. Como vai?

– Não muito bem, infelizmente, John. Temos um problema. A recepcionista acaba de me trazer um fax que chegou durante o fim de semana.

– E o que diz?

– É de David Corstorphine, dos Estados Unidos.

– Continue.

Duncan inclinou-se para a frente e relatou o conteúdo do fax, de forma lenta e concisa. Ao acabar, recostou-se na cadeira e esperou. Houve silêncio na linha, a não ser pela respiração forte de Davenport.

– Você havia me dito que ele estava fora de ação, Duncan!

– Foi o que pensei. Por outro lado, eu diria que não há qualquer prova concreta no fax para indicar que ele voltou *à* ação.

– Acho que esse fax é prova o suficiente.

– Na verdade, não. Para começar, baseia-se em suposições. Creio que ele apenas ouviu um rumor sobre seus planos de adquirir uma empresa de *malt whisky* e resolveu verificar... nada mais. Além disso, tenho certeza de que ele ainda não se encontra em condições de trabalhar. Faço questão de sempre perguntar por ele ao pai, que responde que o filho ainda não está pronto para voltar para casa.

– Certo. – Houve um breve momento de silêncio. – Então, por que acha que ele não queria que os diretores fossem consultados? Por que não mandou o fax direto para você?

– Não sei. É outra coisa que não consigo entender. A princípio, pensei que ele podia ter retomado o contato com a Deakin, mas o próprio Charles Deakin nos informou que isso não aconteceu. Minha opinião é a de que David considera toda a coisa *tão* improvável que não quer correr o risco de, outra vez, bancar o tolo diante dos meus olhos, como aconteceu em Nova York.

John Davenport suspirou.

– Muito bem, vamos encarar o assunto pelo lado mais favorável. Graças a Deus ele mandou um fax, e graças a Deus o interceptamos.

Duncan pegou sua caneta e começou a fazer rabiscos no bloco.

– O que você quer que eu faça? Continuamos com o plano... ou repensamos tudo?

A voz de John Davenport explodiu pelo telefone:

– De jeito nenhum! Como você acaba de dizer, todo o fax baseia-se em suposições. A Kirkpatrick *precisa* muito da Glendurnich, Duncan, e não vou jogar um ano inteiro de preparativos pela janela! Não se esqueça de que temos meio milhão de libras à sua espera se conseguirmos adquirir essa empresa. Quer desistir desse dinheiro assim, com tanta facilidade? Continue com o plano, mas vamos antecipar a execução. Não podemos correr o risco de esperar por mais duas semanas.

– Tem razão. Devemos agir esta semana.

– Receio que não haja alternativa, Duncan. O que você acha? É possível?

Duncan largou a caneta na mesa e se recostou na cadeira.

– Está certo! – disse ele, decidido. – Vamos antecipar em uma semana. Convocarei uma reunião com todos os empregados, no estacionamento, às cinco da tarde de sexta-feira, pouco antes de irem para casa, e apresentarei a proposta. Eles terão o fim de semana para pensar a respeito. Farei uma visita a Inchelvie na tarde de sábado para falar sobre a oferta com o velho.

– Acho que terá de começar a aumentar a pressão sobre ele agora, Duncan. Você *precisa* convencê-lo de que essa é a única maneira pela qual a Glendurnich poderá sobreviver no futuro. Deve fazê-lo compreender implicitamente que estamos defendendo os melhores interesses da família e da empresa. Sugiro que pressione com o trunfo dos 31 por cento das ações em poder dos empregados assim que souber da decisão deles na segunda-feira. Tente persuadi-lo a vender algumas de suas próprias ações. Eu me sentiria mais feliz se estivéssemos próximos da marca de 50 por cento antes que todo mundo tome conhecimento da operação.

– Nao se preocupe. Acho que já determinamos a melhor maneira de conduzir a operação.

– Espero que sim. Tenho que adverti-lo de que *estamos* atuando nos limites com a Glendurnich. Embora não estejamos, a rigor, fazendo nada ilegal, nossas ações podem ser consideradas como um excesso de manipulação.

– Sei disso, John.

– Ótimo. Pode me dizer agora o que pretende fazer com o fax de Corstorphine?

– Pensei a princípio em responder com um fax direto do computador... sem uma assinatura que pudesse ser identificada. Mas acho que isso é perigoso demais, já que constituiria uma ação ilegal. Creio que é melhor não fazer nada. Afinal, ele deixou essa opção em aberto para nós, ao dizer que não esperava uma resposta.

– Concordo. E o tal de McLachlan?

– Não se preocupe. Cuidarei dele.

– Como achar melhor. Apenas trate de se proteger, Duncan, sobre todos os aspectos possíveis. Fiz isso durante toda a minha vida. Sei em que você está se metendo. E passe a manter contato comigo todos os dias, daqui em diante... ou até com mais frequência, se precisar de alguma orientação.

– Combinado.

– Boa sorte, meu caro. É agora ou nunca!

A ligação foi cortada antes que Duncan tivesse tempo de dizer mais alguma coisa. Ele desligou o viva voz, pegou o fax, rasgou-o em pedacinhos e jogou-os na cesta de papel. Apertou o botão do interfone.

– Doreen?

– Pois não, Sr. Caple?

– O que descobriu sobre McLachlan?

– O estágio dele termina no final do próximo mês.

– Infelizmente, acho que teremos de antecipá-lo. Pode pedir a ele para vir falar comigo agora, por favor?

– Claro, Sr. Caple.

– E outra coisa...

– O que é?

– Mais uma vez, muito obrigado por sua ajuda neste caso. Estou convencida de que aquele fax poderia ser muita prejudicial para o futuro da empresa.

– Foi exatamente o que pensei. Vou procurar o jovem McLachlan agora mesmo.

30

O clima no escritório da Culpepper Rowan, na manhã de terça-feira, era de tensa expectativa. Toda a agência parecia ter se transformado num escritório de advocacia que aguarda a notícia sobre a suspensão da execução de uma pena de morte. Havia poucos risos ou conversas, e os executivos preferiam permanecer em suas salas, por trás de portas fechadas. Os funcionários que passavam pelos corredores mantinham-se em silêncio, limitando-se a trocar sorrisos rápidos e nervosos, em vez das habituais saudações joviais ou comentários provocantes.

O único contato de Sam Culpepper com sua equipe naquela manhã foi um e-mail interno, dando instruções expressas para que ele fosse o primeiro a ser informado caso o pessoal do Tarvy's telefonasse. Por isso, Jennifer interrompia o que fazia sempre que o telefone tocava e ficava olhando hipnotizada para a luz no painel, roendo a unha em nervosismo, até que ela se apagava. Depois, com um suspiro de resignação, ela tentava se concentrar de novo na proposta para os novos clientes de Russ.

Por volta de meio-dia, ela ainda não recebera qualquer notícia de Sam. Como já eram 17 horas em Londres, ela concluiu que, em alguma outra agência não muito distante, havia naquele momento uma festa para comemorar a conquista da conta do Tarvy's. Repassou mentalmente os detalhes da proposta, conhecendo cada título e parágrafo como se fossem o registro mais pessoal que já fizera de si mesma. Quanto mais pensava a respeito, mais novas ideias ou ângulos descartados afloravam em sua mente, fazendo com que tivesse vontade agora de incluí-los no documento. E quanto mais consideração dispensava, mais desanimada ficava.

Por volta de 13 horas, o telefone parecia ter parado de tocar completamente. "Está tudo acabado", pensou Jennifer. "Não ficamos com a conta." Ela sentou na cadeira, esfregando o rosto. Que perda de tempo e esforço! Como Sam pudera pensar que teriam alguma chance contra as grandes agências? Era como... Davi tentando vencer Golias! Ela soltou uma risada involuntária, ao perceber o lado engraçado da comparação. No mesmo instante surgiu a imagem de *seu* David, parado na frente de um gigante filisteu, armado com um ancinho e uma raquete de tênis. E, por conhecê-lo, Jennifer pensou que era até provável que ele vencesse.

Ela passou as mãos pelos cabelos e cruzou-as atrás da cabeça. Virou-se para observar dois lavadores de janelas, suspensos em sua plataforma, na parede do prédio em frente. Pareciam indiferentes à altura em que se encontravam, absorvidos numa animada conversa.

A porta de sua sala foi aberta bruscamente, com tanta força que bateu na estante por trás. Jennifer teve um sobressalto. Ninguém entrou, mas ela ouviu vozes abafadas no corredor.

– Quem está aí? – indagou Jennifer, inclinando-se para frente, tentando descobrir o que acontecia lá fora.

– Vamos, Russ, tire logo! – Sussurrou uma voz.

– Não consigo! Está presa!

– Sacuda um pouco!

– Mas o que é isso?

Jennifer levantou-se e contornou a mesa. Ao se aproximar da porta, houve um estampido alto, e uma rolha de champanhe bateu no teto e foi cair em seu pé, fazendo-a saltar para trás com o susto.

– Mas o que...?

A cabeça calva de Sam apareceu na lateral da porta.

– Quem é genial aqui? – Seu sorriso era tão largo que dava a impressão de estar usando uma dentadura maior do que a boca. – Quem acaba de ganhar para nós o contrato do Tarvy's?

Jennifer ficou boquiaberta a ponto de precisar usar a mão para fechar a boca.

– Mas como? Quando? O telefone não tocou em mais de uma hora!

Sam entrou na sala, sacudindo um fax por cima da cabeça.

– Talvez não tenha mesmo tocado, mas quem disse que eles fariam a comunicação por telefone?

Jennifer bateu com as mãos na cabeça.

– Oh, *Deus!* Quer dizer que nós *ganhamos?*

Ela ofegava, mal podendo acreditar no que Sam dizia.

– Não! – exclamou Sam, socando o ar com o punho que segurava o fax. – *Você* ganhou, Jennifer! *Você* conquistou a conta para nós!

Ela cambaleou para trás e sentou na cadeira, quando percebeu que estava atordoada demais para continuar de pé.

– Obtivemos o contrato?

Sam mostrou-se impaciente.

– Quantas vezes tenho que dizer? Isso mesmo, o contrato do Tarvy's é nosso!

Jennifer olhou aturdida por cima da cabeça de Sam, como se estivesse num transe hipnótico, e repetiu:

– O contrato do Tarvy's é nosso...

Sam retomou seu sorriso extasiado, assentindo com a cabeça, em movimentos vigorosos. Russ passou entre os dois, entregou um copo de champanhe a Jennifer, beijou-a no rosto...

– Que mulher maravilhosa você é, Jennifer Newman! – disse ele, piscando um olho.

O rosto de Jennifer finalmente começou a formar um sorriso, quando a notícia registrou-se em seu cérebro. Ela largou o copo na mesa, adiantou-se para enlaçar Sam pelo pescoço e desatou a pular de alegria.

– Nós conseguimos, Sam! Nós *conseguimos!*

– *Eu sei! Eu sei!* – disse ele, enquanto tentava acompanhar o ritmo dos pulos.

Jennifer afastou-se depois de um momento.

– Deixe-me ver isto!

Ela arrancou o fax da mão de Sam e começou a ler em voz alta.

7 de julho

FAX PARA:	*Culpepper Rowan*
PARA A ATENÇÃO DE:	*Sam Culpepper,* *Diretor-Executivo*
DE:	*Adrian Thompson,* *Diretor Executivo* *Tarvy's Gin Ltda.*
ASSUNTO:	*Campanha de Propaganda do* *Gim Tarvy's nos Estados Unidos*

Jennifer levantou o rosto e sorriu, excitada, para os dois colegas, antes de continuar a ler.

Prezado Sr. Culpepper:
Depois de cuidadosas considerações das propostas que nos foram apresentadas para a campanha acima, temos o prazer de comunicar que o nosso comitê de marketing concordou, por unanimidade, em lhe oferecer o contrato.

Devo informar que a decisão foi tomada não apenas com base em suas excelentes propostas, mas também pela recomendação feita a um membro do nosso comitê por um companheiro na indústria de bebidas, afirmando que sua agência teria condições de entrar em ação imediatamente para produzir a melhor campanha de propaganda para o Tarvy's, o que é fundamental para o nosso projeto de obter uma parcela considerável do mercado norte-americano no próximo ano.

Já tomei a liberdade de reservar um voo para Nova York na próxima segunda-feira. Eu e nosso diretor de marketing chegaremos às 14 horas, horário dos Estados Unidos. Por isso, eu ficaria agradecido se pudesse confirmar tanto a aceitação do contrato quanto uma reunião para as 15h30 de segunda-feira, 13 de julho.

Com os nossos melhores votos, e os parabéns por uma proposta excelente!

Atenciosamente,
Adrian Thompson
Diretor-Executivo, Tarvy's Gin Ltd.

A voz de Jennifer foi diminuindo ao final do fax. Ela levantou os olhos, incrédula.

– Conseguimos, Sam!

Sam e Russ levantaram o copo em sua direção. Jennifer também levantou o seu.

– Ao Tarvy's Gin! – exclamou Sam, rindo. – Que nunca mais pare de jorrar!

Todos beberam. Russ adiantou-se com a garrafa para encher outra vez o copo de Jennifer.

– E então? – indagou ele.

Jennifer não entendeu a pergunta.

– Quem é o seu contato secreto? – explicou Russ.

Jennifer tornou a olhar para o fax.

– Não sei... Eu... ia fazer a mesma pergunta a vocês!

Sam puxou o braço de Russ, trazendo a garrafa de champanhe para seu copo.

– Ora, que diferença isso faz? – Ele olhou para o teto. – Mas, quem quer que seja, peço a Deus que olhe para ele neste exato momento e dê um beijo em sua testa!

Eles voltaram a erguer os copos, rindo.

A combinação do champanhe tomado rápido com uma total mudança de ânimo, da depressão profunda à mais intensa exultação, causou seu efeito em Jennifer. Ela contornou a mesa e se jogou em sua cadeira.

– Estou me sentindo emocionalmente *esgotada*. Passei o dia inteiro sentada aqui pensando a respeito disso. Nunca imaginei, por um momento sequer...

Ela parou de falar e olhou pela janela, fitando outra vez os dois lavadores. Permaneciam exatamente na mesma posição, ainda absorvidos em sua conversa ociosa. E nos últimos três minutos, bem ali, *naquela* sala, o rumo do futuro mudara, não apenas para ela, mas também para Sam, Russ e toda a agência! Lá fora, no entanto, era como se houvesse um desvio do tempo... como se alguém tivesse apertado o botão de pausa.

Jennifer voltou a olhar para seus colegas, descobrindo no mesmo instante que suas expressões haviam passado da alegria para uma inquisitiva preocupação. Sam foi até a frente da mesa.

– Eles só estarão aqui na próxima semana, Jennifer. Vou responder ao fax imediatamente e confirmar tudo. Sabe o que eu quero que você faça? Quero que vá para casa agora mesmo. Não quero vê-la de novo até a manhã de segunda-feira.

– Mas não precisamos trabalhar no contrato?

– Não há nada para fazer até eles chegarem. Portanto, como eu disse, deixe a agência agora, volte para Leesport e passe o resto da semana relaxando e se divertindo com Benji. Você merece... e muito!

Jennifer fechou os olhos e deixou a cabeça pender para o encosto da cadeira. A perspectiva de se afastar da agência por quase uma semana lhe proporcionava de repente uma sensação de alívio e de euforia. Ela abriu os olhos e fitou os dois homens, que agora se inclinavam sobre a mesa como uma dupla de louva-a-deus contemplando sua próxima refeição.

– Acha mesmo que posso fazer isso, Sam?

– Claro que pode! – Ele sorriu. – Apenas relaxe e trate de se preparar para a reunião na próxima segunda-feira!

DAQUELE MOMENTO em diante, cada ação de Jennifer parecia apresentar um contraste total com a maneira frenética como ela costumava conduzir sua vida. Pegou um táxi para a Barrymore Street e passou uma hora arrumando a mala, o que normalmente consumiria apenas dez minutos. Ao voltar de carro para Leesport, tomou a iniciativa, sem precedentes, de parar num restaurante à beira da estrada para tomar um café. Não havia qualquer pressa, agora. Dispunha de quase uma semana inteira para fazer o que quisesse, e pretendia saborear cada momento.

Já eram 16h30 quando chegou em casa. Pegou a mala, foi até a porta da frente e a empurrou. Estava trancada. Sua reação imediata foi de perplexidade. Mas depois, sorrindo, pegou seu chaveiro na bolsa e abriu a porta. Deviam estar todos na Fire Island. Mas, onde quer que estivessem, não havia necessidade de explicação ou preocupação, pois David, sem dúvida, estaria junto.

Ela parou por um momento no vestíbulo, sem ouvir qualquer som, desfrutando a paz e o sossego da casa vazia. Depois, subiu com a mala, empurrou-a para baixo da cama e foi para o banheiro, onde começou a preparar a banheira, para um banho longo e relaxante. Ficou olhando enquanto a água saía das torneiras, deixando que a mente se entregasse à exultação por seu sucesso.

O barulho da água começando a escoar pelo ladrão arrancou-a do devaneio. Ela fechou as torneiras, voltou para o quarto, pegou o telefone e ligou para o celular de Alex. Enquanto esperava, tirou os sapatos com os pés e começou a desabotoar a blusa. Uma voz eletrônica feminina logo avisou:

– O número chamado está desligado ou fora da área. Por favor, tente de novo mais tarde...

Jennifer desligou. Tirou as roupas depressa, foi para o banheiro e entrou na água quente.

Depois de se entregar ao prazer de um banho mais longo do que pretendia, ela entrou na cozinha deserta, uma hora e meia depois de chegar, usando um vestido simples de algodão e os cabelos úmidos presos num rabo de cavalo. Olhou para o relógio na parede: faltava um pouco para as 18h30. Ora, não havia sentido em ficar sentada em casa à espera. Se haviam ido para Fire Island, pegariam a barca de volta muito em breve. Por que não ir até a marina e fazer uma surpresa?

Ela pensou a princípio em percorrer o quilômetro até a marina a pé. Mas, sem saber quais eram os arranjos normais, refletiu que podiam se separar na volta... e ela queria muito se encontrar com David, contar sobre seu triunfo.

Por isso, foi pegar as chaves do carro na mesinha do vestíbulo. Saiu de casa e trancou a porta. Entrou no BMW, fez a manobra e partiu pelo caminho, acelerando, numa nuvem de poeira e cascalho.

Ao alcançar a entrada da marina, ela teve certeza de que chegara antes deles, porque não havia sinal do grupo ali ou na Shore Street.

Parou o carro, saltou e encostou-se na porta. Levantou a mão para proteger os olhos e esquadrinhou a baía, à procura da barca. Assim que se acostumou à claridade intensa, avistou a pequena embarcação a cerca de 1 quilômetro da marina, a bandeira americana tremulando no mastro à brisa suave.

Ao se virar para seguir pela marina, Jennifer olhou para a esquerda e viu o fusca laranja de David estacionado na Shore Street, depois do Jardim Memorial. Ela sorriu e balançou a cabeça. Jamais soubera onde ele morava. Deu um passo na direção da marina, mas parou em seguida. Talvez pudesse apenas dar uma olhada na casa. Ela se virou para observar a barca. Demoraria pelo menos mais dez minutos para chegar, então Jennifer foi andando pela Shore Street.

Começou a ouvir a música e as risadas, logo depois que passou pelo Jardim Memorial. Pensou que o som vinha do jardim, mas, ao passar pelo portão, avistou apenas um velho passeando lentamente pelo caminho, puxando pela coleira um cachorro igualmente velho. O barulho, com toda certeza, vinha da casa adiante.

Jennifer começou a andar mais devagar ao se aproximar do portão ao lado do fusca. Parou junto da sebe e esticou a cabeça para olhar pelo portão. Não viu nada. Parecia que toda ação ocorria no lado direito. Ela foi para o meio do portão. Já ia se inclinar para descobrir o que estava acontecendo quando uma bola bateu na sebe ao lado. Jennifer deu um passo para trás e se encostou nela, enquanto alguém se aproximava correndo para pegar a bola.

– Já chega, Benji! – gritou Gerry Reilly, o cansaço evidente, em sua voz irlandesa. – Vocês venceram! Vamos parar por hoje!

Houve uma breve pausa e depois ele acrescentou, em voz mais baixa, como se falasse para si mesmo:

– Ah, eu falo demais! De quem foi a ideia de tocar uma conga?

Jennifer adiantou-se, lentamente. O que estava acontecendo? O que Gerry fazia ali? Ela foi até o portão, abriu-o sem fazer barulho e entrou no jardim.

A música vinha da casa pequena no canto do terreno, e as portas da varanda estavam abertas para deixar que o som se projetasse pelo jardim. Uma fila de conga serpenteava na direção de um lance de degraus, tendo à frente um homem enorme, de meia-idade, com uma abundância de cabelos grisalhos lustrosos, penteados para trás, usando a camisa mais espalhafatosa que Jennifer já vira. Um homem de idade similar segurava sua cintura. Jasmine vinha em seguida, balançando as pernas para o lado, a cabeça inclinada para trás numa gargalhada. Quando a fila começou a descer os degraus, a parte de trás fez um movimento brusco para o lado. Benji, na retaguarda, foi lançado para longe. Rolou pelo gramado, soltando um grito de alegria. Levantou-se de um pulo e já ia voltar para o final da fila quando avistou a mãe, parada a 3 ou 4 metros de distância. Correu para ela, esfregando as mãos no fundilho do jeans.

– Oi, mamãe! – Ele se virou para as outras pessoas na festa. – Ei, David, é mamãe!

Jennifer olhou ao redor.

– O que está acontecendo aqui, Benji?

– É uma festa de aniversário para Sophie, mamãe! Ela fez 16 anos!

Enquanto a fila se dissolvia, Jasmine atravessou o gramado, na direção de Jennifer, com um sorriso de orelha a orelha. Mas parou de repente, ao notar a total perplexidade de Jennifer. David surgiu do meio da confusão, agora silenciosa, e também se encaminhou para Jennifer, coçando a cabeça, com um visível nervosismo. Jasmine percebeu essa ação e segurou-o pelo braço quando ele passava.

– Não contou nada a ela, não é? – murmurou Jasmine, consternada, ao compreender que Jennifer nada sabia sobre as crianças ou a festa.

David balançou a cabeça.

– Ainda não. Ia contar na quinta-feira.

Jasmine bateu em sua cabeça com a palma da mão, depois pôs os punhos nos quadris.

– Oh, *David*!

Jennifer balançava a cabeça de um lado para o outro, a testa franzida.

– Mas o que está acontecendo? E quem *é* Sophie que faz aniversário?

David alcançou-a.

– Escute, eu ia expli...

– Ela é filha de David! – interrompeu Benji, no maior excitamento. – A filha mais velha de David!

Ele olhou ao redor, à procura de Sophie, mas ela não se encontrava à vista naquele instante. Pegou a mão de Jennifer e puxou-a para depois de David e Jasmine, até o lugar em que os outros se postavam.

– E este é Charlie! – Benji fez seu novo amigo se adiantar. Repetiu o gesto com Harriet. – E esta é Harriet! São *todos* filhos de David, mamãe! Não é incrível?

– Essa é sua mãe, Benji? – perguntou Harriet, a vozinha doce se sobrepondo aos murmúrios.

– É, sim! – respondeu Benji, orgulhoso.

Jennifer não podia fazer mais nada senão olhar aturdida para todos. Tinha a sensação de que sua cabeça explodiria sob a pressão das incontáveis emoções que se avolumavam ao mesmo tempo. David era casado? Seu amigo David era *casado?* Ele tinha filhos? E não lhe *dissera* nada? Todos os outros em Leesport pareciam saber, mas David não contara a *ela?*

– É tudo culpa minha...

David não pôde continuar, porque Jennifer recuou, erguendo a mão para fazê-lo parar. Ela levou a mão à boca, porque sabia que seu lábio inferior começara a tremer, numa reação involuntária.

A esta altura, a porta da frente da casa foi aberta. Jennifer virou o rosto para ver uma jovem alta aparecer, carregando um jarro de limonada, com pedras de gelo. Ela parou, quando percebeu que todos a fitavam, e perguntou, em voz baixa:

– Por que todo mundo ficou tão quieto?

Jennifer baixou os olhos para seus pés. Aquela devia ser Sophie. Ela balançou a cabeça subitamente, refletindo que não se importava com quem eram todas aquelas pessoas. Sentia-se tão bem, tão *feliz*... e agora? Jennifer olhou para David, sentindo que as lágrimas começavam a aflorar, a arder em seus olhos.

– Por que parar com a festa? – Ela começou a recuar para o portão. – Eu apenas...

Ela se virou e saiu correndo.

– *Jennifer*! – chamou David.

Mas ela já estava longe.

– Ora, David, isso foi demais! – protestou Jasmine.

– Desculpe, Jasmine. Não pensei...

– É óbvio que não pensou, não é mesmo? Compreende que parece, agora, que Benji e eu participamos de um plano escuso para esconder tudo de Jennifer?

– Tem razão. Mas prometo que explicarei tudo.

Jasmine balançou a cabeça, antes de se afastar.

– Não é um pouco tarde para isso?

David soltou um grunhido, depois se encaminhou para o portão. Virou-se ao chegar ali.

– Escutem todos! Lamento pelo que aconteceu, mas podemos adiar tudo por um momento? – Ele olhou para Clive. – Acho que seria uma boa ideia se você e Peter levassem Jasmine e as crianças de volta à Barker Lane, pelo menos por enquanto.

Clive acenou com a cabeça.

– Está bem.

– O que houve, papai? – perguntou Sophie.

– Nada, querida. Apenas um mal-entendido, causado por um atraso meu em explicar a situação. – Ele deu um beijo na testa da filha. – Mas prometo que a festa continuará mais tarde.

David se encaminhou para o portão. Ao chegar lá, alguém pegou seu braço. Era Benji, com uma expressão preocupada.

– David, acho que a mamãe estava chorando.

Ele passou a mão pela cabeça do menino.

– Sei disso, Benji. Darei um jeito.

Benji virou-se e foi pegar a mão de Jasmine. David abriu o portão e saiu correndo pela Shore Street, tão depressa quanto podia. Seguia tão rápido que só depois de passar uns 20 metros pelo BMW é que reconheceu que era o carro de Jennifer. Parou e voltou, lentamente. Jennifer sentava ali, olhando fixamente para a frente, as duas mãos apertando o volante. Ele abriu a porta.

– Escute, Jennifer, eu só...

– Não! – Ela ergueu a mão, virando-se para fitá-lo, com uma mágoa profunda nos olhos. – Não quero ouvir nada!

Jennifer ligou o carro e partiu, virando na entrada da marina. David correu atrás, abriu a porta e agachou-se ao lado, para que ela não pudesse continuar.

– Por favor, Jennifer, me dê uma chance de explicar.

– Não! – exclamou ela, fazendo um esforço para manter o controle sobre a voz. – E agora quer sair daí?

David não se mexeu.

– Só depois que você me der uma chance de explicar.

Ao compreender que ele não mudaria de ideia, Jennifer respirou fundo, tirou a chave da ignição e saiu do carro.

– Deixe-me em paz, por favor! – pediu ela, enquanto seguia para a marina.

David levantou-se e fechou a porta do carro. Foi atrás e segurou-a pelo braço. Jennifer virou-se e ergueu a mão, numa reação ao contato indesejável. Ele se apressou em recuar.

– *Nunca mais* me toque! – Ela sacudiu a cabeça em fúria. Fez um esforço para encontrar as palavras seguintes. – Pensei que podia confiar em você! Pensei que era... *meu amigo!*

Jennifer recomeçou a andar, mas tornou a parar e virou-se depois de *alguns* passos.

– *Todos* pareciam saber sobre aquilo, menos eu! Até meu próprio filho! Como acha que isso me faz *sentir?*

Ela terminou com um soluço ofegante de raiva.

– Eu ia contar tudo na quinta-feira. Não pensei que voltaria antes disso.

Ela cruzou os braços.

– Ah, quinta-feira... Seria ótimo, não é mesmo? Vamos guardar segredo até a festa, pois assim não teremos de chamar a chata da Jennifer.

– Ora, não diga bobagem! – protestou David, a voz ríspida, perdendo a paciência. – Sinto muito pela festa. Acontece que o aniversário de Sophie foi no mês passado, e por isso achei que deveríamos comemorar o mais cedo possível. Não houve qualquer intenção de subterfúgio ou malícia.

Jennifer balançou a cabeça ao ouvir a explicação patética. Virou-se e passou pelo portão. O mesmo homenzinho mal-humorado que ocupava a guarita quando David estivera ali pela primeira vez levantou-se da frente da televisão e inclinou-se pela janela.

– Ei, você! É seu carro que ficou parado ali? Vai ter que tirar agora. Está bloqueando a passagem.

David virou-se para ele, furioso.

– Ora, por que você não... vai se catar!

O homem ficou, a princípio, aturdido com a resposta, mas depois se enfureceu.

– Com quem você pensa que está falando? Não admito...

– Ouviu o que ele disse! – interveio Jennifer, veemente. – Vai se catar!

Ela se afastou. David observou assim como o homem, completamente aturdido por uma mulher *americana* lhe falar daquele jeito. Ele sentou e voltou a ver televisão.

Enquanto Jennifer avançava pela passarela estreita que levava aos barcos, David se adiantou apressado, ultrapassou-a e virou-se para fitá-la, impedindo-a de continuar. Ela parou e o encarou, com os olhos ainda ardendo em fúria.

– Por que não me contou? Não dá para acreditar que tenha escondido tudo! Eu não teria me importado, David. Mas, pela forma como aconteceu, eu me senti... excluída! Não me importo que você tenha uma... esposa e filhos, mas por que achou que não devia me *contar?*

– Não tenho esposa!

– *Essa não!* – Jennifer tentou passar por ele. – Então como explica aquelas três crianças... ou vai me contar alguma história de que na Escócia é comum ter filhos ilegítimos?

– Não diga bobagem. Claro que não é.

– *Então onde está sua esposa?*

– ELA MORREU!

As duas palavras saíram com tanta veemência e angústia que pareceram pairar no ar, infiltrando-se pela raiva de Jennifer para penetrar fundo em sua mente. Aconteceu tão depressa, era tão discordante do curso preconcebido de sua argumentação, que ela se descobriu a reprimir com a maior dificuldade a resposta irada que tinha na ponta da língua.

A esta altura, dois iatistas, percorrendo o caminho estreito, pediram licença para passar. Ela e David ficaram de lado, em silêncio, para deixá-los continuar. Jennifer virou-se e acompanhou-os com os olhos, agradecida pela interrupção, que lhe permitia reformular seus pensamentos. Depois, virou-se para David com um meio-sorriso. Mas, ao ver sua expressão desolada, baixou a cabeça e fechou os olhos, lamentando seu egocentrismo por não lhe ter permitido explicar antes.

– Quando? – perguntou ela finalmente, a voz tremendo um pouco.

David demorou um longo momento para responder.

– Abril.

– Abril passado?

Ele a fitou pelo canto dos olhos e acenou com a cabeça. Jennifer suspirou.

– Oh, David, por que não...

– Escute! – David ergueu a mão para interrompê-la. – Eu queria explicar tudo direito. Pode ter certeza de que jamais desejei que você descobrisse desse jeito. Jasmine soube por acaso, mas pedi que não contasse a ninguém porque...

David fez uma pausa e virou-se para contemplar a Fire Island, através da baía.

– ... porque eu ainda não me sentia preparado para dizer aos outros. É o motivo pelo qual estou aqui. Queria sumir, não ter que pensar a respeito constantemente, não ouvir as pessoas comentando.

Parado ali, ainda olhando para a baía, ele sentiu uma mão pegar a sua. Virou-se para se deparar com o rosto erguido de Jennifer.

– E acha que agora poderia falar a respeito... comigo? – indagou ela, suavemente.

David hesitou por um instante, depois inclinou a cabeça em assentimento.

– Então vamos procurar um lugar mais sossegado para conversar – murmurou ela, puxando-o pela mão.

Pouco tempo depois já fora tudo esclarecido. Como nada mais restava a dizer, eles continuaram sentados em silêncio no pequeno cais na frente da casa de Carrie, os pés descalços mergulhados na água, enquanto o crepúsculo os envolvia. Ao longo da explicação, Jennifer fizera inúmeras perguntas, com tanta intuição e compreensão que percebera, no final, que seu conhecimento de Rachel e das crianças provavelmente superava o que tinha das outras pessoas, exceto de sua família próxima. Foi nesse instante que David se sentiu mais em paz consigo mesmo do que em qualquer outra ocasião, desde a morte de Rachel.

O silêncio era tão profundo que David percebeu a mudança na respiração de Jennifer quando ela soltou uma risada silenciosa. Virou-se para fitá-la.

– O que é?

Jennifer balançou a cabeça. Apoiou-se nas mãos e esticou as pernas, observando a água escorrer dos pés.

– Nada... apenas me lembrei do *meu* aniversário de 16 anos.

– Não consigo recordar o meu. Mas o seu deve ter sido memorável.

– E foi mesmo! – Jennifer inclinou a cabeça para trás e contemplou as estrelas. – Eu estudava num colégio interno em Richmond, Virgínia. Mamãe foi me buscar de manhã e disse que tinha uma surpresa para mim. Voamos para Nova York e fizemos compras e mais compras. E de noite fui assistir a meu primeiro espetáculo na Broadway.

Ela fez uma pausa e levantou os joelhos para baixo do queixo.

– Era *Jesus Cristo Superstar.* Nunca mais esqueci.

David sorriu, olhando para as águas escuras.

– Posso imaginar. – Ele suspirou. – Acho que é isso o que mais receio para meus filhos. Eles sentirão falta de dias assim. Nunca mais os terão.

Jennifer inclinou-se e pôs a mão sobre a dele.

– David...

– O que é?

– Você me deixaria convidar Sophie para ir a Nova York comigo?

– Como?

– Posso levar Sophie para Nova York neste fim de semana? Eu adoraria fazer compras com ela, talvez assistir a um espetáculo da Broadway, depois.

– Faria mesmo isso?

O rosto de Jennifer se iluminou com o mesmo sorriso que lhe oferecera quando o ouvira elogiar Benji pela primeira vez, no dia da partida de tênis.

– Não tenho uma filha, e nunca lamentei por isso... exceto por uma coisa. Não poder lhe proporcionar um dia como o que minha mãe me ofereceu quando fiz 16 anos. Você tem sido maravilhoso com Benji, David, e eu adoraria levar Sophie a Nova York.

– É uma ideia maravilhosa. Vamos perguntar a ela... mas posso garantir que ficará deslumbrada.

– Iremos para Manhattan na manhã de sábado e faremos compras até não aguentarmos mais. Depois, iremos para o meu apartamento no West Village, onde ficaremos sozinhas, já que Alex continua viajando. De noite iremos assistir... O que ela gostaria? Já sei! *Crazy for You!* Está em cartaz no Shubert! – O rosto de Jennifer tomou-se radiante de felicidade.

David soltou uma risada.

– Sophie vai adorar.

Ele se levantou de um pulo, pegou a mão de Jennifer e ajudou-a a se levantar. Voltaram lentamente pelo cais, subindo os degraus estreitos para o jardim. Ela se virou ao chegar lá em cima.

– Ah, antes que eu me esqueça... tenho uma coisa para lhe contar. Conseguimos o contrato.

– É mesmo? Meus parabéns. Você bem que merecia.

David estendeu a mão para o cumprimento, mas ela cruzou os braços e fitou-o atentamente, como se desconfiasse de alguma coisa por sua reação.

– O que houve, Jennifer?

– David, se eu lhe perguntar uma coisa... você me daria uma resposta sincera?

– Ainda não sei do que se trata.

– Muito bem. Você disse que parou de trabalhar para cuidar de Rachel?

– Isso mesmo.

– Eu gostaria de saber... o que você faz? Isto é, qual é o seu trabalho normal?

– Por que pergunta?

Jennifer foi andando para a casa, com um ar de indiferença.

– Um dos motivos pelos quais conseguimos o contrato do Tarvy's foi o fato de que uma pessoa de extrema gentileza e muito bem relacionada com a companhia interveio em nosso favor. – Ela virou-se para fitá-lo. – Mas nem Sam, nem Russ, nem eu temos a menor ideia de quem pode ter sido.

– Ahn... – murmurou David, baixando o rosto para disfarçar o sorriso.

– Por acaso você trabalha na indústria de bebidas?

Ele levantou os olhos e assentiu.

– Ahn... de certa forma.

– Como assim? Ou você trabalha, ou não trabalha.

– Está bem. Trabalho na indústria de uísque.

Jennifer voltou lentamente.

– E por acaso, durante a semana passada, falou com alguém que por acaso trabalha na Gladwin Vintners?

David enfiou as mãos nos bolsos de trás da calça. Olhou para todos os lados, menos para Jennifer.

– Ahn... de certa forma, sim... mas foi também um contato social.

– Conseguiu de novo, não é? Falei apenas como uma piada, mas você deu um jeito nisso também! – Jennifer parou na frente dele, soltando uma risada incrédula. – Seu nome *é* realmente David Corstorphine, não é mesmo?

– Claro que é. Por quê?

– Não se chama... ahn... Clark Kent ou algo parecido?

– Não mesmo. Está olhando para um simples mortal.

Jennifer deu de ombros.

– Talvez. – Ela se ergueu na ponta dos pés e deu um beijo gentil em cada face de David. – Mas um mortal muito especial.

Ela se virou e seguiu apressada para a varanda.

– Vamos entrar. Ainda não comemorei... e preciso muito de um drinque, depois de tudo o que aconteceu esta tarde.

David seguiu-a.

– Lamento, mas isso pode ser um problema. Não tinha muita coisa em casa, e acho que Gerry tomou a última cerveja. Mas posso sair para comprar uma garrafa de vinho.

– Não precisa se preocupar – murmurou Jennifer, desapontada, ao entrar na casa.

– Não é nenhum problema! – David pegou as chaves do fusca, na mesa. – Voltarei em cinco minutos. Até lá, fique à vontade. A casa é tão pequena que provavelmente poderá ver tudo do lugar em que está parada neste momento!

Mas David demorou quinze minutos. Ao pegar uma garrafa de champanhe gelada na loja, acabou absorvido numa conversa com Victor, o velho proprietário, sobre as qualidades diferentes do espumante que se produz hoje em dia na França. Conseguiu finalmente sair, deixando Victor continuar sua avaliação para outro homem que entrara para comprar uma caixa de cerveja.

Ao chegar na casa, David receou que Jennifer tivesse se cansado de esperar e ido embora. Atravessou o jardim quase correndo. Ao subir para a varanda, encontrou-a sentada numa das cadeiras, com Dodie no colo.

– Desculpe a demora – murmurou ele, começando a abrir a garrafa. – Fiquei preso na loja.

– Não foi um problema. Dodie apareceu para me fazer companhia. Mas como eu não sabia quanto tempo você ia levar... e me sentia um pouco preocupada com as crianças... resolvi telefonar para Jasmine. Ainda bem, porque ela estava nervosa pelos acontecimentos desta tarde. Tratei de tranquilizá-la e depois pedi que perguntasse às crianças se não gostariam de dormir lá em casa esta noite. Todo mundo concordou. Você tem alguma objeção?

– Não. Acho uma boa ideia... se você não se importa.

– Claro que não me importo. Será um prazer receber as crianças, sempre que elas quiserem. E, por favor, não pense...

Ela parou de falar ao perceber que David parecia paralisado no meio da ação de abrir a garrafa de champanhe. Ele se mantinha atento à música que Jennifer pusera no toca-discos. Olhava para a pilha que ela tirara da prateleira e deixara em cima da mesa.

– Oh, David, desculpe! Espero que não se importe. Pensei em pôr um disco para tocar, mas todos pareciam muito tristes ou... – Jennifer riu – um pouco sedutores em excesso. Não queria lhe dar a ideia errada. Achei então que não haveria nada de errado em Martha Reeves e os Vandell...

A voz definhou quando ela notou a total palidez de David.

– Qual é o problema, David?

– Pode mudar o disco, por favor?

– Por quê?

– Pode apenas fazer o favor de mudar...

Era tarde demais. A canção terminou e a agulha se deslocou ruidosa para a faixa seguinte. Jennifer observou David fechar os olhos, o rosto se contraindo, como se esperasse que alguém lhe desferisse o golpe de misericórdia.

A introdução de guitarra de "The Tracks of My Tears" ressoou pela sala. David virou-se, baixou a cabeça, estendeu uma das mãos para se apoiar no encosto da cadeira. Jennifer olhou para os alto-falantes, compreendendo que o problema era aquela canção. Levantou-se, pegou a garrafa de champanhe, pôs a mão no ombro de David.

– É a música?

Ele confirmou com um aceno de cabeça.

– Era sua... e de Rachel?

Outro aceno de cabeça.

Jennifer segurou-o pelo braço, fez com que se virasse, fitou seu rosto, vendo as lágrimas nos olhos.

– Oh, David... eu não sabia!

Ela o puxou. Quando David encostou a cabeça em seu ombro, Jennifer sentiu todo o corpo dele estremecer. Como se as barreiras se rompessem, as lágrimas começaram a fluir, incontroláveis.

*So take a good look at my face, can't you see the smi-ile, it's out of place.**

Jennifer segurou o rosto dele entre as mãos, levantando-o para que ele a fitasse.

---

*Ver segunda nota da pág. 41.

– Você deve ser o homem mais extraordinário que conheço. Veio para cá e conseguiu exorcizar todos esses fantasmas, sozinho. E ainda por cima ajudou Benji, Jasmine *e* a mim, várias vezes. Agora, é a minha vez de ajudá-lo. Este é o último fantasma, David, e irei com você até o fim.

Quando a música terminou, Jennifer se adiantou e pôs a agulha de volta no início. Virou-se de novo e abraçou-o. Pouco a pouco, enquanto a música continuava, sentiu que David começava a se mexer com o ritmo.

*Since you left me, you see me with another girl, seemin' like I'm havin' fun.**

David apertou-a, sentindo o calor de seu corpo, a fragrância que emanava do pescoço macio. Fechou os olhos ao sentir que os lábios de Jennifer acariciavam seu rosto. Foram se deslocando pela face, até alcançarem o lado da boca. David sentiu então a suave pressão contra seus lábios. Deixou que se entreabrissem e permitiu-se saborear pela primeira vez, no que parecia ser uma eternidade, a essência de tudo aquilo por que ansiara, tudo de que sentira tanta falta desde que perdera Rachel.

Rachel... Era de Rachel que sentia falta.

Ele se afastou de Jennifer, ficou imóvel, olhando para o chão.

– Eu... sinto muito, Jennifer. Não posso fazer isso agora...

Jennifer foi até o toca-discos e desta vez conseguiu pôr a agulha um momento antes dos acordes da introdução.

*People say I'm the life of a party, 'los I have a drink or two.***

Ela voltou.

---

*"Desde que você me deixou, pode me ver com outra mulher, como se estivesse me divertindo..." (*N. do E.*)

**"As pessoas dizem que sou a alma da festa, porque tomo um drinque ou dois." (*N. do E.*)

– Nada vai acontecer, David. Prometo. Não permitirei. Vamos apenas dançar. Isso será tudo... mas temos de exorcizar um fantasma lindo e muito especial.

Jennifer voltou a abraçá-lo. Seus lábios desta vez não precisaram forçar o caminho até a boca de David. Ele a esperava, pronto para recebê-la, e juntos começaram a dançar, lentamente.

E Smokey continuava a cantar...

31

Jasmine ficou completamente atordoada durante os dois dias seguintes. A casa perdeu de repente sua tranquilidade e se transformou num centro de confusão e barulho. O percurso entre a porta da frente e a cozinha tornou-se mais parecido com o autódromo de Indianápolis. Muitas vezes, ela se via obrigada a pular para um lado, a fim de não ser atropelada por um bando de crianças gritando enquanto atravessavam a cozinha em disparada. E embora passassem a maior parte do tempo lá fora, na piscina ou na quadra de tênis, parecia que sempre havia uma criança ao seu lado, perguntando onde deixara alguma coisa, ou onde alguém se encontrava, ou a que horas seria a próxima refeição.

Mas ela não se importava. Na verdade, até gostava. Não apenas porque adorava ter tantas crianças ao seu redor, mas também pelo alívio que sentia por não ter mais que participar de mentiras ou segredos. Jennifer estava a par de tudo, integrada naquele novo e tumultuado estilo de vida que a própria Jasmine se acostumara a desfrutar, com algum sentimento de culpa, durante a semana anterior.

Além disso, Jennifer parecia ser uma pessoa diferente, quase com uma aura de serenidade, como Jasmine nunca observara antes. Desapareceram por completo a pressa e a formalidade da executiva. Prevalecia agora uma personalidade mais gentil e relaxada, que parecia absolutamente contente em conceder sua atenção total e indivisível às pessoas na casa. Apesar de estar feliz por aquela mudança inexplicável, no entanto, Jasmine sentia-se cada vez mais preocupada com os efeitos que os erros de Alex poderiam ter naquela versão nova e mais vulnerável da mulher, se ela algum dia descobrisse o que estava acontecendo.

Uma mudança adicional foi o fato de que, sem qualquer insinuação de favorecimento ou estímulo, Jasmine adquiriu uma sombra constante chamada Harriet. A criança estava sempre ao seu lado, perguntando se podia ajudá-la a preparar a comida ou fazer um bolo, em geral nos momentos em que ela se dispunha a começar outra magnífica refeição para as tropas. Jasmine acabou concluindo que um dos seus principais trunfos para atrair tamanha atenção da menina era a cor de sua pele. Em tudo o que faziam juntas, Harriet sempre a observava atentamente, os olhos arregalados em fascinação, enquanto virava a cabeça de um lado para o outro, estudando cada poro do rosto de Jasmine sem o menor constrangimento.

Enquanto isso, David descobriu que era impossível continuar a trabalhar no jardim. Não porque não quisesse, mas sim porque na primeira vez em que aparecera com uma pá e um forcado fora recebido com vaias estrondosas, lideradas pela própria Jennifer. Assim, ele não teve outra opção senão levar as ferramentas de volta ao galpão, sem usá-las. Quase triste por isso, ele fechou e trancou a porta do galpão, sabendo que era provavelmente a última vez que o fazia.

De qualquer forma, não havia mais nenhuma desculpa ou razão secreta para que ele não se dedicasse por completo a seus filhos, além de Jennifer, Benji e Jasmine. No decorrer da semana, ficou patente para ele que se encontrava na companhia das pessoas com quem mais queria passar o tempo. Fizeram viagens à Fire Island, excursões a Leesport, no fusca, e visitas ao complexo de cinemas em Saville, sempre voltando à Barker Lane no final do dia, onde as partidas de tênis e as competições de natação na piscina entravam pela noite.

Depois da primeira noite na casa de Jennifer, as crianças logo chegaram à conclusão de que o lugar oferecia mais conforto e facilidades do que a pequena casa na Shore Street. Todas concordaram que prefeririam dormir ali. Sophie sentiu-se, a princípio, um pouco culpada por deixar o pai voltar sozinho para a outra casa, e acabou persuadindo Jennifer a perguntar a David se não queria dormir ali também. Mas

Jennifer compreendia o desejo de David de voltar ao refúgio de sua própria casa todas as noites, sabendo que ele ainda precisava de um espaço particular. Por isso, aceitou de imediato suas desculpas um tanto esfarrapadas de que isso seria um transtorno para Dodie e de que esperava a qualquer momento um fax do seu escritório na Escócia.

Esse distanciamento permitiu a David a perspectiva de observar os filhos se adaptarem com facilidade ao modo de vida daquela casa... um modo de vida em que ele próprio se integrara durante as últimas seis semanas. Charlie e Benji tornaram-se uma unidade inseparável e independente, passando a maior parte do tempo na quadra de tênis ou na baía com o windsurfe, revezando-se no bote a remo e gritando palavras de estímulo para o outro, enquanto velejavam sobre os bancos de areia. Harriet, por sua vez, parecia contente em se manter em qualquer lugar nas proximidades de Jasmine. Era sempre a primeira a voltar correndo até a casa para procurá-la, se passava mais tempo fora com os outros.

Mas o que proporcionava maior satisfação a David era o vínculo que se formava entre Sophie e Jennifer. A princípio, ele temera que houvesse apenas uma reserva fria da parte de Sophie, ainda mais porque ela podia considerar que fora Jennifer a pessoa que estragara sua festa de aniversário. Mas ele não contara com a intuição de Jennifer para compreender isso por si mesma. Naquela mesma noite, ao voltar da casa de David, Jennifer fora ao quarto de Sophie e ficara sentada na cama até depois de meia-noite, apenas conversando e fazendo planos para o iminente fim de semana em Manhattan.

E não era só isso: ao ver pela primeira vez aquela mulher, que não era parte de sua família, envolvida com tanta intimidade com sua filha, David teve consciência, de uma forma quase imperceptível, de que sua mente criava um vínculo direto entre Jennifer e Rachel. Em vez de banir isso como um pensamento intrometido e indesejável, ele se descobriu à vontade, não apenas para aceitá-lo, mas também para admitir que Jennifer começava a desempenhar um papel importante em sua vida.

Como a prometida continuação da festa de aniversário de Sophie não ocorrera, David decidiu que, na véspera da partida de Jennifer e Sophie para Manhattan, levaria a todos, até mesmo os convidados originais, para jantar no Leesport Restaurant. Como seriam 13 à mesa e ele não queria economizar, também convidou Billy, o inesquecível (como as crianças passaram a chamá-lo), pois notara em inúmeras visitas à Deli que ele passara a dirigir seus comentários mais provocantes para Sophie, que sempre reagia com um brilho nos olhos e um rubor nas faces.

A festa acabou sendo uma comemoração exuberante, com todo protocolo sobre idade e posição sumariamente descartado desde o momento em que começou. Gerry levou duas guitarras, uma das quais entregou a David no final do jantar, para vergonha das crianças, e depois para os que eram desafiados a se apresentar.

Como era de esperar, Benji foi o primeiro a aceitar o desafio. Apresentou sua própria canção, depois comentou que se saíra muito melhor quando o pessoal da Dublin Up o acompanhara na execução. Em seguida, apesar dos protestos estridentes de Sophie, Billy levou-a para um dueto em "You're the One That I Want". Embora parecesse no início que era um forte concorrente ao Prêmio de Melhor Entretenimento, Billy tornou-se um tanto sugestivo em sua dança ao melhor estilo de Travolta. A apresentação de forma abrupta terminou com Sophie se afastando, soltando um grito de constrangimento:

– Isto é *absolutamente* revoltante!

David e Gerry se apresentaram depois, cantando uma melodia alegre, com uma letra um pouco indecente, o que valeu um olhar de desaprovação de Jasmine.

O grande final, é claro, foi o melhor: atendendo a um pedido de David, com gritos de encorajamento de todos, Clive e Peter se levantaram, meio acanhados. Depois de alguns sussurros furtivos, com os dois decidindo para que lado deviam se virar inicialmente, eles apresentaram, em perfeita sincronia de vozes e pés, sua refinada interpretação de "Wouldn't It Be Lovely".

Na manhã seguinte, David apareceu na Barker Lane às 8h30, ansioso em se certificar de que Sophie tinha tudo de que precisaria para a viagem. Descobriu, no entanto, ser mais um estorvo do que uma ajuda, pois as duas pareciam já ter tudo sob controle. Jennifer dissera a Sophie que levasse apenas as coisas para dormir, já que o principal objetivo da visita a Manhattan era fazer compras. Um pouco constrangido, David conseguiu ficar a sós com Jennifer por um momento, começando a falar sobre dinheiro. Mas Jennifer interrompeu-o no meio de uma frase, pondo o dedo indicador em sua boca. Antes de se afastar, ela relacionou uma série de despesas que David fizera com o jardim e com Benji, sem qualquer reembolso. David achou que era melhor não tocar mais no assunto, mas para aliviar sua consciência pôs cem dólares na bolsa de Sophie.

Às 9 horas em ponto, as duas garotas (como Jasmine começara a chamá-las) sentaram-se no BMW, muito ansiosas. Sophie acenou, excitada, primeiro para David e Jasmine, depois para os três rostos cansados que espiavam de uma janela lá em cima. Jennifer, sacudindo a mão num gesto final de despedida, deu a partida no carro.

Exatamente duas horas depois elas chegaram no West Village. Estacionaram numa vaga na Barrymore Street, deixaram a bagagem no apartamento e seguiram a pé pela curta distância até a Spring Street. Ali, Sophie passou o resto da manhã em transe, enquanto Jennifer a levava de uma loja para outra. Todos os nomes de que ela ouvira falar, sobre os quais conversara com amigas na escola, estavam ali. Agnès B, Replay, Guess... e entraram em todas, comprando algo para ela, só para ela.

Depois, pegaram um táxi e foram almoçar, já tarde, num restaurante na Madison Avenue. Ao final da refeição, Jennifer pediu café para as duas. Como se encontravam a sós, pela primeira vez em uma calma privacidade, ela achou que podia falar sobre Rachel. Apesar da reticência, quase assustada, inicial, Sophie logo se pôs a falar com franqueza para aquela mulher a quem passara a apreciar e confiar durante a última semana.

Pediram permissão para deixar as bolsas com as compras no restaurante e pegaram um táxi para o Central Park. A conversa continuou ali, enquanto passeavam pelo caminho à beira do lago, de braços dados, só se separando de vez em quando para permitir a passagem de um patinador extravagante ou um corredor determinado. Quanto mais conversavam, mais admiração e amor Jennifer sentia por aquela jovem a seu lado, compreendendo que ela própria nunca experimentara uma perda tão terrível e tamanho choque emocional em sua vida.

Quando deixaram o parque, Jennifer concluiu que não haveria tempo suficiente para voltarem ao apartamento, antes de o espetáculo começar. Por isso, foram direto para a Broadway, parando o táxi no caminho para recolher as bolsas no restaurante. Sentaram num bar chamado White Lion, tomando Coca-Cola e comendo batata frita, enquanto contemplavam os rostos das pessoas que entravam, comparando-as com a aparência de gente famosa e soltando risadas incontroláveis.

Percorreram a pé a distância restante até o Shubert Theatre, chegando dez minutos antes de a cortina abrir para *Crazy for You*. Confiaram as bolsas de compras à mulher da chapelaria, compraram o ingresso e sentaram-se nas confortáveis poltronas de veludo, no momento em que a abertura começava.

Para Sophie, foi o momento de maior magia que já experimentara. Manteve-se fascinada durante toda a apresentação, ouvindo atentamente cada canção e cantarolando a melodia para si mesma em seguida, ansiosa em lembrar todo o espetáculo. O homem à sua frente parecia ser a pessoa mais alta da plateia, mas ela não se importou, porque significava que podia se inclinar para o lado a fim de ver tudo, sem qualquer desculpa ou constrangimento por sentir o contato físico tranquilizador de Jennifer, no processo.

Depois do espetáculo, elas pararam na calçada do teatro, sentindo o calor intenso da noite envolvê-las. Decidiram não tomar um táxi, mas seguir a pé para o West Village, balançando as bolsas de compras, enquanto reconstituíam, juntas, as letras das canções.

Ao chegarem à rua 23, as mãos doíam tanto de carregarem as bolsas que elas sucumbiram à atração de um táxi. Poucos minutos depois, saltaram na frente do apartamento na Barrymore Street. Jennifer abriu a porta e acendeu a luz. Largou todas as bolsas no chão do vestíbulo, foi até a sala de estar e sentou numa poltrona, com um suspiro de exaustão.

– O que faremos agora? – perguntou ela.

Sophie deu de ombros.

– Não sei. Não é um pouco tarde para começarmos a fazer qualquer coisa?

Jennifer olhou para o seu relógio.

– Ei, já são dez para a meia-noite! Eu não imaginava que fosse tão tarde. Talvez você tenha razão. Prefere ir deitar agora?

Sophie torceu o nariz em desaprovação.

– Não estou com muito sono... e confesso que estou com fome.

Jennifer bateu com as mãos nos braços da poltrona e levantou-se.

– Eu também! O que você quer? Gosta de pizza?

– Adoro!

– Eu também. Vou pedir pelo telefone a melhor pizza de *pepperoni* que o dinheiro puder comprar. Enquanto esperamos a entrega, vestiremos nossas camisolas, e você poderá escolher um filme para assistirmos. E comeremos a pizza no sofá, vendo o filme. O que acha da ideia?

Sophie exibiu um sorriso de satisfação.

– Eu diria que não poderia ser melhor!

Cinco minutos mais tarde, depois de vestir a camisola, Jennifer voltou descalça à sala de estar e foi sentar no sofá, ao lado de Sophie. O vídeo já começara, os créditos na abertura acompanhados por uma música sinistra. Jennifer virou-se para sua companheira, com uma expressão de choque total.

– Afinal, Sophie, a que filme estamos assistindo?

Sophie sorriu.

– *Horror em Amityville.*

Jennifer ficou boquiaberta.

– Oh, Sophie, quer mesmo assistir a isso? Não tem nada mais suave?

Sophie soltou uma risada agora.

– Ora, Jennifer, é apenas um *filme!* E achei que já tivemos água com açúcar suficiente por uma noite. Estava na hora de acrescentar um tempero de arrepiar os cabelos.

Jennifer balançou a cabeça lentamente.

– Ah, como você é terrível! – Ela pegou a mão de Sophie e apertou. – Mas, se vai me fazer sofrer assistindo a isso, vou apertar sua mão o tempo todo. *Detesto* filmes de horror.

Sophie soltou uma risadinha. Passou o braço de Jennifer por cima de seu ombro e acomodou-se contra ela.

Embora as duas tivessem ouvido ao mesmo tempo, o barulho na porta da frente foi mais como um ligeiro roçar do que uma batida.

– A pizza! – exclamou Jennifer, levantando-se de um pulo. – A última a chegar tem que comer a caixa!

As duas correram para a porta. Sophie, com uma prática mais recente de superar os irmãos, passou por baixo do braço de Jennifer e chegou primeiro. Abriu a porta, fazendo com que as chaves que pendiam da fechadura retinissem contra o metal. Havia um casal parado no corredor, tão absorvido num abraço ardoroso, que alguns segundos transcorreram antes que percebessem que a porta fora aberta.

Sophie fitou-os com uma cara zombeteira, pensando que nenhum dos dois se parecia com um entregador de pizza. Virou-se para Jennifer, que estava imóvel, com uma expressão de puro horror no rosto pálido, a boca se contraindo, como se tentasse dizer alguma coisa. Depois, num sussurro, o tom registrando ao mesmo tempo incredulidade total e mágoa insuportável, Jennifer balbuciou:

– Oh, Alex, não!

32

Durante o sábado, houve mais do que uns poucos resmungos contrariados de Benji e Charlie por não serem incluídos na excursão a Manhattan. A fim de fazê-los esquecer a injustiça de que tinham sido vítimas e acrescentar alguma variedade às suas aventuras, ficou combinado que passariam o domingo com Sean Dalaglio. Jasmine, por sua vez, declarou que gostaria de levar Harriet para visitar sua mãe em North Leesport. Assim, David descobriu-se livre, pela primeira vez em duas semanas.

Permitiu-se ficar na cama até 9 horas, depois levou Dodie para um pequeno passeio pela marina, antes de arrumar a casa e se livrar da confusão de camas dobráveis. Levara tudo para fora, a fim de pôr no fusca, quando foi dominado pelo sentimento de culpa ao contemplar o estado do interior do carro. Uma semana e meia transportando crianças de um lado para outro deixara-o em piores condições do que na ocasião em que o recebera de Carrie. Por isso, depois de esticar o fio do aspirador ao máximo, da casa até o carro, ele se pôs a aspirar um saco inteiro de areia e papel de bala. Tudo parecia ter se encaixado nas fendas mais impossíveis do estofamento de plástico.

Quando os sinos eletrônicos da pequena igreja católica na Champner Street começavam a convocar a congregação para a missa do meio-dia, ele atravessou o jardim, com uma lata de Pepsi na mão, e desceu os degraus para o cais. Tirou os sapatos de lona e sentou-se na beirada, balançando os pés, observando um praticante de windsurfe deslizar pela baía, a cerca de 300 metros da praia.

Aquele lugar *era,* sem dúvida, maravilhoso. David não pôde deixar de sorrir para si mesmo, ao compreender quantas vezes e em quantas ocasiões diferentes já dissera isso, nas últimas seis semanas. Mas era verdade. Nunca, por um instante sequer, perdera a magia especial que ele sentira naquela primeira manhã, quando fora até a marina e contemplara o mar. E agora, ainda por cima, conseguira projetar um encantamento curativo não apenas sobre ele, mas também sobre toda a sua família. Mas não era só o lugar, pois as pessoas também contribuíam. Todos haviam desempenhado um papel em sua recuperação e no reajuste de seus filhos à vida familiar, o que tornaria as coisas muito mais fáceis quando voltassem à Escócia.

Escócia... Ele voltou a pensar na destilaria e se perguntou pela centésima vez se não deveria ter pedido a Archie que lhe enviasse um fax, de qualquer maneira. Afinal, a falta de resposta deixara uma dúvida persistente em sua mente, de que algo muito desagradável poderia estar ocorrendo. Mas, se fosse esse o caso, Archie com certeza teria entrado em contato.

Ao tomar os últimos goles da Pepsi, David teve um sobressalto. Virou a cabeça para a casa, abruptamente, convencido de que ouvira uma porta bater.

– Alguém aí?

Ele esperou por cinco segundos, atento a uma resposta, depois levantou-se e voltou apressado. A porta do lado estava entreaberta.

– Quem está aí? – gritou ele de novo, ao se aproximar da varanda.

Soaram passos no interior da casa. Um momento depois, Dodie passou pela porta de tela, acompanhada por Sophie. Por um momento, David ficou imóvel, aturdido, já que a presença da filha ali era inesperada.

– Sophie? – murmurou ele, confuso. – O que faz aqui? Pensei que só voltariam à noite.

Sophie não disse nada. Apenas correu para ele e abraçou-o, apertando-o com força.

– Aconteceu alguma coisa, querida?

Ela ergueu o rosto, com uma expressão preocupada, e acenou a cabeça em confirmação.

– O que foi?

Sophie respirou fundo duas ou três vezes, como se estivesse se preparando para falar, antes de iniciar a explicação.

– Foi horrível, papai! Fomos ao teatro e voltamos para o apartamento de Jennifer. Assistíamos a um filme, esperando a chegada de uma pizza que pedimos. Ouvimos um barulho na porta. Fui abrir. Um homem e uma mulher se beijavam no corredor. – Ela tornou a se comprimir contra o pai. – Era o *marido* de Jennifer, papai!

David fechou os olhos, não desejando ter ouvido a última frase, mas já sabendo o que Sophie diria. Por um momento, ele se limitou a abraçar a filha, em silêncio.

– Quando voltaram para Leesport? – perguntou ele, finalmente.

– Esta madrugada... por volta das três horas. Arrumamos nossas coisas e viemos para cá. Pobre Jennifer, papai. Ela ficou transtornada.

David inclinou-se para a frente e beijou-a no topo da cabeça.

– Encontraram Jasmine ao chegarem em casa?

– Não. Tentamos não fazer qualquer barulho. Acho que Jennifer não queria ver ninguém. Quando acordei e desci, há cerca de uma hora, não havia ninguém na casa. Encontrei um bilhete de Jasmine na mesa da cozinha dizendo que vira o carro e explicando para onde todos haviam ido hoje. Foi assim que eu soube que você estaria aqui. Jennifer estava sentada no sofá da sala. – Sophie levantou os olhos para o pai. – Perguntei se ela queria que eu chamasse você. Jennifer apenas acenou com a cabeça, sem dizer nada. Eu ia telefonar, mas achei que seria melhor se viesse pessoalmente. E peguei a bicicleta de Benji.

David passou o braço pelos ombros da filha e começou a se encaminhar para a casa.

– Vamos deixar a bicicleta aqui e ir no fusca, está bem?

Sophie parou.

– Acho que seria melhor se você fosse sozinho, papai. Para ser franca, não quero ir até lá agora.

– Está certo. Mas pode ficar aqui e tomar conta de Dodie?

Sophie acenou com a cabeça. David beijou-a na testa.

– Voltarei assim que puder. E não se preocupe. Conversarei com Jennifer e tentarei ajudá-la a encontrar uma solução.

– Ela é uma pessoa maravilhosa, papai. É horrível vê-la tão triste.

– Tem razão. Verei o que posso fazer.

Assim que chegou na casa, David avistou Jennifer através da janela, sentada, imóvel, no sofá. Saltou do carro e deu a volta para as portas de vidro, sempre a observando. Jennifer, no entanto, não o acompanhou com os olhos em nenhum momento, muito embora ele estivesse diretamente na sua linha de visão, em determinado momento. Ao entrar na sala, ele foi se sentar na mesinha baixa, na frente de Jennifer. Ela tinha as pernas levantadas para o queixo, os olhos vazios inchados de pouco sono e muito choro, as faces com manchas de lágrimas. David inclinou-se para acariciar sua mão e depois o braço.

– Você está bem, Jennifer?

Ela não o fitou, mas fungou fundo.

– É uma pergunta bastante estúpida para alguém como o Super-Homem. Pareço estar bem?

David baixou os olhos para suas mãos e começou a raspar a unha do polegar com a outra. Ela tinha razão, fora mesmo uma pergunta idiota.

– Alex vem tendo um caso com a sua sócia há três meses, David.

– Aham.

Só agora Jennifer fitou-o.

– O que isso significa? Você já sabia?

David esfregou a testa com os dedos.

– Mais ou menos. Jasmine desconfiou que havia alguma coisa. Ouviu Alex conversando pelo telefone no dia em que o pessoal veio jogar tênis aqui. Mas ela não tinha certeza, Jennifer... e, depois que me contou, eu lhe disse que não devíamos nos intrometer.

Jennifer desviou os olhos.

– Tem razão. Eu já deveria ter percebido antes que havia alguma coisa.

Enquanto falava, ela encostou o rosto nos joelhos e recomeçou a chorar. David levantou-se. Foi se espremer entre o braço do sofá e as costas de Jennifer. Puxou-a e começou a embalá-la gentilmente, como se confortasse uma criança transtornada.

– O que eu fiz de errado, David? A culpa foi minha? O que eu fiz de *errado?*

– Nada, absolutamente nada. Não deve se culpar pelo que aconteceu. A culpa é toda de Alex.

– Mas por que ele fez isso? Por que achou que *precisava* fazer isso?

– Não faço a menor ideia. Acontece que às vezes as pessoas perdem de vista o que têm... e, no caso de Alex, acho que ele ficou totalmente cego.

– Pensei que formássemos um bom casal, David. Talvez não perfeito, por causa dos nossos empregos e todo o resto, mas sempre achei que era uma ótima união. Para nós e para Benji. Pensava que tínhamos tudo a nosso favor... – a voz foi se tornando mais e mais estridente, enquanto ela fazia um esforço para reprimir as lágrimas – ... e agora sempre ponho o verbo no passado!

David voltou a sentar na mesinha. Pegou as mãos de Jennifer.

– É isso, Jennifer. Não deve falar como se fosse o passado. Você *tem* tudo... ainda! Escute... Ora, não sei explicar direito, mas... porque não... *não tenho* mais nada disso, Jennifer. Não posso deixar de usar o verbo no passado... e juro que daria qualquer coisa para que fosse diferente. Quando Rachel morreu, fiquei tão amargurado que me afastei do mundo. Um caso de egocentrismo total. Compreendo agora que a mágoa ainda pode ser profunda, mas tenho algumas obrigações, não apenas de cuidar das crianças, mas também de lhes proporcionar alegrias. Você ainda tem Benji... *e* Alex. E, mais do que isso, Benji tem Alex... e precisa dele, Jennifer. Benji o ama, ele é seu *pai*. Você não pode esquecer isso. Por favor, nunca esqueça. Sei que seu marido se comportou como um idiota, mas vale a pena tentar recuperar o que tinham antes, por sua felicidade e pela felicidade de seu filho. Por favor, Jennifer, tente... até por mim, porque eu não suportaria voltar para casa sabendo que esta família, a *sua* família, que se tornou tão... tão importante para mim, sofreu o mesmo destino que a minha... sem que isso precisasse acontecer!

Jennifer virou a cabeça, a tristeza expressa em cada centímetro do rosto.

– Mas como? Por onde eu começaria, David? Nem sabia que havia alguma coisa *errada*. Sendo assim, como posso determinar o que fazer?

– Não sei, Jennifer. Os homens podem ser uns idiotas nessas coisas. Mas temos de pensar em algo. – David fez uma pausa, para ordenar seus pensamentos. – Disse alguma coisa a ele na noite passada?

Jennifer sacudiu a cabeça.

– Não. Eu estava zangada demais. – Ela reprimiu uma breve risada. – Bati a porta na cara dele, o que foi uma idiotice, já que Alex tem as chaves do apartamento. Quando ele voltou, depois de arrumar um táxi para... para aquela mulher, Sophie e eu já estávamos com as malas arrumadas, prontas para partir.

– Por que ele voltou?

Jennifer soltou um suspiro fundo.

– Alex disse que queria conversar.

– E você não queria?

– Claro que não! Ele tinha acabado de me enganar... e eu... eu...

O lábio inferior de Jennifer começou a tremer.

– Continue. Eu o quê?

A resposta saiu atabalhoada:

– E eu estava com medo de que ele fosse pedir o divórcio!

David apertou as mãos de Jennifer para manter sua atenção.

– E ele pediu?

– Não. Apenas disse que lamentava muito e que queria conversar.

– E o que aconteceu?

– Sophie e eu fomos embora.

– E isso foi tudo?

– Não. – Ela fez uma pausa. – Quando eu entrava no carro, Alex veio correndo e disse que estaria aqui esta tarde para podermos conversar.

– E pretende fazer isso, Jennifer? Vai conversar com ele? Tente, por favor. Fale sobre o que é importante... na vida de ambos... e faça com que ele compreenda.

– Por que acha que eu haveria de querer tentar?

– Porque em tudo que me disse até agora nunca mostrou querer o contrário!

No silêncio subsequente, Jennifer fitou-o nos olhos, mordendo os lábios. Depois, sorriu e acenou com a cabeça.

– Tem razão. Não mostrei, não é mesmo?

Ele estendeu a mão para acariciá-la no lado do rosto. Jennifer pegou-a e manteve-a assim. David observou uma lágrima sair do olho e escorrer pelo lado de seu dedo.

– Por que você é um homem tão especial, David?

– Não sou, não. Posso lhe garantir.

– Mas é mesmo. E não posso deixar de especular por que não fui eu a mulher que você conheceu em Oxford há tantos anos. – Ela puxou a mão de David para sua boca, beijou-a e tornou a comprimi-la contra sua face. – Apenas uma questão de lugar errado, no momento errado. Com um oceano nos separando.

Jennifer inclinou-se, beijou-o no rosto, passou os braços por seus ombros, aconchegando seu rosto contra o pescoço de David.

– Mas encontramos uma ponte, não é mesmo, meu amigo? Tantos anos depois, encontramos uma ponte.

David afastou o rosto de Jennifer, segurando-o entre suas mãos, removendo as lágrimas com os polegares.

– Tem razão, encontramos. E pode ter certeza de que jamais a esquecerei.

Os dois permaneceram em silêncio, a profunda concentração um no outro rompida apenas pelo toque estridente do telefone. Jennifer largou David, ofereceu-lhe um sorriso, levantou-se e foi atender.

– Alô?... Ah, sim, querida... estou bem... Onde você está?... Quer falar com ele?... Só um instante. – Ela cobriu o bocal com a mão. – É Sophie, David. Deve ter acontecido alguma coisa, porque sua voz está tremendo.

David se levantou apressado para atender.

– Sophie?

– Ouvi o telefone tocar quando estava no jardim com Dodie, papai. Como só tocou uma vez, não me dei o trabalho de entrar para atender. Mas descobri que era um fax.

David podia perceber a ansiedade na voz da filha.

– Está tudo bem, querida. Não precisa se preocupar. Provavelmente é de Archie, lá do escritório.

– Não é, não! – Sophie fez uma pausa. – Papai, derrame é uma coisa séria?

– Derrame? Pode ser. Por que pergunta?

Sophie respondeu gaguejando:

– Porque vovô acaba de sofrer um derrame.

33

David sentou no cais, abaixo da pequena casa de Carrie, apertando o papel amassado com força em suas mãos. Respirou fundo, abriu o fax e começou a ler pela terceira vez a mensagem que a mãe escrevera:

David querido:

É muito difícil para mim escrever isto, mas receio que não haja uma maneira fácil de lhe dar a terrível notícia. Hoje, pouco antes do almoço, seu pai sofreu um derrame. Neste exato momento, estou sentada ao lado de seu leito no Hospital Raigmore, em Inverness. O médico acaba de deixar o quarto. Disse que seu pai se encontra numa condição relativamente estável, mas posso ver que não resta muita cor em seu velho e querido rosto, com tubos saindo em todas as direções. Apesar de tudo, ele agora dorme tranquilo. Por isso, aproveito a oportunidade deste momento de sossego para lhe escrever o que sem dúvida será uma longa carta, porque acho muito importante que você tenha conhecimento de todos os fatos que levaram a esta situação.

Não houve nenhum aviso prévio. Seu pai parecia estar muito bem. Ao final da tarde de ontem, porém, Duncan Caple veio conversar com ele. Pensei que era apenas para relatar o que acontecera na destilaria nos últimos dias. Mas, assim que ele se retirou, fui até a sala de estar e encontrei seu pai em extrema agitação.

Parece que Duncan não era tão honesto quanto pensávamos, David. Seu pai me explicou, mas eu estava tão preocupada com ele que não entendi direito.

Pelo que consegui compreender, uma empresa chamada Kirkpatrick apresentou uma oferta pela Glendurnich. Não sei há quanto tempo Duncan vinha planejando isso, mas não devia ser pouco. Ele já tinha falado com os empregados da destilaria na sexta-feira, porque parece que eles possuem 31 por cento das ações. Tentou pressionar seu pai para começar a transferir a parte dele o mais depressa possível, alegando que era o melhor tanto para a empresa quanto para a família.

Eu disse a seu pai que deveria entrar em contato com você imediatamente. Mas ele queria esperar até hoje, quando poderia ir à destilaria para saber de toda a história – não por intermédio de Duncan, mas sim através de um dos funcionários – e depois mandaria um fax para você.

Posso lhe relatar quase que palavra por palavra o que aconteceu hoje. Seu pai me telefonou do escritório no meio da manhã, nervoso e assustado. Saiu de casa às 9 horas (deveria ler um trecho das Escrituras na igreja hoje, mas pediu a Roger Spiers para substituí-lo) e foi para a destilaria. Conversou com seu ex-sargento, Dougie Masson.

Dougie não conhecia os detalhes do plano de Duncan, mas achava que devia estar sendo preparado há bastante tempo. Também informou que conversara com outros empregados na noite de sexta-feira, depois que a proposta fora anunciada. Pareciam bastante animados com a ideia, ao compreenderem que ganhariam algum dinheiro com o negócio. Dougie, no entanto, como você pode muito bem imaginar, não quer participar da operação, mantendo sua lealdade a nós inabalada.

O que mais magoou seu pai (e acho também que o fez compreender que Duncan fora completamente desonesto) foi o fato de Dougie lhe dizer que duas pessoas haviam deixado a companhia em circunstâncias que ele considerava suspeitas. Uma foi Margaret, a outra, Archie McLachlan, o jovem a quem seu pai pedira que atuasse como seu contato na destilaria. A esta altura da conversa, ele disse que iria direto para casa e passaria um fax para você... e essa foi a última vez que falei com seu pai.

Soube o restante da história pelo sargento da polícia que veio à nossa casa para dar a notícia. Seu pai parou o carro em algum ponto da Grantown Road, a fim de permitir que um jovem pastor cruzasse a estrada com seu rebanho. Quando o menino fechou o portão, depois que as ovelhas passaram, acenou para seu pai em agradecimento por ter parado. Mas o carro não saiu do lugar. Ele foi verificar o que acontecera e encontrou seu pai caído sobre o volante. O menino, graças a Deus, usou sua esperteza. Viu que havia um telefone no carro e usou-o para chamar a polícia e uma ambulância. O sargento disse que foi muita sorte o celular ter funcionado num lugar tão remoto.

Portanto, aqui estou, ao lado de George. Jane Spiers, sempre gentil, me trouxe ao hospital. Permanecerei aqui. Infelizmente, David, os médicos dizem que o prognóstico não é nada bom. Por isso, você deve voltar o mais depressa que puder, não apenas para ver seu pai, mas também para impedir essa coisa terrível que está acontecendo na destilaria. Rezo para que você seja capaz de mobilizar suas tropas e se livrar desse insuportável Duncan Caple e seus lacaios.

Acabo de reler esta mensagem, e conclui que ela pode deixá-lo com um sentimento de culpa por tudo o que ocorreu. Não deve se sentir assim. Se estivesse aqui, ainda continuaria a trabalhar no jardim, sem ter o menor conhecimento dos acontecimentos na destilaria... e sem ter recuperado o controle.

Isto aconteceria de qualquer maneira, foi planejado há muito tempo. Mas agora sei que você está melhor e sei que voltará para lutar, por seu pai.

Tenho que descer até a recepção agora e pedir que enviem este fax por mim.

Todo o meu amor, querido, para você e as crianças.

Mamãe.

David amassou outra vez o papel no punho e bateu três vezes na testa, com força.

"O que você não sabe, mamãe, é que eu tive uma indicação de que tudo isso podia estar acontecendo. Afinal, já faz mais de uma semana que mandei o fax para Archie."

O fax! Era isso! Como Margaret e Archie não trabalhavam mais na empresa, o fax sem dúvida fora parar na mesa de Duncan. Ele sabia exatamente o que estava fazendo! O *desgraçado* sabia de *tudo!*

– O problema é grave, David?

Ele se virou para deparar com Sophie e Jennifer, que viera com ele para lhe dar apoio moral, sentadas nos degraus.

– É, sim, infelizmente. Temos que voltar agora.

Sophie soltou um grito angustiado. Jennifer passou o braço por seus ombros e puxou-a. David levantou-se, subiu os degraus e abaixou-se para dar um beijo confortador na cabeça da filha. Depois, atravessou apressado o gramado e entrou na casa. Pegou sua pasta, tirou o caderninho de endereços e ligou para a empresa aérea em Glasgow. Havia quatro lugares disponíveis na classe executiva para o voo daquela noite. Ele fez a reserva. Quando desligou, Jennifer e Sophie entraram na casa.

– Pode fazer uma coisa por mim, Jennifer?

– Claro.

– Pode levar Sophie para a sua casa, ajudá-la a arrumar as malas e depois chamar os outros, o mais depressa possível?

– Certo. Mais alguma coisa?

David pensou por um momento, tentando ser objetivo.

– Há, sim. Gostaria que ligasse para um amigo meu em Leesport. Seu nome é Richard Eggar, darei seu telefone. Explique a ele que tenho de voltar à Escócia agora. Pergunte se ele pode ir buscar Dodie e o carro em sua casa esta noite. E ligue também para a Star Limos, em Leesport, pedindo que mandem um carro para a sua casa às... – David fez os cálculos do tempo até a hora da partida. – Ei, terá de ser dentro de uma hora!

– Não se preocupe. – Jennifer adiantou-se, pôs a mão em seu braço. – Você está bem?

David sorriu.

– Uma pergunta tola.

– Tem razão. Desculpe.

Ela deu um beijo no rosto de David. Depois, passou o braço pelo de Sophie, e as duas saíram juntas para o jardim. David tornou a pegar o telefone e ligou para Inchelvie. A campainha tocou seis vezes, antes de ser atendida por uma voz fraca e trêmula.

– Inchelvie. O que deseja?

– Effie, sou eu, David.

– Oh, Sr. David, já soube da terrível notícia?

– Já, sim, Effie, e estou voltando para casa com as crianças esta noite.

– Graças a Deus! É uma coisa horrível, Sr. David! Seu pobre pai!

– Só lamento não estar aí.

– Mas voltará para casa agora, Sr. David. Isso é o mais importante.

– Preciso de sua ajuda, Effie. Acha que pode fazer uma coisa por mim?

– Claro que posso. Vou precisar de papel e caneta?

– Vai, sim.

– Então espere um minutinho, por favor.

Effie não demorou a voltar.

– Pode falar, Sr. David.

– Falarei devagar. Mas se quiser que eu pare, a qualquer momento, basta dizer. Primeiro, quero que abra a gaveta de cima da escrivaninha do meu pai. Vai encontrar um caderninho preto com a inscrição *Telefones da Glendurnich*. Ali estão os telefones de todas as pessoas que trabalham na destilaria. Entendeu até aqui?

– Entendi, Sr. David.

– Quero que procure os telefones de Dougie Masson e Archie McLachlan.

– Dougie... Masson e Archie... McLachlan. Já anotei.

– Nosso avião chega em Glasgow às sete e dez da manhã de amanhã. Ligue primeiro para Dougie Masson e informe o horário da chegada do avião. Peça a ele para contratar dois carros na Gillespie's Garage em Grantown, pondo a despesa na minha conta. Anotou tudo?

– Espere um pouco. É muita coisa para escrever.

David teve uma súbita visão da pequena governanta escrevendo rapidamente com sua letra cheia de curvas.

– Tem razão, Effie. Sinto muito, mas você é a única pessoa com quem posso contar para fazer isso.

– Eu compreendo. Pode continuar.

– Depois, peça a Dougie para falar com Archie. Quero que os dois se encontrem conosco em Glasgow amanhã.

– Isso é tudo, Sr. David?

– É, sim. Acha que não vai esquecer nada?

Effie repassou toda a lista de providências, sem qualquer falha.

– Bom trabalho, Effie. Só mais uma coisa. Pedirei a Archie para levar as crianças direto para Inchelvie. Devem chegar por volta de meio-dia. Você estará aí?

– Claro que sim.

– Muito obrigado, Effie. E até amanhã.

– Até amanhã, Sr. David.

Ele desligou e soltou um suspiro profundo. Levantou-se, em seguida, e começou a arrumar suas coisas na pequena casa que se tornara tão importante.

A limusine chegou na Barker Lane à mesma hora que David. Ele ficou satisfeito ao verificar que o motorista era Dan. As crianças saíram da casa, aturdidas com o que estava acontecendo. Quando ele abriu a porta do fusca, Dodie saltou para receber Benji e Charlie, que corriam ao encontro de David.

– Vocês precisam mesmo ir embora, David? – perguntou Benji, desolado.

– Infelizmente, Benji, não há outro jeito. E agora vocês dois podem ajudar Dan a levar minha bagagem para o carro.

Enquanto os dois meninos tiravam as malas do banco traseiro do fusca, David encaminhou-se para a porta da casa, no instante em que Jennifer e Jasmine apareciam ali.

– Conseguiu falar com Richard?

– Consegui – respondeu Jennifer, entregando uma mochila de criança a Dan. – Está tudo combinado.

– Agora, acho que temos de partir – murmurou David, com uma tristeza evidente.

– Benji e eu vamos acompanhá-los – anunciou Jennifer.

Ele a fitou nos olhos, surpreso.

– Tem certeza?

– Tenho.

David abaixou-se, pegou Dodie e se adiantou para entregá-la a Jasmine.

– Pode cuidar de Dodie até a noite, Jasmine?

– Posso, sim. – Ela suspirou. – Lamento muito por seu pai, David. Rezarei por ele. Mas devo dizer que também me sinto muito triste com sua partida.

David passou os braços ao redor de seus ombros largos e deu-lhe um abraço apertado.

– Adeus, minha amiga querida, e obrigado por tudo o que fez... por mim e por meus filhos

– Não fiz nada de especial.

– Fez, sim. Mais do que pode imaginar. De certa forma, sinto que lhe devo a minha vida. – Ele sentiu que ia sufocar e limpou a garganta. – E cuide de Jennifer, está bem? Imagino que já sabe que ela descobriu tudo sobre Alex.

Jasmine acenou com a cabeça.

– Ela me contou.

– Tudo vai acabar bem. Tenho certeza.

Jasmine sorriu.

– Vai, sim... se você tiver uma participação.

David virou-se para a limusine.

– Muito bem, vamos embarcar!

As crianças entraram no carro. Benji e Charlie soltaram um grito simultâneo de alegria ao descobrirem a televisão e a geladeira. David ficou de lado para permitir que Jennifer entrasse na sua frente. Foi nesse instante que um Mercedes azul-escuro entrou no caminho de cascalho e avançou para a casa, em alta velocidade. Jennifer deixou escapar um gemido audível, com um pé dentro da limusine, e ficou observando o Mercedes parar ao lado.

Alex abriu a porta e saltou, tirando os óculos escuros e guardando-os no bolso da camisa. Benji, ao ver quem era, gritou de alegria, passou por Jennifer e foi enlaçar o pai pela cintura.

– Oi, papai! Não sabíamos que viria hoje, não é mesmo, mamãe?

Jennifer sorriu para ele e sacudiu a cabeça. Alex deu um beijo na cabeça do filho, depois olhou para a esposa.

– Para onde você vai?

A pergunta era só para ela.

– Ao aeroporto. David está voltando à Escócia.

– E você também vai? – Havia uma insinuação de incerteza em sua voz.

– Para me despedir. – Ela olhou para David e sorriu. – David, creio que ainda não teve o prazer de conhecer, Alex, meu marido, não é?

David adiantou-se e estendeu a mão para Alex.

– Como vai, Alex?

Alex apertou hesitante a mão estendida e sacudiu-a uma vez.

– Oi.

– Não tenho palavras para descrever o quanto gostei de trabalhar aqui. É uma propriedade maravilhosa. Deve se sentir muito orgulhoso.

Alex olhou para ele e depois para Jennifer.

– Na verdade, deve se sentir muito orgulhoso de tudo o que possui. Posso dizer, categoricamente, que nunca trabalhei para uma família tão maravilhosa. Portanto, muito obrigado.

Alex sorriu, aturdido, em agradecimento pelo comentário, depois se virou para Jennifer.

– Quando você voltará?

– Ao final da tarde.

– Ficarei esperando.

Ela entrou no carro, e Benji foi atrás, com um grito de despedida para o pai. David olhou para Alex, depois para Jasmine, soprando um beijo de despedida para ela, antes de entrar no carro também.

Pouco se falou no caminho para o aeroporto, em parte porque Charlie e Benji passaram a maior parte do tempo tentando fazer a televisão funcionar. O sinal era tão intermitente que eles tinham de aproximar o ouvido do alto-falante, a fim de ouvirem alguma coisa. Por isso, qualquer pessoa que tentava falar era recebida com uma barragem de pedidos de silêncio. Jennifer pediu mais detalhes sobre o que acontecera na Escócia. Em vez de explicar, David estendeu o fax da mãe, o papel agora todo amassado, deixando que ela lesse.

Chegaram ao aeroporto duas horas antes da partida do voo. Dan estacionou bem na frente do terminal e providenciou um carrinho de bagagem, antes de se despedir, explicando ao "Sr. Costawfin", em seu sotaque do Bronx, que era melhor ir para o carro, antes que aparecesse um guarda querendo multá-lo.

Tiveram a sorte de encontrar uma fila para o balcão de check-in que não era muito longa. Depois de despacharem a bagagem, atravessaram o salão para o vasto portão de Partidas, com Benji e Charlie encontrando tempo para tirar uma foto, juntos, numa cabine de revelação instantânea.

Sophie foi a primeira a se despedir de Jennifer. Abraçou-a como se sua vida dependesse disso e agradeceu muitas vezes pelo dia que passaram em Manhattan. Harriet também a beijou. Tirou das profundezas da mochila um desenho amarrotado que descobrira durante a viagem na limusine e pediu a Jennifer para entregá-lo a Jasmine. A despedida de Charlie foi mais formal, um sólido aperto de mão que quase arrancou o braço de Jennifer, antes de voltar a dar gargalhadas com Benji por causa de uma foto em que ambos apareciam com a língua de fora.

– Só falta eu me despedir – murmurou David, postando-se na frente de Jennifer.

– Isso mesmo, só falta você. – Ela cruzou os braços e olhou ao redor, sem prestar atenção em muita coisa. – Lamento muito que você tenha de voltar desse jeito, David. Espero que seu pai se recupere.

David sorriu e balançou a cabeça.

– Vai escrever ou telefonar? – acrescentou ela. – Pretende manter contato?

Ele baixou os olhos.

– Não sei. Talvez não seja uma boa ideia... pelo menos por algum tempo, até que esteja tudo acertado com Alex. Talvez no próximo verão vocês possam levar Benji para uma visita...

David hesitou, notando que Jennifer o fitava nos olhos, com uma expressão suplicante.

– Só uma ligação – murmurou ela – para que eu saiba que chegaram sãos e salvos. Não seria um problema, não é?

– Não, não seria.

Jennifer respirou fundo e balançou a cabeça.

– Estou completamente atordoada. Afinal, o que está *acontecendo?* Parece que tudo em minha vida virou pelo avesso nas últimas 24 horas.

Seus olhos ficaram cheios de lágrimas. Ela se adiantou, passou os braços pelo pescoço de David, encostou a cabeça em seu ombro e, abraçando-o, sussurrou no seu ouvido:

– Não posso aceitar que nunca mais o verei, David. Não posso acreditar que você não estará lá... em meu jardim... em minha vida... nunca mais.

– Como um anão de jardim?

Ela riu contra o ombro de David, que sentiu as lágrimas molharem seu pescoço.

– Isso mesmo, o Super-Anão de jardim. Oh, David, não sei como vou aguentar sem você!

David afastou-a, gentilmente.

– Vai dar um jeito. – Ele a beijou nas faces. – Tenho certeza.

Ele sorriu, fitando-a em silêncio por mais um momento, antes de se virar para as crianças.

– Muito bem, pessoal, vamos embora.

Benji ouviu as palavras, e pela primeira vez a noção do que estava para acontecer se registrou em seu cérebro. Ele correu para David e apertou seu braço sem dizer nada. David inclinou a cabeça do menino para trás a fim de fitá-lo.

– Quero ver você daqui a dez anos, Benji, como o guitarrista principal da banda mais famosa do mundo, ou jogando tênis na quadra central de Wimbledon. Caso contrário, pensarei que todas as minhas aulas foram em vão. Posso contar com você?

Benji assentiu.

– Ficarei esperando. E nunca se sabe... é sempre possível que você e Charlie voltem a se encontrar nas férias.

A expressão de Benji brilhou de excitamento. Ele se virou para Charlie, com um sorriso conivente. David empurrou-o na direção de Jennifer.

– Cuide da sua mãe... e diga a ela para não trabalhar demais!

Ele olhou para Jennifer e piscou. Depois, pegou a mão de Harriet e, junto com sua família, passou pelas portas automáticas. Virou-se no outro lado, enquanto as portas se fechavam, para ter um último vislumbre das duas pessoas que mais o haviam ajudado a recuperar sua vida.

34

— Oh, papai, está chovendo! – exclamou Charlie, deprimido, o rosto comprimido contra a janela, enquanto o avião rompia as nuvens no acesso final a Glasgow.

David parou de escrever e inclinou-se para a frente, a fim de olhar pela janela também.

– Tem razão. Mas talvez não esteja em Inchelvie. O céu parece claro para o norte.

– Mas nunca chovia em Leesport!

David sorriu e passou a mão pelos cabelos do filho. Depois, fechou o bloco em que escrevia e bateu com a mão em cima, num gesto de conclusão. Ponto final. Demorara o voo inteiro para entender tudo, mas conseguira. Tinha agora todas as peças do quebra-cabeça no lugar, cada um dos eventos que pareciam desconexos se ligando com perfeição, numa sequência ininterrupta do momento em que Duncan o convidara a ir aos Estados Unidos até o dia de hoje.

Não havia a menor dúvida agora de que fora tudo armado, um plano meticuloso para tirar proveito da idade de seu pai e de sua própria incapacidade de enfrentar a situação. Em retrospectiva, talvez eles tivessem se exposto demais a um ataque desse tipo, seja por causa da complacência ou da ineficiência. Mesmo assim, a maneira como Duncan e a Kirkpatrick haviam agido fora abominável. Mas David sabia muito bem que era dessa maneira que os grandes negócios eram conduzidos, sempre na fronteira da legalidade, sem levar em consideração os danos pessoais ou as possíveis consequências. E isso era mais do que claro agora, com seu pai no hospital em estado tão crítico.

O avião pousou, e os motores gritaram violentamente quando o comandante fez a reversão. Harriet, sentada na poltrona do corredor, agarrou a mão do pai, numa reação instintiva. Ele apertou a mão da filha e sorriu, ao lembrar a última vez em que fizera isso, no voo de ida para os Estados Unidos, com o menino de Glasgow. Fora há tanto tempo... Mas agora estava de volta. Rangeu os dentes ao pensar no iminente confronto com Duncan. Isso mesmo, estava *de volta* agora, em todos os sentidos.

Dougie e Archie esperavam no outro lado da barreira do salão de desembarque. Dougie vestia-se de forma atípica, num terno escuro que acentuava todos os músculos de seu corpo atarracado. Acrescentando-se a isso o rosto sério e carrancudo, ele parecia um segurança russo experiente. David sorriu ao pensar que seria isso, provavelmente, de que precisaria naquele dia.

– Oi, Dougie – disse ele, estendendo a mão.

– Olá, Sr. David. – Ele deu um aperto firme na mão de David. – Fez boa viagem?

– Fiz, sim, obrigado. Não houve qualquer problema. – Ele se virou para Archie. – Oi, Archie.

O rapaz ofereceu um sorriso tímido e um aceno de cabeça.

– Dougie e eu comentávamos há pouco como lamentamos o que aconteceu com seu pai, senhor.

– Sei disso, Archie. Foi muito triste.

– Foi mais do que isso – interveio Dougie. – E posso apontar o culpado. Foi uma porra de um ato criminoso.

Ele levou um dedo à boca, ao perceber que acabara de dizer um palavrão na frente das crianças.

– Desculpe, senhor.

David sorriu e balançou a cabeça.

– Não precisa se desculpar. – Ele tirou de Charlie o comando do carrinho de bagagem. – Vamos embora. Há muito a fazer.

Deixaram o terminal e atravessaram a rua molhada pela chuva para o estacionamento. Ao se aproximarem dos carros, David virou-se para o homem mais jovem.

– Archie, quero que leve as crianças direto para Inchelvie. Não deixe de falar com Effie, a governanta, antes de ir embora. Entendido?

– Entendido, senhor.

– Depois, vá para a destilaria. Quero que esteja presente quando nos encontrarmos com o Sr. Caple. Mas *não* pare o carro no estacionamento do escritório, está bem? Não quero correr o risco de alguém vê-lo ali, para não estragar o elemento surpresa. Dê a volta para as plataformas de carga nos fundos dos depósitos de maturação e estacione no canto, ao lado dos barris vazios.

O jovem acenou com a cabeça.

– Seguiremos em comboio até Aviemore. Vamos nos separar ali, porque Dougie e eu iremos a Inverness para ver meu pai. Muito bem... – David olhou para seu relógio. – São quinze para as oito agora. Chegaremos a Inverness por volta de onze e meia, se não houver carros da polícia sem identificação para nos deter por excesso de velocidade na A9. Calculo que estaremos na destilaria à uma e meia da tarde. Esteja lá a essa hora e fique atento à nossa chegada. Alguma dúvida?

– Nenhuma, senhor.

– Pois então vamos embora.

Ele se virou para Sophie, Charlie e Harriet, parados em silêncio ao seu lado. Abaixou-se para beijá-los.

– Vocês vão com Archie. Voltaremos a nos ver esta noite em Inchelvie.

– Vai dizer ao vovô para ficar bom logo, papai? – murmurou Charlie, solene. – Porque ele disse que me ensinaria a pescar salmão ainda nessas férias.

– Claro que direi – respondeu David, tão jovial quanto podia.

Archie abriu a porta traseira do carro. Charlie e Harriet embarcaram. Sophie hesitou por um momento, depois pegou o pai pelo braço e levou-o a uma distância segura do carro.

– Papai, acha que podemos ir para The Beeches amanhã? Todos nós precisamos voltar para casa.

David sorriu e abraçou-a.

– Tem toda razão, querida. *Precisamos* voltar para casa... para o lugar em que mamãe está.

Ele a beijou na testa, foi até o carro e abriu a porta do passageiro para a filha.

– Guie com todo cuidado, Archie – recomendou ele. – Está levando uma carga muito preciosa.

A viagem até Inverness demorou um pouco mais do que o previsto, embora o tempo melhorasse à medida que seguiam para o norte, como David previra. Nos trechos de mão dupla havia tantos caminhões, retendo longas filas de carros, que a ultrapassagem era quase impossível. Embora Dougie fosse hábil em guiar por longas distâncias na contramão, a fim de se livrar das retenções, Archie parecia estar levando a determinação de David muito a sério. Guiava com tanto cuidado e atenção que Dougie foi obrigado a parar duas vezes no acostamento e esperá-lo. Numa dessas ocasiões, precisou assistir, frustrado, à passagem de um caminhão já ultrapassado, com sua interminável fileira de carros.

Depois de Aviemore, no entanto, o tráfego diminuiu; e, com Archie seguindo por outra estrada para Inchelvie, Dougie pôde acelerar mais. Pouco antes de meio-dia, ele parou na frente do Hospital Raigmore com os pneus rangendo.

David pediu a Dougie para esperá-lo no estacionamento. Entrou pela porta principal e foi até a recepção. Uma mulher idosa, com um sorriso gentil que dava a impressão de ela ter sido criada expressamente para serviços voluntários, levantou os olhos do bloco em que escrevia.

– Bom dia. Em que posso ajudá-lo?

– Gostaria que me dissesse como posso chegar ao quarto de lorde Inchelvie.

David observou-a escrever o nome de seu pai no bloco.

– E posso perguntar quem deseja vê-lo, senhor?

– Sou David Corstorphine, o filho dele.

– Ah, sim. – A mulher se levantou no mesmo instante. – Se me der um minuto, arrumarei alguém para ficar aqui e o levarei até o quarto pessoalmente.

Ela se virou e entrou na sala por trás. David observou-a, através da janela, falar com uma mulher que estava sentada, tomando um chá. A mulher olhou para ele, depois se levantou.

– Se quiser me acompanhar, Sr. Corstorphine – disse a primeira mulher, voltando –, eu o levarei até o quarto agora.

Foram até o elevador e subiram para o sexto andar. David seguiu-a por um corredor imaculado. Tiveram de parar pouco adiante para permitir a passagem de uma senhora idosa, de camisola rosa, empurrando o suporte de soro e murmurando palavras incoerentes. Ao final do corredor, entraram numa enfermaria comprida. A guia de David parou numa porta ao lado do posto de enfermagem.

– Lorde Inchelvie está aqui, senhor. Creio que também encontrará lady Inchelvie no quarto.

David agradeceu e observou-a deixar a enfermaria. Quando estendeu a mão para a maçaneta, a porta foi aberta, e Roger Spiers apareceu. Ao ver David, ele levou um dedo à boca e fechou a porta.

– David! – murmurou o velho médico em seguida, estendendo a mão. – É um prazer vê-lo. Conseguiu voltar bem depressa.

David apertou a mão do médico.

– Como ele está, Roger?

O Dr. Spiers inclinou a cabeça para o lado.

– Não muito bem, infelizmente. Posso garantir que não sente qualquer dor, mas... – ele sorriu para David – ... como todos nós dessa geração, o velho motor começa a ficar cansado e se torna cada vez mais difícil impedir que enguice.

O médico olhou para a porta.

– Sua mãe está lá dentro. Tem sido absolutamente maravilhosa. Não saiu da cabeceira de seu pai, desde que chegou aqui... – ele tornou a se virar para David –... e sei que terá o maior prazer em vê-lo, meu rapaz.

Ele apertou o braço de David, num gesto tranquilizador, para depois se afastar. David respirou fundo, abriu a porta e esticou a cabeça para dar uma olhada.

O pequeno quarto era iluminado pela luz que entrava através das frestas das persianas fechadas. Um raio de sol incidia no rosto de seu pai, imóvel na cama, acentuando a palidez da pele outrora corada. Uma rede de tubos subia do corpo para recipientes de plástico suspensos por cima da cama. Ele tinha os olhos fechados e a boca entreaberta, mas o som tênue que emitia era abafado pelos bips constantes do equipamento de monitoramento do coração, as luzes piscando na obscuridade do quarto.

Enquanto David observava, sua mãe levantou-se da cadeira em que tricotava, ao lado do pai, e gentilmente empurrou o queixo do marido para cima, fechando a boca. Acariciou sua testa, afastando uma mecha de cabelos que por algum milagre se deslocara. Ofereceu ao marido um sorriso, que nunca seria retribuído, e virou-se para sentar de novo. Foi nesse instante que avistou David na porta.

– Oh, meu querido! – sussurrou ela, largando o tricô na cadeira e indo até ele.

Ao entrar no quarto, David notou no mesmo instante a expressão de total fadiga e tristeza nos olhos da mãe. Abraçou-a e apertou-a com força.

– Agora me deixe dar uma olhada em você! – acrescentou ela, sempre sussurrando. – Parece tão bem! Está até bronzeado!

David sorriu e olhou para o pai.

– Lamento muito não estar aqui na hora, mamãe. Lamento muito.

A mãe virou o rosto para acompanhar seu olhar.

– O que aconteceu *não* é culpa sua, querido. Não deve nem pensar em se culpar por isso. Falo sério. Foi o que fiz questão de ressaltar no fax. O médico disse que poderia acontecer em qualquer ocasião. – Alicia virou-se e deu um beijo no rosto do filho. – O importante é que você está aqui agora.

David não fez qualquer comentário, pensando que aquele não era o momento nem o lugar para lhe dizer que já descobrira o que acontecera na destilaria. Em vez disso, passou por ela e pegou a mão do pai, tomando cuidado para não deslocar os tubos que saíam de seus pulsos.

– Acabo de conversar com Roger Spiers no corredor. Ele diz que a situação não é muito boa.

A mãe foi para o outro lado da cama e ficou olhando para o marido.

– Não, temo que não. A cada noite a piora é maior. Eles me permitiram ficar no quarto ao lado, mas me chamaram às duas da madrugada de hoje porque estavam bastante preocupados. – Ela olhou para o vazio. – Pareceu que suas forças estavam falhando.

David observou a mãe e percebeu em seu rosto uma expressão inequívoca de amor, enquanto olhava para o marido.

– Ele sempre foi um lutador, David. Está muito fraco, mas tenho a impressão de que fazia tudo para aguentar... esperando a sua volta.

David acariciou o rosto do pai, sentindo um aperto na garganta, enquanto os olhos começavam a arder com as lágrimas.

– Pois acabo de voltar. Espero que possa me ouvir, papai, pois voltei, e lhe prometo que tudo vai acabar bem.

Ele se inclinou e deu um beijo na testa enrugada. Estremeceu com a frieza da pele contra seus lábios. Empertigou-se em seguida e olhou para a mãe.

– Tenho que ir para a destilaria, agora. Quero resolver tudo ainda hoje. Mas voltarei mais tarde, depois de passar por Inchelvie para ver as crianças. Quer alguma coisa de casa?

A mãe sorriu para ele.

– Não. Tenho tudo de que preciso aqui.

Os dois foram para o pé da cama. David abraçou e beijou a mãe, antes de se encaminhar para a porta. Virou-se para olhar o pai. Num súbito impulso, voltou para dar outro beijo no velho tão corajoso e querido.

– Vamos resolver tudo, com certeza – murmurou ele, sem se dirigir a ninguém em particular, mas esperando que os ocupantes do quarto pudessem encontrar conforto em suas palavras.

Ele foi pegar o carro no estacionamento e partiram. Seguiram em silêncio pela A9, Dougie empenhado em chegar à destilaria o mais depressa possível, David aproveitando a oportunidade para consultar suas anotações, tentando gravar todos os fatos. Quando o carro cruzou a ponte sobre o rio Spey e virou à esquerda, pegando a estrada para a Glendurnich Distilleries, David olhou para o seu relógio. 13h30. Ele respirou fundo. Chegara o momento do confronto.

Desceram a encosta e fizeram a curva que levava aos depósitos de maturação. Archie já esperava ali, o carro oculto entre duas fileiras de barris, no canto norte do pátio de concreto. Dougie piscou os faróis, Archie respondeu e deu a partida. Os dois carros desceram juntos para o estacionamento.

Assim que Dougie parou, David saltou e olhou ao redor para ter certeza de que o BMW de Duncan estava ali. Ele se virou para Dougie e Archie, que também haviam saltado e se aproximado.

– Archie, Dougie já explicou o que aconteceu?

– Já, sim, senhor.

– Ótimo. Assim que a situação voltar ao normal, quero que saiba que será reintegrado à Glendurnich... se ainda não tiver outro emprego.

– Não tenho, não! – exclamou Archie, arregalando os olhos, satisfeito.

– Então estamos combinados. Quero vocês dois na sala de reuniões, caso a situação escape ao controle.

Eles acenaram com a cabeça. David compreendeu de repente que ambos se vestiam melhor do que ele, que ainda usava as roupas com que saíra de Leesport. Um sorriso irônico espalhou-se por seu rosto. Melhor assim. Era a roupa ideal para aquele tipo de trabalho. Não haveria grandes prejuízos se o sangue sujasse uma calça jeans.

– Muito bem, vamos embora.

Enquanto atravessavam o estacionamento, David olhou para trás e constatou que Dougie e Archie haviam se postado atrás dele, numa formação em V. Ele sorriu para si mesmo. Perfeito. Como nos filmes do Velho Oeste americano. Todos prontos para o duelo final.

Entraram ao mesmo tempo na área de recepção, provocando um sobressalto na mulher que estava ali. David adiantou-se e pôs as duas mãos na mesa. A mulher, com o rosto contraído em desagrado por aquela invasão tempestuosa, empurrou a cadeira para trás, a fim de se distanciar da figura ameaçadora.

– Com licença, mas quem você pensa...?

– Fique calada e escute – disse David, erguendo a mão. – Quero que fale com Duncan Caple e com os diretores financeiro e de marketing, mandando que se encontrem comigo na sala de reuniões... *agora!*

A mulher fitou-o, o olho direito tremendo de medo e indignação.

– Não diga bobagem! Eu...

– Também quero que entre em contato com Margaret. Avise a ela para voltar imediatamente. E, assim que acabar de fazer isso, quero que desocupe esta mesa. Fui bem claro?

David exibiu um sorriso frio e depois se encaminhou para a sala de reuniões, seguido por Dougie e Archie.

– Com licença! – gritou Doreen, com a voz tremendo de raiva. – Mas não tenho a menor ideia de quem você é!

David virou-se e piscou para Archie. Enquanto ele e Dougie iam para a sala de reuniões, Archie voltou até a mesa. Inclinou-se para a recepcionista, desfrutando aquele momento de glória em sua jovem vida, imitando cada gesto de seu patrão.

– Acaba de falar com o Sr. David Corstorphine, filho de lorde Inchelvie e principal acionista da Glendurnich Distilleries Limited. Se eu estivesse no seu lugar, falaria logo com o Sr. Caple, o Sr. Barker e o Sr. Archibald, avisando-lhes que são esperados na sala de reuniões. E depois ligaria para Margaret. Vai encontrar o telefone dela na lista de endereços da Glendurnich... provavelmente entre os primeiros.

Doreen fitou Archie, sua expressão anterior de presunção agora substituída por uma de medo absoluto.

– O que devo dizer a ela? – indagou Doreen, a voz trêmula.

Archie afastou-se da mesa e virou-se para ir até a sala de reuniões, enquanto respondia:

– Basta dizer a ela que o Sr. David voltou... definitivamente!

Ele não teve pressa em entrar na sala de reuniões, ansioso em ouvir Doreen falar com o Sr. Caple pelo telefone. Ela deu o aviso, com a voz trêmula. Archie imaginou, com uma exultação quase sádica, o horror estampado no rosto de Duncan Caple ao tomar conhecimento da presença de David no prédio. Cerrou o punho e socou o ar, expelindo um silencioso grito de vitória por entre os dentes, antes de abrir a porta e entrar na sala de reuniões.

Quando Duncan Caple entrou, dois minutos depois, acompanhado por Giles Barker e Keith Archibald, David estava de pé na janela, as mãos cruzadas nas costas.

– David! – exclamou Duncan, atravessando a sala. – É um prazer vê-lo de volta. Sinto muito pelo que aconteceu com seu pai...

David virou-se e apontou para a mesa.

– Sentem-se, todos vocês.

Duncan estacou abruptamente, levantou as mãos, com um sorriso irônico.

– Claro. Como foram as coisas nos Esta...

– *Sente-se*, Duncan! – ordenou David, ríspido, virando-se para a janela.

O diretor-executivo deu de ombros, puxou uma cadeira e sentou-se. Os outros dois haviam atendido ao pedido de David logo na primeira vez. Duncan cruzou os braços, com um ar despreocupado. Subitamente, percebeu a presença de Dougie e Archie, encostados na parede da sala.

– O que temos aqui? – indagou ele, lançando um olhar para os dois. – A brigada armada? Está pensando em me dar uma surra, David?

David virou-se.

– Não, Duncan. Eles estão aqui para me impedir de agredi-lo.

Duncan inclinou-se para a frente e pôs as mãos na mesa.

– Ora, David, *pare com isso!* Podemos ser um pouco mais maduros, não é mesmo? Afinal, pode-se explicar com facilidade...

David ergueu a mão para detê-lo.

– Não... não, deixe-me ver se *eu* posso explicar o que aconteceu. Fique sentado aí e escute para variar... e, *se* eu estiver enganado, pode me corrigir.

Ele contornou a mesa devagar, fitando os três, furioso. Todos o acompanharam com os olhos, os outros dois diretores empalidecendo. David respirou fundo, tentando controlar suas emoções. Ao observar o nariz aquilino de Duncan, passou a especular como ficaria se fosse achatado contra o rosto. Ele parou e inclinou-se para a frente sobre a mesa.

– Quanto você ganharia, Duncan?

Pela primeira vez, o sorriso de Duncan se desvaneceu.

– Não creio que isso...

– Porque devia ser muito dinheiro para que valesse a pena tudo o que fez.

Ele fitava Duncan com tanto ódio que o diretor-executivo começou a esfregar as mãos entre os joelhos, nervoso. David afastou-se da mesa e voltou à janela.

– Não sei direito qual foi a ordem dos acontecimentos, mas isso não me incomoda. Sei que você... *usou* meu pai e a mim em benefício próprio. A consequência é que ele agora se encontra no hospital, à beira da morte. – Ele se virou e olhou para Duncan. – Quero deixar claro desde o início... e agora falo para todos vocês... que aquilo que aconteceu ou que *vai* acontecer com meu pai ficará em suas consciências pelo resto da vida. Talvez, neste momento, signifique muito pouco para vocês, porque acho que são ignorantes demais para compreender... mas tenho certeza de que um dia vão sentir.

David fez uma pausa, contemplando os três em silêncio. Sentavam-se em fila, Keith Archibald agora roendo as unhas, esperando que ele continuasse. David olhou para Dougie. Seu ex-sargento piscou um olho e balançou a cabeça em encorajamento.

– Agora, vamos determinar até que ponto descobri o plano de vocês. – David fez uma pausa, virando-se para a janela mais uma vez. – Em maio, contra a minha vontade e a do meu pai, você me trouxe de volta ao trabalho, sob o pretexto de que as vendas nos Estados Unidos haviam sofrido uma queda considerável. O ponto número um. Isso não aconteceu, mas você sabia muito bem que a única pessoa que poderia contestar seria Robert McLeod. Por isso, deu um jeito de afastá-lo da companhia, substituindo-o por...

Ele olhou para os outros dois diretores, apontando o dedo para cada um. Keith Archibald levantou a mão.

– Isso mesmo... você. Duncan decidiu então escolher um novo distribuidor nos Estados Unidos. Seria a Deakin Distribution, uma companhia dirigida pelo Sr. Charles Deakin, que por acaso acabara de vender sua empresa para um conglomerado inglês chamado Kirkpatrick Holdings Public Limited Company. – Para aumentar o efeito, David deu o nome inteiro, em sílabas pausadas. – Fui enviado para lá. Como você já tinha feito a Deakin um relato sobre a minha... perda pessoal e o estado de espírito em que eu me encontrava, ele pôde se aproveitar dessa situação. Inesperadamente, sem qualquer motivo específico, Deakin começou a ressaltar a importância de eu ter uma esposa para me acompanhar nas viagens promocionais.

David balançou a cabeça, ao começar a absorver bem como as ações de Duncan haviam sido implacáveis.

– E bingo! Deu certo. Saí correndo do escritório, em pior estado do que antes.

Ele respirou fundo, antes de continuar.

– Então, eu estava fora do caminho. Deakin ligou para você e confirmou que tudo transcorrera de acordo com o plano. Logo em seguida, você procurou meu pai e disse que precisava de um novo diretor de marketing, porque eu não me encontrava em condições de realizar o trabalho. – David apontou para Giles Barker. – E você foi trazido... da Kirkpatrick, posso presumir?

Os três diretores pareciam bastante apreensivos.

– Pela falta de interrupções, presumo que não me saí mal até aqui.

Duncan balançou a cabeça, soltou um grunhido de impaciência e cruzou as mãos por trás da cabeça.

– Só restava lidar com meu pai. Mas você conseguiu afastá-lo, com facilidade, dizendo que não havia mais necessidade de que ele fosse à destilaria diariamente, e que se manteria em contato visitando-o em casa. – David virou-se para fitar, de frente, o diretor-executivo. – Você foi muito atencioso, Duncan.

Ele começou a andar de um lado para o outro da sala.

– Agora você tem pleno controle da destilaria, sozinho.

David ergueu um dedo, sacudiu-o no ar.

– Ah, mas o que fazer com Margaret? Ela controlava a mesa telefônica, e como você poderia começar a receber as ligações da Kirkpatrick sem levantar suspeitas? Muito fácil! Livre-se dela! E Margaret saiu de cena.

David fez uma pausa, enquanto tentava definir com clareza o ponto seguinte.

– E a operação para assumir o controle da Glendurnich? O que o fez pensar que podia se apossar de uma empresa de capital fechado? Ah, sim, o plano de venda de ações para os funcionários. Você descobriu que eles possuíam 31 por cento das ações. Não era suficiente para uma aquisição direta, mas daria um bom instrumento de pressão quando chegasse o momento oportuno... – David virou-se e bateu com as mãos na mesa – ... para abordar meu pai!

Ele respirou fundo.

– O que planejava dizer a ele? "Escute, meu velho, você está chegando ao fim, seu filho perdeu todo o interesse pela empresa, não quer saber de mais nada, sofreu um colapso nervoso nos Estados Unidos... É muito melhor você tirar seu capital da empresa agora. Afinal, 31 por cento das ações já pertencem aos empregados e todos vão ganhar um bom dinheiro com o negócio. Tenho certeza de que vai concordar que é bem merecido, depois de tantos anos de serviço fiéis. E agora, *meu velho,* por que você não *faz* o que é certo?"

David enunciou as últimas palavras com uma fúria intensa, fitando os três homens sentados à sua frente. Virou-se em seguida, esfregando a testa com as pontas dos dedos, os olhos fechados.

– Mas foi então que descobri sobre a Kirkpatrick, não é mesmo? E comecei a somar dois e dois, embora as evidências fossem bastante vagas. Mandei um fax para Archie, aos cuidados de Margaret. Só que Margaret não trabalhava mais aqui. A mulher lá fora, que você controla... – David apontou com o polegar para trás, na direção da porta – ... entregou-lhe o fax. E isso não apenas acarretou a saída de Archie da empresa, mas também o fez compreender que eu suspeitava de alguma coisa.

David tornou a se virar, fitando Duncan.

– Mas o que me espanta é que você continuou. Não dá para acreditar... a menos que estivesse sendo pressionado, de Londres, por John Davenport.

Duncan não disse nada. David balançou a cabeça.

– *Estou* acertando em cheio, não é mesmo? Você continuou. Disse aos empregados na sexta-feira. Na tarde de sábado, começou a pressionar meu pai... e todos sabemos muito bem quais foram as consequências *dessa* pressão.

Giles Barker rompeu o silêncio subsequente ao tossir.

– Portanto, o que temos agora? – indagou David. – Gostaria que me dissesse, Duncan. O que acha que vamos fazer agora?

Duncan inclinou-se para a frente, juntou as mãos, colocou-as na frente do queixo.

– Ainda podemos levar o negócio adiante. Será altamente lucrativo para sua família. Se você considerar, por um momento...

David assumiu uma expressão de completo horror.

– O *quê?* Não acredito que você tenha dito isso! É insensibilidade demais! Vamos parar por aqui, Duncan. Eu tenho 34,5 por cento das ações da Glendurnich. Nas circunstâncias em que meu pai se encontra no momento, também represento seus 34,5 por cento. O que dá 69 por cento, Duncan, caso sua aritmética não seja tão ágil quanto seu trabalho furtivo e traiçoeiro. Não há a menor possibilidade de fechar o negócio agora. Creio que não entendeu direito a minha pergunta. O que eu quis dizer é muito simples: O que *vocês* vão fazer agora?

Duncan permaneceu calado. Esfregou o queixo, olhou para os outros diretores, que por sua vez o fitaram.

– Não sei – respondeu ele, ao final. – O que *você* quer que façamos?

David puxou uma cadeira e sentou na frente dos três.

– Para mim, vocês só têm uma opção, que é a de partirem hoje e nunca mais porem os pés na Glendurnich. Mas, se não quiserem aceitar essa opção, posso lhes adiantar o que eu farei. Amanhã de manhã ligarei para o correspondente escocês do *Financial Times* e para os editores industriais de *The Scotsman* e *The Herald.* Contarei a eles o que aconteceu, exatamente. Vocês concordam que conheço muito bem a história. E, quando for divulgada, duvido que vocês três consigam arrumar outro emprego neste país. – Ele fez uma pausa, recostando-se na cadeira. – Não creio que John Davenport possa admitir que conhece vocês. Com toda certeza, ele acionará seu dispositivo de minimizar danos, tratando de distanciar a Kirkpatrick o máximo possível do que vocês fizeram aqui. Os três, lamento dizer, arcarão com toda a culpa.

David virou-se para Dougie, que olhava para o chão, balançando a cabeça. Houve um suave roçar no carpete quando Giles Barker e Keith Archibald empurraram suas cadeiras para trás e se encaminharam para a porta. David observou-os saírem da sala, depois se virou para Duncan, que o fitava com desdém, como se estivesse determinado a lutar até o fim pelo controle da companhia. Foi nesse instante que bateram na porta.

– Entre! – gritou David.

Margaret abriu a porta, com lágrimas nos olhos.

– O que aconteceu, Margaret?

– Sinto muito, Sr. David. Sua mãe acaba de telefonar. – A voz tremia. – Seu pai morreu há quinze minutos.

David olhou para Duncan.

– *Seu filho da puta!*

Houve uma explosão em sua cabeça. Impulsionado pela sobrecarga de raiva e ódio, David contornou a mesa tão depressa que Duncan não teve tempo de sair da cadeira. Ao se aproximar, David ergueu o punho cerrado. Duncan se encolheu todo, levantando os braços para se defender do golpe. O soco foi desferido com toda a força. Mas, quando David esperava ouvir o barulho satisfatório do impacto contra aquele rosto mole, sua mão foi detida, a poucos centímetros do alvo, por outra, dura como pedra.

– Não, Davie!

David virou a cabeça para se deparar com o rosto de Dougie próximo do seu.

– Não serviria para nada, rapaz.

Com as mãos na cabeça, David foi para o outro lado da sala. Soltou um grito angustiado.

– Oh, não, papai! Oh, não, não, não!

Ele olhou para o retrato por cima da lareira. Contemplou o rosto gentil do pai por um longo momento. Os olhos de George o fitavam, seu sorriso o envolvia. Pouco a pouco, David compreendeu que a mãe tinha razão. O velho escolhera o momento certo. Fizera tudo o que podia, resistira por tempo suficiente para que o filho pudesse continuar.

David se virou. Não havia ninguém no outro lado da sala. As cadeiras estavam arrumadas em volta da mesa. Tudo estava no lugar. Glendurnich tinha voltado, sem a menor sombra de dúvida, para as mãos da família Inchelvie.

35

Com os acordes solenes de "The Dark Island", tocados por uma gaita de foles do Primeiro Batalhão dos Highlanders, ressoando pela colina por cima de Dalnachoil, George, quarto lorde de Inchelvie, foi sepultado ao lado da nora. Não se ouvia qualquer outro som, nenhum barulho na aldeia, nenhum carro passando. Todos os habitantes de Dalnachoil, assim como os empregados da Glendurnich, estavam presentes, espremidos em todos os espaços disponíveis do pequeno cemitério junto da igreja.

No momento em que o sacerdote terminou de ler a dedicatória final, David largou a corda do caixão na sepultura. Levantou os olhos para indicar que os outros deviam fazer a mesma coisa e recuar. Depois, virou-se e voltou para junto da mãe, segurando sua mão enluvada e apertando-a, num gesto tranquilizador. Sophie, que se postava um pouco atrás, abraçando Charlie e Harriet, andou até eles. Assim, toda a família Inchelvie ficou em fila, à beira da sepultura. Depois que cada um ofereceu um aceno de cabeça final, todos se viraram e seguiram pelo caminho entre as sepulturas para o portão. David parou de repente e olhou para a mãe.

– É melhor falar logo agora – murmurou ele. – Muito melhor do que esperar até chegarmos a Inchelvie.

A mãe correu os olhos pela multidão.

– Tem razão. E o que me diz dos habitantes de Dalnachoil? Importa-se que eles ouçam também?

David balançou a cabeça.

– Eles têm todo o direito de ouvir o que vou dizer. – David sorriu para a mãe. – E assim terão algo para comentar por muito tempo.

Ele começou a voltar na direção da sepultura. Todos o observavam.

– Agradeceria se todos pudessem me ouvir por um momento! – gritou David.

Os coveiros, que já se aprontavam para cobrir o caixão, cravaram as pás na terra e foram se encostar no muro do cemitério. David esperou até que os últimos sussurros cessassem, antes de começar:

– Planejei dizer isso a vocês em Inchelvie, depois do funeral. Espero que não pensem que é impróprio da minha parte fazê-lo aqui, mas minha mãe e eu achamos que devo falar, antes que se fechem as cortinas sobre a vida do meu pai. Porque ambos temos certeza de que ele gostaria de ouvir o que vou dizer.

David limpou a garganta.

– Sei que muitos dos que estão aqui não são empregados da Glendurnich. Embora eu me dirija especificamente a eles, acho que todos devem conhecer e compreender as implicações do que vou dizer, pois é importante para o futuro da nossa comunidade.

Ele fez uma pausa, enquanto uma rajada de vento soprava pelo cemitério, fazendo balançar os galhos das árvores.

– Eu me considero muito afortunado por viver aqui na Escócia. Temos um modo de vida, ou, como costumam chamar agora, uma "qualidade de vida" que é invejada por muitas outras regiões. Mas as coisas nem sempre são o que parecem, como todos sabemos. Somos uma nação remota, ainda mais aqui no norte, o que ajuda a fortalecer o vínculo de integração em nossas comunidades. Cuidamos uns dos outros... e nos respeitamos. Isso não poderia ser mais claro do que neste momento, com a presença de todos aqui... e agradeço do fundo do meu coração, não apenas pelo apoio que deram à minha família hoje, mas também pelo carinho e compreensão que demonstraram por nós nos últimos meses.

"Mas as consequências de vivermos num lugar tão remoto podem ser delicadas. Ao mesmo tempo em que nos unem, podem também nos separar, com facilidade. Hoje em dia, isso depende muito da disponibilidade de emprego. Fazemos o que podemos aqui, fazemos o que conseguimos encontrar. Fora isso, não há opção senão arrumar as malas e se mudar para as grandes cidades, onde há mais ofertas de trabalho. E é isso o que vem destruindo nossas comunidades. Assim, é essencial para nós proteger todas as fontes disponíveis de renda fixa... e a Glendurnich não é exceção."

David parou por um instante e enfiou as mãos nos bolsos do casaco do *kilt*.

– Na sexta-feira passada os empregados da Glendurnich foram convocados para uma reunião, a fim de serem informados de uma proposta de compra da companhia, feita por uma corporação sediada em Londres, a Kirkpatrick Holdings Public Limited Company. O motivo para isso foi o fato de os empregados possuírem hoje 31 por cento das ações da Glendurnich, em decorrência de um plano de opção de compra que meu pai instituiu há 25 anos. Claro que eu sei que para muitos de vocês a perspectiva de receber um dinheiro extra pode ser muito atraente. Mas o que eu quero ressaltar é que pode ser um prêmio de curta duração.

"O que vocês precisam compreender é que a Glendurnich é uma empresa muito diferente da maioria. É completamente independente e, no momento, detém uma parcela significativa do mercado de *malt whisky* no mundo inteiro. Há mais de cem anos que nunca paramos de produzir uísque. Acontece que esta indústria é cíclica, ou seja, temos períodos de abundância e de escassez. Posso lhes contar o que já vi acontecer com as pequenas indústrias de uísque pertencentes a corporações nos momentos de escassez: tornam-se uma estatística. Viram uma cifra negativa no lado errado do balanço. Porque têm pouca importância para a corporação que as possui, logo são fechadas. Talvez não para sempre... talvez apenas por um ou dois anos, até que a demanda volte a aumentar... mas mesmo assim, são fechadas. E todos perdem o emprego.

"Ninguém jamais perdeu o emprego na Glendurnich em momentos de dificuldade. Ao rejeitar a oferta da Kirkpatrick, farei tudo o que for possível para que isso jamais aconteça. Não tomo essa atitude por alguma razão egoísta ou apenas em benefício da minha família. Faço por todos vocês, que formam a família ampliada da Glendurnich. O bem-estar de todos é tão importante para mim...", David virou-se e gesticulou para a mãe e os três filhos: "...quanto o da minha própria família. Por isso é que eu não suportaria se daqui a cinco ou dez anos a destilaria fosse fechada e todos perdessem o emprego."

Ele fez uma pausa. Correu os olhos pelos rostos à sua frente, tentando avaliar se já os convencera.

– Não direi mais nada agora. Não pedirei a opinião de vocês sobre o problema, porque não é o momento nem o lugar apropriado. Mas, para os que quiserem discutir mais o assunto, estou criando um comitê na Glendurnich. Acho que esse comitê deve representar toda a companhia. Assim, será integrado por mim, por Dougie Masson e por Archie McLachlan, representando a diretoria, os operários na destilaria e os empregados do escritório, respectivamente.

David olhou para o chão por um instante.

– Isto é tudo. Agora, por favor, gostaria que todos fossem conosco para Inchelvie, a fim de tomarmos alguns tragos de Glendurnich e celebrarmos, com a devida classe, a vida de um grande homem. E, por falar nisso, creio que agora vocês já podem compreender por que decidi me manifestar aqui. Porque tudo o que acabei de dizer teria sido dito, exatamente igual, por meu pai.

David observou alguns rostos solenes se inclinarem em concordância. Enquanto todos se viraram para o canto do cemitério em que seu pai fora sepultado, ele acenou com a cabeça para os coveiros, que pegaram as pás e voltaram a jogar terra sobre o caixão.

David voltou para junto da mãe e abraçou-a.

– Desculpe. Acho que falei demais. Talvez não devesse ter falado aqui, no final das contas.

A mãe deu um passo para trás e sorriu.

– Você foi maravilhoso, querido, e escolheu o momento perfeito. Disse tudo. E só seu pai seria capaz de falar com tanto sentimento.

Ela olhou para a sepultura antes de acrescentar:

– Há duas pessoas ali, David, estendidas lado a lado, que sentiram muito orgulho do que você acaba de fazer.

David sorriu para a mãe. De mãos dadas, seguiram para o portão, onde as crianças os esperavam.

POUCO ANTES DAS 18 horas daquela tarde, David ajudou o último empregado a subir em passos trôpegos para o ônibus alugado. Ficou parado, observando, enquanto o ônibus lotado se afastava. Virou-se para voltar até a porta da frente, mas hesitou por um instante e acabou percorrendo o caminho de cascalho para o jardim. Abriu o portão e contornou a sebe alta para contemplar pela primeira vez, desde que voltara, o novo roseiral. Estava todo florido. Cada roseira enraizara, apesar das terríveis condições em que haviam sido plantadas. David sorriu. Terríveis condições... Era a pura verdade, não apenas pelo tempo, mas também pelas circunstâncias. Ele foi andando pelo caminho gramado entre as roseiras, abaixando-se de vez em quando para arrancar uma erva daninha. Tudo saíra como planejara. Todos os seus esforços haviam sido recompensados. E fora tudo por Rachel. O memorial perfeito, representando sob todos os aspectos sua beleza pura.

David se abaixou outra vez e enfiou os dedos na terra em torno de um solitário dente-de-leão. Sentiu a terra pegajosa e fria contra a pele de sua mão, tão diferente do calor do solo leve e arenoso a que se acostumara em Leesport. Ele amassou um pouco de terra numa pequena bola, entre os dedos. Eram dois jardins muito diferentes, que ligavam duas mulheres muito parecidas. Embora uma tivesse entrado em sua vida apenas por uma fração do tempo em que a outra vivera ao seu lado, David sabia que jamais poderia esquecer nenhuma das duas.

36

O vento e a chuva investiam contra as janelas do escritório da Culpepper Rowan. A água escorria em listras diagonais pelo vidro escuro, antes de alcançar as fendas nos lados. Jennifer estava de pé, os braços cruzados, a cabeça encostada no vidro frio, contemplando o tráfego lá embaixo, na Quinta Avenida, sem prestar muita atenção. Eram apenas 15 horas, mas o céu já estava tão escuro, com as nuvens baixas, que os carros andavam de faróis acesos. Graças a Deus, faltavam apenas duas semanas para o início de maio, quando o sol e o calor voltariam e o verão começaria.

Mas a verdade é que apenas o tempo mudaria, não a sua vida. Para ela, era como se fosse inverno durante o ano inteiro... um tempo frio, sombrio e desolado. Fora assim desde novembro, quando Alex decidira deixá-la de vez. Antes mesmo, o esforço de tentar remediar a situação com ele fora mais estressante do que sua partida posterior.

Ela se virou e foi para a mesa, desabando na cadeira. Inclinou-se para a frente e correu os olhos pela página no laptop. Soltou uma risada sarcástica. A PÁGINA! Fora tudo o que escrevera. Deveria concluir a proposta até o final da tarde, mas toda e qualquer adrenalina criativa a abandonara. Era como se o cérebro boiasse numa calda grossa.

Jennifer guiou o cursor para a opção *Salvar* e clicou. Fechou o laptop e recostou-se na cadeira. Não conseguia mais se concentrar. E o problema parecia se agravar, a cada dia que passava.

Ela empurrou a cadeira para trás e levantou-se. Quando voltava para a janela, houve uma breve batida na porta. Sam entrou.

– Oi – disse ele, unindo as mãos. – Só queria saber como vai a proposta.

Jennifer fitou-o, depois se virou para olhar pela janela.

– Não vai nada bem, não é? – acrescentou Sam, mal-humorado.

Jennifer balançou a cabeça.

– Já sei o que podemos fazer. Pedirei a Russ para cuidar disso. Acho que devemos enviar alguma coisa por fax até o final da tarde. – Ele foi até a mesa de Jennifer e pegou o telefone. – Aqui é Sam, Russ. Pode vir até a sala de Jennifer? Obrigado.

Sam desligou e foi se postar ao lado de Jennifer. Encostou-se na janela e enfiou as mãos nos bolsos.

– Não tem se sentido bem, não é mesmo?

– Sinto muito, Sam. Não tenho sido muito eficiente nos últimos seis meses.

Ele pôs a mão no braço de Jennifer.

– Já disse isso antes. Tem se saído muito bem. As coisas foram muito difíceis para você e compreendo completamente. Vai recuperar o ritmo muito em breve.

Jennifer manteve-se em silêncio por um longo momento, olhando pela janela.

– Acho que não, Sam. Estou esgotada. Não tenho mais nada para lhe oferecer. Começo a pensar que seria melhor se eu pegasse as minhas coisas e deixasse a agência. Você não pode continuar a subsidiar minha permanência aqui. Além do mais, acho que chegou o momento de definir as minhas prioridades.

– Como assim?

– Quero passar mais tempo com Benji e Jasmine, em casa. É lá que sou mais necessária neste momento.

Sam deixou escapar um longo suspiro.

– Posso compreender, mas não quero que você nos deixe. – Ele fez uma pausa, esfregando a ponta de um sapato no calcanhar do outro. – Ahn... nunca mais teve notícias de Alex?

– Não... ou pelo menos não diretamente. Recebi uma carta de um advogado de Dallas, há dois dias, dizendo que o representaria no processo de divórcio.

Sam assoviou, desdenhoso.

– Mas que filho da mãe *ele* tem se mostrado!

Jennifer sorriu, triste.

– Houve um tempo em que ele não era assim, Sam.

– Sei disso. Desculpe. Eu não deveria ter feito o comentário.

A porta foi aberta nesse instante, e Russ entrou, rindo de algo que alguém dissera no corredor.

– Oi, Sam. O que você quer...

Sam levou um dedo aos lábios para impedi-lo de continuar. Virou-se outra vez para Jennifer.

– Compreendo seus motivos para querer deixar a agência, mas tenho de perguntar se não pode aguentar mais um pouco.

Jennifer fitou-o.

– Para quê?

O rosto de Sam se desmanchou num sorriso imenso.

– Porque... acabo de receber um telefonema da Gladwin Vintners. Eles ficaram tão impressionados com a maneira pela qual tratamos da conta do Tarvy's que querem que nos encarreguemos do marketing do Glentochry Blend Whisky e da Valishcka Vodka nos Estados Unidos.

Russ soltou um grito de alegria e adiantou-se para bater na palma estendida de Sam.

– Ah, Sam, seu filho da mãe! Você tinha razão! Estava absolutamente certo!

– Eu disse que poderíamos conseguir. Sabia que era apenas uma questão de tempo. – Ele se virou para Jennifer. – E é por isso que não quero que deixe a agência agora. Eles pediram expressamente para você cuidar de tudo.

Jennifer sorriu e balançou a cabeça.

– É muito doce de sua parte, Sam, e sinto a maior satisfação por você ter conseguido o que queria. Mas não estou com a menor animação. Não quero que se arrisque a perder a conta por causa disso. Além do mais, acho que não quero mudar de ideia. Vocês podem muito bem cuidar de tudo.

Sam deixou escapar um grunhido de desapontamento e frustração. Pensou por um instante antes de falar:

– Muito bem. Pode ouvir uma opção? A Gladwin quer a nossa presença em Londres para uma reunião. Não precisamos preparar nenhum documento. Não temos de apresentar coisa alguma, apenas comparecer à reunião. Quero que vá comigo, Jennifer... e gostaria que levasse Benji.

Ele fez uma pausa, ergueu os braços, num gesto de que-se-dane.

– Ora, leve Jasmine também! Vamos *todos* para Londres! Ficaremos no Ritz, porque acho que merecemos. Depois da reunião, você decidirá se quer deixar a agência. Pode considerar essa opção?

Jennifer sorriu, divertida.

– Desculpe, Sam, mas acabo de ter uma imagem maravilhosa de Jasmine sendo servida no Ritz.

– E por que não? – Sam abriu os braços. – Ela também passou por momentos difíceis. *Por favor,* Jennifer, faça isso por mim.

Jennifer pensou um pouco.

– Eu teria de tirar Benji da escola.

– Pois tire! – Sam esfregou as mãos, ao perceber que progredira em seu trabalho de persuasão. – Seria ótimo para todos nós. E, como eu disse, você pode tomar sua decisão depois da reunião.

– Está bem.

Sam bateu com o punho na palma da outra mão, em triunfo.

– Mas não posso partir imediatamente – ressaltou Jennifer. · Primeiro preciso consultar Benji e Jasmine... e conversar com o diretor da escola de Benji.

– Não é problema. Só teríamos de viajar no início da próxima semana. E ainda faltam três dias para o final de semana. – Ele fez uma pausa. – Quer dizer que temos um sim decidido?

Jennifer sorriu.

– Sim.

– Grande! – Sam afastou-se da janela. – Vou acertar tudo com a Gladwin, reservar as passagens e os quartos no Ritz.

Ele parou antes de sair, segurou o braço de Russ e acrescentou:

– Russ, você poderia fazer o favor de pegar uma cópia da proposta em que Jennifer está trabalhando e providenciar alguma coisa para enviarmos ao cliente esta noite? Não precisa ser nada sensacional. Podemos cozinhá-lo por dois dias.

– Está bem.

– Obrigado. – Sam virou-se e piscou para Jennifer. – Londres, lá vamos nós!

Ele saiu da sala.

Assim que a porta se fechou, Jennifer foi até a mesa e ligou o computador.

– Lamento passar isto para você, Russ, mas não consigo continuar.

– Não se preocupe. Arrumarei alguma coisa para enviar esta noite. Não esqueça de que também sou um gênio.

Jennifer inseriu o disquete no computador e transferiu o documento. Entregou-o a Russ em seguida. Distraído, batendo com o disquete nas pontas dos dedos, ele perguntou:

– Como Benji... ahn... está se sentindo sem a presença de Alex?

Jennifer suspirou.

– Não muito bem. Foi um golpe duro para Benji. Para ser franca, ele não tem sido o mesmo desde que... hum...

– Desde que David partiu?

Jennifer se mostrou surpresa a princípio, depois sorriu.

– Foi muito intuitivo, Russ. Isso mesmo, desde que David partiu. Benji o idolatrava.

– Teve notícias dele?

Jennifer desligou e fechou o laptop.

– Não... não desde a semana seguinte à sua partida. Ele ligou para dizer que haviam chegado bem na Escócia. O pai morreu no mesmo dia. Não tive mais notícias desde então. Benji recebeu vários cartões-postais e duas ou três cartas, mas de Charlie, o filho.

Russ continuava a bater com o disquete nos dedos.

– Talvez eu não devesse dizer isso, mas... Benji não era o único que gostava dele, não é mesmo?

Jennifer sentiu um calor se espalhar pelo rosto e sacudiu a cabeça lentamente.

– Você amoleceu demais, Russ. Há uns anos eu seria capaz de apostar cem dólares como você nunca perceberia uma coisa assim. – Ela fez uma pausa, foi até a janela. – Mas tem razão. Acho que posso dizer, com toda sinceridade, que ele foi o homem mais especial que já conheci em toda a minha vida.

Houve um momento de silêncio.

– É verdade. Ele era mesmo um cara incrível.

Jennifer virou-se para fitá-lo.

– Como pode dizer isso? Só esteve com ele uma vez.

– Foi suficiente. – Russ fez uma pausa. – Lembra-se daquela partida de tênis?

Jennifer acenou com a cabeça.

– Por acaso fui assistir na semana seguinte a uma partida de exibição em Flushing Meadows. Era tudo encenado para os espectadores... uma mistura de bom tênis e bom humor. No segundo set, o melhor dos dois jogadores queria obviamente levar a partida para o terceiro. Deu um jeito, fazendo com que seus serviços e devoluções caíssem a poucos centímetros da linha. Claro que era tudo planejado... mas tão imperceptível que tenho certeza de que a maioria dos espectadores não percebeu o que estava acontecendo. Mas *eu* sabia, porque David fizera exatamente a mesma coisa comigo, no final de semana anterior.

Ele foi se postar ao lado de Jennifer e começou a mexer na corda da persiana.

– Posso lhe dizer que foi um golpe e tanto em meu orgulho. Mas depois comecei a pensar. Qual a posição de David? Não fazia diferença para ele se vencia ou perdia. E compreendi que ele não se importava de se humilhar, pois estava acima disso. Dessa forma, também estava acima de mim. E, mais ainda, David me fez compreender tudo isso, sem precisar se exibir.

Russ largou a corda da persiana e olhou para Jennifer, que sorria. Ela se adiantou para beijá-lo no rosto.

– Ele tocou a todos nós, Russ, de um jeito ou de outro. Sei que parece um clichê, mas às vezes me pergunto por que entre milhões de portas nos Estados Unidos ele foi bater logo na minha. – Jennifer abaixou-se, retirou o fio do laptop da tomada na parede, voltou à mesa. – Pensando bem, se não fosse por ele, não estaríamos planejando esta viagem a Londres.

Russ observou-a abrir a pasta e guardar o laptop.

– Por que não aproveita para ir à Escócia?

Jennifer levantou os olhos.

– Como?

– Por que não vai visitá-lo? – Ele se inclinou por cima da mesa, fitando-a nos olhos. – Faça isso. Se quiser uma desculpa, alegue que Benji queria vê-lo. Mas não o deixe escapar.

Ela hesitou por um instante, depois sorriu e balançou a cabeça.

– Não, Russ, não posso fazer isso. Não sei como é a vida dele. Afinal, tudo o que aconteceu aqui foi completamente diferente. Não passou de um momento no tempo... um momento muito feliz e inesquecível.

Russ olhou para o disquete ainda em sua mão.

– É possível. Talvez eu esteja apenas sendo impulsivo. Mas irei também para Londres Assim, se por acaso você mudar de ideia, eu lhe darei cobertura. Combinado?

Jennifer fechou a pasta.

– Combinado... mas não vou mudar de ideia, Russ.

Ele se encaminhou para a porta.

– Não sei, não... Há também muitas portas no Reino Unido. Talvez o destino a leve a David. – Ele se virou, sorriu e levantou o disquete. – Agora, é melhor eu cuidar disto.

– Russ...

Ele parou, com a mão na maçaneta.

– Obrigada.

Russ acenou com a mão, num gesto de que dispensava o agradecimento, e saiu. Jennifer ligou para sua casa em Leesport.

– Jasmine? Sou eu, Jennifer... pode ser uma surpresa para você, mas precisamos tirar seu passaporte até a semana que vem.

37

Com os olhos contraídos ao clarão do sol da manhã, o porteiro alto, de casaco azul, do Ritz, movimentou-se com a agilidade de um dançarino em torno da corpulenta mulher que tentava sair do táxi. Estava indeciso, pois não sabia qual era a melhor maneira de ajudá-la sem causar uma afronta óbvia. Foi para o outro lado e segurou com firmeza a mão estendida para trás, tateando à procura de um apoio. Depois que conseguiu sair, Jasmine virou-se para ele com um sorriso radiante, soltando um suspiro de alívio.

– Muito obrigada, senhor. É muito mais fácil entrar do que sair desses táxis.

– Tem toda razão, madame – respondeu o porteiro, com um sorriso diplomático.

Ele tocou de leve na aba da cartola e deu a volta para segurar a porta do táxi, enquanto os outros quatro ocupantes desembarcavam.

Depois que subiram os degraus e passaram pelas portas giratórias, Jennifer ouviu Jasmine soltar uma exclamação de espanto pela suntuosidade da área de recepção.

– Agora sei o que é o luxo!

Jennifer riu.

– Mas não comece a ter ideias extravagantes sobre o que podemos fazer com a casa em Leesport. – Ela abriu a bolsa e tirou os passaportes. – Poderia ficar de olho em Benji, Jasmine, antes que ele decida sumir numa de suas excursões de exploração?

Ela foi até a recepção, onde Sam e Russ já estavam se registrando.

– Faça o favor de preencher isto, Sr. Culpepper – disse a jovem e bonita recepcionista, entregando um formulário a Sam. – E este é para o Sr. Hogan... e aqui para a Sra. Newman e seu filho... mas a Srta. Washington não veio?

– Pode deixar que eu preencho o dela – declarou Jennifer, sorrindo para a recepcionista. – Ela está tomando conta do meu filho.

– Como quiser, madame. Mas vai precisar do número do passa porte da Srta. Washington.

Jennifer suspendeu os passaportes em sua mão.

– Não se preocupe. Estou com os três.

Preenchidos os formulários, a recepcionista conduziu-os através do saguão para entregá-los aos cuidados competentes do chefe dos carregadores.

– Muito bem – disse ele, tirando as chaves de seu lugar, nos cubículos atrás dele. – Todos estão no quarto andar. O Sr. Culpepper no quarto 410, o Sr. Hogan no 416, a Sra. Newman e seu filho no 422 e a Srta. Washington no 417. Chamarei alguém para levá-las. A bagagem será entregue nos quartos.

Ele chamou um mensageiro e entregou-lhe as chaves. Foram para o elevador no canto, ao lado da escada. Jennifer olhou ao redor à procura de Jasmine e Benji. Avistou-os, através das portas de vidro, aproximando-se devagar, olhando para tudo e para todos por quem passavam. Ela empurrou uma das portas.

– Venham logo, vocês dois. Vamos subir para os quartos.

Ao verificar que não caberiam todos no elevador, Sam pegou o braço de Russ e saiu com ele.

– Vamos subir pela escada, Jennıter. Será bom para nós. – Ele fez uma pausa. – Estive pensando, no avião, que talvez devêssemos ter algumas ideias de reserva para a reunião. Por isso, Russ e eu vamos conversar a respeito durante o dia. Mas você deve tirar o dia de folga, minha cara. Leve Benji e Jasmine num passeio por Londres... ou qualquer outra coisa que preferirem. Voltaremos a nos encontrar aqui para um drinque... às seis e meia, está bem?

– Tem certeza de que não vai precisar de mim, Sam?

Ele sorriu e balançou a cabeça.

– Não. Quero que se divirtam. Mas, se precisar de alguma coisa, basta falar comigo ou com Russ... Quarto 410 ou 416.

– Combinado. Obrigada, Sam.

Jennifer entrou no elevador, ao lado de Jasmine.

– Agora? – indagou Benji, o dedo pairando na frente do botão do quarto andar.

– Agora – respondeu o mensageiro.

Benji apertou o botão, e o elevador subiu.

Jennifer teve apenas meia hora de folga antes que Benji, impaciente, começasse a pressioná-la para sair. Chamaram Jasmine e partiram, a pé, por Piccadilly, na direção do Green Park. Em frente à estação do metrô, pegaram um ônibus de excursão, com a parte superior aberta. Apesar do vento frio, prevaleceu a insistência de Benji para viajarem no segundo andar. Jennifer e Jasmine sentaram-se, encolhidas nos casacos, mas Benji se deslocava de um lado para outro do ônibus quase vazio, animado, enquanto a voz suave do guia anunciava os lugares por que passavam: Hyde Park Corner, Palácio de Buckingham, The Mall, Whitehall, as Casas do Parlamento, depois o Victoria Embankment, para alcançarem a Torre de Londres.

A esta altura, Jennifer notou que Jasmine, embora fingindo bravamente que se divertia, parecia ter entrado nos estágios iniciais de hipotermia. Por isso, trocaram o ônibus pelo clima mais quente do metrô. Pegaram a Circle Line até Baker Street, onde passaram o resto da manhã e início da tarde circulando pelo Museu de Cera de Madame Tussaud. Benji fez questão de tirar foto com tantas celebridades de cera quanto possível.

Voltaram para o Ritz às duas e meia, cansados e com os pés doloridos. Apesar dos protestos de Benji, ansioso em retomar as aventuras, foram para seus respectivos quartos, a fim de recarregarem as baterias.

– Vai ser muito chato! – lamentou Benji, jogando-se na cama.

– Não precisa dormir – disse Jennifer, pegando os objetos de toalete na mala ainda fechada e se encaminhando para o banheiro. – Pode assistir televisão. Mas, se não descansar um pouco, não vai aguentar ficar acordado esta noite.

– Claro que vou! – exclamou Benji, indo pegar o controle remoto na cômoda. – Não estou nem um pouco cansado.

Ele começou a passar pelos canais, parando apenas pelo tempo suficiente para uma olhada superficial nos programas. Havia um antigo filme de guerra em preto e branco, uma novela australiana, um programa de culinária e outro chamado *Westminister Today,* que acabara de começar.

– Não tem nada de bom na TV! – o menino gritou, para a mãe.

– Ora, Benji! – Jennifer respondeu, enquanto lavava o rosto. – Você teve uma manhã ótima! Tente se divertir com o que está passando.

Benji soltou um grunhido de desdém e largou o controle remoto na cama. Apertou a cabeça contra o travesseiro e ergueu as pernas para a parede, entortando a gravura pendurada ali, de cavalos galopando. A voz britânica retumbante de uma mulher saiu pela televisão:

Boa tarde e sejam bem-vindos a Westminister Today. *Vamos começar com uma transmissão ao vivo da Câmara dos Lordes, onde vem ocorrendo, nos últimos dois dias, um debate acalorado sobre a Lei das Empresas. Vamos agora ao comitê em que estão sendo discutidas as 120 emendas apresentadas para o projeto.*

– Que chatice! – gritou Benji, enquanto voltava a suspender as pernas para a parede. – Mamãe!

– O que é?

– O que é Câmara dos Lordes?

Jennifer apareceu na porta do banheiro, esfregando o rosto com uma toalha. Olhou para a televisão.

– Acho que a melhor explicação é dizer que se parece com o Senado. A nossa Câmara de Representantes se chama aqui Câmara dos Comuns, enquanto o nosso Senado se parece com a Câmara dos Lordes. É o que chamam de Câmara Superior do Parlamento. Passamos por lá esta manhã no ônibus, lembra?

Ela sorriu para o rosto do filho, que plantava bananeira, e voltou ao banheiro.

– Bem, é meio chato passarem isso na televisão. Fico imaginando, quem vai querer ouvir?

Benji saiu da posição em que estava, e a câmera focalizou um homem sentado em uma poltrona vermelha.

– *Passamos para a Emenda 24. Lorde Inchelvie tem a palavra.*

– Lorde Inchelvie – resmungou Benji, a boca contraída nos lados. – Lorde Inchelvie.

Este comitê deve considerar o aspecto do projeto incluído na página 51, linha 7. Trata das propostas para a fusão entre duas empresas, em que se presume que o diretor de cada uma...

Benji deitou na cama e olhou para a parede. Concentrou-se na voz que vinha da televisão.

Há, no entanto, um aspecto que tem sido ignorado. Mesmo em um curto período, a estrutura de administração de uma empresa pode ser alterada. E quando isso acontece...

Benji pulou da cama e correu para a televisão. Aquele não era a voz de lorde Inchel-qualquer-coisa... Ele conhecia aquela voz! Era David! Benji comprimiu o rosto contra a tela, tentando divisar os contornos da pessoa que falava.

... *assim, uma determinada família pode ter a intenção de controlar os acontecimentos, mas às vezes não é bem claro para essa família quais os membros da diretoria...*

A câmera deu um *close* no rosto do orador. Era mesmo David! Benji começou a saltar pelo quarto, sacudindo as mãos pelo ar, a voz vibrando de excitação.

– MAMÃE!

Jennifer veio correndo do banheiro, um elástico branco prendendo os cabelos para trás e protegendo-os do creme branco que cobria o rosto.

– O que aconteceu? – perguntou ela, ansiosa.

Benji fitou-a, aturdido, enquanto apontava para a televisão.

– É David, mamãe! Olhe só! É David! Ele está na televisão! Falando na Câmara dos Lordes! Dê uma olhada!

Ele correu para pegar a mão de Jennifer, escorregadia com o creme, puxou-a para a frente da televisão.

– É David, não é? Ele está vestido de uma maneira esquisita, mas é David!

Jennifer olhou para a figura alta, de terno escuro listrado, de pé entre as poltronas de couro. Seu coração bateu forte ao reconhecer a voz familiar. Benji observou o rosto da mãe se desmanchar num imenso sorriso.

– Tem razão – murmurou ela, agora consternada. – É mesmo David.

– Vamos embora, mamãe! – gritou Benji, puxando-a para a porta. – Vamos logo!

– Para onde você quer ir? – indagou ela, rindo.

– Para a Câmara dos Lordes! Passamos por lá esta manhã! Fica aqui perto!

Jennifer desvencilhou-se, sorrindo.

– Deve ser uma gravação, Benji. David não está lá agora.

– Está, sim! – exclamou Benji, frustrado. – Disseram que a transmissão é ao vivo! Ele está lá *agora!*

Jennifer virou-se lentamente para o filho, aturdida.

– É ao vivo?

– É, sim! Vamos logo, mamãe, antes que ele vá embora!

Jennifer continuou parada, olhando para a tela, enquanto a câmera dava um *close* no rosto de David. Ele estava sentado agora, sorrindo, enquanto ouvia uma réplica de um dos lordes, no outro lado do plenário. Jennifer o conhecia muito bem... conhecia aquele rosto em todos os detalhes!

– Vamos! – Ela correu para o banheiro e pegou uma toalha. Voltou ao quarto limpando o creme do rosto. – Desça para a recepção e providencie um táxi, Benji. Estarei com você num instante. Só preciso avisar Jasmine e Sam.

Benji deixou o quarto em disparada. Jennifer ouviu-o se afastar pelo corredor gritando "A Câmara dos Lordes! A Câmara dos Lordes!" Ela pegou o telefone e ligou para o quarto de Jasmine. Uma voz sonolenta atendeu.

– Jasmine falando.

Jennifer sorriu, especulando se ela se anunciava assim para todo mundo.

– Benji e eu vamos sair de novo, Jasmine.

– Para onde?

– Não vou contar até voltarmos. Mas acho que poderá ser uma grande surpresa para você.

– Tudo bem – murmurou Jasmine, desinteressada. – Vou dormir até vocês voltarem.

– Certo.

Jennifer apertou o botão para cortar a ligação. Ligou em seguida para o quarto de Sam. Foi Russ quem atendeu.

– Russ? Sou eu, Jennifer.

– Oi. Parece nervosa. O que aconteceu?

– É David, Russ! Ele está na televisão... na Câmara dos Lordes! E a transmissão é ao vivo!

Houve um momento de silêncio no outro lado da linha.

– Russ? Ainda está aí?

– Desculpe. David está aqui? Em Londres?

– Isso mesmo!

– Não falei, Jennifer? Parece que você bateu na porta certa! Vá correndo, Jennifer! Não hesite! Sam e eu podemos cuidar da reunião. Ora, o que estou dizendo? Esqueça a gente, Jennifer! Apenas faça o que tem que fazer!

– Pode explicar a Sam?

– Claro... mas ele já ouviu tudo. Está sentado na cama, balançando a cabeça... e se balançar mais um pouco vai acabar caindo.

Jennifer riu, sentindo os olhos arderem com lágrimas de exultação.

– Então já vou!

– Boa sorte, minha amiga – murmurou ele.

– Obrigada, Russ.

Ela desligou e correu para a porta. Parou para pegar a bolsa e lançar outra olhada rápida para a televisão. David se levantara de novo e continuava a falar. Ela sorriu, soprou-lhe um beijo e deixou o quarto.

Benji já estava sentado no táxi, diante do hotel, inclinado através da janela. Observou a mãe descer a escada. Ela embarcou e o táxi partiu, antes que pudesse informar qual era o destino.

– Já avisei para onde vamos, mamãe – explicou Benji. – Ele sabe onde fica.

– Espero que saiba mesmo! – murmurou Jennifer, rindo.

Ela abriu a bolsa e tirou o estojo de maquiagem. Encostou-se no canto do banco, buscando algum apoio para a cabeça já balançando.

Ao chegarem a Whitehall, ela conseguira aplicar um pouco de maquiagem, apesar de Benji tentar atraí-la para uma conversa animada, às vezes incompreensível, sobre a maneira como David Corstorphine se transformara em lorde Inchel-qualquer-coisa! O táxi parou na frente do Parlamento, ao lado da estátua de um homem a cavalo. O motorista abriu a divisória de vidro.

– Querem ir para a Câmara dos Lordes?

– Isso mesmo – respondeu Jennifer, inclinando-se para a frente e tirando uma nota de dez libras da bolsa.

– É aquela fila ali. – O motorista apontou para um trecho da calçada junto a um cordão de isolamento. – Não há muitas pessoas. Vocês devem entrar logo.

– Obrigada.

Jennifer entregou a nota. O motorista começou a pegar o troco, mas ela e Benji já haviam saltado.

– Fique com o troco! – gritou Jennifer, sorrindo. – Valeu a pena!

– Espero que sim, dona!

No momento em que entraram na fila, um homem de uniforme adiantou-se e retirou a corda branca, introduzindo-os ao prédio. Entraram no imenso saguão de chão de pedra e seguiram a fila, que avançava devagar entre as estátuas de políticos do passado. Na base da escada, o guia anunciou, com uma voz lúgubre, que teriam de esperar ali, no Saguão Central, até que a leva anterior de visitantes deixasse a Galeria Pública. Sem se impressionar, Benji adiantou-se e confrontou o homem.

– Com licença, mas mamãe e eu conhecemos alguém que está na Câmara dos Lordes e queremos falar com ele.

Houve murmúrios divertidos dos outros visitantes, enquanto o homem se inclinava para Benji.

– Lamento, meu jovem, mas terá de esperar, embora conheça um dos Pares do Reino.

Benji virou-se, desolado, e voltou para junto da mãe, arrastando os pés. Encostou-se na base de uma das estátuas, atento ao movimento na escada.

Cinco minutos depois, os primeiros visitantes começaram a descer. Benji suspirou, impaciente, compreendendo que ainda demoraria algum tempo, antes de terem permissão para subir. Ele se virou para ler a inscrição na base da estátua em que se encostara.

– BENJI?

A voz ressoou pelo Saguão Central. Todos, inclusive o guia, viraram e olharam para o alto da escada. Charlie se inclinava sobre a balaustrada, interrompendo o fluxo de pessoas por trás. O rosto de Benji se iluminou quando viu Sophie e Harriet se debruçarem também.

– CHARLIE! SOPHIE! HARRIET!

Benji correu para a base da escada, enquanto Sophie e Charlie se apressavam em descer, empurrando as pessoas na frente sem a menor cerimônia. Quando se encontraram lá embaixo, pararam a 1 metro de distância, com sorrisos incrédulos.

– O que *você* está fazendo aqui? – perguntou Charlie, aturdido.

– Mamãe e eu vimos seu pai na televisão. E viemos falar com ele.

– Sua mãe está aqui?

Sophie olhou ao redor, à procura de Jennifer. Avistou-a, ainda parada na fila, inclinada para o lado, sorrindo. Sophie correu para ela e se jogou em seus braços.

– O que *vocês* estão fazendo aqui? – indagou Benji. – Pensei que estivessem na escola, na Escócia.

– E estamos, mas vovó nos tirou por dois dias e nos trouxe para vermos papai falar na Câmara dos Lordes.

Benji viu uma velha alta descer a escada, segurando a mão de Harriet. Charlie subiu dois degraus para recebê-las.

– Vovó, este é Benji, meu amigo dos Estados Unidos. Ele está aqui... em Londres!

A avó, sorrindo para Benji ao se aproximar, estendeu a mão.

– Já ouvi o nome, querido. Como vai, Benji? É um prazer conhecê-lo.

Benji apertou a mão estendida. Ao olhar para trás, descobriu que sua mãe e Sophie haviam se aproximado.

– Vovó – disse Sophie, animada –, esta é Jennifer!

Alicia ofereceu um sorriso afetuoso para Jennifer e se adiantou para beijá-la nas faces.

– Não imagina como me sinto contente por conhecê-la, minha cara. Tenho ouvido falar muito a seu respeito, tanto de Sophie quanto de David. – Ela deu um passo para trás, balançando a cabeça em espanto. – Não posso acreditar que esteja aqui! Que coisa extraordinária!

Benji foi puxar a mão de Jennifer.

– Mamãe, Charlie e eu podemos ir ver David agora? *Ele* sabe por onde ir.

– Só um instante, querido. Ainda há pessoas descendo.

Alicia olhou ao redor.

– Hum... vou ver se posso dar um jeito.

Ela foi conversar em voz baixa com o guia na frente da fila. Ele acenou com a cabeça e se aproximou em sua companhia.

– Este gentil cavalheiro vai levar vocês dois até a Galeria Pública. Mas lembre-se, Charlie, de que não pode fazer barulho.

– Claro, vovó!

Os dois meninos subiram correndo a escada, espremendo-se entre as pessoas que desciam. O guia idoso foi atrás, tão depressa quanto podia.

No intervalo entre os grupos de visitantes, a Galeria Pública estava completamente vazia. Havia silêncio, exceto pela voz baixa que vinha do plenário lá embaixo. O guia levou os meninos até as cadeiras na frente. Charlie apontou o pai. Benji esticou a cabeça, numa tentativa desesperada de atrair a atenção de David, depois se virou para Charlie.

– Não podemos chamá-lo? – sussurrou ele.

– Não, pois é contra a lei – respondeu Charlie, solene, quase encostando a boca no ouvido de Benji. – Vovó diz que não temos permissão nem para acenar

– Então como podemos atrair a atenção dele?

– Não podemos. Temos de esperar até que ele olhe para cá.

Benji olhou para baixo, observando cada um dos lordes.

– Parece que seu pai é o mais jovem aqui.

Charlie comprimiu a mão contra a boca para não rir.

– Vovó diz que alguns estão aqui há tanto tempo que há teias de aranha se estendendo da cabeça deles para a cadeira.

Benji também levou a mão à boca, mas não antes de soltar uma risada involuntária. Virou-se com um sentimento de culpa para o guia, que encostou um dedo nos lábios.

Em nenhum momento David fez menção de olhar para a galeria. Benji deslocou a cabeça de um lado para outro, em pequenos movimentos, a fim de atrair sua atenção, mas foi tudo em vão. David não sabia que eles estavam ali. Era demais. Ele tinha de avisá-lo. Levantou-se.

– DAVID!

Charlie puxou-o e abaixou-se, constrangido. Todos lá embaixo olharam para a galeria, com murmúrios altos de "Ordem! Ordem!" O guia deu uma pancada firme nas costas de Benji e apontou para a porta. Mas era tarde demais. O grito de Benji tivera o efeito desejado. David virou-se em sua cadeira e olhou para a galeria, a tempo de ver o menino radiante acenando, enquanto era retirado. Ei, era Benji! Mas o que ele fazia...? O rosto de Charlie surgiu de repente na galeria. Ele também se levantou para sair, gesticulando com a mão para que o pai fosse encontrá-los. David balançou a cabeça em incredulidade. Ao olhar ao redor, descobriu que todos os lordes o observavam. Ele entregou seus papéis ao lorde na sua frente, depois se levantou e se encaminhou, tão depressa quanto julgou que era permissível, para a porta dupla.

Assim que saiu da Câmara dos Debates, ele correu pelo Saguão dos Lordes. Empurrou as portas de vaivém e entrou no Saguão Central, no momento em que Benji e Charlie chegavam à base da escada.

Benji avistou-o no mesmo instante.

– DAVID!

O menino correu e abraçou-o pela cintura.

David apertou-o com força e abaixou-se para beijá-lo no alto da cabeça.

– Benji – disse ele, rindo –, o que está fazendo aqui?

Benji deu um passo para trás, no instante em que Charlie os alcançava.

– Nós vimos você na TV. Estamos hospedados no Ritz. Liguei a televisão e você apareceu. Não reconheci seu nome. Trocou, não é?

– Tem razão. "Nós" quem, Benji?

– Mamãe, Jasmine e eu.

– Todos vocês vieram para Londres?

– Isso mesmo. Jasmine ficou no hotel, mas mamãe está em algum lugar por aqui.

Ele se virou e correu os olhos pelo saguão apinhado.

– Elas estão ali! – gritou Charlie.

Benji começou a correr para a entrada do prédio, onde Jennifer conversava com Sophie e sua avó.

David avançou devagar, com os olhos fixos em Jennifer. Quando os meninos se aproximaram, Jennifer virou-se e avistou-o. Seu rosto se desmanchou num sorriso.

David parou na frente dela, enfiando as mãos nos bolsos do paletó.

– Oi.

Jennifer segurava a bolsa na frente do corpo, consciente de que a balançava de um lado para o outro.

– Oi – murmurou ela.

Enquanto os dois se fitavam, em silêncio, Alicia passou o braço pelos ombros de Sophie e deu uma piscadela sugestiva. Elas foram atrás dos meninos e de Harriet, que já haviam saído para o sol da tarde.

– Como vão as coisas? – perguntou David, ainda sorrindo.

Jennifer deu de ombros.

– Caminhando.

– Ahn... ficou tudo resolvido entre você e...?

Ela balançou a cabeça.

– Não. Tudo acabou. Bem que tentei, David, mas ele nos deixou em novembro.

– Mas que idiota!

David olhou para baixo, numa tentativa de disfarçar sua expressão de alívio intenso. Voltou a levantar os olhos para Jennifer e riu.

– Então... quanto tempo vai passar aqui?

– Não sei.

David cumprimentou alguém que passava.

– Você... ahn... não gostaria de ir à Escócia? Todos os três, é claro.

Jennifer pensou a respeito, por um momento, antes de balançar a cabeça em concordância.

– Pode ser. Não temos mais nada planejado.

Eles continuaram a se olhar, sem que qualquer um tomasse a iniciativa. Jennifer respirou fundo, deixando o ar sair devagar.

– Quer dizer que você mudou de profissão... passou de jardineiro a lorde?

David acenou com a cabeça.

– Uau! – Jennifer soltou uma risadinha pela incredulidade da situação. – Nunca conheci um lorde antes. O que devo fazer? Uma mesura?

David adiantou-se, enlaçou-a pela cintura.

– Não creio que haja nenhuma lei escrita sobre o assunto. Sendo assim, acho que podemos nos contentar com um beijo longo e apaixonado.

E o guia idoso, que subia lentamente a escada, parou e olhou para o Saguão Central, sem entender por que subitamente se instalara um silêncio tão profundo.

fim

EDIÇÕES
BestBolso

Este livro foi composto na tipologia Minion Pro Regular, em corpo 10/12,5, e impresso em papel off-set 56g/m² no Sistema Cameron da Divisão Gráfica da Distribuidora Record.